Gamble St.
Albert Square
Waring Street
High Street
Queen's Quay
Queen Elizabeth Bridge
Queen's Bridge
Sydenham
Victoria SQ.
Townhall St
Chichester Street
Royal Courts of Justice
Bus Station
Oxford Street
May Street
Little May St.
Cromac Square
East Bridge Street
Albert Bridge
Central Station
Canal Quay
Leisure Centre
Short Strand
Clyde St
Hamilton St.
Eliza St.
Stewart Street
Ballarat Street
Park Parade
Playing Field
BMX Cycle Track
Cooke St.

EUREKA STREET

ROBERT McLIAM WILSON

EUREKA STREET

FRANCE LOISIRS
123, boulevard de Grenelle, Paris

Titre original : *Eureka Street*
Traduit de l'anglais par Brice Matthieussent

Une édition du Club France Loisirs, Paris,
réalisée avec l'autorisation de Christian Bourgois éditeur.

ISBN : 2-7441-2090-1

Un

Toutes les histoires sont des histoires d'amour.

C'était un vendredi en fin de soirée, il y a six mois, six mois depuis que Sarah était partie. Dans un bar, je bavardais avec une serveuse nommée Mary. Elle avait les cheveux courts, un cul très rebondi et les grands yeux d'une enfant malheureuse. Je la connaissais depuis trois heures et j'avais déjà un blues à fendre l'âme.

Chuckie Lurgan était sorti d'ici une demi-heure plus tôt, en titubant après s'être retrouvé sans le rond, moyennant quoi j'avais passé vingt bonnes minutes à lui remonter les bretelles.

Dans ce bar, Mary n'était qu'une serveuse parmi tant d'autres, mais je ne l'avais pas simplement remarquée. Au début, elle ne m'appréciait pas. Beaucoup d'hommes auraient sans doute pris ça pour une réticence passagère, mais moi je croyais qu'elle voulait me tuer, sans même se demander pourquoi. Elle était dure. Elle se hérissait et m'exhibait tous ses petits piquants pointus. Je suis certain qu'elle comprenait qu'ainsi je tomberais forcément amoureux d'elle. Je suis sûr qu'elle le savait.

Puis elle s'est mise à jouer à la serveuse avenante et à me taquiner chaque fois qu'elle nous servait une tournée. Enfin, dès qu'elle avait un moment de libre, elle s'asseyait en face de moi, à la place récemment occupée par Chuckie. Nous en étions là. Il y avait quelque chose d'étrange dans sa façon de me regarder, lentement, d'un air dubitatif, sans la moindre chaleur. Il y avait aussi quelque chose d'étrange dans l'inclinaison de sa tête lorsqu'elle refusait ma cigarette pour allumer la sienne. Je crois que je pensais que je lui plaisais. Je crois que je pensais à la ramener chez moi.

Et puis, sa curieuse manière de me regarder n'était peut-être rien en comparaison de la curieuse manière dont moi je la regardais. Je sentais que mon visage et mes yeux disaient tout.

C'était moi tout craché. Le grand style érotique dans l'arrière-salle d'un pub irlandais. Mais malgré mes envolées verbales, j'étais un timide, un nigaud. J'étais incapable d'annoncer la couleur. Ainsi, alors que je pérorais en tournant autour du pot, Mary m'a demandé de la ramener chez moi.

Me retrouver assis dans ce bar pendant que le personnel faisait la fermeture était plus déconcertant que vous ne l'imaginez. Je gardais les yeux fixés sur le goulot de ma bouteille en faisant la sourde oreille aux rires étouffés des collègues de Mary. Le gros videur protestant a retiré sa veste de smoking, remonté ses manches et arboré ses tatouages de l'UVF. Il a essayé de discuter avec moi tout en balayant le plancher, mais j'ai eu peur de lui répondre quelque chose de trop catholique. J'ai fait de mon mieux pour ne pas remarquer sa présence et j'ai essayé de penser à Sarah. En vain.

Je crois que c'était la première vraie nuit de printemps et les bourrasques tièdes m'ont redonné le moral tandis que nous quittions le bar, Mary et moi. J'ai feint de ne pas reconnaître l'épave qui me tenait lieu de voiture et j'ai suggéré que nous marchions.

Avec sa belle robe et son collant, Mary semblait sortir d'un roman policier. Je n'avais pas l'habitude des filles comme elle. Son chic me rabaissait curieusement ; mais, quand elle m'a souri, je n'ai pas pu m'empêcher de penser qu'elle était jolie. Elle parlait de son travail avec énergie. De tout mon cœur j'essayais de l'écouter, mais j'étais distrait et je laissais le vent sculpter mes cheveux. J'étais néanmoins content de l'entendre parler. J'étais content de ce bruit.

« Que fais-tu dans la vie ? » me demanda-t-elle alors que nous traversions Hope Street.

J'ai souri.

« Je fais beaucoup de choses. En ce moment, je suis employé aux recouvrements, mentis-je tant bien que mal.

— Bravo. »

C'est le problème quand on ment. Si on ne vous croit pas, vous vous méprisez ; et si on vous croit, vous méprisez l'autre.

Il y avait un barrage de police qui arrêtait les voitures au bout de Lisburn Road. Alors que nous le franchissions, un flic a salué Mary par son nom. Ça ne m'a pas plu. Il y avait encore suffisamment de prolétaire catholique en moi pour que ça me débecte.

« Il vient parfois au bar », expliqua ensuite Mary.

Son ton d'excuse impliquait qu'elle avait deviné ma pensée. Ça ne m'a pas plu davantage.

Ma rue l'a impressionnée. Elle était feuillue. Elle était

verte. Mary a aimé jusqu'à son nom. J'habitais une rue nommée Poetry Street. Ce n'était pas toujours bon signe quand les gens aimaient le nom de ma rue. Mon appartement l'a impressionnée. Mon appartement fait facilement croire que j'ai beaucoup d'argent. Elle a regardé le mobilier et les tableaux chic de Sarah, elle a constaté le goût sans faille de Sarah et elle ne m'en a aimé que davantage. Ses doigts ont effleuré les livres de l'étagère et elle m'a souri comme si j'étais une sorte d'intellectuel.

J'ai préparé du café sans lui demander son aide, ce qui l'a encore plus impressionnée.

« Bel appart », a-t-elle dit.

Je ne savais pas si elle me plaisait ou si je l'admirais, mais j'avais envie d'elle. Je me sentais seul ce soir-là, sans femme. Ce n'était pas le sexe que je désirais. C'étaient les céréales mangées ensemble, cette main nouvelle sur ma hanche dans l'obscurité, les cheveux de quelqu'un sur mon oreiller. J'avais besoin de la présence discrète de quelqu'un. J'avais besoin des petits riens de Sarah.

« Tu es propriétaire ou locataire ? » demanda-t-elle.

Je ne sais pas ce qui est alors arrivé à mon visage, mais le sien s'est décomposé. Ses grands yeux se sont encore agrandis, ses lèvres ont tremblé. Je détestais qu'on me joue ce genre de tour : me sortir une réplique à la manque et, quand je me renfrognais, prendre l'air innocent d'un gamin de six ans.

« Je suis désolée, dit-elle. Ma question était stupide. »

Je ne l'ai pas contredite, mais j'ai alors compris que je ne pourrais pas coucher avec elle. Je ne sais pas, mais ma modeste expérience des femmes m'a appris que j'étais incapable de coucher avec elles à ces moments-là. Quand on a l'impression qu'elles sont davantage qu'une simple occasion. Coucher avec une fille c'est formidable, mais coucher avec un être bien réel c'est légèrement plus compliqué. C'était peut-être une mauvaise chose, peut-être un signe de mon immaturité, mais je savais qu'il y avait là aussi une sorte de tendresse.

Je me suis levé avec tout le tact dont j'étais capable. Elle aussi s'est levée. Il n'y avait rien à ajouter et peu de choses à faire. Je me suis trouvé incapable de lui expliquer l'énorme erreur à laquelle se résumait cette fin de soirée. Lorsque je me suis approché d'elle, elle a tendu le buste et relevé la tête en hésitant. Elle s'attendait peut-être à ce que je l'embrasse. Alors j'en ai eu envie, très envie.

« Il faut que j'y aille », dit-elle, surprenante.

Son taxi a mis vingt minutes à arriver. Nous avons parlé un peu. J'étais bizarrement flatté de ne pas lui plaire ; flatté qu'elle ait commis cette bévue et qu'elle l'ait rectifiée aussi vivement. Je lui ai parlé de Sarah et elle m'a parlé de son ami policier qu'elle allait appeler dès qu'elle serait de retour chez elle. Je croyais qu'elle parlait du type qu'elle avait salué quand nous étions sortis du bar, mais il s'agissait simplement d'un ami. Mary pensait qu'il dirait à son amoureux qu'il l'avait vue, elle, avec un type et elle voulait se prémunir contre cette attaque.

« Je suis désolée, fit-elle. C'était une mauvaise idée.

— Eh bien..., marmonnai-je.

— Je ne fais pas ce genre de chose.

— Moi non plus.

— La première nuit du printemps. » Elle a souri.

« Oui. »

Puis elle m'a laissé à ce qu'il restait de café et de moi-même. Exactement comme Sarah.

Il y a des nuits où vous frisez la trentaine et où la vie

semble terminée. Où il vous semble que vous n'arriverez jamais à rien et que personne n'embrassera plus jamais vos lèvres.

J'ai erré dans les pièces de mon appartement désert. J'aimais bien cet appartement. Mais parfois, quand je m'y retrouvais seul, j'avais le sentiment d'être le dernier homme sur Terre et mes deux chambres devenaient un luxe humiliant. Depuis le départ de Sarah, je n'avais guère brillé. La vie avait été lente et longue. Elle était partie depuis six mois. Elle en avait eu assez de vivre à Belfast. Elle était anglaise. Elle en avait soupé. Il y avait eu beaucoup de morts à cette époque et elle a décidé qu'elle en avait marre. Elle désirait retourner vers un lieu où la politique signifiait discussions fiscales, débats sur la santé, taxes foncières, mais pas les bombes, les blessés, les assassinats ni la peur.

Elle était donc rentrée à Londres. Chuckie m'avait réconforté en me faisant remarquer que les Anglaises constituaient une perte de temps. Elle n'a pas écrit. Elle n'a pas appelé. Elle n'a même pas faxé. Elle avait eu raison de partir, mais j'attendais toujours son retour. J'avais attendu d'autres choses dans ma vie. L'attente n'avait rien de nouveau pour moi. Mais aucune attente ne m'avait jamais fait cet effet. Il me semblait que j'allais devoir attendre plus longtemps que jamais. L'aiguille de l'horloge filait bon train, mais je n'avais pas encore quitté les starting-blocks. Les gens se trompaient complètement sur le temps. Le temps n'est pas de l'argent. Le temps, c'est de la vitesse.

Cette nuit-là, je suis resté allongé dans mon lit, les fenêtres grandes ouvertes, tandis que les hélicoptères vrombissaient confortablement au-dessus de tous les catholiques des quartiers ouest. Sarah avait toujours détesté ce bruit. Je l'avais toujours aimé. Enfant, il m'avait aidé à m'endormir. J'espérais qu'il diminuerait. Il n'était pas loin de quatre heures du matin et je devais travailler à six heures et demie. Mais je ne m'inquiétais pas. Conscient d'abriter bien assez de pensées malheureuses pour me maintenir éveillé, j'ai somnolé en souhaitant vaguement que Mary ou Sarah ait trouvé judicieux de poser sa tête près de la mienne.

Le lendemain matin, Rathcoole, un quartier protestant dans la partie nord de la ville, béton et froid. Huit heures à peine et nous opérions notre troisième mission de la journée. Et me revoilà à travailler le samedi. Nous avons commencé à six heures et demie avec un salon trois-pièces chez un jeune couple endormi et angoissé. La femme avait pleuré et l'homme dégluti non sans mal en la réconfortant et en regardant nos silhouettes massives emporter son mobilier. Puis nous avons récupéré un frigo, un micro-ondes, une guitare électrique et un VTT chez une famille habitant la limite du quartier. Leur maison semblait fabriquée en carton et ils avaient l'habitude des visites inopinées. Quand nous avons fait irruption chez eux, ils étaient tous couchés, sauf le gamin de sept ans. Le père de famille a brièvement râlé, mais personne n'a envie de se bagarrer en pyjama. Ils n'ont donc opposé aucune résistance.

On s'est garé devant la troisième maison figurant sur notre liste. Nous devions récupérer un téléviseur chez un couple de retraités. Crab est resté dans la camionnette, pendant que Hally et moi remontions la petite allée pour frapper à la porte avec ce poing si brutal qui nous annonçait. Je suis entré derrière lui quand le vieux a ouvert.

Nous n'avons rien dit en enjambant les saletés qui traînaient dans le hall pour aller au salon.

Tous rideaux fermés, la pièce était sombre et lugubre. Un téléviseur pouffait de rire dans un recoin aux reflets cuivrés, ignorant notre incursion tel un comique courageux évitant les questions indiscrètes. Une vieille dame était assise sur un canapé faiblement éclairé par la lueur bleutée des émissions qui accompagnaient le petit déjeuner. Elle a réagi lentement. Elle s'est tournée vers moi. Le vieux nous a suivis en maugréant dans sa barbe, son visage marbré imperturbable comme s'il n'était nullement surpris. La vieille dame a fait deux ou trois tentatives pour extraire son gros ventre du canapé. La télé a soudain diffusé des publicités et la retraitée s'est retrouvée baignée dans la moiteur des Caraïbes tandis qu'elle se levait difficilement. Elle s'est mise à hurler :

« Sortez d'ici, espèces de malappris ! Vous vous prenez pour qui ? Mon petit-fils fait partie de l'UDA. Je vous ferai démolir les rotules. »

Bla bla bla, la routine.

Sans moufter, j'ai débranché le poste et je l'ai pris entre mes bras. C'était mon tour de porter et Hally devait jouer les méchants. Quand il s'est mis à faire onduler ses muscles, il a paru très impressionnant dans cette petite pièce minable. Je me suis dirigé vers la porte. Le vieux marmonnait sous cape une litanie de jurons qui m'étaient adressés et la vieille brandissait un poing menaçant vers mon dos qui s'éloignait.

Hally s'est arrêté et retourné pour lui faire face. Il s'est penché très très bas et a placé son visage devant celui de la vieille, comme pour l'embrasser.

« La ferme », lui a-t-il conseillé.

Dehors, j'ai chargé le poste dans la camionnette et nous sommes repartis, Crab se traînant en seconde dans les rues misérables. Hally râlait, tout rouge, à cause de cette bagarre ratée. Ce matin, personne ne lui fournissait apparemment le prétexte qu'il cherchait et même lui renâclait à l'idée de dérouiller une vieille peau. Je l'ai regardé en soupirant. Je n'aimais pas mon boulot.

Un téléviseur : prix de vente, 245 livres ; arriérés, 135 livres ; entre 100 et 120 livres à la revente. La compagnie voudrait récupérer 100 livres sur un engin pareil. Un bénéfice net de vingt livres à partager en trois. Nous étions des nababs. Je n'aimais pas mon boulot.

Crab et Hally se chamaillaient pendant que je regardais toutes ces briques et tout ce soleil. La veille, ils avaient récupéré un magnétoscope et une chaîne stéréo à Ballybeen. Hally conduisait et il avait annoncé à Crab que la femme qu'ils allaient rectifier était tellement sans le rond qu'elle était prête à tout pour garder son matos. Il avait servi à ce pauvre vieux Crab une histoire délirante : c'était une mère célibataire, même pas âgée de trente ans, blonde, gros nichons : la liste habituelle des trucs excitants. Crab n'en pouvait plus d'attendre. Hally et moi avions même insinué qu'il était vierge. Inutile de dire que tout ça était de la frime, comme Crab le découvrit lorsqu'une énorme matrone lui ouvrit et lui flanqua une baffe-maison parce qu'il essayait de lui piquer ses biens. Il y avait encore de la rancune dans l'air. D'ailleurs, Crab n'avait pas beaucoup d'autres sujets de réflexion.

Je me sentais aigri. Je bossais dans la récupération des marchandises impayées. Qu'aurais-je pu me sentir d'autre ? La récup me calmait pendant la matinée et, nous autres, on bossait toujours le matin. C'est là qu'on faisait notre meilleur score. Le matin, les gens étaient déboussolés, à moitié habillés, malléables, peu enclins à castagner. Un pantalon est apparemment nécessaire pour exhiber ses talents pugilistiques. Nous ne travaillions jamais après la tombée de la nuit : difficile, dans l'obscurité, de jauger la corpulence d'un type ou la quantité d'alcool qu'il a bu ; il était aussi plus difficile de trouver des femmes seules après la tombée de la nuit et les gens nous prenaient sans cesse pour des membres de l'IRA.

Eh oui, les gens nous prenaient sans cesse pour un commando de l'IRA. Il était facile, j'imagine, de confondre un trio de salopards machos avec un autre. Mes collègues étaient des êtres humains très frustes, vraiment. Crab était gros, gras et laid. Hally était gros, gras, laid et vicieux. J'essayais de ne pas haïr les gens. Haïr les gens était trop fatigant. Mais parfois, juste parfois, c'était difficile.

J'avais échafaudé une théorie très personnelle afin d'expliquer pourquoi les gens auxquels nous avions affaire se montraient si coopératifs de bon matin. Il me semblait que leur pauvreté leur paraissait pire le matin. Il leur était plus facile de rêver ou de délirer le soir, quand l'optimisme ou la gnôle pouvait vous rendre agressif ; mais dans la lueur blême du matin, elles devaient sembler indéracinables, cette pauvreté, cette honte. Elles devaient sembler tout ce qu'il y a de plus réelles.

Ce qui me déprimait le plus, c'était que tant de gens nous causaient aussi peu de problèmes. Comme s'ils s'attendaient à notre intrusion. Comme s'ils devinaient que nous étions dans notre bon droit, et eux dans leur tort. Quand une mère célibataire, qui doit encore vingt billets sur un frigo qui en vaut trois cents, vous laisse l'emporter avec sans la moindre plainte, il se passe un truc vraiment bizarre.

Notre prochaine étape excitait Crab comme une puce. Une banquette à ultra-violets. Pour Crab, une banquette à U.V. signifiait forcément une splendide pulpeuse — exactement ce qu'il lui fallait avant le petit déjeuner. Nous avons trouvé la rue et nous sommes garés à l'adresse indiquée. La maison semblait plus chic que ses voisines : elle avait une porte ouvragée et une véranda tarabiscotée. Quelqu'un d'assez bien loti pour acheter une banquette à U.V. et s'offrir une véranda rococo avait manifestement perdu son boulot et nous venions récupérer ladite banquette.

Je suis resté dans la camionnette parce que Crab mourait d'envie de jeter un coup d'œil à la femme inventée par son imagination. Hally et lui ont frappé et attendu. J'ai pris mes aises et allumé une cigarette. Je me sentais merdeux. Certains vous diront que les aspirations de la classe ouvrière finissent toujours comme ça : des malfrats à mine patibulaire viennent vous piquer tous les trucs tape-à-l'œil. Je me sentais néanmoins dans la peau d'un criminel.

Je n'arrivais pas à me sortir Mary de la tête. Je lui avais dit que j'étais employé aux recouvrements. Quelle rigolade... J'avais un mal fou à admettre ma médiocrité et j'étais terrifié dès que je pensais à ce que j'étais redevenu depuis le départ de Sarah. Un voyou de la récup qui ment aux serveuses qu'il ramène chez lui. La grande vie, quoi.

Hally frappait toujours à la porte et Crab jetait des coups d'œil dépités vers les fenêtres. Personne. Au moment précis où je commençais d'espérer qu'il ne le ferait pas, Hally a sorti son ciseau à froid et fait sauter le verrou. Je ne supportais pas de le voir faire ça. Comme si les flics ne nous emmerdaient déjà pas suffisamment. Je ne voulais pas souffrir encore. Mais je n'ai rien dit quand il ont disparu tous les deux à l'intérieur.

Je me suis laissé aller contre l'appuie-tête et j'ai fermé les yeux. J'avais honte de la nuit précédente. Je me suis demandé si j'aurais eu davantage honte si j'avais couché avec elle. Simplement, cette fille avait prouvé qu'elle valait bien mieux que moi. Quand elle m'a demandé de la ramener chez moi, ç'a été une suggestion audacieuse, osée. C'était peut-être toujours comme ça quand les filles s'y prenaient ainsi. Mais j'avais tout bousillé, tout rendu sordide. Je regrettais d'avoir ce talent.

Une main m'a tapoté l'épaule et je me suis redressé en sursautant, les yeux grands ouverts. Un homme se tenait près de la vitre baissée de la camionnette. Mal rasé, l'air fatigué.

« C'est ma maison, dit-il. Que se passe-t-il ? »

Sa voix était nonchalante, certes pas agressive. Malgré tout, j'ai songé à descendre de la camionnette, au cas où il aurait cherché la bagarre.

« Récupération, dis-je sur un ton plus froid que je ne l'aurais voulu.

— Qu'est-ce que vous emportez ? demanda-t-il avec curiosité.

— Une banquette à U.V.

— Ah oui », murmura-t-il d'une voix neutre.

Comme il regardait ma cigarette, je lui en ai offert une.

« Merci, vieux. »

Crab et Hally étaient toujours à l'intérieur. Apparemment, cet homme n'avait pas la moindre intention de bouger de là.

« Ils vont mettre un sacré bout de temps à désosser ce putain de truc. »

Il a émis un petit rire désabusé.

J'ai réagi par un mélange de sourire et de hochement de tête.

« Je suis content de la voir partir, cette banquette, dit-il sur le ton de la confidence mélancolique. Comme cette salope s'est tirée, ses affaires peuvent bien se tirer aussi. »

Moi, je n'ai jamais su quoi dire aux malheureux. Je n'ai jamais su quoi ajouter ou soustraire.

« Perdu votre emploi ? demandai-je avec maladresse.

— Ouais, putain. » Brièvement, l'homme reprit du poil de la bête. « Dix ans que j'ai bossé pour Short's. Ils m'ont viré y a quatre mois. Maintenant, ils créent des postes pour ces putains de cathos. »

Ouais, ouais, que j'ai pensé. On avait récemment créé une commission pour s'assurer que les catholiques étaient normalement représentés parmi les travailleurs salariés de la province. Des commentateurs comme ce type reprochaient régulièrement à la commission tous les maux économiques, sociaux et moraux de la planète. Ils préféraient le bon vieux temps, quand les catholiques se contentaient d'une salle d'eau et de quelques patates crues. Mais à quoi s'attendait-il donc ? Ce genre de traitement ne pouvait pas durer éternellement. Pas parce qu'il était injuste ni rien de tel, simplement parce qu'il était gênant. Se serait-il senti aussi à l'aise s'il avait su que j'étais catholique ? Je me le suis demandé. Sans doute que oui.

« Quand est-elle partie ? » repris-je pour changer de sujet.

Son sourire de haine des catholiques s'est durci en un sourire de haine de sa femme, un rictus beaucoup plus hideux.

« Le mois dernier. En m'annonçant qu'elle baisait avec son cousin et qu'elle en avait ras le bol, la veille de Noël. Elle m'a pas manqué. J'ai pris la plus grosse cuite de ma vie. La plus grosse cuite du monde. Elle m'a pas manqué et elle me manquera pas. » Il m'a flanqué un petit coup de coude. « Ça me donne l'occasion de tenter ma chance auprès de toutes les gonzesses qui écument le secteur. Sacrée vie. »

Une larme a dégringolé le long de ses traits fatigués pendant qu'il déblatérait toutes ses vantardises. Et c'est reparti, ai-je pensé. Il a poursuivi dans la même veine imbécile et macho, comme s'il ne savait pas que je savais combien il était doux, craintif et triste. Je l'ai laissé causer sans lui prêter aucune de mes oreilles.

Crab et Hally ont fini par ressortir de la maison en transportant les éléments démontés de la banquette à U.V. Comme la porte arrière de la camionnette était ouverte, ils les ont chargés sans moi. Le type ne leur a pas accordé la moindre attention et il a continué de me bassiner avec ses conneries viriles. Crab s'est installé au volant en bougonnant et en marmonnant qu'il n'avait même pas pu mater la propriétaire de la banquette à U.V. Le type n'a pas bronché. Hally l'a poussé pour monter à l'avant.

Alors Crab a fait démarrer la camionnette, on est partis et c'est arrivé. Je me suis retourné pour voir le type qui agitait la main. Un geste fatigué, aimable, avorté. Je ne sais pas. J'avais encaissé pas mal de choses de la part des vieux, des femmes, même des enfants. Il paraît que c'est plus facile de les plaindre, mais jamais je n'avais autant plaint quelqu'un que ce type fatigué, cet éploré silencieux qui m'avait adressé un signe d'adieu alors que je m'éloignais avec les derniers souvenirs de la femme qui venait de le plaquer.

Et ça a suffi. La rue misérable, les maisons miteuses, le ciel pâle et bas, cet homme au visage trempé de larmes qui me disait au revoir. Tout ça ressemblait trop à ce que je ressentais et j'ai décidé que je voulais rentrer chez moi. J'allais prendre le restant de la journée à mon compte. Une matinée de boulot de récup, c'était bien assez triste pour n'importe qui.

Comme la camionnette était presque pleine, on a décidé de retourner au bercail pour décharger. Crab et Hally se chamaillaient pendant qu'on roulait vers le garage qui constituait notre base d'opérations. Ils ont bientôt deviné mon humeur et ils m'ont laissé à l'écart de leur dispute. Impossible de me sortir de la tête l'image de ce type sans épouse et sans banquette à U.V., impossible d'avaler le goût de la honte.

De retour au garage, j'ai quitté mes deux collègues pour rejoindre le bureau d'Allen. Propriétaire du garage, il y dirigeait son affaire de récupération. Il parlait fric au téléphone. Il m'a fait signe d'attendre. J'ai donc attendu, sans beaucoup de patience.

« Qu'est-ce que tu veux ? » m'a-t-il demandé après avoir raccroché.

Allen était un ancien poivrot, vendeur de voitures, récupérateur de matos impayé, usurier notoire et gougnafier impénitent. C'était le seul sexagénaire chauve que j'aie jamais vu en pantalon de cuir. Ce n'était pas un parangon de finesse.

« Je rentre chez moi. Je suis malade.

— Tu parles, Charles.

— Essaie de m'en empêcher. »

Il se renfrogna et décida d'arrêter de jouer les méchants. Ce rôle ne lui convenait pas. C'était d'ailleurs pour ça qu'il nous avait embauchés, Crab, Hally et moi.

« Qu'est-ce qui cloche ?

— Je suis malade. »

Il regarda par la petite fenêtre, d'où il pouvait voir Crab et Hally décharger la camionnette.

« T'as un problème avec ce boulot, Jackson ?

— Non, je le trouve infiniment gratifiant. Je remercie Dieu tous les jours pour la sérénité et le sentiment de profond accomplissement personnel qu'il me procure. Ça va de soi, non ? »

Il n'a pas souri — il ne pouvait pas, car il ne pigeait strictement rien à toutes ces expressions.

« Tu devrais aller voir un putain de chirurgien du cerveau, tu crois pas ?

— J'y songe.

— Tu me fais monter la moutarde au nez, tu sais. »

Cette expression lui rappela l'existence de l'organe en question, où il se mit à fourrager d'un doigt agile.

« Crab et Hally n'ont pas de problème, eux. D'accord, ce sont de sinistres crétins, mais ils n'ont pas de problème parce qu'ils savent qu'on ne peut pas garder ce qu'on ne peut pas payer. On reprend leur matos à des couillons qu'auraient jamais dû l'acheter. Achète jamais un truc au-dessus de tes moyens. » Il délogea un joli morceau de morve et resta un moment pensif. « Si ce boulot te botte pas, trouves-en un autre. Je survivrai à la déception de plus te voir ici. Merde alors, tout le monde s'en tape qu'on joue les gros bras — on est nécessaires. C'est ça qui compte. » Il sourit et, d'une pichenette, propulsa sa morve à travers la pièce. Juste au cas où j'aurais pensé qu'il se justifiait, il ajouta : « De toute façon, tu sais très bien que je m'en fous complètement.

— Je peux rentrer chez moi maintenant ? »

Il m'a chassé d'un geste méprisant.

« Ouais, tire-toi. Et me refais pas ce coup-là. »

À la porte, il m'a rappelé. Je me suis retourné à contrecœur et je l'ai regardé sans le moindre intérêt.

« T'es un connard de première, tu sais.

— Ouais, on me l'a déjà dit. »

De retour chez moi à Poetry Street, je me suis enfilé une tasse de café. Du bon : aussi noir que la tourbe, aussi costaud que de la peinture pour radiateur. La seule façon d'en boire. Il me coûtait trois billets la livre, mais un homme a droit à du bon café. Depuis que Sarah avait raffiné mes goûts, c'était devenu chez moi un principe incontournable. Puisque j'habitais désormais un quartier chic de la ville, j'achetais mon café en grains et je le buvais dans de luxueuses tasses en porcelaine. C'était Poetry Street. C'était le Belfast bourgeois, plus feuillu et plus prospère qu'on ne l'imagine. Sarah avait trouvé cet endroit et nous y avait installés pour mener notre vie arborée dans notre quartier arboré. Chaque fois que ses amis anglais ou sa famille nous avaient rendu visite, ils avaient toujours été déçus par l'absence de voitures calcinées ou de patrouilles militaires dans notre large avenue bordée d'arbres. De la fenêtre du bas, Belfast ressemblait à Oxford ou à Cheltenham. Maisons, rues et gens avaient l'apparence cossue de revenus confortables.

Mais de la fenêtre du haut, je voyais l'Ouest ; l'Ouest

célèbre et mystérieux. C'est là que j'étais né : à Belfast Ouest, l'audacieuse, la vraie de vraie, l'impitoyable. J'envoyais volontiers là-bas les visiteurs de Sarah. À Belfast Ouest, il y avait grande abondance de ces détails pittoresques.

Une radio grésillait doucement dans l'appartement inférieur. Il était à peine dix heures et les étudiants qui habitaient au-dessous venaient sans doute de se lever. J'ai ouvert mes rideaux en grand et le soleil du samedi a inondé ma chambre comme une nouvelle couche de peinture. J'ai cligné des yeux devant tous les oiseaux de Belfast dans l'immense ciel de Belfast. De l'autre côté de Lisburn Road, une minuscule femme de ménage a lancé quelques ordures par la porte du restaurant indien huppé. Une bande de chats a jailli de nulle part pour se mettre à table. J'ai reconnu le mien, il se défendait très bien face à ses congénères. C'était le gros sans testicules. J'ai songé à l'appeler pour son petit déjeuner, mais j'ai décidé de ne pas le déranger. Je n'aimais pas particulièrement mon chat. Il jouait un peu trop les putes.

Je me suis occupé de mon propre petit déjeuner : café, toasts et cigarettes. J'ai mangé de bon cœur, excellent remède contre une nuit réduite à deux heures de sommeil et une légère gueule de bois. Je suis allé à la porte pour guetter encore un courrier qui n'arrivait jamais. J'ai ramassé le journal local et entrepris de le lire. Encore un chauffeur de taxi qui s'était fait descendre la nuit passée. Les chauffeurs de taxi étaient les victimes à la mode, ces temps derniers. Une vraie folie. Une vraie haine. Au bas de la première page trônait une pub pour une soirée de Noël. *Blanche-Neige et les sept nains* AVEC DE VRAIS NAINS ! ! !

Tout semblait tellement grotesque.

Dans les circonstances présentes, Belfast était une ville vraiment célèbre. Quand on refléchissait qu'il s'agissait de la capitale sous-peuplée d'une province mineure, le monde semblait vraiment la connaître excessivement bien. Personne n'ignorait les raisons de cette gloire superflue. Je n'avais pas beaucoup entendu parler de Beyrouth avant que l'artillerie ne s'y installe. Qui connaissait l'existence de Saigon avant que la cocotte-minute n'explose ? Anzio était-il un village, une ville ou tout simplement un bout de plage ? Où se trouvait exactement Azincourt ?

Belfast bénéficiait du statut de champ de bataille. Les lieux-dits de la ville et de la campagne environnante avaient acquis la résonance et la dure beauté de tous les sites de massacres historiques. Bogside, Crossmaglen, Falls, Shankill et Andersonstown. Sur la carte mentale de ceux qui n'avaient jamais mis les pieds en Irlande, ces noms étaient suivis de minuscules épées entrecroisées. Les gens y voyaient des champs de mort — de lointains abattoirs télévisés. Belfast n'était fameuse que parce que Belfast était hideuse.

Qui aurait pu le prédire trente ans plus tôt ? La petite Belfast était une ville si jolie. Nichée au creux de l'aisselle de Belfast Lough, tout près de la surface de la mer brumeuse, la ville était entourée de montagnes et cajolée par la mer. Quand on levait les yeux dans l'enfilade de la plupart des rues de Belfast, il y avait toujours une montagne ou une colline pour vous regarder.

Mais non, Belfast continuait de ne pas me surprendre. Deux ou trois jours plus tôt, une bombe avait explosé près du poste de police situé presque en face de mon appartement. De ma fenêtre, j'avais assisté à l'évacuation de Lisburn Road. Le fleuriste, le marchand de journaux, le coiffeur. Après avoir interdit l'accès de la rue, ils ont procédé à une explosion contrôlée de cette bombe. Bon dieu ! Deux de mes fenêtres ont volé en éclats et, par-dessus le marché, ça m'a flanqué une trouille bleue. À quel point ces explosions contrôlées l'étaient-elles vraiment ? Celle-ci a bousillé la moitié de la rue — l'autre moitié était déjà fichue. Quelle nouvelle définition du mot « contrôle » cette explosion suggère-t-elle ?

Il s'agissait évidemment d'une broutille. Comme toutes les bombes de Belfast, celle-ci explosa. Sans commentaire. Sans morts ni blessés. Ce n'était pas grand-chose. Mais c'était un gros truc. Une affaire courante. Personne n'en a fait un fromage. Que nous était-il donc arrivé ? Depuis quand les détonations passaient-elles quasiment inaperçues dans le quartier ?

Je ne m'étais pas trouvé aussi près d'une explosion depuis un certain temps. Après tout, j'habitais un quartier bourgeois. C'est bizarre, on oublie vite à quoi elles ressemblent, ces explosions. Mais quand cette bombe a explosé, je me suis rappelé ce que c'était, plus vite que je ne l'aurais voulu.

À quoi ressemble donc une bombe ? Eh bien voilà... elle explose, bien sûr. Ça fait du bruit. Et ça fait peur. Leur détonation et leur terreur vous frappent en plein ventre, comme dans votre enfance quand vous tombiez sur la tête et que vous ne compreniez pas pourquoi il en résultait tant de souffrance et tant de panique viscérale. Et puis c'était un phénomène irréversible. Les bombes ressemblaient aux assiettes qu'on lâche, aux chats qu'on frappe, aux mots qu'on prononce sans y penser. Elles étaient l'erreur. Le désordre et le foutoir. Elles étaient aussi — très important, ça — le savoir. Quand vous entendiez cette décharge sèche, la détonation animale de la bombe, lointaine et proche, vous compreniez quelque chose. Vous compreniez que quelqu'un quelque part passait un très sale moment.

Ce n'étaient pas les bombes qui faisaient peur. C'étaient les victimes des bombes. La mort en public était une forme de décès très spéciale. Les bombes mutilaient et s'emparaient de leurs morts. L'explosion arrachait les chaussures des gens comme un parent plein d'attention, elle ouvrait lascivement la chemise des hommes ; le souffle luxurieux de la bombe remontait la jupe des femmes pour dénuder leurs cuisses ensanglantées. Les victimes de la bombe étaient éparpillées dans la rue comme des fruits avariés. Enfin, les gens tués par la bombe étaient indéniablement morts, putain. Ils étaient très très morts.

(L'explosion contrôlée, soit dit en passant, a eu lieu sur une poubelle remplie de déchets du *Kentucky Fried Chicken*. Des petits morceaux de viande grillée ont ainsi arrosé toute la rue. C'est mon chat qui a été content.)

Samedi. Pas question de chercher un autre boulot le samedi et il me fallait donc occuper mon oisiveté. J'ai pensé à mes petits copains. Ils feraient l'affaire. Chuckie Lurgan fêtait son trentième anniversaire. Il y aurait une grande fête, mais son cadeau n'aurait besoin d'aucun emballage. La seule décision à prendre consisterait à choisir le bar de la beuverie.

J'ai quitté mon appartement et constaté que personne n'avait volé l'Épave. D'ailleurs, personne ne volerait jamais l'Épave. C'était la seule chose qui me plaisait dans cette bagnole. J'appelais mon épave l'Épave pour des raisons évidentes. C'était un véhicule absolument répugnant, mais le pare-brise et les fenêtres étaient d'une propreté impeccable. Une carrosserie rouillée couverte de trois ans de saleté, mais les vitres brillaient. Je les nettoyais tous les jours pour bien voir ma ville quand je conduisais.

J'ai démarré vers la maison de Chuckie.

Une fois encore, nous avons fini au bar de Mary. Le présent était très présent. La bande habituelle : Chuckie Lurgan, Donal Deasely, Septic Ted, Slat Sloane et moi. Les gars, la bande. Bon sang, j'avais vraiment besoin de me faire de nouveaux amis.

Mary était là, pour servir les clients qui ne lui refilaient pas de pourboire. J'ai senti ma gorge se serrer quand je l'ai vue et j'ai alors compris ce que jusque-là j'avais seulement pressenti : je m'étais persuadé de la désirer. Un coup classique pour moi. Un coup classique pour nous tous. Je m'étais poussé à avoir besoin d'elle. Lorsqu'elle est venue prendre notre commande, elle m'a dit bonsoir d'une voix heureusement égale, admirablement contrôlée. Mary n'était qu'une petite serveuse de Belfast, mais elle avait une certaine classe.

Le cousin de Chuckie nous a rejoints au bout d'un moment. Avec sa copine en remorque. Ils allaient se marier, apparemment. Le cousin de Chuckie semblait malheureux. À sa manière de suivre le regard de sa copine, de regarder partout où elle regardait, j'ai deviné qu'il la croyait trop mignonne pour lui. Et il avait raison. Jamais je n'aurais épousé cette fille. Chuckie m'a même révélé que son cousin était tellement jaloux qu'il poudrait les seins de sa promise à la recherche d'empreintes digitales.

Et, comme d'habitude, le ton a monté — le ton montait toujours dans les bars de Belfast. La vieille recette usée : la démocratie constitutionnelle, la liberté par la violence et les éternels droits de l'homme. Autrefois, nous discutions de femmes nues, mais au bout de quelques années chacun de nous a cessé de croire aux mensonges des autres. Chuckie s'est lancé à corps perdu dans un débat éthéré sur la morale, ce que j'ai trouvé assez cocasse pour quelqu'un d'aussi stupide que Chuckie. Je veux dire que, pour lui, l'histoire et la politique étaient des livres posés sur une étagère, et Chuckie ne lisait jamais.

Un type de Delhi Street s'est mis à pérorer sur la révolution. Je m'en suis mêlé. Je me suis mis en rogne. J'étais seulement là pour voir si Mary accepterait de rentrer de nouveau avec moi et, comme d'habitude, je me suis échauffé.

Aucun doute là-dessus, c'était encore une de nos soirées sans queue ni tête. Six heures à déblatérer sur des sujets qui nous dépassaient, au prix cumulé de vingt billets par tête. Donal et Slat rivalisaient de connerie sur la moralité et la génétique, tandis que Chuckie mettait son grain de sel habituel de gros débile. Discuter semblait aisé, comme si nos paroles tombaient à mesure d'un camion. Mais en fait il était très difficile de parler. Très très dur.

Le cousin de Chuckie et sa promise ont eu une prise de bec. L'une de ces engueulades à deux voix conduite à l'irlandaise (très bruyante). Je ne l'aurais pas juré, mais j'ai eu la nette impression que tout ce pataquès était dû au simple fait que la fille refusait de se raser les poils pubiens autour du maillot de bain. Les deux tourtereaux sont repartis dans des taxis différents. Beaucoup de bruit, ai-je pensé, pour quelques poils.

À mesure que la nuit avançait, Mary nous servait nos tournées et je n'arrivais pas à lui parler. Tantôt elle me regardait, tantôt elle m'évitait. Je le savais, parce que je la regardais chaque fois qu'elle respirait. Apparemment, nous avions bu jusqu'à plus soif et je n'avais pas su saisir ma chance, si chance il y avait eu.

Et bientôt les barmen ont entonné l'annonce lugubre du dernier verre tandis que mes copains beurrés essayaient de m'entraîner dans la rue. Je croisais sans arrêt le regard de Mary et je lui envoyais des messages muets. J'ai paniqué comme un général dont l'armée bat en retraite. Chuckie était tellement ivre qu'il semblait avoir perdu l'usage de la langue anglaise, mais même lui avait apparemment deviné mon manège.

« Tu la ramènes chez toi ? » a-t-il ricané.

À défaut d'une réaction plus adéquate, j'ai rougi. Slat a suggéré d'aller chez Lavery, mais de l'épais tranchant de sa main Chuckie l'a réduit au silence avant de se pencher vers moi avec des airs de conspirateur :

« Ch'est parfait. Ch'est mon an'versaire. Ch'm'en charche. »

Ce qu'il a fait. À ma grande horreur, il s'est levé et a appelé Mary. Elle a obtempéré, avec scepticisme mais tolérance.

« Comment que tu t'appelles, chérie ? a demandé Chuckie, sur un ton affable et supérieur.

— Mary.

— Eh ben, Mary... » Chuckie s'est interrompu pour saluer le départ d'un groupe de copains. « Ouais, Mary, mon pote ici présent, qu'est un bon copain, un brave type, mon pote donc veut te ramener chez lui. »

Mary n'a ni souri ni promis. Elle a pris le verre de bière de la main de Chuckie et s'est tournée vers moi.

« Attends-moi, a-t-elle dit. Il faut qu'on parle. »

Pour la seconde soirée d'affilée je suis donc resté assis

près de la porte tandis que les boit-sans-soif titubaient vers la sortie et que les employés nettoyaient l'établissement. C'était nettement moins gênant la deuxième fois. Le videur, un type différent, plus gros, mieux bâti pour les samedis soir, arborait des tatouages républicains. Je ne lui ai pas parlé. J'ai craint de ne pas lui sembler assez catholique.

Et j'ai regardé Mary en attendant. En robe bleue à pois comme les autres serveuses, elle se penchait pour nettoyer les tables. C'était le genre de fille sur lequel je n'aurais même pas pissé quand j'avais seize ans (j'ai appris cette expression par des filles qui l'avaient utilisée pour décliner mes tendres propositions). Mais maintenant, elle avait tout ce qu'il fallait. J'aimais ça chez les filles. Ces trucs bizarres qui vous donnaient follement envie de les posséder. Qui était responsable ? Où aurais-je pu me plaindre ?

Quand elle a eu fini, elle a mis son manteau et m'a rejoint. Elle ne souriait pas et j'ai compris que j'allais en prendre pour mon grade. Mais quelque chose dans son visage me faisait espérer que ce ne serait pas le cas.

Nous sommes sortis dans les rues encombrées de Belfast après la fermeture des pubs. Partout, les trottoirs grouillaient de poivrots et de vagabonds. Nous n'étions pas les seuls garçons et filles dans ces rues, mais je pense que nous étions probablement les plus sobres. Tous faisaient leurs numéros de cris, de rires, de pleurs, d'âneries qui finiraient au poste. Nous avions l'impression de former le petit centre immobile d'une tornade déchaînée.

Elle s'est tournée vers moi, elle a baissé les yeux vers le trottoir, puis les a levés. Grande décision. Il n'y avait plus la moindre trace d'amusement sur son visage. Désormais, tout y était sérieux.

« Écoute, je ne sais vraiment pas ce qui se passe. »

Cela tenait-il à moi ou bien s'agissait-il simplement d'une réplique à la mode ? Ce n'est pas une réplique compliquée. Mais quand une fille grave et aux grands yeux vous dit ça, qui n'aurait pas envie de courir comme un fou et de lancer des coups de pied dans le vide, tel un footballeur ?

La rue était pleine de gens ivres et bruyants, le visage de Mary restait figé de douleur ou de peur, sa phrase était assez brutale pour nous réduire tous les deux au silence. Mais il fallait que je trouve quelque chose.

« Marchons », dis-je.

Cette nuit-là, elle était si belle que c'en était stupide. J'ai voulu lui demander qui l'avait rendue si belle et pourquoi. Dans quel but exactement ?

Nous avons pris un chemin très détourné jusqu'à mon appartement. Nous avons évité les foules délirantes de Shaftesbury Square, avec leurs hurlements, leurs vomissements et leurs bagarres. Mary et moi, nous avons suivi un itinéraire plus lyrique. Nous avons pris des rues écartées, aux beaux arbres et aux gros lampadaires. Nous avons longé le fleuve où, pendant un bref laps de temps, tout semblait sortir du dix-huitième siècle.

La nuit était trop belle, trop vaste, trop sombre pour être vraie. Un nuage a crevé et une pluie fine est tombée comme une vengeance. Ce soir-là, Mary ressemblait à une chanson d'amour et mon cœur bondissait en scandant une syncope aveugle et frénétique.

Nous parlions comme tous ces gens qui ont envie de faire l'amour mais qui n'ont pas encore abordé le sujet — orfraies, horticulture, natation synchronisée, etc.

Je tremblais comme une feuille, même si je m'étais toujours dit que les feuilles ne tremblaient pas. Mes mains, mes lèvres et mon cœur tremblaient allégrement, ce qui prouvait qu'en fin de compte j'étais bien vivant, que certaines parties de moi-même fonctionnaient encore.

Je l'ai arrêtée au milieu du pont du Gouverneur et nous nous sommes fait face. Elle semblait fatiguée après ses six heures passées dans le bar enfumé, mais peu importait ! Le ciel obscur, le fleuve si large et les lumières des rues qui dégringolaient la colline encadraient son visage. Dans ce froid piquant et avec tout l'éclat des lampadaires dans ses yeux, c'était si beau que j'ai forcément pensé qu'elle avait répété cette scène. Travaillé ses postures la veille au soir avec une batterie de miroirs et de mètres souples, en cherchant le meilleur angle possible pour me briser le cœur.

« Ce serait trop, fis-je, de te demander un baiser ? »

Eh oui, les choses se passent ainsi, pas vrai ? J'étais là à pinailler avec cette fille — allions-nous marcher en bavardant, prolonger cette halte pour nous embrasser, ou encore nous séparer au beau milieu de ce pont de Belfast bien moyen ? — quand soudain quelque chose m'est tombé dessus, une chose si énorme qu'elle a bien failli nous volatiliser tous les deux. Comme si Dieu était venu pour me parler, comme le meilleur passage de votre chanson préférée, et j'ai compris qu'elle incarnait tous mes désirs, tous mes besoins et que je pourrais tenir dans mes bras cette fille aux grands yeux et regretter malgré tout Sarah et que, d'une certaine manière, c'était très bien ainsi.

Et puis aussi, je ne suis pas trop moche ; je crois que ça a aidé, je crois que ça a joué en ma faveur.

Elle m'a embrassé et je me suis rappelé que j'avais oublié à quoi ça ressemblait.

Quand elle s'est déshabillée, j'ai remarqué que je n'avais même pas essayé de me faire une idée de ses seins, une attention assez exquise de la part d'un type comme moi. Finalement, ses seins étaient d'une discrétion étrange, douce et pâle. Elle a cru que j'étais déçu, commettant ainsi cette erreur féminine de ne pas comprendre combien ses seins importaient peu dans le jeu de l'amour.

Quand ma peau a touché la sienne, j'ai compris que je ne me suiciderais pas ce mois-ci, que la vie était une sacrée belle marchandise lorsqu'elle incluait une fille comme Mary. Et quand elle m'a touché, elle a touché ma fibre intime. Elle m'a touché jusqu'au cœur.

« Jake, dit-elle, Jake. »

Pourquoi pas ? C'était mon prénom.

Elle est partie avant l'aube. Elle voulait rentrer chez elle, au cas où son beau poulet lui téléphonerait en revenant de son quart de nuit. Notre deuxième conversation en attendant un taxi en deux jours. Elle essayait de me faire comprendre que c'était fini, une frasque d'une nuit, la dernière mode chez les filles ; à cette époque, c'étaient les types qui passaient leur semaine à attendre à côté du téléphone.

Je ne sais pas pourquoi je n'ai pas pu prendre ça au sérieux, pourquoi je n'ai pas pu m'y faire. Après toutes ces caresses, nous avions entamé un dialogue qu'elle ne pouvait pas clore en montant dans un taxi au beau milieu de la nuit.

Elle m'a dit que je lui plaisais. Qu'en d'autres circonstances, à un autre moment de sa vie, sur une autre planète, quelque chose aurait pu se faire. Mais, a-t-elle ajouté, nous devions nous montrer raisonnables. Elle aimait son flic, elle n'allait tout de même pas bousiller sa propre existence à cause de la manière dont je plissais les yeux en souriant.

J'ai souri.

Quand le taxi est arrivé, je l'ai accompagnée dans la rue. Elle s'est installée sur la banquette noire et elle a baissé la vitre. Le chauffeur a attendu au volant en faisant semblant, le brave, de ne rien entendre.

« Ce n'est pas fini, dis-je avec confiance en me penchant vers elle.

— Si, c'est fini. »

Elle avait remis du rouge à lèvres, elle portait de nouveau ses bas et ses hauts talons, elle n'était plus nue ; elle avait retrouvé toute sa fermeté.

« Impossible. » J'ai hasardé un sourire.

« N'attends rien de plus.

— Tu ne peux pas m'en empêcher.

— Je peux te le demander. »

Elle a donné son adresse au chauffeur, qui a enclenché la première. Mais alors même qu'elle venait de finir son sale boulot, son visage s'est soudain adouci, elle a bondi vers moi pour m'embrasser maladroitement par la vitre ouverte. La promesse des larmes lui écarquillait les yeux, elle s'est cogné la tête en se rasseyant, la coiffure et le rouge à lèvres tout de travers, et elle a disparu.

Debout dans la rue, je l'ai regardée partir en pensant combien il était difficile de ne pas tomber amoureux des gens quand ils faisaient des choses pareilles.

J'ai fumé quelques cigarettes, bu un peu de café et passé la nuit à regarder successivement par chacune de mes fenêtres.

J'avais eu une enfance malheureuse. Mes parents m'avaient foutu en l'air d'une manière à la fois compliquée et très simple. On dit souvent qu'une enfance pauvre constitue un handicap. On dit que ça fout en l'air pour la vie. On dit que ça vous apprend l'indifférence. On dit que ça vous rend triste. Mais je ne crois pas que l'enfance que j'ai connue m'ait jamais rendu triste. Je crois simplement qu'elle m'a fait tomber sans arrêt amoureux des filles.

Avant d'aller me coucher, j'ai appelé mon chat. Il a pris ses dix minutes traditionnelles d'arrêts couchés, de reptations prédatrices et de galops de chasse avant d'entrer. Et moi, avant de refermer la porte derrière lui, j'ai remarqué un nouveau graffiti sur le mur, à côté du poste de police.

Les gamins du quartier y écrivaient des tas de trucs par bravade ou besoin d'initiation. Mais c'étaient des broutilles et les flics étaient trop occupés ailleurs pour les enquiquiner. Tous les mois environ, un vieux type à l'esprit civique qui habitait à côté venait repeindre ce pan de mur. Et puis les gamins recommençaient. C'était devenu un rituel, qui me permettait même de savoir à quel moment du mois on était. Une bataille épique et presque touchante, très Belfast. Les gamins griffonnaient les sigles classiques des deux camps : IRA, INLA, UVF, UFF, UDA, IPLO, FTP (*Fuck the Pope*, Mort au Pape), FTQ (*Fuck the Queen*, Mort à la Reine) et une fois, variante hilarante, FTNP (*Fuck the New Pope*, Mort au Nouveau Pape). Mais le graffiti de ce soir était inédit pour moi. C'était le début du mois. Le vieux type avait repeint récemment son pan de mur, lequel était presque propre, et quelqu'un y avait écrit en lettres blanches d'un mètre de haut :

OTG

J'étais trop fatigué pour me demander ce que ça voulait dire.

Deux

Chuckie Lurgan traversait Ormeau Bridge d'un pas chancelant avec, au fond de la poche, les fragments d'un comprimé contre la gueule de bois. Il adressa une grimace à la Lagan dont les eaux brillantes gargouillaient et glougloutaient. Sous ses pieds, le pont semblait instable, comme si lui aussi était ivre. Effrayé, Chuckie pressa le pas pour atteindre l'extrémité opposée du pont alcoolisé.

Un klaxon cruel retentit soudain et Chuckie faillit s'évanouir. Le soleil perça les nuages léthargiques et Chuckie se sentit encore plus mal dans cette lumière subite. Tous les détails de la journée semblaient maléfiques. Mais en dépit de cette matinée sarcastique, Chuckie se sentait prendre un nouveau départ dans la vie. Même si les poches de son pantalon crasseux ne contenaient que trois livres et près de soixante pence, Chuckie débordait de potentialités. Chuckie avait maintenant trente ans. Chuckie avait des projets.

Il bifurqua dans Agincourt Avenue, une rue qui ne lui avait jamais plu. Elle était dépourvue d'arbres et son tempérament campagnard protestait contre cet étalage brutal de briques et de macadam. À mesure que Chuckie marchait, ses pensées gagnaient en confiance et en clarté. Après une autre nuit dissolue, il avait décidé d'organiser son existence. Il était las de l'incohérence de sa vie. Deux jours plus tôt, il avait eu trente ans. Il faut que ça change, comprit-il alors. En ce lundi solennel, il faisait à pied le long trajet à partir de Four Winds, car il avait conclu qu'il était désormais trop vieux pour prendre le bus. Ce moyen de transport était indigne d'un homme âgé de trente ans et un week-end.

Il arrivait à pied de Four Winds parce que ce matin-là, il s'était réveillé sonné et nauséeux dans le minuscule gale-tas de Slat Sloane, dans Democracy Street. Le week-end habituel consacré à la biture. Quarante-six pintes et deux repas. Les distractions de Chuckie constituaient une forme d'évolution inversée. Il consacrait alors tout son temps et son argent à se rendre moins intelligent, moins évolué. Et, apparemment, d'énormes quantités de temps et d'argent étaient indispensables pour finir dans la peau d'un reptile protozoaire vautré sur le sol de la cuisine de Slat.

« J'vais t'botter le cul de l'autre côté d'l'eau, couille molle ! »

Deux garçons furibards s'injuriaient en roulant furieusement sur le trottoir de Damascus Street. Tandis que Chuckie traversait la Terre Sainte, il passa en revue ses projets. Il avait besoin d'argent. Il avait besoin de beaucoup d'argent. Mais Chuckie n'était pas bête au point de chercher un emploi. Les boulots à plein-temps, c'était pour les crétins. Chuckie avait décidé de se lancer dans les affaires. Il sentait que son esprit d'indépendance l'obligeait à devenir son propre patron. Chuckie savait qu'il avait du chemin à faire, mais des expressions comme capital de départ, frais généraux ou marge de profit l'enthousiasmaient et lui semblaient tout aussi agréables qu'un compte en banque bien pourvu.

Il passa devant le lavomatic miteux à l'angle de Collingwood. Il adressa un sourire avantageux à la fille débraillée qui, assise près de la vitrine, attendait son linge. Elle se renfrogna et regarda ailleurs. Chuckie interpréta ce manège comme une coquetterie de sainte-nitouche. Ravi, il fit courir ses doigts à travers ses cheveux clairsemés. Tout en regardant l'enfilade de Jerusalem Street, il fut assez réaliste pour comprendre que ses projets étaient encore à l'état embryonnaire. Mais la perspective d'avoir un vrai bureau, d'avoir une vraie secrétaire (à la poitrine mirifique) et un vrai fauteuil confortable le plongeait dans une joie indescriptible. Les trois livres et presque soixante pence s'alourdissaient soudain au fond de sa poche. Malgré son envie subite de vomir ou d'éternuer, Chuckie se sentait gagner en importance.

« Alors, ça gaze, Chuckie ? »

Il s'arrêta net pour considérer le quidam. Il fouilla parmi les gravats de ses pensées ramollies à la recherche du nom de ce type et, à sa grande surprise, le trouva.

« Salut, Wilson. »

Stones Wilson eut un sourire gourmand en entendant prononcer son nom. Chuckie en conclut qu'il en aurait pour un moment. Le doigt osseux de Wilson tapotait comiquement le sternum de son interlocuteur.

« T'as pas l'air très frais, Chuckie.

— Je suis mort, mais pas encore raide. »

De nouveau, Wilson arbora son sourire : sa denture chevaline et ses gencives brillèrent au soleil.

« Ça fait un bail que t'as pas vu une matinée, je parie. »

Chuckie, le-bientôt-nouveau-riche, s'offensa :

« Tu m'offenses.

— Prends pas la mouche, Chuckie. Je blaguais. »

Chuckie se renfrogna néanmoins et regarda le trottoir. Du bout carré de sa chaussure, il essaya de déloger un vieux chewing-gum. Wilson ramait pour continuer le dialogue.

« Paraît que Ned va se marier avec cette fille aux gros nénés. Comment qu'elle s'appelle déjà ?

— Agnes.

— Ouais, Alice. Ça me plairait bien de me balader dans la rue avec cette poulette au bras. C'est quand, le grand jour ?

— J'en sais rien. »

Une faible joie agitait la lippe molle de Wilson.

« Tu vas être le dernier Lurgan célibataire. Sacrée responsabilité. »

Chuckie fronça de nouveau les sourcils. Il se rappela une soirée passée au Wigwam de Wilson, dans Constitution Street, quand Wilson avait fait son numéro de bouseux-à-Belfast. Trois plombes sur son séjour idyllique à Portrush-sur-Mer. Wilson avait plaqué le lycée technique au bout de deux mois, mais il se vantait toujours de sa brève fréquentation de l'éducation tertiaire. Chuckie tenait à filer avant que l'autre débile ne se lance sur Dostoïevski ou quelque ânerie du même tonneau.

« Écoute, Wilson. Faut que j'y aille. Je dois passer un entretien ce matin pour un poste important. Je veux pas être en retard. Tu sais ce que c'est. »

Les yeux de Wilson s'arrondirent sous le coup de l'incrédulité. Sa bouche flasque s'ouvrit, toute prête à sortir une repartie comique, mais au dernier moment son esprit le lâcha. Il marmonna quelques mots d'adieu indistincts et tapota virilement le bras de Chuckie.

« À plus tard », dit Chuckie en s'éloignant d'un bon pas.

Il traversa la rue vers Palestine Street. Une grosse voiture frôla sa silhouette massive en klaxonnant et en déviant brutalement de sa trajectoire. Il se retourna à peine tandis que le conducteur se penchait par la fenêtre pour lui crier une insulte. Chuckie leva le bras en un geste bassement profane et s'excusa de son mieux :

« Va te faire foutre, connard merdeux ! » hasarda-t-il.

Placide, Chuckie remonta Palestine Street. Bientôt, imagina-t-il, quand il aurait une voiture à lui, il se ferait un point d'honneur de klaxonner tous les piétons qu'il croiserait. Et si jamais il ne possédait toujours pas de voiture à la fin de l'année, il se promit d'en voler une. Il mourait d'envie de posséder une voiture. Il voulait sentir ce bien mobilier sous ses fesses. Il voulait sentir un volant entre ses mains adroites, un toit ouvrant au-dessus de sa tête. Il voulait rendre visite aux lave-voitures et aux garages. Il voulait fréquenter les parkings avec un engin à parquer. Chuckie aspirait à devenir un authentique citoyen automobiliste.

Lorsqu'il traversa Botanic pour se rendre au pub du York Hotel, Chuckie avait décidé la marque, la couleur et la cylindrée de la voiture rutilante que tous ses projets lui offriraient.

Les traits distinctifs du clan Lurgan, c'était que tous ses membres historiques avaient adoré la célébrité et que, trop souvent, les femmes Lurgan n'étaient pas mariées au père de leurs enfants. La lignée Lurgan était matriarcale. Et tous les Lurgan auraient vendu père et mère pour connaître la gloire.

En 1869, Mortimer Lurgan, lugubre copiste à l'Ulster Bank de Donegall Place, passa dix-huit heures à se geler les meules sur le trottoir de l'immeuble Chandlers, dans College Street. Charles Dickens, le célèbre romancier anglais, devait y faire une lecture. C'était son premier séjour à Belfast et sans doute son dernier. Pour un tel événement, Mortimer Lurgan tenait à figurer au premier rang.

Son désir fut exaucé et, ce soir-là, on pouvait voir Mortimer assis au milieu exact du tout premier rang de la salle, mielleux et extasié, même s'il n'entendait rien, car la soirée passée dans la rue l'avait rendu temporairement sourd.

Après la lecture, l'un des organisateurs présenta Mortimer au romancier épuisé. Quand Dickens apprit que Mortimer avait dormi dans la rue tant il désirait assister à cette lecture, une lueur d'intérêt papillonna sur son vieux visage ridé.

« Eh bien, monsieur Logan, dit-il, c'est un plaisir de rencontrer un vrai *aficionado.* »

Souriant aimablement, Dickens fut guidé vers une voiture aux rideaux tirés.

Pendant les six semaines suivantes, Mortimer Lurgan vécut sur un nuage en se remémorant tous les détails de cette brève mais émouvante entrevue. La partie de sa main droite que Dickens avait touchée, lui communiquant ainsi sa célébrité, semblait livide et particulièrement sensible. Mortimer prit deux décisions : primo, un jour il se lancerait dans la lecture d'un des romans de l'écrivain célèbre ; secundo, il découvrirait ce que signifiait *aficionado.*

Pendant l'été 1929, John Lurgan et sa famille passèrent leurs vacances dans un petit cottage proche de Bundoran. La famille de leur médecin de Belfast, les Flynn, avait trouvé un cottage voisin. Le docteur Flynn était célèbre à Belfast à cause de son travail dans les quartiers pauvres comme Sailortown et le Short Strand. L'accompagnaient son épouse, deux fils et une fille. L'un des fils Flynn tomba horriblement amoureux de Jenny, la ravissante fille, âgée de dix-huit ans, de John Lurgan. Mais Jenny découvrit bientôt que ce jeune homme l'ennuyait. Au début des vacances, une information, par ailleurs erronée, mit toute la région en émoi : le grand acteur Charlie Chaplin avait loué une confortable maison sur la côte pour une partie de l'été. Jenny, qui s'était laissée séduire par l'idée d'une éventuelle rencontre avec Chaplin, échafauda divers plans pour pénétrer dans la villa de l'acteur célèbre : simuler une blessure ou une crise cardiaque, se baigner nue dans le lac, se faire passer pour un membre éloigné de la famille royale suédoise, etc.

Le jeune Flynn, bien que beau garçon, ne pouvait espérer entamer la passion de Jenny pour la vedette de cinéma. Les Lurgan aimaient bien ce soupirant. Il était avenant, il appartenait à la bonne bourgeoisie, mais Jenny refusait catégoriquement de prêter l'oreille à leurs projets méprisables d'avancement social. Tous ses espoirs se concentraient sur cet effluve de célébrité, si proche qu'elle en ressentait presque les ondes. Tandis que Jenny gâchait son été en tentatives inutiles pour rencontrer Chaplin, le jeune Flynn essayait de son côté des démarches désespérées, toujours déçues. Il passa ainsi son été en vains efforts pour serrer dans ses bras le jeune corps odorant de Jenny. Et à l'automne, il quitta l'Irlande, amoureux évincé et malheureux. Il alla en Amérique, adopta le prénom de Errol et, en quelques années, devint une vedette de cinéma. Jenny en conçut ensuite une amertume durable.

En 1959, la fille de Jenny — la mère de Chuckie —, Peggy, renonça à se laver la main gauche pendant dix-huit mois afin de conserver la trace fantomatique laissée sur sa peau par la manche de la veste d'Eddie Cochrane quand, après son concert, le chanteur était sorti de l'Ulster Hall par la porte des artistes. Cette main devint d'abord noire, puis brune et enfin bleue de saleté ; un petit morceau de chewing gum collé à l'intérieur de son index gauche cristallisa avec le temps ; mais Peggy refusa obstinément de laver la trace imaginaire que Cochrane y avait laissée. Sa main fut enfin nettoyée (deux heures de récurage intensif, la peau se desquama comme du papier) le jour où Peggy apprit la mort d'Eddie.

Le père de Chuckie, qui épousa seulement sur le tard la mère de Chuckie, était resté indifférent à cette soif de célébrité. Ce n'était pas un Lurgan. Chuckie avait pris le nom de sa mère à sa naissance. Son père était un homme d'affaires qui avait passé ses meilleures années à Sandy Row à vendre des pilules d'amour à des matrones d'âge mûr. Pendant deux longues années il refusa d'épouser la mère de Chuckie, dont il planta alors la graine. Il finit par l'épouser le jour du premier anniversaire de son fils. Ensuite, fatigué de l'opprobre des Lurgan et finalement exaspéré par la collection des portraits de pop stars années soixante de son épouse, il prit la poudre d'escampette, laissant derrière lui l'impression tenace qu'à défaut de se suicider il était parti pour l'Idaho.

Chuckie savait que c'étaient des mensonges ou, à tout le moins, des sornettes. Car il avait vu son père deux ans plus tôt, ivre mort dans un bar de dockers qui ne fermait jamais. L'espace d'un instant, il avait envisagé de lui adresser la parole et de l'étreindre virilement au milieu de la rangée des tabourets minables. Mais il ne le fit pas. Le visage de son père rayonnait du bronzage sans soleil des poivrots à plein-temps. Cet homme habitait le pays que tous les alcooliques irlandais habitent. Et Chuckie n'avait aucune envie d'aller y faire un tour.

Quant à Chuckie, il avait manifesté la faiblesse atavique de sa famille en un certain nombre d'occasions. Lorsque Ronald Reagan était venu en Irlande, essayant de flatter l'autochtone dans un minuscule hameau de deux maisons du Kerry, Chuckie avait dormi sans résultat dans un champ voisin, en espérant serrer la pince du président américain, un homme qu'il méprisait.

Mais Chuckie avait craqué, complètement craqué, radicalement craqué, lors de la venue du pape en Irlande.

Bon,. Chuckie était méthodiste. Et dans le pays de Dieu, le protestant bon teint, pur sang, était censé réserver une haine toute particulière, ressentir une terreur toute-puissante face au Kommandant diabolique de toutes les hordes romaines. Depuis sa naissance, Chuckie était capable de hurler « Mort au pape » avec ses amis protestants les plus endurcis. Mais lorsqu'il apprit que l'homme en question, le nouveau pape polonais, allait débarquer en Irlande, il fut perplexe. D'accord, ce type était un sale catho, un Fenian, l'extension logique de tout ce qui était catholique dans le monde. Mais personne n'aurait pu nier sa célébrité.

Fasciné par la lueur aveuglante de l'aura pontificale, Chuckie se débrouilla en secret pour monter dans l'un des cars spéciaux qui devaient rejoindre Knock et la grand-messe en plein air. Sur le registre, il signa Seamus McGuffin en espérant que ce patronyme accorderait une expression romaine à ses traits frustes de l'Ulster et à ses yeux très écartés, profondément protestants.

Il y avait là-bas des milliers de gens. Le soleil cognait, les catholiques rissolaient dans la chaleur. Chuckie eut l'impression d'être le dernier méthodiste de la Terre entière.

La messe fut une morne et déroutante cérémonie. Chuckie paniqua à cause de son ignorance crasse des réponses que les autres récitaient comme s'il s'agissait chez eux d'une seconde nature. Convaincu qu'on célébrait toujours la messe catholique en latin, il avait d'abord envisagé de marmonner dans sa barbe un simulacre de borborygmes romains. Mais il découvrit avec horreur qu'on disait maintenant la messe en anglais et que ses grommellements stupides risquaient de le trahir. Il céda un instant à la terreur avant de remarquer tout à coup qu'autour de lui les gens le prenaient simplement pour un handicapé physique ou mental qu'on avait amené à cette grand-messe plutôt que de lui offrir le miracle plus certain d'un pèlerinage à Lourdes.

Le pape était un point balayé par le vent sur une plate-forme lointaine. Chuckie fut déçu. Mais, selon une rumeur persistante, le Souverain Poncif comptait, comme souvent, baguenauder un peu à la lisière de cet énorme rassemblement. Juste avant la fin du service, Chuckie se fraya donc un chemin jusqu'au premier rang, histoire de tenter sa chance.

Chuckie fut généreusement récompensé de son pari. En effet, le pape déambula brièvement le long des barrières de sécurité proches de l'autel. Il toucha quelques mains et se fendit de quelques bénédictions. Autour de Chuckie, les gens se pâmaient tandis que le pontife longeait la foule. Chuckie tendit les bras parmi la forêt des membres allongés et les doigts du pape effleurèrent les siens.

Après le départ du saint homme, les gens qui entouraient Chuckie se mirent à parler avec excitation. Il n'avait jamais vu des visages aussi satisfaits, aussi joyeux et lumineux. Leur existence venait d'être touchée par la grâce, par une grande émotion sacrée dont ils avaient follement besoin. Mais le plaisir de Chuckie était plus substantiel. Sa main palpitait d'un soudain afflux sanguin, elle enflait, électrifiée par ce contact avec la renommée, avec cette indéniable célébrité mondiale.

Un photographe miteux, qui avait mitraillé comme un fou, vanta ses clichés aux fidèles, affirmant qu'il avait pris des images où on les voyait simultanément, eux et le pape. Chuckie méprisa la crédulité des autres, mais commanda deux tirages pour lui-même.

Deux semaines plus tard, un paquet arriva avec ses photographies. L'une était absurde, un fouillis confus de bras et une aube blanche toute floue ; l'autre, en revanche, était parfaite. Les bras étaient moins flous, moins chaotiques, et deux personnages sortaient nettement de la mêlée. Le pape polonais tendait un bras face à la foule. Et au milieu de cette foule, Chuckie se tenait à cinq pas du Souverain Pontife, le bras droit allongé vers lui, ses doigts à une quinzaine de centimètres de ceux du pape.

Ce fut un moment inoubliable pour Chuckie, une émotion passablement compliquée. Il comprit qu'il venait d'entrer en grande pompe dans les annales de ses ancêtres chercheurs de célébrité. Mais aussi, débordant de joie et de fierté après cette rencontre mémorable, Chuckie se sentit contraint d'effectuer une démarche généreuse et œcuménique : il fit encadrer cette photo pour l'accrocher au mur du salon de son domicile très protestant.

Ainsi naquit l'esprit de modération chez Chuckie. Il n'avait encore que dix-sept ans et, quand certains de ses coreligionnaires plus frustes apprenaient l'existence de cette image sur son mur, ils le jugeaient toujours bien assez jeune pour subir leurs passages à tabac juvéniles. Encaissant les gnons, les plaies et les bosses infligés par ses petits camarades, Chuckie, qui défendait seulement le pape à cause de sa célébrité, se mit à voir toute l'absurdité de cette haine, de cette peur. On s'en foutait que le pape soit catho, si le pape avait sa tronche dans le journal, pas vrai ?

Ainsi, durant les années suivantes, cette modération provoqua un changement dans les fréquentations de Chuckie. Il rencontra Slat Sloane, Jake Jackson et une kyrielle de catholiques romains. Il passait du temps avec eux, il mangeait dans leurs maisons, il rencontrait leurs parents et, plus crucial encore, il voyait les images sur leurs murs. Tout en développant ces rapports avec les catholiques, il découvrit non sans agacement que les parents de tous ses nouveaux copains s'étaient rendus à Knock lors du voyage du pape en Irlande et que tout le monde avait au mur le même genre de photo prise ce jour-là — le pape à la lisière de la foule et un membre de la famille tout près de lui parmi le fouillis des dévots.

Pendant les deux premières années, Chuckie n'avait réussi à inviter chez lui aucun de ses amis catholiques, d'abord parce qu'il se méfiait des réactions de sa mère méthodiste — comme ils n'avaient jamais discuté d'œcuménisme, il ne connaissait pas très bien son opinion sur ce sujet — et ensuite parce qu'il craignait de ramener des amis catholiques dans une rue située à l'épicentre rouge, blanc, bleu de la ceinture loyaliste protestante de la ville.

Néanmoins, il devait aussi le reconnaître, il ne voulait pas qu'ils voient sa photographie du pape. Avec leur expérience des photographies du pape, il savait qu'ils ne seraient guère impressionnés. Chukie décida qu'il fallait faire quelque chose. Il eut une idée. Il décrocha la photo du mur, retira le cliché du cadre et l'apporta à Dex, un alcoolique et ancien graphiste publicitaire qui habitait Cairo Street. Dex devait son surnom au fait qu'il peignait très facilement des deux mains. Ce type était un génie de l'aérographe qui ne se vantait jamais d'avoir jadis travaillé pour Coca-Cola. Chuckie lui promit deux bouteilles de whisky Bell's en échange d'un bon travail et d'une discrétion absolue. Puis il lui dit ce qu'il voulait.

Deux jours plus tard, Chuckie récupéra sa photographie, l'encadra de nouveau et la remit au mur. Son ami de Cairo Street avait soigneusement masqué avec de la peinture les autres personnages humains, en dehors de Chuckie et du pape. Il restait seulement le pape et Chuckie, les bras tendus l'un vers l'autre, dans une espèce de brume marron irréelle.

Une heure plus tard, Chuckie avait de nouveau décroché sa photo pour la rapporter à Cairo Street. De la main du peintre, il arracha la seconde bouteille de whisky et le remit au travail. L'image manquait beaucoup de réalisme. Elle avait besoin d'un paysage.

Deux autres jours passèrent. Chuckie avait déjà promis à Slat et à Jake qu'ils pourraient bientôt venir lui rendre visite chez les Lurgan. Il était tellement inquiet qu'il faillit en perdre du poids.

La deuxième fois où il alla chercher sa photo, il fut plus content. Dex avait peint quelques arbres et haies hautement réalistes, un peu de bonne herbe verte, un ciel improbable et même un banc public — on avait l'impression que Chuckie et le pape se baladaient dans un jardin agréable ou dans le parc d'un hôtel. Chuckie la remit au mur, téléphona à Jake et lui dit de venir le voir dans l'après-midi.

Mais l'heure d'attente fut fatale et, lorsque Jake se fraya un chemin très catholique jusqu'à la porte protestante de Chuckie, ce dernier resta allongé par terre pendant vingt minutes sans répondre à son ami qui frappait d'un index de plus en plus irrité. Cette rencontre du pape et de lui-même en extérieur n'était pas assez frappante. On aurait vraiment dit le fruit du hasard, une poignée de mains banale, sans raison d'être. Chuckie retourna à Cairo Street.

Le foie de Dex en prit un coup lorsque Chuckie lui apporta ses cinquième et sixième bouteilles de whisky de la semaine. Fais-moi un intérieur, lui demanda-t-il. Fais-moi des murs, un toit et des accessoires. Dex le regarda avec avidité. Alors, je serai content, poursuivit Chuckie sans conviction.

Et il le fut presque. Après s'être excusé platement auprès d'un Jake furibard, Chuckie fut ravi de découvrir les dernières trouvailles de Dex. Ce vieux gredin avait toujours le feu sacré. Maintenant, le pape et Chuckie se trouvaient dans une pièce modeste mais spacieuse, peut-être laïque, mais peut-être aussi un séminaire. Il y avait des murs, un plafond, des fauteuils, une étagère, même une baie vitrée d'où jaillissait un rai de lumière excessivement mystique qui atterrissait tout près du pontife. Chuckie accrocha ce chef-d'œuvre à son mur et se promit que cette fois-ci c'était la bonne.

Chuckie invita tous les catholiques qu'il avait rencontrés à venir chez lui le samedi suivant. Sa mère serait sortie — sa gloire à lui complète.

Ce samedi-là, Chuckie se réveilla de bonne heure. Il but du thé léger tout en regardant sa photographie et il se sentit déprimer tandis que la honte l'envahissait. Malgré toutes les fioritures aérographiques de Dex, la photo avait manifestement épaissi. Le moral de Chuckie s'effondra quand il constata que quelque chose clochait encore. Maintenant, la posture des deux personnages était trop dramatique. Dans la version en extérieur, qu'ils soient tous les deux debout, les bras tendus l'un vers l'autre, n'avait pas semblé trop incongru. Mais maintenant, dans cet intérieur paisible, les attitudes étaient vraiment absurdes. Ces deux bras tendus au-dessus des étagères feraient hurler de rire.

Il restait encore quelques minutes avant neuf heures. Chuckie s'habilla et fonça vers Cairo Street.

Il trouva Dex allongé sur son pas de porte, ses vêtements une géographie brouillée de sa nuit. Il était dix heures passées lorsqu'il retrouva l'usage du langage. Chuckie lui expliqua le dernier problème de la photographie et demanda à Dex de le résoudre et de rendre cette image moins ridicule. Chuckie lui dit qu'il avait une heure. Il rentra chez lui sans espoir.

Quand Slat, Jake et les autres arrivèrent, Chuckie les fit attendre du mieux qu'il put. Il les dirigea vers la cuisine exiguë, où ils fumèrent, burent du thé et mentirent à propos de drogues et de filles pendant une heure. Septic Ted, qui avait la gueule de bois, réclamait sans arrêt qu'ils aillent dans le salon pour pouvoir s'allonger et cuver leur nuit. Chuckie, qui s'était souvent vanté de la supériorité de sa photo du pape, finissait par perdre espoir quand on frappa à la porte.

Dex attendait sur le perron, le visage couvert de sueur et d'un masque hideux. L'air désespéré, il tendit la photographie encadrée comme une offrande de paix.

« Fous-la au mur et tire-toi », marmonna Chuckie.

Humblement, le malheureux Dex rasa les murs jusqu'au salon. Chuckie retourna dans la cuisine, laissa la conversation se poursuivre pendant quatre-vingt-quinze secondes, puis entendit Dex battre en retraite et fermer la porte derrière lui. Le jeune Lurgan suggéra alors que tout le monde passe au salon.

Ses amis sortirent de la cuisine et entrèrent au salon. Lorsque Chuckie y pénétra après eux, il entendait déjà les exclamations de surprise et d'admiration des autres :

« De dieu, ça c'est une trouvaille !

— Ils s'embêtent pas.

— Rien que des poivrots.

— Merde alors. »

À l'extrémité de la pièce, Chuckie essaya d'arborer un sourire modeste. Il apercevait la photographie entre les têtes de ses amis et ne percevait aucune différence. Il voyait les deux personnages dans la pièce, les bras tendus l'un vers l'autre. Il s'approcha de l'image en imaginant des punitions terribles, mais aussi en reconnaissant qu'il n'avait guère laissé beaucoup de temps à Dex. Néanmoins, une fois arrivé à deux pas de la fameuse photographie, il vit que Dex avait tout arrangé, que ces postures jadis absurdes passaient maintenant très bien, et Chuckie prit enfin conscience de toute l'étendue du génie de l'artiste.

Car ils étaient là tous les deux, le pape et Chuckie, les bras toujours tendus l'un vers l'autre, une bouteille de whisky dans la main du pape, un verre dans celle de Chuckie.

Six semaines plus tard, Dex était mort. Les gamins hurlèrent qu'il était maintenant un ex-Dex et ils s'amusèrent beaucoup. Les matrones du quartier se campèrent, bras dessus bras dessous, sur le seuil de leur maison. Voilà où vous conduisait immanquablement la boisson, se disaient-elles, assez fort pour qu'un éventuel mari en goguette puisse les entendre.

Mais Chuckie cacha sa photographie et désapprouva en silence.

Dans la salle de la Botanic Inn, Chuckie Lurgan racontait une blague. Personne ne rit aux éclats et Chuckie eut conscience d'un échec. Il songea tout à coup à rentrer chez lui. Il se sentait fatigué après s'être levé à une heure inhabituellement matinale et avoir passé sa journée dans six bars différents à tirer des plans sur la comète fiscale. Il avait bu trop de bière de mauvaise qualité, offerte par trop de gens qu'il ne connaissait pas vraiment. En jetant un coup d'œil dans l'obscurité surpeuplée du bar, il eut vaguement conscience de gaspiller ses forces productives.

Résolu, il vida le dernier tiers de sa dernière pinte à grandes goulées énergiques et posa sur le bar le verre ainsi vaincu. À un homme de Pacific Avenue, il adressa un salut qui passa inaperçu et il se fraya un chemin à travers la foule compacte. Il lâcha un jet odorant dans les toilettes, puis quitta ce bar où, il en était certain, il ne remettrait jamais les pieds.

Dehors, il fut aussitôt mouillé par la pluie qui tombait comme des doigts sur son visage. Chuckie chercha un arrêt de bus.

*

Eureka Street, dix heures du soir. L'obscurité était douce et colorée. Au numéro 7, M. et Mme Playfair marmonnaient dans leur lit minuscule, un Sommeil-d'Or flambant neuf acheté 99 livres à l'occasion d'une vente organisée dans une boutique plastiquée de Sprucefield. De l'autre côté de la rue, au numéro 12, Johnny Murray, dans la lumière tamisée d'un abat-jour, proposait la beauté de son pénis en érection au miroir d'une armoire. Au numéro 22, Edward Carson regardait la télévision et savourait une canette de bière ; il était ravi que ses enfants (Billy, Barry et Rosie) dorment enfin et que sa femme acariâtre barbote dans son bain ; tout à son euphorie, Edward éclata de rire en regardant un truc à la télé qu'il ne trouvait même pas drôle. Au numéro 27, le mot *Bellevue* peint en caractères rococo sur une plaque de bois fixée près de la porte, M. et Mme Stevens étaient absents, en vacances à Bundoran ; Julia, leur fille (heureusement restée à la maison), montrait ses deux seins à Robert Cole, qui auparavant n'avait aperçu que la partie supérieure du téton gauche lors d'une fête mémorable sur Chemical Street. Au numéro 34, un homme silencieux fumait sa soixante-cinquième cigarette de la journée en pensant à son fils policier, mort depuis dix ans.

Au numéro 42, Chuckie Lurgan était assis dans un fragile fauteuil de deuxième main. Onze heures approchaient et le temps s'écoulait bizarrement. Comme Chuckie, le temps semblait inerte, paresseux. Chuckie avait beau ne rien attendre, il se sentait tout excité par le sentiment d'une mission. Il se leva de son fauteuil pour rejoindre la fenêtre. Il regarda dans la rue. Ses yeux passèrent sur les numéros 7, 12, 22, 27 et 34 sans le moindre commentaire. Il eut conscience d'une vague inflation, d'une massivité dans Eureka Street. Il ne s'en inquiéta pas. Il imputa cette impression à un Dieu hypothétique et regagna son fauteuil.

Il perçut les impacts assourdis d'une dispute entre ses voisins, les Murtagh. Les sonorités marécageuses de leur controverse prolétarienne le firent grimacer. Chuckie avait honte de la manière dont ses concitoyens s'exprimaient. Les accents de cette ville l'atterraient. Son propre accent était aussi épais que celui des autres, mais pour Chuckie les habitants de Belfast parlaient comme s'ils avaient la bouche pleine d'allumettes enflammées ou de cigarettes allumées. Il aspirait à l'élégance dans l'élocution.

Mais cette irritation fut momentanée, car Chuckie débordait d'amour. Des décharges de suave extase lui donnaient la chair de poule, des frissons lui parcouraient la colonne vertébrale. Il l'avait vue, dix heures plus tôt, dans les pinceaux de lumière qui entraient par les quatre vitres dans la salle du haut de la Botanic Inn, la fille parfaite dans le bar parfait. Il était tombé, croyait-il, amoureux.

Elle déjeunait avec des amis tandis que Chuckie entamait la phase cruciale de l'humidification quotidienne de son gosier. Jetant des coups d'œil vers elle tout en essayant de convaincre Pete le Prêtre de lui payer un coup, Chuckie s'était senti profondément hétérosexuel. Un bref regard au miroir mural lui apprit (à tort) qu'il avait fière allure. Ce n'était pas qu'elle était belle. Elle était jolie, certainement. Mais cela tenait plus à ce qu'elle lui renvoyait de lui-même. Il se dirigea vers sa table.

Il lui avait servi le baratin habituel. Et, à sa grande surprise, elle s'était montrée polie, voire amicale. Chuckie avait l'habitude des rebuffades sèches et définitives, et l'amabilité de cette fille l'encouragea davantage qu'elle n'aurait dû le faire. Comme elle était américaine, son affabilité lui était peut-être consubstantielle. Néanmoins, ce fut plus fort que lui, il ne put s'empêcher de se laisser tomber sur la chaise laissée vacante par l'amie de cette fille, une harpie au visage fermé, lorsqu'elle était partie aux gogues.

Il ne lui avait pas raconté trop de mensonges, il n'avait pas lorgné exclusivement ses seins. Tout se passait bien. Une relative honnêteté et un regard braqué sur son visage lorsqu'elle parlait relevaient d'un comportement admirable selon les critères de Chuckie. Il s'était brièvement senti dans la peau d'un David Niven rondouillard.

Elle s'appelait Max et elle habitait Belfast depuis un an. Elle lui dit qu'elle travaillait dans une crèche ou une école maternelle. Son amie, qui avait un drôle de nom, lui apprit ensuite que Max était propriétaire de la crèche où elle travaillait. Les intestins de Chuckie se liquéfièrent brusquement à la pensée qu'elle était peut-être riche.

Trop tôt, Pete le Prêtre lui avait cassé les couilles pour aller chez Lavery, en prévision de la tournée des pubs de l'après-midi et de l'habituelle cavalcade nocturne du lundi. Mais Chuckie avait abattu un boulot formidable avec cette fille. Il avait pris certaines décisions. Plus qu'entamé les manœuvres d'approche. Magiquement, elle lui avait donné son numéro de téléphone.

Il avait levé l'ancre en renâclant, en proie à un sentiment inédit, une soudaine affection pour cette avenante Américaine qui semblait s'accorder parfaitement avec son statut imminent de nabab. Pete et lui éclusèrent pendant le restant de la journée, comme d'habitude, se perdant de vue parmi la foule du Rotterdam, entre bière et spiritueux. Il avait ensuite retraversé la ville en sens inverse jusqu'au Bot dans le vain espoir de retrouver son Américaine et dans l'espoir nettement plus réaliste que la descente de cette fille fût beaucoup trop modérée pour qu'elle y soit encore. Constatant l'absence de l'être cher, Chuckie se contenta de regarder le numéro de téléphone sur le bout de papier et d'extorquer quelques bières à des gens incapables de refuser. Alors que la soirée s'effilochait, il se sentait à la veille d'une grande aventure.

Et maintenant qu'il était de retour chez lui, cette excitation ne le quittait pas. Même la dissipation de sa demi-ébriété ne le fit pas redescendre sur terre. Penser à elle accordait une curieuse réalité, une chair tiède, à ses rêves de richesse. D'une certaine manière, elle les rendait possibles. Peut-être parce qu'il savait qu'elle était la crême de la crême, le haut du panier. Peut-être parce qu'elle rendait ses rêves nécessaires.

Il ne comprenait pas bien pourquoi, mais il ne pouvait s'empêcher de penser à elle. Quand elle avait souri, ses lèvres s'étaient distendues comme sur le point de se fendre. C'était peut-être la forme de sa tête ou le teint de son visage. Il savait seulement qu'elle lui plaisait et, plus tard ce soir-là, dans tous les autres bars, c'était resté gravé en lui alors même qu'elle n'était plus là.

Chuckie se leva de son fauteuil et décida d'aller se coucher. Il eut honte de tirer le rideau sur cette journée à une heure aussi peu virile — jamais, depuis qu'il avait douze ans, il ne s'était couché avant minuit. Il savait que la passion lui donnerait des insomnies, mais il s'en moquait. L'oisiveté lucide de son fauteuil lui était insupportable. Il y verrait plus clair, il serait plus calme dans le noir.

Il éteignit toutes les lumières et gravit l'étroit escalier. Dans la salle de bains, il urina copieusement une fois de plus, mais ne prit pas la peine de se laver les dents. Il calcula qu'il buvait quotidiennement une pinte et demie de bonne eau du robinet de l'Ulster et conclut qu'ainsi il absorbait assez de fluor. Ses dents étaient bien assez propres comme ça. Chuckie n'aimait pas en rajouter.

Il éteignit la lumière de la salle de bains et traversa le palier minuscule jusqu'à la porte de sa chambre. Avant d'y pénétrer, il jeta un coup d'œil par la porte ouverte de la petite chambre de sa mère. Sa vue s'habitua très vite à l'obscurité et il discerna la forme massive et dodue de sa mère, enveloppée et entortillée comme une limace dans la literie. Elle s'endormait très vite. Elle avait la bouche ouverte et, sur sa joue, Chuckie aperçut une minuscule trace brillante de salive. Il se demanda à quoi elle rêvait.

(Mme Lurgan rêvait à la soirée glaciale du mardi 2 novembre 1964 quand, âgée de vingt ans et vêtue d'une robe à pois outrageusement courte, elle avait parcouru cent soixante-dix mètres en pleurant et en agitant bras et jambes, sur le toit de la grosse voiture noire qui ramenait les Beatles du cinéma ABC sur Fisherwick Avenue jusqu'au moment où, par pure bonté d'âme, ils avaient fait arrêter ladite voiture et elle-même était tombée sur le macadam, lequel s'était révélé infiniment plus dur qu'on aurait pu le croire.)

Chuckie se déshabilla et rampa aussitôt sous les draps. Il attendit en frissonnant que le matelas se réchauffe. À mesure qu'il pensait à cette fille tellement parfaite, son pénis s'épanouit lentement. Surpris par son désir, il croisa fermement les bras sur sa poitrine. Il décida de ne pas se masturber à cause d'elle. Il avait la conviction qu'il devrait au moins appeler cette fille avant de prendre la liberté de se masturber en pensant à elle. Il se mit à l'imaginer vaguement en train de lui téléphoner au bureau, installée à côté de lui dans sa voiture fantôme, équipée d'un volant et d'un toit ouvrant, pendant qu'ils musardaient amoureusement au lave-voiture.

Bientôt, étonnamment tôt, il s'endormit.

Trois

Dans la semaine qui suivit, Chuckie décrocha un rendez-vous. Après quelques tergiversations, John Long accepta de lui parler. À un moment, Chuckie faillit user de cet argument que Long avait sans doute tronché la mère de Chuckie quand il était gamin, mais en définitive il ne fut pas contraint d'y faire appel.

John Long était un vrai autochtone, originaire d'Eureka Street. Après un séjour de trois ans en Angleterre, il en était revenu, encore adolescent, avec deux mille livres mystérieusement engrangées sur son compte bancaire. Il avait acheté deux magasins dans la rue, puis encore deux autres. Il avait ensuite disparu de la circulation et les habitants d'Eureka Street n'apprenaient que par ouï-dire ses autres investissements, ou bien lorsqu'il revenait dans cette rue où il avait grandi, pour flirter avec les vieilles et rouler les mécaniques devant les vieux. John Long, tristement nommé car c'était presque un nain, était désormais un quinquagénaire prospère mais assez laid, qui conduisait de grosses voitures et vivait à Hollywood, dans une grande maison si affreusement neuve qu'elle semblait avoir été déballée la veille.

Ils se rencontrèrent ce jeudi-là dans l'un des entrepôts de Long, à côté de la riche Bangor. Le trajet se résuma à deux bus et une marche de cinq kilomètres sous la pluie pour Chuckie, qui arriva au lieu de rendez-vous au moment précis où la Mercedes de Long entrait sans bruit dans le parking. Long descendit de sa voiture, une vraie caricature du parvenu machouilleur de cigare et affublé d'un pardessus en poil de chameau. Il avisa d'un air réprobateur la silhouette éreintée de Chuckie, lequel se promit silencieusement de lui garder un chien de sa chienne en souvenir de cette entrée en matière humiliante.

Dans la pièce en désordre qui lui tenait lieu de bureau et qui était plus intimidante, plus impressionnante qu'un bureau luxueux, Long se montra courtois, expansif.

« Ça fait des années que j'ai pas vu ta mère. C'était une fille splendide. Comment va-t-elle ? »

Chuckie se rappela les visites de Long, l'homme aux cheveux pommadés, au parfum onéreux et aux sacs remplis de fruits très peu irlandais : raisin, melon et pêches. Le visiteur ne lui avait pas plu à l'époque, mais il avait adoré ces effluves de luxe, la grosse voiture garée dehors et cette aura de grand chic que le visiteur apportait toujours avec lui. Il se rappela aussi les chuchotements compliqués qui l'avaient tracassé et effrayé. Et il avait détesté la fois où cet homme lui avait tendu un fruit exotique en lui disant d'aller jouer ailleurs.

« Elle va bien. Elle m'a demandé de vous transmettre son bonjour.

— Eh oui, en ce moment j'arrête pas de penser à Peggy. On se fait tous vieux. Sacrée tragédie, surtout pour les femmes. »

Long passa la main sur ses cheveux clairsemés. Il avait

toujours été vaniteux, bien que jamais beau. Ainsi sa suffisance était-elle déplacée. Il avait terriblement vieilli. Son visage s'était effondré, ses rides évoquaient d'anciennes cicatrices courant comme des ruisseaux sur tout son visage, en suivant le contour du nez, du sourcil ou de l'oreille à la façon de lignes de faille.

« M'man a toujours belle allure, vous savez.

— J'en doute pas. J'en doute pas une seconde. »

Chuckie sentit qu'un affrontement bille en tête n'était pas de mise. Il espérait que Long allait l'aider à devenir riche. Il essaya un sourire aimable, mais dans cette tentative il dénuda un peu trop les dents.

Long décida de mettre un terme à ce badinage :

« Alors comme ça, tu voulais me parler, fils ?

— Oui. »

Long s'adossa à son siège, posa les pieds sur le bureau en désordre et alluma un autre cigare sans en offrir à Chuckie. Cet homme n'avait pas la moindre intention de lui faciliter les choses. Il y eut un silence gêné, dont Chuckie profita pour enrichir sa liste de doléances, puis il se lança.

Il parla à Long de ses projets d'investissements dans le monde des affaires, de ses projets pour trouver des sponsors, des bourses gouvernementales, toutes sortes de subventions bonasses. Tout en gardant les détails concrets dans le flou le plus artistique qui soit, il évoqua ses rêves de réseaux de sociétés, chacune travaillant pour les autres, de monopoles, d'empires. Il parla avec audace de sommes d'argent qu'il savait à peine compter. Il s'échauffa et exagéra ; au fur et à mesure qu'il s'enflammait, sa voix diminuait. Elle se réduisit enfin à un simple filet, puis il se tut.

Long mordillait son cigare avec un air de fausse

concentration tout en soupirant avec une satisfaction non feinte. Chuckie sentait que le moghol local appréciait sa prestation. Quel plaisir, de pouvoir regarder le passé de haut, de se prouver qu'on avait bel et bien quitté l'endroit où l'on avait grandi. Long ôta ses pieds du bureau et se pencha en avant avec un dynamisme théâtral. Ses yeux se plissèrent de malice.

« Je ne te prêterai pas d'argent. »

Chuckie tenta de rétorquer qu'il n'en avait pas demandé, mais d'un geste de la main Long balaya ses objections. Il cracha dans la corbeille à papiers.

« Pas d'argent, mais je vais te donner un conseil gratuit. Ça te va ?

— Pas vraiment. »

Long fit la sourde oreille. Il éteignit son cigare et regarda, derrière la cloison en verre, les marchandises rangées dans son entrepôt. Apparemment, ce spectacle lui plaisait. Son regard, presque embué d'émotion, se posa sur Chuckie.

« T'es qu'un pauvre couillon d'Eureka Street, fils. Mais j'ai commencé comme toi. J'ai travaillé dur et maintenant j'ai tout ce que tu désires. Et tu sais quoi ? Ç'a été facile. Je me suis jamais beaucoup préoccupé des femmes, des filles qui traînent dans les bars. »

Chuckie prit garde de ne pas tressaillir. Il savait que Long était trop niais pour comprendre exactement ce qu'il venait de dire, mais Chuckie maudit intérieurement sa mère qui avait commis l'erreur de choisir cet homme.

Long se leva pour annoncer la fin de l'entretien et accentuer l'effet de son silence.

« Tu veux connaître la recette du succès ?

— C'est quoi ?

— Pas de femmes. Au début, je croyais que la recette du succès était : travaille maintenant, baise plus tard. Ensuite, j'ai cru que c'était : baise maintenant, travaille plus tard. Mais alors, j'ai découvert que c'était, bien sûr... »

Il marqua une nouvelle pause, comme un instituteur fatigué, attendant que le jeune Lurgan achève machinalement le dicton du jour.

« Quoi ? demanda Chuckie.

— Travaille maintenant, travaille plus tard. Et laisse tomber la baise. »

Il arborait le sourire d'un prophète.

La pluie s'était muée en ces hachures grises typiques des enterrements irlandais. Chuckie, ni sucre ni sel, savait qu'il ne fondrait pas, mais il ressentit vivement l'humiliation de la marche vers l'arrêt de bus, surtout lorsque la Mercedes de John Long le dépassa. Les deux brefs coups de klaxon comportaient une allusion sarcastique qui le blessa.

Dans l'heure qu'il mit à rejoindre l'arrêt de bus, il tisonna si bien sa colère et sa douleur que le châtiment qu'il destinait au peu long John s'intégrait viscéralement à ses rêves de richesse. Il avait eu deux options, deux plans pour trouver les sommes initiales si indispensables pour se lancer dans la carrière capitaliste.

Le premier plan avait consisté à demander cet argent à Long.

Le second plan avait consisté à chercher un autre plan.

Il cassa son deuxième billet de cinq livres pour payer son trajet de bus jusqu'à Belfast. Il espéra que ses allocs arriveraient le lendemain. Mais quand le bus quitta l'arrêt et que Chuckie regarda autour de lui les autres passagers trempés, qui avaient commencé de fumer un peu dans la chaleur du véhicule, sa bonne humeur revint mystérieusement. Malgré les innombrables humiliations et souffrances de sa vie présente, il savait qu'il allait passer quarante minutes au chaud, la tête posée contre la vitre, à penser à la jeune Américaine.

Il décida de lui téléphoner ce soir-là, mais lorsqu'il se demanda ce qu'il lui dirait, rien ne lui vint à l'esprit. Il essuya un peu de buée sur la vitre et posa les bras sur son ventre. Déjà, penser à elle le réconfortait. Ses projets lui paraissaient de nouveau plus vraisemblables. Inclure cette fille dans sa vie lui coûterait forcément bonbon. Il l'inclurait forcément dans sa vie. *Ergo*, il aurait forcément le fric pour.

Il aimait le nom de l'Américaine. Max. Et il était très content qu'elle soit américaine. Il n'était pas entièrement certain qu'il l'aimerait ou qu'il devrait l'aimer. L'amour était un peu ambitieux. L'échange de fluides corporels suffirait pour commencer.

Chuckie était toujours affamé de sexe, mais selon ses propres critères — des critères plus lyriques et grandioses que tout ce qu'on peut imaginer. Il cherchait des formes d'union mystique qu'il considérait comme impossibles avec les femmes de Belfast. Elles ne constituaient pas des réceptacles naturels pour ses fluides vivants. Il était donc extrêmement content qu'elle soit américaine.

Chuckie pensait souvent à ses anciennes amies. Des souvenirs tout sauf brumeux, comme autant de formulaires érotiques. Il pensait à l'année de ses sept ans, quand il tomba amoureux d'une professeur de piano qui jouait du Mozart et du blues. Il pensait à la bonne vieille mauvaise vieille époque de ses seize ans, quand sa mère refusait de laisser entrer les filles à la maison ; quand il renonça à compter les nuits passées dans une cabine téléphonique après la fermeture des pubs, à appeler tous ses copains pour essayer de trouver un lit ou même un coin tranquille pour tirer un coup, rapide ou lent.

Il aimait penser à la cohorte des filles de Belfast qui, à l'intérieur de la cuisse, portaient son graffiti invisible :

Chuckie est passé par là
bref mais inoubliable.

Bon nombre des trente années gâchées de Chuckie furent consacrées à la quête de la rencontre érotique. Il avait passé beaucoup de temps à errer dans la ville, à écumer Belfast à la recherche du sexe, à battre un pavé lépreux pour trouver certaine qualité de lubricité. Il la localisa d'abord à la Bibliothèque Centrale, dans la salle de consultation citronnée, chez une fille qui révisait ses examens pour une école de commerce. Ils s'assirent près des vingt volumes contenant l'intégralité des discours de Winston Churchill et là Chuckie connut son vingt-huitième orgasme, le premier entre les mains d'autrui.

Ainsi commença une carrière érotique beaucoup plus réussie qu'il n'aurait pu s'y attendre. Chuckie n'était pas beau. Il s'était mis à perdre ses cheveux blonds avant l'anniversaire de ses vingt et un ans, son ventre ressemblait à un ballon bien gonflé et il avait les seins d'une jeune fille de treize ans. Malgré tout, les femmes couchaient avec lui selon une espèce de régularité monotone. Il avait toujours été fier de son pénis — massif et rose comme un avant-bras de bébé — et il attribuait l'essentiel de son succès à cette partie de son anatomie, la plus probante.

Mais aucune fille, aucune femme n'avait jamais entamé le marécage de son être. Et Chuckie s'en plaignait amèrement. Chuckie voulait se perdre dans l'autre. Chuckie voulait une fille capable de faire brûler la vie dans son cœur comme du plomb fondu. Chuckie voulait découvrir le secret de l'amour authentique.

« Z'avez du feu ? »

Une vieille femme, debout au-dessus du siège de Chuckie, son manteau mouillé lui tombant des épaules, tendait ses seins vers lui.

« Mmmm ? demanda Chuckie.

— Du feu. Z'avez du feu ? »

Chuckie, qui fumait rarement, avait toujours un briquet sur lui. Il lui servait à graisser les rouages de la conversation avec les brunes pulpeuses des bars. Il fouilla dans ses poches et tendit un briquet jetable à la vieille. Elle alluma sa cigarette et s'apprêta à lui rendre l'objet.

« Non, gardez-le, dit Chuckie. J'ai arrêté. »

La vieille femme se figea, la main tendue, avec une expression de surprise exagérée.

« Ah, que Dieu vous garde, mon fils. Très aimable à vous. »

Elle retourna en chancelant vers son siège. Chuckie la vit s'asseoir quatre rangées devant lui, dans la partie non-fumeurs du bus, et annoncer la générosité de Chuckie à sa compagne, une dame tout aussi corpulente, tout aussi décrépite. Leurs exclamations de surprise envahirent presque tout le bus et Chuckie dut endurer un assaut compliqué de hochements de tête et de sourires de la part des deux vieilles qui s'étaient retournées avec un bel ensemble pour saluer son beau geste. Quelques passagers se retournèrent aussi et il fit les frais de quelques sourires amusés. Il rougit, il s'inquiéta.

Il essaya de regarder à travers les vitres trempées. Les champs et les maisons baignaient dans un aquarium brouillé. Il fut content d'être dans un bus par un temps pareil. Tout en observant l'intérieur du véhicule, il ne put réprimer une sensation de confort, comme si ce bus de l'Ulster avec sa buée, sa chaleur et ses odeurs corporelles constituait une sorte de biosphère qui les nourrissait tous. Tout ça lui manquerait presque lorsqu'il serait riche.

Quand Chuckie rentra à la maison, sa mère préparait dans la cuisine des odeurs qu'il n'aima pas. Il l'entendit lui lancer quelques mots de bienvenue. Sans répondre, il monta directement à sa chambre. Là, il troqua ses vêtements trempés contre des habits secs. Puis il s'assit sur son lit et coiffa ses fins cheveux mouillés.

Chuckie dormait dans la grande chambre qui donnait sur la rue. Sa mère avait choisi la petite pour elle des années auparavant, il y avait si longtemps que pendant au moins une décennie il avait oublié sa propre gratitude et son sacrifice à elle. Quelques minutes plus tard, par sa fenêtre ouverte il entendit la voix de sa mère dans la rue. Debout sur le seuil de la maison, elle bavardait avec les autres matrones d'Eureka Street. C'était comme toutes les soirées qu'il avait jamais connues. Assis dans sa chambre longue de trois mètres, il écoutait sa mère parler, la tête de la femme à deux mètres des pieds de son fils. Ces maisons étaient minuscules. La rue, toute petite. L'échelle très réduite de l'endroit où il habitait lui accordait une grandeur qu'il ne pouvait pas ignorer.

Dans Eureka Street, les gens vivaient les uns sur les

autres comme des allumettes dans une boîte, mais avec chaleur et sociabilité. Surtout les soirs comme celui-là, quand le soleil s'attardait longtemps dans le ciel. Et lorsqu'il plongeait enfin, il y avait une demi-heure incolore où l'air semblait affranchi de toute nuance et les femmes concluaient leurs bavardages, les hommes arrivaient à la maison et l'on arrachait les enfants à leurs jeux crépusculaires pour qu'ils rentrent manger.

Il posa son peigne et regarda par la fenêtre. Mme Causton avait laissé sa porte ouverte au numéro 24 pour traverser la rue. Comme son mari travaillait encore et que ses enfants n'étaient plus en bas âge, elle avait vingt minutes de papotages devant elle avant le retour de son homme. La mère de Chuckie connaissait Caroline Causton depuis quarante ans ou plus. Elles avaient été à l'école ensemble. Tandis qu'à sa fenêtre Chuckie les regardait parler, les bras croisés et la tête baissée, il ne put s'empêcher de ressentir une espèce de chagrin pour sa mère.

La mère de Chuckie était une grosse femme, un monument historique, un bateau ou une ville. Il avait du mal à se l'imaginer petite fille. Mais quelque chose dans la qualité de la lumière ou de son humeur, une certaine fadeur de l'air l'aida soudain à dépouiller ces deux femmes de leur agrégat de chair et d'années, si bien qu'il entrevit brièvement les vestiges de ce qu'elles avaient été. Comme toujours, il se demanda à quoi elle avait rêvé. Il décida de ne plus avoir honte de sa mère.

Du plus loin qu'il s'en souvienne, Chuckie avait eu honte de sa mère. Le mot de honte était peut-être inexact. Sa mère provoquait immanquablement chez lui une angoisse diffuse. De manière inexplicable, il redoutait qu'elle fît une chose qu'il n'arriverait pas à nommer.

Depuis l'âge de quatorze ans, Chuckie vivait dans la terreur muette de l'instant où sa mère s'affirmerait.

Parfois, il se réconfortait en pensant à l'indubitable médiocrité de Mme Lurgan. Elle était seulement l'archétype de la mère protestante, prolétaire, de Belfast. Pas un fil de son foulard, pas un poil des chaussons avec lesquels elle allait faire ses courses ne s'écartait du modèle convenu. Elle avait des doubles dans tout Eureka Street et dans toutes les autres rues minables de Sandy Row. C'était absurde. Il avait passé trop d'heures, trop d'années, à attendre le calamiteux imprévu. Il n'y avait rien à craindre chez une femme d'une banalité aussi spectaculaire.

Elle l'inquiétait malgré tout.

Pendant dix ans, Chuckie avait évité d'affronter son malaise. Après que son père eut quitté le foyer familial et que Chuckie commençé de vivre avec sa mère, il décida tout bonnement de l'éviter autant que possible. Et il y réussit. Il avait derrière lui dix bonnes années de subtiles manœuvres d'évitement. Il ne parvenait pas à se rappeler quand ils avaient eu pour la dernière fois une conversation de plus d'une minute. C'était un miracle dans une maison aussi minuscule que celle qu'ils partageaient. Le salon, la cuisine et la salle de bains étaient les carrefours stratégiques de cette longue campagne. Elle laissait en permanence des petits mots dans toute la maison. Il lisait ces missives. *Slat a téléphoné à six heures. Il te donne rendez-vous au Crown. Ton cousin vient passer le week-end à la maison.* Presque tout ce qu'il avait besoin de lui dire, il le lui transmettait par téléphone. Il lui arrivait même de sortir de chez lui dans le seul but de trouver une cabine publique d'où il pourrait l'appeler. Parfois, cela ressemblait à Rommel et Montgomery dans le désert. Parfois, c'était bien pire.

Caroline Causton leva les yeux et le vit à la fenêtre de sa chambre. Il ne broncha pas.

« Que mijotes-tu, Chuckie ? s'enquit Caroline.

— Belle soirée », répondit Chuckie en souriant.

Maintenant, sa mère aussi le regardait. Elle ne se rappelait pas quand pour la dernière fois elle avait vu le visage de son fils fendu d'un sourire aussi chaleureux.

« Ça va, fils ?

— Je vous écoutais juste parler », expliqua Chuckie d'une voix douce.

Les deux femmes échangèrent des regards perplexes.

« Ça me rappelle quand j'étais gosse », poursuivit-il.

Sa voix était paisible. Il était certes facile de bavarder ainsi dans cette rue naine, avec leurs visages tout proches du sien.

« Quand j'étais gosse et que tu m'envoyais au lit, je m'asseyais sous la fenêtre et je vous écoutais parler toutes les deux comme vous parlez en ce moment. Au début des Événements, vous papotiez tous les soirs. Vous restiez là à discuter des bombes, des soldats, de ce que les catholiques feraient. Et j'entendais tout. J'ai jamais été aussi heureux depuis. J'ai bien aimé les Événements. C'était comme de la télévision. »

Pendant que la mère de Chuckie écoutait ces mots, son visage se décomposa. Et lorsque Chuckie eut terminé, elle resta sans voix. Elle serra la main contre son cœur et tituba.

« Tu crois qu'il a besoin d'une ambulance ? » demanda Caroline.

Chuckie lâcha un grand rire et disparut de la fenêtre.

Caroline se tourna vers son amie.

« Peggy, qu'est-ce qui arrive à ton gamin ? »

Mais Peggy pensait à ce que son fils venait de dire. Elle se souvenait bien de cette époque d'angoisse, même si la mémoire de son fils semblait plus vivace, plus précise que la sienne. Elle se rappelait les soldats à la télévision et dans les rues. Elle se rappelait certains quartiers de la ville qu'elle n'avait jamais vus et qui accédaient soudain à la célébrité. Elle se rappelait les rodomontades des hommes sur la résistance et la guerre civile, leur désir d'en finir une bonne fois pour toutes avec les catholiques. Chuckie se rappelait le contact de sa tête contre le pan de mur situé sous la fenêtre de sa chambre, les chuchotis de sa mère et de son amie. Pour la première fois, elle entrevoyait toute la beauté de cette expérience.

Caroline n'en démordait pas :

« Il se drogue, ou quoi ? »

La mère de Chuckie adressa un sourire à son amie avant de tourner les talons et de rentrer chez elle. Elle trouva son fils dans la cuisine. Elle retint son souffle en découvrant qu'il préparait gaiement le repas qu'elle avait entamé.

« C'est presque prêt », dit Chuckie.

Une heure plus tard, après avoir annoncé à sa mère qu'il voulait peaufiner une demande d'emploi (elle ne s'habituait toujours pas à la sensation vertigineuse d'un tel échange à bâtons rompus), Chuckie monta dans sa chambre.

Là, il ouvrit le petit bureau qu'écolier il avait utilisé, ou plutôt qu'il n'avait pas utilisé. Il prit une feuille de papier, un vieux crayon et sa calculatrice, un objet massif inemployé depuis une douzaine d'années. Il poussa le bouton de mise en marche et constata avec stupéfaction qu'elle fonctionnait toujours. C'était bon signe.

Avant de commencer à écrire, il jeta un coup d'œil circulaire dans la pièce minuscule. Il sentit une boule se former dans sa gorge à la pensée qu'il avait passé presque toutes les nuits de sa longue existence dans cette chambre exiguë. Les murs portaient les traces d'anciens posters arrachés et remplacés au gré de ses passions successives : footballeurs, rock stars, encore des footballeurs, puis de belles filles aux hanches larges copieusement déshabillées. Tels étaient les signes de sa croissance, aussi révélateurs que si l'on avait noté sa taille avec un crayon sur le mur.

Il regarda la photo du pape et de lui-même au-dessus du petit bureau. C'était l'un des rares portraits de lui que Chuckie possédait. Il était jeune sur cette photo. Il n'était pas très gros, mais ce n'était pas davantage une peinture à l'huile. En fait, pensa Chuckie en souriant, sur cette photographie il était exactement tel qu'il était.

Il décrocha du mur la photographie-peinture et la glissa dans un tiroir du bureau. C'était une autre époque, il fallait tourner la page. Il se concentra, inspira profondément, procéda à un ultime tour d'horizon larmoyant et se mit à écrire.

Ce fut plus difficile qu'il ne l'avait imaginé. Il décida de ne pas inclure la semaine passée et d'arrêter sa comptabilité à son trentième anniversaire puisque c'était ce jour-là qu'il avait pris toutes ses grandes décisions. Presque tous ces chiffres étaient par nature imprécis et il avait passé beaucoup de temps à hasarder des estimations. Il était néanmoins satisfait de la plupart de ses calculs.

Il rédigea sa liste. Voici ce qu'elle contenait :

À mon trentième anniversaire j'ai

vécu	360 mois
	1 560 semaines
	10 950 jours
	262 800 heures
	15 768 000 minutes
	94 608 000 secondes

J'ai

uriné environ	74 460 fois
éjaculé environ	10 500 fois
dormi pendant environ	98 550 heures (11 ans et 3 mois)
fumé environ	11 750 cigarettes
mangé environ	32 000 repas
bu environ	17 520 litres de liquides (dont 8 000 environ contenaient de l'alcool)
marché environ	30 440 kilomètres
bandé pendant environ	186 150 minutes, 3 102,5 heures, 129,27 jours
eu environ	5,4 mètres de cheveux
baisé environ	175 fois
gagné environ	pas un seul sou, putain.

Il fixa cette feuille au mur à l'endroit où avait trôné sa photographie du pape, puis il se rassit. Penser qu'il avait dormi pendant si longtemps le ravissait. C'était exactement ce qu'il ressentait en considérant le gâchis de sa vie passée. Il lui semblait qu'il n'avait jamais cessé de dormir. Mais ce n'était pas une statistique déprimante. Pour un esprit optimiste, elle signifiait qu'il était encore jeune ; elle signifiait qu'en fait il n'avait que dix-huit ans.

Il sourit en pensant à toute cette urine évacuée et au temps qu'il avait consacré à cette opération. Sa vessie était d'une faiblesse notoire et il lui avait sans doute demandé davantage de travail qu'elle ne le méritait. Un restant de délicatesse l'avait empêché de calculer ses taux de défécation. Voilà bien une chose qu'il ne désirait pas apprendre.

Le bilan consolidé de ses copulations le déprima. Bien que la durée totale des érections éveillées de son existence fût assez impressionnante, il n'avait pas eu beaucoup de rapports sexuels, loin de là. 12,5 rapports par an depuis l'âge de seize ans. Seulement. Il y avait certes eu abondance de filles, mais elles ne restaient jamais longtemps. Max allait changer toutes ces données. Il ne savait rien sur elle, il ne connaissait même pas son nom de famille, mais il avait la nette impression qu'elle allait améliorer ses moyennes.

D'ailleurs, décida Chuckie, il allait lui téléphoner tout de suite. Ça ne pouvait plus attendre. Malgré les récents rapprochements avec sa mère, il ne voulait pas qu'elle écoute sa conversation. Il décida donc de sortir discrètement pour rejoindre la cabine publique de Sandy Row. Laissant la feuille de papier punaisée là où elle se trouvait — sa mère profiterait de l'absence de Chuckie pour s'en émerveiller —, il descendit.

La soirée était au conditionnel, aussi sombre qu'un chocolat clairet. Chuckie aimait les doux débuts des étés mitigés de sa ville et, bien qu'il plût de nouveau, sa bonne humeur s'accentua.

La cabine téléphonique était vide, ce qui l'intimida. Il avait compté sur une attente pour mettre de l'ordre dans ses pensées en vue de l'appel crucial. Au lieu de quoi, il y entra en force avec toute l'énergie d'une tâche urgente à accomplir. Le faire était la seule manière d'aller de l'avant.

Il décrocha le combiné. Il colla le plastique froid contre sa joue, partageant ainsi les streptocoques de deux cents voisins protestants de Sandy Row. Il composa le numéro qu'elle lui avait donné.

Chuckie avait confiance. Chuckie avait plus que confiance, il était certain de réussir. Le téléphone était son instrument, sa chose. Il préférait le téléphone à n'importe quelle conversation non électronique. Au téléphone, il était désincarné, réduit à une pure voix. Chuckie savait qu'il n'était pas svelte. Il était gros, mais il se déplaçait encore. Au téléphone, l'abondance de sa chair ne le gênait plus. Au téléphone, il pouvait être aussi mince et mignon qu'il le voulait.

« Allô », dit le téléphone.

Chuckie vida l'air de ses poumons.

« Salut. Je cherche Max.

— Vous l'avez trouvée.

— Bonsoir. C'est Chuckie Lurgan. On s'est croisés la semaine dernière. À l'heure du déjeuner au Bot. À la Botanic Inn.

— Oui, je me souviens.

— Vous m'avez dit que je pouvais vous appeler si j'en avais envie.

— Oui.

— Eh bien » — Chuckie eut un sourire audible — « j'en ai envie. »

Ils parlèrent. Pendant vingt-trois minutes, une queue se forma et grandit devant la cabine. Ils parlèrent de l'Amérique, de l'Irlande, de sa mère à elle, de sa mère à lui, de l'appartement de Max, de la colocataire de Max, des projets de Chuckie, du passeport de Max, des feuilles qui commençaient de montrer le bout de leur nez sur les arbres, de l'horticulture en général, des chances d'avoir un bel été, de ses amis à lui et à elle, de l'alcool, de l'amour, des secrets, de la vie, de Dieu et du film qui passait au Curzon ce week-end.

Quand la vingt-quatrième minute arriva et que les quatre personnes qui attendaient leur tour se mirent à grommeler de manière audible, on aborda les détails pratiques. Max entama une description sinueuse de ses rendez-vous du week-end tout en réfléchissant à part soi. Chuckie passa le poignet par la vitre brisée de la cabine et adressa un petit geste de la main à ses voisins.

Elle parlait toujours. Chuckie n'écoutait pas. La tête ailleurs, il regardait les graffiti gravés ou grattés dans le métal et le plastique à l'intérieur de la cabine. Tous les plus fameux : Red Hand Commandos ; Diane Murray suce gratis ; Jusqu'à la mort ; Hughie aime Deb ; KAI (*Kill All Irish* : Mort à tous les Irlandais) ; UVF ; UDA ; UFF. En plein milieu de la plaque centrale du combiné, juste au-dessus des chiffres, quelqu'un avait gravé avec minutie et élégance :

OTG

Le regard de Chuckie s'attarda sur ce sigle et il aperçut des points d'interrogation. Que signifiaient ces trois lettres ?

« ...bon, oui, après tout, pourquoi pas ? » disait Max.

Il ne l'avait jamais vu, ni rien d'approchant. La lettre O

n'apparaissait pas souvent dans les graffiti irlandais ou en Ulster.

« Bon, d'accord, ça me ferait plaisir », continuait-elle.

Irrité, il fronça les sourcils. Il détestait cette impression de ne pas comprendre « OTG » et il murmura les trois lettres :

« OTG.

— Quoi ? fit Max.

— Mmmmm ? marmonna Chuckie.

— Qu'est-ce que vous avez dit ? » La voix de Max était autoritaire.

« J'ai dit, oh, d'accord.

— Quoi ?

— Oh, je suis d'accord.

— Pour quoi faire ?

— Ce que vous avez dit.

— On a donc pris rendez-vous ?

— Ah... » Chuckie paniqua. « Oui, absolument.

— O.K. On se retrouve là-bas. »

Max mit fin à la conversation à l'américaine, sans le moindre protocole.

La porte de la cabine s'ouvrit alors.

« Écoute, connard, j'en ai ma claque, dit Willie Johnson, un voisin impatient d'Eureka Street. Si tu veux pas que je t'enfonce le bigo dans le cul, laisse-moi la place. »

Chuckie sortit de la cabine en vacillant. Il n'avait pas la moindre idée du rendez-vous qu'il avait accepté. Max lui avait dit « on se retrouve là-bas ». Mais où ?

Chuckie prit place au bout de la queue maintenant composée de cinq personnes. Il attendit. Une heure plus tard, pendant laquelle ses voisins prirent un malin plaisir à faire durer leurs conversations respectives, il rappela Max et apprit les détails de leur rendez-vous.

« Vous devriez peut-être les noter par écrit, conseilla-t-elle.

— Oui, dit Chuckie. Peut-être que je devrais. »

Après son appel, il tomba de nouveau sur Stoney Wilson. Stoney marchait dans la direction opposée, mais sa vie était si indécise qu'il n'avait rien de mieux à faire que de retourner sur ses pas pour accompagner Chuckie là où Chuckie déciderait d'aller.

Stoney faisait partie de ces gens avec qui Chuckie se promettait régulièrement de se montrer beaucoup plus désagréable, mais envers qui il était d'une amabilité honteuse et sans faille. Lorsqu'en privé il avait pris de fermes résolutions concernant telle ou telle personne, Chuckie se trouvait toujours démuni face à ces individus.

Néanmoins, il ne voulait pas rentrer chez lui à pied, car il savait que Stoney le suivrait jusqu'à la porte en espérant qu'on lui proposerait d'entrer. Et Chuckie sentait qu'il n'aurait pas la force de lui refuser. Ainsi, bien qu'il fît nuit et que la pluie eût repris son manège, ils arpentèrent sans but le lacis des ruelles locales, passant devant les boutiques crasseuses de Sandy Row avec leurs vitrines pleines d'araignées et de mouches, devant plusieurs groupes de quatre policiers qui déambulaient avec mitraillettes et gilets pare-balles.

Stoney racontait d'une voix haletante une information qu'il venait d'entendre à la radio : des braqueurs de l'UVF venaient de se faire une bijouterie à Portadown. Le clou du vol, c'était qu'ils avaient appelé un taxi pour se tirer. Typique des Prods, ajouta Stoney. La blague consistait à se moquer de l'inefficacité des paramilitaires protestants :

malgré tous les mythes grand-guignolesques de protestants assoiffés de sang, ils n'arrivaient pas à la cheville des catholiques. Pourtant, Chuckie pensait que leurs opérations étaient plus simples que celles des autres. La complexité politique ne leur convenait pas. Ils voulaient terroriser les catholiques. Et ils les terrorisaient en tuant des catholiques. Chuckie avait toujours eu le sentiment qu'ils excellaient en ce domaine.

« T'as utilisé la cabine ? demanda Stoney avec une ruse clownesque.

— Oui.

— T'as pas un téléphone chez toi ?

— Je l'ai toujours.

— Alors pourquoi... ? » Théâtral, Stoney s'interrompit.

Ils passèrent devant le *Rangers Supporters' Club* où les manteaux et les gants de célèbres assassins loyalistes s'exhibaient au mur dans des vitrines.

« Tu veux boire une pinte ? proposa Stoney.

— Pas ici, sans façon. »

Chuckie, avec son double menton de protestant pur jus, ne pouvait sans doute pas prononcer le mot d'intégrité, mais il n'y avait nulle place dans son gros bide pour la haine et la peur qu'on distillait en ce lieu. Il lança un regard désapprobateur à son compagnon et se promit une fois encore qu'un jour il insulterait cet homme si vertement qu'ils ne s'adresseraient plus jamais la parole. Mais, dans l'immédiat, il se contenta de tourner les talons et de rebrousser chemin vers sa propre rue.

Stoney le suivit, non sans remarquer la brusque détérioration de leur belle amitié. Pour rétablir l'entente cordiale, il prit un ton comique :

« Alors pourquoi donc te servais-tu de la cabine publique, Chuckie ? »

Chuckie s'arrêta net et se retourna pour lui faire face.

« Pourquoi toutes ces questions ? Pendant que tu y es, tu devrais me demander si la courbure de l'espace est finie ou infinie. » Stoney ouvrit la bouche. « Moi, je m'en tamponne le coquillard », ajouta sèchement Chuckie.

La sortie imprévue de Chuckie ravit Stoney.

« T'appelais une fille ? » insista-t-il, les yeux brillants de gourmandise.

Chuckie se remit à marcher. Avec Stoney, il était impossible de rester longtemps en colère.

« Oui, dit-il.

— Elle est d'où ?

— Je sais pas exactement.

— C'est une catho ?

— Tu fais chier, Stoney, elle est américaine. »

Stoney frappa dans ses mains avec plaisir.

« Américaine. Excellent. J'ai toujours eu envie de me payer une Yankee. Elles ont les dents très propres. »

Chuckie rit.

« Tu l'as déjà tirée ? » demanda Stoney.

Chuckie s'arrêta pour décider si, oui ou non, il allait se mettre en boule. Il décida de ne pas se mettre en boule.

« Oui, mentit-il.

— C'était comment ?

— Démoniaque.

— Lurgan, t'as un bol de cocu. Ton cousin s'est aussi dégoté une chérie bien gironde, vous êtes tous les deux des salopards de première.

— Où est la lumière de ta vie, ce soir ? » lui demanda Chuckie.

C'était un bon changement de sujet. D'après son expérience, les types mariés parlaient toujours avec beaucoup d'enthousiasme de la vie amoureuse de tout le monde. Chuckie pensait déprimer son compagnon en l'interrogeant sur sa propre vie amoureuse. Stoney avait une épouse sinistre et une sinistre gamine de deux ans qui avait le même nez en trompette et la même expression hébétée que sa mère.

« Elle est chez sa maman. J'ai pas eu envie de l'accompagner.

— Ouais, ouais, et te voilà à errer sur Sandy Row comme une âme en peine. Les temps sont durs, Stoney, vraiment durs. »

Chuckie montra du bras les rues détrempées et désertes. Il eut un rire cassant et repartit. Stoney dut accélérer le rythme de ses petites jambes pour rester à la hauteur de Chuckie. Ils passèrent devant les bookmakers du carrefour, qui attiraient une vraie foule chaque midi et où Chuckie apercevait des hommes semblables à son père sous mille déguisements différents. L'endroit prospérait parce que, depuis un certain temps, même les catholiques franchissaient ses portes. Ils avaient trop peur de parier dans leurs propres boutiques de paris. Ces deux dernières années il y avait eu deux ou trois massacres purs et simples dans les échoppes de paris catholiques. Chuckie était certain que ces nouveaux clients se réconfortaient en pensant que l'argent n'avait pas d'odeur et que personne ne se demandait si c'était de l'argent protestant ou catholique. Chuckie était également certain qu'ils se bourraient le mou.

« Qu'est-ce t'as dit ? » demanda-t-il à Stoney qui, hors d'haleine, venait de marmonner quelque chose.

Stoney déglutit et reprit son souffle.

« Paraît que tu te lances dans les affaires ?

— Sans blague ?

— Oui. Quel genre d'affaires au juste ? »

Chuckie se renfrogna. Ils approchaient d'Eureka Street. Bientôt, ce type cesserait de lui pomper l'air.

« Je préfère ne pas entrer dans les détails pour l'instant.

— Ah, il faut attendre ta conférence de presse, sans doute », dit Stoney avec un rire soigneusement pesé, car il ne voulait pas trop froisser Chuckie. Il poursuivit d'un ton plus amène : « Un boulot juteux, c'est de toucher cent mille livres par an pour regarder la télé toute la journée. Ça, c'est un bon boulot. »

Ils atteignirent l'angle d'Eureka Street. Chuckie bifurqua vers sa maison. Stoney s'arrêta et dit au revoir au dos de son ami. Chuckie agita la main sans se retourner. Stoney haussa les épaules et continua son chemin. Il s'en fichait. Chuckie n'était qu'un gros frimeur sans couilles.

Chuckie descendit Eureka Street d'un pas décidé. Sans raison, il se sentait d'excellente humeur et parfaitement réfractaire aux élucubrations de Stoney sur les boulots juteux. Aucun badinage n'entamait son moral. Il allait être riche. Si seulement il pouvait trouver une combine pour dégoter un capital de départ. Si seulement il pouvait convaincre quelqu'un de lui filer quelque chose pour rien.

Quelque chose pour rien. En un sens, Stoney Wilson avait eu raison. Une bonne affaire, c'était de se faire payer un maximum en en faisant le minimum. Telle était l'essence du capitalisme. Quelque chose pour rien. Il avait besoin de l'impossible. John Long avait raison. C'était un visionnaire. Quelque chose pour rien. Mais où trouver un jobard prêt à lui offrir cette manne ?

En cet instant pluvieux où il marchait sur les fissures du trottoir entre les numéros 36 et 38, il sursauta comme s'il venait d'entendre un coup de klaxon silencieux. Sa dernière réflexion s'épanouit dans son esprit comme une onde de choc thermonucléaire. Il s'arrêta net dans Eureka Street et chercha des étoiles qu'il ne pouvait voir. Les nuages étaient bas, le brouillard pluvieux et épais. Même là où le terrain remontait vers l'ouest, on ne voyait rien au-delà du périmètre éclairé de la ville — jusqu'aux montagnes qui avaient disparu. Sous la pluie, Belfast semblait toujours plus petite, plus elle-même. Chuckie avait régulièrement l'impression que Belfast sous la pluie était la dernière ville sur Terre.

Mais la pluie emportait et apaisait maintenant la fièvre de son visage extatique. Il était transfiguré, stupéfié. Plus tard, il aurait toujours la conviction d'avoir été touché par un élément divin, une force voisine de la célébrité. Plus tard, il lui semblerait que toute cette étrange soirée n'avait été qu'un simple préliminaire éthéré à cet instant : écouter sa mère à l'insu de celle-ci, leur première conversation depuis dix ans, le résumé statistique de sa vie. Autant d'indications qu'avant la fin de cette journée, son univers changerait de manière irrévocable.

Pendant cinq minutes, Chuckie resta là, pensif sous la pluie, à deux portes de chez lui. Et sur la scène de théâtre miteuse, détrempée et mal éclairée d'Eureka Street, l'écheveau de ses pensées se démêla, elles devinrent aussi lisses qu'une feuille de papier sur laquelle Chuckie déchiffra une idée si grandiose, si splendide qu'il se sentit soudain dans la peau d'un homme infiniment plus important.

Quatre

À mon mal de crâne quand j'ai ouvert les rideaux en ce lundi matin, j'ai compris que le week-end venait de s'achever.

Je me le suis rappelé en pissant et en me préparant un café, presque simultanément. J'avais passé le week-end au Crown. J'y avais tout fait, sauf y dormir. Slat, Chuckie, Donal Deasely et Septic Ted. Je m'étais sérieusement pochetroné. L'ivresse était un euphémisme. Quelques pintes de Bass et j'expliquais à des protestants baraqués pourquoi j'étais un catholique déchu. Bon, je n'ai pas l'habitude de boire. Alors quand je bois, c'est la cata.

Chuckie s'était comporté bizarrement. On ne l'a pas vu de tout ce temps-là, ce qui est déjà assez bizarre en soi. Chuckie n'avait jamais commandé une bière sans la boire et son absence lors d'une de nos virées relevait de l'invraisemblance pure et simple. La sensation d'être saoul sans lui était donc très inhabituelle. Il avait rencontré une fille, nous dit-il, une ravissante Américaine. Nous avons ri, bien sûr, mais avec inquiétude. Il y avait une lueur nouvelle sur le visage de Chuckie, sa tête massive faisait un angle inédit avec son buste. J'ai toujours détesté que mes amis me surprennent. Ils n'étaient pas là pour ça.

J'ai envisagé de prendre une douche, mais j'ai aussitôt enfilé ma tenue de travail. J'avais quarante minutes avant de quitter la maison et le café était plus important que l'hygiène. J'ai ouvert la boîte aux lettres (pas de courrier) et fait rentrer mon chat.

Encore un week-end de gâché. Aucune parole mémorable ; aucun acte mémorable. Je voulais faire autre chose. Je voulais revoir Mary, savoir jusqu'où allaient ses réticences. J'aurais dû consacrer mon week-end à des activités fructueuses, entre autres à elle. Mais non, je l'ai bousillé au Crown.

Alors même que je buvais mon café, j'ai essayé de me raconter des histoires. J'ai essayé de me rappeler combien je m'étais amusé, et d'y croire. Mais je ne m'étais pas amusé. Tous, nous avions détesté ces deux jours. Slat avait quasiment pleuré de désespoir le dimanche après-midi et même Septic Ted, qui n'était pas spécialement célèbre pour sa délicatesse ou la profondeur de ses pensées, a dit qu'il y avait forcément autre chose.

Alors pourquoi avions-nous fait ça ? Aucun de nous n'avait bu autant depuis des années. Nous n'avions pas été aussi infantiles, insupportables et virils depuis des années. Pourquoi ? Je ne sais pas pour les autres, mais c'était très simple dans mon cas.

C'était parce que je savais que Mary n'appellerait pas. C'était parce que je ne voulais pas être là quand le téléphone ne sonnerait pas.

Mon chat me hurlait dessus. Il faisait plus de bruit qu'avant, peut-être parce que je lui avais coupé les couilles. Il essayait sur moi toute une série de nouveaux miaous et de miaulements inédits. Il y avait des diphtongues, des éclats de voix, des trémolos de chanteur d'opéra. Il était sept heures. Trop tôt pour cette merde. Je lui ai bien rempli sa gamelle pour le faire taire, mais maintenant il était capable de miauler en mangeant. J'ai mis la radio pour étouffer son boucan.

« Un soldat de l'UDR a été tué la nuit dernière lors d'une explosion dans la région de Beechmount, à Belfast Ouest. Deux autres soldats ont été blessés. L'incident s'est produit juste après dix heures. Une bombe cafetière a été lancée sur la Land-Rover des soldats. Un porte-parole des forces de sécurité a déclaré que... »

J'ai fermé la radio. À Belfast les nouvelles constituent un accompagnement sonore comme la musique, mais je n'avais aucune envie d'entendre ça. Une bombe cafetière. Oui, le dernier truc à la mode. Je me suis dit que les gens étaient impressionnés par cette nouvelle invention, cette trouvaille artisanale, cet engin improbable. Mais moi, ça ne m'impressionnait pas. Il était trop facile de fabriquer cette saleté.

Soudain, j'ai eu envie de quitter Belfast. À cause de cette information entendue par hasard, la ville m'a fait l'impression d'une nécropole. Chaque fois qu'il se produisait un drame semblable, je voulais partir, laisser Belfast pourrir. Voilà à quoi se réduisait l'existence dans une ville pareille. Je connaissais ces velléités deux fois par semaine, toutes les semaines de l'année. Comme tous les autres habitants, je vivais à Belfast au jour le jour. Rien n'était jamais définitif. Je restais encore, mais sans en avoir vraiment envie.

Déprimé, j'ai saisi mon manteau et quitté l'appartement. Chez Mullin, j'ai acheté quelques cigarettes et un litre de lait pasteurisé. J'ai allumé une clope et bu mon lait tout en conduisant dans Lisburn Road et sur Bradbury Place, rituellement sale et jonchée de papiers après la nuit de débauche. Il était tôt, les gens étaient doux et touchants, pour la plupart encore ensommeillés et tout fripés. Les hommes en costume marchaient avec leur confiance habituelle, sans se douter que leurs cheveux faisaient de charmants épis ; quelques élégantes n'avaient apparemment pas remarqué qu'on voyait l'étiquette de leur robe et que leur rouge à lèvres était un peu de travers. Belfast s'éveillait à peine, ses citoyens étaient suaves et adorables comme des enfants.

Tout en conduisant sous le ciel pâle, je me vautrais dans la sentimentalité. Et, brièvement, j'ai pris plaisir à faire ce que je faisais. Conduire avant ma dure journée de boulot. Avec mes gros godillots, ma chemise d'artisan et mon pantalon rêche, je me sentais digne, je me sentais méritant, je me sentais très 1930.

Alors je me suis rappelé comment je gagnais ma vie.

Je bossais dans la récup. J'étais un dur à cuire. J'étais un costaud. Je faisais ça depuis bientôt six mois. Je faisais ça depuis que Sarah était partie. J'étais retourné à mes anciennes activités. Avant Sarah, j'avais parfois gagné ma croûte en me bagarrant, en tabassant des gens ou simplement en donnant l'impression que j'en étais capable. Videur, garde du corps, fouteur de trouille, factotum musclé, j'avais parcouru toute la gamme. Ce n'était pas que j'étais balèze. Ce n'était pas que j'étais méchant. C'était simplement que je savais très bien me battre.

Dans les années qui ont suivi mon passage en fac, j'ai utilisé mes talents pour me faire une place au soleil de

Londres, tapant sur des crânes contre paiement. J'ai fait un petit séjour en Amérique, découvrant très vite que tous les gens de là-bas se bagarraient beaucoup trop bien, puis je suis revenu dans ma ville natale imparfaitement macho. Il m'a rarement fallu faire vraiment mal à quelqu'un. Quand je devais taper sur une ou deux têtes, je tapais sur une ou deux têtes. Ça me paraissait facile, alors. Je ressemblais à une actrice tournant une scène de nu. Je me disais que je m'en fichais.

Et puis un soir, alors que je jouais les sentinelles à la porte d'un bar de dockers, il m'a fallu taper sur un vieux type qui cassait les pieds aux serveuses. Il s'était mis en rogne dès que je l'avais frappé et il ne cessait de revenir à la charge. J'avais beau le cogner encore et encore, au point de lui démolir le portrait, il était tellement blindé que ça ne lui faisait rien. J'ai fini par l'étendre pour de bon. Et tandis qu'il gisait là sur le pavé infect, le visage tout rouge et sanguinolent, le ventre à l'air, j'ai senti mon cœur se retourner.

Peu de temps après, Sarah est arrivée et elle m'a remis dans le droit chemin en m'ôtant toute velléité de violence. J'ai seulement compris alors pourquoi il était toujours tellement facile de frapper autrui. C'était parce que je n'avais aucune imagination.

Le chemin qui mène à la sympathie ou à l'empathie n'est pas de tout repos, mais c'est le seul que nous ayons. Pour comprendre les conséquences de nos actes, nous devons faire appel à notre imagination. Nous décidons qu'assommer quelqu'un avec une bouteille est une mauvaise idée, parce que nous nous mettons à la place de ce type et comprenons que, si on devait nous assommer avec une bouteille, bon dieu, ça ferait un mal de chien ! On échange les rôles.

Si vous faites ça — si vous *pouvez* faire ça — alors la violence devient pour vous une hypothèse de moins en moins probable. Vous collez le canon de votre arme contre le crâne d'un type. Si vous pouvez vous représenter ce que votre balle fera à ce crâne, alors il vous est littéralement impossible d'appuyer sur la détente.

J'avais joyeusement tabassé des gens parce que je n'avais pas d'imagination.

À cause de Sarah, je ne me suis pas battu pendant deux ans. Puis Sarah est partie. Deux semaines plus tard, un gars d'Ottawa Street m'a traité de sale connard devant la porte des toilettes du Morning Star. Je l'ai allongé aussi sec. J'ai retiré ses dents hors de mes phalanges.

Les gens parlent du voile rouge qui brouille la vue du colérique, du psychopathe. Il n'y a que les gens qui ne se sont jamais battus pour dire ça. Il n'y a pas de voile rouge. Les choses sont nettes et précises. Il y a bien plutôt une grande clarté philosophique, une confiance absolue dans la décision de lancer son poing en avant. Tout semble parfaitement raisonnable, tabasser quelqu'un paraît être le comble de la dignité démocratique. Et l'autre secret, si l'on veut bien se battre, c'est de savoir que vous ne savez pas vous battre bien. Ça, c'est dans les films. Personne ne peut encaisser des coups et esquiver des directs comme font les acteurs de cinéma. Savoir bien se battre revient simplement à savoir quels coups font mal, quels autres cassent un os et bien doser le tout. Point final.

J'ai essayé de renoncer. Quand Sarah était avec moi, je n'arrivais presque pas à croire que j'avais fait une chose pareille. Mais quand Sarah est partie, j'ai recommencé.

J'ai remarqué une progression naturelle, un déclin inévitable. Je connaissais Marty Allen depuis des années. Nous avions participé à toutes sortes d'entreprises belliqueuses et il a été heureux de m'inclure dans ses activités de récupération. Il se la jouait respectable depuis la dernière fois que je l'avais vu. Il avait même baptisé sa nouvelle boîte Ajustement de Crédit, mais j'ai compris que j'étais de nouveau bon pour montrer les dents et taper sur des crânes.

Crab, Hally et moi tournions dans Belfast Nord. Comme il s'agissait surtout de quartiers pauvres, nous avions beaucoup de terrain à couvrir. Professant un œcuménisme militant, nous razziions les secteurs protestants avec tout l'élan et la grâce que nous mettions pour écumer les secteurs catholiques. Je ne voyais pas la différence. Il y avait des quartiers sinistres et leur camaïeu de gris. Il y avait des gens pâles, flous, et leur gêne cruelle. Il y avait l'odeur humide de la misère. Les deux secteurs étaient simplement de profondes enclaves de pauvreté. Ils pouvaient peindre leurs murs de n'importe quelle couleur, ils pouvaient hisser une bonne centaine de drapeaux, ils étaient malgré tout incapables de payer leur loyer et nous venions leur reprendre leurs affaires.

C'était Misère-Ville. C'étaient les zones où se passaient les pires trucs. Surdoses de solvants — gosses de six ans sniffant du trichlo dans une ruelle de Taughmonagh, avant de basculer en arrière et de se noyer dans cinquante centimètres d'eau. Claboter après une ultime reniflette et un gargouillis. C'étaient les zones de l'amour dans la queue de la soupe populaire. Ici, les ados utilisaient du ruban adhésif en guise de capote ; ils achetaient leur bague de fiançailles (1/2 carat) 15 livres 99 sur catalogue

Argos. Ils se mettaient à la colle pour chercher l'oubli, un peu de chaleur. C'étaient les zones où l'on écrivait sur les murs.

Je ne m'étonnais jamais qu'ils achètent tous ces trucs qu'ils ne pouvaient pas payer. J'aurais fait la même chose. *J'avais* fait la même chose. Les seules fois où j'avais vraiment fait de grosses courses, je n'avais pas un sou vaillant. Faire des achats est la seule activité qui vous permet d'oublier que vous n'êtes pas en mesure de faire des achats.

Et c'étaient des trucs tellement tristes. Commandés par correspondance, achetés sur catalogue, profitez-en dès aujourd'hui payez demain. Parfois, après quelques étapes, l'arrière de la camionnette ressemblait à un stand tout-à-dix-francs dans une vente paroissiale. Je ne comprenais pas comment quelqu'un pouvait vouloir récupérer toutes ces saletés. Mais quelqu'un y tenait apparemment. Et nous les récupérions.

Jeunes, vieux ou d'âge moyen, tous ces gens semblaient ressentir la même chose que moi. C'est-à-dire un accablement général, absolu. Ils vivaient au pays de la pauvreté, sous le climat de la pauvreté. Ils la mangeaient, ils dormaient avec, ils la respiraient.

Mais, de manière prévisible, ils avaient continué d'acheter. Ils avaient toujours le droit d'acquérir, de consommer. Ils s'étaient entourés des accessoires du confort. Ils avaient commis le crime de désirer ce qu'ils ne pouvaient avoir et tous se comportaient avec le plus grand calme. Je n'avais frappé personne depuis que j'avais repris du service dans la récup. C'était inutile. Jamais je n'en aurais besoin. Ils étaient déjà battus, ces gens-là. Je ne pouvais plus leur assener le moindre coup.

Un détail nous surprenait néanmoins : jamais nous

n'avions maille à partir avec les forces de libération nationale. Les deux camps, l'aborigène et le colonisateur, avaient été arrosés par Marty Allen. Ils nous laissaient tranquilles. Les flics aussi nous toléraient à peu près. Mais c'était compliqué. IRA, INLA, IPLO, UVF, UFF, sans oublier le Royal Ulster Constabulary. Toute une horde de complets abrutis équipés d'armes automatiques et puis nous trois qui nous baladions dans le secteur pour piquer les postes de télévision des gens. Heureusement, Crab et Hally étaient trop bêtes pour y penser souvent, mais moi je souffrais du stress du cadre supérieur.

*

Ce matin-là, au bout de deux heures j'aurais dû comprendre que tout allait de travers. Nous écumions les petites rues du quartier de Shore Road. Secteur protestant pur jus. Quelques meubles dans Peace Street, un four à micro-ondes et un banc de musculation dans Parliament Street, une chaîne stéréo, une vidéo et un camescope dans Iris Drive. Nous avions effrayé et désespéré dix personnes. À l'adresse d'Iris Drive vivaient un couple et six enfants. Les gosses avaient pleuré — ça n'avait rien d'exceptionnel, on avait l'habitude —, mais l'un d'eux, une gamine de six ans environ, avait piqué une crise d'hystérie. Elle hurlait et chialait tant qu'elle pouvait. L'intensité de sa terreur m'a stupéfié. Était-elle incroyablement attachée à ces appareils électroniques de luxe ou bien étions-nous si effrayants ? En tout cas, nous lui avons flanqué une trouille bleue, qui m'a démoralisé. Je me suis senti encore plus mal en constatant qu'ils ne nous injuriaient même pas. Ni le père ni la mère, aucun des frères et sœurs ne nous a adressé la moindre invective pendant que nous allions et venions dans leur appartement.

Mais au moment précis où j'allais refermer la porte derrière moi, j'ai surpris le regard de la mère. Ç'a été bref, mais je n'avais jamais vu autant de mépris, autant de peur. Je me suis demandé de quoi j'avais l'air pour qu'elle me regarde ainsi. Ça ne m'a pas pris longtemps.

Ensuite, nous sommes retournés à Rathcoole. Nous étions un peu agacés, car nous avions déjà été là-bas la semaine passée, mais Allen avait dit que c'était une grosse saisie, une récup spéciale et qu'il fallait absolument la faire ce jour-là. Hally a épluché sa liste (vu son degré d'alphabétisation, ce n'était pas un mince exploit).

« C'est un lit, a-t-il dit.

— Quoi ? »

Crab, d'humeur infecte, conduisait.

« Un lit.

— On retourne là-bas pour un putain de lit ?

— Ouais. Je crois que c'est une espèce de saloperie de lit. On le retire à des gens qui s'appellent Johnson. Marty dit qu'il vaut un paquet de fric. »

Crab marmonna un borborygme néanderthalien et bifurqua dans une rue. Sur un mur, il repéra un graffiti.

« T'as vu ça, Hally ?

— Quoi ? »

Crab s'arrêta. Il montra le mur au crépi griffonné, barbouillé.

« Ça. »

Hally se pencha au-dessus de Crab et regarda par la fenêtre.

« Quoi ? “ Tina me suce la bite ” ?

— Non, non. Les grosses lettres.

— OTG, lut Hally.

— Ouais.

— Et alors ? demanda Hally, perplexe.

— T'as déjà vu ça ?

— Non.

— Et toi, Jakie ? »

J'ai fait la sourde oreille. J'étais pas d'humeur.

« Ça veut dire quoi ? dit Hally.

— Merde alors, comment veux-tu que je sache ? aboya Crab. Je l'ai déjà vu deux, trois fois. En tout cas, ça fait chier des potes à moi. Ils voudraient bien savoir qui sont ces connards d'OTG. »

Hally réfléchit.

« Comment ça, tu crois qu'ils appartiennent à un mouvement, à une organisation ?

— Ouais, probablement.

— Et personne sait qui c'est ?

— Non.

— Ils ont déjà fait une action ?

— Quoi par exemple ?

— Est-ce qu'ils ont déjà revendiqué un truc quelconque ?

— Non, je crois pas.

— Alors comment sais-tu que c'est une organisation ?

— Ça pourrait être quoi d'autre ?

— Ça pourrait être n'importe quoi.

— Par exemple ?

— Je sais pas, moi, n'importe quoi. Ôte-Toi de ma Groupie. Odieux Terrain de Golf. Omelettes Trop Grasses. Merde, j'en sais rien.

— Alors arrête de dire des conneries sur des machins que tu sais rien sur eux, espèce de couillon de mes deux. »

Crab faisait le malin. Aïe, ai-je pensé en clignant des yeux.

J'ai raté le coup. J'ai juste entendu la claque mouillée et le bruit feutré du crâne de Crab rebondissant sur l'appuie-tête. Quand j'ai ouvert les yeux, Crab saignait du nez et Hally avait l'air vexé.

« Me traite pas d'imbécile », dit Hally d'une voix penaude.

On a mis vingt minutes à trouver la maison. Vingt minutes pénibles. La situation était déjà assez tendue sans qu'on ait des problèmes de navigation. L'ennui de ces amitiés à la noix, c'est qu'elles étaient d'une brutalité imprévisible. De simples différends dégénéraient à vitesse grand V. Aucun de ces types n'était jamais d'accord pour ne pas être d'accord. C'étaient tous les deux des psychopathes, mais Hally était capable de tuer Crab à tous les coups. Et cette évidence pesait sur l'esprit de Crab. Son cou rougit de haine et de colère contenue. Quand on est descendus de la camionnette, l'atmosphère était électrisée, saturée de violence potentielle et de haine.

Mais on a fait avec. On s'est mis au boulot comme d'habitude. On a frappé à une porte qui ressemblait à toutes les autres portes. Et le genre habituel de gros quinquagénaire nous a ouvert. On a échangé avec lui les quelques mots habituels. Il a émis les sempiternelles objections d'usage et il a fait quelques tentatives peu originales pour nous empêcher d'entrer. Rôdé à ce manège, Hally a glissé sa botte dans la porte et il a poussé à sa manière traditionnelle. Comme à chaque fois, le type a changé d'attitude et il a décidé, sans surprise, de coopérer.

C'était la routine. Le scénario habituel.

À l'intérieur, les volets de la pièce de devant étaient

encore fermés. L'homme, monsieur Johnson, était en short et en veste de pyjama. Crab, qui se tenait tout près de lui, envahissait son espace vital. Au mur, j'ai avisé une mocheté dévote, un tract non catholique : Dieu est Amour. Ouais, j'ai pensé, on va bien voir.

Crab a demandé à l'homme où se trouvait le lit. Hally lui a aussitôt demandé où qu'il croyait qu'il était, putain. La fureur a tordu les traits de Crab. J'ai senti une démangeaison à la base de ma nuque.

« Écoutez, les gars, a dit l'homme d'une voix laminée par une fausse bonhomie, ma femme est vraiment malade. Elle a eu une attaque. Le lit est pour elle. C'est un lit spécial, un lit médical. Il m'a coûté mille cinq cents billets. Il me reste seulement quelques traites à payer. On pourrait pas trouver un arrangement, des fois ? Elle est vraiment malade.

— Ça nous regarde pas, vieux. Faut qu'on l'emporte.

— Très bien, écoutez. Elle est là-haut, ma femme. C'est difficile de la déplacer. Si vous pouviez revenir dans une heure, je l'aurais installée ailleurs et vous récupérerez le lit sans problème. »

Crab prit la mouche. Il approcha son visage tout près de celui de l'homme.

« Va te faire foutre. Tu crois qu'on va gâcher toute notre putain de journée pour que tu règles tes problèmes à la con ? »

Il pivota sur ses talons et se mit à gravir l'escalier quatre à quatre. Il avait l'air complètement cinglé. Nous avons démarré aussi sec derrière lui.

Quand nous l'avons rejoint en haut, il était dans une petite chambre nue mais propre. Il regardait la femme minuscule allongée et comme enveloppée sur le lit massif en métal. Madame Johnson était réveillée (sans doute) et ses yeux nous dévisageaient au milieu du rictus convulsé de ses traits. La démangeaison au bas de ma nuque s'est étendue et amplifiée.

Un ange passa. Un silence. Un moment de honte, de quelque chose. Un moment qui nous montra à tous ce que nous étions venus faire ici : le couple triste, Crab, Hally et moi. Nous avons eu quelques instants pour voir où nous étions, comprendre ce que nous faisions.

Qui sait, n'importe quoi aurait pu arriver. Tous les trois, nous aurions pu changer d'avis. Nous aurions pu laisser ces gens tranquilles. Nous aurions pu concocter une excuse quelconque pour Allen ou même négocier un accord avec ce gros type moche qui couvait sa pauvre femme d'un regard si tendre.

Mais Hally avait frappé Crab, lequel était toujours furieux et avait salement besoin de se défouler. En silence, soudain galvanisé, il a marché vers le lit et saisi le matelas à deux mains. D'un seul effort de ses épaules énormes, il a brusquement levé le matelas très haut et la malade en est tombée pour heurter le plancher et le mur avec un choc sourd. J'ai failli vomir de honte.

Les événements se sont alors précipités. Le mari a perdu la boule et a sauté sur Crab. Comme je savais que Hally le tuerait, je me suis interposé et j'ai essayé de tenir le vieux à distance. Les traits du type étaient tordus de rage et à cause de la souffrance de sa femme, mais il donnait des coups de poing dans tous les sens. Un vrai chaos. Il hurlait, sa femme geignait avec la voix horrible des paralysés et je criais au type de se calmer. J'avais vraiment la trouille. Pas à cause de la bagarre, mais à cause de toute cette honte, de toute cette horreur. Il m'a alors décoché un coup de poing à la tempe droite et la qualité inattendue de ce coup m'a surpris et impressionné. J'ai secoué la tête et retrouvé mon calme.

Les médecins et les infirmières disent toujours que, lorsqu'un accident horrible se produit et que les blessés commencent à arriver, ils sont à chaque fois capables d'affronter l'horreur et la folie. Ils disent que leur professionnalisme prend le dessus et qu'ils trouvent les gestes nécessaires. C'est exactement ce qui m'est arrivé. Mon professionnalisme a pris le dessus. J'ai saisi dans mon poing le ventre du type et j'ai tordu comme jamais je n'avais rien tordu jusqu'alors. Toute sa combativité est partie en fumée.

Une grande invention, cette manière de tordre les tripes de son adversaire. J'avais appris ça en Amérique, quand un gros videur m'avait fait subir ce traitement de choc. La douleur est incroyable, vous pouvez seulement geindre en attendant que ça passe. Et c'est autant l'humiliation que la douleur. J'ai toujours cru que j'étais le seul Européen à pratiquer ce truc. J'en étais fier. C'était vraiment une prise en or.

Crab et Hally manœuvraient le lit vers l'escalier. C'était un meuble énorme et même des singes comme eux avaient bien du mal. Je n'arrivais pas à savoir si je devais leur donner un coup de main ou continuer de tordre les boyaux du type. Maintenant, il pleurait. Jetant un coup d'œil à sa femme, j'ai décidé qu'il était cuit et je l'ai lâché pour rejoindre les autres.

On a mis vingt minutes. Hally était tellement furax qu'il a bousillé la rampe d'escalier. Ça nous a facilité le boulot, mais le transport de ce sacré lit était difficile.

D'ailleurs, j'en étais ravi. J'étais très content que ce soit difficile. Ça m'occupait l'esprit.

Une fois que nous l'avons fourré dans la camionnette, Crab s'est tourné vers la maison. Il avait l'air malade. On l'aurait dit au bord de l'arrêt cardiaque. Comme si son cœur battait encore, mais qu'il rechignait à continuer. Il restait encore quelques pièces du lit médical dans cette chambre et il nous a dit qu'il retournait les chercher.

« Non, j'y vais », ai-je crié en filant devant lui.

Dans la chambre, le spectacle était très désagréable. Je n'avais pas voulu y retourner, mais mieux valait moi que Crab. Le vieux type était effondré dans un coin, sa femme allongée en travers de ses cuisses, les bras raides accrochés autour des épaules de la paralysée. Il lui marmonnait des mots d'excuse, des paroles apaisantes.

J'ai ramassé les barres du lit et je me suis tourné vers l'homme. Il m'a regardé sans cesser un instant de bercer son épouse entre ses bras et de marmonner à son oreille. Les yeux de la femme aussi étaient fixés sur moi, son visage tordu, insupportable. J'ai senti un picotement ridicule derrière mes globes oculaires.

« Écoutez, j'ai dit, je suis désolé. »

Ils n'ont pas répondu. Elle ne pouvait pas et il ne voulait pas. Voilà peut-être ce qui a poussé Crab à quitter l'endroit où il attendait pour entrer dans la chambre, marcher vers l'homme agenouillé et le gifler du revers de la main. Peut-être était-ce un geste de fausse camaraderie, une manifestation déplacée de solidarité. Je ne sais pas. J'aurais aussi beaucoup de mal à dire pendant combien de secondes j'ai résisté à mon envie. Car j'ai essayé de résister. Je ne voulais pas faire ce que j'ai alors fait, de toute mon âme je ne voulais pas le faire. Mais j'ai bondi vers lui et je lui ai flanqué un grand coup des barres métalliques derrière la nuque, l'allongeant ainsi à côté d'eux.

Après, ç'a été le bordel. Hally est arrivé, déclenchant l'engueulade classique. Lui et moi hurlions à pleins poumons en faisant bien attention de garder les mains contre les hanches. Nous ne voulions plus de bagarre. Hally me terrifiait, mais je savais qu'il n'avait jamais su à quoi s'en tenir avec moi. Il se demandait toujours si par hasard je ne risquais pas de le dérouiller. Crab était conscient, mais il n'avait pas l'air très vaillant. Ses cheveux étaient pleins de sang et il semblait sur le point de vomir. Pendant toute cette prise de bec, les Johnson, chez qui nous étions, restèrent absolument impassibles.

À la fin, Hally a porté Crab dans la camionnette et dit qu'il allait l'emmener aux urgences de l'hôpital Mater. Après leur départ, j'ai simplement quitté la pièce et refermé la porte derrière moi. Je ne crois pas que j'essaierais à nouveau de m'excuser. Néanmoins, avant mon départ, la femme infirme s'est mise à m'adresser d'étranges grommellements. Le même mot absurde, répété sans cesse. J'ai mis un certain temps à comprendre ce qu'elle me disait.

« Vous, disait-elle. Vous. »

Elle avait raison. C'était bel et bien moi.

Je suis retourné à pied au garage d'Allen. J'ai mis une heure et demie. Je n'étais pas certain qu'Allen me virerait à cause de ce que j'avais fait à Crab, mais je savais que c'était terminé. J'en avais soupé. Je pouvais bosser comme serveur. Je pouvais transporter des briques. Je pouvais tailler des pipes sur les quais. Mais je ne pouvais tout bonnement plus faire ce genre de truc.

Au garage, je suis allé droit au bureau d'Allen. Une fois

de plus, il téléphonait quand je suis entré. Mais cette fois, on aurait dit qu'il parlait de sexe. Je lui ai pris le combiné des mains et j'ai raccroché. Il n'a pas souri.

« Pourquoi tu fais ça, tête de con ?

— J'arrête.

— Tiens ? Eh bien, bon débarras.

— Tu me dois deux mille balles.

— Paraît que t'as étendu Crab ?

— Il a organisé une conférence de presse ?

— Sacrée erreur. Il va te faire la peau. Après, il te bouffera.

— Mes deux mille balles ?

— Tes mille balles, tu veux dire. »

Il a pris son portefeuille et en a sorti une liasse de billets de vingt. C'était plus que je n'avais imaginé et ça me suffisait. Il m'avait vendu deux mille balles mon épave volée. Il ne me devait pas grand-chose. Il m'a adressé l'un de ces sourires désagréables qu'il avait dû voir au cinéma.

« C'est à cause de Crab ou t'as plus les couilles de faire ça ? » m'a-t-il demandé.

Comme je n'avais aucune explication à lui fournir et que je n'ai trouvé aucune repartie de dur à cuire, je me suis barré. En bas, Hally déchargeait la camionnette en échangeant des blagues salaces avec une bande de mécaniciens prépubères qui bossaient pour Allen. Le sort de Crab ne paraissait pas le désoler outre mesure et ma présence le laissait froid comme un gardon. J'ai marché vers ma voiture.

Hally s'est déplacé pour se tenir entre la portière et moi.

« Comment va Crab ? » ai-je demandé.

Il a ri.

« Comment veux-tu que je le sache, putain ? Je l'ai emmené à l'hôpital, mais je me suis pas fait chier à attendre. Putain, je suis pas sa mère. »

Je me suis approché pour glisser ma clef dans la serrure, mais Hally n'a pas bougé. Je me suis redressé.

« Tu plaques ? »

Il mijotait quelque chose. Je savais qu'il ne m'aimait pas, mais je savais aussi qu'il ne me frapperait pas. Ç'aurait été tellement déplacé que ça ne pouvait pas arriver.

« Oui, je plaque. »

Il opina plusieurs fois comme s'il le prévoyait depuis des années.

« Ça t'ennuie si je te demande un truc ?

— Quoi ?

— T'es catholique ? »

J'ai éclaté d'un grand rire triste.

« À ton avis ? j'ai fait.

— Eh ben, j'ai toujours pensé que t'étais un jobard, mais j'ai jamais su si t'étais aussi fenian.

— Va donc te faire cuire un œuf, dis-je en montant dans ma voiture. Non, deux. »

Hally a été trop ravi de cette insulte pour prendre la peine de me frapper et il m'a laissé démarrer sans réagir. En m'engageant dans la rue, j'ai pensé que je n'achèterais jamais assez d'essence pour m'en aller suffisamment loin.

J'étais donc maintenant sans emploi. J'avais pris la bonne décision. Je suppose que j'aurais dû me sentir plus propre après cet accès d'intégrité, mais ce n'est qu'au cinéma que pareils gestes vous lavent de vos anciennes compromissions. Si je me sentais plus propre, c'était un sentiment infime. Une toute petite chose. Je ne voulais plus jamais avoir à retirer quoi que ce soit à personne. Je savais ce que les gens ressentaient. L'Angleterre m'avait repris Sarah et j'étais toujours sur le carreau après cette perte.

Quand je me souvenais de Sarah, j'avais l'impression de lire un livre recommandé par autrui. On aurait voulu que ce soit tellement mieux que ça.

Elle travaillait comme journaliste pour un canard populaire de Londres. Je venais de toucher un gros paquet de fric pour me dédommager d'un passage à tabac que des soldats m'avaient fait subir deux ans plus tôt devant un bar de Cornmarket. Je n'étais pas resté longtemps à l'hôpital, mais cette intervention des soldats m'avait servi et le Bureau de l'Irlande du Nord me remit gracieusement quarante mille livres pour s'assurer mon silence. J'ai donc acheté cet endroit sur Poetry Street. C'était une ancienne église, à moitié en ruine et partagée en trois. Je l'ai eue pour une bouchée de pain, si bien que j'ai payé comptant. Sarah s'y est installée avec moi et s'est attelée aux travaux. Nous y avons vécu parmi les arbres et c'était bon. Pendant deux ans, nous avons été heureux.

Deux ans. Nous avons quasiment reconstruit l'appart. Sarah en a fait une splendeur. Je glissais de gros crayons derrière mon oreille, des clous entre mes lèvres, et je me sentais un vrai homme. J'ai essayé d'aimer ses amis. Elle a essayé de résister à l'envie de faire arrêter les miens. Ce fut une pantomime du bonheur, une parodie de la béatitude. Je l'aimais comme je ne croyais pas possible d'aimer. Je l'aimais davantage que je ne croyais légalement permis d'aimer. La vue de son écriture manuscrite me mettait d'absurdes larmes aux yeux. Quand j'entendais des sirènes, je me convainquais qu'il s'agissait d'ambulances en route vers le lieu où gisait son corps déchiqueté. Parfois, la nuit, quand elle dormait et que j'en était incapable, je la prenais dans mes bras et je l'aimais. Je sentais que, si j'avais eu une fermeture-Éclair allant de la gorge au ventre sur le devant de mon corps, je l'aurais ouverte, j'aurais glissé le corps de Sarah à l'intérieur et j'aurais remonté ma fermeture-Éclair. Sarah n'était jamais assez près de moi.

Parfois, je m'inquiétais de son travail. Elle détestait son boulot. Son journal ne publiait un article sur l'Ulster que si les détails étaient particulièrement affreux, si les assassinats étaient d'une barbarie atroce. Les rédacteurs en chef de Londres ne s'intéressaient pas à l'Ulster au quotidien. Sarah devait à chaque fois se rendre dans des endroits encore plus sinistres et parler à des gens encore plus sinistres.

Ainsi, plus tôt que ça n'aurait dû, tout a foiré. Les papiers qu'elle devait rédiger, les horreurs qu'elle devait voir ne faisaient rien pour pousser Sarah à tomber amoureuse de ma ville. Elle s'est mise à parler de rentrer à Londres. Je me suis mis à ne plus faire attention à elle. Alors elle a fait un reportage de trois jours sur un massacre dans un pub d'Armagh qui avait fait six morts. Elle a plaqué son boulot en Ulster et acheté un billet d'avion.

La soirée précédant son départ a été longue. Elle m'a supplié de l'accompagner. J'ai refusé. Sa douleur était immense. Mais ce n'était pas une situation sans issue.

Londres était à une heure d'avion. Je pouvais toujours changer d'avis. Elle pouvait toujours changer d'avis. J'ai ressenti durement son départ, mais je croyais pouvoir compter sur une éventuelle récriture du scénario.

Deux semaines plus tard, elle m'avait dit une chose que je me suis révélé incapable de croire, de comprendre. Elle avait eu un avortement la première semaine de son retour à Londres. Je n'avais même pas su qu'elle était enceinte.

Et puis six mois de vide. Six mois de quelque chose de moindre que le malheur. Elle avait bien écrasé mon cœur. J'ignorais à quel point j'aurais voulu être père, mais j'ignorais aussi à quel point je n'aurais pas voulu l'être. Toute cette douleur me surprenait en permanence. Comment pouvait-elle commettre l'erreur de ne pas m'aimer comme je l'aimais ?

Depuis son départ, mon amour se mesurait à l'aune de son objet absent. Depuis lors, je passais mes soirées solitaires dans un fauteuil, à fumer en me demandant quelle impression ça pouvait faire d'être elle.

Après ma démission, je suis rentré à Poetry Street et j'ai trouvé Chuckie Lurgan avachi en un gros tas sur mon pas de porte : il m'attendait. Mon chat dormait sur son genou. Curieusement, mon chat semblait apprécier Chuckie. J'avais besoin d'un nouveau chat.

Je les ai fait rentrer tous les deux et je les ai nourris.

Il avait appelé à mon boulot et Allen lui avait appris que j'étais viré.

« Bon dieu, dit Chuckie, t'as plus l'air d'avoir la cote là-bas. »

Pendant que nous mangions, il est devenu de plus en

plus excité. Il débitait des âneries à cent à l'heure et rougissait pour un rien. Il tenait à la main un canard infect. J'ai fait du café en attendant qu'il en vienne au fait.

Je lui ai demandé des nouvelles de sa belle Américaine. Il est resté étrangement évasif. Slat m'avait confié qu'elle était assez jolie et que, pour une raison indéterminée, elle s'était entichée de ce bon vieux Chuck, mais Lurgan évitait régulièrement de répondre à mes questions précises. Il m'a dit qu'il la voyait ce soir, mais il a tout de suite changé de sujet.

« T'as vu ces sigles OTG ? me demanda-t-il vaguement alors que j'allais dans la cuisine.

— Oui. Tu sais ce que ça veut dire ?

— Non, c'est nouveau pour moi, me lança-t-il de l'autre pièce.

— C'est une organisation ou un slogan ?

— Putain, j'en sais rien.

— J'ai demandé autour de moi, dis-je. Mais personne ne sait rien.

— C'est quoi, à ton avis ? demanda Chuckie.

— J'en sais foutrement rien. Odyssée Trois à Glengormley. Orangistes Tentent Génocide. Oxford Trop Gras. »

J'ai entendu Chuckie pouffer de rire.

« Offre-Toi une Gonzesse, suggéra-t-il avec enthousiasme. Outrances de mon Testicule Gauche. Ouah, Ta Gueule ! »

Je l'ai laissé rire tout son saoul pendant que je finissais de préparer le café.

« En venant chez toi, me dit-il, j'ai croisé Bun Doran qui claudiquait dans la rue.

— Mm-mmm », grommelai-je distraitement en manipulant les grains de café.

Je me demandais quand, au juste, Chuckie allait me dire ce qu'il avait en tête.

« Ouais, apparemment il a aussi acheté une grande maison avec le fric de ses indemnités. »

On a entendu la détonation sourde d'une explosion lointaine.

« On dirait Andytown, estima Chuckie dans le salon.

— Non, lui criai-je, le centre-ville.

— Un gros truc.

— Ça paraissait pas petit », concédai-je.

Je suis revenu au salon avec la cafetière. Chuckie tripotait le journal posé sur ses cuisses.

« Combien a-t-il touché ? demandai-je.

— Qui ?

— Doran.

— Ah oui. Il a touché cent vingt mille livres, ce salaud.

— Il a les jambes de Frankenstein maintenant. C'est pas trop cher payé. »

Barry « Bun » Doran était un type de notre connaissance. Un cinglé de Bosnia Street avec qui Chuckie avait été à l'école. Doran travaillait comme modeste employé de bureau, mais il délirait à plein tube sur la liberté individuelle. Il ne supportait pas l'autorité. Deux ans plus tôt, il avait décidé qu'il détestait tout spécialement les feux de circulation. Pour lui, ils entravaient son autonomie personnelle, son droit de déambuler à sa guise, partout et à tout moment. Il a entamé une campagne consistant à ne pas respecter les consignes des feux rouges. Il s'est fait écraser par un bus sur Dublin Road. Ses jambes étaient tellement en bouillie qu'à sa sortie d'hôpital elles restaient raides comme des piquets.

Chuckie a enfoncé le clou.

« Cent vingt mille livres, quand même. Tous les deux, vous avez eu une sacrée idée. Moi je veux bien me faire casser les deux jambes pour une somme pareille. »

Je me suis servi une tasse de café. Comme Chuckie ne buvait presque jamais de café, je lui ai ouvert une canette de sucrose, d'extraits d'oranges, de benzoate de sodium et de métabisulphite de sodium. Son visage poupin s'est fendu d'un sourire, ses yeux ont disparu en haut de ses joues.

« T'as lu les journaux ce dimanche ? demanda-t-il avec une nonchalance mal imitée.

— Il y a beaucoup de journaux du dimanche, Chuckie.

— Les journaux régionaux. »

J'ai allumé ma centième cigarette depuis que j'avais arrêté d'arrêter de fumer.

« Non, j'ai pas lu les journaux régionaux. »

Chuckie exhiba une mimique faciale que je n'avais jamais remarquée chez lui. Chuckie exhiba une mimique faciale que je n'avais jamais remarquée chez personne. Sa bouche s'abaissa, ses lèvres se retournèrent, son nez remonta. C'était d'une laideur impressionnante.

« Jette un coup d'œil là-dessus. »

Il a ouvert le journal qu'il tenait avant de le pousser vers moi d'une main incertaine. Je l'ai pris. C'était la page des petites annonces du seul journal salace publié en Irlande du Nord, un canard bourré d'histoires sexsationnelles sur les phénomènes locaux et d'images de filles de Derry aux gros seins nus et pâles.

Je me suis mis à parcourir la page des annonces :

LA NOUVELLE LIGNE D'AMOUR X D'IRLANDE
Maintenant accessible aux 18-21 ans qui jusqu'ici n'avaient pas le droit d'appeler ces numéros.

UN COUPLE D'OMAGH LE FAIT *0898 300*

LES ÉCHANGISTES DE LISBURN *0898 300*

BELLES FESSES DE BELFAST *0898 300*

LA VIBROMAÎTRESSE À BALLYMENA *0898 300*

LES FÉTICHISTES DE FERMANAGH *0898 300*

FELLATIONS À BELFAST *0898 300*

LA POMPE D'AMOUR DE LIMAVADY *0898 300*

L'ÉPOUSE DE DERRIAGHY *0898 300*

J'ai regardé Chuckie.

« Plus bas », a-t-il dit d'une voix fluette. J'ai poursuivi ma lecture.

GÉNIAL GODE GÉANT ! ! !
LE PLUS GROS GODEMICHÉ DU MONDE !

ACHETEZ MAINTENANT ! LE MASSIF (40 cm)
DISPONIBLE AU PRIX SUPER-DISCOUNT DE 9£99
CET OUTIL D'AMOUR RAVIRA
TOUTES LES FEMMES.

ENVOYEZ VOS CHÈQUES OU MANDATS MAINTENANT !
OFFRE DANS LA LIMITE DU STOCK DISPONIBLE.

SATISFACTION GARANTIE.
*SINON **REMBOURSÉ** !*

Suivait une adresse. Une boîte postale. Perplexe, j'ai regardé mon copain dodu. Ce n'était pas très drôle. Ce n'était pas très surprenant. Ça ne valait vraiment pas le coup de traverser toute la ville pour me montrer ça. Mais il y avait une lueur dans les yeux de Chuckie qui m'a fait frémir.

« Hé, Chuckie, ça n'a rien à voir avec toi, au moins ? »

Il m'a considéré d'un air contrit. Il a tendu ses paumes vers moi en un geste d'apaisement.

« Chuckie !

— Je t'ai dit que j'avais besoin d'un capital de départ. Impossible de toucher une putain de subvention si je n'ai pas déjà un capital minimum. Comme j'ai pas envie de répéter le coup de Doran et de me faire écraser, j'avais pas d'autre solution.

— Mais bon dieu, Chuckie, vendre des accessoires sexuels ? Tu peux pas faire ça. On est en Irlande du Nord. »

Il a pris un air offensé.

« J'ai pas l'intention de vendre le moindre gadget sexuel.

— Quoi ? »

Sa main a plongé dans son petit sac en toile. Il en a sorti un long paquet enveloppé dans du papier, qu'il a déballé pour exhiber un gros pénis en caoutchouc. Veiné, noueux et d'un rose bizarre, il ressemblait vaguement à

Chuckie lui-même. Chuckie a posé cet objet sur la table entre nous. Mon chat a grondé de peur. J'étais sans voix.

« C'est le seul que j'aie, dit Chuckie.

— C'est quoi ?

— J'ai qu'un seul godemiché. J'ai filé quinze billets à Speckie Reynolds pour l'acquérir.

— Je ne comprends pas.

— Regarde », a chuchoté Chuckie.

Il a sorti de son sac une petite boîte métallique et rectangulaire. Il l'a ouverte et en a tiré un tampon encreur, qu'il a humecté contre une éponge. Puis il a tamponné une enveloppe qui traînait sur la table. Je l'ai prise et j'ai lu ceci :

REMBOURSEMENT GODEMICHÉ GÉANT

Chuckie arborait le sourire du poète récemment publié.

« C'est très simple, dit-il. J'ai déjà eu mille sept cent quarante réponses. Soit mille sept cent quarante chèques de neuf livres quatre-vingt-dix-neuf. Ce qui fait dix-sept mille trois cent quatre-vingt-deux livres. J'ai ouvert un compte en banque ce matin. Mercredi prochain j'aurai dix carnets de chèques.

— Mais tu ne peux pas garder cet argent.

— Ne t'inquiète pas. Je vais envoyer des chèques de remboursement à tous ces gens. Neuf livres quatre-vingt-dix-neuf, sans en oublier un seul. Mais avant de les envoyer, je vais prendre mon petit tampon ici présent et imprimer REMBOURSEMENT GODEMICHÉ GÉANT sur chaque chèque. »

Il a marqué une pause. Il s'est penché pour caresser

mon chat, dont le poil était toujours hérissé de peur à cause de cette chose sur la table.

« Sincèrement, imagines-tu quelqu'un se pointer à sa banque pour encaisser un chèque sur lequel est écrit REMBOURSEMENT GODEMICHE GÉANT ? »

Il a eu un sourire béat.

« Le capitalisme n'est-il pas une chose merveilleuse ? »

Ce soir-là, je suis allé voir Mary. Comme je ne savais toujours pas où elle habitait, j'ai atterri au bar où elle travaillait. À mon arrivée, le videur protestant m'a signifié, en rentrant la tête dans ses épaules massives, qu'il en avait marre de me voir. Mon œil avait déjà viré au beurre noir à l'endroit où l'homme au lit m'avait frappé un peu plus tôt. J'avais sans doute l'air insalubre. Je me suis dit que, si je l'agaçais un peu trop, ce videur risquait de me montrer de quel bois il se chauffait, et je lui ai adressé mon plus beau sourire.

Mary a blêmi en me voyant. Elle a marmonné quelques mots à sa collègue, laquelle est venue me demander ce que je voulais boire. J'ai menti et elle m'a servi une pinte.

Je suis resté assis là deux heures, bière sur bière. Je détestais les bars, mais dans cette ville il était bien difficile de vivre sans eux. À la fin, la honte m'a poussé à aller la voir et à lui demander un entretien.

« Laisse-moi une minute », dit-elle d'une voix lasse.

Nouvelles messes basses avec sa copine, puis elle a pris son manteau et s'est approchée de ma table. Elle faisait grise mine. Elle ne donnait pas l'impression de vouloir se montrer aimable avec moi.

« Pas ici », dit-elle.

Elle m'a emmené tout près, dans un fast-food rutilant. On s'est assis pour boire un café infect.

« Qu'est-il arrivé à ton œil ?

— Je transportais un meuble.

— Quoi ?

— Je me suis cogné contre un truc.

— Je ne te crois pas.

— Tu n'es pas obligée. »

Il y a eu un silence. Inconfortable. Elle m'a regardé. Ses yeux brillaient et j'ai compris que les mauvaises nouvelles n'allaient pas tarder à débouler. Elle a attaqué.

« Je veux que tu me laisses tranquille », dit-elle.

J'ai eu du mal à encaisser ça de sa part, mais je me suis dit qu'elle avait déjà empêché beaucoup de choses de se produire. Elle ne chérissait pas ses souvenirs et je devenais une sorte de boulet. Mais il y avait eu cette nuit d'amour qu'elle ne pouvait pas détruire. Moins d'une semaine nous en séparait et j'avais encore à la bouche le goût de la sienne. J'avais l'impression de respirer son haleine.

« Mary, je ne peux pas te laisser tranquille. Je n'ai pas envie de te laisser tranquille. Ça complique un peu les choses. »

Son visage s'est effondré, sa bouche s'est mise à trembler au point que j'ai eu beaucoup de mal à ne pas l'embrasser sur-le-champ.

« Que veux-tu de moi ? »

Ce que je voulais d'elle ? Je voulais sa main sur mon visage, sa tête inclinée vers moi, ses lèvres sur les miennes. Je voulais l'entendre dire des mots doux qui m'enflammeraient le cœur et me feraient rougir.

Je lui ai répondu ça. Exactement. Mot pour mot. Les

choses ne se passaient pas trop mal et j'ai imaginé une belle récompense pour toute cette prose fleurie.

« Tu ne comprends donc pas. »

Sa voix était plus tendre, plus permissive après mon improvisation poétique.

« Qu'est-ce que je ne comprends pas ?

— C'est impossible. »

Je tenais en réserve toute une série de grands discours sur le possible et l'impossible. Et puis, il était difficile de ne pas se sentir optimiste au milieu de tout ce plastique brillant, de ces bons vivants adolescents et de toutes ces couleurs primaires dont les formes se reflétaient dans les yeux de Mary.

« Leur impossibilité n'a jamais empêché les choses de se produire.

— Mais j'aime Paul. Je ne veux pas le blesser. »

Paul, c'était le petit ami flic. Je n'ai pas ressenti de réelle compassion pour sa situation civile.

« C'est tout simplement impossible », poursuivit-elle.

Je débordais d'énergie, d'ardeur.

« Tu as raison. Ce n'est pas possible. Ni probable. Ni même démocratique. Personne ne t'a donné le droit de me mettre dans un état pareil.

— Et Sarah, alors ? »

L'espace d'un instant, sa mémoire prodigieuse m'a surpris.

« Sarah ? C'est un amour ancien, un amour mort. Un amour qui n'a jamais été. Je ne lui cause aucun tort en disant cela. Je doute qu'elle se souvienne même de moi. »

Son visage a de nouveau blêmi. Comme lorsqu'elle m'a vu entrer dans le bar. Elle a eu une moue de solidarité féminine.

« Dans deux ans, tu diras la même chose de moi.

— Tu crois ?

— Oui.

— Tu veux qu'on fasse un pari à long terme ? »

Elle a souri, contente et flattée malgré la fermeté de ses intentions. Je n'ai jamais eu le moindre problème avec la vanité.

« Je vais me marier avec lui, reprit-elle.

— C'est ce que tu crois.

— Qu'est-ce que tu en sais ? »

J'avais confiance. J'étais sûr de moi. Toujours un mauvais signe.

« Tu couches souvent avec quelqu'un quand tu as l'intention de te marier avec un autre ? »

Mes lèvres prononçaient encore ces deux derniers mots quand j'ai compris que j'étais en train de tout gâcher. Ses joues se sont empourprées et elle s'est redressée sur sa chaise. Elle a serré son manteau autour de son buste et a repoussé sa tasse de café. De toute évidence, elle s'apprêtait à partir.

Alors, pour la première fois de ma vie, j'ai connu une lubricité affranchie de toute lubricité. Je voulais que la peau d'une fille se colle contre la mienne, mais je le voulais sans presque ressentir de désir. Elle est partie. Elle s'est levée, elle a secoué la tête, marmonné quelques mots indistincts et elle est sortie. Ma tête est tombée sur la table. Avec un bruit creux.

Je suis parti peu après elle. Il n'était pas tard, mais les rues bourdonnaient de mécontentement et de froide colère. Il y avait beaucoup de flics. J'ai même cru voir Mary parler à l'un d'eux, mais sans en être certain. J'ai espéré que, si c'était bien elle, alors elle ne s'adressait pas à son petit ami.

C'était presque l'heure de la fermeture des bars et il y avait eu deux alertes au centre-ville à cause de grosses bombes. Le hurlement des sirènes dérivait au fil du vent et, dans Arthur Street, j'ai vu une belle débandade et des rubans blancs qui délimitaient un périmètre de sécurité. Les flics étaient toujours plus nerveux pendant une série de fausses alertes à la bombe. Je crois qu'il préféraient les vraies bombes à la succession interminable des fausses alertes. C'était comme la roulette russe et, selon moi, ils n'aimaient guère attendre indéfiniment la vraie bombe. Ce jour-là, ils n'avaient pas chômé avec les bombes. Une à l'heure du déjeuner dans un parking à plusieurs niveaux. On avait tiré un obus de mortier vers des soldats et il y avait eu la bombe que Chuckie et moi avions entendue un peu plus tôt. Sans compter toutes les fausses alertes.

Mais en regardant les gens dans les rues, je n'ai pas pu m'empêcher de penser que ce n'était pas grand-chose. Autrefois, c'était différent. Nous étions tous beaucoup plus effrayés. Après les vagues d'attentats des années soixante-dix (récemment remises au goût du jour pendant une autre saison couronnée de succès), les couleurs semblaient avoir disparu des rues, délayées, effacées comme si elles aussi avaient explosé.

Mais maintenant il ne s'agissait plus que d'un simple désagrément, d'un banal embouteillage. J'ai retrouvé l'Épave dans une petite rue. Deux flics et des soldats traînaient dans les parages. Je me suis installé au volant et j'ai essayé de démarrer, sans résultat. Alors que le moteur commençait de donner quelques signes de vie, un soldat s'est approché de la voiture, son arme battant mollement contre son bas-ventre.

J'ai baissé ma vitre et endossé mon expression je-réponds-toujours-aux-questions-des-forces-de-sécurité-je-sais-combien-c'est-utile. C'était une expression assez compliquée.

Le jeune soldat s'est penché vers ma vitre ouverte. Son visage était adolescent, son accent prolétaire du Lancashire.

« C'est votre voiture ? »

L'inévitable début d'une litanie de questions.

« Oui.

— C'est votre seule voiture ?

— Oui. »

Ma voix était neutre. Avec toutes les patrouilles qui sillonnaient la ville, ces gars-là avaient sans doute passé une sale journée. J'ai tendu la main vers la boîte à gants pour y prendre mes papiers et prouver que l'Épave était bel et bien ma propriété.

Le soldat eut un ricanement bref.

« Non, non, ça va, vieux. On croyait simplement que tu la conduisais pour gagner un pari. »

Je n'ai pas bronché, car il a ri tellement fort qu'il riait pour nous deux. J'ai entendu ses collègues hurler de rire de l'autre côté de la rue. Le soldat était plié en deux et il a réussi à glisser quelques faibles excuses entre deux accès de fou rire. L'Épave, manifestant une forme exceptionnelle, a démarré sous les horions et je suis parti.

Deux heures plus tard, j'étais de retour chez moi où je pratiquais la chasse au chat. Il avait encore pissé dans ma baignoire et la découverte de cette petite flaque jaune autour du trou d'évacuation m'avait mis hors de moi. C'était tellement jaune. Curieusement, on ne s'attendait pas à ce que ce soit aussi jaune. Comme si c'était presque humain. Contrairement au chat lui-même. Je l'ai poursuivi dans l'escalier, sous les fauteuils, au-dessus des tables, etc. Putain, ce qu'il était rapide, mon chat.

Sans doute que de me mettre en rogne contre mon chat simplement parce que j'étais déjà furibard, n'était pas très équitable. Mary, Sarah, mon boulot : rien de tout ça n'était de sa faute. Mais il avait la malchance d'entrer en scène à la fin d'une histoire dont il ne faisait pas partie. Ainsi l'ai-je pourchassé avec une rage assassine.

J'étais rentré déprimé. Mary m'avait planté là sans commettre la moindre erreur. Il y avait deux messages sur le répondeur à mon retour. Toute cette promiscuité humaine avait failli me faire pleurer, même si l'un de ces messages était de Marty Allen, qui me disait quel connard j'étais — comme si je ne le savais pas déjà. Chuckie aussi avait téléphoné. Il semblait de nouveau dans tous ses états. Apparemment, il sortait d'un rencart fabuleux avec sa copine américaine. Elle avait accepté de le revoir. Mais elle tenait à ce que sa colocataire l'accompagne. C'est là où j'entrais dans le tableau. Chuckie m'avait gracieusement porté volontaire pour m'occuper de la copine. Jeudi prochain, disait le message.

J'y penserais plus tard. Dans l'immédiat, l'essentiel était d'attraper mon chat et de le tuer. Je l'avais presque coincé entre une étagère et un canapé quand la sonnette de ma porte a retenti. Je me suis figé. J'ai pensé que la SPA allait me tomber dessus à bras raccourcis. J'ai regardé la grosse horloge à mon mur. Il était minuit passé. Belfast n'est pas la ville idéale pour ce genre de visite tardive et, tout en marchant vers ma porte d'entrée, j'ai vécu les fameuses quinze secondes d'angoisse en me disant que deux hommes en blouson d'aviateur et Doc Martens, le doigt sur la détente d'un automatique Browning, attendaient de l'autre côté de ma porte avec un objectif politique bien précis. J'ai écarté cette pensée, comme d'habitude, et j'ai ouvert.

Il y avait un policier, la main levée vers la sonnette. J'ai soupiré, avec un mélange de soulagement et de culpabilité. Comme j'ai passé presque toute ma vie en pensant qu'on devrait m'arrêter, les flics me mettaient mal à l'aise. Je me suis demandé si j'allais payer pour les mauvais traitements infligés à Crab. Porter plainte auprès des flics n'était pas vraiment son style, mais Marty Allen l'avait peut-être fait, histoire de s'amuser.

« Oui ? » dis-je.

Le flic a plissé les yeux et m'a demandé, d'une voix tremblotante qui m'a étonné, si mon nom était bien mon nom. Allons bon, ai-je pensé en répondant que oui, en effet, mon nom était bien mon nom.

Le coup que j'ai alors reçu à la mâchoire m'a semblé tomber du ciel. Je n'ai vu ni bras ni main. Ce gnon m'a envoyé valser contre ma porte ouverte et le flic a suivi de son autre gant contre mes lèvres.

Imaginez ma surprise !

Il était maintenant sur moi, il m'acculait à l'escalier et j'ai senti les marches percuter mes vertèbres. Quand il m'a frappé dans les couilles et qu'il m'a donné deux bons coups de boule, j'ai commencé à comprendre que je participais à une vraie bagarre. Ça ne m'a pas plu, bien sûr, et ça faisait mal. Je me demandais comment réagir quand il s'est mis à me travailler la tête à coups de coude.

Selon mon expérience, les bagarres soudaines ressemblaient toujours à ça. Quand quelqu'un te surprenait pour de bon, c'était vraiment surprenant. Au cinéma, les durs réagissent toujours aux attaques surprises avec une rapidité foudroyante, des réflexes exemplaires. Mais nous autres, les durs de la vraie vie, nous avons toujours besoin de temps pour nous habituer à cette idée, nous avons besoin d'invitations par écrit, de consultations diverses, de conseils d'ordre juridique.

Mon état empirait à vue d'œil quand j'ai rassemblé assez d'énergie pour envisager une réaction, mais à ce moment-là le flic lui-même s'est trouvé au bout du rouleau. Il a fait un pas en arrière pour reprendre son souffle. J'ai alors remarqué qu'il manquait quelque chose. Où étaient ses collègues ? Pourquoi les autres ne participaient-ils pas aux réjouissances ?

Assis sur les marches, j'ai attendu la deuxième vague d'assaut. Sa casquette était tombée et je voyais parfaitement son visage. Il était sans doute de mon âge, mais sa tête de flic bien rasé et aux cheveux courts lui donnait l'air d'un gosse. Il m'a regardé, aussi, et il n'avait plus la moindre velléité de bagarre. Je me suis dit que c'était terminé et j'ai levé la main en un geste vaguement pacifique, histoire de m'en assurer.

« Bon dieu, un peu de calme », ai-je dit d'une voix placide.

Je crois que le ton modéré de ma voix a stupéfié ce type. Il a eu l'air de ne pas savoir quoi faire. Il s'est baissé pour ramasser sa casquette et il a jeté un coup d'œil dans l'entrée. Il a froncé les sourcils en voyant quelque chose. Je me suis retourné et j'ai aperçu mon chat au regard écarquillé sur le seuil d'une pièce. J'ai failli éclater de rire.

Le policier s'est de nouveau tourné vers moi. Je me calmais. Il ne m'avait pas trop amoché. Ce type avait beau se servir correctement de ses coudes, il ne se bagarrait pas très bien. J'avais compris qu'il s'agissait d'une affaire privée, que ce genre de violence n'avait rien d'officiel. Je commençais aussi à deviner de qui il s'agissait. Alors qu'il restait debout sans trop savoir quoi faire, j'ai eu envie de lui filer un coup de main.

« T'avise pas de t'approcher de Mary. Tu m'entends ? »

Il essayait de parler d'une voix ferme. Mais compte tenu des circonstances, sa menace était pâlotte.

« Je t'entends. »

Je pensais que c'était la meilleure manière de me débarrasser de lui. Je ne crois pas qu'elle lui avait dit tout ce qu'il avait besoin de savoir. Sa colère était trop vacillante pour être la vraie colère du cocu. Il se montrait trop raisonnable. Il nous avait vus précédemment et de toute évidence Mary lui avait seulement rapporté que je l'embêtais et rien d'autre.

« Tu ferais bien », dit-il.

Il a de nouveau regardé mon chat. Sa confusion s'est encore accrue. Il réfléchissait peut-être que ça ne suffisait pas. Mais il a fini par décider que j'avais mon compte : il s'est retourné et éloigné.

J'ai refermé la porte derrière lui, au bord du rire une fois de plus. J'ai procédé à une vérification systématique devant le miroir de la salle de bains. Je n'ai pas constaté trop de dégâts, en dehors du sang et de la peau tuméfiée. Mon nez et ma bouche me brûlaient à cause des coups reçus, mais toutes mes dents étaient en place et ma mâchoire faisait tout ce qu'elle devait faire. C'était un bleu, ce flic, ce Paul.

Pourtant, ça faisait mal. Les bagarres étaient sans aucun doute devenues plus pénibles depuis que j'avais renoncé à me bagarrer. Mais ç'aurait pu être bien pire. Il aurait pu se pointer avec ses copains flics. Toute sa patrouille aurait pu lui refiler un solide coup de main. Ils auraient pu me démolir au poste. Seigneur, rien qu'à voir la manière dont les choses se passaient dans ce pays, il aurait pu m'envoyer à l'ombre pour dix-sept années, tout simplement parce que je connaissais les trois premiers vers du *Je Vous Salue Marie*. J'ai apprécié qu'en amour il y ait pour une fois un minimum de justice. Je me suis même surpris à admirer son sang-froid.

Mon chat a marché à pas de velours jusqu'à la porte ouverte de la salle de bains. Étrangement silencieux, il a levé les yeux vers moi. J'ai baissé les miens vers lui. Peut-être que tout ça lui a semblé parfaitement équitable car, si je n'avais pas su que c'était impossible, j'aurais juré que ce petit merdaillon couvert de fourrure venait de m'adresser un clin d'œil.

Cinq

Le jeudi soir de la semaine suivante. Première journée ensoleillée de l'année. Montres et horloges avancées d'une heure, le ciel immense ; d'excellente humeur, je suis rentré du boulot en voiture. Car j'avais déjà trouvé un nouvel emploi : je transportais des briques pour une rénovation d'hôtel au centre-ville. Le jour s'attardait, le soleil vieillissait, orange et bas ; la ville semblait si légère qu'un souffle aurait pu l'emporter. Les multiples fenêtres des gratte-ciel nains de Belfast viraient au rouge par paires, comme s'il y avait un incendie à l'intérieur. Entre les arbres, les chiens violaçaient dans le brusque éclat du soleil.

C'était pour ce soir-là que Chuckie avait arrangé notre double rendez-vous. J'avais un mauvais pressentiment. J'ai pris une douche. J'ai troqué ma tenue de travail contre mon costume bleu. Chemise blanche à double revers, vieux boutons dorés pour dames et mocassins noirs qui brillaient comme une rue mouillée. J'étais un gandin. Tous les types vraiment prolos que je connaissais étaient des gandins. Chaque fois que j'avais un boulot merdique (tout le temps, n'est-ce pas ?), je prenais presque toujours grand soin de ma tenue après ma journée de travail.

C'était une sorte de rituel style Nord de l'Angleterre années cinquante. Mais je me sentais mieux comme ça.

Néanmoins, mes fringues ne m'embellissaient pas les traits. Mon visage était assez bousillé au bout d'une semaine de réjouissances diverses. Des égratignures, un bleu et une jolie bosse à la joue droite me métamorphosaient en une espèce de hamster amoché. Je m'en fichais. Je n'étais pas du genre vaniteux.

Au supermarché du coin j'ai acheté tous les champignons que je pouvais et je les ai cuits en une seule fois. Avec mes champignons et une baguette, je me suis gavé pendant que le chat vidait sa double gamelle habituelle. Je n'oubliais certes pas mon rôle désagréable de faire-valoir dans le double rendez-vous arrangé par Chuckie, mais même cette perspective n'a pas entamé ma belle humeur. J'avais remarqué que, de l'autre côté de la rue, le gros graffiti OTG s'accompagnait maintenant d'un plus petit, moins bien tracé. Le mystère augmentait. J'ai pensé à autre chose. J'ai lu un peu d'Érasme, puis j'ai emmené mon chat faire une balade pendant que le soleil déclinait.

Je me suis arrêté au bout de ma longue, longue rue. Mon chat a décrit des cercles autour de mes jambes pendant que je restais là. Les arbres bourgeonnaient, il n'y avait pas vraiment de feuilles, seulement des velléités de feuilles. J'étais tout seul, mais heureux d'être là. Mon humeur s'améliorait à chaque instant. J'étais content d'être moi. Ça faisait longtemps. Sarah s'était très vite lassée que je sois moi et Mary n'avait eu droit qu'à une dose très homéopathique. J'ai pris bonne note de ces deux votes de défiance.

J'ai baissé les yeux vers mon chat. Il a levé les siens vers moi. Bizarrement, mon chat me réconfortait. Mon chat ne m'avait pas plaqué. Je ne pouvais pas affirmer en toute honnêteté qu'il m'aimait, mais il restait avec moi, il s'accrochait.

Sur le chemin du retour, en compagnie du chat et d'une cigarette, j'ai improvisé un moment sur ma belle humeur et ses raisons. Mais c'était très simple. Au supermarché où j'avais acheté mes champignons, il y avait une jeune employée de dix-sept ans qui était folle de moi. Elle se mourait d'amour pour moi. Je l'avais remarquée quelques jours plus tôt. Elle avait eu un mal fou à me servir, tant ses mains tremblaient ; elle avait rougi pendant une bonne minute et arboré un sourire forcé. Je savais qu'elle aimait mon célibat, mes costumes, mes boutons de manchette et mes légumes. Malgré mes traces de coups, mon existence lui semblait manifestement vivable. Je me sentais assez vieux pour être le papa de son papa, mais elle s'en fichait.

C'était moi tout craché. Une lycéenne s'entiche de moi et soudain la vie vaut le coup d'être vécue. Tel était mon grand secret : j'étais d'une superficialité insondable.

En tout cas, voilà une chose qui me plaisait chez moi.

Bon, ce n'était pas tout à fait exact. Ma belle humeur avait d'autres raisons. Ça m'avait pris plus d'une semaine, mais j'y étais finalement arrivé. J'avais dû vendre ma chaîne stéréo, ma télé et mon magnétoscope. J'avais huit cents livres de côté et j'en ai tapé deux cents à Chuckie. Quelques autres petites ventes, un peu de mendicité à gauche et à droite, et j'ai rassemblé la somme nécessaire. J'ai mis toute une journée pour trouver une société qui en vendait. J'ai passé une matinée là-bas, à feuilleter leurs catalogues, à essayer de reconnaître le bon modèle. Ensuite, j'ai mis une heure à convaincre ces salopards de m'accorder deux cents livres de remise, puis une autre heure pour qu'ils le livrent dans la semaine, et en fin de compte je suis arrivé à ce que je voulais.

J'avais téléphoné à cette société avant d'aller acheter mes champignons. Ils l'avaient livré dans la matinée. Quand j'ai demandé comment les Johnson avaient réagi en découvrant leur nouveau lit, le gars au téléphone m'a dit qu'ils n'en revenaient pas. Ils ne comprenaient pas qui l'avait envoyé. Les livreurs leur avaient dit que c'était une surprise, tout comme je leur avais demandé de faire.

« Je leur téléphonerai demain, dis-je au gars. Ils sont toujours comme ça. Vous savez comment sont les parents. »

J'étais content de l'avoir fait. J'en avais ressenti la nécessité. Mais je ne me sentais pas encore réconcilié.

J'ai conduit l'Épave jusqu'au bar situé au bord du fleuve, où Chuckie et moi devions nous retrouver. C'était un nouvel endroit, une ancienne maison d'éclusier transformée en paradis pour yuppies. Des gens qui ressemblaient à des plaisanciers le fréquentaient. Ça ne m'a pas plu.

Chuckie m'a offert un verre et nous sommes sortis dans le Biergarten. Un *Biergarten*, putain. On s'est posés sur des chaises en bois et on a regardé le fleuve d'un air morne. Ils le draguaient toujours. Une entreprise installée au bord de l'eau embellissait les berges. (Belfast découvrait ces frivolités, quand toutes les autres villes de Grande-Bretagne avaient décidé, à grands frais, d'y renoncer.) Il y avait des millions qui partaient en fumée dans le secteur. Pour l'instant, le seul résultat concret de ces travaux, c'étaient des tracteurs embourbés et une odeur nauséabonde. J'ai parlé un peu de tout ça à Chuckie, d'une voix très calme.

« Moi, ça me botte », a-t-il dit.

J'ai porté ma bouteille de bière à mes lèvres et failli m'étouffer sur le quartier de citron qu'un crétin quelconque y avait glissé. Chuckie m'a tapoté le dos. C'est le progrès, qu'il m'a dit. Belfast a raison de vivre avec son temps. Il aimait toutes ces nouveautés. Moi, je ne voyais pas l'intérêt de coller du citron dans le goulot d'une bouteille de Harp, mais je l'ai bouclée.

Il faut dire que mon visage encore un peu endommagé déplaisait nettement à Chuckie. Il avait espéré que ce soir-là je m'occuperais de la coloc de Max et, à ses yeux, le saccage de ma beauté compromettait fâcheusement mes chances de réussite. J'ai essayé de lui tirer les vers du nez sur la fameuse copine de Max, mais il est resté vague. Il ne m'avait même pas dit son nom. Il ne s'en souvenait plus, me dit-il ; mais il a rougi en me répondant. J'ai subodoré une embrouille et je me suis demandé à quel point j'allais morfler.

« Détends-toi, dit Chuckie. Elle est sympa.

— Je te préviens, Chuckie, je garde mon pantalon. J'espère que tu piges bien ça, putain. »

Chuckie a haussé les épaules d'un air outré.

« Est-ce que je t'ai demandé de l'enlever ? » Puis il a changé de sujet — trop vite à mon goût. « Comment va le boulot ?

— Un ravissement constant. Pas une seconde je n'oublie la chance qui est la mienne. Qu'est-ce tu crois, Chuckie ? Je suis un travailleur. C'est comme d'habitude. »

Chuckie a eu un sourire mielleux.

« Je m'appelle Charles, tu sais. »

J'ai encore failli m'étouffer. Pour de bon, cette fois. Chuckie — Charles — m'a de nouveau tapoté le dos.

Quelques yuppies se sont retournés en fronçant les sourcils. Je vous emmerde, ai-je pensé.

« Est-ce que tu pourrais me répéter ça, Chuckie ? »

Chuckie a fait une moue involontaire.

« Eh bien, maintenant que j'ai trente ans, j'en ai assez qu'on m'appelle Chuckie. Je veux dire... Chuckie. Ce n'est pas très digne, non ? »

Je connaissais Chuckie depuis quinze ans et je jure devant Dieu que c'est seulement en le regardant avec attention que j'ai remarqué qu'il portait un costume et une cravate pour la première fois depuis tout ce temps.

« Merde, Chuckie, ça c'est de la sape. »

Il a examiné ses vêtements avec complaisance et un sourire béat.

« Pas mal, hein ? Tout acheté aujourd'hui. Ça m'a quasiment vidé mon livret. »

J'ai effleuré la manche du costume. Coupe anglaise classique, laine à tissage serré.

« Ça doit pas être donné », ai-je hasardé.

Il m'a regardé avec une rare sincérité, avant de me rétorquer :

« La qualité ne l'est jamais. »

J'ai bu un peu de bière et je lui ai demandé où il trouvait ce genre de fric.

« Mon cheval commence à me rapporter.

— Quoi ? »

Il s'est mis à chuchoter comme un conspirateur.

« Tu te rappelles mon godemiché ? »

J'ai éclaté de rire.

« Je parie que tu dis ça à tous les garçons que tu rencontres, Chuckie, pardon, Charles. »

Chuckie n'a pas ri. Puis il m'a forcé à ne plus rire.

« J'ai reçu quatre mille trois cent vingt-six lettres. Soit quatre mille trois cent vingt-six chèques de neuf livres quatre-vingt-dix-neuf. Jusqu'ici cent dix-huit personnes ont encaissé leur chèque de remboursement. Ce qui fait moins de mille deux cents livres. Soixante-quinze billets pour payer les enveloppes et huit cent vingt pour les timbres. »

Il a bu sa bière. Il a glissé la main dans sa veste et m'a tendu un bout de papier. C'était la situation de son compte fournie par le distributeur de billets.

« £ 41 138,98 », ai-je lu.

« Putain », ai-je dit.

Nous avons vidé nos bouteilles. Nous sommes partis. Chuckie, tout à coup soucieux de sa mise, s'est assis à contrecœur dans l'Épave. Son gros cul a frémi au contact du siège miteux de ma voiture. Je n'ai pas daigné réagir. J'ai allumé la radio. Le préposé aux infos nous a appris qu'un chauffeur de taxi venait de se faire descendre dans Abyssinia Street et que la Tile Shop avait encore été plastiquée. J'ai arrêté la radio.

« Parle-moi un peu de cette fille, ai-je demandé à Chuckie pour essayer de me sortir de la tête l'envie que suscitait en moi sa récente richesse.

— Max dit qu'elle est sympa. C'est tout.

— Ça veut dire quoi ?

— Écoute, tu sais tout ce que je sais. » Il m'a regardé. « Sauf gagner de la thune et ne pas te faire rectifier le portrait. »

Rire ? J'ai failli. « T'es tellement rigolo que j'en ai mal au ventre », ai-je voulu lui dire.

Il a souri.

« Tiens-toi à carreau et elle te laissera peut-être la peloter. »

Je me suis arrêté à un feu rouge. Tout autour de moi, des citoyens loin d'être modèles filaient en tous sens.

« T'as intérêt à épouser cette Américaine, Chuckie. Je ne ferais pas ça pour n'importe qui.

— Relax. Elle va être formidable. Tu as besoin d'un peu d'amour dans ta vie. Après toutes tes conneries avec Sarah, tu ne t'es pas vraiment distingué. Et ton approche de la petite serveuse n'a pas été exactement un coup de génie. »

Le feu est passé au vert et j'ai effleuré mon visage. Les égratignures ne me défiguraient pas entièrement et, dans le rétroviseur, mon bleu me donnait presque un air bravache. Mon expérience me disait que les filles se fichaient que j'aie l'air un peu amoché. Mon expérience me disait même que certaines aimaient ça.

Le restaurant se trouvait à côté du bar où Mary travaillait et j'ai brièvement été tenté d'aller y exhiber mon joli minois tout cabossé. Mais j'ai deviné que cette idée déplairait à Chuckie, si bien que nous avons mis le cap sur le resto chic qu'il avait choisi.

Les filles nous y attendaient. On nous a accompagnés à notre table, nous nous sommes assis, nous avons souri, chacun a localisé sa chacune et malgré toute cette confusion j'ai eu le temps de me laisser surprendre et impressionner par la fille de Chuckie. Grande mais dotée de tout ce qu'il fallait, elle arborait la saine chevelure des Américaines et ces dents yankees qui scintillent comme des bijoux. En la regardant, on comprenait comment on aurait dû vivre.

« Ravie de vous rencontrer, me dit-elle. Chuck me parle souvent de vous. »

Chuck ? Tout se compliquait au pays de Lurgan.

« Je suis Max et voici... » Elle s'est tournée vers la brune assise près d'elle.

« Je m'appelle... » Elle a émis un bruit bizarre, comme si elle s'étouffait.

« Voulez-vous un peu d'eau ? » proposai-je poliment.

Elle m'a regardé comme si je venais de lui pisser dans les poches.

« Quoi ?

— J'ai dit : voulez-vous un peu d'eau ? »

Les deux filles ont échangé un coup d'œil. Chuckie m'a foudroyé du regard.

« C'est son nom, m'a-t-il dit.

— Quoi donc ? » ai-je demandé, perplexe.

La fille a de nouveau émis son bruit d'étouffement.

« Ça », a dit Chuckie.

J'ai mis dix minutes à piger, ils ont fini par emprunter un stylo à un serveur pour l'écrire sur une serviette en papier et j'ai enfin compris que cette fille s'appelait Aoirghe. C'était irlandais. Je savais très bien que les gens affublés de prénoms pareils n'appréciaient guère la moindre comédie lexicale à leurs frais. Néanmoins, j'avais toujours l'impression d'une quinte de toux.

Ça a empiré.

Après quelques minutes de conversation à bâtons rompus, la fille-toux et moi nous sommes trouvés silencieux. L'Américaine a jeté des regards inquiets à Chuckie. Il a haussé ses épaules dodues. Max a pris sur elle de mettre un peu d'huile dans les rouages après ce mauvais départ.

« Chuck m'a dit que vous avez fréquenté l'université de Londres ? »

L'idée de relancer la conversation sur ce terrain ne m'a guère enthousiasmé.

« Euh, oui, c'est exact.

— Et qu'avez-vous étudié ? »

Chuckie a essayé d'étouffer son rire.

« Sciences politiques », ai-je dit.

Aoirghe, elle, n'a fait aucun effort pour étouffer son rire.

« Londres vous a plu ? a demandé vivement Max avec un sourire forcé.

— Oui, Londres est O.K. »

Aoirghe a mis son grain de sel.

« Et pourquoi donc aller à Londres ?

— Mmm ?

— Pourquoi ne pas fréquenter l'une des universités irlandaises ? »

Son visage était concentré, sans humour.

J'ai essayé la méthode Noël Coward.

« Eh bien, les universités irlandaises me rappellent Dieu. Beaucoup de gens semblent y croire. Je respecte leur foi, mais ce n'est pas une preuve. »

Son visage demeurait une zone dépourvue de sourire.

« À vrai dire, ai-je aussitôt embrayé, je ne sais vraiment pas pourquoi je suis allé à Londres. Je crois que je voulais à tout prix éviter d'aller à Queen's. On ne peut pas accepter n'importe quoi.

— Je suis allée à Queen's », dit-elle.

Je n'ai pas tiqué, j'ai continué dans la foulée. De ma voix la plus suave et intéressée, j'ai foncé :

« Et qu'y faisiez-vous ?

— Histoire.

— Ah, d'accord. »

Elle a reposé le verre qu'elle venait de saisir.

« Que signifie au juste ce " Ah, d'accord " ? » m'a-t-elle demandé.

Qui sait ce qui aurait pu arriver si la serveuse n'était pas venue prendre notre commande ? En silence, j'ai béni cette profession, à laquelle Mary appartenait. En silence, j'ai maudit les petits yeux chafouins de Chuckie qui m'avaient mis dans ce pétrin. J'aurais pu consacrer tout ce temps à une activité plus palpitante, par exemple à une maladie intestinale rarissime et passionnante.

Nous avons commandé et continué de parler. Max et Chuckie assurant désormais la conversation, Aoirghe et moi avons pu souffler un peu entre deux rounds. J'étais stupéfié par tous les nouveaux talents de Chuckie / Chuck / Charles. Dans une minute, il allait parler français et citer des *haïkus*. Slat m'avait dit un jour que Chuckie abritait un potentiel énorme, mais j'aurais juré que Slat aurait fait dans son froc en assistant à la scène présente.

Je me suis un peu calmé et j'ai considéré mon rencart. Elle avait environ mon âge, des yeux bleus et un gros menton. Ses traits avaient quelque chose de net qui m'atterrait et m'attirait en même temps. Alors qu'elle écoutait les deux autres parler, sa bouche frémissait un peu, incapable de rester dans la position qu'Aoirghe désirait. Je me suis demandé s'il s'agissait d'un tic ou d'un effet de son irritation due à ma présence. Et quand elle a regardé de mon côté, j'ai senti qu'il y avait de la bagarre dans l'air. Elle était très irlandaise, cette fille, et apparemment je ne serais jamais assez irlandais pour elle. C'était très difficile. La semaine précédente, je cassais la figure aux gens pour gagner ma vie. Je doutais d'avoir la délicatesse requise pour la tâche qui m'incombait ce soir-là.

Hélas pour moi, Chuckie a remis de l'huile sur le feu en annonçant que j'étais né dans l'ouest de la ville. J'avais repéré chez cette fille une petite-bourgeoise républicaine — les plus chiantes — et je savais qu'elle ne pourrait pas résister à l'appât de cet élément de mon curriculum vitae.

« Tiens, vous êtes donc de Belfast Ouest ? » me demanda-t-elle avec un éclat soudain dans le regard.

J'ai failli éclater de rire. Personne à Belfast ne dit *Belfast Ouest.* Cette expression fait partie du baratin des infos télé.

« Oui », dis-je.

Max s'est réjouie en toute innocence, Chuckie a baissé la tête vers son assiette.

« Je ne m'en serais jamais douté », ajouta Aoirghe.

J'aurais pu me mettre en rogne sur-le-champ, y aller des deux poings, mais j'ai décidé de laisser passer.

« Eh oui », répondis-je aimablement.

Elle a poursuivi avec entrain :

« En fait, j'étais certaine que vous étiez protestant. »

J'ai regardé autour de moi. Je ne voyais que le haut du crâne de Chuckie qui examinait minutieusement ses asperges. Putain, que faisait Chuckie à bouffer des asperges ? Max m'a adressé un sourire angélique. À une table voisine, un couple qui écoutait notre conversation s'est mis à nous regarder. J'avais essayé d'arrondir les angles, mais qui étais-je pour refuser une échauffourée ?

« Pourquoi avez-vous pensé ça ? L'écartement de mes yeux, mes incisives bien jointives, le fait que je ne porte pas de vert ? »

Je ne criais pas vraiment, mais ma voix était forte. Un

crétin m'avait dit un jour que je ressemblais à un parpaillot parce que je portais un costume et que j'avais les cheveux courts. J'avais un seuil de réaction assez bas pour ce genre de bêtises. En fait, mon seuil de réaction avoisinait le zéro absolu sur ce chapitre.

Max a toussé, Chuckie a reniflé. J'ai même perçu un brouhaha d'encouragements chez les autres convives. Aoirghe paraissait ravie de son effet.

« Je ne sais pas. Vous ne m'avez pas l'air très catholique. Vous ne m'avez pas l'air très Belfast Ouest. »

Je n'étais pas le type idéal pour les rencarts à quatre. Je n'avais aucune expérience des formules de politesse à respecter, mais même moi j'ai deviné que ma réplique suivante n'entrait pas dans les techniques recommandées en pareille situation.

« Je suis désolé, mais je n'ai pas entendu de telles conneries depuis des années. Pas très catholique, bon dieu ! J'en ai marre de toutes ces conneries. »

Sur son visage, toutes les lampes se sont allumées plein pot. J'ai dû reconnaître, et vraiment à mon corps défendant, que ça lui allait bien.

« Parfait, s'est-elle moquée. Cela constitue-t-il une prise de position politique ? »

Le moment était venu de passer aux hurlantes. Je ne l'ai pas raté.

« Une prise de position politique. Oh, putain de merde ! »

Max a dévisagé son amie avec une grimace, en espérant qu'elle s'arrêterait là. Chuckie avait quasiment le nez dans son assiette. Le menton d'Aoirghe, déjà proéminent, avança encore.

« Oh, je suis navrée, avez-vous un problème avec la politique ? » couina-t-elle d'une voix suraiguë.

Max a posé la main sur le bras de son amie. Chuckie a levé les yeux vers moi en secouant ses grosses joues. Toute mon agressivité a fondu.

« Oui, ai-je répondu à voix basse. J'ai un vrai problème avec la politique. J'ai étudié ce truc-là. La politique, c'est comme les antibiotiques : un agent susceptible de tuer ou de blesser des organismes vivants. J'ai un gros problème avec ça. »

Aoirghe était maintenant au bord de l'apoplexie et, malgré la main apaisante de Max, elle préparait un généreux tir de mortier quand Chuckie a pris la parole d'une voix fluette :

« Hé, dit-il, le visage rayonnant d'une inspiration démente, vous savez qu'on appelle la Grande-Bretagne le Royaume-Uni...

— En fait, Chuckie, le coupai-je en ravalant ma colère, la Grande-Bretagne et le Royaume-Uni sont deux entités différentes. D'ailleurs, nous ne faisons partie d'aucune. »

Aoirghe a reniflé bruyamment. Il m'a semblé qu'elle prononçait de nouveau son nom.

Chuckie a descendu la moitié de son verre avant de continuer :

« Eh bien, je me disais l'autre jour qu'on devrait appeler ça le *Reinaume-Uni*. Où est donc ce roi dont on nous rebat les oreilles ? »

Il a tourné vers nous son visage poupin fendu d'un large sourire. Lurgan le médiateur, Lurgan le rigolo.

Un long, long silence a suivi. Il y a même eu quelques applaudissements à une table voisine.

Pendant quelques minutes nous avons tous mangé sans moufter. Je fulminais et je ne voulais pas regarder la connasse avec qui on m'avait aparié, si bien que je regardais Max et Chuckie. C'était bizarre de voir Chuckie sortir avec une fille comme elle. Une fois encore, je me suis senti oppressé par la sensation désagréable que Chuckie allait de l'avant. Ça m'inquiétait de manière irraisonnée. Naturellement, je lui voulais tout le bien du monde. Simplement, je ne voulais pas qu'il s'en tire suffisamment bien pour frimer devant moi. Avec cette poule de luxe à son bras, il prenait déjà des airs de patricien, il me regardait déjà de haut sous prétexte que je n'avais pas de copine.

Mais au bout d'un moment Max et Chuckie n'ont plus rien trouvé à se dire. Aoirghe avait attiré leurs regards. J'ai vu leurs yeux, regardé ce qu'ils regardaient et remarqué que ma voisine me dévisageait avec une intensité extraordinaire. J'ai même jeté un coup d'œil derrière moi pour m'assurer que je ne me trompais pas. Chuckie a pouffé d'un rire nerveux.

« Pourquoi votre visage est-il ainsi tuméfié ? » m'a-t-elle demandé.

J'ai rempli mon verre en cherchant une repartie. Chuckie semblait inquiet.

« Quelqu'un m'a frappé.

— Qui ?

— Je ne connais pas son nom.

— Où ?

— Surtout sur la tête, mais...

— Non, ça s'est passé où ?

— Ah oui. Sur le pas de ma porte.

— Quoi ?

— Devant chez moi.

— Quelqu'un a sonné chez vous et vous a battu.

— Oui, plus ou moins.

— Pourquoi lui avez-vous ouvert ?

— C'était un flic. »

Réponse nulle. Erreur fatale. J'aurais dû tourner cinq fois ma langue dans ma bouche avant de répondre. Une camaraderie soudaine a éclairé son regard. En républicaine convaincue, Aoirghe n'était certes pas une fanatique du Royal Ulster Constabulary : elle pensait même que ç'aurait été une bonne idée de les tuer tous.

« C'est dégoûtant.

— Eh bien, vous savez, ça n'était pas si simple. »

Adossée à sa chaise, elle a inclu les autres convives ébahis dans son indignation.

« Chaque année, le RUC se rend coupable de cent agressions graves en moyenne. Il y a chaque année une moyenne de trois plaintes déposées contre le RUC. Il n'y a jamais la moindre condamnation. »

J'ai vidé mon verre d'un trait.

« Alors, Max, dis-je, de quelle partie des États-Unis venez-vous ?

— Ne changez pas de sujet ! beugla Aoirghe. Comment pouvez-vous laisser un flic vous battre comme plâtre et ne pas vous mettre en colère ?

— Eh bien, ça n'était pas vraiment politique.

— Quoi ? » hurla-t-elle — au moins j'amenais de l'eau à son moulin. « C'est toujours politique. »

J'ai encore bu un demi-verre de vin. Je serais bientôt chez moi et tout irait bien.

« Je le méritais. »

Maintenant elle était furieuse. Je crois qu'elle a pris feu ou quelque chose comme ça.

« Je le méritais, a-t-elle répété. Oh, pauvre connard. C'est ça, pour vous, être irlandais ? Ce genre d'ignominie se poursuivra éternellement jusqu'à ce que tout le pays soit réuni et que nous formions une seule Irlande. »

À moitié levée de sa chaise, elle me dévisageait comme si elle s'attendait à ce qu'un orchestre accompagne sa tirade dramatique. Les autres convives nous regardaient maintenant sans se gêner et même les serveurs semblaient inquiets. De telles envolées n'étaient jamais bien vues dans les lieux publics de Belfast, même chic, même bourgeois. Les gens devenaient nerveux. Les gens s'agaçaient.

J'ai pris la parole.

« Écoute-moi, Casse-Couillarghe, ou quel que soit ton nom, pourquoi ne pas nous lâcher les baskets et nous laisser finir de dîner en paix ? »

Elle a reniflé d'un air méprisant. Compte tenu des circonstances, sa moue était étonnamment excitante.

« Vous ne désirez donc pas l'unité de votre pays ?

— Quel pays ?

— Vous ne vous considérez pas irlandais ?

— Chérie, je ne me considère absolument pas. Voilà jusqu'où va mon humilité. »

Enfin, elle a eu l'air écœuré.

« Ne m'appelez pas " chérie ", espèce de goujat. »

Ensuite, ç'a été la débandade générale, la soirée est vraiment partie en eau de boudin.

Casse-Couillarghe nous a servi tout le tintouin, la totale. La perspective internationale, l'impératif moral, les raisons historiques pour lesquelles les gens qu'elle aimait avaient le droit absolu de zigouiller ceux qu'elle n'aimait pas. J'avais vécu de nombreuses soirées similaires, réduit au rôle d'otage — étant irlandais, j'aurais eu du mal à y échapper —, mais ça n'avait jamais été aussi pénible, je n'avais jamais participé à un tel bain de boue.

Avec son fringant diplôme irlandais, elle était particulièrement calée en histoire. Elle nous a fourgué son cours de rattrapage express, à partir de la préhistoire en passant par le Moyen Âge et jusqu'à aujourd'hui. Le truc classique : l'île irlandaise avait toujours été un bastion de la liberté, le plus beau fleuron de la culture humaine. Et alors les Anglais sont arrivés !

Il y avait trois versions fondamentales de l'histoire irlandaise : la républicaine, la loyaliste, la britannique. Toutes étaient glauques, toutes surestimaient le rôle d'Oliver Cromwell, le vioque à la coupe de cheveux foireuse. J'avais pour ma part une quatrième version à ajouter, la Version Simple : pendant huit siècles, pendant quatre siècles, comme vous voudrez, c'était simplement tout un tas d'Irlandais qui tuaient tout un tas d'autres Irlandais.

Nous avons avalé la fin du repas en même temps que les immondes couleuvres d'Aoirghe. Je n'écoutais même plus ses sornettes. Elle manifestait la foi inébranlable de la fanatique bourgeoise, et ça lui allait comme un gant. Personne n'allait venir chier dans son nid. J'ai envié les gens cultivés qui s'enthousiasmaient pour les révolutionnaires. Islington en était bourré. C'était sans doute très amusant tant qu'on ne risquait pas sa peau.

À la fin du repas, Chuckie était blanc comme un cadavre. Les envolées de l'autre imbécile avaient interrompu l'intimité qu'il commençait de créer avec Max. J'ignore quelle idée saugrenue il s'était faite sur Aoirghe et moi, mais je n'allais sûrement pas l'emmener quelque part pendant que Max et lui fileraient le parfait amour chez elle. D'accord, Chuckie était un ami, mais Aoirghe me donnait de l'urticaire.

Nous nous sommes séparés dans la gêne. Max m'a embrassé, elle m'avait bien plu. Aoirghe et moi sommes restés plantés l'un à côté de l'autre en marmonnant des adieux guindés. Chuckie est monté dans l'Épave avec moi. Je l'ai ramené chez lui en silence.

Quand je suis arrivé près de la maison, une voiture pleine de cognes était garée devant. J'ai trouvé une place pour l'Épave et j'ai ouvert ma porte d'entrée. J'avais la chair de poule et mon cœur battait la chamade. Quand j'ai refermé la porte derrière moi, j'ai presque été déçu de ne pas sentir le canon d'un Browning s'enfoncer derrière mon oreille.

Crab ou Hally avait laissé des messages sur mon répondeur. Des menaces de mort. En déguisant leurs voix, en essayant de paraître menaçants. Je n'ai pas pris ça très au sérieux, mais je savais que s'ils picolaient ou s'ils s'ennuyaient suffisamment, ils n'hésiteraient pas à se pointer ici ou à dire à quelques-uns de leurs copains en treillis militaire quelle saleté de catholique j'étais.

De l'intérieur, j'ai regardé par la fenêtre pour voir ce que mijotaient les malabars. Deux d'entre eux étaient descendus de voiture. Des vrais méchants, mal fringués, mais avec une belle moustache. Je les ai vus marcher vers le mur aux graffitis. Un instant, j'ai cru que j'avais trouvé. J'ai cru que c'étaient eux qui inscrivaient les OTG. Mais ensuite ils ont sorti leurs pots et leurs pinceaux pour recouvrir de peinture les deux OTG inscrits sur ce mur. Puis ils sont partis. Je me suis senti soulagé. Je n'aurais pas aimé que des types comme eux détiennent un mystère quelconque.

Je suis resté allongé sur le lit, les fenêtres grandes ouvertes. Impossible de dormir. J'avais oublié à quoi ressemblait une bonne nuit de sommeil. Ça remontait à des lustres, ça se trouvait à mille lieues. J'avais épuisé mon stock de bonnes nuits ainsi que mes réserves de chance et mon capital d'espoir. J'ai fini par allumer une cigarette et par mettre la radio minuscule, qui constituait ma dernière source de bruit, le chat excepté, maintenant que j'avais vendu ma chaîne et ma télévision. Un bulletin d'infos m'a appris qu'un autre chauffeur de taxi venait de se faire descendre. Peut-être que je vais aussi vendre mon petit poste de radio.

Le lendemain, un vendredi, j'ai bossé toute la journée.

J'avais mis un week-end entier à trouver un nouveau boulot. J'avais téléphoné à quelques personnes. Et certaines m'avaient rappelé. J'ai été flatté, stupéfié. J'ai découvert avec excitation que mon action était encore bien cotée. À peine certains de mes anciens associés eurent-ils appris que je me retrouvais de nouveau sans travail, qu'ils se sont bousculés pour m'en proposer un.

Pendant tout le week-end mon répondeur automatique a bourdonné d'une kyrielle de messages auxquels je ne répondais pas : Slug, Spud, Muckie, Rat, Dix, Onion, Bap et Gack. Pourquoi ne connaissais-je aucun Algernon ? Se rappelant avec plaisir mon ancienne forme et mes anciens talents, tous m'avaient fait diverses propositions, mais je ne voulais plus participer à ce genre de choses. Même cette récente période consacrée à la récup ne rentrait plus vraiment dans mes cordes. La proposition de

Davy Murray était la pire, mais c'était aussi la plus légale. Je l'ai acceptée et j'ai fini par bosser en équipe pour Davy exactement comme dans le bon vieux temps. Me voilà redevenu ouvrier du bâtiment. Me voilà de nouveau porteur de briques. Et couvreur. Bref, en route pour la gloire.

Je faisais ce boulot par intermittences depuis l'âge de seize ans. Le but de l'opération consistait à rénover les cuisines de l'Europa, le plus gros hôtel de Belfast. Et le plus célèbre — celui qu'ils faisaient toujours sauter. (L'emploi de l'imparfait est hasardeux à Belfast : celui qu'ils font toujours sauter, celui qu'ils feront toujours sauter.) Ouais, celui qui n'a pas de fenêtres, celui aux rideaux en bois. Ce fut autrefois l'hôtel le plus plastiqué d'Europe, mais aujourd'hui les établissements de Sarajevo raflent tous les records.

Mon nouveau boulot était OK. Comme je travaillais dans la construction, je faisais des choses constructives toute la journée. Ce boulot me plaisait. Il était simple. Il était légal. Je n'utilisais pas mes diplômes au mieux, mais au moins il me musclait.

Chuckie a téléphoné quand je suis rentré du travail. Je me suis excusé de lui avoir bousillé ses plans de la veille au soir. Pas de problème, m'a-t-il dit. Aoirghe partait passer quelques jours à Dublin, moyennant quoi Chuckie aurait Max pour lui tout seul pendant tout le temps nécessaire.

« Alors comme ça, t'as pas flashé pour cette bonne vieille Aoirghe ? m'a-t-il demandé.

— À ton avis ? »

Je l'ai entendu rire.

« Oui, c'est une sacrée casse-couilles. Mais rassure-toi, elle me déteste aussi.

— Ah, Chuckie, je ne voudrais pas te vexer, mais ne serais-tu pas un peu trop protestant à son goût ?

— Non, c'était pas ça.

— Non ?

— Non. Tu sais comment elle se prend pour une grande porte-parole de la cause irlandaise. La première fois que je l'ai rencontrée, je lui ai demandé comment on disait “démocratie constitutionnelle” en irlandais.

— Et alors ?

— “Conspiration britannique”, s'est esclaffé Chuckie. Je suis fier de cette blague. C'est la seule que j'aie jamais trouvée moi-même. Elle est pas hilarante, mais plus satirique tu meurs.

— J'imagine qu'Aoirghe ne l'a pas trouvée follement drôle.

— J'ai cru qu'elle allait me frapper. »

Puis Chuckie a enchaîné en papotant de dix mille choses.

« Comment vont les affaires ? lui ai-je demandé.

— Formidable. Tu ne me croirais pas. »

Lorsqu'il m'a dit comment allaient ses affaires, je ne l'ai pas cru.

Ce soir-là, je suis resté assis dans l'Épave pour attendre que Mary quitte son travail. Le bar fermait tard et j'ai macéré dans mon malheur pendant que les vitres se couvraient de buée et que je mentais à tous les flics qui saisissaient leur arme et me demandaient ce que je faisais là. C'était de la folie. Pour ce que j'en savais, le copain pugiliste de Mary était peut-être en service ce soir-là et, si jamais il m'avait vu attendre à cet endroit, il se serait fait un plaisir de me transformer en passoire.

Au bout d'une heure au moins, je l'ai vue sortir. En serrant son manteau, elle est montée dans un taxi avec une autre fille du bar. Je n'ai fait qu'apercevoir son visage et ça n'a duré qu'une vingtaine de secondes, mais elle avait l'air très heureux. Elle n'avait pas l'air de regretter grand-chose.

Alors, bêtement, j'ai conduit jusqu'à Rathcoole. Jusqu'à la maison des Johnson. Je me suis garé devant chez eux et je suis resté là, dans la voiture, pendant une ou deux heures. Décidément, je me transformais en guetteur, en voyeur. Je connaissais apparemment une foule de gens qui refusaient de me parler. En fumant, j'ai regardé les lumières s'éteindre l'une après l'autre. Quand la maison a été obscure et que j'ai été certain qu'ils dormaient, je me suis senti mieux. Ça ne valait pas une expiation, mais je ne pouvais guère faire mieux.

Je suis rentré. Quelqu'un avait peint deux mots sur ma porte d'entrée. *Té maur*. L'orthographe était celle de Hally ; je discernais même son accent. Je devais m'attendre à des ennuis, je le savais. Depuis quand ma vie était-elle si controversée ? J'ai décidé d'y réfléchir le lendemain matin. Je suis allé me coucher. Je me sentais si mal que j'ai été gentil avec le chat. Méfiant mais très tenté, il a profité de l'occasion pour entrer dans la chambre et pour passer toute la nuit pelotonné sur mon visage.

Mon week-end a débuté comme un menu dans un café miteux. Je n'avais envie de rien. Je n'appréciais plus les charmes de la vie de célibataire. Samedi matin je suis allé faire des courses, simplement pour que quelqu'un me parle, simplement pour avoir une raison de remercier quelqu'un.

Chuckie, sans doute absorbé par une mystérieuse opération financière, avait établi un complet silence radio pour le week-end. Je n'étais pas sûr de pouvoir me rappeler qu'il ait jamais été ainsi injoignable. On avait du mal à s'habituer au nouveau Chuckie. Slat et quelques autres traîneraient sans doute dans les parages, mais je n'avais pas envie de picoler. Maintenant que Chuckie se montrait tellement cosmopolite, j'ai envisagé d'essayer une activité légèrement plus respectable que d'habitude. Comme je ne connaissais aucun individu respectable, j'ai décidé de passer cette journée seul. Je me suis alors demandé si mon livre d'Érasme me tiendrait tout le samedi.

Il n'a pas tenu. À la fin, bien sûr, je n'ai pas supporté la solitude.

Ainsi donc, six mois plus tard, je suis allé voir mes parents adoptifs.

Matt et Mamie avaient été mes parents adoptifs. Ils évoquaient une innovation des années 1950. Et d'une certaine manière, c'était ce qu'ils étaient.

Matt et Mamie m'avaient adopté quand j'avais quinze ans. Quand toutes les horreurs s'étaient passées avec mes vrais parents et que les flics m'avaient mis le grappin dessus avec les assistantes sociales. Après quelques semaines de salles d'audience et de foyers divers, on m'avait traîné jusqu'à la maison de Matt et Mamie.

Des années plus tard, ils m'ont dit qu'à mon arrivée j'étais un vrai enfant-loup. Violent, renfermé, le truc classique. Les divers représentants de tous les services officiels avaient recommandé de me placer en institution, mais un esprit optimiste et humaniste avait pensé que j'étais indéniablement humain. Et ce même esprit avait aussi pensé à Matt et Mamie.

Ils n'avaient pas besoin de me le rappeler. Je n'avais jamais oublié mon premier jour chez eux. Ils habitaient

Antrim Road à l'époque. Ils n'étaient pas riches — plutôt d'une bourgeoisie cossue —, mais leur maison, leurs biens étaient pour moi inimaginables. Comme à aucun prix je ne voulais passer ma soirée à répondre à leurs questions bienveillantes, ils m'ont accompagné à ma chambre.

Ç'avait été un tel gâchis, mon enfance, ma jeunesse, tout y avait été si affreux — le truc de la pauvreté, le truc de l'Irlande — et j'avais survécu à toutes ces épreuves comme un cow-boy en contreplaqué. En fin de compte j'avais encaissé tous les coups et, malgré les plaies et les bosses, j'étais toujours debout. Mais ce soir-là j'ai pleuré, pleuré à en mourir. J'ai sangloté en silence jusqu'à ce que ma tête soit brûlante et sur le point d'éclater et que mon nez coule comme deux fontaines jumelles.

Et tout ça, seulement à cause de mon dessus-de-lit. Mamie avait étendu un dessus-de-lit vert et brodé sur mes couvertures. Je ne savais absolument pas en quoi il était, mais son poids et sa texture étaient ceux de la prospérité même. Ce n'était qu'un bout de tissu, mais il a été trop pour moi, ce dessus-de-lit. Je n'avais jamais vu un vert pareil. Je n'arrivais pas à comprendre que cette femme que je ne connaissais pas ait posé ce machin sur le lit pour mon confort, pour mon plaisir. J'ai frotté dessus mon nez brûlant et morveux, et j'ai dormi tout habillé.

Plus tard, j'ai décidé que c'était une broutille. J'ai décidé que c'était seulement une pièce de literie. Encore plus tard, j'ai changé d'avis. Sans doute que les dessus-de-lit verts ne sont pas des choses profondes, mais je crois que celui-là m'a fait comprendre un peu de ce qui m'avait manqué : personne autour de moi ne m'avait aimé comme on aurait dû m'aimer.

J'ai passé deux ans chez Mamie et Matt. Au nombre de

visiteurs masculins, reconnaissants et d'âges divers qui venaient les voir, j'ai bientôt deviné que Matt et Mamie avaient déjà joué les parents adoptifs. J'avais raison. Ils n'avaient jamais eu d'enfant et ils avaient compensé ce manque en accueillant des gamins que personne ne voulait approcher. Soit, pour l'essentiel, des garçons de plus de quatorze ans. Ils avaient connu des durs à cuire : délinquants, voyous, sauvages et paramilitaires de tout poil. Un seulement avait mal tourné. Il était déjà mort, abattu par son propre camp lors d'un règlement de comptes entre Républicains.

Nous autres, les gamins, on les volait, on les arnaquait, on leur tapait dessus — un soir, un gosse était même rentré avec un flingue UVF dont il avait menacé Matt en disant qu'il allait lui faire sauter la rotule —, mais Matt et Mamie avaient continué de les aimer tous, absolument et inconditionnellement. À la fin, ces traîne-savates, ces demi-portions devaient tout bonnement apprendre ce langage.

Matt et Mamie ne jouaient plus les parents adoptifs. Ou plutôt, on avait mis fin à leurs activités. Ils étaient trop âgés. Ils étaient à la retraite de l'adoption. Mais ils avaient fait du bon boulot. À partir de 1964, dix-sept gosses leur étaient passés entre les mains. Mamie disait toujours avec fierté qu'elle avait la plus grande famille de la ville. Certains de ses « enfants » avaient plus de quarante ans. Ils étaient avocats, médecins, entrepreneurs ; ils étaient maris et pères.

Matt et Mamie avaient adopté des générations de vauriens pour en faire, avec obstination et sans la moindre récompense, des êtres humains.

Matt et Mamie étaient bizarres.

Matt et Mamie laissaient des messages sur mon répondeur depuis des mois. Je ne les avais jamais rappelés. Je ne voulais pas leur parler parce que je savais ce qu'ils désiraient. Je ne les avais pas revus depuis le départ de Sarah.

Maintenant sexagénaires, ils habitaient une grande maison tout là-bas, sur Shore Road. Dans cette zone géographique où je venais d'accomplir mes missions de récup. D'ailleurs, j'avais toujours eu un peu les foies à l'idée de les rencontrer par hasard, en train de faire ce boulot qu'ils auraient violemment désapprouvé. Mamie n'avait pas voulu déménager vers Shore Road, mais Matt avait insisté. Il entretenait des fantasmes maritimes. Il avait toujours eu envie de travailler sur le port. Il avait même essayé de plaquer l'école à quinze ans. Mamie, qui était sans doute sa petite chérie depuis l'enfance, l'en avait dissuadé. Il n'avait pas voulu l'écouter ; mais, comme entre les âges de quinze et de dix-huit ans il avait vainement essayé de lui faire l'amour au moins une fois toutes les vingt minutes, elle tenait une carotte à laquelle il ne pouvait pas résister. La nouvelle maison se trouvait sur la rive nord de la baie de Belfast et Matt adorait en arpenter la côte, entre béton et grues, les quais suggérant la mer. Il aimait y rêver.

Je me suis garé devant la maison vers deux heures. Matt était dans le jardin, son dos massif penché au-dessus d'une haie naine. Je l'ai appelé. Il s'est redressé, il a mis sa main en visière. Il n'y avait p de soleil.

« Content de te voir, fils. »

Nous avons échangé une poignée de main. Il y avait de la terre sur la sienne.

« Moi de même », ai-je dit.

Nous sommes entrés. À la cuisine, Mamie préparait un

plat grandiose. Ses repas étaient toujours des entreprises compliquées, qui requéraient des durées de préparation militaires et qui, pour finir, avaient un goût très militaire. Elle a posé sur ma joue ses grosses lèvres froides et m'a dit de m'asseoir à la table. Puis elle s'est remise à ses préparatifs.

« Tu ne nous as pas donné le moindre signe de vie pendant une éternité », s'est-elle plainte en s'essuyant le front.

J'ai souri, mais personne ne me regardait.

« Bah, vous savez ce que c'est.

— Je ne suis pas sûre de savoir ce que c'est. »

Matt a toussé d'un air gêné.

« Tu veux boire quelque chose, fils ?

— Je veux bien un café, s'il y en a. »

Matt s'est mis à s'activer. Mamie s'est retournée vers moi pour me demander :

« Comment va Sarah ? »

J'ai regardé mes ongles. Ça ressemblait à de l'esbroufe, mais je savais que ça ne tromperait personne.

« Elle va bien.

— Mmm », a rétorqué Mamie.

Depuis toujours, une bonne part de la conversation de Mamie se réduisait à des bruits indéterminés, grognements, marmonnements et grondements divers, chacun investi de sa propre signification. « Mmm » n'était pas une onomatopée approbatrice.

Mais alors, Matt, qui venait de finir le café, entama sa propre série de bruits pacificateurs : toux, raclements de gorge, éternuements. J'ai failli éclater de rire. Ce n'était pas le Foreign Office, mais personne n'aurait pu rester aveugle à ces manœuvres diplomatiques.

« Il faut que j'aille faire pipi », annonça-t-il.

Il est sorti. Sans doute pour nous laisser le champ libre. Apparemment, Mamie avait quelque chose à me dire, que Matt préférait ne pas entendre.

« Tu as maigri, commença Mamie.

— Je n'ai pas dégusté ton rata depuis près d'un an. »

Sa main couverte de farine a fait semblant de me donner une claque.

« Tu devrais nous donner plus souvent de tes nouvelles.

— Oui, je suis désolé. Je le ferai, c'est promis. »

Elle a interrompu ses préparatifs pour se retourner vers moi, les bras croisés.

« Elle est partie, c'est ça ?

— Qui ?

— Sarah. »

Matt et Mamie n'aimaient pas que je fume, mais j'ai allumé une cigarette.

« Oui. Elle est partie. »

Matt et Mamie étaient tombés amoureux de Sarah. Elle les avait conquis. Pour Matt et Mamie, Sarah avait été une bonne chose, elle avait même été la seule bonne chose. Comme Mamie était déjà au parfum, elle n'est pas tombée de haut, mais elle m'a quand même gratifié d'un de ses regards graves de vieille dame. J'avais déjà remarqué ce phénomène à propos du départ de Sarah. Tout le monde croyait que je l'avais virée. Mais les gens se trompaient. Je n'avais préparé aucune valise. Pourtant, ce pataquès, toutes ces embrouilles, c'était simplement trop long à expliquer.

« Qui vient dîner ? » ai-je demandé.

Le changement de sujet n'a pas dérangé Mamie, mais elle a néanmoins rougi à cause de moi.

« John et Patrick viennent manger, rien de spécial. »

John et Patrick étaient les premier et deuxième enfants adoptifs de Matt et Mamie. Tous deux frisaient la cinquantaine. Partager ainsi son affection la mettait toujours mal à l'aise. Que je ne glisse pas les pieds sous sa table ce soir-là la gênait aussi. Mais elle n'avait pas besoin de s'inquiéter. Ça m'allait très bien. La cuisine de Mamie était horrible. Elle avait besoin de toute une journée pour préparer une omelette. John et Patrick savoureraient ce repas sans moi.

« Je t'aurais bien demandé de venir, mais nous étions sans nouvelles et... »

J'ai posé le bras sur ses vieilles épaules. J'ai posé les lèvres sur sa vieille joue.

« C'est ça, c'est ça, dis-je, cause toujours. »

Matt est revenu. Il est resté là, gêné, les mains vides, tel un sémaphore.

« Je peux aider ? » hasarda-t-il. Il a regardé Mamie. Elle a secoué la tête. Soulagé, il a souri. « Je vais faire un tour dehors. Tu veux venir avec moi ? »

J'ai regardé Mamie. Elle s'est retournée vers ses mixtures diverses. « Oui, d'accord, dis-je. Pourquoi pas ? »

Matt et moi avons marché pendant une heure. Nous sommes allés le plus près possible des quais. Matt se tenait au bord de la baie et il reniflait. Il contemplait tous les poissons de Belfast de toute la région de Belfast. Il était heureux, un rêve de marinier courait à travers ses veines. Jamais un avocat n'eut moins la vocation que lui. Matt aurait dû être docker, il aurait dû être débardeur, il aurait dû être bagarreur.

Matt a essuyé une goutte de sueur imaginaire sur son front. Il s'est tourné vers moi pour m'offrir son plus beau sourire à la John Wayne. Mais la version de Matt était d'une humanité et d'une générosité approximatives :

« Nous sommes au courant pour Sarah. »

J'ai eu un sourire patient.

« Oui, Mamie me l'a dit.

— Je m'en doutais. »

Il a lancé une pierre dans l'eau. Bruyantes éclaboussures.

« Elle est venue nous voir avant de partir. »

Mon cœur a bondi.

« Ah bon ?

— Elle était très heureuse. »

J'ai ramassé un galet. C'était à mon tour de lancer une pierre.

« Tu sais, Matt, ai-je dit. C'est elle qui tirait toutes les ficelles, elle qui avait tous les choix. »

J'ai lancé mon galet. J'ai raté mon coup et le galet a atterri parmi les buissons. J'avais toute la mer devant moi et je la manquais, putain.

Matt a posé la main sur mon épaule.

« Ça nous a inquiétés que tu n'appelles pas, a-t-il dit.

— Je suis désolé. Il y a plein de choses dont je n'avais pas envie de parler. »

Il a souri.

« Ç'a été moche ?

— Pas très joli, Matt.

— Je comprends. » Puis, au bout d'un moment, il a ajouté : « Mais que s'est-il passé entre vous deux ? C'était tellement agréable de vous voir ensemble. »

Un couple de mouettes vulgaires est passé très bas comme des avions à réaction, en criaillant.

Je tenais une occasion rêvée. Si je lui avais parlé de

l'avortement clandestin, leur enthousiasme pour Sarah aurait peut-être pris un peu de plomb dans l'aile. Mamie, la maman déçue, aurait été surtout scandalisée. Et puis, j'ai toujours eu un mal fou à résister à la tentation d'une sympathie facilement acquise.

« Pourquoi est-elle partie ? a répété Matt.

— Bah, Matt, tu me connais, on se passe facilement de moi. »

Les yeux du vieux étaient durs tandis qu'il suivait le vol des mouettes, dont la beauté brouillée le laissait bouche bée d'admiration.

« Tu n'es pas drôle à chaque fois, Jake. »

J'ai flanqué un coup de pied dans le gravier.

« Bon dieu, Matt, à chaque fois ? La plupart du temps, je ne suis absolument pas drôle.

— Tu ne veux pas en parler ?

— Matt, tu as toujours été d'une perspicacité affolante. » Et j'ai éclaté de rire avant d'aborder un sujet pour lui irrésistible. « Dis donc, Mamie a l'air en forme. »

Matt a roucoulé de plaisir.

« Oui. » Ses yeux brillaient. « Mamie est toujours une belle femme. »

Mamie faisait son âge, mais Matt ne l'avait jamais vue ainsi. Il lui vouait un culte hilarant. Après quarante ans de vie commune, il débordait encore de lubricité pour elle. Matt ne réussissait jamais à se convaincre que sa femme avait plus de soixante ans. Il voyait toujours la jeune femme de vingt-deux ans qu'il avait épousée. Il me faisait penser à Pierre Bonnard. L'artiste français peignit sa femme pendant cinquante ans, debout dans sa baignoire, allongée sur un tapis. À soixante-dix ans, il la peignait toujours comme si elle en avait dix-neuf. J'avais toujours eu un faible pour les vieillards sentimentaux. C'était d'ailleurs l'une de mes ambitions. Un jour, pensais-je, je finirais sans doute en vieillard sentimental.

« J'espère bien mourir avant qu'elle vieillisse, dit-il en riant.

— Arrête d'aboyer, Matt. »

D'un coup de pied, il a envoyé une pierre dans l'eau graisseuse.

« Bah, si je suis heureux comme ça... »

Il a poursuivi. Au loin, nous apercevions la forme saillante du Quai Grosvenor et ses entrepôts longs de deux kilomètres. Ils étaient maintenant désaffectés. Les milliers d'ouvriers qui y avaient travaillé n'y travaillaient plus. Pourtant, ce spectacle mettait toujours Matt de bonne humeur. Il était avocat. Aucun de ses amis n'avait perdu son emploi là-bas. J'espérais que ça lui éviterait de reparler de Sarah. Je n'avais pas besoin de remuer les souvenirs.

Dans la cuisine, Mamie n'avait guère progressé dans ses préparatifs de repas. Son visage portait la trace brune de quelque sauce innommable et une odeur vraiment étonnante sortait du four.

« Qu'est-ce que tu nous mijotes ? Ça sent rudement bon. »

C'était la tentative de Matt pour se rendre aimable. Je ne m'y serais pas aventuré.

« Jake ? » dit Mamie.

Elle se retourna pour me regarder. Je n'aimais pas du tout qu'elle me dise ça. Jake ? Je m'attendais immanquablement à des ennuis. Il y avait quelque chose de sec et d'interrogateur dans la manière dont Mamie prononçait parfois mon nom.

« Oui ?

— Connais-tu un couple qui s'appelle les Johnson ? »

J'aurais dû m'en souvenir. J'aurais dû m'en douter. Comme de juste, Mamie effectuait des visites régulières chez les pauvres et les malades de son quartier. Non contente d'inviter toute une bande de malheureux à envahir son domicile, elle ressentait le besoin de manifester sa gentillesse envers tout un tas d'autres infortunés qu'elle ne pouvait pas héberger. J'aurais dû deviner qu'elle tomberait forcément sur les Johnson. Le mieux à faire, bien sûr, était de tout avouer.

« Jamais entendu parler, répondis-je d'un air vague.

— C'est étrange.

— Pourquoi ? »

Matt fut pris d'une quinte de toux pacifique. Mamie fit la sourde oreille.

« Ils habitent Rathcole. Elle est malade et il ne travaille pas. Ça ne te rappelle rien ? »

Dans ma confusion, j'ai même trempé le doigt dans l'une des sauces de Mamie et je l'ai goûtée. Il fallait vraiment que je sois sur les charbons ardents pour faire une chose pareille.

« Je ne crois pas, dis-je en m'étouffant à moitié.

— Ils racontent une drôle d'histoire.

— Ah bon ? »

Mamie m'a dévisagé d'un œil implacable. Elle ne souriait plus.

« Tu n'aurais pas acheté des lits, par hasard, Jake ?

— J'en ai déjà un, Mamie. »

Matt a encore toussé et marmonné un peu. Il a arboré un grand sourire inquiet pour parler à Mamie :

« Jake dit qu'il doit y aller, mon cœur. »

Mamie a encore fait la sourde oreille.

« Tu travailles dans quelle branche en ce moment ? » m'a-t-elle demandé.

Je lui ai répondu que j'avais repris du service dans le bâtiment. Elle a demandé à voir mes mains. Je les lui ai tendues. Elle les a examinées minutieusement avant de grommeler, mi-satisfaite, mi-déçue. C'était humiliant, mais indispensable.

« Que t'est-il arrivé au visage ? »

C'était pire parce qu'elle avait attendu pour en parler. Et elle le savait.

« J'ai déménagé des meubles. »

Elle a presque souri.

« Ne cherche pas les ennuis, dit-elle.

— Je fais ce que je peux », répondis-je avec sincérité.

C'était le problème avec Matt et Mamie. Leur univers était composé d'amour et de respect. Ils ne comprenaient ni la mesquinerie ni le mal. Ils n'avaient pas d'imagination.

Ce soir-là j'ai retrouvé les copains. Sloane, Deasely et les autres. En l'absence de Chuckie, il était difficile de boire comme à notre habitude. Après deux pintes, le cafard nous a saisis. Slat a suggéré qu'on mange quelque chose. Slat avait toujours choyé quelques prétentions vaguement civilisées. Nous sommes allés dans un café. Nous avons dîné. Nous n'avons pas beaucoup bu. Nous avons parlé. C'était très étrange.

Je suis rentré chez moi presque heureux. Sur le mur, près du poste de police de Poetry Street, quelqu'un avait écrit deux ou trois autres OTG. Les nouvelles initiales étaient encore plus grosses et visibles qu'avant. Drôles de loustics.

Quand j'ai ouvert la porte d'entrée, le chat est sorti ventre à terre. Dans ma nouvelle humeur magnanime, je me suis penché pour le caresser, pour réaffirmer notre lien, pour passer un bon moment. Mais il m'a filé entre les jambes et a plongé dans le jardin pour pisser. Saloperie de chat. J'ai regretté qu'une nouvelle paire de couilles ne lui soit pas poussée au cul pour que je puisse les lui recouper.

Mais il avait pris la bonne décision. Ce n'était pas une nuit à rester enfermé chez soi. Je n'ai donc pas franchi le seuil. Je suis resté assis sur la marche pour repenser à ma journée.

Il y avait eu un interlude agréable. Un type d'Amnesty International m'avait téléphoné. Je lui ai dit qu'il s'était sans doute trompé de numéro, mais il m'a rétorqué que c'était bien à moi qu'il voulait parler. Amnesty avait créé une commission internationale sur les violations des droits de l'homme en Irlande du Nord. Et ce type s'occupait des brutalités policières. Mon nom lui était venu aux oreilles en rapport avec un incident lié aux violences policières. Il se demandait si j'accepterais de lui parler de ce que j'avais subi, en me garantissant l'anonymat.

Alors j'ai compris. Je lui ai demandé si par hasard il connaissait une fille dont le prénom ressemblait à une crise d'asthme. Mais oui, c'était le boulot de la délicieuse Aoirghe. Je lui ai mis les points sur les i. Je lui ai expliqué que cet incident ne relevait pas exactement des affaires courantes de la police. Il m'a alors demandé si, selon moi, les affaires courantes de la police incluaient le tabassage des citoyens sur le pas de leur porte. J'ai alors perdu patience. Je n'ai pas aimé que ce type me sermonne sous prétexte que je ne protestais pas suffisamment contre les tabassages des flics. J'ai considéré que ça dépassait les bornes. Alors, assez naturellement, je lui ai dit d'aller se faire foutre.

Puis j'ai composé le numéro de Chuckie. Je suis tombé sur sa maman. Chuckie était introuvable. Peggy m'a malgré tout dégoté le numéro de Max, mais ensuite impossible de m'en débarrasser. Peggy adorait la parlote. Elle s'inquiétait. Comme je ne l'avais jamais connue aussi prolixe, j'ai continué d'écouter. Elle m'a dit que quelque chose clochait, que Chuckie se comportait bizarrement. Tu parles d'un scoop, ai-je pensé. Je l'ai calmée, je l'ai rassurée. Seigneur, je crois bien lui avoir dit quelque chose du genre : « Mais vous savez, Chuckie est après tout un individu unique. » Seule une mère peut gober des âneries pareilles. Chuckie m'avait confié que, parfois, sa mère le mettait curieusement mal à l'aise. Je commençais à comprendre son impression.

J'ai appelé Max et je suis tombé sur le répondeur. J'ai laissé un message pour Aoirghe : je renonçais à sa participation à ma vie privée. Pas tout à fait en ces termes. Je crois avoir été plus tranchant. C'était sa voix que j'avais entendue sur le répondeur, et ça m'a aidé.

Assis sur le seuil de ma maison, la nuit m'a fait l'effet d'un vieux disque crachouillant. Les voitures filaient devant moi avec la régularité de l'aiguille des secondes. Tout là-haut, des hélicoptères vrombissaient en Zzz assourdis. Une femme a lancé un grand rire lointain comme un oiseau effarouché. De l'autre côté de la ville (dans l'Ouest Maudit), une série de détonations sèches, peut-être des rafales d'armes automatiques, ont éclaté avant de s'évanouir. Une bouteille s'est brisée. Des hélicoptères vrombissaient en Zzz assourdis.

Six

Chuckie Lurgan avait une notion extrêmement vague de ce qu'était le siècle d'Auguste, mais à l'instant où sa main toucha pour la première fois la peau tiède des seins de Max, il se sentit palladien en diable. Et, tandis qu'elle lui embrassait les yeux et le poussait pour l'allonger sur son propre canapé, l'esprit de Chuckie grouillait de colonnes : l'ardente qui remplissait son pantalon depuis une demi-heure et la double suite des crédits qui scintillait sur l'écran mental de sa cupidité.

L'agrafe du soutien-gorge sauta, les bonnettes tombèrent et Max parut gonfler sous les mains de Chuckie. À trois heures cet après-midi-là, au bout de deux heures de bavardages insipides et de grands sourires, l'Ulster Development Board lui avait accordé une bourse initiale de soixante-quinze mille livres. Elle glissa ses mains sous les pans de la chemise ouverte de Chuckie, dont la peau sembla se liquéfier au contact des paumes féminines (il était tellement dodu en ce moment qu'il aurait eu l'impression que sa peau se liquéfiait sous la paume de n'importe qui). À la fin de la semaine il aurait cent quatre-vingt-dix mille livres en banque. Il espérait que ses rêves ne souffriraient pas trop de toute cette réalité.

Il fut distrait par le spectacle de Max qui se débarrassait de sa jupe sans l'aide de ses mains. Pas mal. Slat lui avait dit qu'il n'avait aucune chance, mais l'UDB jugea que son dossier financier était l'un des plus imaginatifs qu'ils aient jamais vus. Le problème de Slat, c'était sa foi irrationnelle en la logique. La culotte dynamique de Max autour de ses chevilles. Elle était debout devant lui. L'attention de Chuckie, cette chose volatile, impalpable, se focalisa et s'attarda.

« Dieu bénisse l'Amérique », dit Chuckie.

Elle

— l'embrassa,

— lui ôta ses vêtements,

— fit des bruits à son oreille,

— se frotta contre lui comme contre un drap de bain,

— le fit rougir,

— le fit rire,

— lui fit oublier qu'il était gros,

— avec vigueur et rigueur,

— chassa l'argent hors de ses pensées.

Et en dehors de l'épisode où elle finit par déclarer, d'une voix plus impatiente qu'il n'était strictement nécessaire : « Ça s'appelle un clitoris, Chuck », il ne put s'empêcher de conclure que tout s'était très bien passé. Entamée dans la surprise, poursuivie dans l'enthousiasme, l'aventure était enfin couronnée d'un franc succès.

Et puis, il avait été stupéfié par les bruits qu'elle faisait. Elle avait réellement éclaté de rire. Pas de gémissements, pas de hurlements, pas de geignements, rien qu'un frémissement massif de ses hanches musclées sous les mains de

Chuckie et puis une grande beuglante hilare, tonitruante et triomphante, rien à voir avec un petit rire de ventre, non, quelque chose de plus grandiose. Et de plus grave.

Puis ils restèrent allongés côte à côte, elle bronzée et nue, lui blanc et dodu comme un ballon mal gonflé.

« Hé, Chuckie ?

— Oui ?

— Ça va ? »

Chuckie referma la bouche.

« Mmm-hhmm », affirma-t-il.

Max se redressa. Elle sourit fièrement en découvrant l'épave vautrée près d'elle.

« Alors, je sais baiser, ou pas ? » lui demanda-t-elle.

Chuckie bâilla, sans force. Max but une gorgée de son thé maintenant froid.

« Excuse-moi, ajouta-t-elle. J'aurais dû m'y prendre plus doucement la première fois. Je me suis laissée emporter. »

Chuckie se mit l'oreiller sur la tête et poussa un geignement aigrelet.

Max posa sa propre tête sur l'oreiller.

« Je ne sais pas pourquoi on appelle ça le sexe à la française. La pipe est un phénomène typiquement américain. »

Aoirghe était partie depuis deux semaines. Chuckie avait passé ces quinze jours à se demander si ça arriverait et quand ça arriverait. Il aimait beaucoup Max, mais ça ne l'empêchait pas de penser au sexe. La considération de Max lui semblait si étonnante qu'il imaginait volontiers qu'elle ne lui ferait pas la faveur de sa chair.

Il avait passé beaucoup de temps avec elle sans accomplir le moindre progrès érotique. Les occasions avaient été limitées : il avait sa mère, elle avait sa colocataire. Mais même après la disparition d'Aoirghe, le jackpot lui avait semblé infiniment lointain. Il ne s'était rien passé. Il s'était même découvert de plus en plus circonspect. Il n'avait pas essayé de lui toucher les seins, il n'avait jamais trouvé l'ouverture, la trajectoire, le moment adéquat qui auraient permis au reste de paraître raisonnable, inconsidéré, légal.

Mais ce soir-là, ç'avait été différent. Il prit un taxi pour se rendre à l'appartement de Max, l'esprit obnubilé par l'argent. Il sonna machinalement chez elle. Elle lui ouvrit, mal habillée, marmonna quelques paroles qu'il ne comprit point, puis disparút. Après un signe de tête adressé au chauffeur de taxi, il attendit là qu'elle soit prête et qu'il puisse l'emmener au restaurant où il avait réservé une table. Il se demandait si l'argent de l'UDB risquait de compromettre ses chances d'une donation de l'IRB, quand Max revint à la porte et le tira à l'intérieur par ses revers de veston.

La minute précédente, il attendait tranquillement sur le seuil et maintenant il tenait entre ses lèvres des portions étonnamment vastes de l'anatomie de Max.

Chuckie se redressa bruquement. Le drap s'écarta de son visage.

« Putain, dit-il.

— C'est comme ça que tu me parles ? »

Il lui adressa un regard inexpressif.

« Le chauffeur de taxi. »

Malgré ses protestations, Max mit un peignoir et sortit payer le chauffeur. Chuckie regarda par la fenêtre, au cas où ce salopard aurait essayé d'en profiter. Ils bavardèrent ensemble assez longtemps pour l'inquiéter, mais Max revint avant qu'il n'ait eu le temps d'enfiler son pantalon. Il lui demanda combien le chauffeur avait réclamé.

« Il était si étonné que tu sautes une fille comme moi qu'il m'a seulement demandé dix livres. Je crois qu'il a eu pitié de moi. »

Elle sourit, ravissante.

« Viens un peu ici », dit Chuckie.

Il était neuf heures. L'envie du pub mit deux heures à quitter Chuckie. Son oreille bourdonnait du tic-tac silencieux de son horloge interne. L'heure de trois ou quatre pintes. Encore le temps pour deux autres. Il reste juste une minute pour s'en enfiler une dernière.

Ce n'était pas qu'il n'était pas heureux. Ils accomplirent deux autres prouesses amoureuses, deux longues cavalcades délicieuses. Ils burent du café et du vin. Ils parlèrent. Ils écoutèrent la musique qu'elle aimait et qu'il trouva magique parce qu'elle l'aimait. C'était simplement qu'ils étaient en privé, dans un appartement. Sans les plaintes tonitruantes des barmen, les cris des commandes, le reflet des miroirs embués et l'odeur de la bière pissée, Chuckie se sentait déboussolé. Il ne parvenait pas à maîtriser le concept d'une sortie en intérieur.

La troisième fois, son pénis lui parut couvert de bernacles comme un vieux crabe et une odeur évidente de pêcherie flottait dans l'air. La troisième fois, il comprit ce que signifiait rester à l'intérieur. Ensuite, alors qu'il haletait, s'étouffait et cherchait son souffle, Max dit avec une certaine admiration :

« Bon dieu, Chuckie, je croyais que c'était censé être amusant. »

À la grande incrédulité de mon ami, ils achevèrent la partie consciente de la soirée en regardant à la télé le dernier film en noir et blanc. Tout, en lui et autour de lui, changea. Comme tous les autres gros prolos protestants qu'il avait jamais connus, Chuckie avait toujours éprouvé une certaine honte à regarder la télévision. C'était un vice onaniste, l'ultime recours des déracinés. C'était l'occupation des gens sans amis lorsqu'ils ne voulaient parler ni à leur mère ni à leur femme.

Maintenant que Max pouffait de rire en entendant des blagues américaines éculées et qu'elle roucoulait d'admiration devant la fossette du menton de Cary Grant, la télévision ressemblait à une chose très digne et élégante, une loge à l'opéra, l'enclos d'Ascot. Ce n'était qu'une question de point de vue. Cette occupation insipide, ce dernier recours recelait toutes sortes de beautés cachées. Alors qu'il se détendait peu à peu, il se mit à rire de tous ces gags lourdingues et reconnut même en son for intérieur que Cary Grant n'était pas entièrement dépourvu de charme.

Lorsqu'il se retrouva allongé auprès de la forme endormie de Max sous le seul drap que la chaleur de ce corps féminin rendait superflu, il fut surpris. Car ni lui ni elle n'avaient abordé le sujet de la présence de Chuckie chez Max jusqu'au lendemain matin. Avait-il posé la question ? Lui avait-elle proposé de rester ? Il resta étendu là pendant deux bonnes heures, béatement insomniaque, étonnamment non fiscal. Enfermé à l'intérieur des murs de sa chair généreuse, Chuckie avait toujours désiré une expérience hors du corps. Il voulait savoir comment ce serait au-dehors, dans ce monde éthéré et séduisant. Allongé sur le dos, à côté du souffle américain de Max, Chuckie s'approcha comme jamais de la sphère désincarnée. Il se sentait moins que léger, plus qu'aérien. Il espérait que d'autres yuppies pratiquaient le même sport.

Le lendemain, Chuckie rencontra les membres de l'IRB, l'*Industrial Resources Board*, le Bureau des Ressources Industrielles. Antenne gouvernementale destinée à encourager les investissements en Irlande du Nord, L'IRB disposait de généreux subsides du gouvernement britannique, que Chuckie convoitait vivement. Il avait beaucoup réfléchi à la façon de les persuader de lui en attribuer une part. Mais il était difficile de savoir ce que l'IRB cherchait dans une entreprise. Ils étaient surtout célèbres pour accorder d'énormes sommes d'argent britannique à des constructeurs automobiles américains qui bâtissaient des usines luxueuses pour fabriquer des voitures si ridicules qu'elles finissaient par se vendre seulement à des sociétés de production de cinéma, lesquelles les utilisaient comme accessoires comiques dans de célèbres comédies de voyages à travers le temps. Des fabricants de textiles américains recevaient des centaines de milliers de livres pour envisager la possibilité d'ouvrir des succursales en Irlande du Nord. Ils retournaient invariablement chez eux, après avoir fait la découverte juteuse de l'impossibilité de telles implantations. D'élégants Colombiens dotés de lunettes noires et de traces de poudre blanche entre le nez et la lèvre supérieure rencontraient les membres de l'IRB et repartaient avec un million ou plus. Chuckie était certain d'avoir une chance.

À onze heures précises, il entra dans les bureaux cossus de l'IRB. On le fit seulement attendre une minute et demie, une nouveauté très palpitante dans son expérience des salles d'attente. Pas moins de six fonctionnaires en costume vinrent lui souhaiter la bienvenue à l'accueil. Il échangea une demi-douzaine de poignées de main, reniflant avec confiance et à-propos lors de chaque présentation. Ils s'installèrent dans une somptueuse salle de réunion, aux murs décorés des photos des rares succès de l'IRB. On lui proposa du café et des biscuits. Ils lui dirent combien ils étaient ravis de voir une initiative interne décoller, ils rivalisèrent de sourires lénifiants, puis attendirent qu'il prenne la parole. Chuckie toussa et regarda autour de lui. C'était sympa ici. Les six hommes le dévisageaient. Un ange passa.

En fait, Chuckie n'avait préparé aucun exposé. Il n'avait aucune idée à défendre. Aucune bonne raison à avancer, qui leur aurait expliqué pourquoi ils devaient lui donner plusieurs milliers de livres. Il n'avait pas jugé absolument nécessaire d'avoir un plan. Jusque-là, tout avait marché comme sur des roulettes. Mais maintenant qu'il se préparait à parler à ces six hommes, son esprit était vide.

Il ressortit quatre heures plus tard, affligé de vertiges et d'une faim de loup. John Long avait tort. Slat avait tort. John Maynard Keynes avait tort. Malthus était nul. Chuckie avait tout bonnement improvisé au pied levé. Il avait inventé toute une série de fariboles et d'élucubrations improbables, des projets et des idées inexistants qu'il n'avait pas la moindre intention de concrétiser. Au bout de trois heures de conneries, de mensonges et de délires divers, dont lui-même ne comprenait pas le quart de la moitié, ils avaient accepté de lui attribuer huit cent mille livres durant les huit premiers mois de ses activités. Cent mille livres par mois.

Ce soir-là, il réserva une table dans le restaurant le plus luxueux de Belfast — un établissement si cher que seuls les fonctionnaires et les membres de l'IRB le fréquentaient ; la nourriture était infecte et servie avec parcimonie, mais Chuckie comptait bien s'offrir un hamburger frites avant de s'y rendre. Il acheta une bouteille de champagne dont le prix dépassait la somme de ses gains de l'année précédente, puis il se rendit chez Max.

Bien sûr, la table de restaurant se languit sans Chuckie et l'essentiel du champagne servit à éclabousser la poitrine étonnante de Max lors d'un moment particulièrement intense. La soirée leur proposait des possibilités infinies de distractions en intérieur. Max essaya de faire l'amour avec lui sur presque tous les mètres carrés de l'appartement. Chuckie se demanda si elle avait suivi une formation spéciale. Si elle avait fréquenté l'université du sexe, si elle avait pris des cours de rattrapage. Je suis trop gros pour ça, pensa-t-il. Je suis trop laid. Je suis trop irlandais. Mais il se souvint alors des huit cent mille livres et, soudain qualifié, il se lança dans l'aventure.

Max commanda des pizzas par téléphone, ce qui permit à Chuckie d'économiser environ deux cent cinquante livres et d'accomplir un exploit inédit avec des *pepperoni* dans la bouche.

Ils firent une pause d'une heure et Chuckie la remercia. Il lui dit qu'elle était vraiment exceptionnelle. Il lui dit qu'il était au septième ciel.

« Tu veux dire au huitième ciel, Chuck ? »

Ils parlèrent.

Chuckie s'était souvent demandé à quoi servait la conversation. Dans sa jeunesse et comme la plupart des enfants, il ne comprenait pas ce que les adultes faisaient de leur vie. Apparemment, ils se contentaient de bavasser. Ils ne couraient pas, ils ne jouaient pas, ils ne s'amusaient pas. Ils souffraient d'un manque de dynamisme, d'un manque existentiel de but. Cette perplexité n'avait jamais quitté Chuckie et le peu d'intérêt de la vie adulte le remplissait parfois d'un désespoir irraisonné. À quoi bon toutes ces parlotes ? Pourquoi fallait-il s'y plier ? Pourquoi fallait-il les écouter ?

Paradoxalement, Chuckie avait toujours été si gras et paresseux qu'il n'avait jamais couru, qu'il n'avait jamais joué et qu'il ne s'était même pas amusé.

Mais ce soir-là, Max lui apprit à quoi parler servait. Elle lui montra pourquoi il devait s'y intéresser. Elle lui raconta son histoire. Il ne l'avait même pas demandé.

Elle lui dit ceci :

Max avait aimé son père comme elle s'aimait elle-même. Il était négociateur. Il persuadait les habitants de pays lointains de ne pas s'entre-tuer. Elle comprenait pourquoi ils l'écoutaient. Il parlait extrêmement bien. Son visage était presque aussi doux et brun que ses yeux. Sa voix profonde, rassurante, la rendait toujours heureuse et somnolente. Cette voix convainquait toujours Max qu'elle vivait dans un monde de bonté puisqu'un tel homme y vivait aussi.

Quand Max eut treize ans, sa mère quitta son père. Tout le monde sauf sa mère fut surpris. Sa mère détestait New York, de toute façon, et l'avancement rapide de la carrière de son mari la laissait de glace. Mais le frère cadet de son mari la réconfortait. Au bout d'un an, ils désirèrent davantage que des étreintes magnifiquement illicites dans des voitures, des salles de bains ou le lit de l'un ou de l'autre des deux frères.

Le père de Max s'occupa de cette dernière pendant une semaine, tandis que son frère et son ancienne femme s'envolaient pour Miami afin d'y convoler. Il dit à sa fille que son ancienne femme allait épouser son frère. Max s'effraya de toutes les nouvelles règles, maintenant que son oncle allait être son père. Elle se demanda pourquoi son vrai père ne pleurait pas.

Il pleura à l'aéroport au moment de dire au revoir à Max. À la porte des départs, il ressemblait à l'homme qu'elle voyait à la télévision, grand et mince dans son impeccable costume bleu parmi la cohue.

Miami ne fut pas aussi désagréable qu'elle l'avait craint. Elle fréquenta une nouvelle école, qui lui convint. Elle se fit de nouveaux amis, qui lui convinrent et furent agréablement impressionnés par son passé new-yorkais. Sa mère semblait heureuse et son père / oncle était indulgent. Le plus souvent, Max ne faisait même pas attention lorsqu'ils se pelotaient devant elle.

Quand elle eut quinze ans, elle était la seule vierge de sa connaissance. Au lycée, ses amies baisaient avec un abandon et un entrain qu'elle comprenait à peine. Lorsqu'elles interrogeaient Max sur ses propres expériences, elle inventait des cousins, voire des frères avec qui elle faisait ce que ses amies faisaient. Mais elles ne la croyaient pas et elles lui arrangeaient des rendez-vous, parfois avec des garçons qui leur étaient déjà passés entre les mains. Elle n'aimait pas ces garçons, elle n'aimait pas la manière dont ils faisaient saillir leurs muscles, leurs jeans moulants ni leurs visages uniformément bouffis. L'un d'eux l'avait coincée sur la banquette arrière de sa voiture, il lui avait égratigné les seins avec ses ongles et il lui avait pris la main pour la glisser dans son pantalon ouvert. Elle saisit le pénis pendant que ce garçon l'embrassait et lui malaxait les seins. Ce sexe était très dur et lui semblait beaucoup trop gros. Elle eut soudain l'impression qu'il n'était pas entièrement humain. Ça l'excitait furieusement, mais elle l'avait obligé à arrêter et il n'avait plus jamais revu Max.

Elle ne faisait pas confiance à l'idée du sexe. C'était une chose qu'elle ne parvenait pas à intégrer à sa conception de la virilité. À sa conception de l'identité paternelle. La douceur et la bonté de son géniteur constituaient pour elle l'idéal de sa vie, et cet idéal était asexué. Le seul rôle jamais joué par la sexualité dans la vie de son père avait été de pousser sa femme à s'en aller avec son frère. La sexualité était un acide corrosif. C'était une chose qui empêchait les gens d'être bons.

Pendant deux ou trois ans, tout alla pour le mieux. Elle voyait son père tous les deux ou trois mois. Elle le voyait toujours à New York. Il était plus occupé que jamais et ses talents placides devenaient célèbres. Il apparaissait très souvent aux informations télévisées.

Le jour de son seizième anniversaire, son père l'emmena dîner dans un restaurant de Manhattan où tout le monde sourit et où certains clients rougirent même en le voyant. Elle était fière de lui. Elle était fière de la façon dont il accueillait les gens qui s'arrêtaient à leur table pour lui parler, les hommes volubiles et confiants, les femmes débordant d'admiration.

Son père lui dit qu'elle était belle.

L'orchestre jouait *Your Kiss Is On My List Of The Best Things In Life*.

Six mois plus tard, il fut question d'un éventuel prix Nobel de la Paix. Il venait de négocier le règlement pacifique d'une dispute tribale dans une république socialiste d'Afrique centrale qui faisait jusque-là dix mille victimes par an. Il fut investi d'une stature presque miraculeuse et l'on vit sur les écrans de télévision du monde entier son père, grand et splendide, entouré de villageois heureux. Alors on l'envoya en Irlande du Nord.

Il fut abattu vingt minutes après sa descente d'avion. Il ne réussit même pas à sortir de l'aéroport. La police et l'armée en restèrent comme deux ronds de flan. L'aéroport était l'un des lieux les mieux surveillés de toute l'Irlande du Nord. On rapporta que les paramilitaires protestants et catholiques avaient joint leurs forces pour exécuter un coup de main aussi audacieux.

Tant l'IRA que l'UVF revendiquèrent cet assassinat. Un journaliste américain déclara devant les caméras que le père de Max avait été exécuté parce qu'il faisait trop bien son travail. Les Irlandais ne voulaient pas qu'il les persuade de mettre un terme à leur guerre. Les Irlandais aimaient leur guerre.

Max pleura pendant les dix jours de désespoir qui précédèrent le rapatriement du corps de son père et sa crémation lors d'une cérémonie privée et non privée. Sa mère sanglota sans larmes pour les caméras et son oncle / beau-père fit un éloge musclé de son frère défunt pour les journalistes. Certains de ces vampires hurlèrent son nom et la photographièrent quand elle les regardait.

Ce soir-là, Max s'enfuit.

Elle s'enfuit à Jacksonville, elle s'enfuit à Pensacola, elle s'enfuit à Fayetteville et à Tulsa, elle s'enfuit à Amarillo et à Lubbock, elle s'enfuit de nouveau vers le sud et El Paso, elle s'enfuit à San Antonio.

À Phoenix, elle arrêta de s'enfuir. Dans la cafétéria d'une gare routière, elle regarda sa montre et vit que deux années s'étaient écoulées. Elle prit une poignée de pièces de dix cents et téléphona à sa mère.

Max avait changé. Maintenant, elle parlait. Elle parlait

selon le rythme dur des romans policiers à deux sous. Elle parlait de tailler une pipe, de cracher ou d'avaler. Les hommes aimaient sa manière de parler. Ils étaient impressionnés par la coquille de son indépendance.

Elle n'était plus vierge. Elle avait perdu sa virginité dans une chambre louée de Sarasota, en baisant avec un garçon qu'elle n'aimait pas. Ç'avait été un soulagement, mais elle avait quitté ce type aussitôt, incapable de dormir à côté de cette chaleur et de ce bruit animal. Pendant le restant de ces deux années perdues, il lui semblait qu'elle avait baisé sans passion la moitié des hommes d'Amérique. La plupart s'étaient montrés reconnaissants, mais aucun ne l'avait émue. Ç'avait été moins qu'un exercice. Ça n'avait rien été. Seuls les alcooliques lui plaisaient. Et vice versa. En accord avec leur propre empoisonnement, elle se mit à apprécier le réconfort des amphétamines et des barbituriques. Bourrée de benzédrine entre les bras poisseux d'un vagabond dans une chambre d'hôtel, elle se sentait parfois affranchie de la souffrance. Pas une seule fois au cours de ces deux années-là elle ne pensa à son père.

Alors une chose vraiment moche se produisit. Elle n'en dit pas plus à Chuckie. Tout ce qu'il avait besoin de savoir, c'était qu'une chose vraiment moche était arrivée.

Sa mère prit l'avion pour Phoenix et la ramena chez elle. Elle passa un mois à Miami. Elle essaya de se calmer, elle essaya d'être bonne. Mais le sourire de sa mère lui tapait sur les nerfs. Ainsi, sans plaisir, elle baisa son oncle / beau-père dans sa propre chambre, après quoi elle s'enfuit de nouveau.

Elle passa près d'un mois dans des cars Greyhound. Elle pouvait aller partout, elle ne pouvait s'arrêter nulle part. Rien ne l'attendait à New York, maintenant que son père était mort. Elle ne pouvait pas retourner à Miami. Et les seuls endroits, où elle s'était arrêtée pendant les deux années qui avaient suivi son départ, n'étaient à ses yeux que des motels et des chambres miteuses. Ainsi traversa-t-elle l'Amérique en car, de long en large, de haut en bas.

Lors d'une halte de deux jours à Reno, elle demanda à un vieil homme où elle se trouvait sur une carte qu'elle venait d'acheter. Le vieux regarda longtemps cette carte, puis il répondit à Max avec un sourire triste :

« Oh, chérie, tu n'es même pas sur cette carte. »

Dans un bar de routiers en Caroline du Nord, elle essaya de draguer la fille qui travaillait derrière le bar. Cette fille aux cheveux bruns et aux yeux marron lui servait des bières depuis deux heures, en ondulant naturellement des hanches. Max la coinça aux toilettes et la poussa contre un mur. La fille la déshabilla en un tournemain.

La nuit où elle dormit dans une ruelle, près de la gare routière de Los Angeles, elle s'arrêta. L'air nocturne grouillait des bruits de la grande ville, Max tremblait en dormant. Il y eut des cris et des coups de feu. Il lui sembla que toute cette ville énorme était folle furieuse. Soudain épuisée, elle dormit jusqu'à l'aube, puis monta dans un car à destination du Kansas.

Elle n'avait pas revu ses grands-parents depuis la mort de son père. Le père de son père avait vendu toutes ses terres, mais ils habitaient toujours leur ancienne maison, à une centaine de kilomètres de Wichita. Le dos jadis droit de son grand-père s'était courbé sous le poids des années passées à cultiver cette terre qu'il ne possédait plus et dont il ne regrettait pas la perte.

Ses grands-parents, Don et Bea, se disputaient depuis vingt ans. Deux décennies plus tôt, avait eu lieu une altercation si vive qu'ils avaient divisé leur salon en deux. Une moitié était féminine, époussetée, impeccable. Il y avait des meubles, des rideaux, de l'ordre, de la paix. Quant à la moitié appartenant à son oncle, elle était répugnante, à peine meublée, hormis un vieux fauteuil infesté de punaises à côté de la cheminée. La frontière des deux territoires était seulement visible à cause de la ligne de démarcation entre le parquet ciré de la grand-mère et la lueur terne de la crasse qui recouvrait le domaine du grand-père. Curieusement, ils ne sortaient jamais nulle part l'un sans l'autre. Chacun vivait sa vie sous le toit commun, mais dès qu'ils affrontaient le monde extérieur, ils marchaient, se tenaient debout ou assis côte à côte. Les spéculations allaient bon train pour savoir si leur chambre à coucher était divisée de la même manière que leur salon. Il semblait invraisemblable qu'un couple aussi désuni pût dormir dans le même lit.

Elle passa un an là. Pendant cette année, elle parla de son père avec ses grands-parents. Pendant cette année, sa mère lui rendit visite une fois pour lui annoncer son divorce et son remariage avec un médecin de San Diego. Max décida d'entrer à l'université.

Juste avant la date prévue pour son départ, Don mourut. Bea en fut folle de douleur. Lorsque les membres de la famille vinrent rendre leurs derniers hommages au corps de Don allongé dans son cercueil, elle arrêta la procession à mi-chemin. Elle monta sur le cercueil et s'accroupit sur le cadavre comme un enfant, secouée de sanglots. Les autres membres de la famille constatèrent avec étonnement ces manifestations de chagrin chez une femme qui avait divisé le salon pour échapper à son mari.

L'enterrement eut lieu le lendemain. Bea autorisa une seule personne à y assister : elle-même.

Ensuite, elle ne modifia pas la disposition de la pièce divisée. Elle continua d'entretenir la moitié qui lui revenait et conserva la moitié de feu sa moitié dans son désordre habituel. Elle se prit d'une affection toute particulière pour Max et ce fut ainsi que la petite-fille put enfin voir la fameuse chambre et savoir si, oui ou non, elle aussi était rigoureusement divisée. Elle s'y glissa un jour, pendant que Bea dormait dans son fauteuil.

Max fut surprise par ce qu'elle découvrit. Elle ne parla à personne de cette pièce banale aux rideaux épais et au lit double rebondi.

Le mois suivant, elle entra à l'université de UCLA.

Elle eut l'impression de vivre deux années d'été. Elle s'assit sur diverses pelouses pour lire. Elle respira le parfum que ses amis apportaient avec eux. Elle discuta de politique. Elle discuta de pédagogie.

Elle tomba amoureuse de son professeur de philosophie. C'était un beau jeune homme négligé qui fumait en secret dans son bureau. La moitié des filles et un quart des garçons de la fac de lettres voulaient le sauter. Certains avaient essayé et, jusqu'ici, tous avaient fait chou blanc. Son sourire était aussi fripé que son costume, une aura d'inadaptation et de générosité le nimbait.

Un jour, elle le vit à la cafétéria avec deux jeunes enfants. Max fut légèrement déçue de le découvrir marié. Elle s'assit à leur table. Le jeune professeur fut aussi avenant et chaleureux que d'habitude. Il la présenta à ses enfants. Marié ou pas, il était encore plus beau en compagnie de ces enfants qui se serraient contre lui. Elle comprit pourquoi ses costumes étaient toujours froissés.

Max se fit cajoleuse avec les gosses. Elle découvrit leur âge. Elle les interrogea sur leurs jouets préférés, sur les émissions qu'ils aimaient regarder à la télévision. Après avoir bien préparé son coup, elle loua la beauté de la fillette et lui demanda si c'était sa mère qui lui avait noué ces rubans dans les cheveux.

Le sourire du jeune professeur se figea. Le petit garçon arrêta de jouer, la fillette se rembrunit.

« On n'a pas de maman. »

Le jeune professeur déglutit et s'adressa à elle d'une voix basse et égale, le genre de voix que les enfants n'écoutent pas.

« Je suis veuf. Leur mère est morte dans un accident de voiture il y a un an. »

Ils continuèrent de parler pendant une heure. À un moment, il s'excusa pour aller aux toilettes. La fillette en profita pour dire à Max que sa maman avait disparu, que son papa s'occupait d'eux et que parfois le visage de leur papa était triste quand il les regardait et que parfois il pleurait quand il les mettait au lit le soir.

Le jeune professeur revint et prit une fois de plus la fillette sur ses genoux. Il lui chuchota longuement à l'oreille et embrassa la joue tendre. Les yeux embués de larmes, il regarda Max, puis reprit avec un sourire aimable :

« Ah, Alice vous a raconté des histoires sentimentales sur mon compte ? demanda-t-il, légèrement amusé. Elle croit qu'ainsi les gens vont tomber amoureux de moi. »

La fillette avait raison. Ainsi commença un mois de grandes manœuvres. Il se montra d'une politesse irréprochable et immanquablement occupé. D'autres filles dirent à Max qu'elle perdait son temps. Le jeune professeur ne couchait pas avec ses étudiantes. Puisqu'elles-mêmes avaient échoué, Max ne pouvait qu'échouer.

Mais un soir, après une conférence tardive, il pleuvait. Elle avait quitté l'amphithéâtre avec lui et ils avaient partagé l'abri du petit parapluie de Max, qui ne tenait au sec aucun des deux. Ils parlèrent sous ce parapluie qui les maintenait serrés l'un contre l'autre. Et ce parapluie, elle l'aurait voulu encore plus petit.

Ce soir-là, le jeune professeur la raccompagna chez elle en voiture. Lorsqu'il se gara et qu'ils se séparèrent, elle comprit à la rigidité de son cou qu'il venait d'envisager la possibilité d'éprouver quelque chose pour elle. Ensuite, ce fut facile.

Moins d'un mois plus tard, ils passaient presque toutes leurs nuits ensemble. Elle fut stupéfiée par la chaleur du désir de son partenaire, par la violence de son remords. Elle n'avait jamais rencontré un homme qui ne voulait pas. Du coup, Max en eut envie comme jamais. Ensuite, tandis que le jeune professeur nouvellement nu pleurait sa femme défunte, les yeux de Max étaient pleins de sa chair à lui.

Lorsqu'il donnait un cours, l'attention des camarades de Max l'émerveillait. Elle rougissait de fierté en l'entendant parler. Le soleil bas qui, le soir, entrait par les fenêtres incendiait sa chevelure et elle avait envie de le prendre en public, sans plus attendre.

Quand il la touchait, ses doigts étaient courtois, ses baisers respectueux. Il semblait conserver un restant de cette virilité que le père de Max avait possédée, cette chose tendre, dépourvue de violence.

Tout changea en elle. Pour tous les deux, elle se mit à

croire à un avenir près de s'accomplir. À un avenir où ils pourraient oublier les souffrances endurées et se marier.

Les enfants du jeune professeur l'aimaient et elle se montrait chaleureuse avec eux. Mais elle remarquait une crispation sur le visage de leur père dès qu'elle les touchait. Elle savait parfaitement quand il pensait à sa défunte épouse et Max l'interrogeait sur la femme disparue. Elle l'interrogeait sur les vêtements de cette dernière, sur ses habitudes, ses goûts, afin d'éviter tout comportement susceptible de la lui rappeler. Parfois, elle découvrait des photographies de la morte et elle ressentait alors une jalousie impardonnable.

Et quand ils se disputaient, elle pleurait amèrement, détestait la morte et disait des choses cruelles. Il était facile d'aimer les morts, ces défunts silencieux qu'on pouvait pardonner. Il était furieux qu'elle parle de sa femme.

La grand-mère de Max mourut. Elle se fit sauter la cervelle avec le vieux fusil de Don. Le jeune professeur se montra attentionné avec Max pendant qu'elle se préparait à retourner dans le Kansas. Là, sa mère pleura entre ses bras et regretta toutes ces choses qu'elle ne pouvait se rappeler. On enterra sa grand-mère à côté de son mari. Bea avait laissé à Max presque tout l'argent qu'elle possédait. Il y avait plus d'un million de dollars. La mère de Max pleura encore. Elle était déjà riche, mais l'héritage de Max la blessait.

Elle passa deux semaines dans le Kansas, à mettre de l'ordre dans la vieille maison de cinglé. Lorsqu'elle retourna sur la côte ouest, elle retrouva le jeune professeur. C'était un week-end. Il était avec ses enfants. Ils l'accueillirent en étrangère. Ils avaient retrouvé le monde qu'ils avaient connu avant l'arrivée de Max, ce monde centré sur la présence tacite, invisible, de l'épouse et de la mère décédée. Ensuite, quand il mit les enfants au lit, il resta avec eux pendant plus d'une heure.

Ce soir-là, elle le baisa comme une putain, comme s'il était une putain. Elle étreignit et pétrit sa chair entre ses mains à elle. Puis, quand il se mit à pleurer, elle se leva et prépara un sac. Avant de partir, elle prit une photo de l'épouse morte dans un tiroir où elle savait la trouver. Elle se campa au pied du lit, tandis qu'il sanglotait, et lança la photo sur l'espace vide de l'oreiller qu'elle venait de quitter.

Comme elle l'avait toujours fait, Max s'enfuit. Elle prit l'avion pour San Diego et, dans l'heure qui suivit, se disputa avec sa mère. Elle reprit l'avion pour Los Angeles. Elle fit quelques valises et monta à bord d'un avion à destination de New York. Autrefois, elle s'enfuyait en car. Maintenant qu'elle disposait de l'argent de son grand-père, ses fuites s'effectuaient par la voie des airs.

À l'aéroport de La Guardia, elle téléphona à sa mère, elle téléphona au jeune professeur. Ni l'une ni l'autre ne lui fournit la moindre raison de revenir. Elle pleura brièvement.

Et quitta l'Amérique.

En classe affaires, elle vola de New York à Londres. De JFK à Heathrow. Elle venait de passer deux jours dans les aéroports et les avions. De Los Angeles à San Diego. De San Diego à Los Angeles. De Los Angeles à New York. De New York à Londres. Le plastique des aéroports lui avait semblé plus substantiel que les villes elles-mêmes pendant les vols nocturnes.

Elle allait à Paris. Son père y avait passé un an avant

son mariage. Il lui avait toujours parlé de la beauté de cette ville et du bonheur qu'il y avait connu.

À Heathrow, elle récupéra ses bagages et poussa son chariot jusqu'à une buvette où l'on consommait debout. Tout engourdie, elle but sa boisson insipide. Londres ressemblait à New York, du moins l'aéroport. Les hommes étaient plus petits, ils avaient de mauvaises dents, mais tout le reste était du pareil au même. Elle espéra que Paris serait mieux.

Elle poussa son chariot jusqu'au comptoir d'Air France. Une Anglaise à la beauté vicieuse et en bas nylon lui proposa son aide.

« Ouais, filez-moi un billet pour Paris. »

Le sourire de la femme faseilla brièvement.

« Quel genre de billet, madame ?

— Un billet d'avion, chérie. Je ne compte pas voyager en car. »

Le sourire pâlit, disparut complètement.

« Je m'appelle Helen. Et non Chérie.

— Va te faire foutre », dit Max.

Elle s'éloigna.

Puis, assise sur ses bagages, elle passa six heures indécises, en évitant sourdement une autre destination. Paris était une ville qu'elle avait désirée sans beaucoup d'ardeur. Et ça n'avait pas marché. Il lui faudrait aller ailleurs. Peu importait vraiment où. Elle leva les yeux vers le tableau des départs et y lut le mot qui la décida :

BELFAST

Elle descendit de l'avion à Aldergrove. Une bruine poisseuse imprégna aussitôt son visage brûlant. Pour la première fois depuis deux jours consécutifs, elle sortait à l'extérieur d'un bâtiment ou d'une carlingue d'avion.

Elle traversa l'aéroport d'un pas nerveux. Elle savait que tout irait bien si elle réussissait à franchir l'endroit où son père avait été assassiné. Elle se rappelait très bien cet endroit à cause des reportages télévisés. Il lui avait fait l'effet de tous ces endroits qu'elle ne connaîtrait jamais. Son cœur battait la chamade, mais elle continua de marcher avec courage. Elle dépassa l'endroit fatidique sans traumatisme notable. Elle en fut presque déçue.

Elle prit un bus trapu jusqu'à Belfast. Là, elle en descendit et attendit. Sans chariot, chargée de bagages, elle ne voyait pas ce qu'elle pouvait faire. Ses voyages avaient perdu leur énergie. Elle se sentait lourde et immobile. Une fois encore, elle s'assit tout bonnement sur la pile de ses bagages.

Elle alluma une cigarette et serra le col de son manteau autour de son cou. La bizarrerie de cette nouvelle ville, avec son froid poisseux et sa gloire planétaire, la décontenançait. Elle avait l'impression de pénétrer par effraction dans un western. Il y avait une rangée de bus bleus et blancs arborant des noms mystérieux roulés au-dessus de leur pare-brise : Enniskillen, Dungannon, Omagh, L'derry. Cela suggérait une irréalité, une invraisemblance qui plut à Max.

Cette nuit-là, elle resta assise sur une chaise cassée et regarda par la fenêtre sans rideaux de la chambre qu'elle venait de louer. Cette fenêtre donnait sur une rue où les gens se réunissaient par les soirées tièdes. Un magasin était resté ouvert et les femmes bavardaient en petits groupes devant la vitrine brillante. Sur le trottoir d'en face, elle vit deux petites queues devant un cinéma. Ces queues la rendirent heureuse sans raison. Elle les regarda croître, puis diminuer et disparaître, et tout fut très noir. Elle ne se sentait pas seule.

Elle aimait que sa vie fût autant livrée au hasard. Son voyage entre Los Angeles et cette obscure rue de Belfast avait été entièrement involontaire. Regards malheureux, décisions prises au petit bonheur, conversations surprises. Il paraissait convenable de se déplacer ainsi autour de la planète.

Cette nuit-là, elle dormit d'un sommeil profond...

Lorsqu'elle eut achevé son monologue, toute son histoire, Max baissa les yeux vers Chuckie. Il gisait échoué sur le lit, entortillé dans le modeste drap. Son visage arborait une expression qu'elle n'y avait jamais vue ; une chaleur soudaine s'agita dans le ventre de Max. Elle n'avait pas autant parlé depuis des années. Elle se demanda ce que ce gros crétin avait de si spécial pour provoquer chez elle un récit aussi prolixe. Elle sourit. Il avait produit une quantité admirable d'écoute. Chuckie, roi du chiqué, recelait des profondeurs insoupçonnées. Baissant les yeux vers les cuisses de Chuckie, elle aperçut l'extrémité de son érection contre le drap. Elle fut surprise, mais non troublée. Elle rit.

« Hé, Chuck. On dirait que mon histoire t'excite ? »

Il leva les yeux vers elle et se figea. La tension d'émotions inédites, de profondeurs non sondées, le rendait blême. Ses yeux étaient moites d'amour.

« Un million de dollars, ça fait combien en livres sterling ? » demanda-t-il.

Sept

Plus tard la même semaine, Chuckie Lurgan marcha dans une rue pour la première fois de sa vie, tout ahuri par la pensée qu'il aimait Max à la folie. C'était absolument ça. Quand il n'était pas avec elle, il pensait à elle ; quand il n'était pas avec elle, il désirait la voir, l'entendre ; et ce, pour des raisons qu'il ne réussissait jamais à bien s'expliquer. Il avait besoin d'elle comme on a besoin de boire un verre ou de fumer une cigarette. Et quand il la voyait, ils n'avaient besoin de rien faire de spécial pour ressentir cette chose très spéciale. Ils n'avaient pas besoin de faire l'amour, ni de sortir. Une heure à rester assis près d'elle en silence était une heure magique, sans commune mesure avec la même expérience sans elle. À un moment, elle lui dit qu'elle avait rencontré Clint Eastwood. Chuckie, tête en l'air et avide de gloire, oublia de manifester la moindre excitation. Il regarda tout bonnement la bouche de Max qui remuait. Chuckie était inquiet.

Aoirghe était revenue de Dublin, mais Chuckie ne l'avait presque pas remarqué. Les six derniers jours s'étaient résumés à autant de soirées passées dans leur appartement, tandis que Max escaladait par tous ses versants l'anatomie adipeuse de Chuckie. Le soir précédent, les voisins s'étaient même plaints du tapage de leur liesse. Sur le parchemin maculé de l'histoire copulatoire de Chuckie, parmi ses innombrables accouplements et ruts, cet épisode était à marquer d'une pierre blanche.

Mais ce gros lard de Chuckie savait que le ver était dans le fruit. L'adipeux Lurgan savait qu'il ne la méritait pas. L'affreux Chuck était conscient d'un déséquilibre. Il se demandait quelle satisfaction raffinée la belle et intelligente Max tirait de sa propre compagnie. Chuckie avait assez de bon sens et d'honnêteté pour savoir qu'il était un tocard. Et ça l'inquiétait de sortir avec cette fille si chic.

Sans parler de tout ce fric sans chiqué.

Car Chuckie découvrit qu'il était riche. Il regarda le total des crédits de ses quatre comptes bancaires et trouva un total de 272 645 livres. Ce qui lui fit l'effet d'un sacré paquet de pognon.

Et sa confiance en soi s'en trouva augmentée tandis qu'il quittait Eureka Street pour Bedford Street. Ce matin-là, il était revenu chez lui comme s'il rentrait de vacances. Sa mère n'était pas là et il avait pris ses affaires avant de repartir. C'était une journée agréable, sans soleil. Il regardait le ciel avec une mine de propriétaire. Le ciel était albinos. Pour lui, le ciel ressemblait à des œufs. Deux cent soixante-douze mille six cent quarante-cinq livres. Il descendit Great Victoria Street en fredonnant le refrain d'une chanson d'amour populaire. Il se sentait magnifique, agrandi, un homme plus vaste.

Salué par le double reflet d'une admiration extrême, Chuckie Lurgan franchit les portes vitrées de chez Patterson, le dépositaire Mercedes. Son rêve devenait réalité. Il allait acheter sa grosse voiture de luxe. Il allait acheter une voiture trop grosse pour qu'on puisse la garer.

« Puis-je vous aider, monsieur ? »

Le ton de la jeune femme aseptisée était juste assez hésitant et son « monsieur » suffisamment perplexe pour en devenir insultants. Le costume de Chuckie était correct, mais il savait que son visage ne convainquait toujours pas. Il regarda la jupe serrée de la fille, ses hauts talons filiformes. Il regarda son joli minois minaudier et sourit.

« Ouais, j'veux acheter une voiture. » Son regard restait rivé sur elle tandis qu'il tripotait ses manchettes de chemise. Il lui sourit droit dans les yeux. « Merde alors, peut-être même que je vais en acheter deux. »

Quarante minutes plus tard, un Chuckie pensif était assis dans un angle du rutilant salon d'exposition. Il regardait autour de lui d'un air absent. Même le rayon de soleil qui pénétrait en ce lieu semblait gagner un bon paquet de fric. Le cuir de son fauteuil couinait richement chaque fois qu'il changeait de position, mais le gros cul de Chuckie étouffait ces crissements.

Les vendeurs remplissaient des formulaires à sa place. Alors qu'il parcourait du regard les énormes voitures brillantes — si étranges, si belles en intérieur —, il se rappelait à peine laquelle il avait choisie. Ces hommes bronzés, aux sourires éclatants, avaient mis un certain temps à prendre sa demande au sérieux. Tels la fille de la réception, ils l'avaient d'abord considéré comme un rêveur, un rigolo venu admirer des choses qu'il ne pourrait jamais se payer. Lorsqu'il eut fait son choix et annoncé son intention de remplir un chèque sur-le-champ, l'un des vendeurs lui rit quasiment au nez. Quand il leur fournit l'adresse de son domicile, ils se renfrognèrent ou se hérissèrent, à deux doigts de virer ce peigne-cul prolétaire, ce frimeur superflu.

Mais lorsqu'il leur donna le numéro d'un de ses comptes et qu'ils appelèrent sa banque, tout changea. Les sourires devinrent extraordinairement élastiques. L'un des vendeurs ordonna à la réceptionniste d'aller chercher un café pour Chuckie, à moins bien sûr que monsieur Lurgan ne préfère un verre de vin. Quand la jeune insolente était revenue avec son café, elle lança à Chuckie un regard si lourdement chargé de sous-entendus sexuels qu'il se dit qu'il pourrait sans doute lui extorquer une pipe sans trop de difficultés.

Lorsque son téléphone cellulaire d'acquisition récente se mit à sonner et qu'il le sortit de sa poche revolver en rougissant, tous furent encore plus impressionnés. C'était seulement Max qui l'appelait pour lui décrire quelques-uns des traitements qu'elle comptait faire subir à ses parties génitales ce soir-là. De son côté, Chuckie s'obstina à faire comme s'il s'agissait d'un appel professionnel. Max, ravie de ce subterfuge, devenait de plus en plus obscène.

« Oui, dit Chuckie en éclatant de rire, préparez-moi un rapport là-dessus. Envoyez-moi quelques chiffres. »

Ses efforts étaient tout à fait vains, car tant les vendeurs que la réceptionniste avaient clairement entendu une voix féminine crier : « Je vais te baiser jusqu'à ce que tu hurles », avant que Chuckie ne coupe la communication.

Il aurait dû être ravi tandis qu'il attendait là et que les autres caquetaient, leurs visages baignés dans le halo lumineux de sa grandeur pécuniaire, mais il était simplement déprimé. Leur réaction initiale lui avait occasionné une honte trop grande. Ils l'avaient entamé. Les obséquiosités subséquentes n'avaient pas eu le moindre charme. Sans la preuve concrète de toutes ces livres, il n'avait pas l'air, il ne dégageait ni l'aura ni l'odeur d'un riche. Il avait tout faux. Question pognon, ces gens-là s'y connaissaient. Et ils savaient qu'il avait tout faux.

Sans aucune raison aisément repérable, sa vie était devenue spectaculaire, palpitante. Il était riche. Il était en route vers la réussite. Il était amoureux d'une jolie fille. Il était Chuckie Lurgan.

Il paniqua.

Sans accomplir le moindre travail, sans lever le petit doigt, il avait amassé tout cet argent et il toucherait sûrement presque la même somme mensuelle pendant les cinq mois prochains. C'était affreux. C'était effrayant.

Chuckie savait qu'une tuile allait lui tomber dessus. Il allait être découvert. Le monde retrouverait son bon sens et lui retirerait toutes ces livres sterling qu'il lui avait données. La justice le requérait. La vraisemblance l'exigeait.

En attendant, les vendeurs en costard s'étaient de nouveau agglutinés autour de lui. Ils désiraient amuser, ils désiraient plaire.

« Eh bien, monsieur Lurgan, elle est prête, elle vous attend.

— Qui ça ? »

Les hommes eurent un rire indulgent. À la réception, joli minois rit aussi, même si elle n'avait pas pu entendre ce qui se disait.

« Votre série X. »

Chuckie regarda sans comprendre le large visage déformé de l'homme.

« Votre voiture, monsieur Lurgan, celle que vous venez d'acheter.

— Ah oui, très bien. »

Les hommes semblaient sincèrement impressionnés par la distraction manifestement authentique de Chuckie. Un individu capable de payer cash une Mercedes tout en pensant à autre chose était le genre de client dont ils rêvaient et qu'ils fantasmaient pour se masturber. La réceptionniste lui adressa un regard éloquent.

Ils l'emmenèrent par-derrière vers une rue transversale où sa voiture était garée. Elle était bleue, brillante et très grosse.

« Tous les frais sont payés pour huit mois et nous avons pris la liberté d'appeler notre compagnie d'assurances. Ils la prennent en charge pendant ce laps de temps et ils vous enverront leur littérature d'ici quelques jours. » L'homme sourit, sa voix était lourde de sens, de drame. « Elle est tout à vous. Vous pouvez l'emporter. »

Après un au revoir ému, Chuckie ouvrit la portière et s'assit dans son nouvel achat rutilant. Les vendeurs s'attardaient sur le trottoir, manifestement désireux de lui adresser un petit signe de la main quand il s'éloignerait. Silencieux, Chuckie contemplait le tableau de bord étincelant. Chuckie ne savait pas conduire.

Il enfonça un bouton. La vitre du passager glissa dans la portière avec un merveilleux sifflement électrique.

« Écoutez, dit-il aux vendeurs, retournez au magasin. Je voudrais rester seul ici un moment. »

Les deux hommes opinèrent du chef — ils comprenaient parfaitement — et ils rentrèrent. Chuckie réfléchit. Puis il fit démarrer le moteur.

Par quelque facétie d'urbaniste (typique des Pères très peu paternels de la Ville de Belfast), le ghetto monotone où Chuckie habitait se trouvait seulement à onze cents mètres du concessionnaire Mercedes. Les quartiers à bas revenus de Belfast se pressaient souvent, cul à cul, contre leurs homologues rupins. L'itinéraire était certes compliqué et encore allongé par tout un écheveau complexe de sens uniques, mais il est néanmoins impressionnant que Chuckie ait mis vingt-cinq minutes pour parcourir les onze cents mètres qui le séparaient d'Eureka Street.

Lorsqu'il s'arrêta près de chez lui, il se sentait certain de pouvoir maîtriser la plupart des difficultés inhérentes à la conduite automobile. Incapable de garer le monstrueux engin, il l'abandonna au beau milieu de la rue, dans une proximité toute relative du numéro 42. Il descendit. Il se dressa sur le macadam. Il regarda sa voiture.

Elle était autrichienne, ou bavaroise, ou quelque chose. Il aimait ça. Il dut reconnaître qu'elle avait un air furieusement nazi, massivement vautrée là au milieu des maisonnettes naines, cette voiture qui coûtait plus cher que la plupart de ces maisons réunies. Ainsi arrêtée dans Eureka Street, elle paraissait extraordinaire, terrifiante. Elle incarnait le miracle de l'argent.

Quelques gamins qui habitaient la rue étaient sortis de chez eux à l'arrivée du monstre automobile. Ils s'attendaient manifestement à découvrir John Long ou quelque ploutocrate du même tonneau. Quand il virent Chuckie en émerger, leur mâchoire tomba, leurs yeux saillirent comme des billes. Quelques mères sortirent, elles aussi. Elles firent rentrer leurs enfants à l'intérieur avec, sur leur visage, des expressions de peur et de complet ahurissement.

Aux anges, Chuckie fit signe à l'un des morpions d'Eureka Street de rappliquer. Le garçon approcha d'un air peureux. Chuckie lui adressa un sourire mielleux. Il tenait à la main un billet de cinq livres.

« Tiens, fils. Garde un œil sur mon carrosse, tu veux ? »

Il donna le bifton au moutard, puis rejoignit à pied sa propre porte, tandis qu'une vaguelette d'applaudissements stupéfiés déferlait sur ses épaules. Il espéra que jouir de cet instant n'était pas excessivement enfantin de sa part. Il habitait Eureka Street depuis longtemps, il y était surtout connu pour son tour de taille et ses fréquentations catholiques. Il avait bien mérité ce coup d'esbroufe. Il avait bien mérité de s'amuser un peu.

À l'intérieur, il trouva sa mère postée derrière les fenêtres donnant sur la rue, les yeux rivés sur la voiture massive qui bloquait la chaussée. Le moutard était carrément assis sur le luxueux capot.

Il n'avait pas vu sa mère depuis une semaine. Il avait dormi chez Max et, le matin où il était passé chez lui, sa mère avait été absente. Ce fut seulement lorsqu'il aperçut son propre reflet fantomatique dans les yeux gris de sa mère qu'il comprit le chemin qu'il venait de parcourir, tout ce qui s'était passé.

Sa mère leva la main vers lui, en un geste faible et très peu irlandais. Son visage était plein de peur et de douleur.

« Qu'est-ce qui s'est passé, Chuckie ? souffla-t-elle. Que se passe-t-il ? »

Chuckie se sentit bloqué, il devina un embouteillage au fond de son cœur. Sa semaine effrayante, ce mois terrifiant revinrent en force. Son visage s'échauffa, se rida. Il sentit le picotement des larmes au fond de ses yeux.

« Oh, maman, dit-il avec angoisse, j'y pige que dalle. »

Peggy Lurgan comprenait Chuckie Lurgan mieux que personne. Comme personne n'en avait réellement envie. Elle connaissait l'étendue illimitée de la honte et de la peur prolétariennes de la chair de sa chair. Elle savait comment cette petite ville où ils vivaient pouvait se dilater ou se contracter à volonté, pour les livrer à un sentiment de claustrophobie ou d'agoraphobie, au gré des circonstances paranoïaques. À mesure qu'elle vieillissait, sa propre existence s'était réduite à un insupportable confinement. Elle habitait une minuscule bicoque dans une petite rue avec un fils grassouillet qui ne lui parlait pas. Elle dormait seulement grâce à des produits chimiques. Dix années de nitrazepam lui avaient réchauffé l'existence pour en faire davantage que la somme de ses parties. Mais elle savait que sa vie était une toute petite chose. Elle avait été terrifiée quand Chuckie s'était mis à changer. Elle avait toujours tablé sur un avenir inaltérable, non corrosif. Futile, ennuyeux, mais heureusement dépourvu de toute surprise. Les mutations de son fils menaçaient son équilibre précaire et elle avait besoin de savoir ce qui justifiait un risque pareil.

Mais même après que Chuckie lui eut parlé de tout l'argent qu'il venait de gagner, elle ne savait toujours pas très bien comment il s'y était pris, car elle ne comprenait pas que lui aussi l'ignorait. Néanmoins, elle compatissait du fond de son âme avec la panique et la terreur nue de son fils, cette conviction que bientôt la police viendrait l'arrêter. Elle espéra que ce serait seulement la police.

Depuis que Chuckie avait eu sa grande idée, Peggy Lurgan avait passé toutes ces semaines dans l'incrédulité. La troublaient les costumes soudains de son fils, les mystérieux appels téléphoniques internationaux et le fax brillant installé dans son arrière-cuisine.

Chuckie essaya de lui expliquer certaines choses. Il essaya de lui expliquer avec quelle facilité on pouvait trouver de l'argent. Il prit acte du regard inexpressif de sa mère. Il l'embrassa doucement sur la joue. Ce geste allait trop loin pour Peggy. Ce geste lui était parfaitement insupportable.

« Arrête ça, Chuckie, aboya-t-elle. Arrête ça tout de suite. »

Il lui demanda ce qui n'allait pas.

« Tu as changé, fils. Il t'est arrivé quelque chose de terrible. » Les yeux de Peggy s'emplirent de larmes. « Depuis quand es-tu aussi gentil ? »

Le lendemain soir à huit heures et demie, Chuckie était assis au Wigwam, sur Lower Crescent. Les garçons étaient là : Jake, Slat, Donal et Septic Ted. Il leur avait téléphoné une heure plus tôt. Annonçant à Max qu'il devait voir ses potes après une aussi longue absence, il s'était glissé, tout penaud, hors de son appartement. Huit heures et elle l'avait déjà sauté deux fois. La veille, Chuckie avait remarqué que, pour la première fois de sa vie adulte, il avait perdu du poids. Quatre livres envolées. Mais avec Max, il soupçonnait qu'avant peu il se retrouverait à manger des vitamines ainsi que du rab à chaque repas. Il parvenait à s'imaginer riche et luxurieux, mais l'idée d'un Chuckie maigrichon serait sans doute insupportable à tout le monde.

Le Wigwam était un café tout proche de l'université. Bouffe infecte et bon café. De petits groupes de jeunes femmes séduisantes et intelligentes semblaient y dîner régulièrement. Bien sûr, Septic Ted avait découvert cet endroit un mois plus tôt et il y campait plus ou moins depuis lors.

« Qu'est-ce qui te ferait plaisir, Chuckie ? » demanda-t-il avec des airs de propriétaire.

Une petite brune aux larges hanches, pensa Chuckie. Mais une serveuse se pointa alors et empêcha cette réponse. Septic Ted se pavana et se passa les doigts dans les cheveux, lesquels étaient trop courts pour souffrir un tant soit peu de cette intrusion. Jake transmit sa commande à la serveuse, Deasely lui dit ce qu'il voulait et Septic confessa ses désirs. Elle se tourna vers Chuckie.

« Que désirez-vous ?

— Que me conseillez-vous ?

— Le canard est bon. »

Chuckie eut un sourire dubitatif.

« Je suis désolé, dit-il, mais je ne mange aucun aliment commençant par la lettre C. »

La serveuse en resta bouche bée, mais les garçons furent ravis.

« Rien du tout ? demanda Donal.

— Non, confirma Chuckie. Courgettes, choux, carottes, céleris, concombre, crustacés, café, céréales, canard, chocolat sont exclus de mon alimentation. Je ne touche à aucune de ces saletés.

— Et la ch... ? » Septic Ted prononça un synonyme vulgaire des parties sexuelles féminines.

La serveuse ne prit même pas la peine de rougir.

« Tu es d'un raffinement, Septic, dit Jake.

— Y a-t-il du poisson ? demanda Chuckie.

— Ça ne vous plaira pas, répondit la serveuse.

— Cabillaud ?

— Voui.

— OK, donnez-moi une salade, mais avec quelques

ajouts chimiques. Si ça n'est pas emballé sous plastique, je n'en voudrai pas. »

La serveuse s'éloigna, imperturbable.

Jake sermonna Septic sous prétexte qu'il avait vexé la serveuse.

« Relax, lui rétorqua Septic. D'après ce que m'a dit Chuckie, il paraît que toi aussi tu as un faible pour la domesticité.

— Tu peux te le coller où je pense.

— C'est malin... »

Chuckie engloba tous ses amis, houspilleurs ou pas, dans un sourire fraternel. Il se sentait mieux avec eux. Curieusement, leur présence émoussait la panique et la bizarrerie de ses succès récents.

Il se sentait très proche de Jake, mais il aimait beaucoup les trois autres à des degrés divers. Slat Sloane était le seul socialiste que Chuckie connût. C'était un avocat qui travaillait pour des associations de la ville et des œuvres charitables. Chuckie n'avait jamais rencontré quelqu'un d'aussi cultivé que lui, ce qui ne l'empêchait pas de gagner sans doute moins d'argent que la serveuse du café. Il ne badinait pas avec la dignité et la solidarité. Chuckie soupçonnait Slat de vouloir tout simplement être suédois. Il avait été deux fois en Suède et ce pays l'avait apparemment marqué. Jake lui avait appris que Slat n'avait pas acheté un seul rouleau de papier hygiénique depuis dix ans qu'il était parti de chez ses parents. Slat faisait lui-même son repassage, sa cuisine et son ménage, mais il était trop délicat pour acheter son propre P.Q. Il ne voulait apparemment pas que les caissières du supermarché se doutent qu'il déféquait. C'était sa mère qui lui achetait son papier hygiénique. Slat n'avait jamais de petite amie.

Donal Deasely travaillait pour le gouvernement. Il répartissait tout l'argent en provenance de la Communauté Européenne, du Fonds International pour l'Irlande et de toutes ces institutions généreuses tellement prisées des Irlandais. Deasely gagnait pas mal d'argent et en dépensait l'essentiel en vêtements à la mode, en coupes de cheveux et en livres obscurs relatifs à la science et à la médecine. Il lisait toujours un ouvrage nouveau — sur le cancer, la génétique, la thermodynamique, les nombres premiers ou les dernières découvertes en astronomie. Voilà pourquoi il s'offrait toutes ces fringues et ces coupes de cheveux. Il disait qu'il voulait absolument être dans le vent. Donal non plus n'avait jamais de petite amie.

Septic Ted, lui, avait plein de petites amies. Septic Ted avait trop de petites amies. Septic Ted vendait des assurances, si bien que ses succès érotiques étaient plus aisément explicables.

« Devinez qui j'ai vu aujourd'hui ? lança Donal.

— Marilyn Monroe, suggéra Chuckie.

— Fédor Dostoïevski, dit Slat.

— Spiderman, hasarda Septic.

— Non, Ripley Bogle.

— Qui ? demanda Chuckie.

— Ce type avec qui nous étions à l'école, expliqua Slat. C'était une espèce de vagabond, mais il est parti en Angleterre. À Cambridge, je crois. Ça fait des années que j'ai pas eu de ses nouvelles. Un type brillant.

— Un crétin », rectifia Septic.

Puis Chuckie se rappela leurs anecdotes concernant cet homme — gamin, il dormait à la dure dans les remblais du château de Belfast et jusqu'à la fin de ses études fort peu élyséennes. Jake l'avait apparemment rencontré une fois à Londres, où lui aussi avait été SDF. Bogle lui avait dit qu'une nuit il avait dormi dans le jardin du *Blue Peter*. Jake avait trouvé ça très classe.

« Où l'as-tu vu ? » demanda Jake.

Donal perdit de son assurance.

« Je crois que c'était lui. J'ai vu un vagabond près de l'hôtel de ville. Il récitait Mallarmé en français pour cinquante pence.

— C'est lui, dit Slat.

— Il est redevenu clodo ? demanda Chuckie.

— Il est né pour être clodo, précisa Septic. Un clodo issu d'une famille de clodos. Quelqu'un m'a dit que sa maman bossait sur les quais pour des pièces de couleur.

— Des pièces de couleur ?

— De la petite monnaie.

— Merde alors, Septic, protesta bruyamment Chuckie. Des pièces de couleur — tu viens d'inventer ça.

— Non, argot irlandais traditionnel de conteur — tiens, ça rime. »

On s'esclaffa faiblement ; les cinq gais lurons en plein accès de bonhomie. Chuckie adorait ses amis. Il était le seul protestant de la bande et, après dix ans et plus, il y voyait une distinction particulière, un sujet de fierté. À dix-sept ans, Chuckie s'était fait tabasser à cause de ces gens-là.

Ils étaient restés amis pendant le plus clair de douze ou treize années. Ils étaient surtout partis et revenus. Slat était parti pour l'Angleterre afin de donner des cours de droit à Manchester. À son retour, il s'était mis à défendre les prolos déracinés de sa ville natale. Deasely, bizarrement francophile, étrangement polyglotte, avait habité Bayeux pendant deux ans, puis Brême, puis Barcelone. Lui aussi était rentré au bercail. Septic avait travaillé sur deux plates-formes en mer du Nord et habité l'Écosse pendant quelques années. Il était revenu. Jake avait disparu pour de bon. Il avait filé en Amérique et personne ne pensait jamais le revoir, mais il avait quitté l'Amérique pour s'inscrire dans une université de Londres et il avait fini par revenir. Chuckie ? D'Eureka Street à Eureka Street. Chuckie n'avait jamais quitté sa rue. Les autres étaient partis et ils étaient revenus. Autrefois, la diaspora de l'Irlande du Nord était permanente, les pauvres fuyaient le navire. Mais tout le monde s'était mis à revenir. *Tout le monde* rentrait au bercail.

Les filles aussi avaient fait des passages plus ou moins longs dans leur existence, mais eux étaient toujours là, toujours ensemble, faisant toujours les mêmes choses. Ils avaient une histoire, qui se résumait comme suit : ils avaient perdu leur temps chez les uns ou chez les autres, quand leurs parents étaient ailleurs, jouant aux grands esprits, buvant du café en poudre et discutant d'amour platonique.

La serveuse leur apporta leurs commandes. Personne n'émit le moindre commentaire sur l'eau minérale, ostensiblement sans alcool, de Chuckie.

« *Salut.*

— *Prost.*

— *Slainte.*

— Et glou et glou et glou. »

Ils savourèrent leurs boissons avec cérémonie.

« Planquez-vous ! chuchota soudain Deasely. V'là Tictac. »

Tous les cinq se mirent à examiner leurs ongles, à tousser en baissant la tête, à renouer leurs lacets.

« Il est où ? demanda Slat.

— Devant, près de la caisse. »

Ils se retournèrent furtivement. Un vieux clochard venait d'entrer dans le café. De loin, on voyait bien qu'il harcelait la serveuse pour essayer de lui extorquer de l'argent. Tous, sauf Chuckie, avaient un petit faible pour Tictac. Ils l'avaient surnommé ainsi lorsqu'il leur avait fièrement appris qu'il était le seul indigent d'Irlande du Nord à avoir une pile cardiaque sous la peau. Plusieurs chercheurs en médecine avaient déclaré (noir sur blanc) que Tictac ne pouvait pas exister, que le succès d'une telle greffe était incompatible avec le mode de vie alcoolisé de Tictac. Mais Chuckie en avait une peur bleue. Car Tictac lui rappelait son père. Tictac lui avait toujours rappelé son père. Depuis les sept ou huit années que Chuckie connaissait Tictac, il avait sans doute refilé six ou sept cents livres au vieux clochard. Cette somme avait représenté une ponction notable sur les revenus alors limités de Chuckie. Mais chaque fois qu'il voyait ce type, il ne pouvait pas s'empêcher de penser à son père. Il ne pouvait pas s'empêcher de cracher au bassinet.

Septic eut un petit rire.

« Ça fait un moment que je ne l'ai pas vu. Il a l'air de traverser une sale passe.

— Il n'a jamais ébloui grâce à son physique, dit Jake.

— Oh oh, il rapplique par ici. » Deasely plongea carrément sous la table.

« Vous pariez combien qu'il va sortir celle de Kennedy ? hasarda Septic.

— Un billet de cinq qu'il la sort pas, grommela Deasely de sous la table.

— Pari tenu », dit Septic.

Ils faisaient allusion aux numéros désormais classiques de Tictac. Autrefois, Chuckie trouvait charmants les numéros de Tictac. Aucun des autres vieux sacs à puces déglingués de la ville ne prenait cette peine. Mais Tictac avait à sa disposition des dizaines de numéros différents. Bien installé dans la salle du bas chez Lavery, il racontait aux jobards qu'il était un parolier malchanceux qui avait écrit la plupart des tubes d'Elvis. Il réclamait dix pence par blague. Il devinait les signes astrologiques. Il produisait une interprétation râpeuse de *Fields of Athenry* jusqu'à ce que son auditoire lui refile des billets d'une livre pour qu'il se barre. Pendant deux ans il avait même gagné pas mal d'argent sur les marchés en pariant qu'il était capable de manger des puces vivantes.

« Messieurs ! » aboya-t-il d'une voix épaisse. Il regarda Jake d'un air pénétrant. Septic articula en silence les mots que Tictac bleuglait. « Où étiez-vous quand Kennedy est mort ?

— On m'a conçu lors d'un rut misérable dans une ruelle détrempée donnant sur Donegall Road, répondit Jake.

— Mon fils ! s'écria Tictac comme il le faisait toujours.

— Mon père ! » pleurnicha Jake comme d'habitude.

C'était un dialogue éculé, mais bien-aimé. La deuxième fois où il s'était produit, Jake avait même embrassé Tictac de manière extravagante. La puanteur presque visible de Tictac avait empêché la répétition de cette initiative.

« Mes cinq livres, s'il te plaît », dit Septic.

En regardant le vieux vagabond, Chuckie s'aperçut que Septic avait raison : Tictac avait une mine affreuse. La crasse et la sueur rehaussaient les rides de son visage marqué et le blanc de ses yeux était tout sauf blanc. On aurait dit un Rembrandt. On aurait dit un centenaire.

« Hé, Tictac, demanda Septic, qu'est-ce que tu picoles en ce moment ? De la cire d'ameublement ? Du lave-vitre ? Du décape-chiottes ?

— La ferme, Septic », l'avertit Deasely.

Tictac les dévisagea l'un après l'autre. Puis, miracle, il les reconnut.

« Bon, j'emmerde les conseils d'hygiène, les gars. Filez-moi un peu de thune. Je suis à bout. »

Un homme approcha derrière lui et lui posa la main sur l'épaule. Tictac pivota pour lui faire face.

« Laisse tout de suite mes clients tranquilles et tire-toi d'ici.

— Va te faire enculer chez les Grecs », suggéra Tictac.

Le patron le saisit à deux mains et se mit à le pousser. Chuckie et ses amis entonnèrent un chœur de protestations. Jake se leva en silence et posa fermement la main sur le bras du patron. L'homme s'arrêta, l'air incertain.

« C'est notre invité, dit Chuckie.

— C'est le père de cet homme », expliqua Septic en montrant un Jake silencieux, au visage fermé.

Tictac gratifia le patron d'un sourire béat. Puis il tendit le bras vers Jake en disant au patron :

« Tu trouves pas qu'on a un air de famille, non ?

— Ne pousse pas le bouchon trop loin, Tictac », l'avertit Jake.

Le patron renonça. Toute détermination l'abandonna et il chercha gauchement à se tirer de ce mauvais pas.

« Nous allons nous occuper de tout, merci beaucoup », dit Jake.

L'homme s'éloigna, d'un pas tout juste assez lent pour conserver un semblant de dignité.

Tictac se lécha les babines et prit la parole :

« Dites, les gars, est-ce que je vous ai déjà dit que c'est moi qui ai écrit *Jailhouse Rock* ? »

Tous éclatèrent de rire.

« Putain, Tictac, dit Septic. Souviens-toi un peu à qui tu parles.

— Combien d'argent faut-il te donner pour que tu nous lâches les baskets et que tu laisses ces gens tranquilles ? » demanda Jake.

Tictac, nullement offensé, afficha son air de maquignon rusé. Il fronça les sourcils, calcula, compta les têtes présentes à leur table et sourit.

« Cinq clients à une livre par tête ne me paraît guère exorbitant.

— C'est de l'extorsion pure et simple, se plaignit Deasely.

— Mais vous savez comme je peux être désagréable, expliqua sobrement Tictac.

— Là, il n'a pas tort », dit Slat.

Chuckie se leva.

« Je m'en occupe », expliqua-t-il en toute hâte avant d'entraîner Tictac à l'extérieur du café. Sur le trottoir, Tictac, soupçonnant qu'on allait le priver d'une contribution multiple, protesta si bruyamment qu'on l'entendait toujours parfaitement de l'intérieur du café. Les autres garçons virent Chuckie donner au vieux clodo une chose qui le réduisit au silence. Ils auraient juré qu'ils virent alors Tictac perdre brièvement conscience. Quand Chuckie revint, l'un des autres lui demanda combien il avait donné à Tictac. Chuckie mentit.

Ils burent le contenu de leurs verres. Ils parlèrent de la copine de Chuckie. Ils parlèrent de l'argent de Chuckie. Ils parlèrent de Chuckie. Ses amis étaient aux petits soins avec lui. Chuckie savait qu'il aurait dû adorer ça, qu'il aurait sans doute dû priser toutes les attentions de ses amis, mais sa récente impression de gêne était de retour. Tictac l'avait mis mal à l'aise.

La tête de Septic pivotait de manière monotone, comme celle d'un garde du corps à côté d'un président. Chuckie jeta un coup d'œil circulaire dans le café et remarqua les diverses tablées féminines que Septic « analysait ». Septic Ted était obsédé par le sexe. Et il avait une habileté merveilleuse pour coucher. Il avait fait cette découverte alors qu'il n'avait que dix-sept ou dix-huit ans. Septic se mettait à jacasser dès qu'il y avait des filles dans les parages. Il renversait des objets, il trébuchait, il portait des vêtements hideux et il rougissait en débitant des âneries. Il avait une coupe de cheveux atroce. Mais surtout, avec un succès phénoménal, il disait aux filles qu'il était nul au lit, parfaitement inutile, entièrement superflu.

Et ça marchait toujours. Ses amis enduraient une forme tortueuse de stupéfaction collective en voyant la longue queue des filles qui attendaient sur le trottoir devant lui, suppliantes lavettes absolument, complètement séduites.

Ébranlé par la rapidité du turnover de Septic Ted, Chuckie avait expérimenté quelques fois cette approche pour son propre compte. Malheureusement, quand Chuckie disait aux filles qu'il était nul au lit, elles le croyaient. En revanche, pendant une décennie, ce truc avait continué de marcher pour Septic Ted. Chuckie devait le concéder à Septic. Comme tous les autres.

Le seul problème que Septic affronta jamais, ce fut

quand les filles lui demandaient pourquoi ses amis le surnommaient Septic. Il disait toujours la vérité. Et celle-ci ne plaisait qu'à quelques filles seulement.

(Septic, de son vrai nom Edward Gubbins, avait hérité de son surnom à l'âge de quinze ans. Masturbateur invétéré et en mal de publicité, Septic adorait fournir à ses camarades d'école des comptes rendus quotidiens et détaillés des progrès de sa campagne onaniste. Il les informait d'un nouveau record diurne, de fantasmes inédits, de techniques originales. Vers la fin, il se mit entre autres à expérimenter toute une palette d'humidificateurs à branlette. Il volait les trousses de maquillage de sa mère, dévalisait pommades et onguents dans l'armoire de la salle de bains. Le lendemain, il annonçait des verdicts à l'emporte-pièce sur les qualités respectives de Nivéa, Pond's et de la vaseline. Mais par une soirée fatale, Septic prit machinalement un tube de crème dépilatoire Immac dans l'un des tiroirs de sa mère. Plein d'audace, il étala la substance astringente sur son pénis frémissant.

Elle mit une douzaine de secondes à faire sentir sa présence. Septic refusait catégoriquement de parler des instants subséquents ; mais dans les jours qui suivirent, il prit grand plaisir à terrifier ses camarades en leur offrant de brefs aperçus de son organe mutilé. À ce spectacle, plusieurs garçons s'évanouirent. Au vu de cette framboise mutante, de cette fraise radioactive, on mit seulement quelques jours à transformer Edward Gubbins en Septic Ted.)

« Je suis amoureux », grommela Septic.

Les autres suivirent son regard. À quelques pas de là, se trouvait une tablée de trois femmes. Entre vingt-cinq et trente ans. Toutes séduisantes.

« Laquelle ? demanda bêtement Slat.

— Merde alors. Les trois.

— L'une d'elles est Janine Steward. C'est pas Janine, là ? » Deasely était tout excité.

Slat regarda mieux.

« Bon dieu, oui. C'est elle. » Il pâlit. « Je suis sorti avec elle.

— Oui, je me souviens, dit Septic. Une fille à papa. Splendide, mais avec des jambes de poulet famélique.

— C'est bien elle.

— Tu l'as vue quand pour la dernière fois ? demanda Jake.

— Seigneur. » Slat eut un sourire contraint. Les autres savaient qu'il était un peu bizarre question sexualité. Un peu trop discret. Slat aurait juré ses grands dieux qu'il défendait tout simplement une position politiquement irréprochable envers les femmes, mais les autres soupçonnaient anguille sous roche. « Je ne l'ai pas revue depuis cinq ou six ans. On m'a dit que maintenant elle est lesbienne. »

Septic cracha dans son verre.

« Ça alors ! Janine Steward lesbienne. Mais c'est criminel. »

Slat la regarda.

« Elle est toujours aussi ravissante », murmura-t-il.

La manière dont les membres de ce petit groupe masculin parlait des femmes avait quelque chose de peu convaincant. Chuckie avait remarqué le reflux de la vulgarité au fil des ans, mais persistait une esbroufe indélicate difficilement imaginable. Chuckie, aujourd'hui comblé par les faveurs de Max, suspectait chacun de penser différemment chez soi et chacun avec tendresse, chacun se doutant que les autres agissaient de même, mais ensemble ils ne pouvaient s'empêcher d'adopter cette pause railleuse, cette forfanterie de mousquetaires.

Jake se leva et s'excusa avant de se diriger vers les toilettes. Septic le suivit des yeux. Il se sentait toujours un peu vexé à cause de sa rebuffade devant la serveuse.

« Qu'est-ce qui cloche chez lui ? demanda-t-il.

— Peut-être Sarah, suggéra gentiment Slat.

— C'est de l'histoire ancienne, dit Chuckie.

— Et la serveuse dont tu m'as parlé ? hasarda Septic.

— Non, elle l'a envoyé sur les roses.

— Pauvre vieux Jake, dit Septic en riant. Il ferait mieux de s'envoyer en l'air plutôt que de se faire envoyer sur les roses. »

Deasely était resté silencieux. Il prit alors la parole avec une certaine autorité. « Je sais ce qui cloche chez lui. » Furtivement, il plongea la main dans sa poche intérieure. Il en sortit un exemplaire de la feuille de chou intitulée *Belfast News Letter*, un journal protestant pur jus qui publiait des nouvelles protestantes pur jus depuis deux cent cinquante ans. Il le passa à Chuckie. « Lis ça. »

Chuckie lut le gros titre :

LE SECRÉTAIRE D'ÉTAT FAIT UNE DÉCLARATION SUR OTG

Hier, le Secrétaire d'État pour l'Irlande du Nord, Ronald Moncur, s'est dit préoccupé de l'émergence possible d'une nouvelle force terroriste en Irlande du Nord.

« Nous n'avons aucune information précise sur l'identité de ce nouveau groupe

> hypothétique et pas davantage sur le sens des lettres OTG. La police et les forces de sécurité traitent cette affaire avec le plus grand sérieux. Il s'agit peut-être d'une blague inoffensive, mais nous allons prendre les mesures qui s'imposent. Quiconque serait en possession d'informations susceptibles de faire progresser l'enquête de la police à ce sujet est prié de téléphoner au numéro confidentiel suivant. »

« Qu'est-ce que ç'a à voir avec Jake ? demanda Chuckie, éberlué.

— Que dis-tu ? » fit Deasely. Il regarda le journal. « Non, non, ajouta-t-il avec impatience. En dessous. Lis ça. »

Chuckie lut :

> Des agitateurs républicains ont accusé le RUC d'organiser une campagne de brutalités policières contre un habitant de Belfast Sud. Ces accusations concernent Jake Jackson, vingt-neuf ans, employé aux recouvrements et catholique romain. Un peu plus tôt ce mois-ci, M. Jackson aurait été sérieusement agressé par un certain nombre de policiers en uniforme mais non en service, qui firent irruption chez lui aux premières heures du jour. Selon certaines sources, les blessures de M. Jackson furent graves et il est actuellement trop effrayé pour parler à la presse.

> Un porte-parole du parti *Just Us* a déclaré : « Il s'agit d'une atteinte délibérée aux droits de l'homme dont se sont rendues coupables les forces parlementaires de la Couronne britannique. Historiquement, la communauté catholique a souvent pâti de ce genre de sévices. Certains ont accusé *Just Us* de constituer l'aile politique de l'IRA. Cet incident nous permet de constater une fois encore que le Royal Ulster Constabulary n'est qu'un groupe semi-légal de vigiles loyalistes. De toute évidence, ce jeune homme est trop perturbé pour se manifester. *Just Us* étend sa protection à M. Jackson. »
>
> Hier soir, le RUC a déclaré qu'ils n'avaient eu connaissance d'aucun incident de ce genre et qu'aucun citoyen n'avait porté la moindre plainte contre eux. Malgré cela, certains membres d'Amnesty International ont déclaré leur intention d'ouvrir une enquête. M. Jackson demeurait injoignable hier soir pour fournir le moindre commentaire.

« Merde », lâcha Chuckie avant de passer le journal aux autres gars stupéfiés.

Jake revint des toilettes.

« Je déteste ça, annonça-t-il.

— Quoi donc ? fit nerveusement Chuckie.

— Les indications de W.C. imprécises. On dit là-dedans : Toilettes hommes et femmes. »

Les autres étaient toujours plongés dans le journal.

« Et alors ? demanda Chuckie.

— Toilettes hommes et femmes ? Faut-il s'attendre à ce que les unes soient plus grandes et plus poilues que les autres ? »

La serveuse arriva et lança presque ses couverts sur leur table. Jake lui adressa un regard plein d'une admiration machinale. Chuckie essaya de trouver quelque chose à dire.

Mais Septic Ted lut trop vite.

« Hé, fit-il, je peux avoir ton autographe ? »

Chuckie rougit.

« De quoi parles-tu ? » demanda sèchement Jake.

Septic Ted passa le journal à Jake. Lequel lut l'article, tandis que sa mâchoire se contractait de plus en plus. La serveuse le considéra avec un intérêt nouveau et tendit même le cou pour essayer de lire l'article.

« Merci, dit Chuckie, c'est parfait. »

Elle s'éloigna à contrecœur.

« T'es célèbre, vieux, dit Septic.

— C'est pas drôle, rétorqua Jake.

— Tout ça à cause de... ? » fit Chuckie en s'arrêtant net.

Jake le considéra sans aménité.

« Aoirghe ?

— Oui.

— À quoi tu penses ? »

Suivit un silence tendu. Septic sourit.

« Visez un peu les serveuses », dit-il.

Tous se retournèrent vers la caisse. Ils comprirent aussitôt que leur serveuse parlait de Jake aux autres filles. Elle avait trouvé un exemplaire du *News Letter* et elles lisaient toutes l'article incriminé. Jake grogna.

« Gâche pas ça, dit Septic. Les filles vont te tomber dessus comme sur un combattant de la liberté.

— Laisse tomber, Septic, le tança Chuckie.

— C'est qui, Aoirghe ? » demanda Slat.

Chuckie déglutit.

« C'est la coloc de Max. Je l'ai présentée à Jake. » Il regarda la mine renfrognée de Jake. « Ça n'a pas vraiment gazé entre eux.

— Mais qu'est-ce qu'elle vient faire dans cette histoire ? » demanda Deasely.

Chuckie sourit pour lui-même.

« C'est une longue histoire », dit-il.

Et il entreprit de la raconter.

Moins de deux minutes après, la serveuse s'approcha de leur table avec les plats qu'ils avaient commandés. En deux voyages, elle mit toutes les assiettes sur la table. La seconde fois, elle inclina la tête et leur adressa un « Bon appétit » marmonné et peu sincère. Puis il se passa une chose étrange. Elle se pencha tout près de Jake et le dévisagea d'un regard perçant, intense. Chuckie s'inclina pour entendre ce qu'elle allait dire. À sa grande stupéfaction, il entendit la serveuse prononcer son nom :

« Chuckie Lurgan, dit-elle. Chuckie Lurgan. »

Puis, satisfaite, comblée, elle s'éloigna.

« Cette fille vient de prononcer mon nom, n'est-ce pas ? » demanda-t-il à Jake.

Tous éclatèrent de rire.

« Non, elle a dit... » Puis Jake prononça quelque chose comme « Chuckie Ar La. »

« Quoi ?

— Ça veut dire “ notre jour viendra ” en irlandais. C'est un cri de ralliement nationaliste.

— Chuckie Ar La ?

— Oui, *Tiocfaidh ar La*. C'est un slogan du parti *Just Us*. »

Les amis de Chuckie se regardèrent.

« Nous ne t'en avons jamais parlé, Chuckie, mais ton nom a ça de rigolo alors que tu es un vrai protestant.

— Ton nom sonne comme un slogan extrémiste républicain.

— Ouais, c'est comme si un Juif s'appelait *Deutschland über Alles*.

— Quelle blague ! »

Puis ils se turent.

Il les regardait d'un air malheureux.

« Mangeons », dit-il.

Le reste du dîner se passa sans incident notable. Jake resta renfrogné et les attentions politiques superflues de la serveuse revêche ne firent rien pour l'égayer. Tictac était revenu au café avec un ahurissant bouquet de fleurs destiné à Chuckie. Il y eut une altercation à la porte quand le propriétaire essaya de lui refuser l'entrée de l'établissement et Chuckie dut faire appel à toute son imagination afin d'expliquer aux garçons pourquoi Tictac lui avait acheté ces fleurs. Il leur raconta plusieurs choses, hormis le fait qu'un peu plus tôt il avait donné huit cents livres à Tictac.

Le lendemain, Chuckie eut un grand déjeuner d'affaires. Quinze jours plus tôt, il avait filé à Londres pour essayer de savoir s'il pouvait cacher son argent d'origine illégale dans les banques à la coule de l'île Cayman ou les discrets comptes bancaires suisses des traficants de drogue. Il avait rencontré un conseiller financier haut de gamme qui lui avait recommandé Luke Findlater. Findlater était une espèce de rupin qui aidait les entreprises à se développer, à dégraisser, à se dilater ou à se contracter. Chuckie, protestant de Belfast, s'était imaginé un type qui virait les membres de la classe ouvrière, mais son conseiller lui dit que ce bonhomme avait d'autres atouts dans sa manche.

Chose étonnante, ajouta le conseiller, Findlater habitait en Irlande du Nord. Il travaillait toujours dans le monde de la finance, mais il préférait vivre dans une région sauvage de l'Ulster. Chuckie envisagea de se montrer vexé par la surprise de l'homme devant cette décision. Il dit à Chuckie qu'il soumettrait son cas à Findlater dès le retour de Chuckie à Belfast. Chuckie paya mille deux cents livres à cet homme, simplement parce qu'il venait de lui dire qu'un autre type s'occuperait du boulot.

Sur le point de rencontrer Findlater, Chuckie se sentait nerveux. Les Anglais lui donnaient toujours l'impression d'être un moins que rien. La plupart des Anglais qu'il avait rencontrés avaient été des prolétaires du Nord dotés de bérets et d'armes automatiques, mais, comme la plupart des gens, il s'accrochait obstinément à une conception de l'Anglais fondée sur Kenneth More dans les vieux films de guerre.

De fait, Findlater semblait appartenir à cette catégorie. Le conseiller de Chuckie lui avait dit que Findlater était un aristocrate, le fils d'un baronnet ou quelque chose du même tonneau. Chuckie déballa une chemise neuve et mit son costume. Malgré sa compréhension très limitée des us et coutumes de la vieille école, il mit même une cravate rayée orange et bleu de l'École Fane Street pour Garçons méthodistes.

Ils devaient se retrouver à l'Europa. Quand Chuckie arriva, le hall principal était en pleine rénovation et il crut apercevoir Jake. Tournant délibérément la tête, il se hâta de rejoindre le restaurant. On le guida jusqu'à une table à laquelle Findlater était déjà assis. Chuckie se dirigea vers lui et lui serra nerveusement la main.

« Charles Lurgan, dit Chuckie Lurgan.

— Luke Findlater. Ravi de vous connaître. »

Ils s'assirent. Chuckie fut atterré. Findlater était grand et élégant. Son costume avait peut-être appartenu à son grand-père, mais il semblait beaucoup plus chic que la prétentieuse frusque à cinq cents livres de Chuckie. Il imagina un sous-entendu ironique au sourire affable dont Findlater le gratifia. Fulminant déjà de colère, il s'attendit à des humiliations.

Elles n'arrivèrent pas. L'armure patricienne de Findlater était impeccable. Chuckie sentit bientôt toutes ses réticences s'envoler et il se mit à confier ses soucis.

Enfin, il rencontrait quelqu'un qui le comprenait. Findlater resta de glace quand Chuckie lui expliqua comment il avait amassé ses 272 645 livres. Il ne sembla guère impressionné par le montant des versements de la bourse de l'IRB. Il comprit que Chuckie ne fabriquait, ne vendait, ne produisait rien. Chuckie lui parla même du vibromasseur qui se trouvait à l'origine de sa prospérité. Ravi, Findlater rit.

Chuckie essaya de le ramener sur terre en lui faisant part de son souci : on lui donnait presque un million de livres sans qu'il ait levé le petit doigt.

« Vous voyez un problème là-dedans ? dit Findlater en souriant.

— Oui. Pas vous ? »

Findlater rit encore.

« Monsieur Lurgan, je crois qu'il s'agit là d'un talent très précieux dont vous devriez être fier.

— Oui, mais je vais me faire pincer, on va m'arrêter. Tout va se casser la figure. »

Findlater lui demanda comment il réussissait à convaincre ces gens de lui donner autant d'argent. Chuckie répondit que, putain, il ne le savait pas.

« Non. Ce n'est pas ce que je veux dire. Qu'avez-vous raconté à ces gens à propos de l'emploi ultérieur de cet argent ? »

Voilà ce que Chuckie avait désiré éviter. Rougissant de honte, il passa à table.

Chuckie avait compris très vite que sa seule chance consistait à jouer la carte œcuménique auprès des organismes accordant des subventions. Dans l'Irlande du Nord divisée, le gouvernement pensait que la solution et la résolution reposaient dans des projets susceptibles de rapprocher les tribus en guerre. Aucune idée n'était trop folle pour qu'on la rejetât dans ce coûteux effort transcommunautaire. Chuckie avait déclaré à l'UDB qu'il montait une affaire susceptible d'initier les protestants aux sports nationalistes catholiques du football gaélique et du hockey irlandais, et les catholiques aux divertissements anglais et protestants du rugby et du cricket. Ces sports, extrêmement cloisonnés, constituaient un emblème significatif de l'apartheid en Irlande du Nord, du moins avait-il persuadé Slat de l'écrire sur le formulaire de demande. Comme les hommes qui travaillaient à l'UDB étaient tous d'anciens cadres décérébrés d'une multinationale du dentifrice, ils y virent un magnifique projet financier et ils lui octroyèrent cinquante mille livres sur-le-champ.

Il déclara à l'IRB qu'il allait monter une chaîne de restaurants œcuméniques à Paris. Quand ils lui demandèrent quel type de plat typiquement irlandais il comptait servir dans ses restaurants, il faillit répondre qu'il s'en foutait comme de sa première chemise, mais il n'était pas certain que les employés d'un département du Bureau de l'Irlande du Nord comprendraient ce concept douteux. Il changea donc de sujet en toute hâte pour leur annoncer qu'un de ses salariés travaillait sur un poste de télévision à gaz biodégradable. Il leur fit avaler un certain nombre de couleuvres et, lorsqu'il se trouva à court de puissantes fariboles, il se mit tout bonnement à égrener quelques-uns de ses fantasmes absurdes et mégalomanes.

Dans la période pauvre de Chuckie, ses rêves avaient été modestes : une voiture, un boulot pépère, se faire tailler une pipe par toute une série, constamment remise à jour, de vedettes de cinéma, de présentatrices de la météo ou d'animatrices de jeux télévisés. Tous ces désirs n'étaient que la perpétuation logique de ses aspirations conscientes ou probables. Mais maintenant Chuckie rêvait d'acheter le Département des Services Sociaux ou le Royal Ulster Constabulary. Plus précisément, Chuckie rêvait d'acheter l'Irlande. Il voyait déjà la description préparée par l'agent immobilier pour la vente de l'Irlande : VIEUX PAYS RAVISSANT, RÉCEMMENT COUPÉ EN DEUX. PRÉVOIR QUELQUES TRAVAUX MINIMES DE RÉNOVATION POLITIQUE. VENTE URGENTE, PRIX ÉTUDIÉ.

L'exposé détaillé des méthodes de Chuckie toucha à son terme. Il remarqua que Findlater le regardait fixement. Il rougit.

« Ce genre de truc, quoi, fit-il. Toujours le même baratin. À l'heure qu'il est, j'ai presque tout oublié. »

Findlater continuait de le dévisager en silence. Chuckie sentit la rougeur s'étendre sur ses joues.

« Vous voulez dire que vous avez réussi à convaincre des agences gouvernementales de vous donner des centaines de milliers de livres avec ce genre de conneries à la mords-moi-le-nœud ? »

Chuckie déglutit non sans mal, trop honteux pour se mettre en colère.

« Oui », chuchota-t-il comme un écolier.

À la grande horreur de Chuckie, l'Anglais tomba à genoux au beau milieu du restaurant. Il avait les larmes aux yeux. Il leva une main suppliante. Des plats chutèrent bruyamment à terre. D'autres convives se retournèrent soudain.

« Monsieur Lurgan, hoqueta l'homme terrassé, vous êtes un génie, un maître. Laissez-moi vous suivre. »

Chuckie l'aida à se relever.

Luke Findlater refusa tout sauf un emploi à plein-temps pour Chuckie. Il voulait renoncer à tous ses autres intérêts afin de se vouer entièrement aux projets de Chuckie. Chuckie apprécia beaucoup d'entendre ses lubies ridicules ainsi qualifiées de projets, mais il s'inquiéta. Puceau historique de toute admiration à son propre égard, Chuckie n'avait guère l'habitude de faire aussi bonne impression sur quelqu'un. Il ressentit l'embarras de l'homme banal accosté par une belle femme. Lequel de ses amis avait convaincu cette beauté de l'aborder ? Était-ce une professionnelle ? S'agissait-il d'un pari ?

Une semaine plus tard, ils avaient leurs bureaux. Chuckie retira son fax de l'arrière-cuisine de sa mère. Ils engagèrent une secrétaire, une fille d'Enniskillen choisie par Luke pour sa compérence et son manque de beauté. Ils rédigeaient des propositions, faisaient des contrats et généraient des documents sur un mode qui satisfaisait et stupéfiait Chuckie en parts égales.

Ce week-end-là, Luke et lui eurent ce que l'Anglais s'obstinait à appeler une « session de brainstorming ». Cela paraissait à la fois fastidieux et fort peu prolétarien à Chuckie. Ils passèrent toute la journée du samedi et presque tout le dimanche matin assis à leurs places respectives, à se dévisager d'un air coupable au-dessus de bureaux vides. Le dimanche midi, Chuckie était au bord de la révolte quand Luke eut une idée.

Il emmena Chuckie au bar Ashley et le beurra. L'Ashley était un affreux et puant bar loyaliste à la décoration d'époque. Bon nombre des piliers de ce bar avaient fait de la taule pour avoir traqué, battu, harcelé ou tout simplement tué les catholiques de la ville. Une affiche de l'ANC trônait au-dessus du bar. Avec ses connotations de combattants de la liberté et ses associations politiques de gauche, la présence de cette affiche avait étonné Luke jusqu'au jour où l'un des clients plus cosmopolite l'informa que cette affiche était là à cause de la conviction inébranlable des piliers du bar pour qui ANC signifiait *Absolutely No Catholics* (Pas le Moindre Catholique). Pour Luke, cet endroit semblait idéalement choisi. Il se mit en devoir de saouler Chukie le plus vite possible.

Il avait raison. La combinaison d'imbécillité et de ce milieu d'ignorance protestante fondamentale poussa Chuckie aux fantasmes les plus extravagants et aux divagations les plus folles dans ce bar sinistre : à ses confédérés aux phalanges poilues, il confia tous ses projets d'enrichissement rapide et mirifique. Un calepin en main, Luke le suivait dans ses déambulations, lui évitant les pires bagarres et notant avec grand soin le moindre aphorisme échevelé du boit-sans-soif.

Dès la semaine suivante, cette session originale de prospective porta ses fruits. Chuckie, seulement remis de sa gueule de bois le jeudi après-midi, découvrit à sa grande surprise que sa compagnie était déjà lourdement engagée dans plusieurs secteurs d'activité. On avait investi des capitaux, embauché du personnel, trouvé de l'argent.

Ils avaient fait leur percée dans le monde des affaires irlandais. Ils importaient des chandails 50 % laine d'Arran, fabriqués par des quasi-esclaves en Roumanie. En leur collant une étiquette *Made in Ireland* et en les expédiant vers New York et Boston, ils allaient faire fortune. Ils avaient déjà acheté un petit producteur d'eau minérale dans le Kansas et signé un contrat pour envoyer cette eau vers les restaurants et les bars à vin de la Côte Est. La marchandise transitait par Philadelphie, où les bouteilles s'ornaient d'une étiquette portant la légende *IRISH WATER* et le dessin d'un livre irlandais. Ils n'avaient pas les moyens de s'offrir cette entreprise d'eau minérale, mais en temps voulu les bénéfices des chandails 50 % laine d'Arran leur permettraient de couvrir le prix d'achat.

Sur un mode beaucoup plus excentrique — Luke avait dégluti plusieurs fois avant de se lancer dans l'aventure —, ils avaient créé une affaire d'accessoires ethniques. Il embaucha une cohorte de gamins originaires du quartier de Chuckie. Il les envoya dans les basses collines pour ramasser des brindilles, qu'il payait une livre les cent. Les gamins le prirent pour un cinglé, mais se mirent au boulot sans mégoter. Quinze mille brindilles arrivèrent le premier jour. Il donna ensuite trois cents livres à un restaurateur de meubles pour les tremper dans un bain de vernis et, le mercredi, il convainquit un importateur américain spécialisé dans divers produits de luxe d'accepter dix mille authentiques bâtons de marche de farfadets irlandais (Prix de vente conseillé : 9$99) pour quatre dollars pièce. Le jeudi, ils avaient quarante mille dollars. Vendus ou retournés, mais pourquoi s'en soucier ?

Luke envisageait déjà la possibilité de monter quelques petites entreprises de service public, l'une dans le New Jersey, qui s'appellerait *Irish Electric*, et peut-être une entreprise de gaz dans le Massachusetts, qui s'appellerait *Irish Gas*. Le bureau était bourré de paperasses, piles monstrueuses et dossiers rebondis. Il avait organisé plusieurs secteurs de diversification : l'agrobusiness, la finance, l'industrie, les services. Tous prospéraient comme le bâillement d'une pieuvre démente. C'était de la folie, c'était impossible.

Chuckie dut s'allonger.

Huit

J'ai allumé une autre cigarette et grommelé. Je prenais mon petit déj au Rab's Rotten Café — le Café Pourri de Rab, je jure qu'il s'appelait ainsi —, un rade de Sandy Row ouvert de bonne heure. C'était l'un des endroits qui avaient fait de Chuckie ce qu'il était, si bien qu'il s'agissait peut-être d'une mauvaise idée. Il n'était que huit heures du matin. Et ce matin-là, j'avais déjà pris un mauvais petit déjeuner d'œufs pochés avant d'enfumer le café tandis que la gnôle de la veille au soir se tassait dans mon ventre et que j'encaissais le contrecoup de toute une année de regrets.

J'avais eu une trouille bleue en me réveillant ce matin-là. Deux flics en civil avaient sonné à ma porte à sept heures tapantes. Ils venaient simplement m'interroger suite à l'article du journal où le pisse-copie avait écrit qu'un flic m'avait tabassé. Je ne leur ai proposé aucune tasse de café et ne leur ai fourni aucune aide. Ils s'étaient seulement pointés si tôt pour me casser les pieds. Debout sur le seuil de l'appartement, je leur ai dit tout ignorer de cet article qui n'était qu'un tissu de mensonges. Je ne tenais pas particulièrement à mettre le copain de Mary dans la mouise, mais j'ai surtout fait ça pour enquiquiner Aoirghe.

« Une délégation de parents éplorés a rencontré aujourd'hui les membres du parti *Just Us* pour demander que l'IRA leur révèle l'emplacement des tombes des membres de leurs familles assassinés et officiellement portés disparus. On soupçonne qu'au moins une vingtaine de cadavres sont enterrés sur divers chantiers et sites immobiliers de Belfast Ouest. *Just Us* a déclaré qu'ils n'avaient ni le contrôle ni la responsabilité des actions de l'IRA. »

« Hé, Rab, tu veux bien éteindre ça ? » ai-je lancé.

Rab, un obèse poilu affligé des tatouages les plus mal fichus que j'aie jamais vus, m'a rétorqué d'une voix revêche :

« Ta queue atteint-elle ton cul ?

— Quoi ?

— Ta queue atteint-elle ton cul ? a-t-il répété patiemment.

— Pourquoi ? » ai-je demandé, sur la défensive.

Il m'a jeté un regard noir.

« Parce que si c'est le cas, t'auras moins de mal à aller te faire enculer.

— Merci. C'est gentil de ta part. »

Le gros con s'est remis à préparer ses affreux repas. J'ai regardé les autres clients. Une bande bigarrée de quatre ou cinq zouaves, dont aucun ne semblait s'offusquer de cette conception des relations publiques. Ils avaient l'habitude. Rab ne se distinguait pas par sa subtilité.

J'ai payé et je suis allé bosser.

À la pause du déjeuner, nous sommes tous montés sur le toit de l'hôtel. Enfermés depuis si longtemps dans des espaces clos, nous avons grimacé, plissé les yeux. Nous venions de nettoyer l'une des grandes cuisines avant de la carreler à neuf. Mes collègues et moi étions tout sales : nos vêtements étaient couverts de taches de nettoyant industriel et de fragments poisseux d'aliments avariés.

Mes copains se sont assis ou allongés, ils ont allumé une cigarette, ouvert leur journal et leur gamelle. Une odeur d'œuf a brièvement flotté dans l'atmosphère. Ronnie Clay, l'homme aux pieds tout sauf nickelés, cédant à une impulsion exceptionnelle, m'a lancé une pomme. J'ai mordu dedans et me suis éloigné du groupe indolent pour rejoindre le bord du toit. Perché à deux cents mètres au-dessus du sol, je contemplais la ville, vers l'estuaire de la Lough. De minuscules crêtes scintillaient dans la baie.

Il n'avait rien de génial, ce boulot. Je n'étais pas un manuel. J'étais beaucoup trop diplômé pour cet emploi. J'ai regardé mes mains. Elles étaient déjà crevassées et couvertes de cicatrices grotesques. Carreler ne m'avait jamais fasciné. Il fallait que je trouve un autre emploi.

Mais j'aimais beaucoup ce toit. C'était le seul point positif dans ce travail. L'échec a toujours son bon côté. L'hôtel était l'un des bâtiments les plus élevés de cette ville ultraplate et, de là-haut, je voyais tout Belfast. J'apercevais le City Hospital comme une boîte à biscuits bordée d'orange. Je voyais la tache cariée de Falls. Je voyais le crassier irrégulier de Rathcoole, gros et gras dans la distance raccourcie. Je voyais même la Terre Sainte. Je voyais tous les postes de police, je voyais tous les forts de l'armée, je voyais tous les hélicoptères. Mais de là-haut, les rues sentaient bon et Belfast était une ville en carton dans l'air doux et frais.

Par ailleurs, n'importe quel boulot valait mieux que de

botter des culs pour Marty Allen. Il m'avait téléphoné pour me demander si je n'avais pas changé d'avis. Il me dit que, le cas échéant, il pourrait me réintégrer dans l'équipe. Je n'ai eu aucun mal à refuser. Il m'a demandé quel emploi mirobolant j'avais dégoté. Je lui ai répondu que je travaillais dans une banque. Il m'a dit que je transbahutais des briques à l'Europa. Il savait tout, Allen, et je l'avais oublié. Je lui ai dit au revoir. Il m'a annoncé que Crab et Hally avaient demandé de mes nouvelles. Je lui ai dit qu'ils ne m'auraient jamais et j'ai raccroché.

Crab et Hally avaient renoué avec leurs vieux tours de salauds. Mon répondeur était bourré de messages orduriers. Je savais que c'était surtout Crab, mais Hally en avait laissé un ou deux. De simples vitupérations entrecoupées de menaces, mais on aurait vraiment dit qu'ils avaient dû les noter sur leur manche pour s'en souvenir.

Deux jours plus tôt, j'avais trouvé un sac en papier plein de merde dans ma boîte à lettres, avec cette légende : « Mor au Catos ! » tracée à la craie sur ma porte d'entrée. Ils diversifiaient leurs modes d'expression. Au prix d'un effort mental considérable, j'en étais certain.

Je sentais bien que j'allais au-devant de graves problèmes, mais je comptais m'en occuper plus tard. Pour l'instant, je me contentais de bosser et de persévérer dans la chasteté.

« Ne fais pas ça. Ne saute pas ! La vie peut être belle. »

Je ne me suis même pas retourné pour saluer la grosse blague de Ronnie. Je montais chaque jour là-haut depuis une semaine et, chaque fois que je m'approchais du bord du toit, Ronnie me lançait cette blague. Ronnie était un Unioniste démocrate. Au cas où vous ne l'auriez pas déjà deviné.

Ils étaient d'humeur folâtre. Ils se moquaient de moi depuis une bonne heure déjà. J'avais demandé ma journée du lendemain au chef de chantier. J'avais espéré ne pas être obligé d'expliquer pourquoi. Mais j'ai dû m'expliquer. Et ils ont ri comme des malades.

La veille au soir, j'avais fait une promesse à Slat. Slat me cassait régulièrement les couilles avec son intégrité sans faille. Beaucoup d'habitants concernés de Belfast Sud avaient loué un train pour descendre à Dublin et protester contre toutes les bombes de l'IRA placées sur la ligne Belfast-Dublin. Tout le monde voyait dans cette manifestation un symbole de la colère unanime face à la violence terroriste, mais à moi elle faisait l'effet d'une belle connerie. Bref, tout en picolant, Slat avait vanté les mérites de ce Train de la Paix. Et j'avais accepté d'y monter. Chuckie et Max y allaient. J'avais vaguement hésité en apprenant qu'il devait partir deux jours plus tard — soit demain, quand j'aurais encore la gueule de bois.

Je comprenais maintenant que j'aurais dû être plus malin que ça, mais je détestais voir Slat assis derrière sa rangée de Guinness, en train de me faire la morale sur la responsabilité démocratique.

Cette histoire de Train de la Paix était une nouveauté. Sam McDuffin, une célébrité locale (au sens le plus faible du terme) en était à l'origine. Il croyait le moment venu pour l'intelligentsia d'Irlande du Nord de tenir la dragée haute aux flingueurs de tout poil. L'intelligentsia ? McDuffin était une espèce de vieux barbon de Sandy Row qui animait une émission de radio locale sur le bon vieux temps, quand les scones étaient bien chauds, les portes toujours ouvertes et que tout le monde se fichait que vous soyez protestant ou catholique — à condition que vous soyez protestant. J'ai regretté que Slat m'ait embringué dans cette galère. McDuffin était la dernière chose dont j'avais besoin.

Au moins, mes très estimés camarades de chantier se sont tous payé une franche rigolade en apprenant que j'allais monter à bord du Train de la Paix. Honnêtement, pareil fatalisme était très inconvenant. Ronnie a dit, et je le cite mot pour mot :

« La paix règnera très vite quand l'armée aura le droit d'entrer dans tous les ghettos fenians et de tirer sur tout ce qui bouge. »

J'avais toujours imaginé que l'armée avait précisément ce droit. Ronnie ignorait que j'étais catholique. Je lui avais dit que j'étais un méthodiste de Fivemiletown. Il me croyait.

J'ai regardé mes copains vautrés sur le toit et remarqué que le petit Rajinder, l'Asiatique de Belfast, était, comme toujours, assis de son côté. Rajinder n'était pas parfaitement blanc et la couleur de sa peau constituait un problème pour Ronnie et ses potes. La semaine précédente, Ronnie avait déclaré à Rajinder que pour lui les Noirs se ressemblaient tous. Le sourire de Rajinder avait été bien pâle. Je crois qu'il avait déjà entendu ce genre de remarque. Ce fut un moment affreux ; néanmoins, pour être honnête envers Ronnie, j'ai dû reconnaître qu'à mes yeux aussi les Noirs se ressemblaient tous. Mais à dire vrai, les Blancs aussi se ressemblaient tous pour moi. À mes yeux, nous avions tous l'air plutôt moches.

Nous avons fini vers quatre heures. À la suggestion de Ronnie, nous sommes allés boire deux trois pintes au Bolchévik. Je n'avais pas envie d'y aller, mais refuser aurait paru impoli. Je n'avais pas envie de ressembler à un diplômé de la fac, ni à un être humain, ni à rien de tel.

Le Bolchévik était un vieux bar du centre-ville, à la décoration et à la propreté douteuses. Il avait été ouvert au début des années vingt par le seul communiste d'Irlande. D'abord baptisé l'Octobre 17, il devint le Lénine parce que les clients demandaient sans arrêt ce qui s'était passé le 17 octobre. Le Lénine fut rebaptisé le Trotski, puis le Staline — qui jouit d'une brève popularité durant les dernières années de la Seconde Guerre mondiale —, puis le Khrouchtchev, le Gagarine, le Révolution, nom aussitôt abandonné au début des Troubles, et enfin le Bolchévik. Le premier propriétaire était mort depuis belle lurette, mais ses descendants respectaient scrupuleusement la tradition de la nomenclature soviétique.

Malheureusement, les citoyens surnommaient souvent le Bolchévik *la Chaude bique* et l'établissement était surtout fréquenté par des protestants réactionnaires de l'espèce la plus intransigeante. Il n'y avait pas de révolutionnaires et Rajinder ne se joignait jamais à nous. Au Bolchévik, Ronnie était toujours immensément heureux. Lui et les autres colons s'y sentaient chez eux, au cœur de leur destin.

J'ai échangé quelques platitudes éculées avec mes camarades de chantier. Ils m'ont encore reproché mon voyage imminent dans le Train de la Paix. Ils sont devenus sérieux. Ils se sont plaints. Ils ont évoqué leur peur de protestants, les conspirations qu'on ourdissait contre eux. Partout, les catholiques gagnaient du terrain, y compris juste en face d'eux s'ils avaient pu le deviner. La Commission du Juste Emploi mettait leurs ennemis sur le marché. Les cathos trouvaient assez d'argent pour acheter des biens dans les bons quartiers protestants où les maisons n'avaient pas de merde sur les murs. Le RUC n'avait même plus le droit de les descendre et lorsqu'un bon protestant foutait dehors l'un de ces infects salopards, eh bien, comble du scandale, on le flanquait en prison comme s'il avait commis un crime. Les seins et la formation universitaire en moins, ces gars-là me rappelaient Aoirghe. Je n'ai rien dit.

Comme on s'en doute, toutes ces conneries me rasaient. Les haines de Belfast étaient multiples, mais stables. J'avais déjà entendu tout ça, les détails et l'emphase ne changeaient jamais. On pouvait, à sa guise, chanter dans son coin. Toutes ces fulminations étaient inefficaces, surannées.

La tragédie était que les protestants (écossais) d'Irlande du Nord se prenaient pour des Britanniques. Les catholiques (irlandais) d'Irlande du Nord se prenaient pour des citoyens de l'Eire (de vrais Irlandais). Et le plus comique, c'était que toute différence autrefois marquée avait disparu depuis longtemps et qu'aujourd'hui les membres des deux tribus rivales se ressemblaient comme deux gouttes d'eau. Le monde extérieur le remarquait et s'étonnait, mais les habitants de la région restaient aveugles.

De manière assez intéressante, les durs à cuire protestants / catholiques adoraient flanquer des raclées mémorables et routinières aux catholiques / protestants, même si ces catholiques / protestants ne croyaient pas en Dieu et avaient solennellement renoncé à leur ancienne foi. Il n'était pas sans intérêt de se demander ce qu'un bigot d'une confession donnée pouvait reprocher à un athée né dans une autre confession. Voilà ce qui me plaisait dans la haine version Belfast. Il s'agissait d'une haine pataude, capable de survivre confortablement en se nourrissant des souvenirs de choses qui n'ont jamais existé. Il y avait là-dedans une sorte de vigueur admirable.

Assis dans ce bar sinistre, j'écoutais mes copains de chantier tout heureux qui me prenaient à tort pour un protestant. Autrefois, j'espérais souvent que l'avenir serait différent. Qu'une race nouvelle jaillirait hors des brumes obscures du passé et du présent irlandais. Les Nouveaux Irlandais. Quand toutes les vieilles croyances et les anciennes combinaisons seraient devenues périmées. Alors nous assisterions à la naissance du catholique loyaliste. Du protestant libéral. Du politicien honnête. Du poète intelligent. Néanmoins, en écoutant mes camarades, j'ai décidé que je n'allais pas jouer les victimes expiatoires ni attendre l'Utopie salvatrice.

La conversation s'est arrêtée quand un gosse maigrichon et crapoteux s'est approché de notre table avec une brassée de journaux. Il a doucement hululé quelques syllabes mystérieuses ressemblant à *Oyoyillooiiethkckooiy*, mais qui — nous le savions tous — signifiaient :

« Voulez-vous acheter la dernière édition du *Belfast Telegraph* ? »

Au moins, ce gamin mettait une sourdine lorsqu'il était en intérieur. Dans la rue, ses collègues (parfois d'âge extrêmement mûr) beuglaient leurs défis nordiques avec une certaine énergie.

Comme personne ne désirait acheter un journal, Ronnie annonça au gamin de passer son chemin. Mais le gamin resta là où il était, il s'essuya le nez avec sa manche et dit :

« D'accord, dix pence pour une blague, alors. »

L'un de mes camarades de chantier, Billy, grogna :

« Ah merde, c'est pas toi. Je t'ai pas reconnu. T'as pris un bain cette année, ou pas ? »

Le gamin se renfrogna encore.

« Ta queue atteint-elle ton cul ? » demanda-t-il.

J'ai écarquillé les yeux.

« Quoi ? fit Billy.

— Ta queue atteint-elle ton cul ? »

Billy ne trouvait pas ça drôle du tout.

« Qu'est-ce tu veux dire ?

— Eh ben, si elle l'atteint, tu peux aller te faire enculer plus facilement. »

Billy assena une bonne gifle au gamin, qui en lâcha ses journaux. Il se baissa ensuite pour les ramasser en reniflant et en essayant de se couvrir la joue avec la main.

J'ai posé mon verre.

« Pourquoi que t'as fait ça, tête de nœud ? demanda aimablement Ronnie à Billy.

— Ça te regarde pas, tache de foutre », riposta-t-il.

Lorsque le gamin crapoteux leva brièvement les yeux, un éclair brilla dans son regard noyé de larmes. De toute évidence, il ne connaissait pas cette insulte et il la rangeait soigneusement dans un recoin de sa mémoire. On voyait presque ses lèvres remuer tandis qu'il épelait imparfaitement les trois mots injurieux.

Billy leva la main comme pour frapper encore le gosse.

« Si tu le touches encore, je te casse la tête, putain », dit Ronnie.

Billy était un jeune homme au sang chaud et il serait peut-être allé de l'avant, mais la réaction de Ronnie nous laissait tous pantois. Billy était assez intelligent pour estimer à leur juste valeur les talents pugilistiques d'un éventuel adversaire. Sagement, il décida que l'expérience relevait toujours de l'inconnu et il laissa tomber.

Le gamin finit de ramasser ses journaux et fila en reniflant.

« Ouah, Ronnie, t'es mon héros.

— SuperClay.

— Il t'a tapé dans l'œil, pas vrai ?

— Ronnie veut baiser le petit morveux.

— Refile-lui un billet de cinq et il te laisse faire. »

J'ai fini mon verre et je suis sorti. Devant le Bolchévik, le gamin ramassait une fois de plus ses journaux. Très logiquement, le taulier l'avait viré avec pertes et fracas, parce qu'il s'était fait frapper dans le bar, et les journaux s'étaient une fois encore dispersés. Je l'ai aidé.

« Ils sont fichus, fils. Personne te les achètera. Je suis désolé.

— Des couilles.

— Pardon ?

— Rien. »

Une fenêtre tinta derrière nous. Je me suis retourné. Ronnie Clay et ses potes nous huaient et nous faisaient des grimaces, mimant de manière obscène toute une variété d'actes sexuels. Ronnie était redevenu lui-même, je l'ai constaté avec plaisir. Je n'avais aucune envie d'éprouver la moindre amitié pour lui.

« Barrons-nous d'ici », ai-je dit au gamin.

Nous nous sommes éloignés à pied, confirmant sans doute les prédictions ravies de mes camarades de travail.

« Hé, comment t'appelles-tu ? »

Il a fait un saut de côté pour s'éloigner de moi et le pan crasseux de sa veste s'est mollement envolé.

« T'es en train de me draguer, c'est ça, hein ? Tu vas

essayer de m'éclater le troufion, espèce de sale tantouze. Au secours ! » se mit-il à crier en direction des passants. « Au secours. On me viole. Au secours !

— Bon dieu, arrête ça, le gamin. Je te veux aucun mal.

— Au secours, au secours ! Au viol ! »

À ma grande horreur paniquée, plusieurs badauds soudain préoccupés envisagèrent apparemment de voler au secours de ce pauvre innocent et de me régler mon compte par la même occasion.

« Ta gueule, petit merdaillon, lui commandai-je à voix basse. Je te baiserais même pas avec la bite d'un autre. »

Le gamin se figea soudain. La même expression, aussi calculatrice et concentrée qu'un peu plus tôt, envahit son visage. Une fois l'expression enregistrée, il décida qu'elle lui plaisait et ainsi me crut-il.

« Roche, dit-il.

— Quoi ?

— Mon nom. Roche. Tu m'as demandé mon nom. »

Nous avons traversé Cornmarket. Les passants nous croisaient sans broncher, ayant manifestement conclu qu'il s'agissait de mon petit frère ou que Roche avait décidé de se laisser violer par moi. Dans les deux cas ce n'était pas leur problème, moyennant quoi ils vaquaient.

Inutile de le dire, sa compagnie ne m'enchantait guère, mais je me sentais tenu d'entretenir la conversation jusqu'à ce que nos chemins se séparent.

« Tu te fais souvent frapper comme ça ?

— Mouais, parfois. » Il se raidit et se redressa de toute sa taille fort modeste. « D'habitude, je rends coup pour coup.

— Tu ne l'as pas fait dans le bar.

— Non, mais vous étiez six ou sept. Parfois, quand ils

ont le dos tourné, je pisse dans leur bière. Je pisse sur commande. C'est pratique.

— Quel âge as-tu ?

— Quinze. »

J'ai regardé son minuscule visage ratatiné, son corps de gringalet.

« Tiens donc, dis-je.

— OK, quatorze. »

J'ai rigolé.

« Treize ?

— Si tu le sais pas, petit, tout le monde s'en fout.

— Douze.

— Pourquoi n'es-tu pas à l'école ?

— Il est cinq heures et demie, espèce de connard. À quelle école que t'es allé ? »

Je me suis mis à penser que, tout compte fait, Billy avait trouvé la bonne technique pour s'adresser à ce morveux. Je lui ai lancé un regard noir.

« Ah merde, te fous donc pas en pétard. Ta question était stupide, me reprocha-t-il.

— Un grand homme a dit autrefois qu'il n'y a pas de question stupide.

— Il devait pas causer beaucoup avec toi, alors.

— Surveille un peu ta langue.

— Qu'est-ce qu'elle a ? Elle est toute blanche ? »

J'ai renoncé.

« Stop ! » m'a-t-il crié.

Je me suis figé sur place. Il s'est baissé pour ramasser une pièce de monnaie presque sous ma semelle.

« Cinquante pence, dit-il. C'est de la magie pure. »

Je suis reparti. Il m'a rattrapé.

« Ça t'arrive de penser à autre chose qu'au fric ?

— Je suis un businessman, dit-il. C'est un vrai boulot.

— Tu me rappelles un copain à moi, lançai-je en riant.

— Il s'appelle comment ?

— Chuckie.

— Un gros laideron avec une énorme bagnole de branleur ?

— Oui. Tu le connais ?

— Y a quelques jours de ça, il m'a refilé un billet de cinq pour que je surveille sa caisse.

— C'était où ?

— Falls.

— Où ça ? demandai-je, surpris.

— À Falls Road, andouille. »

Chuckie avait de nombreux amis catholiques, mais je le voyais mal se balader tranquillement dans ce quartier on ne peut moins unioniste. Je commençais néanmoins de comprendre que la cupidité de Chuckie était œcuménique. Il était prêt à aller n'importe où pour faire du fric.

« Où est le lézard ? demanda mon jeune compagnon. C'est un prot ? Je savais que c'était un prot.

— Pourquoi donc ?

— Il a pas le rythme.

— Alors j'imagine que toi, tu l'as, le rythme.

— Pour sûr, pas toi ?

— Seulement par intermittence.

— Parle anglais, au lieu de péter plus haut que ton cul », dit Roche d'un air méchant.

Il semblait étonnamment sensible au langage, ce prodige.

« Allez, qui est-ce qui se fout en pétard maintenant ? lui reprochai-je.

— Holà, emploie donc pas des expressions que tu connais même pas le sens. »

J'ai laissé passer et nous avons continué de marcher en silence. J'ignorais dans quelle région émotionnelle je m'étais aventuré avec ce gosse, mais tout ça m'intéressait de moins en moins. Près de l'Hôtel de Ville, je me suis arrêté à un carrefour.

« Écoute, petit, je ne sais pas où tu vas, mais moi je tourne à droite. À une autre fois. »

Je m'éloignais déjà quand le gosse a posé une main incroyablement crasseuse sur ma manche et m'a arrêté.

« Une seconde, dit-il. T'as fréquenté l'université ?

— Oui. »

Il m'a dévisagé pendant une bonne minute.

« Viens. »

Il m'a entraîné dans une petite rue. L'espace d'un instant, j'ai envisagé la possibilité qu'il partageait les soupçons de Ronnie Clay à mon égard et qu'il allait me proposer de me solder une pipe ou autre chose. Le monde devenait sans aucun doute de plus en plus compliqué.

Nous nous sommes arrêtés devant le mur blanchâtre d'un parking à étages. Il me l'a montré en me demandant :

« C'est quoi ?

— Un mur.

— T'es pas marrant, aboya-t-il.

— Il paraît.

— C'est quoi ? »

Il montrait un ensemble de graffiti situés à un mètre vingt du sol (la hauteur idéale d'observation pour ce petit morveux tout rabougri). Ils étaient presque imbriqués les uns dans les autres. Je me suis approché.

OTG, ai-je lu. OTG.

« Ça veut dire quoi ? a demandé Roche.

— Écoute, petit. J'en sais rien. Apparemment, personne le sait. J'ai demandé autour de moi. On en a même parlé dans les journaux.

— Lis ces lettres, espèce de grand couillon.

— Lis-les toi-même, espèce de petit merdaillon. »

Il m'a fixé d'un air méchant.

Ah bon, c'est ça, ai-je pensé. Il ne sait pas lire.

« OTG, ai-je dit, le cœur tout saignant de pitié.

— Encore.

— O-T-G. Tu ne sais pas... ?

— Je lis parfaitement, tête de nœud. »

J'ai pivoté sur mes talons et je suis parti. Il avait un certain charme, sûr, mais tout ça était tellement obscur. Avant d'atteindre le bout de la rue, je l'ai entendu m'appeler. Je me suis retourné.

Il se tenait au milieu d'un groupe de secrétaires qui rentraient chez elles.

« Hé, ta queue atteint-elle ton cul ? » cria-t-il de sa voix fluette et lointaine.

Pas encore, ai-je pensé, pas encore.

Quand je suis arrivé à mi-chemin de chez moi, la ville exhalait cette lassitude qui suit une journée de travail. Belfast avait accéléré et ralenti. La circulation était maintenant plus paisible. Il était six heures. Les employés étaient de retour chez eux, les rues s'étaient vidées. Bien qu'encore vive, la lumière avait pâli. Le ciel était vague et enrubanné, banal. Le ciel semblait nettement paraphé.

J'ai traversé Shaftesbury Square. Bien qu'il fût encore tôt, les clients de chez Lavery's débordaient déjà sur le trottoir. Des groupes de jeunes d'une saleté peu commune traînaient jusque sur la chaussée, un verre de bière en main.

Tandis que je passais devant le bar en enjambant leurs chevilles tendues, j'ai remarqué l'odeur d'urine tiède émanant de l'intérieur. Je détestais Lavery's. C'était forcément le bar le plus crade, le plus populeux et le plus rebutant de toute l'Europe de l'Ouest. Moyennant quoi il avait un succès fou. Très Belfast. Einstein avait tout faux : la théorie de la relativité ne s'applique pas à Lavery's. Le temps de Lavery's est un temps différent. On entrait un soir chez Lavery's, âgé de dix-huit ans, et on en ressortait écœuré, en titubant, pour découvrir qu'on avait trente ans bien sonnés. Là, les gens tuaient leur vie en buvant. Lavery's était pour les ratés. Je bossais comme carreleur et je ne pouvais pas entrer chez Lavery's : je réussissais trop bien.

J'ai suivi Lisburn Road, je suis passé devant l'église anabaptiste — les crapauds de bénitier, comme nous les appelions —, la salle évangélique de Belfast Sud, le Windsor Tabernacle, l'Elim Pentecostal, la Mission méthodiste, le Presbytère presbytérien, puis l'église unitarienne des Mnémonistes protestants ou quelque chose comme ça. Des pasteurs brisés, debout sur le seuil de tous les presbytères adjacents, me lançaient des regards sinistres. À l'ancienne loi ils s'accrochaient. Tu chies sur mon grand-père, tu chies sur moi. J'ai trouvé ces bonshommes infiniment plus effrayants que Crab, Hally ou Ronnie Clay. J'ai essayé de ne pas ressembler à un catholique. J'ai pris un air austère et biblique. Je me suis trouvé assez convaincant.

J'ai traversé le carrefour d'Elmswood Avenue et regardé sa perspective arborée. Le fiasco du Bolchévik et ma rencontre avec ce gavroche cinglé m'avaient déprimé au-delà de toute mesure. La perspective de rentrer chez moi par cette soirée mélancolique ne m'apportait aucun réconfort.

Je n'avais aucune envie d'affronter mon appartement vide. Je n'avais aucune envie d'affronter cette soirée vide.

À la maison, j'ai pris une douche, ignoré mon chat, mis mon costume et filé droit vers le supermarché. La fille qui avait le béguin pour moi y serait peut-être et je ne trouvais rien de mieux. Je savais que j'étais triste, prêt à faire des courses dont je n'avais pas besoin pour retrouver une adolescente que je n'allais même pas draguer. J'étais triste, mais heureux ainsi.

J'ai racheté des champignons. Je n'arrivais pas à trouver autre chose. La fille qui avait le béguin pour moi n'était pas là. Mais je suis tombé amoureux. J'ai été servi par un gamin de dix-sept ans à l'ahurissante tignasse rousse et à l'acné invraisemblable, inégalable. C'était évidemment sa première semaine de boulot. Et il ne faisait rien correctement. Il marmonnait des paroles inaudibles et tout son visage rougissait au-dessus de son col de chemise. Il rougissait à la caisse, il rougissait devant les bananes, les baguettes et le fromage frais. Il rougissait infiniment plus que ma petite serveuse. Je ne crois pas qu'il rougissait à cause d'une quelconque passion pour moi. Quand il a tourné sa tête de rouquin, j'ai aperçu le sonotone niché derrière l'oreille, juste sous les cheveux. Ce gamin rougissait tout bonnement parce qu'il se considérait comme une mauvaise idée, une erreur colossale. Ça m'a donné envie d'embrasser son gros cou. Ça m'a donné envie de mourir d'amour.

Quand je suis rentré, Chuckie avait appelé (Slat aussi avait appelé, Amnesty avait rappelé, Crab et Hally enfonçaient leur clou sinistre, mais je les ai tous envoyés promener). J'ai rappelé Chuckie. Les autres gars de la bande et lui se rendaient à une sorte de réunion dans l'un des nouveaux bars chics de Dublin Road. Je me sentais trop seul et je m'ennuyais trop pour refuser.

J'ai chopé mon chat et je l'ai obligé à s'asseoir sur mes genoux tout en regardant les vieux qui habitaient les deux maisons d'en face. Je les avais déjà vus jouer leur comédie. Ces deux-là ne semblaient pas se parler, mais ils faisaient toujours la même chose en même temps. Il était asiatique, veuf de toute évidence, un grand-père bonasse qui recevait souvent la visite de divers groupes d'enfants et de petits-enfants. Quant à elle, c'était une authentique harpie d'Ulster, une vieille aux cheveux bleus qui portait souvent un invraisemblable collant en rayonne rose (pas de visiteurs). Ce soir-là, ils jardinaient dans leurs petits jardinets. Ils se penchaient au-dessus de leurs plantations, leurs têtes se touchaient presque, ils arrachaient une mauvaise herbe mitoyenne de leurs lopins respectifs. Je me disais parfois qu'ils ne s'entendaient pas bien, mais ce soir-là j'ai dû reconnaître que la haine partagée des mauvaises herbes contribuait indubitablement au rapprochement des races. Magnifique.

Quand je suis arrivé au bar où je devais retrouver les copains, j'ai failli avoir une attaque. Il y avait une pancarte au-dessus de la porte :

« Soirée de Poésie Irlandaise à 20 h », annonçait-elle

« Et merde », ai-je répondu.

Il n'y avait pas de videurs ce soir. Quelles hordes auraient-ils eu à contenir ? Je suis resté sur le seuil, à réfléchir. La plus terrible des solitudes pouvait-elle être pire que ça ? Je n'arrivais pas à croire que Chuckie puisse s'intéresser à ce genre de soirée. D'accord, Slat, Septic et tous les autres membres de la bande étaient fondamentalement vulgaires, mal dégrossis et tristes, mais nous pouvions revendiquer un infime vernis de culture, une connaissance minime de la littérature. Mais Chuckie, lui, était d'une ignorance crasse. J'ai soupçonné l'influence de Max.

À l'intérieur, j'ai constaté toute la justesse de mes soupçons et j'ai également découvert, à ma très faible satisfaction, qu'Aoirghe les accompagnait. J'ai marché vers eux. J'ai tapoté le bras de Chuckie, dit bonsoir à Max et j'allais saluer l'indomptable Aoirghe quand j'ai malencontreusement été saisi d'une quinte de toux.

Elle a plissé les yeux.

« Tu te fous encore de ma gueule ?

— Bon dieu, dis-je en m'étouffant à moitié. J'ai seulement toussé. Lâche-moi un peu. »

Ses paupières se sont encore fermées (comment pouvait-elle voir quelque chose ainsi ?).

« Ouais, reprit-elle. J'ai eu ton message. Merci beaucoup, c'était charmant. » Elle a sifflé ces derniers mots.

J'ai rougi et toussé encore.

« Ah, désolé. Je suis désolé pour le message. J'en avais marre des appels indiscrets d'Amnesty. »

Elle s'est tournée vers Max pour bavarder avec elle. J'ai haussé les épaules en regardant Chuckie, je lui ai adressé un sourire aimable et, d'une poigne vicieuse, je lui ai attrapé les couilles.

« Ouh.

— Je n'en crois pas mes yeux, Chuckie. Pourquoi ne m'as-tu pas averti qu'elle serait là ? » J'ai serré plus fort ses bijoux de famille. « Hein ?

— Merde, Jake. Arrête ça. C'est pas de ma faute. »

Je l'ai lâché.

Slat, Septic et Donal sont arrivés. Nous sommes restés

là en groupe, à nous demander qui allait craquer et payer la première tournée.

« Écoute, me chuchota Chuckie, elle reste juste pour la poésie. Après, elle se tire avec un des poètes. »

Une bouffée de jalousie a mitigé mon soulagement. Et cette réaction m'a flanqué une sacrée trouille. J'ai secoué la tête pour m'éclaircir les idées. J'ai levé la main devant mes yeux et j'ai compté mes doigts. Tout allait bien.

« Qu'est-ce qui cloche chez toi ? me demanda Chuckie.

— T'occupe. Au fait, qu'est-ce que tu fais à une lecture de poésie, putain ? »

Mon étonnement parut offusquer un peu Chuckie. Septic étouffa un rire.

« C'est une idée d'Aoirghe. L'un des types qui va lire est un conseiller de *Just Us*. Il a écrit un livre quand il était dans la prison du Maze.

— Oh, super.

— L'un d'eux est célèbre, dit Chuckie d'une voix consolatrice. Saunty... Shinny... Shamie...

— Sugar Ray Leonard ? suggéra Septic.

— Shague Ghinthoss, cria Max.

— Encore mieux », me plaignis-je.

Shague Ghinthoss était un poète injustement célèbre qui ressemblait au Père Noël et qui écrivait sur les grenouilles, les haies et les pelles à long manche. C'était un catholique vaguement anti-anglais, originaire de Tyrone, mais les Anglais l'adoraient. Ils adoraient vérifier de vive voix quelle bande d'indécrottables ploucs les autres étaient. J'aimais bien ça chez les Anglais.

Max s'est approchée de nous avec un livre. Aoirghe suivait à contrecœur dans le sillage de son amie. Max a souri.

« C'est le lancement de ce nouveau livre. Il paraît qu'il est excellent, dit-elle en me le tendant.

— Qui l'affirme ? » demandai-je, très grammaticalement correct.

Chuckie a toussé et cette brave Aoirghe s'est préparée à me répondre. J'ai plongé le nez dans le bouquin pour éviter son regard.

« Naturellement, me lança-t-elle d'une voix acide, je ne m'attends pas à ce que tu soutiennes le moindre écrivain appartenant au Mouvement, mais même toi tu ne peux pas nier la réputation de Shague Ghinthoss.

— Sans blague ?

— Il y a un très beau poème de lui à la première page, intervint Max avec enthousiasme. C'est bien qu'un écrivain de sa réputation soutienne un livre comme celui-ci, tu ne trouves pas ?

— Je parie que je peux le réciter sans l'avoir lu. »

Chuckie sembla impressionné par ma déclaration — parfois, la dérision lui passait au-dessus de la tête. Les narines d'Aoirghe frémirent. Je transmis le livre à Deasely, ouvert à la première page. Donal adopta une expression pédagogique.

Je me suis raclé la gorge.

« Le blabla sous le bla brun des haies bla bla.
Du dos de ma pelle je lui ai blablaté le bla.
Le bla doré blaait le long des courbes du paysage
Avec tout le blabla des blablatiers noirs. »

Je me suis tu. Aucun applaudissement n'a résonné. Deasely m'a regardé d'un air sévère et dit d'un ton pincé :

« Vous avez oublié le cinquième bla, Jackson. Allez donc au fond de la classe m'acheter une bière. »

Puis il a lancé le livre à Aoirghe. Elle semblait outrée.

« Seigneur, Jackson. Tes amis sont presque aussi mal élevés que toi. Le week-end, est-ce que ta bande fréquente un groupe de soutien pour connards ? »

Ce fut une sale, une très sale soirée. Avant le début des lectures, on nous a à contrecœur — des deux côtés — présentés à plusieurs amis et relations d'Aoirghe. Disons, pour lui rendre justice, que ce n'étaient pas tous des extrémistes républicains. Il y avait un type qui enseignait l'Art de regarder la télévision à l'Université d'Ulster. Il y avait un ancien copain de fac d'Aoirghe, un homme qui avait une théorie sur tout. Il avait une Théorie de la Poésie. Il avait une Théorie de la Fête. Une Théorie de l'Histoire. Une Théorie de la Coupe de cheveux. Il me les a toutes exposées. Mais aucune de ses théories n'incluait la Théorie de Ne Pas Être Casse-Couilles.

Alors les lectures ont commencé. Nous restions debout, immobiles, tandis qu'une succession de crétins en habits de poète (costumes variés, exprimant toujours et en mesures égales le non-conformisme, la sensibilité et la menace sexuelle) bavassaient sur les fleurs, les oiseaux, les haies, les baies sauvages, les pelles, la terre, le ciel et la mer. On avait beau finasser sur la réputation de Shague Ghinthoss, il en avait indubitablement une. Tous ces olibrius portaient sa marque. Mais contrairement à Ghinthoss, aucun de ces garçons n'était originaire de la campagne. C'étaient tous de blêmes citadins qui, de toute évidence, n'avaient jamais vu la moindre haie, baie sauvage, pelle, qui leur inspiraient néanmoins ces vers enflammés.

Par ailleurs, il s'agissait clairement de haies nationalistes, de baies sauvages républicaines, de fleurs non protestantes et de pelles extrêmement irlandaises. Toutes ces subtilités furent néanmoins anéanties par la prestation du pénultième poète. Les œuvres de ce loustic fort peu attrayant, nous dit-on, étaient traduites du gaélique en russe, mais pas en anglais. Il allait nous lire un de ses poèmes en irlandais et un type le traduirait en anglais. (Je dois préciser que j'avais vu ce poète au bar, manifestant une connaissance approfondie de l'anglais idiomatique alors qu'il essayait de draguer une serveuse — mais il semblait toutefois avoir eu un certain mal à comprendre l'expression : « Va te faire foutre, sale con. »)

Cet homme lut, d'une voix haletante mais assurée, un poème intitulé *Poème à un soldat britannique sur le point de mourir*. Il était assez difficile de suivre le texte en détail, à cause de la traduction simultanée et du fait que c'était une grosse merde sentimentale. Le poème expliquait au jeune soldat britannique (sur le point de mourir) pourquoi il était sur le point de mourir, pourquoi c'était de sa faute, à quel point c'était de sa faute depuis huit siècles et ce serait sans doute encore de sa faute pendant huit autres siècles, pourquoi l'homme qui allait l'abattre était un courageux Irlandais qui aimait ses enfants et ne battait jamais sa femme, qui croyait mordicus à la démocratie et à la liberté pour tous, indépendamment de la race et de la confession religieuse, et pourquoi ces convictions ne lui laissaient d'autre choix que d'abattre le jeune soldat britannique (sur le point de mourir).

Le poète se tut, le silence revint. J'ai attendu les huées et les sifflets. Quelle naïveté de ma part. Les applaudissements et les cris enthousiastes ont éclaté et j'ai mis quelques secondes à comprendre que tout le monde aimait ça. Il n'y avait donc aucun protestant dans l'assemblée ? J'ai regardé Chuckie : il était gai comme un pinson. Il n'avait même pas écouté, un défaut qu'il partageait avec bon nombre de ses coreligionnaires.

Le gros poète faisait durer les applaudissements. Quelques autres scribouilleurs le rejoignirent sur l'estrade. L'enthousiasme du public semblait interminable. Le succès paraissait électriser ces vautours de la culture. Le tumulte a enfin décru. L'humaniste rondouillard a attendu le silence complet, puis il s'est approché tout près du micro.

« *Tiocfaidh ar La* », a-t-il beuglé.

Chuckie a violemment sursauté.

« Quoi ? » a-t-il couiné.

Heureusement, personne ne l'a entendu à cause des vivats qui reprenaient de plus belle.

Et ça a continué. Une vraie plaie. Ghinthoss, le grand homme, s'est levé pour lire. Il a déclamé sur les haies, les ruelles et les fondrières. Il a couvert la topographie rurale avec minutie. J'ai eu l'impression de participer à une excursion dans la campagne avec un prof de géographie. Changeant soudain de registre, il a lu un poème sur un gentil catholique brutalement assassiné par un protestant. Il n'y avait pas de pelles dans ce poème, et seulement une haie, mais à ce moment-là la passion sectaire de la foule était survoltée et tous l'auraient acclamé s'il s'était curé le nez d'un doigt rythmé ou même selon un rituel spécifiquement irlandais.

Lui aussi a cajolé les applaudissements. Puis il a répondu à quelques questions. Je ne dis pas qu'elles étaient entièrement bateau, mais leur contenu servait pour l'essentiel à mettre du beurre dans les épinards de ceux qui les posaient. Ces gens ici rassemblés au coude à coude, dans le confort de leurs vers et de leur culture, ils se posaient en fait une seule question : pourquoi les protestants ne peuvent-ils pas faire ci ou ça ? Qu'est-ce qui cloche chez ces gens bizarres ? Pourquoi n'ont-ils pas l'esprit aussi élevé que nous ?

Ghinthoss afficha une royale magnanimité. Il semblait penser que ce n'était pas entièrement de la faute des protestants. Au bout d'environ un million d'années de suprématie catholique, les sourcils des protestants deviendraient sans doute moins saillants, ils pousseraient peut-être quelques grognements maladroits, ils inventeraient la roue et porteraient des peaux d'ours. Si nous étions assez gentils, ces sombres et pitoyables brutes réussiraient sans doute à accomplir quelques tâches ménagères et poétiques d'ici un siècle.

« Monsieur Ghinthoss », ai-je demandé lors d'un silence (oh, je ne voulais pas le faire, mais c'était plus fort que moi, je me suis mordu la langue, plaqué les mains sur la bouche, mais impossible de me retenir), « monsieur Ghinthoss, me suis-je enquis, pourriez-vous nous dire si le grand poète que vous êtes... eh bien, si votre queue atteint déjà votre cul ? »

J'ai toujours adoré briller en public.

Alors qu'on me jetait dehors, j'ai fixé un rencart aux autres. Ils voulaient aller chez Lavery — à cet instant, deux malabars révolutionnaires hauts de trois mètres me transportaient à travers les airs, si bien que je n'ai pas pu discuter ce point.

J'ai fait le constat des dégâts dans les toilettes d'un fast-food voisin. Une éraflure au front, une lèvre fendue. Oh, mon pauvre visage foutu. Elle devenait ennuyeuse, cette routine du passage à tabac de Jake, elle arrivait tous les jours maintenant. Moi qui autrefois étais si mignon. Moi qui autrefois étais si costaud.

Comme je ne voulais pas aller chez Lavery avant l'arrivée des autres, j'ai été faire un tour au bar de Mary pour voir si elle était là.

Elle était là. Son visage s'est littéralement décomposé quand elle m'a vu entrer. L'endroit était presque vide. Je savais que, si je m'asseyais au bar, elle n'aurait pas à me servir. J'aurais facilement pu lui épargner ça.

Je me suis installé à une table près du mur.

« Je peux te servir quelque chose ?

— Salut, Mary.

— Qu'aimerais-tu boire ?

— Mary, sans rancune. Dis-moi bonjour.

— Bonjour.

— Un double gin. Sec. Sans glace. »

Il y eut un silence.

« S'il vous plaît », ajoutai-je.

Son visage parut s'effondrer. Elle a brusquement tiré une chaise pour s'asseoir en face de moi.

« Écoute, dit-elle. Paul est terrifié à l'idée des ennuis qui vont lui tomber dessus après ce qui s'est passé entre vous. Des détectives sont venus l'interroger. Ils ont dit qu'ils allaient te parler. Ils lui ont dit qu'il risquait une peine de prison, sans parler de perdre son boulot.

— Je les ai vus aujourd'hui.

— Que leur as-tu dit ?

— Je leur ai dit qu'il ne s'était rien passé. Que c'était une simple erreur.

— Et tous ces trucs dans les journaux ? »

Je lui ai dit que j'ignorais l'origine de ces articles. Je lui ai dit que je n'y étais pour rien. Puis je lui ai parlé d'Aoirghe.

J'ai passé quelques instants merveilleux. Jamais Mary ne m'avait écouté avec une telle attention. Jamais je ne l'avais autant intéressée. D'accord, c'était parce qu'elle se faisait du mouron pour un autre homme qu'elle aimait, mais je m'en fichais. J'ai trouvé ça délicieux. Mon ambition était d'une modestie magnifique.

Ma description d'Aoirghe l'a fait rire.

« Tu as un problème avec les femmes, Jake, dit-elle. Tu en auras toujours un. Les hommes comme toi n'y échappent pas. »

Tout avait si bien marché jusque-là. J'avais même décidé qu'elle me plaisait suffisamment pour que j'oublie tout le reste. Que c'était parfait si elle ne voulait plus coucher avec moi, parfaitement parfait. Mais il a fallu qu'elle dise ça. Quel genre d'homme étais-je donc ? Où étaient donc ces hommes qui me ressemblaient ? Qu'est-ce qui clochait chez nous autres ? Pourquoi n'arrivions-nous pas à baiser ?

Elle m'a servi mon verre. Je suis resté là à tergiverser pendant un quart d'heure. Je n'ai pas touché à mon double gin. (De ma vie, je n'avais jamais bu le moindre gin sec. Je l'avais seulement commandé pour frimer et me faire mousser.) Avant de partir, je lui ai dit au revoir en ajoutant qu'elle était belle — ce qui n'était pas entièrement vrai. Elle m'a embrassé. Mon état a empiré.

Je suis entré chez Lavery. Slat et Deasely étaient déjà là. Ils s'étaient fait virer de la lecture de poésie quelques minutes après moi. Slat avait demandé au poète s'il était parfaitement normal de tuer des soldats et on l'avait expulsé. Deasely avait réagi à l'expulsion de Slat en gueulant « *J'aime les protestants !* » et il avait aussitôt suivi son ami. Sous le coup d'une indéniable fierté, je leur ai offert d'innombrables verres. Je me demandais si un membre du clan des pouet-pouet se doutait qu'ils venaient de virer trois catholiques. Cela paraissait improbable.

Quand les autres sont arrivés, je me sentais au trente-sixième dessous. J'avais seulement bu un ou deux verres. Je ne voulais pas me saouler. Lavery's était un endroit horrible. Les hommes, les célibataires en chasse et les crapules mariées. Les grands rires, les yeux brillants, à l'affût des groupes de femmes. Les pintes de bière, les coups de téléphone, les toilettes bondées. J'étais fatigué des Irlandais et de leur dissipation frelatée.

Il y avait quatre groupes principaux.

Il y avait d'abord les cercles prévisibles d'Alcooliques-en-Résidence, qui donnaient leurs séminaires dans les recoins. Tous les bars de Belfast y avaient droit, ce n'était pas une surprise. Mais Lavery's abritait une énorme différence. Lavery's semblait organiser une formation, un apprentissage. Il y avait une tablée de types qui entamaient leur glissade. Ils avaient commencé chez Lavery ; après avoir passé leur examen de poivrot, ils pourraient se disperser vers d'autres bars ou chez les vrais indigents, mais ils avaient commencé ici et ils ne pouvaient plus s'arrêter. Ils seraient toujours diplômés de chez Lavery.

Il y avait ensuite toute une bande de types frisant la quarantaine, quadra ou même quinquagénaires, vaguement liés au monde musical ou attirés par lui. Ridés, obèses, on les reconnaissait à leur queue de cheval et à l'étonnant succès qu'ils rencontraient auprès de très séduisantes jeunes femmes de moins de trente ans. Ces succès rendaient ces hommes confiants. Jamais ils ne s'étaient dit que cette apparente anomalie — d'autant plus flagrante que mes amis relativement beaux et moi-même faisions chou blanc à tous les coups — s'expliquait par l'abrogation de toutes les lois physiques dans la bulle spatio-temporelle de chez Lavery. C'était à cause de la physique aberrante qui régnait ici que ces types cartonnaient. Dans la rue, c'étaient simplement d'affligeantes vieilles badernes.

Le troisième groupe était le plus nombreux. Les étudiants de Queens. Des gamins trop niais pour fréquenter une vraie université et qui se retrouvaient dans ce bar. Presque tous originaires de la campagne, ils se décarcassaient pour se donner l'air de vrais citadins branchés. Quelques semaines plus tôt seulement, ils conduisaient des tracteurs et tondaient les moutons.

Enfin, bien sûr, il y avait une splendide sélection de brunes époustouflantes qui se passaient les doigts dans les cheveux et arpentaient inlassablement le bar sans que jamais leur regard ne croise celui d'un homme.

Environ quatre cent cinquante personnes d'âges divers dépensaient six à sept mille livres sur trois niveaux, suaient et hurlaient pendant toute la soirée. Elles essayaient d'avoir l'air de s'amuser, mais en vain. J'étais l'un des rares individus à reconnaître que je venais ici parce que je n'avais aucune vie.

Je me suis senti mieux quand Chuckie et son nombreux entourage sont arrivés. Aoirghe ne figurait pas parmi eux, mais certains amis de la fanatique étaient venus. Le télémateur était là, ainsi que le type aux théories, mais il y avait surtout parmi eux une fille infiniment séduisante. Brune, bien en chair, dotée de larges hanches, on aurait dit une Blanche-Neige dévergondée. Mon idéal callipyge. Bien sûr, je l'ai aussitôt désirée.

Je crois que Max l'a remarqué. Elle nous a présentés. Elle s'appelait Suzy. Nous avons bavardé un moment, gentiment chaperonnés par Max. Quelques minutes plus tard, le groupe s'est nettement éloigné de nous. Il y eut un silence entre Suzy et moi, la prise de conscience, presque confidentielle, de notre nouvelle solitude à deux. Elle a levé les yeux vers moi (putain, ce qu'elle était séduisante).

« Quel genre de musique aimes-tu ? » m'a-t-elle demandé (je le jure !).

Bon, ç'avait été un mois difficile. J'étais émotif, j'étais vanné, j'étais en plein rut. Je devais prendre une décision.

« Le rythm and blues, dis-je. L'opéra comique, le ska du début des années quatre-vingt, les crooners des années quarante, les musiques de film, les grands orchestres, Mozart... »

J'avais beau bander comme un âne, rien n'a marché avec cette fille. Après avoir franchi avec succès la haie de la musique, nous avons affronté les obstacles suivants. Son visage était tourné vers le mien. Elle était belle, mais elle ne cessait de me fourguer tous les plans de son cinéma séduisant, battements de cils ravageurs, paupières tombantes, sourires flatteurs. Cédant à une horrible confiance, elle m'a avoué qu'elle avait une théorie de la vie (ce ne pouvait pas être une théorie *sur* la vie, il fallait que ce soit une théorie *de* la vie, sans doute une dissertation genre dix-huitième siècle, certainement la putain d'*Origine des espèces*).

« Ce ne serait pas ton frère, là-bas ? fis-je en montrant du doigt le théoricien rencontré pendant la lecture.

— Oui. Comment as-tu deviné ?

— Mon sixième sens.
— Hein ?
— Rien. Alors ?
— Quoi ?
— Ta Théorie de la Vie.
— Ah oui. »

Avec un air infiniment mystérieux et solennel, Suzy m'a balancé tout le tintouin. Selon sa Théorie de la Vie, dès que Suzy désirait quelque chose, elle se débrouillait pour l'obtenir. Alors là, je me suis lancé. Dénué de tout mépris, j'ai essayé de trouver quelques failles dans son raisonnement subtil. Et si ce qu'elle désirait allait à l'encontre des désirs et des besoins d'autrui ? Même lorsque j'eus traduit cette objection en termes plus simples, elle n'ébranla guère la confiance de Suzy. Très bien. Je lui ai parlé de Rousseau et du contrat social, du droit naturel et du droit social ; j'ai évoqué cette idée que, selon ces droits, nous sommes en même temps souverain et sujet, que sa souveraineté à elle impliquait ma sujétion à moi, et vice versa.

Ça a pris vingt minutes, mais au bout du compte elle est partie.

J'ai rejoint le groupe et j'ai traîné avec mes copains désabusés pendant que tous nous regardions Chuckie et sa belle Américaine si intelligente. Je n'avais toujours pas cessé de désirer désespérément Suzy, mais je savais que, si je me coinçais les mains sous les fesses, si je me mordais la langue et que je n'ouvrais pas le bec, alors tout irait bien.

Aoirghe est arrivée avec son gros poète nazi. J'avais éclusé un certain nombre de verres, mais je n'aurais quand même pas dû dire ce que j'ai dit.

« Hé, Aoirghe, lui ai-je lancé, tu préfères pas que tes

petits amis donnent au moins l'impression d'avoir un jour eu des cheveux sur le caillou ? »

Quand apprendrais-je à ne pas charrier cette fille ? Elle m'a abreuvé d'injures à cause de ma remarque désobligeante, elle m'a abreuvé d'injures à cause de ma sortie pendant la lecture, elle m'a abreuvé d'injures à cause du pauvre con que j'étais. Elle a réussi à grouper tout ça pendant que son copain allait lui chercher un verre au bar.

« Voici Seamus, dit-elle en me le présentant à contrecœur.

— Voici Jake », rétorquai-je en m'éloignant.

C'était une réplique nulle, mais ça ne m'a jamais arrêté.

« Hé, Jackson, me lança-t-elle derrière moi, il paraît que demain tu prends le Train de la Paix.

— Ouais ?

— Je te verrai sans doute là-bas. Il y aura peut-être un comité de réception pour t'accueillir à ton retour. »

J'ai fait une grimace au gros Seamus.

« Amuse-toi bien en attendant, *poufiasse.* »

J'ai vraiment chuchoté le dernier mot en me retournant. Mais cette gourde dissimulait sans doute une sorte de Batwoman. Je ne l'ai pas vue venir. Elle m'a frappé au-dessus de l'oreille droite. J'ai été valdinguer au beau milieu d'un groupe de gros durs moustachus, dont les verres ont volé. Ils n'ont pas eu besoin d'une invitation en bonne et due forme. Jusque-là leur soirée avait été plutôt morne et ils ont été ravis de se mettre sous la dent ma pauvre personne.

Ils m'ont traîné dehors et ils m'auraient dérouillé à mort si Max n'était pas sortie en trombe pour leur faire son numéro du FBI. Je crois que son côté tellement américain, sans parler de sa beauté, les a impressionnés. Ils ne m'ont pas touché. Ce fut une rixe de pub très post-moderne.

Max m'a épousseté et elle a vainement essayé de me remettre les yeux en face des trous.

« Ça va ?

— Non, répondis-je.

— Rentre chez toi.

— Hé, Max. Qu'est-ce qui cloche chez moi ? Pourquoi est-ce que je ne peux pas trouver une fille comme toi ? Qu'est-ce que Chuckie a de plus que moi ? Des plus gros seins, d'accord, mais c'est pas tout dans la vie. »

Elle a ri. La manne des poivrots. Elle me plaisait tellement.

« Qu'est-ce qui cloche chez moi ?

— Presque tout », répondit-elle.

J'ai toujours détesté qu'on me fasse ce genre de réponse énigmatique, à l'emporte-pièce, faussement spirituelle et finalement absurde.

« J'ai toujours détesté qu'on me fasse ce genre de réponse énigmatique, à l'emp... »

Je ne crois pas être allé jusqu'au bout de ma phrase.

Neuf

Se réveiller n'est pas le mot juste pour décrire ce que j'ai fait ce matin-là. Il n'y eut aucune émergence hors des ténèbres, aucune percée soudaine de la conscience. Je ne me suis pas réveillé pour de bon : ma maladie a seulement ajouté ce symptôme des yeux ouverts et de la station verticale à une liste déjà longue. J'ai bu un peu d'eau, avec l'impression que l'éponge dure et sèche de ma langue absorbait les premières gorgées. J'ai préparé du café sans trop de problèmes, mais je l'ai ensuite versé dans le cendrier. Deux fois de suite, j'ai allumé le bout filtre d'une cigarette. J'étais tellement à la masse que je les ai fumées quand même.

La situation ne paraissait guère brillante jusqu'à ce que mon chat entame son numéro pour avoir son petit déjeuner. Miaou ! Exactement ce dont j'avais besoin. Je l'ai poursuivi pendant près d'un quart d'heure, pour finir par le coincer dans la salle de bains. Alors que j'essayais de trouver un moyen de le tenir la tête en bas afin de pouvoir lui pisser dessus, il s'est échappé par la fenêtre. J'ai donc pissé dans le lavabo.

Ensuite, je me suis senti beaucoup mieux. Je me suis

lavé, brossé les dents, habillé. J'avais une lèvre enflée ainsi qu'une marque au front, mais je paraissais en meilleure forme que récemment. J'ai refait du café et mis la radio. Dehors, on aurait dit l'été. Comme on était en juillet, l'été était arrivé de bonne heure en Irlande du Nord. Mais il serait terminé à l'heure du déjeuner. N'envisageant nullement d'aller travailler, j'avais eu plaisir à mettre mon costume (le bleu foncé — l'anthracite porté la veille était en très mauvais état), mais entre mes oreilles c'était toujours le lendemain d'Azincourt. J'ai décidé de ne plus jamais boire. Ce n'était pas que je me sentais particulièrement mal ; simplement, je m'ennuyais comme un rat mort.

« Un homme a été abattu la nuit dernière, apparemment en guise de représailles. Il est hospitalisé, dans un état critique. L'IRA déclare l'avoir averti à maintes reprises à cause de son comportement antisocial. Selon la police... »

Et voilà que je coupais encore la radio. J'avais oublié à quoi ressemblait la musique. Comportement antisocial ? Portait-il de mauvaises chaussures ? L'IRA prétendait assurer la surveillance policière des régions qu'elle contrôlait. Aucun doute là-dessus. Ses sbires tiraient dans les jambes des gamins — emprunteurs ou voleurs de voitures, gosses qui fumaient un ou deux pétards ou peut-être qui leur répondaient avec insolence. J'arrête là, mais ça ne m'a jamais paru très socialiste.

J'ai regardé mon courrier. Rien de très palpitant. Du moins jusqu'à ce que j'ouvre ma porte. Là, sur le seuil, un paquet. J'ai aussitôt deviné que Crab et Hally avaient remis ça. Personne sinon eux ne m'appréciait assez pour m'envoyer un paquet.

Je l'ai saisi avec précaution. Je l'ai pressé. Pas de matière molle. Heureux qu'il ne contienne pas de merde, je l'ai ouvert avec une confiance mitigée. À l'intérieur, j'ai trouvé une photographie de la maison de Matt et Mamie ainsi que plusieurs billes de roulements à billes. Je suis rentré chez moi.

J'ai bu un peu de café, j'ai même remis la radio. Au bout de quelques minutes, j'ai réussi à comprendre pourquoi ils m'avaient envoyé ces billes. Comme ces couillons n'ont sans doute pas réussi à mettre la main sur les balles que j'utilisais, ils m'ont envoyé ces billes de roulements pour évoquer une carabine à air comprimé. J'ai failli éclater de rire. J'ai tout de même appelé M&M.

« Allô.

— Mamie ?

— Oui. Qui est-ce ?

— Jake.

— Qu'est-ce qui ne va pas ?

— Rien. Je téléphonais juste pour savoir si tout allait bien de votre côté.

— Jake, je ne t'ai jamais connu conscient avant neuf heures, et encore moins entendu donner des coups de téléphone de pure politesse.

— Ouais, ouais.

— Vas-tu me dire ce qui ne va pas ?

— Passe-moi Matt. »

Il y eut quelques bruits de pas et autres marmonnements inaudibles, puis Matt a pris le combiné.

« Bonjour, Jake.

— Tu n'as pas eu de visites surprise récemment, Matt ?

— Non. Nous devons en attendre ?

— Non. » Je me suis tu. J'avais choisi de parler à Matt, non pas parce que j'étais sexiste, mais parce que je savais que Matt était légèrement moins macho que son épouse. Si Mamie avait appris la vérité, elle serait sortie de chez elle avec une Kalashnikov. « Ne dis rien à Mamie, mais si tu as la moindre visite bizarre, appelle-moi.

— Très bien.

— C'est rien, Matt. Simplement quelques types qui en ont après moi pour une histoire d'argent. Ils risquent de se rappeler que j'ai vécu là-bas.

— D'accord, dit-il sans beaucoup de sincérité.

— Je te contacterai bientôt. »

Après un silence, Matt a repris d'une voix peu assurée :

« Écoute, Jake, nous avons ici quelque chose pour toi. Tu le prendras la prochaine fois que tu viens. Si nous vivons jusque-là. »

J'ai ri.

« Tu ne vas pas me dire ce que c'est ? Tu as toujours aimé le mystère, Matt. Tiens, pendant que j'y pense, dis à Mamie qu'aujourd'hui je prends le Train de la Paix. Ça va lui plaire. »

Je l'ai entendu transmettre l'information, puis j'ai clairement entendu le ricanement de dérision de Mamie.

« Dis à ta moitié de me lâcher un peu, l'ai-je grondé. Elle devrait être contente. C'est tout nouveau pour moi.

— Ça devrait être intéressant », dit Matt.

J'ai raccroché. J'ai appelé Chuckie et je lui ai parlé du paquet. Laisse-moi réfléchir une seconde, a-t-il dit. Il croyait pouvoir m'aider. Mais je n'avais pas beaucoup d'espoir. Je lui ai donné rendez-vous à la gare, devant le Train de la Paix. Chuckie m'a paru un peu vague. D'accord, disait-il, d'accord, d'accord. Ça ne m'a pas beaucoup plu, mais il a raccroché et je ne me sentais pas de le rappeler.

J'ai décidé de m'occuper de Crab et Hally plus tard. Je

ne savais absolument pas comment j'allais m'y prendre, mais l'expression « m'occuper d'eux » me donnait une impression d'invincibilité. Grand réconfort.

J'ai regardé un peu partout. Dans l'allée, mon chat essayait de fourguer aux passants son numéro d'animal affamé et maltraité. J'ai fini mon café. Resserré ma cravate. Sorti le petit déjeuner de la bête, après quoi je suis parti faire mon possible pour apporter la paix dans le monde.

À deux heures de l'après-midi, je m'amusais beaucoup. Le soleil était chaud, une légère brise m'ébouriffait les cheveux. L'herbe constituait un fauteuil agréable et je prenais grand plaisir à regarder les filles de la paix monter et descendre sur le talus et s'agglutiner en petits groupes enviables.

Tout avait assez mal commencé. Nous nous sommes retrouvés à la gare centrale. Dans la foule d'environ cent cinquante personnes, je n'ai pas réussi à repérer Slat, Chuckie ni Max. L'absence de Chuckie ne me surprenait guère, mais je ne m'étais pas attendu à la désertion de Slat.

Le scénario à la gare fut des plus classiques. L'habituelle manifestation irlandaise pour la paix. Deux mornes discours prononcés par des pékins infréquentables, une seule équipe de la télé locale et une foule molle.

Je fus néanmoins étonné de voir Shague Ghinthoss monter sur l'estrade et haranguer son public sur le prix de la paix, que nous devions tous payer et que nous allions tous régler, protestants et catholiques, afin de pouvoir vivre ensemble dans le respect et l'amitié. J'allais lui hurler des injures à cause de la soirée de la veille, mais j'ai pensé que certains en concluraient peut-être que j'avais couché avec lui ou autre chose, et puis qui m'aurait écouté ? Ghinthoss était un visage connu, ou plutôt plusieurs visages connus.

Je dois aussi avouer que j'éprouvais une sourde admiration pour son style. C'était peut-être un sale Janus hypocrite, mais dès qu'il y avait une caméra de télé dans le secteur, il était là.

En revanche, je n'ai éprouvé aucune sourde admiration pour ce qui a suivi. Deux affreux numéros folkloriques se sont alors succédé sur l'estrade. Une fille a gratouillé une harpe pendant un petit moment, puis un groupe de jeunes peintres ont improvisé une exposition de ce qu'ils appelaient des tableaux de la paix. On a demandé à ces héros de se déplacer parmi la foule avec leurs mochetés. Je me suis approché. La caméra de la télé a zoomé sur un type qui tenait un tableau représentant vaguement un poisson mort.

« Ah oui, l'ai-je entendu dire au micro. Ma toile figure le combat pour la paix. J'ai dû décider si mon poisson serait mort ou vivant. Je crois qu'il est très important que sur ce tableau on ne puisse pas vraiment dire si ce poisson est mort ou vivant », d'ailleurs on ne pouvait même pas vraiment dire s'il s'agissait d'un putain de poisson, « et puis, bien sûr, le poisson possède toutes sortes de connotations religieuses et politiques. D'une certaine manière, il me rappelle Tolstoï. »

J'ai failli le frapper à cause de cette référence à Tolstoï. J'avais toujours beaucoup apprécié ce bon vieux Léon et puis au moins le Russe avait fait du bon boulot. En Irlande du Nord, j'avais vu des tonnes de merdouilles artistiques. Cette région provinciale mais célèbre ne produisait quasiment rien d'autre. Des galeries subventionnées étaient bourrées des réalisations pitoyables de tocards bourgeois superflus, trop abrutis pour faire autre chose, trop abrutis pour suivre les études que leur payaient leurs parents. Mais je n'avais jamais rien vu d'aussi nul que cette poiscaille.

« Ce poisson me donne de l'espoir, poursuivit-il d'une voix vibrante. Je crois que ce poisson peut nous donner de l'espoir à tous. »

Le grand Ghinthoss a longuement embrassé le gars au poisson et autour d'eux les gens ont applaudi.

On est montés dans le train. On est partis. Tout a été impeccable pendant une quarantaine de minutes. Un vrai voyage pour rupins rasés de frais. Me voici donc dans le Train de la Paix, allant de Belfast à Dublin, pour protester contre les bombes placées par l'IRA sur la ligne Belfast-Dublin. Une autre manifestation était prévue en gare de Dublin.

Mais nous ne sommes jamais arrivés à Dublin. À cause d'une bombe placée sur la ligne Belfast-Dublin. Boum boum.

Le train a été arrêté sur un pont au-dessus d'une berge, juste après Portadown. Les passagers en restaient comme deux ronds de flan, non pas à cause de l'ironie de la situation, mais parce que c'était imprévu. J'ai trouvé ça curieux : après tout, ils s'intéressaient bien aux bombes. Mais c'étaient des bourgeois cultivés qui ne s'attendaient pas à ce que leur propre existence pût être affectée par ces terroristes vicieux, torves et prolétaires. Quand ces gars-là ont installé leur bombe, ils ont dû être tentés de mitrailler le train par la même occasion.

Privés de leurs protestations dublinoises, certains pacifistes sont descendus du train pour déplier leurs banderoles le long de la voie. Les employés des chemins de fer ont piqué une rogne, mais les gars de la télé ont adoré ça. Derrière nous, il y avait un problème sur la voie. Comme l'arrêt semblait s'éterniser, nous sommes presque tous descendus du train.

Je me suis assis sur le talus et j'ai fumé quelques cigarettes. Comme je disais, je commençais de m'amuser. Et je me félicitais que le convoi n'ait pas atteint Dublin. Ce n'était pas que je n'aimais pas Dublin. Parfois Dublin était OK, mais parfois Dublin me faisait royalement chier.

Je ruminais ces méchantes pensées pour éviter de gamberger sur la fille assise non loin de moi, dans l'herbe, et que j'envisageais sérieusement d'épouser. Oui, j'étais amoureux. Encore. Comme mon récit ennuierait mes amis quand je leur raconterai tout ça !

Je l'avais d'abord remarquée en montant dans le train. Vingt-cinq ans environ, brune, petite, un visage grave. Je me suis débrouillé pour être dans le même wagon qu'elle et je l'ai observée à la dérobée. Comme la plupart des autres femmes ici présentes — genre paisible, éthéré —, elle ne portait pas de maquillage, mais sa bouche évoquait un trait ourlé, inepte, de rouge à lèvres. Elle était dans un petit groupe de filles enthousiastes et de garçons aimables, bien rasés et en col roulé.

Elle a remarqué que je la remarquais. Ça ne m'a guère réconforté, à cause de mon costume. J'étais le seul homme à ne pas porter une forme ou une autre de chemise en laine. J'ai espéré que ma tenue me conférerait une aura décadente et séduisante, mais d'un autre côté elle me faisait peut-être ressembler à un flic en civil.

Quand le train s'est arrêté et que nous en sommes tous descendus, cette fille et ses amis se sont assis non loin de moi. Sans Slat et les autres, je me sentais maladroit et solitaire, incongru. Mais là dans l'herbe et dans le feu de l'action, il m'a semblé que mon originalité costumée pouvait seulement être très désirable.

Avec ce train arrêté sur le pont, tout le monde assis dans l'herbe, entonnant des chants communautaires ou accordant des interviews télévisées au petit bonheur, la situation était plutôt embarrassante. Même le train semblait légèrement gêné sur son pont, comme s'il redoutait que nous reluquions sous ses jupes.

Le groupe de ma dulcinée paraissait très décontracté. Ces garçons et ces filles bavardaient avec une familiarité et une aisance infinies. J'ai essayé de détester les garçons qui parlaient avec elle, en vain. Ils semblaient tellement plus gentils que moi. Je ne pouvais que la féliciter de son bon goût.

Néanmoins, au bout d'une vingtaine de minutes, je me suis pris à espérer que je lui plaisais. Elle jetait de temps à autre un coup d'œil dans ma direction et son regard était grave. Alors mon cœur s'est emballé, il s'est lancé dans son grand numéro survolté, je-suis-toujours-aussi-jeune. Je me suis senti tout heureux, tout printanier. J'ai songé à essayer la Mine Boudeuse.

Je n'avais aucun plan de drague. Presque personne ne couchait avec moi. Je ne pouvais vraiment pas passer pour un débauché. Mais j'avais un truc qui marchait. La Mine Boudeuse. Je n'avais pas utilisé la Mine Boudeuse depuis maintenant des années. Le problème avec la Mine Boudeuse, c'est qu'elle marchait à tous les coups. Sans exception. En tout cas, elle était bannie dans plusieurs pays d'Europe. Les Nations unies allaient bientôt statuer sur son interdiction planétaire. Par ailleurs, j'avais peut-être envisagé de grandir un peu et de renoncer à cet artifice enfantin, indigne, malhonnête. Mais là encore, peut-être que non.

Je me suis préparé à la MB. J'ai plissé les yeux, avancé les lèvres en une légère moue, j'ai senti un vernis de mélancolie se répandre sur mes traits (j'avais presque trente ans et je m'amusais encore à ça). Mais au moment précis où je m'apprêtais à déchaîner contre ma proie toute ma terreur balistique, on m'a collé sous le nez une bonnette de micro.

« Trouvez-vous très ironique que le Train de la Paix ait été arrêté par une bombe ?

— Qu... ? »

Levant les yeux, j'ai découvert l'équipe de télé qui m'encerclait. Le cameraman s'est approché pour faire un gros plan, tandis que le réalisateur répétait sa question.

Je l'ai regardé d'un air idiot.

Il a toussé et essayé autre chose :

« Quel message aimeriez-vous adresser aux gens qui ont fait sauter cette bombe ? »

Nouveau silence. Je regardais quelqu'un d'autre. Je venais de remarquer parmi eux la présence de Shague Ghinthoss, qui les accompagnait avec des airs de propriétaire. Il me souriait avec la fausse humilité du bon apôtre. Il s'était mis l'équipe télé dans la poche, si bien que leur film allait servir d'outil de propagande à sa propre gloire. Super.

Le réalisateur a suivi mon regard. Ça lui a donné une idée.

« Nous avons ici Shague Ghinthoss, le plus grand poète irlandais vivant. Aimeriez-vous lui poser une question ?

— Oui. »

Il fut ravi d'obtenir une réponse de ma part.

« Laquelle ? »

Je me suis tourné vers Ghinthoss.

« Vous êtes poète ?

— Oui, j'ai cet honneur, m'a-t-il répondu avec un sourire supérieur.

— J'ai toujours voulu savoir quelque chose.

— Je vous écoute, a rétorqué Ghinthoss en souriant.

— Qu'est-ce que les types comme vous font de leurs après-midi, putain ?

— Coupez », a dit le réalisateur, d'une voix furibarde ; mais, au moins, l'ingénieur du son a souri.

Ils se sont éloignés. Ghinthoss s'est retourné vers moi pendant que les autres regardaient ailleurs. Il m'a adressé un coup d'œil triomphal. Il s'était sans doute entraîné. Je gagne, disait son regard. Je me suis creusé le ciboulot à la recherche du regard « j'en ai rien à foutre », mais je n'ai rien trouvé.

Tiens, l'équipe de télé s'était approchée du groupe où se trouvait ma future épouse. Ces jeunes se comportaient très correctement. Ils ne courtisaient pas la célébrité, mais ils ne lui disaient pas non plus de ficher le camp. Ils semblaient aussi capables de résister à l'excitation d'une rencontre avec Shaghe Ghinthoss. Ma considération pour eux a augmenté d'un cran.

Au bout d'une minute, j'ai arrêté de regarder. J'ai allumé une autre cigarette. Je me suis surpris à regretter l'absence de Chuckie. J'aurais eu plaisir à voir ce que ce gros con aurait fait de tout ça. Du fric, sans doute.

« Qu'est-ce que vous leur avez dit ? »

J'ai levé la tête, étonné, clignant des yeux dans le soleil.

Elle s'est assise près de moi en glissant sa jupe entre ses jambes. Je ne l'avais pas vue arriver.

« En tout cas, ils ne pensent pas beaucoup de bien de vous. »

J'étais surpris, flatté (vaguement déçu ?) : elle était venue vers moi. J'étais aussi perplexe. J'avais envisagé de passer le voyage de retour à imaginer des tentatives d'approche impossibles, des ouvertures risquées, des stratagèmes aboutissant à une rencontre « fortuite ». Mais je n'aurais rien tenté. J'aurais été très content de la laisser partir sans coup férir. Ce renoncement me procurait une sorte de joie. Sa gravité même rendait parfaitement improbable que je lui adresse jamais la parole. Voilà peut-être pourquoi j'aimais tant ces filles graves.

« Ah... eh bien... je, euh, je n'avais pas grand-chose à dire. »

Elle a souri. Elle était très jolie. Trop jolie pour moi, sans doute. J'ai toujours préféré les filles légèrement laides. Curieusement, c'était tellement plus sexy quand elles se déshabillaient.

« Moi non plus », m'a-t-elle rétorqué avec des airs de conspiratrice.

Plongé dans mes pensées, j'ai mis quelques secondes à me rappeler qu'elle parlait de l'équipe télé. J'ai aimé sa complicité. Elle nous incluait dans le même diagramme de Venn.

« Les gens avec qui tu es n'ont pas l'air de s'en faire.

— Non. Ils sont relax.

— Ils ont l'air bien, tes amis.

— Ça va. »

Son ton détaché m'a surpris. Et j'ai été encore plus surpris lorsqu'elle m'a demandé une cigarette. Elle paraissait trop propre sur elle pour fumer. À sa première bouffée, j'ai compris que c'était parce qu'elle ne fumait pas. Elle a virilement essayé de dissimuler sa toux, mais c'était clair comme de l'eau de roche.

« Tu es un personnage étonnant dans une manifestation comme celle-ci, dit-elle.

— Je n'ai pas l'air d'un pacifiste ? »

Elle a montré mon visage. Il n'y avait plus qu'une égratignure et une lèvre enflée, mais j'ai compris ce qu'elle voulait dire.

« Que s'est-il passé ?

— Je transportais des meubles. »

Elle m'a gratifié d'un regard vieux jeu.

« Je transporte beaucoup de meubles. »

Je me faisais piéger dans mon baratin habituel de macho. Je désirais parler de Racine et de Flaubert avec cette fille, mais elle appréciait apparemment le baratin macho.

« Tu as déjà lu Rousseau ? » lui ai-je demandé tristement.

Nous avons parlé un moment. Elle s'appelait Rachel. Elle me plaisait infiniment. Je serais volontiers mort pour ce genre de fille et puis mon cœur débordait tandis que mon esprit restait vide. J'étais nerveux comme un gamin de dix-sept ans, mais elle semblait impressionnée, elle semblait convaincue.

À un moment, un type barbu est passé près de nous avec deux gosses. Il portait un bébé, mais une gamine de six ans traînait des pieds à côté de lui. Elle pleurait sans discontinuer, jouant le scénario bien rôdé de la douleur. Le barbu a perdu patience. Il s'est arrêté et penché vers la fillette pour flanquer une grande claque sur ses jambes nues.

« Je t'ai déjà dit d'arrêter ça », siffla-t-il.

La gamine s'est mise à pleurer de plus belle.

Cette réaction ne m'a pas semblé très pacifiste. C'était une énigme avec ces fanatiques de la paix : je me demandais toujours qui ils aimaient rosser à mort. L'homme est reparti. À quelques pas de moi, sa fille sanglotait tant et plus. Elle a vu que je la regardais et ses sanglots se sont un peu apaisés. Je lui ai fait signe d'approcher. Elle a marché vers moi d'un pas hésitant.

J'ai sorti mon mouchoir et j'ai essuyé son visage trempé de larmes. Elle était toute rouge et barbouillée, mais mignonne malgré tout.

« Si tu continues de pleurer, tu vas fondre », lui ai-je dit.

Ce n'était pas génialement trouvé, mais elle a eu suffisamment de tact pour faire semblant de pouffer de rire. Je lui ai passé la main sur la tête.

« Comment t'appelles-tu, ma chérie ?

— Doris. »

Je n'ai pas bronché.

« Eh bien, te revoilà comme avant, Doris. »

Elle m'a souri. J'ai tourné la tête vers son propriétaire irascible.

« Ton papa t'attend. »

Elle a couru vers lui. Je n'étais pas un magicien, mais j'ai toujours remarqué que les enfants restent assez calmes quand on se prive du plaisir de les rudoyer.

J'ai allumé une cigarette en essayant de ne pas regarder Rachel. Je savais ce que je venais de faire. Je faisais ça depuis des années. Toutes ces choses dont j'espérais qu'elles pousseraient les filles à coucher avec moi. Il y a quelques années, je me serais peut-être critiqué pour une galanterie aussi ostentatoire, une manifestation de tendresse aussi cynique. Mais désormais je me réconfortais avec la pensée que j'aurais fait la même chose en l'absence de Rachel. Et puis, au moins, je n'avais pas dérouillé le père. Pendant tous ces moments, on avait entendu les battements de mon cœur déchaîné et je m'étais senti déchiré par le désir irrésistible de me lever pour lui mettre mon poing dans la figure. Et je ne l'avais pas fait. Pour moi, c'était un progrès considérable. J'avais réformé mon caractère.

Quand j'ai enfin rassemblé le courage de regarder Rachel, j'ai vu une lueur dans ses yeux, cet éclat révélateur qui signifiait qu'elle me jugeait baisable.

« C'était bien de faire ça, dit-elle en un souffle.

— Cette gamine ne méritait pas qu'on la gifle.

— Tu aimes les enfants ? »

Elle y allait à fond, elle haletait presque. Elle me prenait certainement pour un desperado bien fringué et doté d'une sensibilité qu'elle-même pourrait épanouir. À mon avis, elle regardait trop la télévision.

« Oui, j'aime bien les gosses.

— Pourquoi n'en as-tu pas ? » Elle m'a souri. « Tu ferais un bon père », ajouta-t-elle avec un battement de paupières.

Lorsqu'une femme vous dit une chose pareille, il n'y a pas à se tromper sur le sens de ses paroles. J'avais seulement entendu ça deux fois et j'avais toujours fini par mouiller certaines parties de mon anatomie.

J'ai essayé de faire tomber un peu la pression. Rachel me plaisait bien. Je n'avais aucune envie qu'elle me refile des mignardises à bas prix. Elle était trop bien pour ça. J'étais trop vieux pour ça. J'avais trop envie de l'aimer. J'aurais dû mettre la pédale douce, mais c'était plus fort que moi. Je cherchais l'amour. Encore.

J'ai failli plaindre Rachel. Elle ne nous méritait vraiment pas, moi et ma douleur. Mais je ne voulais pas qu'elle cesse de me parler. Je ne voulais pas qu'elle s'en aille. Après Sarah, Mary, Aoirghe et les autres, je me tenais en bien piètre estime et la mauvaise opinion qu'elles avaient de moi sapait ma propre fierté. Pareille unanimité emportait la conviction et je me sentais plus que susceptible. Si jamais Rachel me disait une chose trop gentille, j'étais prêt à lui lécher la main et à aller ramasser du petit bois pour elle.

Nous sommes restés coincés là pendant un temps fou. Rachel et moi avons bavardé une demi-heure avant qu'elle ne retourne auprès de ses amis. On nous a alors fait remonter dans le train, lequel est retourné lentement vers Portadown. Ghinthoss et quelques autres insistaient pour que tout le monde descende à Portadown et manifeste. Les employés des chemins de fer essayaient de s'y opposer. Portadown ne cassait pas trois pattes à un canard, la gare se réduisait à un long quai avec une cabane en parpaings, mais comme Ghinthoss y tenait mordicus, sur le quai nous sommes descendus.

Nous avons traîné là pendant une heure de plus. Tous les horaires de la *Northern Ireland Railway* étaient maintenant chamboulés. Le pays ne comptait que deux ou trois lignes et nous avions réussi à en bloquer une beaucoup mieux que l'IRA. Les employés de la NIR nous ont suppliés de remonter à bord du train. Ils ont fini par appeler la police. Quand les ennuis se sont pointés à l'horizon de la gare, Ghinthoss a manifestement pesé les éventuels avantages d'une échauffourée pour sa carrière. Un affrontement pacifique avec les flics aurait toute la séduction rétro des émeutes parisiennes de mai 68, mais d'un autre côté Ghinthoss ne voulait pas perdre une miette de son prestige auprès des autorités : il y avait trop de prix, de bourses et de subsides à glaner pour le poète irlandais sachant garder un profil bas, trop d'ordres du mérite et de palmes diverses. Simulant un air navré, mais avec une voix pleine de sous-entendus menaçants, il nous a ordonné de remonter dans le train.

À cause du chaos qui régnait sur les voies, nous avons mis plus d'une heure pour retourner à Belfast. J'avais échangé quelques mots avec Rachel à Portadown, mais rien n'avait été ratifié : elle n'avait encore rien *signé*. Je savais qu'il me restait quelques minutes seulement pour solidifier cette situation liquide. Je voulais la revoir, désespérément.

Comme nous descendions sur le quai de la gare, il m'a semblé que tout était foutu. Dans la confusion toute relative, j'ai essayé de rester aussi près que possible de son groupe, mais nous n'avons pas eu la moindre occasion de parler ensemble. Nous approchions de la sortie de la gare et elle allait s'éloigner à jamais quand le destin — sous la forme de la politique fasciste — en décida autrement.

Une quarantaine de manifestants de *Just Us* avec des pancartes et deux autres équipes télé bloquaient les portes électroniques de la gare. J'ai reconnu Mickey Moses, le porte-parole messianique ; il était entouré d'un groupe de femmes de *Just Us*, le genre de laiderons républicains, maoïstes, au regard dur. La plupart des hommes semblaient costauds et très remontés. J'avais vu une flopée de manifs *Just Us* et c'étaient toujours des enfantillages. Mais celle-ci sentait le roussi. Au plus profond de mes molécules, je pressentais l'imminence de la bagarre.

Notre bande s'est arrêtée à une vingtaine de mètres des manifestants *Just Us*. J'ai cherché Rachel et trouvé Shague Ghinthoss à la place. Tout près de l'équipe télé, il hésitait et sur son visage se lisait une confusion plus grande que celle des autres. J'étais peut-être le seul à pouvoir apprécier pleinement son dilemme, après l'appel au peuple républicain de la veille au soir et le pacifisme beatnik de l'après-midi. Plusieurs de ses supporters le pressaient d'agir. Il y avait maintenant trois équipes de télévision sur les lieux. C'était une occasion à ne pas rater.

Je l'ai vu filer en douce vers les toilettes pour dames. Sage décision, ai-je pensé. Après la fin des hostilités, il sortirait de son trou pour faire trois déclarations indépendantes et éplorées aux trois équipes télé. Dans la foulée et s'il y avait des morts, il raflerait peut-être un prix Nobel.

En attendant, on échangeait des mots en première ligne. Je me suis frayé un chemin jusqu'au front pour voir la première chaise voler. Quelques bouteilles et des pierres ont suivi. (Où diable avaient-ils trouvé des pierres ? Ils les avaient forcément apportées, témoignant ainsi d'une admirable prévoyance.) Quelques filles pacifistes se sont mises à hurler et à pleurer. Jouant toujours des coudes, j'ai rejoint Rachel et je l'ai prise par la main. La première ligne *Just Us*, composée de malabars à grosse bedaine de buveurs de bière, venait de charger notre groupe, et les têtes pacifistes saignaient déjà. Quelqu'un a crié d'appeler la police, d'autres se disaient qu'il valait mieux déguerpir au plus vite. J'ai entraîné Rachel vers les escaliers mécaniques situés sur le côté de la gare.

Avant que nous y soyons arrivés, l'un des gros malabars luttant pour la liberté nous a repérés. Blouson de cuir, cheveux raides, moustache et tatouages, peintures de guerre classiques. Nous lui plaisions bien. Son sang bouillonnait. Il m'a agrippé par le col, m'a traité d'enculé de protestant et a balancé son coup de poing. Comme il occupait une position rudimentaire sur l'échelle de l'évolution, je n'ai eu aucun mal à esquiver son coup. J'aurais pu raisonner avec lui, mais je me suis contenté de lui fracasser le nez et les dents d'un de ces coups de coude miraculeux et irrépétables qu'on ne réussit qu'environ une fois par an (curieusement, la moustache constituait une cible de choix).

Deux types qui le suivaient se sont momentanément arrêtés. La surprise les clouait sur place. À mon avis, nous autres les peaceniks n'étions pas censés savoir nous battre et nos adversaires n'aimaient pas les combats incertains. Peut-être qu'avec des Armalites ils auraient repris du poil de la bête.

Leur hésitation nous a donné le temps, à Rachel et à moi, de nous engouffrer dans l'escalator. Nous nous sommes élancés à travers le parking. Personne ne nous suivait. Les échos de la bagarre se sont bientôt fondus dans le bourdonnement de la circulation de Belfast. J'avais garé l'Épave de l'autre côté de la gare et je ne pouvais la rejoindre qu'en traversant la cour centrale. Je me suis dit qu'il valait mieux remettre ça à plus tard. Les flics venaient de débarquer, mais je ne tenais pas à être là pour la séance de tri. Et puis je venais de me rappeler l'existence de certaine berge du fleuve accessible à partir du parking de la gare. J'y étais déjà descendu, je savais que c'était un bon endroit où se planquer et certes pas un mauvais cadre pour un premier baiser. Il ne faisait pas encore nuit, les lumières de la ville ne se reflétaient pas encore sur le fleuve, mais c'était le crépuscule, bien assez rose pour moi.

Nous sommes descendus vers le fleuve. C'était très joli et mon cœur se gonflait. Les organes internes de Rachel semblaient enfler eux aussi. Je la sentais trembler près de moi, elle parlait sans arrêt de la bagarre et de la manière dont j'avais dégommé ce type. Ça m'agaçait. Certes, j'avais bel et bien allongé Musclor, mais j'étais surtout fier de la manière dont j'avais évité tout ennui. Je me sentais dans la peau de Gandhi. Alors que Rachel s'extasiait devant mes talents pugilistiques. Ça m'a déprimé, mais j'ai charitablement décidé que les gentilles filles comme elle n'avaient pas souvent l'occasion d'assister à une bagarre, moyennant quoi sa réaction était forcément disproportionnée.

Nous nous sommes assis côte à côte au bord du fleuve. Le ciel a rosi, le sang de Rachel refroidi. Je me suis découvert parfaitement heureux. Le bonheur me liquéfiait les méninges. Elle avait peut-être été maladroite, mais apparemment je lui plaisais. J'avais envie de l'embrasser. L'idée qu'elle aussi en avait sans doute envie m'a excité.

J'avais la bouche sèche, je me sentais nerveux, mais j'ai continué de parler. Silencieuse, elle s'est mise à me regarder de cette manière merveilleuse qui signifie que le premier baiser est attendu, redouté, désiré.

J'aurais pu continuer à déblatérer ainsi pendant des heures, mais quelque chose dans son visage — peut-être avait-elle sa propre version de la Mine Boudeuse — m'a enfin poussé à l'attirer doucement vers moi. J'ai joué au garçon sensible, au puceau hilarant à la moue irrésistible ;

elle a joué à la fille grave et ravissante, à la tête penchée. Mon cœur s'est emballé. Comme presque tout le monde, dans une vie émaillée des souvenirs vivaces d'une centaine de premiers baisers, je ne m'en étais toujours pas remis. Les premiers baisers me dédommageaient toujours de toutes les parties ennuyeuses de l'existence — aller aux toilettes, souffrir de migraine, aller chez le coiffeur.

Il y avait cette fille de Century Street, que j'avais connue. Elle m'a plaqué juste après notre premier baiser.

« Qu'est-ce qui pourrait être mieux que ça ? me dit-elle. Quelle amélioration attendre après ça ? »

J'ai dû reconnaître à contrecœur qu'elle avait raison.

Rachel m'a embrassé et tout a été magnifique au bord du fleuve. Au rythme de sa respiration et à sa manière de tendre vers moi ses seins de gentille jeune fille, j'ai compris que c'était aussi quelque chose pour elle. Il faisait assez frais ce soir-là, mais j'étais ivre de joie.

Il s'est mis à pleuvoir. D'un pas allègre nous avons traversé le parking pour rejoindre mon Épave. En passant devant la grande cour, nous avons vu les flics nettoyer les derniers vestiges de la bagarre. Des gens se faisaient embarquer dans les paniers à salade, membres de *Just Us* et pacifistes mélangés. J'ai vu Ghinthoss apostropher vertement quelques durs à cuire pour le plus grand bénéfice des équipes de la télé, mais la plupart des caméras étaient braquées sur les gens qui se faisaient arrêter. Le poète avait l'air mécontent. Selon moi, il se disait que ç'aurait été un grand moment de télé s'il avait réussi à se faire arrêter comme ça. Quelques heures passées à l'ombre aurait été du meilleur effet sur son C.V. Ça avait marché du feu de dieu pour Oscar Wilde. Peut-être qu'aller se planquer dans les gogues des poules n'avait pas été une idée de génie, tout compte fait.

Nous repartions déjà quand quelqu'un a appelé Rachel. En nous retournant, nous avons vu l'un des garçons de son groupe qu'on faisait monter dans un panier à salade. Son visage était couvert de sang, mais il semblait plus choqué de la voir là avec moi que par ses propres blessures. Il l'a encore appelée avant de disparaître dans la camionnette des flics.

Rachel voulait s'en aller, mais je me suis arrêté.

« Ce n'était pas un de tes amis ? lui ai-je demandé.

— Si, a-t-elle répondu sur un ton vague.

— Tu ne veux pas faire quelque chose ?

— Quoi donc ?

— Je ne sais pas. Il n'avait pas l'air très heureux. Tu ne t'inquiètes pas pour lui ? C'est ton ami. »

Elle s'est renfrognée.

« Eh bien, c'est même mon petit ami.

— Quoi ?

— C'est fini depuis des lustres. Simplement, je lui ai pas encore dit.

— Quoi ?

— C'est dur.

— Vous êtes ensemble depuis quand ? »

Elle a encore fait la moue, puis elle a posé un pied devant elle. Elle faisait pivoter sa chaussure de droite et de gauche tout en la regardant d'un air complaisant. Brusquement, toute la scène m'a paru navrante.

« Depuis quand ?

— Deux ans.

— Putain. »

Elle a essayé de sourire.

« C'est sans importance.

— Il n'avait pas l'air de ton avis.

— C'est pas de ma faute. »

Je l'ai regardée d'un air stupide. C'était la plus jolie fille à qui j'aie jamais parlé et il y avait chez elle une douceur qui me donnait envie de poser ma tête sur ses cuisses pour y pleurer, mais pourquoi se comportait-elle ainsi ? Au milieu de l'agitation bruyante des flics et des plaintes des manifestants, elle restait là, silencieuse, les yeux fixés sur moi. Au milieu de toutes ces conneries, sa séduction paraissait illégale. J'ai pensé à son petit ami couvert de sang. J'ai reconnu l'expression de son visage quand on le faisait monter dans le panier à salade. J'ai pensé à Sarah. Je n'avais pas ce qu'il fallait pour pouvoir faire ce qu'elle voulait. En la regardant, j'ai souhaité l'avoir, tout en sachant que ce n'était pas le cas. Quand j'ai atteint l'âge de vingt-six ans, j'ai décidé de lutter contre l'égoïsme de la lubricité. J'ai décidé ça, car je savais que la baise la plus jouissive du monde ne valait pas douze secondes du malheur d'autrui.

« Je vois là-bas quelques-uns de tes amis, dis-je. Tu devrais peut-être les rejoindre. »

Oh, son visage pouvait se durcir très vite. Elle s'est retournée.

« C'est ce que tu veux ? me demanda-t-elle.

— Je crois que ce serait mieux, non ? »

Elle a eu un sourire glacé.

« Un petit bécot te suffit, alors ? »

Autant pour la magie du premier baiser.

« De toute façon, tu étais trop vieux. J'ai seulement vingt et un ans », dit-elle.

J'ai essayé de sourire.

« Au fait, quel âge as-tu ? m'a-t-elle demandé tout à trac.

— Cinquante-sept.

— Tu les fais.

— J'espère que ton copain va bien », dis-je aussi gentiment que possible.

Elle s'est éloignée. Mais au bout de deux pas, elle s'est arrêtée et retournée.

« Tu sais, Jake, t'es vraiment un sale con de moralisateur. »

Puis elle est partie.

Pourquoi ces temps-ci, chaque fois que je rencontrais quelqu'un, finissait-on par m'injurier ?

J'ai allumé une cigarette en me dirigeant vers ma voiture. En deux jours, j'avais évincé deux femmes séduisantes, intéressantes et intéressées. Sans doute que je vieillissais.

« Jackson. »

Je me suis arrêté et retourné à contrecœur. Je m'attendais à un coup bas de Rachel. Imaginez ma liesse quand je me suis retrouvé face à la délicieuse Aoirghe. Bien sûr, ai-je pensé, elle était forcément là. Elle en avait même parlé la veille au soir.

« Je t'avertis, Aoirghe, je ne suis pas d'humeur, la prévins-je d'une voix lasse.

— Je pensais le contraire. » Elle a jeté un coup d'œil vers l'endroit où j'ai vu Rachel et ses amis. « Qu'est-ce qui cloche ? demanda-t-elle. Encore un échec ?

— Je suis trop fatigué pour ça. »

Je me suis éloigné d'elle. C'était une mesure inutile, car Aoirghe m'a suivi.

« Je t'ai vu attaquer Gerry, espèce de fasciste. Tu as eu

tort. Ces filles pacifistes n'aiment pas les conneries macho. »

Ça m'a arrêté net.

« Moi, un fasciste ? ! Qu'est-ce que vous foutiez tous ici ? C'est vous qui avez cherché des ennuis et foutu le bordel. »

Elle a reniflé avec mépris.

« Ces connards bourgeois voulaient faire leur petite manif de protestation. Alors on s'est dit qu'on pourrait aussi en faire une de notre côté.

— Tout ce qu'ils faisaient, c'était de réclamer la paix. »

Elle a encore reniflé.

« Tu ne veux pas la paix ? demandai-je.

— Pas à leurs conditions, répondit-elle.

— À quelles conditions alors ?

— À nos conditions. »

J'ai éclaté de rire.

« Voilà une position très constructive. Tes parents doivent être fiers de toi.

— Nous finirons par l'emporter. »

J'ai ouvert la portière de l'Épave.

« Change de disque, s'il te plaît.

— Va te faire foutre. »

J'ai eu un sourire ravi.

« Dis-moi, Aoirghe, les chiens aboient-ils en te voyant ? Les miroirs te renvoient-ils ton reflet ? Souffres-tu d'une aversion inexpliquée pour l'ail ?

— C'est fou ce que tu peux être drôle », cracha-t-elle avec colère.

Je suis monté dans l'Épave. J'aurais bien essayé de démarrer, mais si l'Épave me jouait son tour habituel, mon geste d'adieu en aurait pâti.

« Comment ça a marché hier soir avec ton Shakespeare de prisunic ? lui ai-je demandé poliment.

— Jaloux ? »

Je lui avais dit que je n'étais pas d'humeur, mais je ne suis pas sûr que cela excuse vraiment ma réponse :

« Aoirghe, je ne te baiserais pas, même si j'avais un sac plein de queues. »

J'ai mis le contact. Le moteur a démarré du premier coup. Le bruit de ce bon vieux diesel a noyé la réponse d'Aoirghe. L'Épave était capable du meilleur comme du pire. J'ai porté les doigts à mes lèvres pour un baiser d'adieu et je suis parti.

Enfantin, je le reconnais, mais amusant, indéniablement réjouissant. J'ai mis la radio de l'Épave, saisi au vol les mots « deux engins suspects » et aussitôt éteint. J'ai donc roulé sans musique. En m'engageant dans Bedford Street, j'ai décidé de chanter.

Une grosse BMW a jailli d'une rue latérale à environ soixante à l'heure. Le conducteur essayait de garder les quatre roues de la voiture sur le sol, mais la grosse bagnole a fait un tête-à-queue. J'ai pilé et dérapé sur la chaussée, manquant de peu l'entrée d'un cinéma. La BMW tournoyait toujours vers moi et j'ai vu ma dernière heure arriver. Elle a violemment percuté le trottoir, perdant ainsi beaucoup de sa vitesse et glissant presque gentiment vers la droite de l'Épave.

J'ai cherché mon souffle. Ces vacheries, qui tombaient soudain du ciel, étaient à deux doigts de me faire pisser de terreur. J'ai mis un certain temps à retrouver une respiration normale ainsi que le contrôle de mes membres agités d'une sorte de danse de saint-guy. J'ai vu le conducteur de la BMW se débattre furieusement avec sa portière. Apparemment, il voulait me régler mon compte. Exactement ce qu'il me fallait pour me calmer. J'ai bondi de l'Épave et foncé vers lui. J'ai ouvert violemment la portière de la BMW et le conducteur m'a menacé avec ses poings.

« Roche ! me suis-je écrié, atterré.

— Putain, qui es-tu ? » a fait le gamin. Il m'a observé avec attention. « Ah, c'est toi, le diplômé. Je t'ai pas remis, à cause de ton costard. Putain de bonne conduite, vieux.

— Comment ça, *putain de bonne conduite* ? T'as bien failli me tuer.

— J'avais la priorité.

— T'es un petit délinquant de douze ans qui conduit une voiture volée. Essaie pas de me bluffer. »

Il a eu un rire ravi.

« T'es blessé ? lui demandai-je.

— Non, je mets toujours ma ceinture.

— Quel civisme...

— Quoi ? fit-il d'un air soupçonneux.

— Rien. »

Il a regardé à gauche et à droite dans la rue. Quelques passants s'étaient arrêtés pour nous observer et les voitures nous contournaient avec précaution.

« Les poulets vont rappliquer dans une minute. Prends-moi dans ta caisse », me demanda-t-il d'un air désinvolte.

Indécis, je me suis retourné vers l'Épave.

« T'inquiète, dit-il. Les vieux tas de ferraille comme ça survivent à tout.

— Hé, dis pas de mal de mon Épave — je veux dire, de ma voiture. Au moins, elle est payée. »

Il est monté côté passager et s'est mis en tête de me faire sortir de cet imbroglio citadin avec son ancien véhicule, tout en lâchant une kyrielle de commentaires sur les carences de ma conduite et de ma voiture.

« Alors comme ça, tu voles des voitures ?

— Je les emprunte.

— C'est illégal.

— Ah bon ? Je savais pas. Vaut mieux que j'arrête, alors. Merci.

— C'est pas la première fois ?

— À ton avis ?

— À voir ta manière de conduire, c'est difficile à dire. Pourquoi as-tu fait ça ?

— J'adore les tête-à-queue, répondit-il au culot.

— Et si c'était la voiture d'un médecin ? Si un toubib ou un infirmier recevait un appel urgent et qu'il découvrait qu'on lui a piqué sa caisse ? »

Roche tourna vers moi son visage crasseux mais triomphant.

« Eh ben je le prendrais en stop, dit-il avec entrain. Et il arriverait plus vite à destination. »

Je n'ai pu m'empêcher de rire.

« Ça c'est sûr. Tu avais l'air pressé de franchir ce carrefour.

— À quoi bon traîner ? »

Je l'ai regardé sur le siège à côté de moi. Il était tellement petit que la ceinture de sécurité l'enveloppait complètement. En théorie, j'aurais pu être le père de ce gosse. Horrible hypothèse.

« Je déteste imaginer à quoi tu ressembleras quand tes couilles auront descendu.

— Occupe-toi donc de tes oignons, vieux. »

J'ai traversé Bradbury Place avant de me rendre compte que je rentrais chez moi. Ce n'était pas une bonne idée. Je ne voulais surtout pas que le bandit Dick Turpin ici présent sache où j'habitais.

« Où est-ce que je te dépose, petit ?

— Conduis.

— Je te ramène chez toi. Où habites-tu ?

— Tu me promets de pas essayer de me sauter à la porte du jardin ?

— Et merde, il remet ça. »

Il m'a dit, sans trop se faire prier, où il habitait. J'ai tourné dans Sandy Row pour me diriger vers Beechmount. J'aurais dû m'en douter. Un gamin typique d'Upper Falls.

« Tu sais où se trouve Beechmount ? me demanda-t-il d'un ton badin.

— Oui.

— Je savais que t'étais catho.

— Grand bien te fasse. »

Il a tripoté la manche de mon costume.

« Tu bosses pas aujourd'hui ? Comment que ça se fait ?

— J'ai dû aller à... un enterrement », ai-je marmonné.

Les railleries de Roche m'auraient sans doute fait perdre tout sang-froid.

Nous roulions maintenant dans Grosvenor Road. Il m'a dit de m'arrêter. J'ai obtempéré. C'était plus simple ainsi. Je me suis arrêté sous un lampadaire. Il m'a montré la limite des immeubles populaires.

« Regarde », dit-il.

J'ai regardé. Dans l'obscurité grandissante, les rues étaient non pas éclairées, mais tenues à l'abri des ténèbres complètes. C'était un quartier populaire à Belfast Ouest.

« Très joli, dis-je. Je suis sûr que c'est ravissant au clair de lune. »

Il a eu un clappement de langue irrité.

« Regarde ce mur », a-t-il sifflé.

J'ai regardé le mur. Il y avait quelques graffiti. *Mort à tous les prots. L'IRA est Dieu* et même quelques *OTG*. J'ai examiné plus attentivement les *OTG*. Tremblés, dyslexiques, c'était l'œuvre d'un enfant, et d'un gamin peu doué encore. Une ou deux fois ils étaient mal orthographiés : *OGT, GTO, TGO*.

« T'en a loupé deux ou trois, lui dis-je.

— T'es qui, toi ? La police orthographique ? »

Je suis reparti en riant.

« Pourquoi es-tu obsédé par ces OTG ?

— Quoi ?

— Pourquoi as-tu écrit ça ?

— J'en avais envie.

— Pourquoi ? »

Du coin de l'œil, j'ai vu son petit visage ratatiné prendre un air mystérieux et important.

« Il y a deux semaines, j'ai vu un type l'écrire. »

J'ai été soudain intéressé.

« Un type à pied. Je l'ai vu écrire ça en face de la loge orangiste de Clifton Street. Quand il a fini, je l'ai suivi. Il est entré dans la Nouvelle Loge et il l'a écrit sur un mur à côté du centre de conseils de *Just Us*. Apparemment, il n'aimait ni les protestants ni les catholiques. C'est vert, crétin. »

Le moteur a hoqueté et calé. J'ai maudit le salopiaud. Puis l'Épave a repris vie, nous sommes repartis.

« Et alors ? demandai-je.

— Je l'ai suivi pendant une ou deux heures. Il se baladait tout bonnement à travers la ville en s'arrêtant de temps à autre pour écrire sur les murs. Églises rivales, Q.G. de partis politiques et même un poste de police.

— Il s'est fait piquer ?

— Non, c'est un malin. Il faisait nuit et il se déplaçait très bien.

— Il ressemblait à quoi ?

— J'en sais rien. À peu près ton âge. Il marchait pépère. Vêtements sombres. Pantalon et veston. Une sorte de costume. Pendant un moment j'ai bien failli le prendre pour un prêtre.

— Pourquoi ?

— Eh ben, ses fringues étaient noir corbeau et je voyais une espèce de bande blanche au cou.

— Tu ferais un bon flic, dis-je.

— Je t'emmerde.

— Merci. »

J'ai tourné à droite dans Beechmount. Beechmount ressemblait à ce que Beechmount avait toujours été : minable, miteux. De petites maisons interchangeables avec des petits habitants interchangeables debout sur leur seuil. Quelques gamins cavalaient sur le trottoir comme ils l'avaient toujours fait et, comme d'habitude, il y avait des bouts de verre un peu partout. Les murs étaient peints de toute une variété de scènes brutales décrivant combien les catholiques étaient plus gentils que les protestants et de toute une série de tableaux très inventifs montrant un grand nombre de soldats britanniques blessés ou tués.

C'étaient les rues chaudes de Belfast, la jungle du West Side, internationalement célèbre et redoutée. Ce n'était pas grand-chose. Gamins scorbutiques et grosses mémés peuplaient ce décor depuis toujours. On découvrait des choses bien pires dans n'importe quelle ville. Même aussi près que Dublin ou Londres, on trouvait une pauvreté plus terrible, un déracinement plus radical. On ne trouvait peut-être pas le même modèle d'Armalites, mais pour le reste c'était du pareil au même.

Il y avait ici une qualité de souffrance qu'on disait unique. Une aliénation cruciale, une oppression spécifique. Ces gens, nous affirmait-on, ne vivaient pas dans le pays où ils voulaient vivre. J'ai connu beaucoup de quartiers pauvres, mais je n'y ai jamais trouvé quiconque qui soit convaincu d'y être à sa place.

Je venais d'un quartier exactement semblable à celui-ci. J'étais donc en terrain connu. Rien de nouveau. Et je n'avalais pas toutes ces couleuvres.

« Par ici », dit Roche en montrant la maison la plus crasseuse que j'aie jamais vue.

Je me suis garé. Un groupe de jeunes aux cheveux courts et en survêtement nous ont jeté un coup d'œil avant de reprendre leurs activités. Telle était la qualité première de l'Épave : elle était trop moche pour qu'on la vole.

Le gamin s'est faufilé sous la ceinture de sécurité et il a ouvert la portière. Il m'a regardé comme s'il était déçu par un oubli de ma part. Je m'en battais l'œil.

« À plus tard, petit », dis-je.

Il a souri.

« Comment que tu t'appelles, déjà ?

— Jake.

— Eh bien, Jake. » J'ai attendu l'insulte. « T'as raison. À plus. »

Il a contourné la voiture et remonté la petite allée vers la maison misérable où il habitait. Pas d'insulte, pas d'obscénité flamboyante. Je l'ai regardé tandis qu'un gros type en T-shirt sale lui ouvrait. Il a jeté un coup d'œil méfiant dans ma direction. Il a sans doute envisagé de venir me dire deux mots, mais il n'avait pas de chaussures. Il s'est contenté de se gratter les couilles et de balancer son mégot dans le jardin avant de retourner dans la maison avec le gosse. Question stature, le jeune Roche ne ressemblait guère à son père, mais ils partageaient le même charme ténu.

J'ai essayé de démarrer et encore calé. J'ai essayé de relancer le moteur une ou deux fois, mais en vain. L'Épave me jouait parfois ce tour. Si je la laissais se reposer une trentaine de secondes, elle changeait d'avis et repartait volontiers.

Dans le silence de l'attente, j'ai nettement entendu des cris en provenance de la maison de Roche. J'aurais juré entendre aussi des bruits de coups. Je ne pouvais pas en être certain, mais j'en étais certain. Le gros balèze en semblait parfaitement capable. Et désireux de cogner.

J'ai démarré et je me suis éloigné. Qu'aurais-je pu faire ? Parfois, ça ne vous regarde tout simplement pas.

Mais pendant tout le trajet du retour, je me suis senti déprimé. J'aurais dû savoir que, dans la vie de ce gamin, il y avait quelqu'un qui le dérouillait régulièrement. Avec les gamins comme Roche, il y a toujours un gros balèze en T-shirt sale qui rôde dans les coulisses. Mais pourquoi est-ce que ça me tracassait autant ? Roche me rappelait-il ma propre enfance ? Pas vraiment. Maintenant que j'étais entré en scène, Roche connaissait au moins quelqu'un qui l'aimait bien — ou du moins qui essayait. C'était la grosse différence qui nous séparait.

À travers mon pare-brise immaculé, la ville m'a soudain paru sale. Après une journée consacrée à la politique calorifique et à la séduction sans lendemain, Roche avait suffi à transformer Belfast en une loque décolorée. Je ne parvenais pas à me débarrasser du goût amer de cette journée. Je détestais ce genre d'accident. Me balader en voiture, apprécier les rues et les gens, c'était l'un des derniers plaisirs qui me restaient. Et je n'aimais pas du tout que ma vie me le subtilise.

Il était près de dix heures quand je suis rentré. Le chat était furieux et affamé. Ça m'a plu. Je lui manquais presque. Je n'attendais pas grand-chose. Je m'étais résigné à la fureur et à la faim. J'ai donné à bouffer à ce salopard et j'ai écouté mes messages.

Chuckie me disait qu'il avait réglé mon problème Crab & Hally.

Septic me demandait de participer à un rencart avec deux filles le vendredi suivant.

Le type d'Amnesty revenait à la charge.

Les flics qui étaient passés la veille m'informaient qu'ils laissaient tomber.

Aoirghe me disait d'aller me faire foutre.

J'ai flanqué un coup de pied au chat. Il m'a regardé comme si ce n'était pas de sa faute. Je ne pouvais pas discuter. J'ai mis la radio. Décision stupide. Compte tenu de l'heure, j'aurais dû me douter que j'allais avoir droit aux infos. Cette fois, je ne l'ai pas éteinte.

« Selon la police, l'incident était sans gravité. Il y a eu trois arrestations. Un porte-parole de *Just Us* a déclaré qu'un des membres de cette organisation avait été sauvagement agressé par l'un des soi-disant pacifistes et que le blessé se faisait soigner à l'hôpital. Selon le même porte-parole, cette agression prouvait toute la duplicité de ces prétendues manifestations pour la paix. Le poète Shague Ghinthoss, qui se trouvait présent lors de l'incident, a refusé d'émettre le moindre commentaire. Parfois, a-t-il seulement dit, il vaut mieux se taire. »

J'ai ri en préparant du café. Ce bon vieux Shague. Soudain pris de remords, j'ai même versé un peu de lait pour le chat.

« Nous avons appris ce soir que le groupe mystérieux qui se fait appeler OTG a menacé deux jeunes protestants de Belfast Nord. Le RUC a refusé d'émettre le moindre commentaire, mais certaines sources suggèrent que ces deux hommes ont été menacés parce qu'ils s'occupaient de recouvrement de dettes dans ces quartiers. »

J'ai éteint la radio et pris le téléphone. J'ai appelé chez Max. Aoirghe m'a répondu.

« Chuckie est là ?

— C'est Jackson ?

— Oui. »

Il y a eu un silence.

« Je vais le chercher. »

Seigneur, pas d'injures. Quelle politesse, soudain !

Chuckie a pris le combiné.

« Salut, Jake, je suis désolé qu'on n'ait pas pris le train aujourd'hui. Tu sais ce que c'est. Il paraît que cette brave Aoirghe et toi vous avez passé un bon moment là-bas. »

Je l'ai coupé.

« Chuckie, qu'est-ce que t'as fait au juste pour Crab et Hally ? »

Chuckie a paru effrayé.

« Eh bien... Deasely et moi, on en a parlé et on a pensé que, puisqu'ils te cassaient les burnes, le mieux était de leur rendre la monnaie de leur pièce.

— Vous les avez appelés en faisant semblant d'être des putains de membres de l'OTG ?

— Oui, c'est ça qu'on a fait.

— Génial.

— Et ça a marché. Donal a appelé Crab et lui a dit que nous allions zigouiller toute sa famille, ses amis ainsi que tous les gens qu'il croiserait dans la rue et puis même qu'on le tuerait s'il te lâchait pas les baskets. Donal a dit que Crab en chiait dans son froc.

— Magnifique !

— Qu'est-ce qui cloche ? »

Maintenant, Chuckie semblait vexé.

« L'info vient de passer à la radio. Si Crab raconte à quelqu'un que mon nom a été mentionné, les gens vont croire que j'appartiens à une organisation terroriste qui n'existe même pas.

— Mouais, a répondu lamentablement Chuckie.

— Et si ces deux connards sont dans l'UVF ou une autre saleté du même acabit ?

— Du calme ! Tu as dit toi-même qu'ils étaient trop stupides pour être dangereux.

— Quoi ? ai-je crié. Les paramilitaires loyalistes feraient passer des examens d'entrée, maintenant ? Il leur suffit de parler à quelqu'un et je suis enterré dans un chantier de construction ou condamné à cent soixante-quinze ans à Long Kesh.

— Calme-toi.

— Je vais te tuer, Chuckie.

— Jake, Jake. »

On a sonné à la porte. Je me suis figé.

« Qu'est-ce qui va pas ? a demandé Chuckie.

— Y a quelqu'un à ma porte, ai-je chuchoté.

— Eh ben va voir qui c'est.

— Et si c'est des types à cagoules avec des 9 mm ?

— Va voir à la fenêtre. »

J'ai posé le combiné sur la table. Comme la fenêtre était ouverte et qu'il y avait des lampes allumées, je me suis senti en sécurité. J'ai tendu le cou dans l'air sombre et odorant. J'ai vu un type devant ma porte. Un flic. Mon moral a chuté, mais il aurait pu dégringoler encore plus bas. Le RUC c'était mieux que l'UVF. J'ai repris espoir.

Je suis retourné au téléphone.

« Chuckie. Les flics sont à ma porte. Je te rappelle dès que je peux. T'es dans la mouise, le Gros. »

J'ai raccroché avant d'ouvrir la porte en arborant une expression intègre.

« Oui ? » ai-je couiné.

Quand le flic s'est retourné vers moi, j'ai reconnu Paul, le copain boxeur de Mary. J'ai plongé.

Il a éclaté de rire.

« Relax », dit-il.

Je me suis redressé.

« Vous avez encore l'intention de me frapper ?

— Non.

— Tant mieux. »

Suivit un silence. Il semblait mal à l'aise. Je me suis demandé ce qu'il voulait. Il regardait ses chaussures.

« Belle soirée », persiflai-je.

Il a ri encore. Son regard avait un éclat qui lui donnait un air jeune et séduisant. J'étais résolument hétérosexuel, mais je n'ai pas pu m'empêcher de le trouver charmant.

« Écoutez, je n'ai pas beaucoup de temps, dit-il. Je tenais à vous remercier.

— Pourquoi ?

— De ne pas avoir parlé de moi aux enquêteurs du CID hier. »

Le CID ? Qu'est-ce que c'était encore ? Ah oui, les flics. Je commençais à en avoir par-dessus la tête des acronymes de trois lettres.

« Ah oui, c'est vrai. Oublions ça, dis-je doucement.

— Je n'aurais pas dû vous frapper ainsi.

— Peut-être que non. »

Il a regardé le graffiti griffonné sur ma porte.

« Qui a fait ça ? demanda-t-il en braquant sa lampe-torche dessus.

— Des types avec qui je bossais. Ce n'est pas grand-chose. »

Il a levé vers moi son visage de dur au regard amical.

« Au moindre problème, appelez-moi. »

Mon héros ! Nom de dieu, il s'était bien comporté jusqu'ici, mais là il poussait le bouchon un peu loin. Qu'étais-je supposé faire ? M'évanouir entre ses bras et faire remonter mes mains le long de son torse viril ?

« D'accord », dis-je.

Il a eu un autre sourire hésitant. Il n'avait pas prévu sa dernière réplique. Je le regardais sans expression.

« Bon, eh bien, désolé de vous avoir frappé et merci encore pour votre discrétion. Je vous dois un fier service.

— Allez, salut », dis-je.

Je l'ai regardé s'éloigner. J'ai secoué la tête. J'aurais sans doute dû me réjouir de voir une journée mouvementée trouver une fin aussi aimable. Mais je me suis rappelé Chuckie.

« Ils voulaient quoi, les flics ? demanda-t-il quand je l'eus appelé.

— Rien. C'était une erreur. Rien à voir avec le reste.

— Tant mieux. Y a pas de lézard.

— Je t'en fous, Chuckie. Je suis toujours dans la merde. Je compte toujours te tuer.

— Jake, faut que tu te calmes. Tu prends les choses trop au sérieux. Faut que tu mettes de l'ordre dans ta vie. T'es en pleine confusion.

— Toi, mon coco, tu ne manques pas de culot.

— Je suis ton ami, Jake. C'est pour ça que je te parle comme ça. »

J'ai regardé ma montre. J'étais trop fatigué pour continuer.

« Hé, Chuckie.

— Quoi ?

— Ta queue atteint-elle ton cul ?

— Bouge pas. Je vais vérifier. »

Je l'ai entendu poser le combiné. J'ai même entendu le faible sifflement métallique d'une fermeture-Éclair qu'on ouvrait.

J'ai raccroché avant que Chuckie ne me raconte une ânerie que je n'avais aucune envie d'entendre.

Dix

Cette nuit-là dans Poetry Street, Jake dormit comme Chuckie et Max, comme Slat, Deasely et Septic, comme le petit Roche et le gros Ronnie Clay, comme tous les autres citoyens de la ville — sauf les oiseaux de nuit, les insomniaques, les travailleurs de nuit et, de manière générale, les promeneurs nocturnes. Belfast, dont tant d'habitants dormaient, ressemblait à une chambre aux lumières éteintes.

La ville enfle et retombe comme une musique, comme un souffle. Dans le sud, les vitrines des boutiques et les trottoirs éclairés par les lampadaires ne répercutent aucun écho. Près de Hope Street, un poivrot égaré titube tardivement. Dans une petite maison de Moyard, un mince vieillard est allongé sans dormir. Sur Carmel Street, une jeune femme brune en chaussons cherche craintivement son chat. Il y a partout de menus événements. Sur Cedar Avenue, dans Arizona Street, Electric Street et la Sixième rue, les policiers du Royal Ulster Constabulary s'agglutinent en petits groupes détrempés qui ne surveillent rien, ils arrêtent de rares voitures, vérifient les permis de conduire, envoient des messages au Q.G. Allô, le Q.G. ?

Sur tous les murs de la ville éclairés par des lampadaires, les sigles brillent : IRA, INLA, UVF, UFF, OTG. La ville chérit ses murs comme on tient un journal. Selon cette sténographie saccadée, les murs racontent histoires et haines, ratatinées et décolorées par le temps. *Qui a terre a guerre* *, disent les murs.

Cent faibles brises agitent affiches et réclames qui vantent des concerts, des réunions religieuses, des films, des réunions religieuses, des biens de grande consommation et des réunions religieuses. Sur Brunswick Street, une affiche orange déchirée claque au vent. On y lit ceci : « La Cathédrale et la Disco ambulantes du Révérend Ramsden, Tenue correcte exigée, pas de catholiques. »

Quelques hampes supportent des drapeaux. Ils s'exhibent aux fenêtres, ils ondulent au sommet de certaines tours, ces drapeaux. Il y a mille drapeaux, mais seulement cinq couleurs et deux motifs. Vert, blanc, or, rouge et bleu. Les deux emblèmes tricolores de la différence.

Toute la ville est jonchée de bouquets de fleurs. Ils se regroupent sur les trottoirs ou les seuils, on les coince dans les balustrades. Ces jardinets illusoires parsèment la ville. Les fleurs fraîches et odorantes dans leur papier d'emballage, ou bien fanées et décolorées par le temps. Toute marche un peu prolongée à travers la ville vous fait découvrir au moins un de ces sites. Les citoyens ont placé ces fleurs aux endroits où d'autres citoyens ont été assassinés. Si ces fleurs sont anciennes, on passe devant en se demandant qui est mort à cet endroit. On ne réussit jamais à s'en souvenir.

* En français dans le texte, comme tous les passages en italique suivis d'un astérisque. *(N.d.T.)*

Seulement tard dans la nuit et d'un point de vue élevé, vous contemplez la ville comme une chose unique, un phénomène unifié. Quand tous dorment, le chaos diurne trouve son unité et, au moins géographiquement, la ville apparaît comme une entité globale. On la voit entourée de ses cercles de basalte noir, de montagnes, de falaises et de plateaux. On aperçoit dans la vaste baie la mer obscure qui lappe les fondations de la métropole et mouille jusqu'à son cœur.

On remarque alors que Belfast est, très littéralement, une décharge. Son centre est bâti sur un terrain plat qui n'était tout simplement pas là il y a deux siècles. On a déversé de la terre dans la mer et on y a construit Belfast. Terre rapportée, artifice urbain. La ville est une plage surélevée, un contrefort. Les autochtones disent qu'elle est sortie de l'eau comme une déesse, mais en vérité elle a été jetée à la mer et n'a point coulé.

Belfast, c'est Rome avec davantage de collines ; c'est l'Atlantide sauvée des flots. Et, où qu'on soit, où qu'on regarde, les rues brillent comme des bijoux, comme de menues guirlandes d'étoiles.

Selon certains, la ville compte 279 000 habitants, 130 000 hommes et 149 000 femmes, et tous ces gens se pressent sur 11 489 hectares. Selon certains, il y a ici un million et demi d'âmes — le Grand Belfast est aussi Belfast. Deux cathédrales, quelques quais, un port, de nombreuses collines et montagnes. Une ville située au niveau de la mer et tout au bord des terres.

Mais indépendamment du nombre de ses habitants et de sa taille, elle est magique. Cette nuit-là, les rues exhalent une odeur lasse et éventée, l'air est plein de regret et de désir. Le temps semble passer et passé. La ville apprend à vieillir.

Et indépendamment de la magie ou de l'éclat, vous pouvez lire les signes. Vous avez vu les drapeaux, les inscriptions sur les murs et les fleurs sur le pavé. Voici une ville où les gens sont prêts à tuer et à mourir pour quelques bouts de chiffon colorés. Telles sont les habitudes de deux populations dotées de différences nationales et religieuses remontant à quatre ou huit siècles. Le drame, c'est que toute différence jadis notable a aujourd'hui fondu et que chacune de ces deux populations ne ressemble à aucune autre, sinon à l'autre. C'est une aberration, une énigme qui corrompt le sang. Il n'y a pas de révolution, seulement une mortelle convolution.

Au cœur de la nuit, Belfast et ses haleines tièdes susurrent néanmoins que la haine est chose divine. Il ne faut pas chercher à comprendre, mais si vous luttez pour la suivre aveuglément, elle vous tiendra chaud pendant la nuit.

Tandis que vous parcourez la ville des yeux (comme vos yeux doivent le faire, comme nos yeux, ces objets démocratiques et non idéologiques, le feront toujours, devant témoins et publiquement), vous constatez qu'il existe bel et bien une division entre les gens qui vivent ici. Certains appellent ça la religion, d'autres la politique. Mais la division la plus fiable, la plus flagrante, est celle de l'argent. L'argent constitue une division sur laquelle vous pouvez toujours parier votre argent.

Vous voyez des rues feuillues et des rues sans feuilles. Vous pouvez imaginer des vies feuillues et des vies sans feuilles. Dans les quartiers rupins et les zones bétonnées, vos yeux aperçoivent quelques vérités, quelques différences réelles. Les cicatrices et les traces de violence sont l'apanage d'une seule catégorie urbaine. Beaucoup de gens semblent vivre bien. Beaucoup prospèrent tandis que beaucoup souffrent.

Belfast est une ville qui a perdu son cœur. Une ville de chantiers navals, de corderies, de filatures. Elle ne construit plus de bateaux, elle ne fabrique plus de cordages et ne file plus qu'un mauvais coton. Toutes ces activités sont mortes. Une ville ne peut pas survivre sans avoir quelque chose à faire.

Mais la nuit, de maintes manières, simples ou complexes, la ville est la preuve d'un Dieu. Belfast donne souvent l'impression d'être le ventre de l'univers. C'est un décor souvent filmé, rarement vu. Dans chaque rue, Hope, Chapel, Chichester et Chief, grouillent les signes émouvants des milliers de morts qui les ont arpentées. Ils laissent leur odeur vivace sur le trottoir, sur les briques et les seuils et dans les jardins. Les natifs de cette ville vivent dans un monde brisé — brisé mais beau.

Une nuit, arrêtez-vous dans Cable Street, laissez le vent vous donner la chair de poule et écoutez, tout raidi d'extase, le passé anonyme qui vous parle. Alors, cette ville vous collera à la peau comme de l'albuplast.

Dans le centre proprement dit ou encore en ces lieux où les gens installent leurs maisons, les rues de la ville, comme les fenêtres éclairées des voisins, sont des histoires de choses accomplies, désirées, endurées et remémorées.

La surface de la ville palpite de ses citoyens vivants. Mais sa terre est richement semée de ses morts innombrables. La ville est un entrepôt de récits, d'histoires. Au temps présent, au passé ou au futur. La ville est un roman.

Les villes sont des choses simples. Ce sont des conglomérats de gens. Les villes sont des choses complexes. Ce sont les distillats géographiques et émotionnels de nations entières. Ce qui fait une ville n'a pas grand rapport avec sa taille. C'est lié à la vitesse à laquelle ses citoyens marchent, à la coupe de leurs vêtements, au son de leurs cris.

Mais surtout, les villes sont des carrefours d'histoires. Les hommes et les femmes qui y vivent sont des récits, infiniment complexes et intrigants. Le plus banal d'entre eux constitue un récit plus palpitant que les meilleures et les plus volumineuses créations de Tolstoï. Il est impossible de rendre toute la grandeur et toute la beauté de la moindre heure de la moindre journée du moindre citoyen de Belfast. Dans les villes, les récits s'imbriquent et s'inbriquent. Les histoires se croisent. Elles se heurtent, convergent et se transforment. Elles forment une Babel en prose.

Et à la fin, après les innombrables générations liées à des milliers et à des centaines de milliers d'habitants, la ville elle-même commence à absorber les récits comme une éponge, comme le papier absorbe l'encre. Le passé et le présent y sont écrits. Les citoyens ne peuvent manquer d'y écrire. Leur témoignage est involontaire, complet.

Et parfois, tard dans la nuit, quand la plupart dorment, comme maintenant, la ville semble s'arrêter et soupirer. Elle semble exhaler ce récit, le restituer comme la chaleur emmagasinée par la terre en été. Ces nuits-là, vous traversez une rue de la ville et pendant quelques minutes dorées il n'y a pas de voiture, et même le bourdonnement de la circulation lointaine reflue, vous regardez les matériaux qui vous entourent, la chaussée, les lampadaires et les fenêtres et, si vous écoutez bien, vous entendrez peut-être les fantômes des histoires qu'on chuchote.

Il y a de la magie dans tout cela, une magie impalpable,

qui se dissipe pour un rien. C'est à ces moments-là que vous avez le sentiment d'être en présence d'une entité plus vaste que vous. Et tel est bien le cas. En effet, alors que vous regardez à la lisière de votre champ visuel éclairé, vous apercevez les immeubles et les rues où cent mille, un million, dix millions d'histoires sombres, aussi vivaces et complexes que la vôtre, résident. Le divin ne va jamais plus loin que ça.

Et les murmures endormis d'un demi-million de gens s'allient pour créer un bruit de fond essentiel, une musique consensuelle. Écoutez et pleurez. Il n'y a pas beaucoup plus à apprendre sur Terre que le spectacle et le chuchotis d'une ville désertée à quatre heures du matin. Par de telles nuits, ces villes sont le centre, le pivot, la roue même sur laquelle vous tournez.

Les villes endormies tout comme les citoyens endormis sont au service des événements, ils veillent sur le récit. Ils sont arrêtés en gare. Ils repartent bientôt, ils poursuivent bientôt leur chemin.

Et dès que les ténèbres commencent à se lever à ses confins, la ville remue et trébuche dans son sommeil. Bientôt elle s'éveillera. Dans cette ville, comme dans toutes les villes, le matin est un assaut. Les gens s'éveillent et s'habillent comme s'ils s'armaient pour la journée. Par toutes les petites fenêtres des maisonnettes donnant sur les ruelles de cette ville modeste, les hommes et les femmes ont regardé Belfast à l'aube et se sont préparés à batailler avec ce lieu.

Mais pour l'instant ils sont toujours au lit. Comme Jake, ils reposent, chacun avec son histoire temporairement suspendue. Ils sont merveilleux dans leurs lits. Ils sont épiques, ces citoyens, ils sont tendres, prêts à être assassinés.

À Belfast, dans toutes les villes, c'est toujours le temps présent et toutes les rues sont Poetry Street.

Onze

Rosemary Daye goba son troisième chewing-gum nicotiné de la journée. Depuis maintenant trois semaines, elle avait fumé seulement deux cigarettes. Les deux en prenant un verre avec Sean. Avec un nouveau petit ami, elle s'était sentie excusée. Lors du deuxième rendez-vous, elle avait été si nerveuse qu'accepter une cigarette avait contribué à créer cette aura sophistiquée dont elle essayait d'aveugler Sean. Elle savait aujourd'hui qu'elle aurait pu se passer de cet effort supplémentaire. Elle avait porté sa robe imprimée et il s'était mis à gémir pour de bon avant même qu'elle ne l'ait lentement retirée.

À cette pensée, le soleil pâlot lui réchauffa presque la peau. Elle traversa Royal Avenue et entra dans sa boutique préférée. Des filles à la mode faisaient salon. Elle y traîna sans se décider. Les vêtements étaient trop chers et elle n'était pas certaine de les aimer, mais elle essaya une jupe verte descendant au genou. Tout ce qu'il avait dit sur les hanches de Rosemary — la sincérité de Sean soulignée par l'évidence visuelle — lui mettait toujours le feu aux joues. Tout en regardant cette jupe devant un miroir en pied, elle remarqua qu'elle faisait déjà des plis à l'entrejambe.

Une semaine plus tôt, Rosemary aurait peut-être pensé que ce vêtement lui donnait une forme de poire. Mais maintenant, elle signa joyeusement un chèque substantiel avant même de remettre ses vêtements antérieurs. Cette jupe, ces plis, elle le savait, le feraient pleurer.

La vendeuse lui sourit en prenant le chèque de Rosemary, qui se demanda si cette fille avait deviné ses pensées. Son bonheur semblait intuitif, communicatif. Elle se demanda si cette fille, qui était jolie, avait quelqu'un qui l'adorait comme Sean adorait Rosemary. Absurdement mais avec générosité, elle l'espéra.

Au-dehors, le soleil s'était refroidi, mais il brillait encore. La bonne humeur de Rosemary augmenta d'un cran et elle se mit, faiblement mais d'une manière évidente, à onduler des hanches en marchant.

Elle se demanda pourquoi elle ne l'avait pas trouvé beau avant cette fameuse soirée. Maintenant, elle désirait mordiller le sourire de Sean pour le lui ôter du visage. Les dents larges du garçon et leur minuscule interstice médian, son menton saillant et sa peau mate au poil imminent, tout cela la faisait fondre intérieurement.

Elle se sourit dans une vitrine sombre. Le salon de beauté de Mecan's. Rosemary se regardait souvent dans cette vitrine. Rosemary se regardait dans de nombreuses vitrines. Il y avait peu d'itinéraires dans cette ville où Rosemary ne détectait pas des successions de surfaces réfléchissantes. Elle avait une carte de la ville dont les repères étaient les lieux où elle pouvait se regarder. Vitrines sombres, étalages mats, jusqu'aux voitures en stationnement. Rosemary était mal à l'aise lorsqu'elle devait parcourir plus de deux ou trois cents mètres à pied sans pouvoir vérifier son apparence.

Ce n'était pas de la vanité. C'était le souci de soi. Les cheveux de Rosemary dominaient son existence depuis l'âge de treize ans. Autonomes, indomptables, ces cheveux avaient un talent fou pour la rendre malheureuse. Pendant des années elle avait dépensé des centaines de livres pour les couper, leur faire subir divers traitements et mises en forme dans toute une variété d'officines. Elle avait observé les autres femmes et leurs cheveux, supputé leurs difficultés, leurs budgets. Au volant derrière une voiture remplie de femmes, elle calculait très précisément leurs frais capillaires annuels cumulés.

Depuis deux ans, elle réussissait à exercer un certain contrôle sur sa chevelure. Avec l'aide d'un raidisseur électronique et d'une mystérieuse lotion après-shampooing qui semblait leur donner du volume, elle avait remporté la bataille. Mais trop souvent, ses cheveux ressemblaient toujours à une coiffure démodée d'hôtesse de l'air et ces journées de tignasse rebelle étaient pour elle une vraie désolation, mais la situation s'améliorait.

Néanmoins, elle n'avait pas perdu l'habitude de s'épier dans les vitrines. Elle remarqua qu'elle n'était pas la seule. D'autres femmes surveillaient machinalement leur reflet fantomatique dans ces miroirs de fortune, et les hommes semblaient encore plus nombreux à le faire. Même les gros types moches observaient leur image avec une régularité monotone. Les hommes plus séduisants semblaient faire ça avec une fascination coupable, mais les gros types moches se regardaient avec une approbation tout à fait évidente et non déguisée. Les regards de Rosemary étaient devenus approbateurs depuis peu de temps seulement. Elle commençait à se plaire. Elle commençait à penser que, si elle avait été un homme, elle aurait sans doute aimé se vautrer sur une femme comme elle. Elle avait vingt-six ans. Il était temps.

Tandis qu'elle regardait l'espace dégagé de Royal Avenue, il lui sembla que cette artère était pleine d'hommes prêts à la désirer et que leur désir serait différent de cette chose malvenue, réductrice, qu'il avait toujours été jusque-là. C'était comme si Sean avait libéré ou révélé un monde plein de bon désir, de désir généreux. Les gens avaient besoin que leur chair touche une autre chair, peau tiède contre peau tiède. Et quel mal y avait-il à ça ?

Rosemary traversa la rue en souriant à un homme qui ne l'avait pas remarquée. Alors il la regarda, surpris et flatté par la largeur et la chaleur du sourire de la jeune femme.

Il était une heure un quart. Il ne lui restait que quinze minutes avant de retourner à son travail, de retrouver les joies discrètes des assurances. Pour la première fois depuis trois ans, elle eut envie d'être de nouveau au bureau, dans la pénombre laiteuse et la chaleur endormante du lieu. Un après-midi de coups de téléphone décousus ne saurait être trop pénible. Elle retirerait ses chaussures et ses doigts de pied nus caresseraient la moquette tiède sous son bureau — pour la première fois de l'année elle ne portait pas de collant et elle constatait avec plaisir que peu d'autres femmes avaient eu la même audace par une journée aussi maussade. Elle aurait tout le temps de repenser à Sean et à sa peau grenue ou douce, ainsi qu'à l'avenir qu'ils partageraient peut-être.

Elle prit par Queen's Arcade et s'engagea dans sa pénombre. Ce lieu, qui d'habitude lui semblait si vulgaire, cette étroite galerie mal couverte était maintenant transfigurée, auréolée de gloire. L'humeur de Rosemary s'éleva encore. Elle espéra ne jamais redescendre.

Il lui sembla qu'il avait embrassé chaque centimètre carré de sa peau. C'était son cinquième. *Oh, laisse-moi être ton cinquième, avait-il supplié, lorsqu'elle lui avait dit qu'elle avait déjà couché avec quatre hommes.* Personne jusque-là n'avait manifesté autant de douceur et d'égards pour elle. Le souvenir des silences abasourdis de Sean, de sa joie et de sa gratitude, faillit la faire trébucher au beau milieu de l'arcade ; une bouffée de chaleur envahit son ventre tout humide.

Elle avait refusé de passer la nuit avec lui et elle n'avait pas souri lorsqu'il lui dit qu'il l'appellerait. Ces mots l'avaient blessée en chassant sa bonne humeur. *Je t'appellerai.* Les seuls mots prononcés par Sean et qu'elle avait déjà entendus. Rentrant chez elle en voiture, elle s'était ressaisie, avait conclu à un coup pour rien. Les hommes étaient ainsi. Elle devrait ressentir de la colère, pas de la honte. Mais elle fut incapable de contenir sa joie en rentrant chez elle et en apprenant d'Orla, sa colocataire revêche, qu'un certain Sean venait de téléphoner pour lui parler, en se moquant qu'il fût trois heures et demie du matin. Orla ajouta d'une voix morne qu'il semblait saoul, mais Rosemary savait qu'il n'avait rien bu — en dehors d'elle-même. Orla retourna se coucher en maugréant et Rosemary le rappela. La voix de Sean semblait parfaitement réveillée, très lucide et douce. Il lui dit d'un ton enjoué que son lit lui paraissait trop grand sans elle et que les hanches de Rosemary le convainquaient qu'il pouvait maintenant mourir heureux. Ce n'était peut-être pas grand-chose, mais ça suffisait.

Elle émergea de la pénombre de Queen's Arcade. Un

banc de nuages brumeux venait de s'éloigner, le soleil se fit plus chaud et elle sentit ses rayons picoter son visage déjà brûlant. Elle sourit, puis sourit de plus belle à la pensée de sa joie immotivée. Elle ouvrit son col. Bien que légèrement vêtue, elle se sentait bien enveloppée et au chaud à l'intérieur de sa peau. La chaleur de sa chair était merveilleuse. Elle se dit que plus jamais elle n'aurait froid. Il lui sembla que chaque parcelle vivante et palpitante d'elle-même baignait dans une sorte de chaleur, une étuve lente et généreuse.

La lumière de Fountain Place la ramena à une approximation de la réalité. Elle se promenait et achetait des jupes depuis si longtemps qu'elle en avait oublié de déjeuner. Il ne lui restait pas beaucoup de temps. Elle se dirigea vers la petite boutique de sandwiches où elle allait toujours. Elle s'arrêta à la porte pour laisser passer un beau jeune homme à l'air canaille, en costume vert. Frappé par le visage et le cou roses de la fille, le garçon eut un sourire séducteur et lui tint la porte ouverte avec un air vaguement galant. Elle lui rendit son sourire et avança sous son bras. Elle se retourna pour lui murmurer un merci et cessa d'exister.

La plus grande partie d'un des présentoirs en verre explosa vers elle. Bien que fragmentés avant d'atteindre Rosemary, les morceaux de métal et de verre furent bien assez gros pour la tuer sur le coup. Un bout de verre lui arracha le bras gauche et la masse tordue d'un plateau métallique réduisit en charpie presque toute sa tête et son visage. Le rebord du présentoir, composé de trois grandes parties, trancha ou se planta dans ses hanches si récemment admirées et quelques lourds bocaux de verre percutèrent son buste et son ventre en pulvérisant la plupart de ses organes. Un très gros morceau de verre traversa le milieu de son corps, arracha ses viscères et les fit ressortir par le grand trou du dos.

Le jeune homme qui lui avait tenu la porte ouverte — à trente-quatre ans il conservait un visage sans rides et une chevelure épaisse, il avait toujours fait plus jeune que son âge et ce qui l'avait irrité autour de la vingtaine le ravissait aujourd'hui, car il voyait ses anciens camarades se marier et devenir chauves, alors que lui-même n'avait aucun mal à sortir avec des filles de dix ans de moins que lui — fut également tué, mais il mit près de vingt secondes à cesser d'exister. Une partie des présentoirs lui avait entièrement arraché une jambe en le blessant gravement aux hanches. Le verre de la porte lui avait ouvert le visage en deux et tranché le nez avant de pénétrer dans son cerveau. Il s'appelait Martin O'Hare. Il avait été à l'école. Il avait lu *les Grandes Espérances* et voulu devenir astronome. Il était tombé amoureux de plusieurs personnes et plusieurs personnes étaient tombées amoureuses de lui. Il avait une histoire, lui aussi.

Dans la boutique de sandwiches (quelle banalité, quelle médiocrité — l'Irlande du Nord n'a jamais connu de lieu de massacre épique : ruelles, petits magasins, officines de paris, boutiques de sandwiches, vendeurs ambulants, pubs minables, salles de danse miteuses, face à des murs peints ou vides), Kevin McCafferty cessa d'exister. Kevin préparait une *baguette* * salade-bacon, sans beurre mais avec margarine, pour un homme d'affaires d'âge mûr qu'il n'aimait pas. Kevin était mal payé, mais il se décarcassait pour s'en tirer. Il en avait marre d'être au chômage, il désirait devenir célèbre. Il chantait dans un orchestre dont le nom changeait à chaque engagement — ou plutôt tous les mois. Il n'aimait pas vraiment la musique et il savait qu'il chantait mal. Mais c'était un prétexte pour porter les cheveux longs, draguer les filles et peut-être, un jour, passer à la télévision, un événement qu'il appelait de tous ses vœux.

(Kevin réalisa son rêve six mois plus tard quand une société de cinéma indépendante diffusa un documentaire sur Channel 4 à propos des Troubles et utilisa certaines photographies prises cinq ou six heures après l'attentat de Fountain Street. Kevin, qui se tenait tout près du lieu de l'explosion, avait été déchiqueté ; mais, bien que décapité et avec une jambe et une grande partie du torse et de l'abdomen en moins, sa viande restait indéniablement humaine. D'autres victimes avaient été littéralement réduites en miettes et les photos en couleurs de ces gens (ou, plus exactement, de ces *morceaux* de gens) avaient beau être choquantes, le réalisateur décida que leur manquait cette dimension humaine, ce *scandale* extraordinaire qui caractérisait ces approximations bovines de la forme humaine. Après la diffusion du film, le Comité de Surveillance de l'Audiovisuel enregistra un nombre record de plaintes émanant de téléspectateurs peu désireux de regarder ce genre de chose, ainsi que de la mère de Kevin qui assura, à juste titre et miraculeusement, avoir reconnu les organes internes de son fils, ses côtes et sa colonne vertébrale explosées, son corps grotesque et décapité. L'épouse du réalisateur de ce film refusa de coucher avec lui pendant près de trois mois et le photographe du RUC se suicida cinq mois plus tard dans des circonstances peut-être indépendantes de l'attentat.)

Kevin avait une histoire, lui aussi.

Natalie Crawford aussi avait une histoire. Comme elle avait huit ans, il ne s'agissait pas jusque-là d'une très longue histoire, ni peut-être d'une histoire absolument passionnante pour des lecteurs adultes (sauf, bien sûr, pour l'indulgence de ses parents), mais selon le cours normal des choses, son histoire se serait étoffée, elle aurait inclu davantage de personnages, de décors et d'événements. Malgré tout, l'histoire d'une fillette de huit ans ne mérite pas de finir aussi abruptement. Natalie, sa sœur Liz — une gamine de douze ans qui était déjà amoureuse d'un garçon de Carryduff qui, soulignait-elle, avait les yeux de Brad Pitt en dépit d'une acné carabinée — et leur mère Margaret cessèrent toutes trois d'exister plus ou moins à l'unisson quand un distributeur de boissons vola en éclats métalliques brûlants vers leur chair douce et vulnérable.

La famille Crawford avait sa propre histoire collective. La perte des trois femmes Crawford priva certainement cette histoire d'une bonne part de son intérêt dynastique. Par ailleurs, le père et mari, Robert, se dit sans doute que la suite de son récit personnel manquait désormais du dynamisme qu'il aurait dû conserver. Privé de sa femme et de ses enfants, Robert refusa tout bonnement de s'y faire. Il refusa de l'accepter. Les équipes de télévision, qui filmaient les parents éplorés, l'utilisèrent copieusement pendant les deux premières semaines après l'attentat. L'épouse disparue et les deux gamines décédées, c'était un sujet en or. Mais au cours des mois qui suivirent, la résistance têtue de Robert à toute tentative de réconfort et à la perspective d'un éventuel bonheur poussa les équipes de télé à l'éviter. Sa souffrance passionnée, son manque d'idées, son refus déraisonnable et si peu télégénique de pardonner, c'était tout sauf un sujet en or.

La grande douleur de Robert tenait à un détail : si, ce

jour-là, son épouse et ses filles s'étaient trouvées à Fountain Street, c'était simplement parce que Margaret et lui s'étaient violemment disputés sous prétexte qu'il ne faisait jamais la vaisselle. Les arriérés de dix années de ressentiment marital s'étaient, comme parfois, violemment exprimés et Margaret avait claqué la porte avant de partir en ville avec ses deux enfants pour pleurer, broyer du noir et mourir.

Robert ne s'habitua jamais à l'intensité de son chagrin ; l'aspect dévastateur de cette souffrance le surprenait toujours. Elle le réveillait au beau milieu de la nuit. Il n'avait même pas besoin d'en rêver : elle enveloppait ses pensées, conscientes et inconscientes, comme une croûte, une plaie béante qu'il n'accueillait pas en lui mais qui grandissait malgré tout, une espèce de marée obscène tout au fond de son ventre. La première fois où il se masturba après l'explosion, trois mois plus tard, il s'endormit en pleurant, mort de honte et de culpabilité. C'était comme si aucun de ses actes ne parvenait à la hauteur de la dignité idéale de son souvenir des disparues. C'était comme s'il avait seulement appris à les aimer après qu'elles eurent été réduites en charpie. L'amour le faisait sangloter autant que la souffrance. Une tendresse atroce, incontrôlable, sans objet. Il ne savait que faire de cet amour qu'elles lui avaient fait ressentir en mourant. Il n'avait jamais compris combien l'amour pouvait être affreux, blessant.

L'histoire de Robert cessa d'intéresser quiconque. Il perdit son emploi. Il perdit ses amis. Il se mit à boire — pour se rappeler, pas pour oublier — et il se mit à pleuvoir dans son cœur pour le restant de ses jours.

Ainsi, en bref, un mélange complexe d'histoire, de politique, de circonstances et de trajets aboutit à la détonation d'une bombe de cinquante kilos dans l'espace restreint et donnant sur la rue d'une petite boutique de sandwiches mesurant sept mètres sur quatre. Cet espace confiné et la puissance du dispositif créèrent une explosion d'une telle ampleur qu'une grande partie du premier étage du bâtiment s'effondra en se déversant dans la rue. Il y avait quatorze personnes dans la boutique de sandwiches. Il y avait cinq personnes dans le salon de beauté situé à l'étage lorsqu'il s'écroula, et douze dans la rue au voisinage immédiat des éclats de verre et de métal et du salon de beauté explosé. Trente et une personnes en tout, dont dix-sept cessèrent d'exister sur-le-champ ou plus tard, et dont onze furent blessées au point de perdre un membre ou un organe vital.

Dans une librairie à la vitrine en verre située de l'autre côté de la rue, un gardien et deux clients de la section voyages furent grièvement blessés quand la vitrine de la librairie explosa à son tour. Le gardien perdit un œil et la vue de l'autre, tandis que le visage et le cuir chevelu d'une femme d'âge mûr qui feuilletait un livre sur l'île Maurice furent mutilés de façon permanente. L'autre client perdit presque tous les tissus délicats du cou et du visage.

Une poubelle propulsée vers la sortie de Queen's Arcade par la violence de l'explosion atteignit un écolier assis là sur l'un des bancs de pierre et lui occasionna de telles fractures du bassin qu'il ne marcherait plus jamais normalement.

Beaucoup de gens souffrirent de coupures et d'entailles, beaucoup de gens furent terrorisés. Quelques infirmiers et infirmières improvisés, qui avaient pénétré dans la boutique une fois que la fumée et la poussière se furent dissipées, découvrirent des visions atroces et émétiques qui devaient rester comme une pellicule posée sur tout ce qu'ils verraient ensuite au cours de leur vie.

Dans le silence déchirant, assourdissant, qui suivit l'explosion, s'immisça une chose grotesque ressemblant à la paix. Les morts étaient morts, beaucoup de mourants étaient inconscients ou incapables de parler, la plupart des blessés ou des victimes terrifiées étaient en état de choc ou simplement très, très surpris. Car ç'avait été très, très surprenant. Une situation urbaine quotidienne, parfaitement oubliable (un café banal, une boutique banale, un pub banal, une rue banale), se transforme en abattoir après l'explosion. Les vivants mettent quelques secondes à comprendre, à entamer leurs cris.

Trois minutes plus tard, quelques policiers arrivèrent. Certains restèrent plantés là, d'autres s'accroupirent auprès des blessés ou des mourants, d'autres encore enjambèrent les gravats pour chercher des survivants, un flic intelligent tourna casaque et s'enfuit en courant. Cinq minutes plus tard, la première ambulance arriva. Les deux paramédicaux, se prenant pour des vétérans, entrèrent d'un pas plein d'assurance ; quelques secondes après, ils hoquetaient.

Les scrupules policiers entravèrent certaines opérations immédiates de secours. L'un des traits habituels de ces explosions était que les terroristes installaient une deuxième ou même une troisième bombe aux minuteries réglées quelques minutes après la première, aux endroits où les policiers avaient une bonne chance de mettre en place leurs cordons de sécurité. Policiers et pompiers prirent donc le temps de s'assurer que c'était très improbable — et l'une des victimes de la boutique de sandwiches, qui aurait pu ne pas mourir, mourut.

Pendant ces dix minutes d'attente, le bilan s'alourdit. D'autres paramédicaux luttèrent contre leur horreur, d'autres policiers et pompiers piétinèrent parmi les gravats. Plusieurs passants s'étaient tout bonnement affalés par terre comme des enfants saisis de nausées, tas informes, tremblants et silencieux.

Un quart d'heure plus tard, la plupart des gens présents avaient compris la situation. Un cordon de sécurité était en place. On repoussa curieux et journalistes. Les équipes de déblaiement se mettaient au travail. Un système de tri fonctionnait efficacement, sous la direction d'une jeune médecin qui ne saurait jamais combien elle ressemblait physiquement à feu Rosemary Daye. Le nombre des gens qui refusaient néanmoins de comprendre ce qui venait de se passer était étonnant. Plusieurs passants en état de choc restaient assis, leur regard vide fixé sur les excréments, les fragments de corps et les flaques de sang, incapables de saisir la dimension politique de ce spectacle. L'un croyait naïvement qu'il s'agissait d'un acte sadique. Une femme au visage ensanglanté qui réconfortait son jeune fils près de la librairie n'avait pas la moindre idée des impératifs historiques déterminant un tel événement. Un touriste français, qui s'était trouvé plus près de Castle Street que de la bombe proprement dite, mais qui avait malgré tout eu une trouille bleue, se demandait même à part lui pourquoi ceux qui désiraient voir les Britanniques laisser les Irlandais en paix s'étaient ainsi manifestés en tuant des Irlandais. Mais c'était un Français.

Il régnait un manque déplorable de vision d'ensemble, d'objectivité. Les victimes refusaient de replacer cet événement dans son contexte adéquat. Et pour certains esprits insoumis, il s'agissait d'un processus qui durait depuis un moment. Un triple amputé grincheux déclara quelques semaines plus tard à un journaliste qu'il ne pourrait jamais comprendre ni pardonner aux individus qui avaient placé cette bombe.

Presque toutes ces incohérences s'expliquent par la surprise et par la détresse physique immédiate provoquées par un tel événement, mais il est sans doute plus difficile de comprendre le refus têtu de certains d'entendre la moindre explication raisonnable. Peut-être qu'en pareils moments beaucoup de gens ne veulent tout simplement pas lire entre les lignes. Peut-être qu'ils croient aux mensonges que leur racontent leurs yeux.

Car les poseurs de bombes savaient que ce n'était pas de leur faute. C'était la faute de leurs ennemis, les oppresseurs qui refusaient de faire ce que les autres voulaient qu'ils fassent. Ils avaient demandé à ce qu'on les écoute. Ils n'avaient pas réussi. Ils avaient menacé d'utiliser la violence si on ne les écoutait pas. Quand cela non plus n'avait pas réussi, ils furent contraints, à leur grande répugnance, d'accomplir tous ces actes violents. De toute évidence, ce n'était pas de leur faute.

C'était la politique de la cour de récréation. Si Julie frappe Suzy, Suzy ne frappe pas Julie en retour. Suzy frappe Sally à la place.

Le restant de la journée à Fountain Street fut une procédure lente, interminable. Les heures passaient comme si le temps lui-même avait été endommagé par l'explosion. Le temps passait au rythme d'un homme traversant des gravats. Le temps passait comme la mort.

On évacua les blessés graves. On évacua les blessés intermédiaires. On évacua les blessés légers. On évacua les victimes en état de choc. On n'évacua pas les gens terrifiés. Certaines personnes terrifiées durent rester sur place. Certaines personnes terrifiées faisaient elles-mêmes partie du personnel d'évacuation. La police entendit quelques témoins. Les journalistes entendirent quelques policiers. Des politiciens firent des déclarations. Des médecins firent des déclarations. De toutes parts fusèrent des condamnations vigoureuses et scandalisées. Peu de gens prirent le temps de réfléchir à toutes les occasions où ils avaient répété ces mots pendant ces vingt dernières années. On évacua les corps accessibles, puis les fouilles à la recherche de fragments corporels plus inaccessibles commencèrent pour de bon.

Pour de bon, c'était l'expression juste. Pareille tentative relevait d'un voyage obstiné vers la gravité, vers une chose sérieuse, profonde. Certains terrassiers étaient des volontaires civils. Des hommes et des femmes au naturel rieur entamèrent ce travail et eurent bientôt l'impression que plus rien ne les ferait jamais rire. Ils trouvèrent beaucoup de choses. Ils trouvèrent un sonotone endommagé qui ne fut jamais attribué à aucune des victimes. Ils trouvèrent la pancarte où figurait le menu des sandwiches, très abîmée et couverte de sang. La rumeur courut qu'ils avaient trouvé un cerveau humain parfaitement conservé, entièrement mis à nu. Ils trouvèrent une jupe verte intacte qui les stupéfia — toutes les mortes étaient déchiquetées, leurs vêtements réduits en lambeaux — jusqu'à ce qu'un individu perspicace remarque qu'elle portait encore une grosse étiquette indiquant son prix. Ils trouvèrent des vêtements, des portefeuilles, des jouets, des sacs à main, des manteaux, des chaussures et des bottes, des gens, des morceaux de gens et d'objets que personne ne pouvait identifier.

Un dénommé Francis, père de deux enfants, trouva une petite chose bleue, qu'il ne reconnut pas. Il allait la jeter sur le tas des rebuts où se trouvait déjà le vêtement découvert, quand il comprit que cet objet incluait une mèche de cheveux blonds. Son cœur se mit à battre comme une autre bombe et, en proie à l'horreur, il lâcha sa trouvaille. C'était un fragment de chapeau bleu avec un morceau de crâne de fillette collé dessus. (On l'identifia plus tard comme appartenant à Natalie Crawford.) Il hurla quelque chose aux autres et se laissa tomber sur un tas de débris, le souffle court. Deux pompiers s'approchèrent. Francis montra du doigt la petite chose bleue. L'un d'eux la ramassa. L'autre lui tapota le dos. « Ça va ? »

Francis opina du chef, haletant toujours comme une femme en travail. Après avoir respiré deux ou trois fois, il reprit sa tâche et gravit de nouveau le tas de débris. Il aurait mieux valu qu'un célibataire trouvât cette petite chose bleue, ou au moins un homme sans enfant. Mais Francis avait ces deux filles ainsi qu'un talent exceptionnel pour la compassion. Deux minutes plus tard, il portait les mains à sa bouche et à son nez pour sangloter comme un enfant battu — Francis était aussi un piètre penseur qui ne comprenait rien à l'histoire ni à la politique.

De telles inadéquations étaient nombreuses sur le lieu de l'explosion. On en remarquait aussi d'autres dans les deux hôpitaux qui recevaient les blessés et les morts. Le service des Urgences du City Hospital ressembla très vite à un abattoir. D'autres patients, venus là à cause d'une cheville foulée ou d'un disque déplacé, reculèrent horrifiés. À la morgue, les corps étaient disposés morceau par morceau, lentement reconstitués à partir des soixante-dix ou quatre-vingts livres de débris humains non identifiés qu'on leur avait apportés. Tâche difficile, car un grand nombre de ces fragments étaient brûlés ou déchiquetés. De notoriété publique, la chair humaine est mal conçue pour résister à pareilles épreuves. Qu'avait bien pu faire la chair pour mériter pareil traitement ? Les péchés de la chair avaient sans doute été bien graves pour que la chair ait subi un tel châtiment.

D'autres faiblesses se manifestèrent bientôt parmi les policiers — hommes et femmes — devant informer les parents des morts identifiés. Ils montrèrent la plus grande réticence à exécuter cette tâche.

Le seul vrai professionnalisme vint des journalistes et des cameramen sur les lieux du drame et dans les hôpitaux. Ils firent preuve d'une vigueur réelle et d'une ambition indéniable. Ils braquaient partout caméras et micros. Un journaliste allemand dirigea même son micro vers un cadavre allongé sur un lit de camp. Les journalistes du cru se moquèrent beaucoup de lui. Car ils avaient cessé d'interroger les morts depuis belle lurette.

À minuit, la plupart des intéressés étaient rentrés chez eux. Les policiers, les médecins et les infirmiers, les endeuillés et les terrassiers travaillant sur le lieu de l'explosion. Cette journée provoqua un étrange phénomène unificateur chez bon nombre d'entre eux. Ce soir-là, en buvant une tasse de café, en se lavant les dents, en regardant un film ou en verrouillant une porte, beaucoup pensèrent : *Je me sens tout drôle de faire ça après ce que j'ai vu.* Beaucoup eurent l'impression que l'intérieur de leur corps les démangeait et était couvert de poils. C'était une sensation très inhabituelle et qu'ils ne pouvaient pas expliquer.

Il y avait un autre phénomène unificateur. Tous ces gens possédaient désormais un savoir nouveau. Malgré leur manque de jugeote, ils comprenaient maintenant une chose qu'ils avaient ignorée jusque-là. Certains avaient appris un respect nouveau pour la fragilité de la chair, d'autres croyaient avoir appris quelque chose sur la cruauté humaine, mais ils partageaient tous un même savoir.

Tous avaient appris que la révolution entraîne l'effusion de sang, l'effusion de tous nos liquides humains.

Les morts de Fountain Street furent Rosemary Daye (hanches et cheveux), Martin O'Hare (amateur d'astronomie), Kevin McCafferty (sans emploi, piètre chanteur), Natalie (histoire brève), Liz (aimait beaucoup Brad Pitt) et Margaret Crawford (n'aimait pas faire la vaisselle), John Mullen (n'a jamais mangé sa *baguette* * salade-bacon), Angie Best (la propriétaire, une divorcée de quarante-deux ans, deux enfants et un amant de vingt-cinq ans qu'elle allait plaquer), William Patterson (je ne l'ai jamais rencontré), Patrick Machin-chose, une dénommée Smith et six victimes anonymes. Cette liste est absurde. Cette liste s'oublie facilement.

Identifiés, anonymes. Présents à la mémoire, oubliés. Ils ont tous fait le grand saut, spécialité des morts. Qu'ils aient décédé aussitôt, presque aussitôt ou plus tard, tous ont fait le grand saut. Quitter le monde des vivants pour se transformer en cadavre : la transition la plus rapide du monde.

Égrener leur liste est absurde et impossible. À vingt-deux ans, Angie Best passa son permis de conduire et fut submergée d'un sentiment de liberté extatique si fabuleux qu'aucune expérience ultérieure n'égala jamais son intensité. Son examinateur, un certain Murray, se rappela la joie d'Angie pendant tout le restant de ses jours. Il aimait se souvenir d'elle par ces mercredis pluvieux quand il avait dû recaler plus d'un candidat.

Tous avaient leur histoire. Mais ce n'étaient pas des histoires courtes, des nouvelles. Ce n'aurait pas dû être des nouvelles. Ç'aurait dû être des romans, de profonds, de délicieux romans longs de huit cents pages ou plus. Et pas seulement la vie des victimes, mais toutes ces existences qu'elles côtoyaient, les réseaux d'amitié, d'intimité et de relations qui les liaient à ceux qu'ils aimaient et qui les aimaient, à ceux qu'ils connaissaient et qui les connaissaient. Quelle complexité... Quelle richesse...

Qu'était-il arrivé ? Un événement très simple. Le cours de l'histoire et celui de la politique s'étaient télescopés. Un ou plusieurs individus avaient décidé qu'il fallait réagir. Quelques histoires individuelles avaient été raccourcies. Quelques histoires individuelles avaient pris fin. On avait décidé de trancher dans le vif.

Ç'avait été facile.

Les pages qui suivent s'allègent de leur perte. Le texte est moins dense, la ville plus petite.

Douze

Mais Fountain Street constitue un détail mineur. Le site lui-même est futile, l'événement banal à certains points de vue, le tribut une simple information technique. Pareils attentats à la bombe, pareils assassinats n'impliquent pas vraiment les gens impliqués. Les morts et les blessés constituent un sous-produit dénué de sens. Les victimes résultent du hasard, ce sont des obscurs. Personne ne s'intéresse à elles. Et certainement pas les poseurs de bombes. Car c'est nous qu'ils visent.

De tels événements sont autant de messages. Ils sont conçus pour nous dire quelque chose. Pour nous montrer quelque chose, en tout cas. Ces actes ne sont pas des fins en soi. Ce sont des démonstrations. Regardez ce que nous sommes capables de faire, disent-ils. Regardez ce que nous sommes capables de vous faire.

Nous sommes terrifiés. Nous devons être terrifiés. Voilà pourquoi ça s'appelle le terrorisme.

Ainsi, la réaction de la population constitue la substance de tels événements, son produit, la camelote de cette promotion spectaculaire. Et la réaction de la population fut la suivante :

Jake Jackson, Ronnie Clay et Rajinder Singh comprirent tous en même temps qu'une bombe venait d'exploser. À une heure et quart de l'après-midi, ils étaient debout ou assis sur le toit de l'hôtel Europa avec leurs camarades, la gamelle posée sur les cuisses ou le sandwich à la main. Ils entendirent une détonation assourdie et toute proche. L'air frémit légèrement. Plusieurs ouvriers rejoignirent le bord du toit et regardèrent alentour.

« Ça vient de là-bas », suggéra Ronnie en montrant l'ouest et Grosvenor Road.

Rajinder fit un signe vers le centre-ville où ils virent une grosse boule de poussière sombre traîner là, frémir puis se disperser dans la brise légère.

« C'est où ? demanda Billy.

— Castle Street, dit l'un.

— Non, Royal Avenue, suggéra Ronnie.

— Ça a l'air important », fit Jake.

Une sirène se mit à hurler, de plus en plus forte et stridente.

« J'ai pas entendu de sirène avant, dit un homme.

— Est-ce que ça veut dire qu'il n'y a pas eu d'avertissement ? demanda Rajinder.

— Qui sait ? répondit Jake. On n'a pas besoin de sirène pour évacuer un immeuble à cause d'une bombe qui y serait planquée. »

Les hommes se regardèrent en silence. Plusieurs retrouvèrent leur posture antérieure et reprirent leur déjeuner. Ronnie les rejoignit en haussant les épaules. Deux minutes plus tard, il ne restait plus que Jake et Rajinder au bord du toit. Ils regardèrent un moment l'endroit du ciel où ils voyaient toujours les restes du nuage de poussière stagner dans l'air comme une tache.

Rajinder se tourna vers Jake avec une expression incertaine :

« Je me sens pas bien », dit-il.

Jake observa encore le panache poussiéreux en voie de dissolution.

« J'espère que tu es le seul. »

Comme 84 637 autres personnes en Irlande du Nord, Luke Findlater apprit qu'une grosse explosion venait de se produire grâce au tout premier flash info de la radio. Chaque jour, à l'heure du déjeuner, il écoutait une émission très originale de Radio Ulster intitulée *le Point sur l'agriculture en Ulster*. Il écoutait avec délices certains détails sur l'ensilage, l'élevage des porcs ou les bains parasiticides des moutons. L'Anglais savait que son attitude relevait sans doute d'une honteuse fascination de patricien pour un kitsch pervers, mais il en était néanmoins ravi.

Douze minutes seulement après l'explosion de Fountain Street, le présentateur de l'émission s'interrompit, tripota quelques papiers et annonça d'une voix tremblante qu'il venait de recevoir une information non confirmée sur une grave explosion dans le centre de Belfast, qui aurait fait plusieurs victimes.

La voix de cet homme, si étroitement associée aux problèmes risibles et terre-à-terre de l'engrais et de l'abattage des poulets, prononça curieusement ces mots. L'effet en fut troublant. Luke eut soudain froid. Il s'adossa à sa chaise, en proie à une sensation étrange. Il regarda autour du bureau. Il ne vivait pas en Irlande du Nord depuis assez longtemps pour trouver ces informations banales, normales. Le mobilier de la pièce et jusqu'au papier à lettres lui parurent tout à coup d'une absurdité grotesque.

Luke avait été sur le point d'envoyer un fax. Et il décida de l'envoyer, ce fax. Debout à côté de la machine, il installait le papier, en proie à l'impression inexplicable d'accomplir un acte incongru.

Un quart d'heure plus tard, quand Septic Ted apprit l'explosion de la bombe, il ne ressentit rien d'aussi compliqué que les émotions diverses et désagréables de Luke. Septic était un vétéran. Il avait passé toute sa vie dans cette ville. Il connaissait quelques statistiques.

Il avait pris un jour de congé et il traînait sur un canapé en regardant la télévision. Il s'était presque assoupi lorsque le flash d'infos apparut sur l'écran. Il but une autre gorgée de bière et rota en grimaçant.

« Salauds », dit-il.

Septic n'était pas insensible. Il était habitué.

Chuckie Lurgan apprit l'explosion de Fountain Street une demi-heure après l'événement. Il était rentré chez lui pour déjeuner avec sa mère. À sa grande irritation, elle était absente et une heure plus tard elle n'était toujours pas là. Quittant Eureka Street, il retournait au bureau en voiture, quand son téléphone sonna — ou plutôt, émit une série de sifflements discrets. Chuckie ne maîtrisait pas encore assez bien toutes les subtilités de la conduite en ville pour se hasarder à compliquer sa tâche avec une conversation téléphonique, malgré tout le charme délicieux de cette situation imaginaire. Il se gara dans Bedford Street à un endroit strictement interdit et répondit à l'appel téléphonique.

C'était Luke Findlater. Il expliqua à Chuckie comment ils avaient gagné de l'argent pendant les deux heures d'absence de ce dernier et comment ils allaient en gagner encore pendant les vingt minutes qui précéderaient son arrivée au bureau. Comme toujours, Chuckie buvait du petit-lait en entendant ce genre d'informations, mais il préférait ne pas être là-bas.

« Faut que j'aille chercher des trucs au centre-ville, dit-il. Je vais garer la voiture, faire mes courses et je te retrouve dans quarante minutes.

— Ce sera sans doute difficile. Il y a eu une grosse explosion dans le centre. Tout le quartier risque d'être interdit à la circulation.

— Quand ?

— Je ne sais pas. Y a pas longtemps. »

Chuckie interrompit la communication. Il fit démarrer la voiture et tourna à gauche au bout de Bedford Street pour s'engager dans la circulation à sens unique qui contournait l'Hôtel de Ville. Comme Luke l'avait prévu, la police avait placé des rubans blancs pour interdire l'accès de Donegall Square. La voiture de Chuckie se trouva bloquée par les véhicules qui manœuvraient derrière lui pour changer d'itinéraire. Il regarda le large boulevard de Donegall Place. Ambulances, voitures de pompiers et camionnettes de police s'agglutinaient près de la Banque d'Irlande, mais il ne savait toujours pas où la bombe avait explosé.

Un policier interrompit la circulation pour lui permettre de passer. Le visage du flic était blême et inexpressif. Chuckie n'aimait pas ces visages-là. Il les avait déjà remarqués chez des flics. Même assez loin du lieu du drame, même à des centaines de mètres de distance, les policiers arboraient souvent cette pâleur engourdie.

Détourné, il bifurqua à gauche et dépassa ce bâtiment qu'il avait toujours appelé la Fac des Cracks. Ses projets de courses avortés l'agaçaient, mais il y avait une petite partie indolente de lui-même qui espérait que personne n'était mort.

Crab et Hally apprirent l'attentat presque un quart d'heure après Chuckie. À deux heures moins deux, ils étaient dans la camionnette, sur le point de pénétrer dans New Lodge, un quartier catholique, le genre de trajet qui — ils détestaient le reconnaître — était plus difficile depuis qu'ils avaient perdu Jake, leur précieux collègue catholique. Ils écoutaient une chanson qu'aucun des deux n'aimait. Crab venait de repérer une jeune femme en jupe moulante à qui il avait crié quelque chose que la femme avait pris pour un long hurlement dépourvu de toute signification, mais que Crab ainsi que Hally interprétaient indubitablement comme la déclaration suivante :

« J'veux bien t'baiser quand tu veux, poulette. »

En gros hommes gras qu'ils étaient, ils avaient alors eu un gros rire gras.

Quand ils cessèrent de rire, ils s'aperçurent que la chanson qu'aucun des deux n'aimait était terminée et que les informations de deux heures avaient commencé.

« Tu crois que c'était une à eux ou une à nous ? demanda Crab à Hally.

— Tu crois qu'elle a fait plus de dégâts de leur côté ou du nôtre ? rétorqua Hally à Crab.

— Le centre-ville. Pas facile de savoir combien de cathos traînaient dans le secteur.

— C'est près de Castle Street. C'est forcément des cathos.

— Une à nous, alors.

— Mouais.

— Tant mieux. On zigouillera jamais assez de cathos. Qu'ils aillent se faire foutre.

— Ouais, c'est des enculés. »

Ils pénétrèrent dans New Lodge et regardèrent ces rues catholiques avec un sentiment inédit de triomphe.

Et ainsi de suite. La ville découvrait sa honte peu à peu, à son rythme.

Slat Sloane l'avait apprise par un collègue de travail. Il avait ressenti une douleur et une culpabilité illimitées. Il avait eu la chair de poule en pensant aux morts, sa peau tendre et vulnérable avait frémi de sympathie pour eux.

Donal Deasely apprit la nouvelle quand la police fit évacuer son bureau situé de l'autre côté de la ville. Toute activité avait cessé à Belfast à cause de plusieurs alertes à la bombe, que la police avait prises au sérieux, car elle s'inquiétait d'une éventuelle vague d'attentats. Donal avait entendu la détonation, mais elle lui avait semblé lointaine et peu puissante. Il fut donc surpris quand l'un des policiers lui parla de Fountain Street. Sur le moment, il eut honte d'avoir sous-estimé la violence de la déflagration.

Max, habituée à la violence américaine, ne fut guère surprise. C'était sa première grosse bombe. Il y avait eu de nombreuses fusillades, mais en bonne Américaine elle en avait l'habitude. Cette explosion la troubla néanmoins. Comment pouvait-on l'expliquer ?

Paul, le petit ami flic de Mary, apprit tout ce qu'il avait besoin de savoir quand sa patrouille fut dépêchée à

Fountain Street pour repousser les curieux et chercher des indices. Il passa deux heures en faction à soixante mètres du trou informe de la boutique de sandwiches. Au bout d'une heure, il souffrit d'un torticolis à force de ne pas regarder dans cette direction.

Le jeune Roche prit connaissance de l'attentat des heures plus tard, quand en rentrant de l'école il rencontra un copain — incroyable mais vrai, il était allé à l'école ce jour-là. Ce garçon lui dit qu'une grosse bombe avait explosé en ville et qu'il y avait quarante morts. Avant de repartir vers la maison, Roche vendit trois cigarettes pour cinquante pence à son copain.

Aoirghe, Matt et Mamie, Mary et même ce vieux pochard de Tictac découvrirent l'attentat de Fountain Street chacun à sa manière, chacun à son heure et avec diverses réactions d'horreur et de pitié. Suzy, Rachel et plusieurs autres femmes avec qui Jake n'avait pas réussi à coucher entendirent, apprirent et découvrirent. À la tombée de la nuit, les détails de l'affaire s'étaient répandus dans tout Belfast à la vitesse imperceptible mais implacable de la lumière déclinante.

Ce savoir imprégna la ville comme une bruine, comme une dépression très localisée. Ce soir-là, la vie nocturne fut inconsistante, comme étouffée. Certains trouvèrent ces informations bouleversantes, d'autres les trouvèrent déprimantes, mais très peu de gens ne les trouvèrent point. Ce soir-là, certains parents serrèrent plus fort leurs enfants pour les embrasser, certains amants furent plus tendres, certains bagarreurs invétérés renoncèrent même à se bagarrer. Les citoyens étaient occupés, ils ne pouvaient pas y penser tout le temps, mais ils y pensaient malgré tout et il y avait peu de gens pour ne pas souhaiter qu'il ne se soit rien passé.

La ville et ses habitants savaient qu'on avait soi-disant commis cet acte pour eux. Un mandat était revendiqué. Tandis que les habitants passaient leur soirée à lutter, à travailler ou à flemmarder, presque tous savaient qu'aucun vote n'avait eu lieu, qu'aucune proposition n'avait été avancée. Presque tous les habitants réfléchissaient en privé, en leur for intérieur. Personne ne m'a posé de question. C'était une unanimité silencieuse, mais sans faille. C'était une désapprobation silencieuse, mais sans faille.

La soirée passa et la ville retrouva, une fois encore, son calme obscur. Devant les boutiques du sud, tous les trottoirs éclairés par les lampadaires devinrent déserts. Vue de haut, la ville ressemblait à ce qu'elle avait été pendant la nuit précédente. Il y avait une tache de lumière où l'on distinguait des gravats et des terrassiers, mais d'une manière générale Belfast ressemblait à ce qu'elle avait toujours été.

Les rues scintillaient toujours comme des bijoux, comme de petites guirlandes d'étoiles.

Treize

« Je crois qu'elle a mouillé son lit la nuit dernière, dit Chuckie. Quand je suis arrivé ce matin, les draps étaient trempés. »

Le médecin le considéra sans répondre. Chuckie commençait à perdre patience. Ce type le dévisageait ainsi depuis quelques minutes. Chuckie n'avait pas beaucoup de temps et il s'inquiétait pour sa mère.

« Je veux qu'elle arrête de prendre des calmants », dit-il.

La main du médecin se figea tout près du stylo qu'elle allait saisir. Il regarda Chuckie sans expression.

Chuckie jeta un coup d'œil à la petite cuisine où les deux hommes étaient debout. Il réussit à contrôler son irritation.

« Il s'agit d'un choc durable ou quoi ? Son état va s'améliorer ? »

Le médecin déglutit en silence.

« Pourquoi est-ce que vous me regardez comme ça ? »

Le médecin, qui n'était plus très jeune, rougit. C'était le médecin de famille de Chuckie. Il connaissait ce type depuis au moins quinze ans. Il était venu plusieurs fois à

Eureka Street. Et il avait toujours filé en vitesse. Jamais il ne tergiversait de la sorte.

« Alors ? insista Chuckie.

— C'est fou ce que vous avez changé », hasarda le médecin.

Sa voix semblait terrifiée et Chuckie marqua un temps d'arrêt, toute colère évanouie.

« Que voulez-vous dire par là ? » demanda-t-il d'une petite voix.

Le médecin déglutit encore.

« Eh bien, je ne vous ai pas revu depuis... depuis...

— Depuis quand ?

— Depuis que vous êtes... ah... différent. »

Chuckie choisit la mansuétude.

« J'ai gagné un peu d'argent. La belle affaire. Je ne suis pas un monstre. »

Le médecin opina d'un air sceptique. Chuckie examina son reflet dans le minuscule miroir carré accroché au-dessus de l'évier de la cuisine. Hormis le costard rupin, il ne se trouvait pas vraiment changé.

Il retira son havane de ses lèvres et le cigare accrocha légèrement sa grosse bague en or. Il essaya de ramener le médecin au sujet initial :

« Alors ? Ma mère ?

— Écoutez, Chuckie — pardon, Charles. Votre mère a reçu un choc terrible. Elle ne serait pas normale, si l'impact de ce choc ne provoquait pas quelques troubles chez elle. Elle se remettra quand elle s'en sentira capable. Si vous ne voulez pas que je lui administre des calmants, alors je ne peux rien faire pour elle. J'ai vu plusieurs personnes dans son état. Avec le temps ça s'arrange toujours. Plus vite qu'on ne croit. Les gens sont résistants. »

Chuckie n'avait pas l'air content.

« Je ne crois pas qu'elle ait mouillé son lit, ajouta le toubib. Elle a sans doute beaucoup transpiré. Elle dort peu et d'un sommeil troublé. Vous savez qu'elle a arrêté de prendre ses somnifères. »

Chuckie opina à contrecœur.

« Peggy prend ces médicaments depuis quinze ans. Elle va se retrouver dans l'état d'un héroïnomane sevré du jour au lendemain. Cette épreuve plus son choc récent sont un lourd fardeau. Il faut être patient. »

Le médecin lui sourit.

« Et puis dormez un peu vous-même. Vous avez l'air exténué. »

Chuckie serra la main du médecin et l'accompagna jusqu'à la porte. Il y eut quelques échanges de politesses sur le seuil, quand Chuckie essaya de refiler cent livres au toubib, mais la controverse fut bientôt réglée, et le médecin davantage déconfit que vexé.

Chuckie rentra dans la maison. Il s'approcha du pied de l'escalier et cria vers la chambre de sa mère — en fait sa propre chambre — qu'il allait faire du thé. Il interpréta le silence qui suivit comme un assentiment.

Il s'activa ensuite à la cuisine. Il s'habituait à ces tâches domestiques qui jusque-là le rebutaient, mais il avait le visage renfrogné, tout bouffi de concentration. Car il se creusait les méninges.

Chuckie se creusait les méninges depuis maintenant une semaine ; il se creusait les méninges depuis le soir où l'on avait ramené sa mère à la maison, pleurant toutes les larmes de son corps, muette mais hystérique.

Peggy Lurgan franchissait l'angle de Fountain Street quand la bombe explosa. Le souffle violent de l'explosion la fit tomber et, malgré sa surprise, elle en fut presque amusée. Elle exécuta une galipette assez comique, cette femme d'âge mûr ainsi propulsée cul par-dessus tête. L'espace de quelques secondes, elle envisagea une bourrasque d'une force inhabituelle ou une collision avec une personne qu'elle n'aurait pas vue. Pendant ces toutes premières secondes, tout ou presque alla pour le mieux.

Par malheur, Peggy resta là, saine et sauve mais immobile, pendant près d'un quart d'heure. Par malheur, dans la confusion et le chaos qui s'ensuivirent, personne ne pensa à l'évacuer plus tôt. Par malheur, bien que protégée de l'explosion par l'angle d'une librairie, elle avait été projetée vers un point de vue unique donnant sur les débris de la boutique à sandwiches. Par malheur, elle se trouvait seulement à une dizaine de mètres du lieu de l'explosion. Par malheur, ses yeux restèrent ouverts. Par malheur, elle ne regarda pas ailleurs.

Au bout de ce petit quart d'heure, on évacua Peggy vers l'hôpital. Elle attendit là pendant un certain nombre de minutes qu'elle n'aurait su compter. Elle sentait qu'elle avait froid, mais sa conscience s'arrêtait là. Quelqu'un lui dit qu'elle souffrait d'un choc grave, mais elle n'entendit pas vraiment et fut incapable de réagir. Elle avait simplement froid. Elle avait simplement la peur au ventre.

Caroline Causton appela Chuckie au bureau. La police était passée à Eureka Street en espérant trouver un parent, et Caroline avait répondu. Pendant un instant de vide et de noir, Chuckie pensa que Caroline lui annonçait que sa mère était blessée ou morte. Lorsqu'il comprit qu'il s'agissait d'un simple choc, il fut bouleversé mais aussi nettement soulagé.

Il passa prendre Caroline sur le chemin de l'hôpital —

l'idée de « choc » avait réduit sa panique. Le service des Urgences du City Hospital était débordé. Chuckie et sa voisine luttèrent pour se frayer un chemin à travers la foule. Une infirmière leur dit que Peggy resterait en observation pendant quelques heures encore et que peut-être ils pourraient alors la ramener chez elle. Elle n'était pas blessée, mais son état de choc était d'une gravité inhabituelle et il fallait faire attention.

Chuckie et Caroline attendirent trois heures. Jusque-là, Chuckie n'avait pas réfléchi à ce qui venait de se passer. Maintenant, il ne pouvait plus éviter d'y réfléchir. La preuve, le résultat était sous ses yeux. L'hôpital était débordé par les blessés et leurs parents. Chuckie ne vit pas des choses trop affreuses. Il était arrivé beaucoup trop tard pour cela. En revanche, il vit des foules de gens qui pleuraient. Avant ce jour-là, il n'avait jamais vu des foules de gens en larmes. Certains pleuraient en silence, d'autres bruyamment. Certains beuglaient même sans se gêner. Une femme, qui venait de perdre son mari, couinait atrocement, comme si c'était elle qui venait de mourir. Ses cris continuaient. Les autres pleurs s'interrompirent, car les gens se retournaient pour la regarder. Ses jambes s'étaient dérobées sous son corps et elle était tombée par terre, où elle agitait bras et jambes en frappant le sol à coups de poing. Chuckie sentit un mauvais goût dans sa bouche. Une autre femme essaya de relever la veuve qui perdait les pédales. *Calmez-vous*, lui répétait-elle, *calmez-vous*. Seigneur, pensa Chuckie. Quel ordre absurde. Laissez-la crier. Laissez-la crier.

Avant qu'ils ne ramènent sa mère chez elle, un médecin leur donna des consignes très précises pour s'occuper d'elle. L'essentiel, c'était de la garder au chaud et au calme. Caroline et Chuckie décidèrent de la veiller cette nuit-là à tour de rôle. De retour à Eureka Street, ils guidèrent Peggy dans la chambre de Chuckie. La grande pièce leur parut la plus appropriée. Tout se passa bien : Peggy était docile comme une enfant. Chuckie descendit pendant que Caroline déshabillait sa voisine et la mettait au lit.

Caroline alla de l'autre côté de la rue chercher quelques affaires et prévenir son mari. L'homme maugréa, apparemment, mais sa femme se montra inflexible. Quand Caroline lui relata l'incident, Chuckie fut soudain saisi de l'envie, exceptionnelle chez lui, de traverser la rue et de taper sur le crâne de M. Causton avec une brique.

Caroline prit le premier quart de veille. Elle dit à Chuckie de se trouver quelque chose à manger et puis d'essayer de dormir jusqu'à ce qu'elle l'appelle. Chuckie devina que, s'il dormait, Caroline veillerait auprès de son amie pendant toute la nuit. Il ne dit mot.

Dès qu'elle fut montée, il passa quatre heures mornes et silencieuses au rez-de-chaussée de la maison minuscule. Il essaya de manger un sandwich, mais il avait un goût de caoutchouc. La mauvaise odeur qu'il avait localisée au fond de sa gorge à l'hôpital était toujours là. Il essaya de regarder la télévision, mais il n'arrivait pas à se concentrer sur le clignotement de toutes ces lumières colorées. Aux informations, il vit quelques images de Fountain Street. Sa mère avait été là. C'était une pensée impossible. Un événement impossible.

La petite maison rendait cet événement encore plus improbable. L'intérieur du numéro 42 était le seul décor dans lequel il pouvait imaginer sa mère. Elle appartenait à ce décor. Elle était tellement de ce lieu que la distinction entre cette femme et sa maison se brouillait parfois et qu'il devenait alors difficile de dire avec précision où se terminait l'une et où commençait l'autre. La maison minuscule ressemblait à la femme minuscule. Laide, exiguë, étriquée.

Chuckie découvrit avec terreur des larmes dans ses yeux. Son moi déjà envahissant se gonflait encore d'émotion. Son nez le grattait et le picotait, il sentait toute cette moiteur sur ses joues. L'idée de sa mère inutile et menue endurant cette épreuve était insupportable. Il ferma les yeux et essaya de ne pas regarder les meubles de Peggy ni les horribles décorations de son manteau de cheminée.

À trois heures du matin, il monta à l'étage et remplaça Caroline au chevet de sa mère. Elle refusa de rentrer chez elle. Elle dit qu'elle allait dormir sur le canapé du rez-de-chaussée.

C'était pire de la regarder. Sa mère dormait assez profondément, elle tresaillait de temps à autre et Chuckie eut le cœur brisé lorsqu'elle se mit à geindre comme une petite fille. Le cœur de Chuckie déborda. Il toucha le visage de Peggy et sentit une joue mouillée de salive. Il ne l'avait jamais regardée dormir. Il se sentait dans la peau d'un amant. Il se sentait dans la peau d'un père. En proie à une honte silencieuse, il pleura en pensant qu'elle aurait pu être blessée, en pensant qu'un jour elle pourrait être blessée.

Une semaine était passée depuis Fountain Street. Pour Chuckie, l'état de sa mère s'était peu amélioré depuis cette première nuit d'horreur. Elle parlait, certes. Mais pas beaucoup. Pas au point qu'on l'aurait remarqué.

Il mit la théière et une tasse sur un plateau, qu'il monta à la chambre de Peggy.

Elle était allongée dans le lit, le visage aux trois quarts tourné vers l'oreiller. Il posa le plateau sur la table de chevet.

« Voici ton thé », dit-il doucement.

Comme il avait encore la gorge nouée d'une émotion inhabituelle, sa propre voix lui paraissait étrange. Il se pencha vers elle. Elle ouvrit l'œil gauche et murmura un merci.

Chuckie regarda le flacon de somnifères près du lit. Il restait trois comprimés. Ils étaient là depuis maintenant une semaine. Il savait qu'elle ne dormait pas. Il se demanda pourquoi elle refusait de prendre son nitrazepam. Il ne lui avait pas encore posé la question.

« Caroline a dit qu'elle passerait à midi », annonça-t-il au mur.

Il l'aida doucement à s'asseoir. Il servit le thé. Il le préparait mal et le breuvage paraissait gras et foncé. Peggy en but un peu. Chuckie remarqua les revues intactes à côté du lit. Il les avait mal choisies, mélangeant des magazines de tricot pour ménagères avec des publications émoustillantes bourrées de photos de jeunes femmes nues et d'articles sur la taille du pénis.

« Veux-tu que j'aille t'acheter d'autres revues ? Veux-tu que je t'en prenne d'un genre différent ? »

Elle essaya de lui sourire, mais le relâchement de ses traits lui fit penser qu'elle allait fondre en larmes.

« Il faut que j'appelle le bureau, dit-il en toute hâte. Je reviens dans une minute. »

Avant de quitter la chambre, il se retourna vers le lit. Elle était assise, immobile, la tasse de thé oubliée refroidissait dans sa main. Debout sur le seuil de la pièce, Chuckie jeta un coup d'œil au mur situé à côté de lui. La photographie tant de fois repeinte de lui-même et du pontife trônait là-haut. Il l'avait sortie d'un tiroir et accrochée au-dessus de sa liste, à sa place initiale, en espérant que cette photo ferait rire sa mère. Pour l'instant, ça ne marchait pas. Il la toucha d'une main affectueuse et descendit.

Depuis une semaine, Chuckie ne passait pas beaucoup de temps au bureau. Les événements et les projets s'y succédaient, auxquels il ne comprenait pas grand-chose. Luke avait essayé de lui expliquer le plus simplement possible, mais Chuckie, soudain amoureux de sa mère, n'était nullement disponible pour une notion nouvelle, un raisonnement inédit.

Il appela Luke. Il lui dit qu'il allait passer le reste de la matinée avec sa mère.

« Comment marchent les affaires ? demanda-t-il.

— Vous m'avez demandé de ne rien vous dire, Chuckie. »

C'était la vérité. Chuckie trouvait cela beaucoup trop effrayant. Ses fantasmes les plus gras s'incarnaient en une chair adipeuse et il ne parvenait pas à affronter les évidences de son inconscient. Il ignorait tous les détails fumants. Ce qu'il ne savait pas ne risquait pas de l'empêcher de dormir.

« Eh bien, où en est l'agence de rencontres œcuméniques ? Tu peux me parler de ça, dit-il.

— Hier, j'ai embauché quelqu'un pour s'en occuper, les annonces passent dans les journaux de demain. Tout marche comme sur des roulettes.

— Nous n'allons pas gagner beaucoup d'argent avec ça.

— Pourquoi ?

— On en gagne tout le temps. »

C'était la stricte vérité, pensa Chuckie : ils en gagnaient tout le temps. Et il n'avait pas envie de se demander pourquoi.

« Le gamin est toujours là ? reprit-il.

— Oui, dit Luke, vaguement gêné. Je lui ai ordonné plusieurs fois de s'en aller, mais il n'arrête pas de me demander si ma queue atteint mon cul.

— Détends-toi, dit Chuckie. Envoie-le-moi. »

Il raccrocha.

Pendant vingt minutes, Chuckie nettoya, rangea et évita de monter voir sa mère. Toutes les trois ou quatre minutes, sa conscience l'amenait irrésistiblement au bas du petit escalier, mais sa terreur et son amour l'empêchaient de surmonter cet obstacle.

Vingt minutes plus tard, la sonnette retentit. Il ouvrit la porte et découvrit Roche, légèrement moins sale qu'à l'ordinaire, debout sur le seuil et nullement impressionné.

« Entre, dit Chuckie.

— D'ac. », fit Roche.

Il guida le gamin vers la cuisine, sans remarquer l'expression sauvagement calculatrice de son visage. Ils s'installèrent à la table et Chuckie servit de nouveau le thé. Il avait acheté toute une flopée de cafetières grand genre, d'ingéniosités et de complexités variées, mais il ne pouvait s'empêcher de préférer une tasse de thé infusé avec une insistance très prolétarienne.

« Tu as un prénom ? » demanda-t-il au gosse.

L'indignation de Roche ne se fit pas attendre.

« Toi aussi, t'essaies de me brancher ? explosa-t-il. T'es comme ton copain : tu penses qu'à ça. »

Jake l'avait prévenu. Chuckie avait écouté la description de son ami, mais sans résultat. Roche était toujours là. Chuckie l'avait rencontré pour la première fois en allant en Terre catholique à Lower Falls pour réunir quelques gosses et les envoyer ramasser des brindilles. Il n'y avait pas assez de gamins protestants et le moindre os du corps de Chuckie, jusqu'au dernier atome de son être, était œcuménique. Ce gamin avait ramassé trois ou quatre fois plus de brindilles que les autres, mais Chuckie le soupçonna d'avoir négocié d'odieuses sous-traitances. Chuckie avait donc reconnu une âme sœur, à qui il avait accordé une prime généreuse.

Telle fut son erreur. Car depuis lors, Roche rôdait dans les parages de leurs bureaux. D'abord timide, il s'était enhardi et, toute la semaine passée, Chuckie avait reçu des coups de téléphone irrités de Luke, qui se plaignait de la présence continuelle du gosse autour de l'immeuble. Chuckie savait parfaitement que le gosse aurait dû être à l'école, mais il lui avait fait faire quelques courses. Une ou deux fois, il avait même inventé une activité pour occuper le gamin. Roche s'en aperçut aussitôt et méprisa de tout cœur la faiblesse de Chuckie, lequel ne pouvait s'empêcher de l'aimer bien.

« Alors ? demanda-t-il.

— Alors quoi ? couina Roche.

— Ton nom. »

Il vit la bouche du gamin s'ouvrir pour hurler une accusation homophobe, et il le prit de vitesse.

« Laisse tomber, dit-il. Je veux pas le savoir. »

Un ange passa. Chuckie sirotait son thé. Roche le dévisageait d'un air renfrogné. Le gamin ne s'étonnait nullement de ne pas savoir pourquoi on l'avait fait venir. De toute évidence, il soupçonnait une autre tâche cousue de fil blanc. Ses traits crasseux arboraient une moue dédaigneuse.

« Comment va ta vioque ? » demanda-t-il tout à trac.

Chuckie en recracha son thé.

« Je sais pas, marmonna-t-il d'une voix peu sûre. Je crois qu'elle s'améliore.

— Tant mieux. »

Chuckie regarda dans le vide.

« Faut lui laisser le temps de se remettre, poursuivit Roche avec une infinie gravité. Surtout à son âge.

— Ouais. C'est ça. Absolument.

— Te fais pas trop de mouron. Tout ira bien. » Sa minuscule main sale tapota l'épaule de Chuckie. « Je peux fumer ? »

Chuckie acquiesça. Le gamin alluma sa clope. Il s'adossa à la chaise et exhala sa fumée avec une satisfaction évidente. Placide, il regardait la petite cuisine.

Chuckie sortit de l'argent de ses poches.

« Je veux que tu fasses quelque chose pour moi.

— Pas de branlette, tu te rappelles. »

Chuckie essaya de sourire.

« Va chez McCracken's, achète un gros bouquet de fleurs, apporte-les à cette adresse », il tendit un bout de papier au gosse, « et donne-les à Max.

— La poule yankee ?

— Oui, répondit Chuckie à contrecœur.

— Quel genre de fleurs ?

— Je sais pas. Des fleurs.

— Tu es un poète.

— Quoi ?

— Quel genre de fleurs ? Tu veux des roses, des œillets, des lis ? Qu'est-ce tu veux dire à cette fille ?

— Contente-toi d'acheter ces putain de fleurs. »

Il donna quelques billets au gamin. Roche regarda les billets dans sa main, puis les autres. Un sourire lui fit plisser les yeux.

« Je vais te dire quelque chose, hasarda-t-il. Si tu me files cinquante livres, je vais faire en sorte que tu dises à ta nana un truc vraiment spécial, d'ac. ?

— Et tu gardes la monnaie, c'est ça ? »

Roche prit un air outré.

« Il en restera pas beaucoup. Je vais te concocter un machin maousse. Moi aussi, j'ai un faible pour les démonstrations de tendresse. »

Chuckie lui donna le restant de l'argent. Le gosse s'en alla.

Après son départ, Chuckie resta quelques minutes planté dans l'entrée minuscule. Il savait qu'il aurait dû se poser toutes sortes de questions sur Roche. À quoi il rêvait, par exemple. Mais il ne le fit pas. C'était impossible. Comme toujours, sa mère occupait toutes ses pensées. Posséder tous ces nouveaux talents contemplatifs se révélait aussi contrariant que de posséder tout cet argent.

Ayant rassemblé son courage, il allait gravir l'escalier quand la sonnette retentit à nouveau. Il ouvrit la porte.

Un homme bourru en salopette le regarda.

« Lurgan, 42 Eureka Street ? demanda-t-il.

— Oui.

— Il y a deux camionnettes ici et deux autres qui doivent passer cet après-midi... Vous êtes bien sûr de votre coup, mon vieux ? J'ai jamais fait une livraison aussi importante. » L'homme était entré en passant devant Chuckie et il se tenait maintenant au milieu du minuscule salon. « Merde, lâcha-t-il. On va jamais réussir à caser tout ça dans une bicoque aussi riquiqui. Signez ici. »

Il déposa rudement un bout de papier dans la paume de Chuckie et partit.

Chuckie déchiffra la note de livraison. Il se souvint. Et regretta.

Chuckie avait toujours eu un rapport très intense et troublant aux catalogues de vente par correspondance. Ils avaient toujours eu pour lui une signification démesurée. Dans le réduit feutré d'Eureka Street, ils constituaient des injections de couleurs, de prospérité et de gloire. La maison de sa mère n'était pas un sanctuaire pour la littérature. Il y avait une Bible et il y avait les catalogues. Et entre ces deux lectures, le cœur du jeune, du gros, du vorace Chuckie ne balançait guère.

En grandissant, il prit conscience de leur tristesse pelliculée, mais une partie de son âme s'obstinait à trouver fabuleux, enivrant, le monde des marchandises qui y figuraient.

Pour lui, ces catalogues avaient été une joie, mais aussi un chagrin. Pendant toute son enfance, ces tomes constituèrent un emblème de la pauvreté de sa mère. Dans la jeunesse de Chuckie, elle tenta de l'arracher à leur générosité inaccessible. Il ne comprenait pas pourquoi elle ne pouvait pas lui offrir les jouets et les gâteries qui s'étalaient sous ses yeux dans ces livres merveilleux. Et il ne comprit jamais que la faim qu'ils créaient en lui faisait souffrir Peggy, car elle ne pouvait pas la satisfaire, cette faim.

Et même si elle avait toujours feuilleté avec amour toutes ces pages de papier glacé, elle ne choisissait que les articles les plus anodins dans les sections les moins excitantes. Elle achetait toujours à crédit, réglant des paiements hebdomadaires si minimes qu'il en rougissait. Ces catalogues, si beaux, si troublants, avaient contribué à forger leur honte commune.

Cette semaine-là, blessé par la souffrance et l'apathie de sa mère, Chuckie s'était creusé la cervelle à la recherche de ce qu'il aurait bien pu faire pour elle. Les membres alourdis par l'amour stérile qu'il ressentait pour Peggy, il avait marché de long en large dans leur salon minuscule jusqu'à ce que ses yeux tombent sur un de ces catalogues. Il bondit dessus avec sa passion habituelle, convaincu qu'ils résoudraient tous ses problèmes.

Il passa presque tout l'après-midi au téléphone. Après quelques hésitations, la fille à qui il parlait choisit de le prendre au sérieux. Il lui dit d'appeler sa banque. Ce qu'elle fit. Puis, le cœur débordant de joie, il acheta un catalogue entier.

Pendant la première trentaine de pages, Chuckie et la fille au téléphone feuilletèrent le catalogue ensemble et il commanda presque tous les articles. C'était plus rapide comme ça. La fille s'obstinait à le freiner en décrivant avec soin chaque article et en justifiant chaque prix, mais il finit par lui river son clou en la prenant de vitesse. Au bout d'un moment, l'achat de tous les articles de toutes les pages se révéla néanmoins d'une absurdité flagrante. Quand ils passèrent à la section « montres et bijoux », la procédure choisie par Chuckie lui aurait fait acheter à sa mère cent quatorze montres, dont soixante et une pour hommes. Lorsqu'ils passèrent à la section « sports », et même s'il savait que sa mère n'aurait su que faire de battes de cricket et de chaussures de footballeur, Chuckie commanda néanmoins un article à chaque page.

Ce fut un événement épique. Vers la fin, Chuckie

entendit nettement que les collègues de la fille s'étaient regroupées autour du téléphone pour compter le total de ses achats, pousser des cris de joie et d'encouragement. Elles n'avaient jamais vu pareille commande et lorsqu'il acheta son dernier article — un organisateur personnel électronique, avec logiciel de traduction incorporé en français et allemand —, il régnait une atmosphère de fête à l'autre bout de la ligne. Chuckie demanda ensuite à la fille de lui indiquer le montant total de ses achats. Il y eut quelques minutes de tapotements sur un clavier, puis un silence.

« Quarante-deux mille cinq cent vingt-huit livres, cinquante-deux pence, dit la fille, atterrée.

— Je vous envoie un chèque », rétorqua Chuckie avec une admirable nonchalance.

Maintenant, c'était à son tour d'être atterré tandis que plusieurs livreurs en salopette se mettaient à entasser une interminable série de boîtes en carton marron dans la pièce de devant. Ils riaient tous en secouant la tête. L'un d'eux mesura du regard l'espace exigu et annonça que trois canapés arrivaient dans l'une des dernières camionnettes. Chuckie avait oublié qu'il en avait acheté cinq. Il en avait choisi cinq, au cas où sa mère n'aimerait pas le premier et aussi parce que plusieurs pages du catalogue étaient exclusivement consacrées aux canapés et qu'il tenait à maintenir son quota d'un article par page.

Alors que la livraison se poursuivait, Chuckie se rappela qu'il avait acheté pour elle des douzaines de vêtements sans avoir la moindre idée de la taille de sa mère. Il avait acheté d'innombrables paires de chaussures pour hommes. Il avait acheté des vélos d'intérieur, des banquettes à U.V., des cannes à pêche, des jeux d'ordinateur. Il avait acheté des protège-sièges pour voitures, des paniers pour chat, des postes de télévision, des guitares électriques, des haltères et des attaché-cases.

Son moral s'effondra lorsqu'il se souvint de la partie du catalogue qui avait encaissé de plein fouet toute la violence de sa fièvre acheteuse, les quarante premières pages. Il fouilla désespérément parmi les piles croissantes des boîtes et le trouva. Il examina les quarante premières pages. Sous-vêtements féminins. Il feuilleta d'une main accablée. Bustiers noirs, nuisettes affriolantes, strings mini-mini en lycra. Il pensa à sa mère ratatinée et plus toute jeune. Il eut envie de pleurer.

Quarante minutes plus tard, les livreurs avaient terminé leur travail et Caroline Causton était arrivée de l'autre côté de la rue pour rendre visite à Peggy. Elle n'en crut pas ses yeux, mais un rire irrépressible franchit bientôt le barrage de la main qu'elle tenait devant sa bouche.

« Où avais-tu la tête, Chuckie ? Tu as perdu tout bon sens ? Peggy va en être malade. »

Chuckie marmonna une excuse piteuse.

« Tâche de me ranger un peu tout ça, je vais monter voir ta mère », dit Caroline d'une voix cassante.

Chuckie la regarda monter l'escalier en secouant la tête. Il se sentait toujours de trop en présence de Caroline Causton et il craignait sa désapprobation. Comme elle disparaissait dans la chambre de sa mère, il ressentit, pour couronner le tout, une brève bouffée de jalousie.

Il se préparait à retourner au bureau quand la sonnette retentit une nouvelle fois. Ça devenait monotone. Il ouvrit avec agacement, convaincu de découvrir d'autres livreurs. Il fut donc surpris de trouver Roche sur le seuil.

Le gamin restait là, à le regarder, un minable bouquet de fleurs à la main. Chuckie ne lui proposa pas d'entrer.

« Elle les a reçues ? demanda-t-il d'une voix soupçonneuse au petit salopiaud.

— Non.

— Et pourquoi non ?

— Elle était pas là.

— Non ?

— Non. »

Chuckie réfléchit. À sa connaissance, Max n'avait jamais manqué une seule journée à la crêche. Il l'appellerait chez elle avant de partir pour le bureau.

« Où est ma monnaie ? demanda-t-il au gamin.

— Quelle monnaie ?

— Tu ne vas tout de même pas essayer de me convaincre que tu as claqué cinquante billets pour ça, dit Chuckie en montrant les œillets fanés dans la main du gosse.

— J'en avais d'autres. Mais, euh, je les ai perdus.

— Quoi ?

— Ouais, j'ai été poursuivi par une bande de cygnes et je les ai lâchés.

— Quoi ?

— Ouais, des gros salauds.

— À Belfast ?

— Tu me traites de menteur, le gros ?

— Tire-toi », dit Chuckie, désespéré.

Il claqua la porte au nez de Roche et appela Max. Pas de réponse. Il appela Aoirghe au travail.

« Lurgan ? »

Elle semblait ennuyée.

« Tu peux pas m'appeler Chuckie ?

— Pourquoi téléphones-tu ?
— Où est Max ? J'ai essayé de la joindre à la crêche et à l'appartement. »

Il y eut un silence. Lorsqu'elle reprit la parole, sa voix avait une douceur qu'il ne lui avait jamais connue.

« Écoute, Chuckie, Max est partie.
— Partie ? Où ?
— Chez elle.
— Je t'ai déjà dit que j'ai appelé chez elle.
— Non, quand je dis *chez elle*, je parle des États-Unis.
— Quoi ?
— Elle est partie hier soir, Chuckie. Elle m'a demandé de ne rien dire. Elle t'a envoyé une lettre.
— Qu'est-ce qui se passe au juste ? » demanda Chuckie avec irritation.

Aoirghe le lui expliqua. On aurait dit que ça lui faisait presque plaisir.

Il avait vu Max une fois seulement au cours de la semaine passée. Elle s'était montrée compréhensive et pleine de sympathie envers la mère de Chuckie. Elle comprenait qu'il restât absent pendant la maladie ou la dépression de Peggy. En fait, Max s'était montrée tellement compatissante qu'elle avait même rendu visite à la mère de Chuckie, deux soirs plus tôt. Chuckie se sentit submergé de désir en la voyant dans toute sa chair brune, chaude et saine, mais elle passa presque tout le temps de sa visite à l'étage, avec Peggy, et il se sentit exclu de manière définitive. Lorsqu'elle s'en alla, elle arborait une expression bizarre et ses baisers furent étrangement distants.

Pour une raison inconnue, presque surnaturelle, dépassant son entendement, il craignit alors qu'un événement majeur se fût produit là-haut avec sa mère souffrante.

Quand il vit Peggy un peu plus tard, le visage ridé était aussi étrange et fermé que celui de Max. Il se demanda ce qu'elles s'étaient dit.

Ensuite, ils s'étaient reparlés au téléphone. La voix de Max avait un détachement que Chuckie et sa nouvelle sensibilité attribuèrent à une gentillesse maladroite. Elle lui dit qu'elle était lasse de toute cette violence qui semblait la suivre pas à pas. À son départ d'Amérique, beaucoup de gens qu'elle connaissait avaient péri de mort violente et il lui semblait aujourd'hui que ce serait pareil à Belfast. Cette idée avait d'abord troublé Chuckie, mais il décida finalement qu'il était inutile de se faire du mauvais sang.

Ce n'était pas comme s'il ne lui avait accordé aucune pensée. Occupé par sa mère comme il l'était, Chuckie rêvait constamment de Max. Ces rêveries ne se réduisaient pas à son habituelle gratitude sensuelle. Absorbé par la nouveauté de son affection pour sa mère, Chuckie n'en concluait pas moins qu'il ressentait des choses plus vastes pour cette fille américaine qu'il n'aurait pu l'imaginer, malgré son propre embonpoint.

Il raccrocha au nez d'Aoirghe sans lui dire au revoir.

À neuf heures ce soir-là, Chuckie était au Wigwam avec les garçons. Ils parlaient des menaces violentes récemment proférées par l'IRA à l'encontre de l'OTG, mouvement inconnu. L'IRA avait mis un certain temps à revendiquer l'attentat à la bombe de Fountain Street (personne ne sut que ce retard fut seulement causé par le grand nombre de cabines téléphoniques vandalisées dans la région de Moyard). Entre-temps, une rumeur circula pendant quelques heures, selon laquelle l'OTG était peut-être responsable de l'acte terroriste. En Irlande du Nord, de telles rumeurs se transformaient très vite en fait avéré. L'IRA, justement irritée, venait de faire clairement entendre son point de vue. Chuckie savait que c'était un peu de sa faute, après les menaces contre Crab et Hally, mais il avait enterré ce remords aussi facilement qu'il oubliait un fiasco sexuel, une impuissance passagère. Et puis, contrairement à ses amis, il avait d'autres soucis en tête.

« Tu es bien tranquille, dit Jake en regardant Chuckie.

— Ouais, marmonna-t-il.

— Ta mère va se rétablir », ajouta gentiment Jake.

La conversation s'interrompit et les quatre jeunes hommes essayèrent de ne pas considérer leur gros copain avec trop de sympathie. Il y eut quelques quintes de toux, on but quelques gorgées de bière.

« C'est pas ça, dit Chuckie.

— Alors c'est quoi ? » demanda Slat.

Chuckie leur parla de Max.

Il découvrit avec surprise comme c'était bon de se confier à eux et comme c'était bon qu'ils l'écoutent ainsi. L'unanimité de leurs conseils le surprit tout autant. Va la chercher, dirent-ils tous. Suis-la à la trace. Tu n'en retrouveras jamais une comme ça.

D'abord cette idée lui sembla absurde, mais peu à peu ils l'amenèrent à y réfléchir. Même Septic arrêta de reluquer les femmes pour se joindre aux encouragements de ses amis. Chuckie sentit ses yeux le brûler et le picoter. Il ne s'était jamais senti entouré d'un tel amour.

« Et ma vieille mère ? demanda-t-il.

— On s'en occupera, dit Slat avec enthousiasme. Ne t'inquiète pas pour elle. »

Les autres marmonnèrent leur approbation gênée. Chuckie réfléchit à leur proposition.

Dix heures plus tard, un Chuckie assez inquiet était assis près d'un hublot dans la quinzième rangée des sièges d'un avion qui roulait vers la piste d'envol. Il n'avait pas perdu une seconde. Deux semaines plus tôt, Luke lui avait obtenu un passeport, convaincu de l'imminence d'une kyrielle de vols internationaux à but lucratif. Jake l'avait aidé à réserver une place, avant de le conduire à l'aéroport dans la grosse Mercedes de Chuckie, lequel avait aimablement confié son véhicule à Jake pendant la durée de son absence. Non sans hésitation, Chuckie demanda à Jake de s'occuper de sa mère en tandem avec Caroline Causton. Il s'était longtemps creusé la tête pour savoir lequel de ses amis il allait solliciter. Caroline Causton serait là de manière plus ou moins permanente, mais il voulait une garantie supplémentaire. Septic fut aussitôt rayé de la liste des postulants. Donal était trop distrait. Slat semblait être le choix évident ; il était doux, bon avec les femmes, un vrai parangon de vertu socialiste. Mais il y avait quelque chose chez Jake qui avait toujours inspiré confiance à Chuckie. Et Jake dit qu'il surveillerait avec plaisir l'état de Peggy.

Lorsque, d'une voix coupable, il exposa ses projets à sa mère, il fut surpris par sa réaction. Une brève mais très évidente lueur d'intérêt traversa le visage de Peggy. Encouragé par cette manifestation, il lui dit qu'il était désolé de la quitter et qu'il serait de retour dès que possible, mais qu'il se sentait contraint de partir.

« Tant mieux pour toi », dit très distinctement sa mère, avant de fermer les yeux et de tourner son visage vers le mur.

Il passa une nuit d'insomnie, torturé par la nécessité de suivre Max et d'abandonner sa mère. Il était déchiré entre deux types d'amour — car c'était désormais ainsi qu'il nommait ses rapports avec ces deux femmes. L'une, il savait qu'il ne la perdrait jamais : sa mère, il en était certain sans même avoir besoin de lui demander, l'aimerait toujours. Mais Max, elle, n'avait peut-être même pas commencé d'envisager cette possibilité. Il savait que, sur un mode épique et transatlantique, il devait lui proposer ce choix.

Au point du jour, il fouilla sa mémoire à la recherche de détails et de lieux appartenant à la vie de Max, telle qu'elle la lui avait racontée. Phoenix. Miami. San Diego. New York. Désespéré, il esquissa mentalement sa quête.

Ce matin-là, en faisant sa valise et en attendant Jake, il avait jeté un coup d'œil coupable et embué de larmes au numéro 42. Tous les articles commandés sur catalogue étaient maintenant arrivés. Jake et Caroline avaient déjà pris un canapé chacun, mais il en restait encore trois. Aoirghe avait promis d'en emporter un et Jake avait suggéré l'Armée du Salut pour le restant de la camelote, mais il régnait encore dans la maison un capharnaüm cauchemardesque. Chuckie en avait les larmes aux yeux. C'était absurde, chaotique. Et tellement typique. Ça lui ressemblait comme deux gouttes d'eau. Ça ressemblait à toute la maladresse de son amour.

Ceinture attachée, lacets dénoués, immobile sur le tarmac, Chuckie se rappela qu'il n'avait jamais pris l'avion. La main poisseuse de la panique provincialo-prolétaire lui tordit les tripes. Sur son visage, il sentit poindre une légère transpiration, presque à la mode. Le décollage, annonça-t-on, était retardé d'une quinzaine de minutes. Il ne manquait plus que ça. Alors qu'il pensait à ce fameux décollage et aux sept heures de lévitation qui l'attendaient, il pria le ciel pour ne pas pisser dans son froc ni se ridiculiser.

Mais Chuckie n'avait pas besoin de s'inquiéter. La Chuckité de son être profond fit que cinq minutes plus tard il dormait à poings fermés et, quand l'avion décolla, il avait la bouche ouverte et il bavait un peu et quelques borborygmes sans rapport aucun avec un ronflement s'échappaient de son nez et de ses lèvres. Chuckie bava et bavassa jusqu'en Amérique.

Quatorze

Dans toute la rue, les sirènes gémissaient et les klaxons beuglaient. Broadway vomissait constamment dans cette artère des flots de gens au visage dur. Chuckie piétinait et multipliait les pas de côté pour éviter cette foule qui se ruait vers lui. En gamin originaire d'une petite ville, il essayait de regarder tous les visages qu'il croisait. Ces visages étaient affûtés comme le vent, ils étaient saturés d'énergie et de temps.

Le trottoir réverbérait les claquements de leurs durs talons comme un tambour ou le tonnerre. Chuckie, né et ayant grandi à Belfast, avait toujours adoré toiser les péquenauds venus des terres ténébreuses de l'Irlande du Nord. Si vous arriviez de Lurgan, d'Enniskillen, d'Omagh ou de Dungiven, Chuckie Lurgan incarnait le *nec plus ultra* de la sophistication citadine et cosmopolite. Mais maintenant, alors que Manhattan défilait et l'encerclait, Chuckie Lurgan était terrifié.

Il s'attendait à ce que chaque visage qu'il voyait ou ne voyait pas lui inflige une forme quelconque de souffrance urbaine. Il s'attendait à ce que quelqu'un sorte un pistolet ou un couteau. Le hurlement continu des sirènes lui donnait une démarche saccadée, aussi précautionneuse et incongrue que celle du soldat en patrouille dans le *no man's land*. Il connaissait parfaitement les traditions de la brutalité et des armes à feu à Belfast, mais les New-Yorkais semblaient tous capables de vous occire. Ils feraient ça avec nonchalance et rapidité, et ils y prendraient plaisir. Même les femmes paraissaient terrifiantes. Surtout les femmes paraissaient terrifiantes.

Chuckie se démenait pour rejoindre Times Square, ou du moins l'espérait-il. Il avait un rendez-vous et il craignait d'arriver en retard. Il s'était réveillé en avance, puis il avait passé deux heures à se promener dans Manhattan, en proie à une terreur extasiée. Il avait eu envie de rejoindre un endroit célèbre, un endroit qu'il aurait déjà vu au cinéma. Mais Chuckie était à New York depuis seize heures seulement et il lui semblait qu'il devait pour l'instant se contenter des endroits qui n'étaient pas célèbres. Cette ville paraissait pourrie par la célébrité. Chaque trottoir, chaque lampadaire, chaque taxi, il les avait déjà vus. D'abord enivré par la réalisation de tous ses fantasmes célébrophiles, Chuckie commençait à se lasser de ce New York colossal. Il en avait assez de tous ces frissons qui remontaient vers sa nuque. La permanence de cette exaltation épique se révélait assommante.

Il avait rendez-vous avec Dave Bannon, un détective irlandais de New York qu'il avait embauché l'après-midi de la veille. Peu certain du nom de famille de la mère de Max au beau milieu de son troisième mariage, il avait confié à Bannon ce qu'il savait, ajoutant qu'aux dernières nouvelles elle se trouvait quelque part à San Diego. Tout en décrivant sa mission au détective, Chuckie avait pris conscience de l'absurdité probable de cette quête. Bannon avait néanmoins paru confiant, surtout quand Chuckie lui avait glissé trois mille dollars pour la semaine.

Ils devaient se retrouver dans le bureau sordide de Bannon, juste derrière Times Square. Bannon s'était inquiété de voir Chuckie l'étranger se balader de manière aussi téméraire dans ces quartiers de la ville et il avait conseillé à son client de ne se déplacer qu'en taxi. Mais Chuckie était beaucoup trop vaniteux et stupide pour écouter pareil conseil. C'était le début de soirée et les rues s'assombrissaient. La pluie, qui avait commencé quelques minutes plus tôt, tombait plus dru et Chuckie s'inquiétait. Il aurait bien hélé un taxi, mais il se sentait trop hésitant pour essayer. Il croyait qu'en provincial timoré, en Lurgan pur jus, il ne parviendrait pas à accomplir ce geste avec la confiance requise. Et puis il ne savait pas à quelle distance de Times Square il se trouvait. Chaque fois qu'il tentait d'aborder un passant pour lui demander son chemin, ledit passant poursuivait le sien sans lui accorder un seul coup d'œil. Il mourrait de honte s'il hélait un taxi à une ou deux rues de sa destination. Le chauffeur promènerait sans doute le jobard étranger sur une douzaine de blocs et Chuckie ne connaîtrait jamais la vérité. Il avait trop de dignité pour endurer pareil affront. Il préféra donc marcher.

Ainsi marcha Chuckie, presque sur la pointe des pieds, comme une autruche bouffie, enjambant à chaque pas les fils tendus par sa peur.

« Monsieur Lurgan, avez-vous fait tout ce que je vous ai dit de faire ? demanda Bannon.

— Eh bien...

— Deux portefeuilles — si vous êtes agressé, vous

pouvez en donner un. Ne regardez personne, ne parlez à personne, ne marchez nulle part.

— Oui. Absolument, dit Chuckie.

— Montrez-moi vos portefeuilles.

— Euh, j'ai tout fait sauf ça.

— Faites tout ou ne faites rien, monsieur Lurgan. Les précautions doivent être complètes. Cette ville est mauvaise. Je suis certain que Belfast n'est pas tendre non plus, mais à voir votre façon de montrer votre pognon ils vont vous bouffer tout cru ici. »

Chuckie se mit à bafouiller :

« C'est gentil à vous de...

— Je m'occupe de mes clients, monsieur Lurgan », dit Bannon en lui tapotant l'épaule.

Il y eut un silence. C'était un spécialiste de la moyenne, ce Bannon. Taille moyenne, cheveux moyens. Chuckie essaya de le ramener vers le sujet qui le préoccupait.

« Qu'avez-vous trouvé ?

— J'ai tout trouvé, monsieur Lurgan, répondit-il avec un sourire satisfait. Comme toujours.

— Que voulez-vous dire au juste ?

— J'ai retrouvé la mère. Elle vit à San Diego.

— Bravo. »

La joie de Chuckie ravit le détective, qui s'abstint de préciser que, puisqu'elle n'avait pas changé de nom lors de son troisième mariage et puisqu'elle avait épousé le frère de son premier mari en secondes noces, son nom était resté le même, moyennant quoi Bannon avait seulement eu à consulter l'annuaire téléphonique de San Diego. Il se dit que pareils détails auraient gâché un tel moment. Il tendit à Chuckie une feuille de papier portant deux adresses.

« J'ai aussi trouvé la maison de la grand-mère au Kansas. Vous m'avez dit que votre petite amie ne l'avait pas vendue après la mort de la vieille dame. »

Chuckie fut à deux doigts de hurler de plaisir.

Le triomphe de Bannon était presque palpable.

« Voici ce que je crois. Vous m'avez dit que la fille et la mère ne s'entendent pas. Elle essaie d'abord sa mère. Les deux femmes se disputent, elle part donc pour le Kansas et la maison de la vieille dame. Vous devriez d'abord essayer la mère.

— Bonne idée.

— Vous voulez que je vous accompagne ? Mes tarifs sont légèrement plus élevés en dehors de la région de New York. Je pourrais vous protéger. »

Chuckie cogita. Il était tenté : il se sentait comme un gros nourrisson parmi tous ces Américains déterminés. Mais il ne voulait pas avoir Bannon dans les pattes comme un chien limier quand il retrouverait enfin Max. Il avait échafaudé des retrouvailles élégantes, lyriques. Il ne voyait pas très bien comment le visage moyen et le genre voyou de Bannon pourraient coller à la grande scène.

« Ça ira. Je crois que je peux me débrouiller tout seul. Je vous appellerai si j'ai le moindre ennui. »

Bannon observa attentivement Chuckie. Son visage se tordit en un sourire qui n'était pas entièrement dénué d'affection.

« Et si je vous trouvais une place dans le premier vol pour San Diego ? Ensuite, je vous amène en voiture à l'aéroport. Ma voiture n'est pas garée très loin et vous me plaisez bien, monsieur Lurgan. Pour un jour et demi de travail, vous m'avez donné davantage d'argent que je n'en ai gagné le mois dernier. Je peux bien vous accompagner à l'aéroport. »

Chuckie eut un sourire heureux.

Bannon prit toutes les dispositions nécessaires avec rapidité et efficacité, aboyant ses ordres au téléphone avec une certaine condescendance (les trois mille dollars lui donnaient le sentiment d'être moins moyen qu'à l'ordinaire). Il ferma son bureau à clef, puis les deux hommes quittèrent l'immeuble, avançant avec précaution dans la ruelle brillante, leur tête nue arrêtant l'averse soudaine.

Quelques secondes plus tard, deux jeunes types à la peau foncée et à la coupe de cheveux excentrique se campèrent devant eux. Il y eut un bref silence. Le gros Chuckie remarqua que ces deux types agitaient leurs membres comme des athlètes s'échauffant avant une course. La pluie ruisselait sur leur peau comme de la sueur. Ils semblaient inexpérimentés, plus baroudeurs que bien rodés.

« Votre argent », dit assez simplement l'un d'eux.

Bannon faillit lui sourire. Il ne semblait guère avoir peur. Il tourna la clef dans la serrure de la porte extérieure de son immeuble.

« T'es armé ? » demanda-t-il aimablement.

Le type qui avait parlé ouvrit légèrement son blouson et posa son autre main sur la crosse noire d'un pistolet automatique 9mm collé contre ses côtes.

« OK », dit Bannon. Il donna un petit portefeuille en cuir marron au type qui l'accepta de bonne grâce avant de regarder Chuckie d'un air interrogateur. « C'est un patient à moi. Un simplet. Il n'a pas le droit de transporter de l'argent.

— Montre », rétorqua le type.

Chuckie se demanda un bon moment ce qu'il était supposé montrer. Bannon lui saisit alors le bras et en fit glisser le bracelet-montre, qu'il passa tranquillement au type.

« Oh, excusez-moi, je..., marmonna Chuckie.

— Et toi ? » demanda le type à Bannon.

Le détective tendit les bras et exhiba ses poignets nus, sans montre.

« OK, fit le type luisant de pluie. Ça va. À plus tard. »

Le type et son acolyte rejoignirent discrètement la planque où ils s'étaient cachés sans bruit. Chuckie ressentit le désir irraisonné de les remercier, de leur serrer la main ou de les embrasser. Bannon repartit. Chuckie restait pétrifié.

Bannon s'arrêta.

« Allons-y, monsieur Lurgan. » Il saisit à nouveau le bras de Chuckie. Il lui sourit presque tendrement. « C'est pour ça que les New-Yorkais vous demandent sans cesse l'heure. Une montre ne vaut pas les ennuis qu'elle vous cause lorsqu'on vous la vole.

— Le coup des portefeuilles. Est-ce qu'ils ne reviennent pas à la charge s'ils n'ont rien trouvé dedans ? demanda Chuckie éberlué.

— Je laisse toujours quelques dollars à l'intérieur et un peu de plastique. Des cartes de crédit annulées ou obsolètes. Ces gamins sont trop bêtes pour y faire attention.

— Ils étaient très polis. »

Ils s'engagèrent dans une rue plus importante et plus large, où la pluie les harcela plus efficacement. Bannon s'essuyait le visage tout en marchant.

« Bah, tout le monde ici essaie de minimiser le stress. Si vous cassez les couilles à ces types ou si vous ne coopérez pas, ils se mettent en rogne. Il suffit de prendre les choses calmement pour que tout se passe bien. Ils ne veulent pas connaître le stress du cadre.

— Ils ont raison.

— C'est ce que j'ai toujours pensé.

— Combien de portefeuilles avez-vous sur vous ?

— Deux d'habitude, mais je me suis fait braquer il y a deux jours et c'était mon dernier.

— Espérons que nous... »

La voix de Chuckie se tut quand il vit le visage de Bannon se crisper. Il tourna la tête dans la direction où regardait le détective et vit trois jeunes Blancs qui marchaient vers eux à partir du parking où se trouvait la voiture de Bannon. L'un des jeunes tenait une batte de base-ball.

« Merde, dit doucement Bannon.

— Vous n'avez pas d'arme ? Vous êtes détective.

— Non. Dans cette ville, quelqu'un risque de vous la piquer et de vous faire sauter le caisson avec. »

Les garçons s'arrêtèrent à quelques pas d'eux. Chuckie sentit un petit jet d'urine lui mouiller la cuisse. Il envisagea de prendre les jambes à son cou. Puis il pensa à toute sa graisse.

« File-nous ton putain de fric », intima l'un des garçons, qui avait manifestement vu les mêmes films que Chuckie.

Chuckie coula un regard en biais vers Bannon. Aucune aide à attendre de ce côté-là. Je vais mourir, pensa Chuckie. Assassiné par des blancs-becs à New York. Je suis trop irlandais pour que ça arrive, pensa-t-il alors. Je suis trop protestant.

Les trois jeunes furent étonnés de voir leur menace ainsi prise à la légère, mais ils avaient suffisamment d'expérience pour attribuer cette hésitation à la surprise et à la peur. Ils réitérèrent leur demande. Le gosse à la batte de base-ball balança violemment son arme dans le grillage métallique voisin. Le vacarme fut énorme, saisissant.

« L'argent, putain. »

Cette bande-là se fichait du stress comme de l'an quarante, pensa Chuckie. Il adressa un coup d'œil désespéré à Bannon.

« Hé, les gars, dit Bannon d'une voix attristée, faites donc pas chier ce type. » Il montra Chuckie. « Il vient d'Irlande du Nord. Il est dans l'IRA. »

Il y eut un instant d'hésitation et Chuckie repéra une minuscule lueur de calcul dans les yeux des voyous. Ils se regardèrent.

« Dis quelque chose, ordonna le champion de batte à Chuckie.

— Qu'est-ce que vous voulez que je vous dise ? demanda Chuckie avec une distinction paisible et parfaitement inappropriée.

— Il m'a pas l'air très irlandais.

— C'est un angliche, un scotiche ou un machin comme ça.

— On dirait un gros bouseux de Caroline du Nord. »

Les jeunes s'approchèrent, prêts à la bagarre.

Saisi d'une panique folle, Chucky se lança brusquement dans l'une de ses imitations — rarement convaincantes — de l'intonation démagogique du révérend docteur Ian Paisley :

« On chèdera pas. Pas d'un pouche. Pas de pape ichi. Le Home Rule, c'est Rome Rule. L'Ulshter vaincra. »

Les jeunes s'arrêtèrent net, pétrifiés sur place. Ils échangèrent quelques regards angoissés.

« J'ai vu ce type à la télé. C'est un putain de cinglé », dit l'un.

Leur décision fut rapidement prise. La batte de base-ball, aussitôt abaissée. Ils reculèrent d'un pas.

« Écoutez. Vous excitez pas, dit le môme à la batte. Vous mettez pas en rogne. » Il hasarda un sourire destiné à Chuckie. « Hé, le pouvoir au peuple, mec. À bas le Roi et tout le bordel. »

Ils tournèrent les talons et déguerpirent.

Bannon pivota vers Chuckie.

« Beau boulot, monsieur Lurgan. Très beau boulot. »

Chuckie s'allongea sous la pluie.

À l'aéroport de San Diego, Chuckie appela sa mère. Il y avait plusieurs bornes de téléphones payants et chaque rangée était occupée par des hommes en costume qui, la main serrée autour d'un portable parfaitement efficace, répétaient à contrecœur *Je t'aime* en dominant la friture qui perturbait leur communication vers la Californie, Boston ou Philadelphie. *Je t'aime... JE T'AIME*. Leurs déclarations ne paraissaient pas toujours sincères, d'autant que plusieurs de ces messieurs étaient accompagnés de splendides jeunes femmes aux vêtements plus ou moins provocants. Chuckie eut un sourire attristé.

« Salut, Caroline, dit-il lorsqu'il eut enfin trouvé une place vacante. Comment ça va ?

— Très bien, fils.

— Comment va m'man ? »

La voix de Caroline faiblit.

« Ça va.

— Elle mange ?

— Oui.

— Elle dort ?

— Oui.

— Elle prend ses cachets ?

— Bon dieu, Chuckie, tu veux aussi savoir si elle pisse et si elle chie ? Lâche-moi un peu.

— Désolé.

— Oui, oui.

— Qu'est-ce qui va pas ?

— Que veux-tu dire ?

— Pourquoi êtes-vous aussi ronchon ?

— Il n'est même pas neuf heures du matin, Chuckie. Tu t'attends à quoi ? Des halètements de baise en phase terminale ?

— Jake est passé ? demanda Chuckie.

— Il est ici en ce moment même.

— Super.

— Je pars de l'autre côté de la rue pour préparer le petit déj à mon homme et dormir un peu. Je vais te chercher ton pote. »

Chuckie glissa une pleine poignée de dollars dans la machine. Il jeta un coup d'œil à tous les autres hommes en costume qui téléphonaient ; ils paraissaient harassés mais très chic. Il se demanda si lui-même leur ressemblait.

« Chuckie ? »

Chuckie fut surpris par la chaleur qui inonda son cœur en entendant la voix de son ami. Jusqu'à cet instant, il n'avait pas vraiment souffert de la solitude. Les larmes lui montèrent aux yeux, son nez le démangea.

« Salut, Jake. » Sa voix était assourdie par ses efforts pour dissimuler son émotion. Il avait envisagé une conversation de bourlingueur transatlantique et frimeur avec son ami, mais il comprenait maintenant qu'il lui faudrait faire appel à toute sa volonté pour simplement ne pas pleurer comme un bébé. « Comment va m'man ?

— Beaucoup mieux, Chuckie. Elle parle davantage. »

Chuckie resta un moment silencieux et tenta de déglutir la boule brûlante qu'il sentait obstruer le fond de sa gorge.

« Tu crois qu'elle aimerait que je lui parle ?

— En ce moment elle dort, Chuckie. Ça lui arrive si rarement que ce serait dommage de la réveiller.

— Absolument.

— Quelle heure est-il là-bas ? demanda Jake.

— Minuit passé.

— Tu es où ?

— À San Diego. »

Jake rit.

« Super, dit-il.

— Qu'est-ce qu'il y a de si drôle ? demanda Chuckie d'une voix cassante.

— J'ai juste du mal à penser à toi là-bas.

— Qu'est-ce que ça veut dire ?

— Allez, j'avais simplement pris l'habitude que tu sois ici à Belfast. C'est pas pareil sans toi, Chuckie. Ne t'énerve pas, je t'ai rien dit de mal. »

Chuckie se rappela que son ami s'occupait de sa mère.

« Ouais, écoute, désolé, Jake. Merci de t'occuper de Peggy. Et à bientôt.

— Fais gaffe à ton fric, Lurgan. »

Il y eut un silence. Les deux hommes, si loin l'un de l'autre, regrettèrent le cours pris par leur conversation.

« Tu l'as trouvée ? demanda Jake.

— Je suis sur le point de la retrouver, dit un Chuckie adouci.

— Tu aimes l'Amérique ?
— Super. Je me suis fait agresser deux fois.
— Pas mal.
— Hé, Jake.
— Quoi ? »

Chuckie marqua une pause, puis dit :

« Je crois que je l'aime.
— J'avais deviné, Chuckie.
— Oui. »

Le silence qui suivit fut empreint d'une virilité hilarante.

« Hé, Chuckie.
— Quoi ?
— Roche a demandé de tes nouvelles.
— Qui ?
— Tu sais, le gamin, le petit morveux.
— Bon, je lui parlerai une autre fois. »

Chuckie raccrocha. Il prit une chambre d'hôtel à l'aéroport. Il demanda à la fille de la réception de lui indiquer la rue où habitait la mère de Max. La fille lui répondit qu'il était très facile d'y aller en taxi. Il lui demanda de se faire réveiller et essaya de dormir. En vain. L'horloge ramollie de son corps retardait ou accélérait sans lui demander son avis. Il resta allongé, les yeux ouverts, pendant deux heures, puis il appela un taxi pour aller en ville.

Il était près de trois heures du matin, mais San Diego ne dormait pas. Les rues du centre-ville étaient presque animées. Chuckie entra dans un bar avec deux cents dollars en poche et noua quelques amitiés éphémères. Il but machinalement, déblatéra tout un tas de bêtises et en entendit davantage. Il avait le sentiment d'être un minuscule point lumineux sur un écran gigantesque. Il se sentait vidé, déraciné. Le Wigwam et Lavery's lui manquaient. Jake, Slat, Septic et Deasely lui manquaient. Sa mère lui manquait. Eureka Street lui manquait. C'était comme si lui-même lui manquait. Car tous ces gens et ces lieux faisaient partie de son être.

Une heure après y être entré, il sortit du bar et marcha dans l'humidité de San Diego. Les trottoirs luisaient, trempés et merveilleux. Malgré l'heure tardive, les habitants arpentaient toujours ces rues. Devant les vitrines à l'éclairage réduit se détachaient des couples de femmes très déshabillées que Chuckie prit pour des prostituées. Ces filles portaient des breloques de pacotille qui brillaient dans la lumière des rues. San Diego était une base navale et certaines de ces filles arboraient des T-shirts qui annonçaient « Filles de la Marine » ou encore « Baise-moi, la Navy ! »

Il y avait aussi beaucoup de bagarres. Dans chaque rue, Chuckie voyait une rixe jaillir d'un bar avant de se poursuivre sur le trottoir. Des hommes se réduisaient la tête en bouillie à coups de pied, ils se faisaient exploser des bouteilles dans la figure, ils dégainaient et utilisaient des couteaux. Devant une boîte de nuit, il vit deux marines dérouiller un marin solitaire. Ils lui défonçaient le visage contre les murs et les poubelles, ils lui faisaient sauter toutes les dents à coups de chaussures.

Et il y avait les bruits des agressions qu'il ne voyait pas. L'écho assourdi de la guerre qui faisait rage dans les maisons, les appartements et les bars. Les cris étouffés d'hommes furieux, les hurlements à peine audibles des femmes. Il croyait parfois entendre des coups de feu.

Les rues étaient jonchées d'ordures et de bouteilles. Les murs, couverts d'affiches et de photos de visages. Sur une façade, il découvrit la publicité d'un journal local, version géante de la une du quotidien : LE CONGRÈS ADOPTE LA LOI CONCERNANT LA NAVY. FERMETURES PRÉVUES À SAN DIÉGO. Et au niveau de ses yeux, près du bas de la page gigantesque, un titre sur le meurtre de deux prostituées de San Diego. Les assassinats de prostituées n'avaient pas d'importance. C'étaient de purs signes, des indicateurs d'humeur.

Chuckie se mit à chercher sérieusement un taxi dans les rues. Ce n'était que San Diego, mais Chuckie était maintenant terrifié. Il regrettait la bêtise de son aventure nocturne. Les rues dans lesquelles il marchait semblaient éclaboussées de sang ou de sperme. Il eut soudain l'intuition désagréable de la fragilité déplacée de sa chair dodue et informe d'Irlandais au milieu de ce décor. Il désira le confort familier de Belfast ainsi que les brutalités triviales mais compréhensibles de Sandy Row. Il désira la sécurité du terrorisme banal, de la guerre civile ordinaire.

Il mit une heure à trouver un taxi et il eut l'impression d'avoir déjà fait à pied la moitié du trajet jusqu'à l'aéroport. De retour à l'hôtel, il annula son heure de réveil et, poussé par une crise violente de mal du pays, faillit draguer la nouvelle et séduisante employée de la réception. Un quart d'heure plus tard, il dormait comme un sonneur.

Il se réveilla tard et prit un petit déjeuner si long qu'il était presque cinq heures lorsque son taxi s'arrêta devant la maison de la mère de Max. C'était une grande maison, presque aussi vaste que toutes les bâtisses d'Eden Street réunies. Son moral en prit un coup.

Une domestique ou une espèce de gouvernante lui ouvrit et il passa deux minutes désagréables à expliquer qu'il désirait parler à Mme Paxmeir au sujet de sa fille. Il passa davantage de minutes désagréables quand il rencontra Mme Paxmeir en personne et qu'il dut lui expliquer une fois de plus sa mission. L'apparence de Mme Paxmeir le rendit presque muet, ce qui ne fit rien pour plaider sa cause.

Mme Paxmeir était un fac-similé très approximatif de sa fille. Maigre et diaphane comme une feuille de papier à cigarette, elle arborait un sourire crispé par les coups de soleil et ses réticences. Malgré ses airs de dragon, Chuckie se trouva subjugué par son chic de présentatrice télé. On aurait juré que cette femme n'allait jamais aux toilettes.

Elle dit à Chuckie qu'elle avait vu Max deux jours plus tôt. Elle semblait ignorer la raison de la visite de sa fille, mais elle sentait bien qu'elle l'avait déçue d'une manière ou d'une autre. Cette dernière impression ne gênait nullement Mme Paxmeir. En vieillissant, expliqua-t-elle, elle s'intéressait de moins en moins aux drames divers de sa fille.

« J'ai toujours su qu'elle finirait avec quelqu'un comme vous, informa-t-elle Chuckie.

— Quelqu'un comme moi ?

— Oui.

— Qu'est-ce que ça veut dire ?

— Eh bien, vous savez, un péquenaud.

— Merci. »

Tous deux entendirent la gouvernante ouvrir la porte. Le mari de Mme Paxmeir venait apparemment de rentrer chez lui. Elle parut désireuse de se débarrasser de Chuckie avant d'être obligée de faire les présentations.

« Je ne désire pas vous retenir davantage, dit Chuckie. Si vous pouviez me dire où vous pensez qu'elle est allée, je veux bien partir. La vieille maison de sa grand-mère, peut-être ?

— Oui, peut-être », répondit la femme avec indifférence.

Chuckie essaya de la foudroyer du regard, mais rata son coup. Il se sentait une affection nouvelle pour Max, une fierté inédite. Avec cette harpie comme mère, Max constituait un miracle génétique. Il était stupéfiant qu'elle pût simplement marcher et parler en provenant d'une telle source. Ce qu'elle était, elle ne le devait qu'à elle-même.

Mme Paxmeir remarqua le regard appréciateur de son hôte.

« Vous me prenez pour une bien mauvaise mère, n'est-ce pas ? »

Chuckie rougit et bafouilla. Malgré son dégoût, il ne voulait pas insulter cette femme. Il avait tout de même l'intention d'épouser sa fille.

« Hé, écoutez, marmonna-t-il, un ami m'a dit un jour que l'instinct maternel était une fiction.

— Voilà un type brillant.

— Pas tant que ça. »

Elle se leva sur ses jambes filiformes, pour indiquer la fin de l'entretien.

« Vous êtes très attaché à Max.

— Je crois. »

Elle eut un petit sourire.

« Ça ne suffit pas toujours à ma petite fille. Je devrais le savoir. Elle est bizarre. Faites attention, monsieur l'Irlandais. »

Elle le guida dans l'entrée et ouvrit elle-même la porte de la maison.

« Je fais toujours attention, madame Paxmeir.

— La prochaine fois, téléphonez d'abord.

— Absolument. »

Elle ferma la porte derrière lui. Il ne se retourna pas. Dans la rue, le chauffeur de taxi l'attendait. Chuckie fut content que quelqu'un veille sur lui.

Il passa une autre nuit à l'hôtel de l'aéroport. Il y avait un vol pour Kansas City le lendemain matin et il était coincé à San Diego pour la nuit. Il s'accrocha à l'hôtel comme à un morceau de bois flotté. Il mangea les sandwiches de l'hôtel, but le café de l'hôtel et regarda les âneries de la télévision de l'hôtel, sans même parvenir à s'intéresser à la variété miraculeuse de jeunes femmes nues proposée par une chaîne câblée.

Beaucoup plus tard, il descendit dans l'entrée de l'hôtel, simplement pour parler à quelqu'un. À la fille de la réception, il posa plusieurs questions hypocrites. Participant à la mascarade avec une brusquerie professionnelle, elle répondit aux questions de Chuckie efficacement mais aimablement. Puis, changeant de ton pour adopter un mode plus intimiste, elle demanda à Chuckie, avec la même amabilité pragmatique, d'où il venait. Il le lui dit.

« Ouah, vous êtes irlandais. Ça doit être super, couina-t-elle avec un enthousiasme contenu.

— Là d'où je viens, ça n'a rien d'extraordinaire. »

La fille le dévisagea avec des points d'interrogation au fond des yeux.

« Eh bien, nous sommes tous irlandais là-bas. » Il s'aperçut de ce qu'il venait de dire. « Du moins, c'est ce que prétendent certains. Des gens affirment que nous sommes britanniques, d'autres que nous sommes irlandais du Nord, mais de toute façon... » Il regarda le visage inexpressif, curieux, de la fille qui ne manifestait aucune panique devant les explications tortueuses de Chuckie. « Laissez tomber, dit-il.

— D'accord. Pas de problème. »

La fille le regardait avec un sourire rayonnant. Chuckie fut contraint de reconnaître que ce sourire n'était ni machinal ni contrefait. Son charme était à la fois professionnel et authentique. Chuckie n'avait passé que trois jours en Amérique. Il s'agissait là d'une combinaison à laquelle il n'était pas encore habitué. Tout simplement, les Américains étaient souvent d'excellente humeur.

« C'est un plaisir de parler avec vous », dit la fille dont le sourire s'élargissait encore.

Chuckie lui rendit son sourire.

« Tout à fait », répondit-il.

De retour dans sa chambre, la tête posée sur l'oreiller, le coude sur le ventre et ses parties génitales serrées au creux de la paume, Chuckie décida qu'il aimait les Américains.

À son réveil, il eut une impression différente. Souffrant de la solitude et du décalage horaire, Chuckie se traîna dans sa chambre d'hôtel pour se laver, se raser, s'habiller. Son moral avait inexplicablement chuté. Dans la salle de bains, il fut pris d'une fureur impuissante devant tous ces miroirs qui lui renvoyaient l'image de sa chair surabondante et superflue. Son corps semblait parfaitement incapable de toute poursuite romantique. Chuckie entendait l'habituel accompagnement en sourdine caractérisant toutes les salles de bains des hôtels américains. À travers les murs si minces, à travers le plafond et le sol, il entendait les clients se laver les dents. Il avait déjà remarqué ces bruits dans son hôtel new-yorkais. C'était l'Amérique. Les gens se lavaient tout le temps les dents et le bruit de quelqu'un en train de se laver les dents l'avait toujours rendu cinglé.

Révolté et laid, Chuckie quitta l'hôtel et prit son avion pour Kansas City. Alors qu'il attendait dans le salon des départs, il comprit la raison de son malheur. Il était tout près de retrouver Max et il comprit qu'il appréhendait ce moment. Il devrait alors la persuader de revenir avec lui. Mais il ne trouvait aucun argument pour l'en convaincre.

Dans l'avion il essaya de dormir, mais son voisin s'agitait et se trémoussait de cette manière bien particulière où Chuckie commençait de reconnaître les prémices d'une conversation américaine. Chuckie n'en avait pas la moindre envie. Il prit une revue et en feuilleta les pages silencieusement.

« Bonjour. »

Chuckie releva la tête. Ils étaient déjà à vingt mille pieds. L'homme avait disposé de plusieurs minutes pour mettre au point une entrée en matière plus sophistiquée que celle-ci.

« Bonjour.

— Vous êtes anglais ? demanda l'homme.

— Pas vraiment.

— Pas vraiment. Qu'est-ce à dire ? »

Chuckie gambergea. Son voisin semblait presque gêné des tergiversations de Chuckie. C'était un type très bronzé, d'une soixantaine d'années, doté d'une de ces chevelures abondantes et parfaitement blanches qui donnaient envie à Chuckie de tirer dessus. Ces cheveux, bien que blancs, étaient aussi épais et sains que ceux d'un jeune homme. Pourquoi les Américains ne devenaient-ils pas chauves ? se demanda Chuckie.

« Je suis de Belfast.

— Irlandais du Nord.

— Oui.

— Pas vraiment britannique, dit l'homme en souriant.

— Dans le mille », rétorqua Chuckie en américain.

Il y eut une pause dans leurs bavardages et Chuckie en profita pour reprendre la lecture de sa revue.

« Que faites-vous ici ? lui demanda l'homme, manifestement requinqué par cette petite pause.

— Des choses et d'autres. »

L'homme éclata de rire en montrant sa dentition prolixe et luxueuse. La haine au cœur, Chuckie essaya de calculer combien de fois il lui faudrait se brosser les dents chaque jour pour briller autant.

« Vous faites des affaires ici, pas vrai ? C'est le genre de réponse que je fournis toujours quand je suis sur un coup.

— Pas vraiment.

— Que faites-vous ? insista l'homme.

— Des choses et d'autres. »

L'homme poussa un cri triomphal.

« Je le savais. Vous êtes sur un coup. » Il se mit à marmonner à voix basse, comme s'il récitait ses tables de multiplication. « San Diego. Kansas City. Qu'est-ce que ça peut bien être ? » Il regarda de nouveau Chuckie. « Vous êtes dans l'agrobusiness ?

— Pas encore », dit Chuckie.

Son interlocuteur lâcha un rire tonitruant. Chuckie fut très étonné de constater l'effet involontairement comique de ses paroles. (Quand il avait atterri à New York, les fonctionnaires de l'immigration, après l'avoir bien cuisiné, lui demandèrent s'il avait des peines à son actif.

« Oui, répondit Chuckie. Ma copine a filé et ma mère est malade. »

Les fonctionnaires ébahis étaient partis d'un fou rire inextinguible.)

« Quand je vous ai répondu *pas encore*, je ne voulais pas dire que j'ai l'intention de me lancer dans l'agrobusiness, expliqua-t-il. Je voulais simplement dire : on ne sait jamais. Si vous m'aviez demandé si j'étais homo, je vous aurais répondu la même chose. Pas encore, et on ne peut rien répondre d'autre. »

L'homme arrêta de rire pour dévisager Chuckie avec une expression qui ressemblait de manière troublante à de la terreur. Les bricolages métaphysiques de Chuckie avaient toujours fait hurler de rire tous les clients du Wigwam, mais ici il lui semblait que ses aphorismes improvisés au pied levé risquaient d'intéresser un éditeur. L'homme prit une expression grave et amicale, avant de propulser sa main vers Chuckie.

« John Evans, dit-il.

— Chuckie Lurgan », répondit Chuckie Lurgan.

Les deux hommes se serrèrent la main.

Il y eut comme un léger hiatus dans leur dialogue et Chuckie essaya de retourner à sa revue. Mais il fut beaucoup trop lent à la détente.

« Moi-même, dit Evans, je fais des choses et d'autres. En fait, je fais beaucoup de choses et beaucoup d'autres. » Il saisit la revue de Chuckie sur les cuisses de l'Irlandais et la feuilleta pour trouver la page qu'il cherchait. Puis il la reposa sur les cuisses de Chuckie. « C'est moi », dit-il en montrant les pages brillantes.

Baissant les yeux, Chuckie vit une double page consacrée à John Evans, le nabab de San Diego. C'était bien lui qu'on reconnaissait sans aucun doute possible sur les photos. L'article disait qu'il était milliardaire. Si Chuckie n'avait pas essayé de penser à Max, il aurait été impressionné.

« L'auteur de l'article affirme que vous avez un avion privé, dit-il, histoire d'alimenter la conversation.

— C'est exact.

— Il est en panne en ce moment ?

— Quoi ?

— Que faites-vous à bord de cet avion-ci ?

— Ah, oui. » L'homme eut un sourire ravi, comme si l'on venait de lui poser une question à laquelle il adorait répondre, ce qui était en effet le cas. « Non, mon avion m'amuse parfois, mais j'aime prendre un vol régulier dès que je peux. C'est la seule occasion que j'aie de rencontrer des gens ordinaires et de les enquiquiner avec toutes mes richesses. »

Son grand rire explosa derechef, Chuckie ricana poliment. Ce Crésus américain commençait à lui taper sur les nerfs.

« Dites-m'en un peu plus sur ce que vous appelez *des choses et d'autres* », reprit Evans.

Chuckie lui dit.

Au bout d'une heure, Evans bavait littéralement. Le récit de Chuckie ne produisait pas l'effet qu'il avait espéré. Il avait cru, en effet, que ce bref résumé de ses modestes entreprises clouerait le bec au richissime Américain, lequel le laisserait ensuite tranquille. Sa tentative se solda par un échec complet. Evans, homme d'affaires expérimenté et habile commerçant, n'avait jamais entendu personne minimiser ainsi la portée de ses opérations financières. L'attitude de Chuckie le rendait perplexe — et fou de curiosité. Il voulait savoir à tout prix sur quel coup Chuckie était. Il fit quelques allusions aux capitaux qu'il pourrait injecter dans toute nouvelle aventure. Chuckie n'écouta même pas. Il se plaignit que le conseil municipal de Belfast ait refusé son idée de mettre sur pied une industrie de prêt-à-porter militaire en Irlande du Nord. C'était de la pure inconscience. La situation si particulière de l'Irlande du Nord créait un énorme marché pour ce type de produit, gémit-il.

Evans devint fébrile. Il était habitué à ce qu'on essaie de lui piquer son pognon. Mais voilà un Irlandais excentrique et secret qui refusait de s'y intéresser. Il devait être sur un coup énorme, conclut Evans. Il y avait quelque chose dans le Kansas qu'il voulait garder pour lui tout seul.

« ... et alors j'ai acheté cette putain de grosse bagnole que je ne savais même pas conduire. Comme elle était trop maousse pour que je la gare, je devais l'abandonner tout le temps au beau milieu de la rue et un jour, bien sûr, l'Armée panique, elle envoie une équipe d'artificiers, et ils menacent de me la faire sauter parce qu'ils croient que c'est une voiture piégée et... »

Son incapacité à imaginer un gros coup au Kansas qu'il aurait pu ignorer convainquit encore davantage Evans de la validité de son hypothèse. Tout ce qu'il ne connaissait pas était forcément le *nec plus ultra.*

« Vous faites beaucoup d'affaires ici ? » demanda-t-il à Chuckie en interrompant le flot intarrissable de ses récriminations.

Chuckie eut l'air désarçonné.

« Un peu.

— Ah oui.

— J'ai vendu des trucs ici. Pas grand-chose. Vraiment

des bricoles. Tout ce que nous vendons, c'est des vraies merdes. »

Evans hasarda un sourire ironique, mais la discussion devenait trop européenne pour lui.

« Des vraies merdes ? demanda-t-il.

— Absolument. »

Cette fois, Evans arbora un sourire beaucoup plus américain.

« Les vraies merdes se vendent bien. Nous adorons ça. Regardez nos présidents. »

Il repartit une fois encore de son grand rire tonitruant. Chuckie ne prit pas la peine de se retenir cette fois-ci. Le temps des politesses était terminé. Il se remit à lire sa revue, passant très vite sur les pages consacrées à Evans.

La bonne humeur d'Evans fut glacée par la grossièreté de Chuckie, mais son irritation céda bientôt la place à une expression de reconnaissance, voire d'approbation. Il pensait apparemment que Chuckie gérait admirablement bien cette situation. Le gros bouseux d'Irlandais avait de grosses couilles, aucun doute là-dessus, mais Evans n'avait jamais rencontré un homme capable de le dégonader. Il insista donc.

« OK, monsieur Lurgan. Parlons peu, mais parlons bien. Je suis intéressé. Putain, faisons affaire ensemble. »

Pendant la demi-heure de vol restante, il harcela Chuckie pour lui arracher d'autres informations. Chuckie devint fou de désespoir. Ils allaient atterrir incessamment et il ne voulait pas se pointer à la porte de Max sans préparation. Par malheur pour lui, son manque d'intérêt absolument authentique décuplait le désir ploutocratique d'Evans. Finalement, au bord de la crise de nerfs, Chuckie lui donna le numéro de son bureau à Belfast et lui dit qu'il pouvait parler à Luke. Il l'avertit une dernière fois qu'il perdait son temps.

L'avion venait d'atterrir et Chuckie se tenait devant une sortie avant même que l'appareil ait freiné. Les hôtesses de l'air furent incapables de le convaincre de retourner s'asseoir. Il entendit Evans ahaner et pester pour le rejoindre. Il ferma les yeux et pensa à l'Irlande.

« J'aurais dû deviner qu'elle finirait avec quelqu'un comme vous, dit la vieille dame devant la maison de la grand-mère de Max.

— C'est ce que m'a dit sa mère.

— Ah bon ?

— Je suis heureux de satisfaire ainsi à l'attente de tout le monde. »

Le visage de la vieille était inexpressif.

« Sa mère est une souillon. Elle a épousé deux des fils de Bea. Bea l'a détestée pendant ces deux mariages. Je pense parfois qu'elle a fait ça juste pour casser les pieds à ma vieille copine.

— Je l'ai rencontrée. Ça ne m'étonnerait pas. »

Cette dernière remarque produisit l'ombre d'un sourire. Mais les yeux de la vieille s'assombrirent aussitôt. Le mari de cette femme louait les terres de Max. Max était venue deux jours plus tôt et lui avait demandé de préparer la maison. Elle comptait s'y installer pendant un moment.

« Vous n'êtes pas beau, dit la vieille, implacable.

— J'ai une bonne personnalité », répliqua Chuckie.

Un vrai sourire éclairait maintenant le visage parcheminé.

« Max n'a jamais beaucoup recherché la beauté. »

Ses paroles étaient insultantes, mais le ton de sa voix nettement moins dur. Chuckie décida de ne pas relever.

Il avait mis trois heures pour rejoindre la maison de la grand-mère de Max. Il avait loué une chambre d'hôtel dans une bourgade située à une quinzaine de kilomètres et ensuite pris un taxi. Il passa quelques minutes sur le gravillon de l'allée, sa détermination soumise à rude épreuve. La vieille dame sortit pour voir qui c'était. D'abord, un Chuckie éberlué la prit pour la grand-mère de Max, mais il s'agissait seulement de la voisine. Elle incarnait le stéréotype de la matrone du Middle West et il fut presque surpris de constater qu'elle ne tenait pas un fusil contre sa hanche. Au bout de quelques minutes de conversation avec elle, il devint évident que cette vieille dame n'en avait pas besoin.

Elle lui apprit que Max n'était pas là. Qu'elle était partie passer deux jours à Los Angeles. La vieille s'attendait à ce que Max revienne le lendemain. Elle ne proposa pas à Chuckie d'entrer chez elle, mais elle ne lui dit pas non plus de s'en aller. Max lui avait sans doute parlé de l'Irlandais. Chuckie sentit que c'était un début.

Parvenir à cette situation humiliante mais moins crispée avait pris quelques minutes. Chuckie gardait confiance. Il décida d'essayer une réplique dramatique. Elle compenserait peut-être son manque de beauté.

« Je crois que je l'aime », dit-il.

La vieille dame demeura silencieuse. Elle écarta une mouche de son visage.

« T'as intérêt, dit-elle d'une voix ferme, lourde de sens.

— Pourquoi ? »

La femme s'approcha de lui pour le dévisager. Son expression changea d'une manière que Chuckie ne comprit point. Il discerna une vraie chaleur dans son regard. Le dos raide de la vieille se voûta un peu, ses épaules s'affaissèrent pour adopter une posture moins intransigeante. La mouche se posa saine et sauve sur les cheveux de la femme.

« Bon dieu, fils. Tu ne sais rien. Tu ne sais vraiment rien.

— Quoi ? Savoir quoi ? »

Elle le regarda gentiment, droit dans les yeux.

« Tu ferais mieux d'entrer. »

Elle fit demi-tour sur le seuil et lui tint la porte ouverte. Chuckie ne bougea pas.

« Qu'est-ce que je ne sais pas ?

— Entre, fils.

— Dites-moi. »

Elle chassa la mouche de ses cheveux.

« Elle est enceinte », dit-elle.

Ils passèrent deux heures assis sur la grande véranda de la vieille. En proie au vertige, Chuckie se penchait pour poser la tête contre la balustrade. Incapable de réfléchir, il regardait le bois. Cette matière le réconfortait bizarrement. Laqué, solide, il lui évoquait la richesse. Un emblème cossu de la prospérité.

Il retourna à son hôtel, stupéfait. Le chauffeur de taxi lui demanda cent cinquante dollars. Chuckie lui en donna trois cents. Il était seulement six heures du soir. Il monta à sa chambre et resta assis pendant quatre heures sur son lit anonyme, à regarder par les fenêtres embuées et scellées.

Il regarda les bourrasques qui soufflaient sur l'autoroute et faisaient dévier les camions. Il avait cru qu'elle était partie à cause de la bombe de Fountain Street. Il regarda les voitures filer près de cette bourgade qui était moins une ville qu'un conglomérat accidentel de bâtiments au bord de l'autoroute.

Les gens qui passaient sous ses fenêtres dans leur voiture, il ne les connaîtrait jamais et eux-mêmes ne le connaîtraient jamais. Dans cette Amérique, il y avait des dizaines de millions de gens dans ce cas. Cette pensée dissipa son sentiment de solitude. L'indifférence massive de l'Amérique envers lui ravissait maintenant Chuckie. Le pressentiment de l'irréalité de l'Amérique l'avait tracassé depuis son arrivée. Il avait beaucoup vu l'Amérique à la télévision, mais sans jamais avoir la preuve tangible de son existence. Ç'aurait très bien pu être une fiction cinématographique, un leurre cartographique, un trompe-l'œil géant.

Assis dans sa chambre d'hôtel, en regardant l'autoroute, Chuckie commença de croire à l'Amérique comme à une vérité concrète. Elle avait beau l'ignorer, une partie de lui-même y était bel et bien. Quelque part dans l'abondance indifférente de l'Amérique, son enfant grandissait. Chuckie avait contribué. Fils de fils de fils de planteurs, Chuckie Lurgan avait planté quelque chose pour son propre compte.

Il savait qu'elle était partie pour Los Angeles, mais il s'en moquait. Un moment, il avait été jaloux du jeune professeur. Ç'avait été leur seule dispute. Max déplorait l'obsession virile du passé, de son propre passé. Les hommes voulaient toujours tout savoir, disait-elle : taille, poids, couleur des cheveux, le moment et le lieu. Certains d'entre eux retournaient si loin dans le passé qu'ils rencontraient des paléontologues. Ils avaient découvert les fossiles d'un amour ancien.

Mais Chuckie n'était plus jaloux. Chuckie ne s'intéressait plus au jeune professeur, maintenant. L'enfant rendait tout acceptable, avec une absence de compromis que Chuckie comprenait à peine. Il avait toujours trouvé risibles les futurs pères. Mais maintenant que ça lui arrivait à lui, Chuckie savait que tout était changé.

Il savait qu'il la verrait le lendemain. Et il était maintenant certain de réussir. L'enfant rendait tout facile. Qu'elle revienne à Belfast ou qu'elle reste en Amérique, ils ne se sépareraient plus.

Chuckie regarda l'autoroute jusqu'à la tombée de la nuit.

Quinze

Leurs cris résonnaient.

« Ouvre les jambes, qu'on voit si on te connaît. »

« Sors un peu tes roberts, chérie. »

« Je veux bien te baiser tous les jours de la semaine. »

« You hou hou. »

Le jeune Billy, incapable d'inventer une apostrophe inédite, se contentait de hurler comme un chien. La fille passa, pomponnée, la tête haute et la mâchoire en avant, les yeux rivés sur le trottoir d'en face. Ronnie Clay hurla d'autres infamies vers le dos muet et élégant.

« Ah, allez, chérie, tu sais qu't'en veux. »

Un bref silence suivit le moment où la fille ne fut plus à portée de voix — selon mon expérience, il y a toujours un silence à ce moment-là.

Ronnie haussa les épaules.

« Nibards corrects, mais elle valait pas grand-chose. »

J'ai regardé le gros Ronnie chauve et laid se pencher pour saisir les poignées de sa brouette. Peut-être que cette mocheté de Clay ne s'était jamais regardé dans un miroir. Néanmoins, cela ne l'autorisait pas à déplorer d'un air supérieur le manque de beauté chez autrui.

Voilà trois heures que nous faisions la même chose. Nous déchargions les gravats d'une cuisine du rez-de-chaussée dans des bennes disposées contre l'hôtel. Chaque fois qu'une femme passait à portée de voix, elle recevait le tribut de cent injures similaires. Seuls Rajinder et moi ne profitions pas de l'occasion. C'était une politique sexuelle méticuleuse, dans le meilleur style de Belfast.

J'aurais pu essayer de les dissuader, j'imagine, de mettre une sourdine à leurs expressions admiratives. Ç'aurait été inutile. J'avais passé de longues parties de mon existence avec des hommes comme eux. Ils n'écoutaient pas les objections polies.

Bref, Ronnie menait la danse et rien n'aurait pu l'arrêter. On aurait dit un homme nouveau. Il bourdonnait et bouillonnait d'une énergie inépuisable. Même moi, je devais reconnaître que c'était assez impressionnant pour un quinquagénaire. Il travaillait deux fois plus vite que la normale et il aboyait vers ces malheureuses passantes avec quelque chose qui ressemblait à une faim authentique. Pendant la pause du déjeuner, quelqu'un lui demanda quelle mouche le piquait donc et Ronnie nous l'expliqua à tous.

Il souffrait d'insomnie chronique depuis quelques années. Il attribuait ces insomnies à l'Accord anglo-irlandais et au soupçon lancinant que son pays tomberait bientôt entre les mains de cette putain d'Église catholique romaine. Comme il n'avait jamais été malade un seul jour de sa vie — curieuse revendication commune à tous les fascistes —, ce fut à contrecœur qu'il rendit visite à son médecin. Lequel refusa de lui prescrire des somnifères. Il dit ensuite à Ronnie qu'il existait une nouvelle technique californienne, qui paraissait absurde mais donnait des résultats miraculeux. Il conseilla à Ronnie de se concentrer, lorsqu'il se couchait, sur des pensées aimables et apaisantes pour le calmer et l'amener progressivement au sommeil. Surtout, ne pas penser au sexe, au travail ou à l'argent. Des évocations agréables, genre frondaisons verdoyantes.

Ronnie prit les conseils du médecin au pied de la lettre et essaya donc cette technique. Pendant des semaines, elle ne donna aucun résultat. Aucun fantasme sylvestre ne semblait aider Ronnie à trouver le sommeil. Puis il décida de personnaliser ce processus.

Allongé dans son lit, Ronnie se mit à rêvasser tranquillement à des pesticides et à des génocides. Il imagina divers moyens de débarrasser la planète de tous ses habitants à peau foncée. Il imagina qu'il créait des milices secrètes pour tuer les Noirs — je préférais ignorer ce qu'il était advenu des catholiques. Recevant une aide financière massive de l'Afrique du Sud et des États du sud des États-Unis, Ronnie et un groupe de partisans des mêmes idées ainsi que des néo-nazis s'armèrent. Des milliers de cellules d'une vingtaine d'hommes pénétraient dans les villes et les villages noirs avec leurs armes (AK-47, Uzis, Brownings, mortiers et lance-flammes) déchaînées.

Ayant toujours été intrigué par l'anémie pernicieuse, il rêva d'inventer une bactérie qui éliminerait les Noirs. Il rêva d'inventer une bombe à neutrons globale et particulière qui tuait seulement les non-Blancs. Il imagina une controverse sur les éventuels dangers des Blancs très bronzés, mais Ronnie s'en foutait. La recherche du bronzage était, pour Ronnie, une trahison suffisante de la couleur pour mériter la mort. Il rêva de devenir un marchand d'armes international, qui vendait des armes défectueuses aux nations noires, des armes qui explosaient dès qu'on s'en servait. Il élevait un chien hybride, un superchien vicieux, qui ne bouffait que les Noirs. Il rêvait des rêves remplis de douleurs sur l'éradication des Noirs. Il rêvait de les massacrer jusqu'au dernier.

Et, depuis lors, il dormait parfaitement bien la nuit, détendu comme jamais, heureux comme un coq en pâte.

Voilà ce que j'aimais chez Ronnie Clay : absolument rien.

Nous avons encore travaillé pendant quelques minutes quand un des gars a repéré une femme qui s'approchait de notre chantier. Je me suis arrêté. Il y avait quelque chose dans la démarche de cette fille, que je reconnaissais. Je n'arrivais pas à mettre un nom sur cette fille, mais j'ai eu un brusque pressentiment.

Ronnie et Billy se sont mis au boulot.

« Viens par ici, la grosse.

— Montre-nous ta part de pizza poilue.

— Tu veux grimper sur mon pieu ?

— Viens un peu là, que je te mette des couleurs aux joues. »

Rajinder s'est tourné vers moi en levant les yeux au ciel. Je lui ai retourné son sourire. J'avais enfin reconnu la fille et j'attendais la suite des événements avec confiance.

La femme est passée non loin de mes camarades de travail en serrant les dents. Leurs compliments n'ont pas faibli et Ronnie s'est énormément excité. La marée de ses obscénités ne faiblissait pas.

« Ach, viens, chérie. Une petite pipe en vitesse. Je meurs de désir pour toi. Viens ici me vider les burettes. »

La femme s'est soudain arrêtée et a regardé Ronnie droit dans les yeux. Quelques gars du chantier ont poussé des cris d'encouragement. Ils attendaient les protestations pitoyables de la fille. Mais ils se sont tus quand elle a marché sur Ronnie. Une chose pareille ne s'était jamais produite. Un ou deux gars ont brièvement pensé que Ronnie allait goûter aux plaisirs sexuels qu'il venait de demander.

Ce ne fut pas le cas. La femme saisit simplement les testicules de Ronnie à pleine main et se mit à serrer. Ronnie se plia en deux, ses genoux lâchèrent, mais il ne tomba point. La femme serra plus fort. Ronnie blêmit. La femme regarda dans ma direction.

« Salut, Aoirghe, dis-je.

— Des amis à toi, Jackson ? » demanda-t-elle en tordant encore les couilles de Ronnie.

J'ai regardé mes camarades muets, terrifiés.

« Pas vraiment », répondis-je.

Quelques secondes ont passé. Je me suis mordu les lèvres. Ronnie ne respirait plus.

« Quand est-ce que tu l'apportes, ce canapé ? me demanda Aoirghe.

— Quand tu voudras. »

Elle réfléchit un moment. Des gouttes de sueur perlaient sur son front. Je voyais les muscles de son bras compresseur de gonades, fléchis et contractés. Je me suis encore mordu les lèvres.

« Apporte-le ce soir, avant huit heures. » Elle sourit à Ronnie. « Elles sont assez vidées à ton goût ? » lui demanda-t-elle plaisamment. Puis elle lâcha prise et s'éloigna.

Ronnie s'écroula et mesura le sol à l'aune de son corps. Lorsqu'il reprit conscience, plusieurs femmes séduisantes étaient passées à proximité. Personne ne leur avait adressé la parole.

Après le travail, nous sommes tous rentrés chez nous. Personne n'a proposé une étape au Bolchévik. Ronnie était toujours incapable de s'exprimer clairement.

Je suis rentré à pied, tout heureux. Belfast avait belle allure. L'été était là pour de bon — comme nous étions en août, rien n'arrivait trop tôt. Et il faisait très chaud. Une vraie canicule. Les gens marchaient éberlués par ce baume si peu belfastien. Les hommes retiraient leur chemise et décidaient que se promener tout rouges et bouffis de soleil faisait très chic. Les filles portaient des tenues étonnamment réduites et exhibaient leurs charmes, soulignant ainsi l'injustice de la répartition de la beauté parmi les sexes en Irlande du Nord. Les hommes tout rouges et bouffis de soleil les draguaient et elles draguaient les hommes tout rouges et bouffis de soleil.

En marchant dans les rues, je dois avouer que je regardais ces femmes autant que Ronnie et les autres. La seule différence, c'était que j'essayais de faire comme si je ne les reluquais pas et que je bouclais ma grande gueule de mec.

Cette semaine-là, je n'avais jamais vu la ville si vide, si muette à travers le pare-brise de l'Épave. Les rues étaient désertes, les bars itou, les cinémas multi-salles accueillaient quatre ou cinq personnes chaque soir. Tout le monde avait peur. Tout le monde pensait que Fountain Street provoquerait des réactions. D'ailleurs, Fountain Street avait bel et bien provoqué des réactions. Trois jours plus tard, eurent lieu quatre assassinats indépendants. Dans la semaine qui suivit, deux autres bombes explosèrent et l'on mitrailla une officine de paris. Vingt-sept personnes moururent en huit jours. Les habitants restaient chez eux, en attendant les actes de violence qui, ils en étaient certains, ne manqueraient pas de suivre.

Ainsi sillonnais-je la ville apeurée, où peu de voitures roulaient. Encore plus que d'habitude, il me semblait en être propriétaire. Il n'y avait personne d'autre que moi, la police et l'armée. Tous les six cents mètres, ils m'arrêtaient à des postes de contrôle. C'était une forme de vie sociale comme une autre.

L'affaire OTG prenait de l'ampleur. Les flics avaient installé des souricières autour de certains murs pour essayer d'attraper les auteurs des graffiti OTG. Ils réussirent à en coincer quelques-uns, mais il s'agissait de simples copieurs qui ignoraient tout du sens des lettres qu'ils griffonnaient. Aussitôt après l'explosion de la bombe de Fountain Street, j'avais commencé de remarquer que les OTG manifestaient désormais une graphie plus désespérée, plus hâtive. Je n'y ai pas beaucoup réfléchi, j'y voyais une réaction appropriée aux événements.

On se serait cru dans les années soixante-dix : les cicatrices des gravats marquaient la ville comme autant d'empreintes digitales bien nettes. Mais tandis que je roulais d'une rue à l'autre, j'avais pitié de Belfast. C'était une ville pâle, à croire que les bombes y avaient effacé les couleurs. Elle prenait un air penaud et coupable ; elle avait conscience d'avoir encore gaffé, d'avoir une fois de plus souillé son nom dans la bouche du monde. Elle ne séduisait que moi, elle se mettait sur son trente et un pour moi seul. Dans l'inhabituelle chaleur du soir, je baissais ma vitre et roulais lentement. La soirée était légère, odorante ; l'air, limpide. Regarde un peu tous mes charmes, semblait me dire cette ville.

Et ils étaient nombreux, les charmes de Belfast. Malgré mes jérémiades continuelles, j'aimais toujours cette ville. L'Épave et moi, nous écumions parfois cette métropole dans la douceur enivrante d'un trajet aléatoire. Parfois, nous roulions au milieu de la nuit, la vieille guinde et moi, en regardant avidement et en écoutant les chansons de *Heaven 17*, en observant les gens et en nous demandant s'ils savaient combien ils étaient beaux et variés. Ce qui se passait réellement importait peu.

Je me suis arrêté près de Sandy Row. Je suis resté planté au bout de Lisburn Road. Je n'étais pas allé voir la mère de Chucky ce matin-là. Pour la première fois, j'avais oublié ma mission matinale. Mon devoir était clair.

Chuckie était toujours en Amérique. Je m'occupais de sa mère. J'avais renoncé à m'occuper de sa voiture, comprenant très vite que cette tâche me dépassait. Je m'étais donc rabattu sur l'Épave. Je savais qu'il s'agissait d'un tas de ferraille, mais elle me ressemblait davantage. Et puis, de ce point de vue, j'avais l'impression qu'elle ressemblait davantage à Chuckie, aussi.

Mais je gardais toujours un œil sur sa mère. Les premiers jours, l'état de Peggy s'est un peu amélioré, mais elle ne parlait toujours pas beaucoup. D'abord, je l'ai plainte. Ce truc de Fountain Street l'avait ratiboisée et la maman dodue de Chuckie était la dernière personne qui aurait dû assister au carnage. Cette pauvre vieille Peggy d'un mètre cinquante n'était qu'un petit bout de femme de rien du tout. On aurait dit la définition même de l'humaine fragilité. Tout chez elle semblait précaire, fragile. La douceur de sa mère avait toujours tracassé Chuckie, mais moi j'avais toujours eu un faible pour elle.

Son état avait beau s'améliorer, Peggy passait néanmoins des heures d'affilée à fixer le mur de la chambre de Chuckie. Ça me brisait le cœur. Une brave rombière nommée Causton, qui habitait de l'autre côté de la rue, s'occupait aussi d'elle. Elles bavardaient un peu. Cette femme se donnait des airs de propriétaire dès qu'elle tournicotait autour de la mère de Chuckie. Comme elles étaient copines depuis l'école, je laissais faire. Mais elle ne m'appréciait pas beaucoup et elle en voulait à Chuckie de m'avoir demandé de traîner mes basques dans le secteur. C'était un truc de femmes et je manquais dramatiquement de cet élément typiquement féminin. Ça m'agaçait. Ce n'était tout de même pas de ma faute, si j'avais une queue. Ça ne faisait pas forcément de moi un individu méprisable.

Malgré toutes les objections de ladite rombière, je passais à Eureka Street environ deux fois par jour. J'y passais même des soirées entières ; compte tenu de mes innombrables obligations sociales, c'était un sacrifice disproportionné.

Pendant quatre ou cinq jours, la situation est restée supportable. Puis, une semaine après le départ de Chuckie, les choses se sont gâtées. Un soir, Caroline est rentrée chez elle pour passer un peu de temps avec son ronchon de mari. Je l'ai aidée à transporter de l'autre côté de la rue plusieurs boîtes provenant de la commande délirante effectuée par Chuckie sur catalogue. À mon retour, j'ai trouvé Peggy au rez-de-chaussée, qui faisait du ménage. Sans rien dire, je me suis mis à l'aider. Presque toute la livraison avait été distribuée sur Sandy Row et l'on commençait à voir des bouts de tapis entre les boîtes et les sacs.

Caroline m'avait dit qu'un soir elle avait découvert Peggy assise en bas au milieu des achats de Chuckie, fouillant dans les boîtes en gémissant. Maintenant, elle semblait plus amusée qu'autre chose. Nous avons travaillé pendant environ une demi-heure, Peggy bavardant même par intermittence comme un oiseau maladroit et dodu.

Quand tout a été terminé, je me suis laissé tomber sur le canapé destiné à Aoirghe et j'ai lâché un soupir éloquent. À ma grande surprise, Peggy a proposé de nous préparer un peu de thé. J'avais toujours détesté le thé de Peggy, gris-vert et d'une onctuosité écœurante ; mais, jugeant que sa proposition était un bon signe, j'ai courageusement accepté. Elle a trottiné vers la cuisine.

J'ai profité de son absence pour examiner le contenu des boîtes que j'avais entassées près du canapé où j'étais assis. Elles contenaient de la lingerie féminine, des tonnes de lingerie. Des fanfreluches assez affriolantes. Je savais que le catalogue de Chuckie s'adressait à une clientèle bas de gamme ou moyenne, mais ces soieries émoustillantes étaient le vrai truc. Continuant mon exploration, j'ai trouvé des bikinis en lycra découvrant largement le postérieur, des strings, des sanglages suggestifs. Stupéfait, horrifié, je les faisais courir entre mes doigts.

« Sucre ? »

J'ai réussi à me soulever à quelques centimètres du canapé sans l'aide des bras ni des jambes. Sous le choc, je m'étais mis en lévitation par la seule vertu de mes fesses. Les yeux écarquillés, j'ai regardé la mère de Chuckie, debout près de la porte de la cuisine.

Elle m'a souri.

« Je sais ! Regarde-moi tout ça... Où donc Chuckie avait-il la tête ? » Puis (je le jure), elle a pouffé de rire comme une écolière, elle m'a regardé dans le blanc des yeux, elle a secoué la tête et ajouté : « À quoi tout cela pourrait-il servir à une vieille femme comme moi ? »

Et elle est retournée dans la cuisine.

J'ai senti ma peau rougir de honte. J'étais sûr qu'elle avait tout vu. J'ignore combien de temps elle était restée là, à m'épier, avant de me demander si je voulais du sucre. Je savais qu'elle avait lu sur mon visage cette pensée pas entièrement comique.

Car, malgré moi mais de manière inévitable, je venais précisément de me demander à quoi Peggy aurait bien pu ressembler affublée de ces froufrous athlétiques.

Lorsqu'elle revint avec le plateau à thé, l'atmosphère du numéro 42 était saturée d'électrons ; saturée de menace et d'électricité. Quand elle posa le plateau sur la petite table basse, j'aurais juré que Peggy tortillait du croupion. Son cul ondulait bel et bien. À une dizaine de centimètres de mon visage couvert de sueur. Je n'ai pas pu m'empêcher de regarder.

Comme nous buvions notre thé, j'ai remarqué que j'étais seul avec Peggy pour la première fois. Caroline Causton était chez elle. Cette pensée soudaine n'a rien fait pour me redonner un peu d'assurance.

« Dès que nous serons débarrassés des objets les plus encombrants, la maison redeviendra normale », dit Peggy. Ce n'était pas de la coquetterie que j'ai décelée dans sa voix, mais une espèce de nervosité qui m'a atterré. « Caroline a appelé l'Armée du Salut aujourd'hui et ils ont dit qu'ils seraient ravis d'en prendre un peu. »

J'ai opiné machinalement. Je me le suis avoué à contrecœur, mais la mère de Chuckie semblait vraiment changée. On aurait dit qu'elle subissait une transmutation, qu'elle émergeait hors de sa chrysalide de matrone. Elle avait perdu quelques kilos depuis l'attentat de Fountain Street — elle n'avait jamais été aussi grosse que Chuckie et j'avais toujours apprécié ses formes généreuses, mais sa minceur nouvelle lui allait bien. Je détestais le reconnaître, mais la mère de Chuckie exhibait désormais des formes indéniablement féminines.

« Margaret Balfour, au numéro 22, m'a dit que le dernier canapé l'intéresserait peut-être. Je n'ai jamais beaucoup aimé cette femme, mais je ne vais pas le lui refuser. »

C'était tellement bizarre. Je me suis mis à soupçonner avec terreur que j'envisageais la possibilité d'avoir le béguin pour la mère de Chuckie. Je n'étais pas sûr de l'âge de Peggy. Cinquante, cinquante et un ans. Ça ne m'avait jamais frappé, mais cette femme était assez jolie. Elle avait des formes agréables pour son âge. Et pour couronner le tout, il y avait, je déteste le reconnaître aussi, cette histoire de lingerie féminine. Tandis qu'elle continuait de papoter sur les produits vantés dans le catalogue, l'image de ses nouvelles fanfreluches intimes se mit à louer un espace fou dans mon esprit et à y engendrer des images malvenues et durables. Dans ma bêtise, j'ai pensé que Peggy commençait à remarquer ma gêne et à deviner son origine. Merde alors, je ne baisais pas. J'étais très excité, mais ça... c'était vraiment trop.

« Couches-tu avec énormément de filles, Jake ? »

J'ai recraché mon thé infect sur le canapé destiné à Aoirghe. J'ai toussé. Etouffé. Bafouillé.

Peggy riait doucement.

« Alors ? » a-t-elle fait.

J'avais toujours du mal à respirer, mais j'ai grommelé ma réponse avant qu'elle ne remue le couteau dans la plaie.

« Bon dieu, Peggy, non. »

Elle a eu un sourire béat.

« Et pourquoi non ? »

Nouvelle quinte de toux. Nouveaux étouffements. Et une nouvelle louche de bafouillages.

« Merde. Pardon. Euh, bon dieu, j'en sais rien.

— Je suis étonnée que tu ne sortes pas davantage. Tu es pourtant assez mignon. »

S'il m'était encore resté un peu de thé en bouche, je l'aurais recraché.

Au bout de quelques minutes j'ai réussi à faire dévier la conversation sur un terrain moins glissant, mais le restant de la soirée a été un cauchemar. Peggy et moi partagions une connivence obscène. Je n'étais pas un saint. En présence d'une femme, j'avais déjà connu une ou deux fois ce silence profondément sexuel qui emballe le cœur et dessèche la bouche, mais jamais avec la maman d'un ami.

Quand Caroline Causton est enfin revenue, au bout de deux heures atroces, j'ai bien failli pleurer de gratitude.

J'ai donc choisi de ne pas passer à Eureka Street. D'ailleurs, me suis-je dit lâchement, je portais toujours ma tenue de chantier. Il fallait néanmoins que je m'occupe du canapé d'Aoirghe. Mais j'avais le temps. Je le savais parce que j'avais trop la trouille, mais j'ai remonté Lisburn Road en concluant que j'avais sacrément besoin de coucher. Mon besoin de coucher relevait même de l'urgence.

Je suis rentré chez moi. J'ai lavé la vaisselle qui traînait dans l'évier, puis mon corps qui ne traînait nulle part. J'avais quelques heures à tuer ; en temps ordinaires, j'aurais enfilé un costume et je me serais rendu au supermarché pour voir si mon admiratrice juvénile travaillait ce jour-là. Mais j'avais mis un terme à cette routine. Je ne faisais plus mes courses dans ce supermarché.

Comment allais-je donc me débrouiller pour que six heures devienne sept heures, si je ne pouvais pas vaquer à mes courses habituelles ? Il y avait d'autres magasins sur mon chemin, mais on ne peut pas acheter toutes les cigarettes des débits de tabac. Il y avait de nombreux cafés, mais je ne me sentais pas de manger en suisse et puis je n'avais pas la moindre envie de tomber encore amoureux d'une serveuse.

J'ai emmené le chat en promenade.

Poetry Street rayonnait. De l'autre côté de la rue, la vieille dame m'a souri et son voisin asiatique m'a adressé un signe amical. Mon chat s'est aussitôt planqué sous la voiture la plus proche. Il n'était pas doué pour les sociabilités. (Avant de partir pour l'Amérique, Chuckie, en proie à une fièvre de statistiques fiscales, avait calculé que, si mon chat vivait une vie normale de chat, alors en nourriture, en vétérinaire et en modestes gâteries bi-mensuelles, il allait me coûter plus de huit mille livres avant sa mort. Chuckie ajouta que mon chat représentait un profit unitaire inacceptablement bas et il me conseilla de taper sur la tête de l'animal à coups de brique. Je fus tenté.) Quelques mètres plus loin, le chat et moi avons vu une jeune femme séduisante qui marchait vers nous sur le trottoir. Cette fois, le chat l'a saluée et je me suis planqué sous une voiture.

Oui, ça se gâtait. Je frisais la trentaine et je n'avais pas de petite amie. Même Chuckie avait une régulière et il me semblait que tout ça était fini pour moi. Manque de chance, c'était l'été et je tombais amoureux tous les cent cinquante mètres. Manque de chance, j'avais l'impression d'être le genre de type avec lequel je ne serais jamais sorti.

Abandonnant le chat à son triste sort (il y avait toujours le mince espoir qu'il se perde), j'ai rebroussé chemin vers la maison. J'ai sauté dans ma voiture et dirigé l'Épave vers Eureka Street. J'ai demandé à Caroline de m'aider à y fourrer le canapé pendant que Peggy était encore à l'étage — se débattant pour enfiler un corset fluo ? J'ai dit à Caroline que je repasserais plus tard ou le lendemain ou un autre jour, et je suis parti.

Après avoir affronté cette épreuve avec succès, je me suis préparé à la suivante. Ce qui était arrivé à Ronnie Clay ce jour-là n'était que la manifestation en temps réel de ce qu'Aoirghe me faisait subir depuis que je la connaissais. Personne ne m'avait jamais cassé les couilles comme elle.

J'ai dû m'arrêter à deux postes de contrôle en allant vers chez Aoirghe. L'un des soldats a voulu déchirer le canapé qui dépassait de mon coffre. Il jugeait l'endroit idéal pour dissimuler une grosse quantité d'explosif Semtex. Ses collègues l'ont dissuadé de taillader mon canapé. Ils lui ont démontré toute l'absurdité d'une bombe-canapé, sans oublier de souligner que j'avais l'air d'un pauvre crétin. J'ai donc poursuivi ma route sans encombre.

Au moment précis où je me garais devant chez Aoirghe, j'ai appris par la radio que deux autres soldats venaient de se faire descendre. Le moment était mal choisi. J'aurais volontiers porté ce canapé tout seul si ç'avait été possible. Ce ne l'était pas. J'ai donc sonné.

Elle a ouvert et m'a lancé un regard noir avec son absence de grâce coutumière.

« Salut », a-t-elle dit sans enthousiasme.

J'ai souri.

« J'ai besoin d'un coup de main pour véhiculer cet engin jusqu'à chez toi », proposai-je.

Elle s'est nettement renfrognée.

« Il y a ici quelqu'un qui pourra t'aider. »

Elle a appelé vers l'intérieur. Mon moral est tombé en chute libre. Que faisait-elle avec un homme dans son appartement ? Tout au fond de ma conscience, je devais être en train de magouiller pour montrer rapidement à Aoirghe le vrai chemin politique humaniste et non-violent avant de la sauter comme il faut, le tout bien avant les douze coups de minuit.

Ma surprise s'est muée en ahurissement, puis en vexation, quand Septic Ted a passé la tête par la porte en hasardant un sourire dans ma direction.

« Salut, Jake.

— C'est super de te voir ici, Septic.

— Surprenant, non ?

— Non. »

Aoirghe a fait semblant de ne pas entendre notre petit dialogue, mais je voyais bien qu'elle était nerveuse. Quant à moi, j'étais furieux. Qu'est-ce que ce salaud de Septic faisait là ?

« Si on rentrait le canapé ? » proposai-je sombrement.

Ça a pris plus de temps que prévu. Je n'arrêtais pas de donner des coups secs dans ce machin, pour essayer d'en coincer un angle dans l'entrejambe de Septic. Au bout d'un moment, il s'est mis à faire la même chose. Cette bataille silencieuse entravait notre progression. Lorsque nous avons enfin déposé le meuble dans le salon d'Aoirghe, nous transpirions et soufflions comme des baleines.

« Seigneur, a fait Aoirghe. Pour des jeunes gars, vous n'êtes vraiment pas en forme. Je vais faire du café. »

Septic semblait terrifié à l'idée de se retrouver seul avec moi, même une minute.

« Ah, pas pour moi. D'ailleurs, faut que j'y aille. Tu vas au Wigwam, Jake ?

— Ouais, dis-je. À plus tard. »

Il a pâli avant de décaniller. Je n'ai pas remarqué qu'il ait roulé un patin à Aoirghe avant de partir. Toujours ça de pris.

Elle s'est tournée vers moi.

« Edward est passé pour discuter de quelque chose avec moi, a-t-elle déclaré d'une voix nerveuse.

— Qui ça ?

— Edward, ton ami.

— Oh, Septic, d'accord. »

Il y eut un silence gêné. Je me suis préparé à partir

« Café ? dit-elle.

— Volontiers », couinai-je.

Je l'ai suivie dans la cuisine. Nous avons parlé de choses et d'autres. Je lui ai dit que le canapé faisait bien dans son appart. Elle m'a dit qu'elle s'était demandé s'il irait avec le reste de la décoration. Je lui ai dit qu'une incongruité isolée constituait une preuve de bon goût. Elle m'a dit qu'elle était d'accord pour les petites bricoles, mais que les canapés pouvaient se transformer en grosses fautes de goût. Je lui ai dit que c'était sans importance, que le canapé était très chouette.

Les trucs habituels dont parlent les gens qui ne s'aiment pas.

C'était étrange. Nous avions tous les deux le visage brûlant et la voix tendue. Je rentrais chez elle pour la première fois. Nous n'avions pas souvent été seuls ensemble et en tout cas jamais aussi polis. Je me demandais combien de temps j'allais pouvoir lui donner la réplique dans ce débat improvisé sur la décoration intérieure. Je sentais ma bouche se dessécher.

Je n'avais pas beaucoup pensé à Aoirghe. J'avais beaucoup réfléchi à ses convictions politiques et à ses vacheries, mais je ne m'étais jamais concentré sur elle seule. Quel genre de bus prenait-elle pour aller à l'école quand elle était gamine ? Quelle était sa couleur préférée ? Aimait-elle les catholiques renégats anciens durs portés à se mépriser pour un rien ?

Vue sous cet angle et l'espace d'un bref instant, Aoirghe semblait finalement assez appétissante.

Ce ne fut qu'un *très* bref instant.

Saisi d'un brusque accès d'affection, je lui ai demandé d'une voix joueuse quel était son nom de famille. Je ne comprenais pas comment je pouvais l'ignorer encore. Et je le lui ai dit.

Son visage s'est tendu comme un tambour.

« Tu essaies d'être drôle ? me lança-t-elle sèchement.

— Mais pas du tout », dis-je en prenant un air innocent.

(C'était l'un de mes masques préférés. Je ne sais pas de quoi j'avais l'air, mais je me sentais magnifiquement bien — un peu comme avec la Mine Boudeuse.)

Elle m'a marmonné quelque chose et tendu une tasse de café avant de se diriger vers le salon.

« Pardon ? dis-je en la suivant.

— Jenkins, cracha-t-elle. Mon nom est Jenkins. »

Comme je regrette de ne pas avoir postillonné si vite cette première gorgée de café. Elle s'est répandue sur le nouveau canapé d'Aoirghe, tout près de l'endroit où j'avais craché le thé chez Chuckie. J'ai toussé. Étouffé.

« Jenkins, repris-je avec enthousiasme. C'est un beau nom. »

Le regard de cette brave Aoirghe fut de nouveau assassin.

« Non, vraiment. Je suis sincère. »

Vous savez, quand vous êtes môme et que vous vous faites piquer en train de faire quelque chose de mal, que vous êtes vraiment dans le pétrin, que les adultes vous accusent et que vous pensez à part vous : Oh merde, c'est du sérieux ! Et alors vous êtes littéralement mort de rire ? Eh bien, j'ai essayé de ne pas rire. J'ai vraiment fait l'impossible pour ne pas rire — mais *Jenkins*. Aoirghe Jenkins. Ça devait lui briser ses miches républicaines de ne pas porter un beau nom irlandais comme Ghoarghthgbk ou Na Goomhnhnle. J'ai hurlé de rire. Comme un cinglé.

« Qu'est-ce que tu peux être con, dit Aoirghe.

— Merde, voilà que ça recommence.

— Comment ça, voilà que ça recommence ?

— T'es toujours à me casser les couilles pour un oui ou pour un non. »

Alors Aoirghe m'a expliqué en détail pourquoi mes couilles avaient tellement besoin qu'on me les casse. Elle m'a dit que j'étais arrogant et sexiste. Elle m'a dit que j'étais naïf et sans volonté. Elle m'a dit que je n'étais pas républicain à cause d'un mépris inné envers moi-même, une profonde et très politique haine de moi-même. J'ai constaté avec stupéfaction — et une certaine émotion — qu'elle doutait sans doute de la profondeur et de l'intensité de ma vanité.

J'ai siroté mon café.

« Au moins, murmurai-je, je ne suis pas un fasciste.

— Tu veux dire que je suis une fasciste ? a-t-elle hurlé.

— Eh bien, vous autres républicains, vous me dites toujours que vous êtes à la fois nationalistes et socialistes. » J'ai alors exhibé mon large sourire d'homme de spectacle. « Nationalistes et socialistes. Voyons, les enfants, est-ce que cela ne nous rappelle pas un célèbre mouvement politique du vingtième siècle ? »

J'ai tenté de lui sourire. Je faisais l'impossible pour badiner allègrement, pour l'accuser de fascisme presque en riant.

« Je t'emmerde, dit-elle.

— Écoute, Aoirghe, c'est vraiment enfantin de se bagarrer comme ça.

— Enfantin ? C'est un peu fort, venant de toi. Toutes les paroles que j'ai entendues dans ta bouche sont infantiles. Tu crois que tu peux m'envoyer chier simplement parce que j'ai un engagement politique.

— Ce n'est pas un engagement politique que tu as, ma chérie. » Je savais qu'elle détestait que je l'appelle *ma chérie*. Prévoyant le pire, j'ai posé les mains sur mes testicules. « Fountain Street n'était pas l'expression d'un engagement politique.

— Je n'y suis pour rien.

— Merde alors, tu soutiens cet attentat.

— Certainement pas.

— Condamne-le, alors. Dis qu'ils n'auraient pas dû le faire. Dis qu'ils ont eu tort. »

Elle est restée un moment silencieuse et rougissante.

« C'est regrettable, hasarda-t-elle.

— Regrettable ? hurlai-je. Dis-moi qu'ils ont eu tort ! »

Elle a serré les lèvres et contemplé ses mains. Je me suis levé, posté devant elle et penché pour approcher mon visage du sien. Si j'avais pu trouver au fond de mon cœur quelques mots tendres et sensuels, tout aurait mieux été.

« Tu es incapable de le condamner. Tu trouves cet attentat absolument parfait, du beau boulot. Et ça, ma chérie, ça veut dire que tu es une putain de nazie.

— C'était regrettable, mais la fin justifie les moyens. »

J'ai senti ses postillons sur mon visage. Je me suis écarté et redressé.

« Splendide. On entame donc la partie de la soirée consacrée aux conneries maoïstes ? La fin justifie les moyens. Cette ânerie vient d'une attitude immature vis-à-vis de l'existence, sans parler de la politique. Il n'y a pas de fin, il n'y a que les moyens. Quelle putain d'absurdité. »

J'ai seulement remarqué que je criais lorsque ma gorge a commencé de me faire mal. Je me suis tu. Assis. J'ai siroté mon café et regardé mes mains.

« L'unité de l'Irlande est un but accessible. Nous y arriverons. Nous gagnerons. C'est un objectif juste. Voilà mon opinion et elle ne changera jamais, dit-elle.

— Une opinion qui demeure inchangée devient bientôt un préjugé », rétorquai-je avec douceur.

Elle plissa les yeux. Elle eut un sourire triomphal.

« Et toutes tes sornettes pacifistes, alors ?

— C'est différent. Il s'agit d'une conviction. Les convictions sont transportables. On les emporte avec soi, où qu'on aille. Elles s'appliquent toujours.

— Laquelle, par exemple ?

— La violence a tort. Ça s'applique dans toutes les situations.

— Sans doute que tu l'as oubliée, cette belle conviction, quand tu as planté Marty, dit-elle.

— Qui ça ?

— Le Train de la Paix. Le moustachu à la gare. Tu lui as cassé le nez. Tu n'as pas eu tort ?

— Mais si. Bah, je suis un adepte imparfait de mes propres théories. Bien sûr que oui, j'ai eu tort. » J'ai allumé une cigarette et me suis levé. « En tout cas, j'ai renoncé à la violence. J'ai acheté un patch anti-violence chez le pharmacien. Quand je me le colle sur le bras, je ressens moins la nécessité de battre les gens. »

Non, incroyable, elle n'a pas ri. Elle a d'ailleurs continué à ne pas rire pendant vingt autres minutes, jusqu'à ce que je parte. Juste avant la fin de cette conversation dépourvue de tout élément comique, elle m'a dit d'un air futé qu'Amnesty International organisait une conférence de presse dans deux semaines, qu'ils voulaient que j'y assiste pour raconter au monde entier comment j'avais été brutalisé par la police. Elle leur avait promis d'essayer de me convaincre d'y participer.

Là, j'ai au moins éclaté de rire. Puis j'ai énoncé quelques raisons qui rendraient sans doute ce projet irréalisable. Je lui ai dépeint un vaste tableau.

« Va te faire foutre », dis-je. (Je devenais très subtil.)

Elle m'a jeté dehors. J'aimais bien ça chez Aoirghe. Sa cohérence.

Je me suis baladé un moment en voiture. Les rues étaient moins désertes que dernièrement et mon humeur s'est améliorée. C'était l'une de ces soirées où toutes les chansons de la radio vous faisaient vous sentir à l'étroit dans votre pantalon. Vraiment pas le genre de soirée à passer sans une copine. Il faisait chaud. On se serait cru un vendredi soir en été, quand les filles sortaient en minijupe et que les garçons portaient un pantalon de toile taché par leur sixième pinte et que l'innocente Belfast s'offrait, enivrée et jonchée de leurs déchets alcoolisés, et que tout le monde croyait à tort que je conduisais un taxi.

Je suis arrivé au Wigwam avec une heure de retard, mais je n'avais pas faim. J'ai repéré les garçons à notre table habituelle. Comme toujours, ils parlaient de ce qui comptait vraiment.

« Il faut absolument qu'il y ait de la vie sur d'autres planètes, disait Deasely. Supposer que parmi les innombrables milliards d'étoiles et donc les encore plus innombrables milliards de planètes, supposer que la nôtre est la seule à produire les conditions adéquates pour la vie, relève d'une arrogance monumentale. Mathématiquement, il y a forcément quelque chose dans tout ce vaste espace ténébreux.

— Quoi, Ballymena ? » le coupa Septic.

Lorsque je me suis assis, ils m'ont salué d'un signe de tête. Deasely a poursuivi.

« L'univers a tout ce qu'il faut pour nous faire réfléchir. La science du vingtième siècle a été beaucoup trop une microscience, la science des molécules, des atomes, la génétique. La vraie science est la nouvelle manière de penser à laquelle on aboutit inévitablement, allongé sur le dos, en regardant les étoiles. »

La serveuse nationaliste s'est glissée près de moi.

« *Slan*, dit-elle.

— Ouais, c'est ça », répondis-je.

Depuis qu'elle avait lu mon nom dans les journaux, cette fille me gratifiait d'un feu nourri de gaélique. Elle m'a demandé ce que je désirais, d'une voix qu'elle croyait séduisante. Je lui ai demandé du café. Elle a prononcé quelques mots d'irlandais que je n'ai pas compris, avant de s'éloigner avec un grand sourire. Il y avait au moins quelqu'un qui désirait coucher avec moi, mais j'avais toujours envie de pleurer.

« Le plus beau concept de l'univers cognitif est l'incertitude dans les calculs stellaires produite par le facteur impondérable de la vitesse avec laquelle ces corps s'éloignent de nous et la vitesse avec laquelle nous nous éloignons d'eux. Toute mesure concernant les corps célestes lointains est sujette à caution à cause de la distance, de la vitesse et du temps. Les mathématiques sont fonction de l'endroit où nous sommes. Calculés ailleurs, les résultats seraient différents. Il n'y a pas d'absolu. C'est tellement énorme. C'est tellement politique. En dernier ressort, l'acte même de l'observation est vain, déclara Donal.

— C'est peut-être pour ça que Jake ne comprend pas pourquoi il ne trouve pas de copine », suggéra Septic.

Personne n'a ri. J'ai levé la main, armé mon revolver invisible et fait sauter la cervelle invisible de Septic.

La serveuse combattante de la liberté m'a apporté mon café. J'ai regardé le plancher.

« Tu manges rien ? demanda Slat.

— J'ai pas faim.

— Qu'est-ce qu'elle a dit ? a demandé Septic tandis que la serveuse s'éloignait en marmonnant une lave épaisse de sombres consonnes. Quelqu'un sait-il ce qu'elle a dit ? »

Sans Chuckie, il n'y avait que des catholiques à notre table, mais aucun de nous n'avait compris un traître mot. Le plus bel épisode comique de Septic s'était produit quelques années plus tôt, quand une jeune Française qu'il voulait sauter lui avait demandé comment on disait *silence* en irlandais. Septic lui avait répondu, avec une parfaite sincérité, que le mot irlandais pour silence était *souillence*. À cette époque, Septic était plus facile à aimer.

« Qu'est-ce t'as donc contre la chatte ? » me demanda Septic.

Je n'ai pas répondu.

« La différence même entre la fabrication évidente des éléments chimiques fondamentaux dans l'espace interstellaire et leur non-fabrication dans l'espace intergalactique nous apprend que...

— La ferme, Deasely », aboya Septic.

J'ai espéré que la mauvaise humeur de Septic — il ne regardait même pas une seule des nombreuses femmes qui dînaient au café — prouvait que son projet de visite dans la culotte d'Aoirghe avait jusqu'ici échoué. J'étais certain que c'était le cas. Septic adorait se vanter. Quand je lui ai demandé ce qu'il était allé faire là-bas, il est curieusement resté muet comme une carpe.

Nous avons parlé de choses et d'autres pendant un moment. La serveuse nous a apporté nos verres, mais nous n'étions guère d'humeur festive. Chuckie nous manquait. Nous nous étions retrouvés deux ou trois fois ici depuis le départ de Chuckie, mais sans lui ce n'était tout bonnement pas pareil. Son absence produisait un vide improbable et je crois que nous avions tous honte que cette absence de notre gros copain protestant nous coûtât si cher. Nous avons néanmoins ruminé tout ça pendant une bonne heure en échangeant des regards malheureux et en marmonnant des paroles incohérentes sur tel ou tel sujet. Onze heures approchaient et j'ai annoncé mon intention de rentrer chez moi. Personne n'a pleuré. Personne n'a protesté.

Alors que je me préparais à partir, Tictac est arrivé avec

des chaussures et un costume neufs. Il cherchait Chuckie. Lorsque nous avons annoncé à cet indigent à l'élégance soudaine que son ami était en Amérique, le vieux s'est assis par terre et s'est mis à pleurnicher comme un bébé.

« J'ai apporté ça, larmoya-t-il. Il me l'a demandé et je lui ai apporté ces machins. »

Sa main tremblante tenait quelques bouts de papier. Je les ai pris. Et lus. C'étaient des reçus. Chuckie avait demandé au vieux Tictac de lui rédiger des *accusés de réception*. J'ai calculé le total. Mille huit cents livres. J'ai pris Tictac à part.

« Combien d'argent Chuckie t'a-t-il donné ?

— Oh, des vrais billets de cent, répondit Tictac.

— Combien de vrais billets de cent ? Dix-huit ? »

Tictac a acquiescé, puis s'est remis à brailler.

« Bon dieu, Tictac. Pourquoi pleures-tu ? Je vais faire en sorte qu'il les aie. Peu importe qu'il les reçoive en retard. Il est parti.

— C'est pas ça, sanglota-t-il.

— C'est quoi, alors ? »

Tictac essuya un étonnant paquet de morve entre son nez et sa bouche, avec la manche impeccable de son costume tout neuf.

« Chuckie m'a demandé de doubler toutes les sommes. Il a dit que ça ne pouvait pas faire de mal. Mais ma conscience a refusé. C'est une fraude. Je suis peut-être un poivrot, mais je suis un poivrot honnête. »

Il s'est dissous dans les larmes. Je lui ai tapoté doucement la tête. Puis j'ai regardé ma main. Je l'ai essuyée sur mon pantalon. Maintenant, les autres nous observaient d'un air perplexe. J'ai aidé le malheureux Tictac à quitter le café.

« Je vais parler à Chuckie, dis-je. Je suis certain qu'il comprendra. »

Tictac m'a pressé la main et s'est éloigné en boitant. Je l'ai suivi des yeux. Son costume rupin semblait grotesque sur son corps affaissé. C'était bien le problème avec la dignité : elle était toujours si surprenante, si malvenue.

J'ai dit au revoir aux autres et quitté le Wigwam. À la porte, la serveuse gaélique s'est mise à me susurrer des choses en irlandais, mais j'ai fait la sourde oreille. Imitant Tictac, j'ai boitillé vers la maison.

C'était une nuit magnifique. J'ai laissé l'Épave devant le Wigwam pour me diriger lentement vers Poetry Street. Belfast était tendue et effrayée ; des gens se faisaient sans aucun doute tuer à cet instant précis, mais l'un dans l'autre c'était magnifique. La ville sonnait comme un vieux disque chuintant et grésillant. Mais on entendait toujours la violence, proche ou lointaine. Dans la vaste nuit, les sirènes criaient et babillaient comme des jeunes mariés métalliques.

J'ai retiré ma veste et ouvert ma chemise. J'ai ralenti le pas. J'évitais les hommes bourrés, j'essayais de ne pas regarder les filles miraculeuses. Je déchiffrais les murs, en proie à une joie inexplicable. Au bout de quelques mètres, j'ai remarqué des gribouillis d'OTG dyslexiques : TGO, ODG, OTD. Je me suis arrêté pour toucher le mur en question. J'avais vu juste. La calligraphie maladroite était typique et la peinture encore humide.

« Roche ! ai-je crié. Roche, où es-tu ? »

Quelques passants se sont arrêtés pour me regarder. J'ai fait comme si de rien n'était.

« Roche ! »

Plusieurs passants ont repris leur marche en secouant la

tête et en me considérant comme un cinglé. Une petite caboche crasseuse est sortie d'une ruelle toute proche. Il y avait des traînées et des éclaboussures de peinture dans les cheveux du gamin.

« Ah, c'est toi, dit-il.

— Tu continues de te tromper.

— Quoi ? »

Je lui ai montré ses graffiti imparfaits.

« Hé, Jake.

— Quoi ?

— Est-ce que t'as un doctorat de linguistique ?

— Non.

— Alors va te faire foutre, me dit-il avec un grand sourire.

— Viens, je te ramène chez toi. »

Il n'était pas loin de minuit, les pochards avaient envahi les rues. J'ai cru un moment que ce chiard de douze ans allait pinailler, mais à mon avis il a reconnu assez vite le côté adulte, raisonnable, de ma proposition. Nous sommes retournés à pied vers l'Épave.

Roche continuait de traîner depuis le départ de Chuckie pour l'Amérique. Ce gamin était partout. Luke Findlater m'a dit qu'il passait presque toutes ses journées dans les parages des bureaux de Chuckie et moi-même je le voyais souvent rôder dans Eureka Street quand je rendais visite à Peggy Lurgan. Il avait sans doute oublié à quoi ressemblait l'école. Un jour que je le sermonnais sur sa scolarité, il m'a suggéré de bouffer ses couilles. J'aimais bien Roche. Il avait de l'imagination.

C'était aussi un garçon de courses très pratique dans Eureka Street. Chuckie avait laissé à la cuisine une énorme liasse de billets enfermés dans une boîte et je tapais dedans pour que le gamin approvisionne la maison. Il avait des demandes d'argent exorbitantes. Je ne sais pas combien Chuckie l'avait payé jusque-là, mais Roche ne me rendait jamais la moindre monnaie.

Alors que nous roulions vers l'ouest, Roche m'a dit qu'il avait revu le type d'OTG. Cette fois, il avait remarqué autre chose. Chaque fois que ce type écrivait sur un mur, il griffonnait une espèce de phrase avant et après le sigle OTG, puis il recouvrait le tout de peinture, sauf les trois lettres. De fait, chaque fois que j'avais vu OTG écrit en ville, il figurait entre deux bandes de peinture, la première légèrement plus courte que la seconde. J'avais pris ça pour une simple fioriture décorative.

« Que lit-on avant qu'il repeigne par-dessus ? »

J'ai quitté le Westlink et Roche a murmuré quelque chose à voix très basse.

« Quoi ?

— J'en sais rien, marmonna-t-il. C'est difficile d'y voir avant qu'il repeigne ça. »

Je me suis arrêté à un feu.

« Écoute, petit. Tu ne lis pas très bien, c'est ça. T'en fais pas. J'étais plutôt lent à l'école. Les meilleurs sont toujours les plus lents.

— T'as pas beaucoup accéléré depuis », répliqua Roche avec du défi dans la voix.

En silence, j'ai ramené le petit morveux chez lui. Alors que je bifurquais vers Beechmount, il m'a demandé de m'arrêter.

« Dépose-moi ici, dit-il.

— Je peux t'amener jusqu'à ta porte.

— Ici, c'est très bien », insista-t-il d'une voix trop forte.

J'ai arrêté la voiture. Le gamin est descendu.

« Merci », dit-il sans la moindre sincérité.

Je l'ai regardé s'éloigner. Il se retournait sans arrêt. Je savais ce qu'il mijotait. Quand il a disparu au coin d'une rue, j'ai garé l'Épave, coupé le moteur, je suis descendu et je l'ai suivi.

Comme je m'en doutais, il a dépassé la rue où il habitait. Il a laissé passer quelques rues de plus et il s'est retrouvé sur Falls Road. J'avais une idée de l'endroit où il allait. Je suis retourné chercher l'Épave et j'ai rejoint Grosvenor Park, une minuscule esplanade pourrie d'herbe et de béton, quelques balançoires branlantes et un kiosque à musique bousillé. Je me suis garé et j'ai marché lentement vers le kiosque à musique. Le banc était inoccupé. Ça m'a surpris. Puis je me suis penché pour regarder en dessous. Roche était allongé là, la tête posée sur son cartable, une bâche tirée sur les épaules.

J'ai attendu une vacherie, qui n'est pas venue. Bizarrement, le gamin ne disait rien. Il me regardait en silence, avec quelque chose comme de la honte dans les yeux. Pour une fois, il faisait ses douze ans.

« Qu'est-ce qui cloche ? demandai-je. Ça gaze pas trop à la maison Roche ?

— Quoi ?

— Laisse tomber. »

J'étais accroupi sur les talons, dans une position inconfortable. J'ai allumé une cigarette. Il me regardait toujours. Je lui en ai offert une. Il l'a allumée avidement. Dans le silence qui suivit, j'ai senti l'air tiède et magique sur mon visage. Ce n'était pas une trop mauvaise nuit pour dormir à la belle étoile. Pourtant...

« Allez viens, dis-je en me relevant, tu peux dormir chez moi. »

La tête de Roche sortit de sous le banc et il ouvrit la bouche pour protester.

« Relax, dis-je, je ne vais pas essayer de coucher avec toi. »

Le gosse referma la bouche, satisfait. Il réunit son modeste barda et se remit sur pied. Il me regarda d'un air plein d'attente.

« Hé, petit, fis-je, je crois qu'il faut que je te dise quelque chose.

— Quoi donc ?

— Tu es beaucoup moins bandant que tu le crois. »

Cette nuit-là, j'ai rêvé toute une année de rêves.

À six heures du matin, Roche m'a sorti du lit en me tirant par les cheveux. J'ai poursuivi ce petit merdaillon au rez-de-chaussée, mais sans avoir la moindre chance de l'attraper. Mon chat nous suivait des yeux avec beaucoup d'intérêt tandis que je coursais le gamin dans la cuisine.

« Le téléphone, brailla-t-il. C'est ton gros pote d'Amérique. »

Je me suis figé sur place, soudain calmé. J'ai pris le combiné pendant que Roche émettait des bruits vengeurs en arrière-fond sonore.

« Chuckie ?

— Jake. Salut.

— Putain, tu sais quelle heure il est ? »

Chuckie savait parfaitement quelle heure il était. Chuckie s'en fichait comme de l'an quarante. S'il m'avait appelé d'Eureka Street, j'aurais peut-être pris la voiture pour lui flanquer une dérouillée maison, mais il savait que je reculerais devant un vol international.

Chuckie m'appelait pour deux raisons. D'abord, il voulait que je laisse tomber mon boulot et que je travaille pour lui. Il m'a dit qu'il s'inquiétait à cause de Luke Findlater. C'était un brave type qui connaissait bien son affaire, mais Chuckie voulait implanter dans son entreprise quelqu'un en qui il ait une confiance absolue. Et puis, Luke n'arrêtait pas d'utiliser des adjectifs comme *soigné* * ou *insigne*. Ça commençait à taper sur les nerfs de Chuckie.

Je lui ai répondu d'une voix lasse que je ne connaissais strictement rien aux affaires et à la finance. Il a refusé mes objections. J'étais si fatigué que, de guerre lasse, j'ai annoncé à Chuckie que j'étais prêt à travailler à son service pour une brique par semaine. J'ai été stupéfait de l'entendre dire oui. Il ne signifiait pas ainsi qu'il acceptait, simplement il avait à peine remarqué ma demande.

« Quelle est l'autre chose ? m'enquis-je d'une voix pâteuse.

— Quoi ?

— Tu as dit que tu m'appelais pour deux raisons.

— Ah oui. »

Il s'est tu un moment. La ligne grésillait et craquait. Ce n'était pas très chaleureux comme atmosphère et je me demandais ce que Chuckie avait en tête.

« Je vais être papa.

— Quoi ?

— Max est enceinte. Nous allons nous marier. »

J'ai pris une profonde inspiration.

« Formidable. Félicitations, Chuckie.

— Ouais. Écoute, ne dis rien à ma mère. Je lui apprendrai la nouvelle à mon retour. Comment va-t-elle ?

— Ah, bien, dis-je vaguement.

— Tant mieux. Je te remercie vraiment pour tout ce que tu as fait avec elle, Jake.

— Qu'est-ce que tu veux dire par là ? demandai-je d'une voix sèche et nerveuse.

— Tu t'es occupé d'elle. Ça veut dire beaucoup pour moi.

— Ah oui, c'est vrai. Laisse tomber.

— Faut que j'y aille », dit Chuckie.

J'ai senti une bouffée d'affection pour lui. Je commençais même à me réveiller pour de bon.

« Hé, Chuckie. Je suis vraiment jaloux.

— De quoi ?

— La paternité, Chuckie. Prends tes dispositions au plus vite. C'est une bonne nouvelle.

— Merci. » L'émotion faisait légèrement trembler la voix de Chuckie. Il a raccroché.

J'ai constaté que mes yeux étaient un peu humides. Chuckie allait être père. Je n'étais pas sûr de ce que je ressentais.

« Il t'a filé la brique par semaine ? m'a demandé Roche.

— Oui.

— Merde. Tope là », dit le gamin médusé.

Roche m'a tendu une paume crasseuse. J'ai grommelé quelque chose en me dirigeant vers la cuisine. J'ai préparé du café, allumé une cigarette et donné à manger au chat. Il était six heures un quart du matin. Je ne crois pas m'être jamais réveillé aussi tôt. J'ai découvert avec surprise que c'était très beau. La lumière était exquise, revigorante. Même Roche ne semblait pas si mal. J'ai préparé un petit déjeuner au gamin, nous nous sommes assis à la table et je me suis excusé de l'avoir poursuivi dans tout l'appartement.

« J'imagine que tu n'envisages pas d'aller à l'école aujourd'hui ? »

Roche mastiquait implacablement son toast.

« À ton avis ? répliqua-t-il.

— Je viens de te le dire, mon avis.

— Tu te prends pour mon père, ou quoi ? »

Le chat a sauté sur mes genoux. Il avait terminé son petit déjeuner. Comme j'avais l'air calme, la bête s'est mise à ronronner. Avec le chat et le gamin à six heures du matin, je me suis senti dans la peau d'un respectable patriarche. Et ça m'a plu.

« Comment ça se passe avec ton paternel ? Il te dérouille ? »

Le gamin a coincé un grand morceau de toast entre ses dents. Il s'est levé et a tiré sa chemise au-dessus de sa tête, du toast et du reste. Puis il a lentement pivoté.

« Putain », ai-je lâché.

Son torse et son dos étaient zébrés de traces de coups d'anciennetés diverses. Sur le dos, les morceaux de peau intacte étaient minoritaires. Il a rabaissé sa chemise en emportant presque son toast dans son geste, puis il m'a regardé d'un air imperturbable. J'ai envisagé de lui annoncer, à la fin du petit déj, qu'il ne pourrait pas rester longtemps chez moi. Peut-être avait-il deviné mon intention avant de me montrer son buste. J'ai allumé une autre cigarette.

« Hé, dis-je, t'as de la margarine plein ta chemise. »

Ma première décision de cadre employé par Chuckie a été de prendre une journée de congé. Je suis allé à l'hôtel donner ma démission et dire au revoir à Rajinder. Il m'a fallu faire mes adieux aux autres. J'avais envisagé de présenter mes condoléances à Ronnie Clay pour la tragédie de ses initiales semblables à celles de « catholique romain », mais une fois devant lui je n'ai pas eu le cœur à ça. Pour un crétin raciste et sectaire, Ronnie n'était pas un mauvais bougre.

Comme je venais de multiplier par cinq mes revenus annuels, j'ai passé le restant de la matinée à faire des courses. Je me suis payé un autre costume et même, pauvre de moi, j'ai acheté des fringues pour Roche. Tandis que je choisissais des chaussettes et des sous-vêtements pour un gamin de douze ans, j'ai compris que cette situation allait faire tiquer pas mal de gens. Il fallait que je règle le problème de ce gamin avant de me faire arrêter. J'ai décidé de rendre visite à Slat.

Je suis passé à son bureau. L'immeuble était très cossu, mais la salle d'attente débordait de gens qui apparemment n'avaient jamais ne fût-ce que rencontré quelqu'un d'un peu friqué. L'endroit sentait le désespoir et la misère. J'ai harcelé les réceptionnistes. Plusieurs jeunes femmes très comme il faut mais séduisantes ont essayé de me remettre à ma place, mais j'ai insisté et au bout de quelques minutes Slat lui-même est arrivé. Je lui ai dit que j'avais besoin de lui parler sans attendre. Il m'a dit de le retrouver au Wigwam dans une demi-heure.

Je n'avais jamais mis les pieds au Wigwam dans la journée. C'était une expérience radicalement différente. La serveuse qui m'aimait bien s'est glissée jusqu'à ma table.

« *Slan leat*, dit-elle à ma grande stupéfaction.

— Vous travaillez aussi de jour ? Vous devez être lessivée », répondis-je.

Elle a dit quelque chose en irlandais et m'a sorti son sourire des grandes occasions. Je l'ai regardée sans broncher.

« Je regrette, mais je ne parle qu'une seule langue », dis-je.

Elle s'est aussitôt rembrunie.

« Que désirez-vous ? » aboya-t-elle.

Gêné, je lui ai balancé mon plus beau sourire.

« Un café, s'il vous plaît. Écoutez, je suis désolé. Je ne voulais pas... »

Son visage s'est radouci et elle s'est assise en face de moi.

« Vous vous appelez Jake, n'est-ce pas ?

— Oui.

— Moi, c'est Orla. »

Je me suis senti rougir jusqu'à la racine des cheveux.

« Bonjour, Orla. Très content de te connaître.

— Moi de même. »

C'était plutôt duraille, ces temps-ci, de se faire servir une tasse de café. Elle m'a adressé un large sourire plein d'attente. J'avais beau rester humble, elle n'en démordait pas.

« Quel âge as-tu, Orla ?

— Presque dix-huit ans.

— Oh, mon dieu.

— Qu'y a-t-il ?

— Je suis presque assez vieux pour être le frère beaucoup, beaucoup plus jeune de ton père.

— Et alors ? »

J'ai renoncé au café et allumé une cigarette.

« OK. Eh bien, tu connais tout ce baratin *Chuckie ar la* que tu nous as déjà sorti ?

— Oui.

— Eh bien, ma petite, tout ce baratin me fait royalement chier. »

Elle s'est éloignée sans un mot. J'ai vraiment le ticket avec les femmes. Elles me fuyaient avec la régularité d'un métronome.

Slat est arrivé. Il s'est assis.

« Quoi de neuf ? »

Orla est revenue avec mon café. Elle s'est penchée au-dessus de la table et a renversé la moitié de la tasse sur mes cuisses. Je suis resté assis et silencieux tandis qu'elle posait la tasse presque vide sur la table. L'hypocrite s'est excusée puis, avec un sourire triomphal, elle a demandé à Slat ce qu'il désirait. Il a répondu d'une voix frémissante qu'il prendrait une tasse de café, mais qu'il irait la chercher lui-même au bar si elle n'y voyait pas d'inconvénient. Elle s'est contentée d'un sourire avant de tourner les talons.

Les rapports entre les hommes et les femmes étaient décidément très modernes. Tant mieux. Les filles vous draguaient ouvertement. Mais apparemment, on n'avait toujours pas le droit de refuser leurs avances.

« Pourquoi toutes ces simagrées ? a demandé Slat.

— Politique révolutionnaire. »

Il a paru interloqué et blasé.

« Au fait, tu as entendu ? reprit-il.

— Entendu quoi ? »

Slat a ri.

« C'est vrai, j'oubliais. Tu fermes toujours la radio à l'heure des infos.

— Et j'aurais dû entendre quoi ?

— Il y a eu un cessez-le-feu.

— Quoi ?

— L'IRA a décidé un cessez-le-feu. »

Ma stupéfaction initiale a décru.

« Ils ont déjà décrété plein de cessez-le-feu.

— Celui-ci est différent, insista Slat. Eux-mêmes disent que c'est la fin de la guerre.

— Mon œil.

— Sacrée nouvelle.

— Et les prots ?

— Les gens pensent que l'UVF et tous leurs alliés vont décréter leur propre cessez-le-feu dans quelques jours. »

J'ai bu mon restant de café en essayant d'essuyer mon pantalon avec des serviettes en papier.

« Alors comme ça, ce serait la fin ?

— On dirait que c'est dans l'ordre du possible. »

Slat et moi, nous sommes alors restés plongés dans nos réflexions respectives. En hommes sensibles et intelligents que nous étions. Je lui ai ensuite expliqué pourquoi je voulais le voir.

« Il dort chez toi ? m'a demandé un Slat en état de choc quand j'ai eu fini de lui raconter l'histoire du gamin.

— Oui.

— Bon dieu.

— Je ne pouvais pas le laisser dormir dans la rue. Il n'a que douze ans.

— Si quelqu'un découvre le pot aux roses, on va croire que tu couches avec lui. »

Je me suis renfrogné.

« Que puis-je faire ? »

Slat a souri tristement.

« Tu ne peux rien faire.

— Et des assistantes sociales ou autre chose ?

— Aucune assistante sociale ne confiera la garde d'un

gamin à un type qui bosse sur des chantiers de construction, Jake. Faudrait le témoignage d'un flic ou d'un toubib.

— Super. Il faut pourtant que quelqu'un fasse quelque chose. Quand j'étais gamin, j'avais Matt et Mamie. Il doit bien exister un truc similaire pour Roche.

— Les choses ont changé, Jake. Aujourd'hui, les services sociaux dépendent de l'État. Ils ne tergiversent plus entre l'État et les individus. C'est la nouvelle Grande-Bretagne ou la nouvelle Irlande du Nord, ou la nouvelle ce que tu veux. À quoi crois-tu que je passe mes journées ? C'est pour ça que je fais ce boulot.

— Je le laisse s'installer chez moi, alors ?

— Non ! » cria presque Slat.

Quelques clients se retournèrent pour nous regarder, ma serveuse révolutionnaire ricana.

« Non, répéta-t-il. Dis-lui qu'il doit rentrer chez lui. Il faut qu'il parle de ses ennuis à ses professeurs. Eux seuls peuvent mettre la machine en branle.

— Ses professeurs ? Bon dieu, Slat, ce gamin ne se rappelle sans doute même pas dans quelle rue se trouve son école.

— C'est comme ça. »

Et de toute évidence, c'était bel et bien comme ça.

J'ai essayé de passer le reste de la journée à faire des emplettes, mais découvert rapidement que je n'avais plus envie d'acheter le moindre truc. D'ailleurs, ça m'a déprimé. Après le déjeuner, une étrange fibre protestante m'a poussé à me rendre au bureau de Chuckie pour y entamer un travail quelconque. Luke Findlater était là et il a fait de son mieux pour m'expliquer les divers champs d'activité où Chuckie et lui opéraient. Son discours était clair et rationnel, mais au bout de vingt minutes j'ai néanmoins dû m'allonger et me forcer à respirer à pleins poumons.

Presque toutes les affaires de Chuckie relevaient de l'invraisemblable, de l'impensable. On aurait dit que ses fantasmes de plouc les plus corrosifs s'étaient subitement incarnés sous une forme grotesque. J'ai découvert avec horreur le projet refusé d'une chaîne de magasins vendant des tenues de combat en prêt-à-porter. On m'a appris combien d'argent ils avaient gagné grâce à l'arnaque des bâtons de marche pour farfadets. J'ai également appris le montant des sommes accordées à Chuckie par diverses agences d'investissements gouvernementales pour des raisons que je n'ai pas réussi à identifier clairement.

Par ailleurs, l'enrichissement rapide de Chuckie n'avait pas été sans inclure une magnanimité très démocratique et parfaitement amorale. Il avait roulé dans la farine et escroqué protestants et catholiques avec un inégalable zèle égalitaire. C'était un exploiteur pan-culturel. J'ai découvert qu'il avait acquis la majorité de contrôle dans une entreprise d'insignes qui fournissait à la fois les loges orangistes et les orchestres loyalistes qui défilaient de manière si protestante le 12 juillet. Il venait de négocier un contrat pour une société qui fournissait au Vatican une flopée d'uniformes et de décorations. Si quiconque avait vent de ces activités, Chuckie finirait pendu par les pieds à un lampadaire de Belfast Est.

Au bout d'une heure, j'ai eu un assez bon tableau de l'étendue de ses affaires. Et bientôt, ça m'a cassé les pieds. Je ne savais toujours pas ce que j'étais censé faire. Par bonheur, Luke se montrait aimable.

« Je vais faire livrer un bureau, installer un téléphone et le reste. »

Le téléphone a sonné. Il a répondu. Il a écouté, puis posé la paume sur le combiné.

« Vous parlez français ?

— Bien sûr, ai-je bluffé.

— Tenez. » Il m'a tendu le combiné. « Nous venons d'ouvrir une chaîne de restaurants irlandais à Paris. Vous saurez vous débrouiller. Dites-leur que vous êtes le directeur général ou quelque chose du genre. »

J'ai mis un quart d'heure — mon français était assez approximatif —, mais j'ai établi que Jean-Paul ou machin-truc se plaignait car on lui avait demandé de mettre des lasagnes irlandaises à son menu et il ne savait pas comment préparer ce plat. Ils ouvraient le lendemain et pouvais-je, s'il vous plaît, lui donner la recette ?

Situation délicate. Je me suis creusé la cervelle, mais j'étais à court de noms français en général et de vocabulaire gastronomique français en particulier. La seule expression dont je me souvenais était *pommes de terre* *. Au moins, c'était vaguement irlandais — incroyablement irlandais, en fait. J'ai transmis ce vocable à Jean-Paul ou à machin-truc.

Il en est resté coi.

« Pasta *aussi* * ? demanda-t-il.

— Non. Aux chiottes les pasta.

— *Merde ! Vraiment. Pommes de terre* * ?

— *Absolument* *.

— OK. »

J'ai raccroché. Ce n'était pas mon problème. Ce n'était pas mon idée.

J'ai passé là le reste de la journée. Je n'ai accompli

aucun travail. J'ai simplement raconté au jeune Luke combien ma vie était déprimante. Mon récit a pris des heures. Puis nous avons parlé du cessez-le-feu. Il croyait apparemment qu'il y avait une vraie fortune à gagner si ce cessez-le-feu devenait effectif. Cette perspective m'a presque terrifié.

Il est parti de bonne heure. J'ai traîné dans le bureau pendant encore deux heures. Assis là, à regarder la maison que Chuckie avait construite, j'ai ressenti une envie réelle. Il possédait maintenant tout ce que j'avais toujours désiré. Une femme splendide, un boulot mirifique et maintenant un bébé.

C'était mon grand secret. Hilarant et bouleversant. Je désirais désespérément procréer. C'était un besoin intime qui me faisait transpirer au beau milieu de la nuit. Depuis des mois, j'étais assailli par des rêves de fils et de filles tout faits débarquant sur mon pas de porte (sans mère, c'était crucial), âgés de cinq ans et lisant déjà Pouchkine. Jamais Roche ne constituerait un substitut adéquat aux merveilles enrubannées de mes fantasmes.

C'était l'une des raisons pour lesquelles j'en voulais à mort à Sarah. Je ne supportais pas l'idée qu'elle ait tué le gosse.

Cette journée m'a offert un autre grand secret. Voilà pourquoi j'errais sans but dans les bureaux vides de Chuckie. Voilà pourquoi je ne voulais pas rentrer chez moi. Je ne supportais pas l'idée de dire à Roche qu'il devait se barrer.

Septic m'a téléphoné. Un moment, il a bavardé de choses et d'autres d'une voix tendue, puis il a tenté de me convaincre de participer au grand show d'Amnesty monté par Aoirghe. Il m'a dit qu'il avait sa chance si je l'aidais. Je lui ai répondu que je ne comptais pas mettre de l'huile dans ses rouages. Loin de perdre le nord, j'ai été flatté. Car Aoirghe avait apparemment invité Septic chez elle dans le seul but, fort peu sexy, qu'il plaide la cause d'Amnesty auprès de moi. J'ai failli hurler de joie. Septic était toujours mon ami, mais voilà des années qu'il ne soulevait plus chez moi aucun enthousiasme.

Lorsque je n'ai plus supporté le bureau de Chuckie, j'ai roulé en ville pendant une quarantaine de minutes. Quand ça aussi m'a fait suer, j'ai fait un saut à Eureka Street pour adresser un bonsoir très allègre à la mère de Chuckie. Caroline Causton était présente et, malgré le fard piqué par Peggy à mon arrivée, toute passion semblait avoir disparu de nos rapports. Pendant la demi-heure où je suis resté posé là, j'ai senti anguille sous roche. En partant, j'ai même eu l'impression délirante qu'elles couchaient peut-être ensemble. J'ai secoué la tête pour me débarrasser de cette pensée ridicule. Pendant vingt autres minutes, j'ai sillonné la ville en voiture à une vitesse légèrement excessive. Puis je me suis arrêté au bar de Mary. Elle n'était pas là et une amie à elle qui ne m'aimait pas m'a servi une bière. Je suis reparti. J'ai encore roulé. Je suis rentré.

Roche regardait la télévision que Chuckie m'avait offerte. À ma grande surprise, il écoutait fasciné le flash d'infos spéciales annonçant le cessez-le-feu de l'IRA. Nous avons regardé Mickey Moses, le porte-parole de *Just Us*, remercier les courageux volontaires pour leurs efforts pendant cette longue lutte. Mickey avait une paupière qui tressautait comme s'il regrettait déjà le fusil à lunette du tireur embusqué.

« Tu aimes te tenir au courant de ce qui se passe ?

— Y a du fric à se faire avec ça, dit Roche.

— Tu iras loin. »

Je suis allé à la cuisine pour préparer du café et nourrir le chat, dont l'assiette était déjà pleine. Roche avait nettoyé ma cuisine de fond en comble. De nombreux mois de négligence avaient passablement terni son éclat, mais elle brillait maintenant comme à l'époque où Sarah avait habité ici. Ce nettoyage avait dû lui prendre un temps fou. J'ai failli pleurer.

« J'ai un peu récuré. »

Je me suis retourné. Le gamin se tenait au seuil de la pièce. Son allure avait changé du tout au tout.

« Merde alors, dis-je. T'es tout propre.

— T'adores les commentaires personnels, pas vrai ?

— Pardon. »

Horrible mais vrai, Roche sembla stupéfait que j'aie pu m'excuser. J'aurais juré qu'il en avait les larmes aux yeux. Sa voix tremblait comme jamais.

« Bon, ça va, recommence pas. »

Je lui ai lancé un sac plastique.

« Tiens, je t'ai trouvé quelques trucs. J'étais pas sûr de ta taille et ils n'avaient rien pour les nabots, alors j'espère que ça ira. »

Il a ricané, plus satisfait de l'injure que de l'excuse.

« T'as eu quelques appels. Une femme avec un nom bizarre et une vieille mémé appelée Mamie. J'ai causé longtemps avec elle. Elle m'a dit que t'avais pas de parents. Et puis y en a un autre que je me souviens pas. »

J'allais lui reprocher de ne pas avoir noté tous ces appels quand je me suis souvenu de la susceptibilité de Roche vis-à-vis de l'écriture. J'ai appelé Mamie.

Mamie avait en effet eu une longue conversation avec

Roche. Elle m'a demandé ce qui se passait. J'ai essayé de minimiser ma propre piété, mais sa voix a trahi sa joie. Ce ravissement, je l'entendais même dans les silences quand elle ne parlait pas. Elle croyait que j'avais rejoint son club. Elle croyait que je répétais leur bénélovat. Pour la première fois depuis que je la connaissais, elle m'a dit qu'elle était fière de moi.

J'ai essayé de lui expliquer que ce n'était pas aussi simple. J'ai voulu lui dire que ma générosité était temporaire, qu'incessamment sous peu j'allais annoncer au gamin qu'il devait partir, mais je n'ai pas trouvé le courage de dire tout ça à Mamie. J'ai donc écouté pendant dix minutes que j'étais devenu un homme merveilleux. Puis elle m'a annoncé que l'objet qu'ils voulaient me remettre était une lettre de Sarah. Elle leur avait donné cette lettre avant de partir. En leur demandant de me la donner quand ils penseraient que je serais prêt. Apparemment, l'heure était arrivée.

J'ai raccroché assez vite après cette nouvelle. J'ai remarqué, à mon grand agacement, que mon cœur battait la chamade et que j'étais nauséeux. Une lettre de Sarah. J'étais furieux. Je ne désirais aucune explication de sa part. Pour la première fois, je ressentais autre chose qu'un désir amollissant pour la femme qui m'avait quitté.

Curieusement, cette préoccupation nouvelle m'a rendu plus apte à annoncer à Roche qu'il devait s'en aller. Ma colère me servirait à me montrer intraitable envers le gamin. C'était une forme de diversion émotionnelle que mon chat connaissait parfaitement. L'heure était venue de l'essayer sur une espèce plus noble.

Mais j'ai senti que ce serait plus difficile que prévu lorsque Roche est entré dans la cuisine pour me montrer ses nouveaux vêtements. Dans ce costume flambant neuf et parfaitement repassé, il semblait presque ridicule. On aurait dit un autre gamin. Seuls les tennis crasseux et déchirés qu'il portait aux pieds signalaient l'authentique gamin des rues.

« Très joli », dis-je.

Il a presque souri comme un enfant.

« Tu trouves pas que ça me donne un côté choute ?

— Choute ?

— Tu sais... tantouze. »

J'ai allumé la dernière cigarette de mon existence.

« Écoute, petit. Aujourd'hui, j'ai parlé de toi à un de mes copains. »

Le sourire de Roche s'est refermé pour devenir aussi invisible qu'un chantier naval de Belfast.

« Tu veux que je me casse, dit-il.

— C'est pas ça, tergiversai-je.

— Laisse tomber. De toute façon, je comptais me casser. »

Il est reparti vers sa chambre. J'ai essayé de le suivre.

« Écoute, tu n'es pas obligé de partir tout de suite. Reste quelques jours. »

Il a refermé la porte derrière lui. Sans répondre. J'ai frappé pendant quelques minutes, mais il a refusé de me parler ou d'ouvrir. J'ai décidé de prendre une douche et de lui donner le temps de se calmer.

Alors que j'étais sous l'eau imparfaitement chaude, j'ai entendu le bruit parfaitement reconnaissable de la porte d'entrée qui claquait. J'avais très bien deviné que Roche se barrerait pendant que j'étais sous la douche. J'avais surtout pris cette douche pour cette raison. J'étais prêt à toutes les lâchetés, à toutes les ruses. D'une main coupable, je me suis savonné les testicules.

Le restant de la soirée fut assez lugubre. Roche avait ostensiblement laissé derrière lui toutes les affaires que je lui avais achetées. En revanche, il avait bien sûr volé ma télé et mon magnétoscope flambant neufs et récemment arrivés à Eureka Street, mais il avait refusé mes cadeaux. Je n'ai pas été surpris. C'était lui tout craché. Je savais qu'il allait les refourguer. J'ai espéré que ça me remonterait un peu le moral. Ça a marché.

Malgré tout, je me sentais tellement coupable vis-à-vis du gamin que j'en ai même oublié de réfléchir à la lettre de Sarah, à ma prospérité nouvelle ou à ma haine d'Aoirghe, un sujet auquel j'avais récemment gambergé. Dans sa sagesse, mon chat m'évitait. J'ai écouté la radio pendant des heures. Roche m'avait piqué presque tous mes appareils électriques, après tout. Ce soir-là, la radio diffusait exclusivement des infos, à cause du cessez-le-feu. Je ne me suis même pas donné la peine de la fermer. Au cours des dernières vingt-quatre heures, cinq personnes s'étaient fait descendre et dix-sept avaient perdu l'usage de leurs rotules. L'IRA avait réglé ses arriérés d'assassinats et de vengeances pendant qu'elle pouvait encore le faire. Quels charmants individus. Comme ils inspiraient confiance.

Au bout de quatre ou cinq heures de ce traitement, je me suis retrouvé si déprimé que je suis sorti pour me changer les idées et prendre l'air. C'était une autre soirée tiède et j'ai passé une heure assis sur mes marches à essayer de ne pas penser aux cessez-le-feu ni aux gamins de douze ans qui ont des problèmes avec leurs parents. Parfois, Belfast ressemblait au passé, lointain ou récent, à cet immuable passé protestant. Je ne voyais pas comment l'un de ses feux pourrait jamais cesser.

Qu'éveillait en moi ce cessez-le-feu annoncé avec tambours et trompettes ? C'était une grande nouvelle. Un événement majeur. Mais que signifiait-il pour moi et le groupe minuscule de mes amis ?

Assis sur mon pas de porte ce soir-là, j'ai ressenti trois choses.

D'abord, j'ai eu l'impression que Belfast avait enfin arrêté de fumer. Une habitude vieille de vingt-cinq ans et cent jours venait de se terminer. J'ai redouté les symptômes de renonce. Qu'allions-nous faire désormais de nos après-midi ? Comment nous débrouiller pour avoir l'air *cool* ?

Puis j'ai ressenti de la fureur. Rien n'avait changé. Les mecs encagoulés avaient appelé ça une victoire, mais leur situation était exactement la même que vingt-cinq ans plus tôt. Trois mille personnes étaient mortes, plusieurs milliers d'autres avaient été battues, blessées ou amputées, et nous avions tous connu une trouille bleue pendant presque tout ce temps-là. À quoi cela avait-il servi ? Qu'avait-on ainsi accompli ?

Par-dessus le marché, je n'ai pas pu m'empêcher de penser que, si j'avais été le mari, l'épouse, le père, la mère, la fille ou le fils d'une des vingt-sept victimes des huit derniers jours, ce putain d'armistice m'aurait mis dans une rage noire.

En fait, je ressentais quatre choses. Car il me semblait aussi qu'ils allaient remettre ça dès que ça leur chanterait — dès qu'ils auraient un pet de travers ou leurs règles.

Alors que j'envisageais vaguement de rentrer chez moi, j'ai repéré une fille qui marchait toute seule sur le trottoir au carrefour le plus proche. Trois skinheads allaient à sa rencontre. La fille les a vus et elle a flanché. Ses pas l'ont menée vers le bord du trottoir. Elle a baissé la tête, essayé de se faire toute petite. J'ai partagé sa peur, mais je ne pouvais rien faire. Elle courait presque quand les skins sont arrivés à sa hauteur.

Comme je l'avais craint, l'un des jeunes a tendu la main pour l'arrêter. Elle s'est figée sur place, terrifiée, les bras levés pour se protéger contre les coups. L'un des crânes violets s'est baissé pour ramasser quelque chose. Il lui a tendu l'objet en question — je n'avais pas vu la fille le lâcher —, puis les trois garçons sont repartis.

Ce n'était pas grand-chose, je sais. Ce n'était qu'un événement infime, mais tout à coup Belfast m'a semblé redevenir un endroit vivable.

Parce que, parfois, ils brillaient, mes concitoyens. Parfois, ils étaient fortiches.

Seize

Dans l'immense parking jouxtant le centre commercial, Chuckie Lurgan, installé au volant d'une Subaru de location, regardait les femmes lugubres assises en silence dans leurs voitures. Il était neuf heures et demie du matin et, malgré l'été, l'air était froid. Chuckie commençait de trouver splendides les matins américains. Lors de sa seule matinée new-yorkaise, la lumière avait été précoce mais déjà fatiguée, le soleil fuligineux et sec sur les immeubles, comme s'il manquait déjà d'essence pour tenir jusqu'au crépuscule. Mais au Kansas, la version du monde à neuf heures du matin était magnifique. Le givre nocturne se muait en volutes vaporeuses, comme des milliers de cigarettes.

Chuckie baissa sa vitre pour regarder le ciel. Il savait que l'atmosphère se raréfiait. La couche d'ozone se dégradait à une vitesse qui interdisait sa reconstitution. La terre était criblée et jonchée de saletés corrosives. Les mers perdaient leurs poissons, l'humanité proliférait partout. Chaque jour, une centaine d'espèces disparaissaient. (La veille au soir, Chuckie avait regardé une émission écologique à la télé et il se sentit soudain concerné. Ce qu'il prenait auparavant pour les pires conneries bêtifiantes et niaises semblait désormais essentiel au futur père.)

Chuckie eut l'impression que sa peau se craquelait et se desquamait sous la lumière toxique et non filtrée du soleil. Il crut que, dans dix ans, il serait entièrement chauve et ratatiné à cause des radiations. La planète aussi perdrait ses cheveux et son tonus. Sa propre ville se desquamerait et s'écroulerait. Belfast déserte, sèche et morte. Il sentit les larmes lui monter aux yeux.

Il attendait Max. Elle essayait d'acheter des croissants au chocolat à la croissanterie du centre commercial. Ce matin-là, au petit déjeuner, elle avait eu envie de ces croissants. Bien que jugeant ce caprice d'une précocité absurde dans la grossesse de sa bien-aimée, Chuckie avait tenu à ce qu'ils prennent la voiture pour rejoindre la croissanterie la plus proche, distante d'une trentaine de kilomètres. Max avait obtempéré en maugréant.

Quand la vieille dame lui avait appris la grossesse de Max, Chuckie avait passé deux jours dans sa chambre d'hôtel. Pendant trente heures, il contempla la paternité parmi les garnitures en plastique et les tissus synthétiques du petit motel en bordure de route. Puis il dormit pendant dix heures, loua une voiture et partit voir Max.

Lorsqu'il se gara devant la maison, elle était assise sur la véranda dans un fauteuil à bascule. Le mouvement régulier du fauteuil ne se modifia guère quand il descendit de voiture et s'approcha. Cent fois le cœur de Chuckie hésita entre l'arrêt complet et l'emballement pendant les trente secondes de son approche ; mais Max, elle, semblait sereine. Max semblait l'attendre.

Il gravit les marches de la véranda et s'arrêta à quelques pas du fauteuil à bascule. Elle le regarda sans expression, en continuant de se balancer doucement d'arrière en avant. Il n'y avait aucune joie dans les yeux de Max, mais aucune colère non plus. L'homme de l'Ulster prit les devants.

« Épouse-moi », dit Chuckie Lurgan.

La nuit tomba et l'air fraîchit sur la véranda pendant qu'ils parlaient. Max lui raconta enfin ce qui lui était arrivé quand elle s'était enfuie après la mort de son père. À la fin de ces deux années mystérieuses, elle se retrouva enceinte et beaucoup trop défoncée pour savoir de qui. Elle se promit d'avorter, mais curieusement elle n'arrivait jamais à se décider à agir. Un avortement, quel ennui, des coups de téléphone, des médecins, une clinique... Et puis elle n'avait pas l'argent nécessaire. Elle n'avait pas le temps. Certaines nuits, très tard, au moment de s'endormir, elle comprenait qu'elle laissait les choses traîner. Mais le lit était toujours tiède et il était toujours agréable de noyer ce foutu problème parmi ses rêves où elle se réveillait toute mince et non fertilisée.

Elle laissa traîner les choses au-delà du délai légal. Et elle en était à six mois de grossesse lorsqu'elle décida de passer à l'acte.

Ce soir-là, un boxeur de Tulsa à la retraite et elle faisaient la fête avec du crack bon marché. Le bras de Max reposait sur le monticule de son ventre lorsqu'elle y enfonça l'aiguille. Elle savait exactement ce qu'elle faisait, ce qui ne l'empêcha pas de le faire.

À l'hôpital, les gens ne furent pas très aimables avec elle. Max se rappelait en particulier un médecin. Un jeune homme, mal rasé et l'air fatigué. Il avait une voix douce et il souriait volontiers, mais Max fut surprise par ce qu'elle vit dans les yeux du médecin. Elle y vit la honte qu'il ressentait pour elle.

Elle le frappa et lui griffa le visage avec ses ongles mal coupés. Une grosse infirmière avait sauvé le toubib en clouant Max sur son lit. Elle traita Max de sale putain en allongeant les voyelles d'un air méprisant, à la manière du Sud.

Beaucoup de temps s'écoula après cet incident. Des périodes sans suite dans de grandes salles aux murs aussi froids que le sol et où personne ne lui parlait. C'était comme les migraines dont enfant elle avait souffert. Elle savait qu'elle devait endurer une épreuve et elle s'en tirerait seulement en pensant au terme de cette épreuve.

Elle eut une peur affreuse quand on lui annonça que l'enfant avait survécu. Elle pleura et les injuria. Cette nuit-là, elle rêva de naissances monstrueuses, de bébés répugnants. Cette chose avait ressemblé à un virus en elle. Elle l'avait expulsée. Cela suffisait. Ils ne pouvaient rien attendre d'elle.

Pendant une semaine au moins, elle refusa de voir l'enfant. Le gentil médecin, au visage couvert des égratignures dues aux ongles de Max, dressa la liste de tout ce qu'elle avait absorbé pendant sa grossesse. Alors que la main du jeune toubib courait sur la deuxième page, Max comprit ce qu'elle avait fait. Le bébé était sans doute un monstre, le résultat de produits chimiques et du cauchemar. Une infirmière lui glissa que le bébé était né drogué et les peurs de Max se trouvèrent confirmées. Elle vit l'affreux avorton aux yeux de lézard brillant de cupidité et d'envie de se droguer.

Quand on le lui amena, elle pleura comme si elle voulait mourir. Son cœur de verre se brisa. Cette chose ratatinée était tout ce qu'elle était. Elle l'avait fabriquée ainsi.

Et, quand le bébé mourut, elle fut apparemment la seule à être surprise.

Voilà pourquoi elle s'enfuit en Amérique lorsqu'elle découvrit qu'elle portait l'enfant de Chuckie. Quand elle eut fini de parler, Chuckie lui demanda simplement, gentiment, tendrement, ce que tout ça venait faire dans leur histoire. C'était le passé et il y avait le présent. Il avait trouvé très simple de la convaincre que le quitter, lui, Chuckie, était exclu. Il trouvait maintenant très simple de lui dire qu'il l'aimait. Il trouvait très simple de regarder le ventre splendide de Max, en espérant que l'enfant qui en sortirait ne ressemblerait pas à lui-même.

La vieille voisine vint passer un moment avec eux. Elle voulait rester aussi longtemps que Chuckie. Elle s'incrusta pendant une heure ou deux, mais quand elle remarqua l'expression consentante de Max, elle décida de ne pas se fatiguer en vain. Chuckie passa l'heure et demie qui suivit à soupeser les seins désormais inertes de Max en lui demandant à nouveau de l'épouser.

Il resta là-bas pendant une petite semaine, dévoré par le désir de mariage. Il suivait Max partout dans la maison et le jardin. Il l'aidait quasiment à s'asseoir et à se lever. La vieille dame se moquait ouvertement des attentions excessives de l'Irlandais du Nord. Max se vexait de sa sollicitude. Un soir, après que la vieille dame fut rentrée chez elle, Max dit sèchement à Chuckie d'arrêter de la coller. Mais il était impossible de lui en vouloir longtemps et, dix minutes plus tard, elle roulait sur la vaste bedaine de Chuckie en lui chuchotant à l'oreille de fiévreux *colle-moi, colle-moi.*

Ce fut une semaine joyeuse, absurde, lourde de conséquences. Ils passèrent ces journées dans un bonheur plus grand que Chuckie n'aurait pu l'imaginer. Il se plongea dans toutes sortes de spéculations métaphysiques. Il se surprit à réfléchir pour la première fois à son propre caractère mortel.

Vers la fin de cette semaine, Chuckie était abasourdi par toutes ces pensées. Il se savait pragmatique (en fait, il se prenait pour un gros salopard paresseux, mais il était désormais trop riche pour mériter cette définition succincte). Les mystères insondables lui allaient comme un faux col à un canard.

Sa situation nouvelle avait quelque chose d'approprié. Quelque chose qui lui semblait être dans ses cordes. Il allait avoir un enfant — le protestant ulstérien qui sommeillait en lui garantissait que ce serait un fils. Il était temps de songer à entretenir sa famille internationale. Il était temps de gagner davantage d'argent.

Chuckie vit Max traverser le parking vers lui. Il ressentit l'habituelle bouffée de plaisir à la pensée que cette Américaine pleine de santé et d'allant lui appartenait. La contribution génétique de Max à leur enfant diluerait certainement une bonne part du malheureux héritage lurganien.

Max ouvrit la portière de la Subaru.

« Pas de croissants au chocolat, dit-elle d'une voix morose.

— Pas grave. Allons jusqu'à Shaneton. Tu m'as dit qu'il y avait un centre commercial là-bas.

— Chuck, c'est à plus de soixante kilomètres d'ici.

— Et alors ? »

Max le foudroya du regard.

« J'ai acheté des croissants et du chocolat. »

Chuckie ouvrit de grands yeux.

« On peut les mettre ensemble, Chuck. Ou alors tu peux prendre un morceau de croissant et un bout de chocolat aussi sec. Tu mélanges le tout dans ta bouche et le tour est joué.

— Ne te fâche pas. C'est toi qui en avais envie coûte que coûte.

— Pas coûte que coûte. J'en avais simplement envie.

— Bon, d'accord.

— Chuck, arrête ça. Pas dans le parking. »

Chuckie retourna derrière le volant.

« Bon dieu, Chuck, pour un gros type tu es toujours étonnamment excité. »

Il lui sourit.

« Pour un type excité, je suis toujours étonnamment gros. »

Il la regarda. Son trait d'esprit ne la faisait pas tomber de son siège. Max et sa mère étaient les seules Américaines qui ne le trouvaient pas désopilant.

« Tu m'aimes ? fit Chuckie.

— Tu crois que je ne le sais pas ? » rétorqua Max.

Ce soir-là, ils parlèrent de l'avenir. Ils parlèrent de l'endroit où ils allaient vivre. Chuckie savait qu'un retour à Belfast n'était pas garanti. Il était prêt à aller là où Max aurait envie de l'emmener.

« Ici ou là-bas. Voilà la grande question, j'imagine », dit Max en essayant de repousser les lèvres de Chuckie loin de son téton et de ramener l'attention du futur père vers la conversation.

Il leva un regard embrumé vers elle.

« Ici ou là, je m'en fiche complètement, dit-il en souriant. Je sais gagner de la thune partout. Le monde est ma vache à lait. »

Il se remit à téter. Max soupira en songeant qu'elle allait épouser cet homme. Elle passa la main sur la nuque dégarnie, presque râpeuse, de Chuckie. Elle se demanda si Peggy Lurgan avait vécu la même expérience.

« Oui, dit-elle, soudain attentive. Tu devrais prévenir ta mère. »

Ce soir-là, Chuckie appela Eureka Street. Caroline Causton lui répondit. Elle lui annonça que Peggy était sortie faire des courses. L'espace d'un instant, Chuckie fut ravi d'apprendre que sa mère allait beaucoup mieux. Ce bref plaisir fut aussitôt remplacé par la stupéfaction : comment se faisait-il que Caroline réponde au téléphone ?

« Vous croyez qu'il vaut mieux que vous restiez encore un peu ? hasarda-t-il d'un ton aussi badin que possible.

— Qu'est-ce que tu veux dire par là ? » aboya la femme.

Chuckie fut soudain à cran.

« Détendez-vous, Caroline. Je posais simplement une question.

— Est-ce que je ne suis pas la bienvenue, Chuckie ?

— Ne soyez pas stupide. J'essaie simplement de savoir comment se porte ma mère. »

Il y eut un bref silence.

« Elle va beaucoup mieux, mais elle désire que je reste avec elle. Est-ce que ça te va, comme réponse ? »

Il y avait quelque chose dans sa voix que Chuckie n'appréciait pas du tout. Il y avait quelque chose dans sa voix qu'il détestait carrément.

« OK, ne vous énervez pas.

— Commence donc par ne pas t'énerver, toi.

— Dites-lui que j'ai appelé, voulez-vous ? Je ne lui ai pas parlé depuis mon départ.

— Je lui dirai. Elle va bien. Ne t'inquiète pas. »

Il y eut un autre silence. Chuckie voulait annoncer la nouvelle directement à sa mère. Maintenant, il aurait aimé attendre, mais il s'aperçut que la nouvelle lui brûlait littéralement la langue.

« Caroline, je vais être père.

— Je sais.

— Quoi ?

— Peggy me l'a dit.

— Qui le lui a dit ?

— Ton Américaine. Le soir avant son départ.

— Très bien.

— Vous allez vous marier, donc ?

— Oui.

— Félicitations, fils. Faut que j'y aille. Porte-toi bien. Au revoir. »

Elle raccrocha. Chuckie se sentit tout dépité. La cote de sa grande nouvelle était tombée en chute libre dès sa première annonce. Et, même si la voix de Caroline avait été plus chaleureuse vers la fin, il y avait toujours chez elle un élément qui déplaisait à Chuckie.

Il appela aussitôt le bureau. Il divulgua la nouvelle à Luke. Il ne connaissait pas Luke depuis très longtemps et il n'était pas sûr de l'apprécier à cent pour cent, mais au moins l'Anglais parut ravi d'apprendre la grande nouvelle de Chuckie.

« John Evans a encore appelé, dit Luke.

— Qui ?

— Le milliardaire que tu as rencontré dans l'avion. Bon dieu, Chuckie, que lui as-tu dit ?

— Pourquoi ?

— Tu as dû lui faire un baratin du feu de dieu. Il veut acquérir une part dans toutes nos activités. Il téléphone tous les jours. Il menace même de venir faire un tour ici. Il veut connaître notre concept, ou quelque chose d'aussi farfelu.

— Que lui as-tu répondu ?

— Rien. J'étais trop gêné pour lui dire quoi que ce soit. Ce type est une très grosse pointure. J'avais entendu parler de lui. Il est célèbre. Je n'allais pas expliquer à ce Rockefeller nos petites magouilles de brindilles vernies. J'ai encore ma fierté.

— Monte pas sur tes grands chevaux.

— Ça l'a rendu cinglé. Complètement siphonné. À mon avis, il n'a pas l'habitude qu'on lui cache des choses. Je crois qu'avec son fric il obtient tout ce qu'il veut.

— File-moi son numéro, dit sombrement Chuckie.

— Tu es certain de pouvoir assurer le coup ?

— Merde, file-moi son numéro. »

Chuckie téléphona à Evans, mais il appela d'abord Slat. Puis il appela Septic et Deasely, il appela son cousin, il appela même Stoney Wilson. Il appela d'anciens camarades d'école, d'anciens ennemis. Il appela des gens qu'il avait simplement croisés dans la rue. Il leur annonça à tous qu'il allait être père. Malgré certaines réserves formulées sur la perpétuation de la lignée génétique des Lurgan, tous furent très contents pour lui. Il se sentit requinqué. Alors il téléphona à John Evans. Il lui dit la vérité sur toutes ses combines merdiques et sur les arnaques ridicules qui lui avaient permis de trouver son capital de départ. Comme Chuckie s'y était attendu, Evans lui offrit cinq millions de dollars sur-le-champ.

« Je vous rappellerai », dit Chuckie d'une voix égale.

Une semaine plus tard, Chuckie se retrouva dans un gratte-ciel rupin de Denver.

« Monsieur Lurgan, nous recevons beaucoup de conseils sur les endroits où nous devrions investir, dit un New-Yorkais en costume.

— Je ne donne pas de conseils, répliqua Chuckie.

— La guerre qui fait rage là-bas nous inquiète, dit un autre New-Yorkais en costume.

— Il y a eu un cessez-le-feu, riposta Chuckie.

— Les hostilités pourraient reprendre, suggéra alors un autre type en costard.

— Nous nous inquiétons des activités de vos hommes en Israël », dit le dernier des costards trois-pièces.

Chuckie eut un sourire béat.

« Nous traitons beaucoup d'affaires avec les Juifs de New York. Nous ne voulons irriter personne là-bas », expliqua le bonhomme, du moins en partie.

« Eh bien, commença Chuckie, je vois ce que vous voulez dire. »

Il se tut. Il n'avait pas la moindre idée de ce que voulait dire ce type. Il considéra les quatre gandins sveltes et bronzés. Il songea que, pour eux, l'IRA était sans doute une espèce de groupe terroriste arabe. Il changea aussitôt son fusil d'épaule.

« Si vous croyez que c'est un problème, alors le mieux pour vous consiste à investir dans cette région et par conséquent à prendre contact avec ces... *frères musulmans.* »

Le costard trois-pièces à la théorie arabe opina du chef, comme s'il reconnaissait la pertinence de l'argument.

« Par ailleurs, Belfast est un port occidental de première

importance dans une région géographique extrêmement développée. »

Les hommes murmurèrent leur approbation gênée. Quelques minutes plus tard, Chuckie conclut que plusieurs de ses interlocuteurs avaient situé l'Irlande au large de la côte d'Afrique occidentale. Il réfléchit longuement avant de rectifier leur erreur.

Une heure plus tard, il venait de gagner huit cent soixante-dix mille dollars. Il les avait convaincus de lui donner cet argent pour contribuer à la construction d'une usine qu'il possédait déjà (Luke l'avait mis au parfum). Chuckie utiliserait leur argent pour mettre sur pied les sociétés de services américaines dont il rêvait depuis si longtemps. La compagnie d'électricité *Irish-American*, la compagnie des eaux *American-Irish*, l'*US Hibernian Gas*.

En une semaine, il berna, bluffa, dupa, empapaouta une sélection des meilleurs et des plus brillants hommes d'affaires américains. Ses prouesses le troublaient à peine. Ces hommes ne savaient rien de son pays et ils croyaient parfois à des histoires complètement invraisemblables. Un type, qui pensait peut-être à l'Islande, croyait qu'il n'y avait pas d'arbres sur l'île de Chuckie ; un autre croyait dur comme fer que l'Irlande se trouvait dans le Pacifique. Chuckie s'aperçut que leur ignorance n'était pas le fruit de la stupidité. Ces hommes ne voulaient tout bonnement rien savoir du reste du monde. Une information qui n'était pas américaine n'était pas une information. Ç'avait toujours été le cas, mais après tous les cessez-le-feu l'Irlande du Nord passait souvent à la télévision. Elle ne faisait certes pas les gros titres des infos, mais on en parlait néanmoins à la télé. Les Américains se trouvaient contraints d'avoir une opinion. Et il existait un fossé gigantesque entre le peu qu'ils savaient et les opinions qu'ils se sentaient désormais tenus de défendre. Chuckie Lurgan aspirait à combler ce fossé.

Il n'était pas le seul. Jimmy Eve et une coterie de célébrités de *Just Us* s'envolèrent pour Washington aussitôt après l'annonce du premier cessez-le-feu. Bien que réunissant moins de douze pour cent des votes de l'Irlande du Nord, ils se rendirent à la Maison-Blanche et furent reçus par le président. Chuckie envisagea brièvement de téléphoner au leader du modeste parti des Démocrates Libéraux Britanniques pour lui facturer dix bâtons l'idée suivante : s'il portait un costard C&A et qu'il butait quelques flics, les principaux hommes d'État du monde entier seraient prêts à le recevoir.

Les Américains adoraient Eve. Plusieurs grosses matrones américano-irlandaises tinrent à le décrire comme un homme impressionnant, malgré son manque évident de beauté physique. Le *New York Times* le compara à Clint Eastwood. Il avait une barbe clairsemée qui lui montait jusqu'aux yeux et une bouche de poisson. Il n'y avait pas à tortiller, ce type ressemblait à une fouine. Chuckie n'en revenait pas.

Eve participa à des émissions de télé diffusées dans toute l'Amérique. Son sourire velu et carnivore s'étalait partout. Il parla le langage des droits civiques américains à des interviewers qui connaissaient trop mal l'histoire de leur propre pays pour le remarquer. Il parla de l'Afrique du Sud. Il parla de l'égalité des droits et de la démocratie. Il parla de l'Europe de l'Est. Il parla d'intégration et d'estime réciproque. Un journaleux lui demanda quand, selon lui, les catholiques irlandais auraient le droit de voter. Eve se retint difficilement de répondre une chose du genre :

Ce ne sera jamais trop tôt, ou alors : J'espère voir ça de mon vivant. Il résista aussi à la tentation de rectifier l'erreur savoureuse du journaliste. Il répondit à côté en disant que les Britanniques étaient un tas de connards.

Néanmoins, le plus beau moment arriva lorsqu'il fut interviewé simultanément par un unioniste de l'Ulster et par Michael Makepeace, le chef du Parti de la Fraternité d'Ulster, une bande de médecins embourgeoisés et végétariens qui se lamentaient tant et plus et recousaient les plaies à tour de bras. Pendant vingt minutes, ce fut l'habituelle partie de ping-pong verbale. Chuckie, qui regardait la télé dans une chambre d'hôtel de Minneapolis, avait déjà vu ce cirque des centaines de fois, mais de toute évidence l'Amérique adorait les mauvaises manières de ces types qui s'engueulaient copieusement. On aurait dit la présentation d'un match de boxe ou bien les injures bidon échangées par des lutteurs professionnels. Irrésistible.

Mais il se passa alors une chose extraordinaire. L'unioniste de l'Ulster avait maintes fois déclaré que ce cessez-le-feu n'en serait pas un tant que l'IRA n'aurait pas déposé les armes. L'homme considérait manifestement cette revendication comme son meilleur, sinon son unique argument. Pour finir, le présentateur posa cette question à Eve. Il lui demanda s'il y avait une chance quelconque pour que l'IRA renonce à ses armes. Eve y alla de son baratin habituel sur la démocratie et l'occupation militaire ; Chuckie allait changer de chaîne lorsque l'interviewer se tourna vers le gars de la Fraternité, avec son éclatant et très sincère sourire américain :

« Et vous, monsieur Makepeace, est-ce que vous aussi vous accepterez de rendre les armes ? »

Chuckie se laissa tomber en arrière sur son lit et hurla de rire comme un loup. Son ravissement était complet. Lorsque son buste retrouva la position verticale, la bouche de Makepeace remuait toujours, mais aucun son n'en sortait. Chuckie entendit un éclat de rire hors micro, sans doute Eve, et il se mit à croire — d'une foi inébranlable — que le chef du parti de la Fraternité semblait presque ravi que quelqu'un ait pu le juger assez gonflé pour planquer quelques Kalashnikovs derrière les plats de lentilles et les tréteaux des fêtes paroissiales.

Au fil des jours, tandis qu'Eve recevait l'imprimatur crucial du président, son voyage acquit toute l'aura prestigieuse de la tournée d'un groupe de rock. Chuckie le vit plastronner sur les marches d'un bâtiment public de Boston en compagnie du poète Shague Ghinthoss. Les deux hommes serraient des mains, le visage tourné vers la batterie des caméras, en souriant jusqu'aux oreilles. Les journalistes leur criaient des questions, mais Eve et Ghinthoss les ignorèrent jusqu'à ce qu'un homme leur hurle qu'il travaillait pour la télévision suédoise. À ces paroles enchanteresses, les deux hommes prirent tout à trac une expression aussi attendrie qu'attentive, et leurs quatre yeux se firent suppliants et doux. Puis ils échangèrent un bref regard, chacun supputant les chances qu'avait l'autre de décrocher un prix Nobel avant lui.

À New York, un protestataire dissident, qui tenait une pancarte où était écrit *Halte aux rossées injustes*, fut arrêté et injustement rossé par trois flics new-yorkais et zélés. On vit alors plusieurs huiles de *Just Us* lancer des regards admiratifs vers les prouesses techniques des membres de la police de New York. *Just Us* triomphait. L'Amérique ignorait jusqu'à l'existence des protestants. Beaucoup pensaient que la Grande-Bretagne avait envahi l'Irlande en 1969. Un historien anglais interviewé par hasard mentionna que l'armée avait été sommée de protéger les catholiques.

« Ah, c'est comme ça que vous voyez les choses », répliqua le journaliste, avec un grand sourire dubitatif sur son courageux visage d'Américain incapable de mentir.

Ce n'était pas tant qu'on réécrivait l'histoire réelle. Non, on détruisait bel et bien l'histoire réelle. Des fictions improbables, échevelées, la remplaçaient. L'Irlande était le pays des récits et les agitateurs de *Just Us* avaient toujours été les meilleurs conteurs. Ils racontaient une histoire très simple au monde. Ils caviardaient ou omettaient tous les détails véridiques, ambigus, compliqués. Il en avait toujours été ainsi et le monde avait toujours beaucoup apprécié leur version des faits.

Selon leur récit, les Irlandais CATHOLIQUES, innocents et chéris de Dieu, furent soumis et opprimés par les vicieux Anglais et leurs suppôts protestants infiltrés. Les socialistes italiens, les maoïstes français, les communistes allemands et toute la population d'Islington avalèrent ces couleuvres sans sourciller, mais de temps à autre des voix discordantes s'élevaient. Dites, les gars, pourquoi descendez-vous les gamins qui volent des voitures ? Est-ce bien socialiste ? Et quand vous faites sauter des boutiques, des bars, des cafés, vous trouvez vraiment que c'est une attitude de gauche ? Pourquoi devez-vous tuer autant d'Irlandais pour libérer les Irlandais ? Malgré leur rareté, ces objections perturbaient régulièrement les gars et les filles de *Just Us*, qui ne savaient jamais quoi répondre.

Mais ces empêcheurs de tourner en rond n'existaient pas en Amérique. Les États-Unis montrèrent un visage confiant et sentimental à Jimmy Eve. Il se fendait d'un grand sourire à la moindre occasion. Certes, en Amérique, il minimisa les positions soi-disant socialistes de *Just Us*. Mais il eut à peine besoin de le faire. Car les Américains ne comptaient pas établir le moindre parallèle entre *Just Us* et les rébellions communistes des basanés d'Amérique centrale et du Sud. *Just Us* était uniquement composé de visages pâles. Et c'était suffisant.

Toute cette tournée était auréolée d'une gloire que Chuckie ne pouvait égaler, mais il se servit du succès spectaculaire d'Eve pour son propre numéro. Il se mit à incarner deux personnages indépendants lorsqu'il traitait avec des hommes d'affaires américains. Au pied levé, il pouvait devenir le clampin du terroir qui se plaignait de la honteuse invasion de son île bien-aimée par les Anglais. Il se montrait ultra-catholique ; la larme à l'œil, il évoquait le clan Kennedy et il faisait le signe de croix, dans le mauvais sens, avant de signer le moindre document. Il se mit même à feindre une connaissance parfaite de l'irlandais parlé, jusqu'au jour où un fan de *Star Trek* à l'oreille aiguisée lui fit remarquer que les bruits qui sortaient de sa bouche ressemblaient bizarrement à Klingon disant « Déphaseurs prêts et verrouillés, capitaine ».

Ou alors, il trouvait parfois utile de prendre un air parfaitement anglais. Les hommes d'affaires huppés de la côte Est réagissaient particulièrement bien à ce second rôle. Ils croyaient vaguement à une rémanence de l'aristocratie en Irlande du Nord. Chuckie savait qu'il évoquait davantage Perry Mason que James Mason, mais ses interlocuteurs n'y voyaient apparemment que du feu.

Une seule fois, Chuckie eut une trouille bleue à cause d'un mauvais calcul initial. À Boston, il venait d'entrer dans une importante réunion en balançant son numéro d'Irlandais mal dégrossi.

« B'jour à vous tous, les gars. Qu'est-ce vous diriez si qu'on réglait le turbin de suite, avant de s'jeter quelques godets chez Maloney ? »

Il allait se lamenter sur la santé de ses cochons, quand il remarqua les grimaces dégoûtées des quatre hommes assis autour de la table. Puis il avisa leurs cravates rayées, leurs élégantes chaussures marron impeccablement cirées, les photos de régates universitaires en équipes de huit accrochées aux murs. Apparemment, il y avait aussi des messieurs très chic à Boston. Sa transition fut immédiate et sans effort. Il adressa un mince sourire au seul homme qu'il avait déjà rencontré.

« Je suis sincèrement navré, cher ami. Je viens d'écouter une espèce d'immonde charabia dans la bouche d'un certain Eve, à la radio de mon automobile. Ils sont prêts à tout pour se faire remarquer, ces gens-là. Je trouve cela parfaitement immonde, vraiment. »

Son élocution était atroce. Il imitait l'accent de David Niven, mais sans pouvoir éliminer entièrement ses intonations sourdes de gamin de l'Ulster. Il se dit que ces quatre hommes allaient lui casser la figure parce qu'il se payait leur tronche, mais comme d'habitude tout marcha comme sur des roulettes. Ils lui donnèrent encore de l'argent.

Il vit de nombreux points communs entre les conneries qui composaient le fonds de commerce d'Eve et son propre succès. Il se mit à guetter la moindre apparition télévisée de l'idéologue irlandais et, au fur et à mesure que les mensonges et les délires d'Eve devenaient plus répugnants et fantastiques — et remportaient un succès proportionnel —, Chuckie augmentait la témérité de ses approches. Chuckie Lurgan et Jimmy Eve bradaient l'Irlande à tout-va, engendrant leurs monstrueux parjures en tandem, unis dans la célébration hallucinée d'une irlandité frelatée. Chuckie commença même de ressentir une espèce d'affection réticente pour son homologue hirsute.

Cette gémellité bancale connut son apothéose grotesque à la fin de la deuxième semaine que Chuckie passa loin de Max. Séjournant à Washington pour débiter quelques mensonges sur une entreprise textile qu'il voulait créer à Dungiven, Chuckie devint si célèbre qu'il accorda une interview à un journal. L'article mentionnait qu'il était protestant. Jimmy Eve, qui était en ville pour quelques jours, discutait avec tous les congressistes américano-irlandais qu'il réussissait à localiser. Bizarrement, c'était la première fois que Chuckie et lui se trouvaient dans la même ville. Eve devait encore participer à une multitude d'émissions télévisées. Le producteur d'une de ces émissions tomba par hasard sur l'article parlant de Chuckie et décida, de manière très atypique, que ce serait sans doute une bonne idée si, pour une fois, Eve était confronté à un point de vue différent du sien. Il appela l'hôtel de Chuckie et lui demanda de réserver sa soirée du lendemain.

Max manquait à Chuckie depuis près de quinze jours. Il sentait la mauvaise humeur s'insinuer en lui. Il avait beau appeler Max toutes les deux heures, c'était loin désormais de lui suffire. Il devint récalcitrant, irritable.

Pour couronner le tout, la nuit qui précéda sa première apparition télévisée, Chuckie, en proie à une agitation inhabituelle, ne dormit pas. Toute sa vie, cette histoire de célébrité lui avait donné des frissons dans le dos et il était maintenant sur le point d'acquérir une modeste renommée. Et puis, indépendamment de son opinion sur Jimmy Eve, il ne pouvait pas nier que cet homme devenait de plus en plus célèbre. Chuckie, protestant et vieux pote du Pape, connaissait parfaitement cette sensation de vénération bourrelée de remords.

Le lendemain soir, lorsque Chuckie arriva aux studios de télévision, il était tellement nerveux qu'il ne respirait quasiment plus. Pendant qu'il était dans la cabine de maquillage, les producteurs vinrent le voir et s'inquiétèrent de son angoisse évidente. Chuckie comprit qu'ils envisageaient de le retirer de l'émission. Il eut honte. Il s'excusa et alla s'asseoir, tout malheureux, sur un siège des toilettes voisines.

Après quelques minutes solitaires, il entendit des bruits de pas. La porte d'un gogue tout proche s'ouvrit. Chuckie attendit en retenant son souffle. Cette histoire de défécation l'avait toujours gêné et, avant de partir, il décida d'attendre que cet homme invisible ait terminé son affaire.

Il prit soudain conscience de bruits bizarres : grattements et petits impacts. Soudain mal à l'aise, il leva les yeux et vit un homme qui le regardait au-dessus de la cloison, manifestement perché sur le réservoir d'eau du gogue voisin.

« Comment ça va ? demanda l'intrus d'un air dégagé.

— Bien, merci.

— Tu passes à la télé ce soir ? »

Chuckie opina.

« T'as les chocottes ? »

Chuckie opina encore.

« Attends. »

La tête de l'homme disparut. Il y eut d'autres bruits de

semelles, puis Chuckie entendit qu'on frappait poliment à la porte de son gogue. Stupéfait, il ouvrit. L'homme entra dans l'espace exigu, près de Chuckie, puis verrouilla la porte derrière lui. Il sortit de sa poche un miroir et quelques petites enveloppes en papier. Il posa le tout sur le réservoir d'eau, derrière la tête de Chuckie.

« C'est super, mec. J'ai tout ce qu'il faut pour régler ton problème de confiance. »

Joyeusement, il entreprit de couper quatre grosses lignes de cocaïne sur le petit miroir. Qu'il poussa ensuite vers Chuckie.

« Vas-y, mon gros. Une fois que t'auras pris ça, tu seras une vedette. Tu vas décrocher un putain d'Oscar. »

Il plaça dans la main de Chuckie un billet d'un dollar étroitement roulé. Chuckie regarda le petit miroir et ses quatre rails de poudre. Chuckie n'était pas sans expérience des drogues. Il avait essayé le speed, fumé de l'herbe — mais il rejetait tout ça comme le vice des maigres. C'était, essentiellement, un conservateur. Mais c'était aussi un conservateur angoissé.

Il enfonça une extrémité du billet dans une narine et inhala une ligne de poudre. Ses yeux le piquèrent, son visage lui parut subitement délicieux. Il se trouva prêt à dévorer ses propres lèvres. Il glissa le dollar dans son autre narine et sniffa une autre ligne. Cette fois, jusqu'à ses testicules s'émurent. Il ressentit une simplicité extatique. Il se maudit d'avoir attendu si tard pour découvrir le Monde Merveilleux de la Cocaïne.

L'homme ne protesta que faiblement lorsque Chuckie sniffa les deux derniers gros rails de poudre. Chuckie se sentit aussi survolté et innocent qu'un énorme cochon gourmand et l'autre homme ressentit une indubitable satisfaction évangélique après la conversion réussie de ce nouveau disciple (Chuckie lui glissa dans la main une poignée de billets, qui contribuèrent aussi à le consoler).

Chuckie se redressa et sortit des gogues dans la peau d'un autre homme, dans la peau de plusieurs autres hommes. Il se sentait superbement bien, ainsi qu'il le claironna aussitôt aux gens de la télé qui attendaient dans la cabine de maquillage. Surpris par cette nouvelle assurance mirobolante, les producteurs décidèrent qu'il était prêt à passer devant les caméras, si bien que les artistes du maquillage se mirent au boulot, absorbant les taches de sueur de Chuckie, le barbouillant de fond de teint, mais sans réussir à atténuer l'éclat dément de son regard. Une fois leur travail fini, Chuckie bondit sur ses pieds et, sans aucun accompagnement, fit son entrée dans le studio, divin, austère, imbu d'une splendide rectitude chimique.

Trente-cinq minutes plus tard, l'entretien touchait à sa fin. À la périphérie de son champ visuel, Chuckie vit le réalisateur annoncer l'imminence du compte à rebours final. Il en eut le cœur brisé. Il essaya d'adresser une supplique muette au journaliste, mais cet homme pâlit affreusement sous le regard de cinglé de Chuckie. Sans accorder la moindre attention à la silhouette écroulée de Jimmy Eve, il essaya de terminer ce qu'il disait dans le peu de temps qu'on lui accordait encore.

« Et l'autre chose, c'est qu'à la fin tout se ramène purement et simplement à l'argent. Ce mot n'est pas un hasard. Froideur et dureté sont ses attributs. L'Amérique, la fabuleuse Amérique comprend ça. Et vous tous, merveilleux Américains qui m'écoutez, n'avez pas besoin d'écouter nos politiciens véreux. Vous n'écoutez même pas les vôtres, alors pourquoi les nôtres seraient-ils différents ?

Ce que l'Amérique comprend, je le comprends — gagner un dollar, faire des affaires. Il n'y a pas de nationalités, seulement des riches et des pauvres. Personne n'en a rien à foutre des nationalités, quand il n'y a ni emplois ni argent. Le fric avant le drapeau, voilà mon point de vue. Je suis ici en Amérique pour négocier quelques affaires. Voilà la vraie paix. N'écoutez pas les connards de son genre. » Chuckie fit un geste vers le très silencieux Jimmy Eve. « Cet homme ne reconnaîtrait pas une politique économique si elle se pointait devant lui et lui mordait les couilles. Les Américains intéressés devraient investir dans mon pays. Ils devraient donner leur argent à des hommes comme moi. »

Chuckie eut un sourire atroce.

Sa tirade continua pendant encore une bonne minute. Chuckie vit le réalisateur entamer le décompte des secondes et il réussit à trouver une chute adéquate. Suivit un affreux silence, rompu par le journaliste qui réussit à éructer un bonsoir atterré.

Les loupiotes rouges des caméras s'éteignirent, les hommes et les femmes qui les manipulaient se mirent à s'agiter en tout sens. Chuckie retira son micro-cravate, serra la main du présentateur, balança un simulacre de coup de poing sous le menton du leader de *Just Us*, salua l'assemblée d'un signe de la main et partit à la recherche de l'homme qu'il avait rencontré dans les toilettes.

Jimmy Eve n'avait rien dit pendant ces dix-sept minutes et demie de télévision nationale. Il avait plusieurs fois essayé de prendre la parole, mais Chuckie lui avait invariablement cloué le bec avec une exubérance cocaïnée. Le politicien était donc resté assis, silencieux, pâle et transpirant, tandis que le protestant fou déblatérait tout son saoul, seulement interrompu de temps à autre par le présentateur abasourdi.

Ensuite, l'entourage d'Eve n'en revint pas. En l'accompagnant vers la limousine qui attendait, ils lui demandèrent ce qui avait foiré, pourquoi il n'avait pas joué son rôle habituel. Eve ne dit rien. Il semblait au bord des larmes, il avait le front glacé et trempé de sueur. Quand ils arrivèrent à l'hôtel, ils appelèrent un médecin. Le toubib ne décela rien d'anormal chez Eve, sinon les symptômes bien répertoriés d'un état de choc.

Ce n'était guère surprenant. Car il s'était produit une chose réellement choquante. Depuis son arrivée en Amérique, Eve faisait grand cas de qui acceptait de lui serrer la main et qui refusait. Il avait tenté de déstabiliser des fonctionnaires du gouvernement britannique ainsi que des politiciens irlandais et opposants en leur tendant la main chaque fois que des caméras étaient braquées sur lui. Il savait que ces gens ne pouvaient absolument pas lui serrer la main et il savait aussi que leur refus paraissait ridicule à la télévision américaine. Le voilà, accomplissant le geste ultime de la paix et de l'amitié, mais ces stupides réactionnaires continuaient de le rejeter.

Ainsi, lorsque Chuckie était entré en grand seigneur dans le studio de télévision, Eve lui avait tendu la main avec toute sa fougue habituelle. Il n'avait jamais entendu parler de ce Lurgan, mais il savait qu'il était protestant et qu'il allait défendre les thèses unionistes. Eve fut donc incroyablement surpris lorsque ce gros excité lui saisit fermement la main et la secoua avec beaucoup d'énergie. Sa surprise augmenta encore quand le gros s'approcha tout près de lui pour l'étreindre d'un bras, à l'américaine, et approcher son visage tout près du sien.

Les deux hommes restèrent dans cette position pendant ce qui parut un temps très long. Le sourire de Lurgan était si joyeux et il susurrait de manière tellement intime à l'oreille d'Eve que les producteurs pensèrent soudain qu'ils s'étaient fait doubler et que ces deux hommes étaient comme cul et chemise. Néanmoins, ils ne remarquèrent pas la pâleur soudaine d'Eve et sa suée instantanée. Ils ne remarquèrent pas davantage le tremblement de ses mains lorsqu'il regagna son siège.

Quand Chuckie avait dix-sept ans, il souffrit d'une brève toquade pour le rugby. Il se mit à jouer dans la troisième équipe d'un club situé dans le quartier bourgeois le plus proche d'Eureka Street. Il fit long feu dans ce club. Chuckie n'était pas à sa place. Ses camarades l'ignoraient et les adversaires le traitaient avec un mépris non dissimulé. Chuckie n'était ni assez talentueux ni assez culotté pour réagir par un coup d'éclat, mais il trouva une manière de manifester un peu de son ressentiment.

Il décida de jouer en première ligne dans les mêlées. Lorsque les deux équipes adverses se retrouvaient épaules contre épaules, son visage était à quelques centimètres de celui d'un autre joueur. Chuckie se mettait alors à siffler des injures nauséeuses et dégradantes qui parfois le scandalisaient lui-même. Il soufflait à ces gentils rejetons de la bonne bourgeoisie qu'il avait baisé leur mère et leurs sœurs, et parfois leur père et leurs frères. Parfois, il menaçait même de baiser ces garçons, quand il ne les menaçait pas d'amputations et d'extractions sophistiquées : pénis tranchés net, postérieurs brûlés, testicules arrachés. De temps à autre, pour varier les plaisirs, il adressait des menaces similaires à ses propres coéquipiers.

Ça marchait toujours. Ses chuchotis produisaient chez

la victime un état proche de la catatonie. L'individu hébété, tel un lapin pris dans la lueur des phares, se trouvait invariablement broyé par un plaquage auquel succédait la civière. L'obscénité ou la gravité de la menace n'étaient pas l'élément prépondérant. Toute l'efficacité du stratagème chuckien venait de son effet de surprise. Ces jeunes gens étaient stupéfaits de voir leur passe-temps bourgeois aussi brutalement désacralisé par la vulgarité des bas-quartiers.

Voilà ce qui avait également produit ce silence inhabituel chez Jimmy Eve. Aiguillonnée par un million d'années de ressentiment contre ce nazi faux cul (Chuckie ne s'était jamais senti aussi protestant, il ne s'était d'ailleurs jamais senti protestant du tout), la rage de Chuckie avait tout balayé sur son passage. Il avait murmuré des insanités si atterrantes à l'oreille d'Eve qu'ensuite il préférerait toujours oublier ce qu'il avait précisément dit. Ce devait être sa plus belle performance. Les quatre grosses lignes de cocaïne n'y étaient pas pour rien.

Deux jours plus tard, Chuckie et Max montèrent à bord d'un 747 à destination de Londres. Ils avaient réglé la question ici-ou-là-bas d'une manière prévue de longue date par eux deux. Après une séparation difficile avec la vieille maison du Kansas, pendant laquelle Max tenta de se montrer stoïque mais pleura comme une madeleine, ils s'envolèrent donc pour New York, où ils passèrent une nuit. Avec Max à côté de lui, cette ville était différente et beaucoup plus séduisante.

Dès qu'ils furent montés dans l'appareil de British Airways et que Chuckie entendit les accents — relativement familiers — des membres de l'équipage, il poussa un soupir de soulagement européen. L'Amérique lui avait énormément plu, mais ses deux derniers jours avaient été complètement chaotiques. Son apparition télévisée lui avait valu une brève célébrité. Des extraits en furent montrés sur d'autres chaînes ; on finit par rediffuser toute l'émission. D'autres producteurs le contactèrent pour lui demander d'être interviewé en tandem avec des politiciens américains, l'un lui proposa même un boulot de correspondant politique. Le C.L.*T.* D. (Campagne pour Légaliser *Toutes* les Drogues) lui téléphona. Max dut s'occuper de presque tous ces échanges téléphoniques. L'obstination de sa future épouse le protégea. Les politiciens irlandais parlèrent de lui comme du G.C., le Gros Cinglé. La rumeur courut même que des T-shirts étaient en cours d'impression. Jimmy Eve rentra au pays, la queue entre les jambes, une semaine plus tôt que prévu.

Cette gloire soudaine perturba Chuckie. Elle ébranla cet amour de la célébrité qui ne l'avait pourtant jamais quitté. Si quelqu'un d'aussi peu évolué que Chuckie lui-même pouvait accéder à la gloire, même brièvement, alors la notoriété ne valait pas le coup. Et cette constatation confortait curieusement son expérience de l'Amérique. Le moteur de cette nation marchait à la célébrité. Telle était la véritable devise spirituelle des États-Unis. En Amérique, les acteurs et les actrices étaient des dieux, la population buvait la moindre de leurs paroles. Les émissions de variétés contenaient les discours de ces êtres supérieurs qui proféraient ainsi leurs diagnostics pour le peuple.

Lors de son premier séjour à New York, Chuckie avait eu l'impression d'être le seul à ressentir cette gêne liée au cinéma. Il avait une conscience exacerbée du moindre pas qu'il faisait sur ces trottoirs célèbres. Il s'agissait, selon lui, d'une sensation de touriste. Lorsqu'il revint à New York pour son second séjour, il avait établi que cette sensation constituait l'expérience ordinaire de tous les habitants. Chacun se comportait comme les personnages des films qu'il avait vus, comme dans ces films où il aurait voulu jouer le premier rôle. Les rues grouillaient d'hommes et de femmes qui imitaient les images de ce qu'ils désiraient être. Les flics se comportaient comme des flics de cinéma. Les jeunes voyous se comportaient comme de jeunes voyous de cinéma. Les hommes en costume étaient des hommes en costume tout droit tombés d'un film. Chuckie remarqua même un balayeur qui maniait son balai avec des gestes nettement cinématographiques.

À New York, il y avait une faille dans la réalité, un décalage temporel, une poussière sur la lentille. Où que Chuckie tournât les yeux, il voyait de grossières parodies de machisme et de mystérieuses pratiques de la rue.

Chuckie savait désormais que tous les habitants de la planète étaient des enfants qui regardaient trop de films, moyennant quoi lui-même ne pourrait jamais s'arrêter de gagner de l'argent.

Mais alors que l'avion s'éloignait de l'Amérique et que Max posait sa tête sur l'oreiller moelleux du ventre irlandais, Chuckie comprit que gagner de l'argent avait, peut-être temporairement, perdu sa fascination. Il avait besoin de trouver autre chose pour donner substance à sa vie. Baissant les yeux sur le visage endormi de Max, il comprit qu'il n'avait pas besoin de chercher très loin.

Quand ils atteignirent l'aéroport d'Aldergrove, Chuckie se sentit tout requinqué. Au-dessus de l'Atlantique son humeur avait été maussade, mais dès que cette bonne vieille bruine de l'Ulster frappa ses grosses joues, il sut que tout allait bien. Max acheta des fleurs et les déposa à l'endroit où son père avait été abattu. Son visage était rouge, Chuckie ne dit rien.

Même la grossièreté prévisible du chauffeur de taxi l'émut. Alors qu'ils filaient sur l'autoroute, il se sentit gagné par une sentimentalité ridicule. Ils filaient vers le sud et Belfast quand les montagnes le frappèrent comme un ami. La nuit tombait. La ville s'étendait à ses pieds, toute plate, pauvrement illuminée. Le ciel ressemblait à du papier tournesol et Chuckie comprit que rien en ce bas-monde n'était plus excitant que ce terne et provincial paysage urbain.

Ils se rendirent d'abord à l'appartement de Max. Aoirghe les aida à décharger les bagages de Max. Elle embrassa Max, mais se contenta de son grognement habituel pour saluer Chuckie le protestant. Il se demanda si elle avait eu vent de son entretien avec Eve. Ça paraissait improbable. Il se sépara de Max après dix minutes de baisers et de tendresses échangées sur le trottoir, sous le nez du chauffeur grincheux.

Max rentra dans la maison et Chuckie dit au chauffeur de le conduire à Eureka Street.

« T'es sûr que t'en as bien fini avec ces putains de papouilles, mon coco ? »

Chuckie, vétéran de New York, pourfendeur de fascistes, GC, passa le restant du trajet à expliquer au chauffeur ce qui clochait chez lui.

Quelques heures plus tard, il était assis dans le salon mal rangé du très exigu numéro 42, en proie à un malaise croissant. Il avait eu droit à un accueil très chaleureux. Sa mère allait beaucoup mieux, Caroline Causton s'était essayée à la courtoisie et la plupart de ses récents et très délirants achats sur catalogue avaient quitté la maison.

Mais quelque chose chez ces deux femmes lui mettait la puce à l'oreille. Alors que la soirée se poursuivait, il se mit à attendre que Caroline Causton se lève et annonce qu'elle allait traverser la rue pour rentrer chez elle. Mais l'événement persistait à ne pas se produire.

Chuckie tenta d'ignorer cette gêne inexprimée qui tenaillait mystérieusement les deux femmes. Il interrogea aimablement sa mère sur son état. Il leur raconta son voyage en Amérique. Caroline resta coite. Il leur raconta d'autres épisodes de son voyage en Amérique.

« ... et tous ces gros nababs yankees, ils avaient une trouille bleue de la Chine. Ils croyaient que c'était le pays qui montait et comme ils ne voulaient pas que les salopards de bridés leur piquent tout leur pognon, eh bien ces triples crétins sont partis là-bas pour investir tout leur fric en Chine... »

Sa voix diminua pour se fondre dans le silence. Il avait l'impression de parler depuis des heures (c'était d'ailleurs le cas). Il remarqua que les deux femmes étaient maintenant debout. Peggy Lurgan se pencha vers lui pour l'embrasser.

« Bienvenue à la maison, fils. » Elle se redressa. « Maintenant, nous allons nous coucher », dit-elle d'un ton posé.

Chuckie promena son regard écarquillé dans toute la petite pièce tandis que les deux femmes se dirigeaient vers l'escalier.

Sa mère s'arrêta sur le seuil. Les deux femmes le regardèrent.

« Oui, dit-elle. Caroline s'est installée avec nous. Bonsoir, Chuckie. »

Elle commença de gravir les marches et Caroline

adressa à Chuckie l'ombre d'un clin d'œil avant d'emboîter le pas à son amie.

Chuckie restait assis dans son fauteuil préféré, la bouche ouverte, le souffle coupé. Son corps se refroidit et il se dit qu'il était en état de choc. Au bout d'un petit moment, il se calma néanmoins. Il faillit même sourire. Ce qu'il venait de penser relevait, bien sûr, de l'absurdité. Sa mère et Caroline étaient tout bonnement trop âgées et trop simples pour maîtriser les conséquences qu'on aurait pu tirer de leurs paroles. Sans doute ne savaient-elles même pas ce qu'étaient des lesbiennes. Sa mère avait oublié de lui dire qu'il lui faudrait dormir sur le canapé parce que Caroline dormirait dans son lit. Il monta l'escalier à pas de loup pour vérifier cette hypothèse.

Son cœur s'emballa quand Chuckie vit sa chambre inoccupée. Mais que personne ne dormît dans sa chambre ne prouvait rien. Elles étaient amies depuis l'enfance. Elles jugeaient probablement naturel de partager le même lit, d'autant que Caroline s'était très récemment occupée de Peggy. Il en toucherait peut-être un mot à sa mère le lendemain, pour lui expliquer avec tact que de telles dispositions pourraient paraître inconvenantes.

Chuckie, qui était certain d'avoir raison, n'expliquait pas la sueur sur ses paumes ni la sensation que tout le sang avait reflué de son visage. Il traversa Eureka Street et frappa à la porte des Causton. Pas de réponse. Il frappa encore.

La porte d'une maison adjacente s'ouvrit. Le vieux Barney sortit en chaussons. Chuckie avait toujours connu cet homme. Il lui avait toujours paru très vieux. Surtout remarquable pour son extraordinaire toux de fumeur et la vélocité de ses crachats, il avait l'habitude d'ouvrir sa porte d'entrée pour cracher dans la rue. Il ne regardait jamais avant d'expectorer et, à un moment ou à un autre, la plupart des habitants d'Eureka Street s'étaient fait cracher dessus par inadvertance. Barney avait presque renoncé à cette habitude — personne n'osait se demander où il crachait désormais —, mais de nombreux riverains préféraient changer de trottoir plutôt que de passer devant chez lui.

« Tiens, comment que tu vas, Chuckie ? T'es de retour des États-Unis d'Amérique, alors ? »

Il toussa, se racla la gorge, graillonna.

Chuckie s'écarta. Il entendit le glaviot s'écraser sur l'asphalte derrière lui, puis il se redressa.

« Les Causton ne sont pas chez eux ? »

Barney prit un air vaguement éthéré.

« Eh bien, euh, ils sont partis pour quelques jours. Je crois qu'il y a eu un peu de tirage dans la famille. »

Chuckie fut submergé de soulagement. Sa mère avait simplement gardé son amie à la maison parce que le mari de Caroline la maltraitait.

« Oui, dit-il. Caroline reste avec nous. »

Barney toussa encore. Chuckie s'écarta et attendit l'écrasement du glaviot. Ce bruit ne vint pas. Chuckie leva les yeux vers le vieux. Il comprit alors que, pour la première fois de sa vie, Barney venait de tousser nerveusement.

« Je sais », dit calmement le vieillard. Il leva les yeux vers l'une des fenêtres de l'étage du numéro 42. Chuckie suivit son regard juste à temps pour remarquer qu'on y éteignait la lumière. Le visage du vieux se mit à trembler de panique. « Faut que j'rentre, Chuckie », marmonna-t-il. Barney se mit à appeler son vieux chien.

Cette hâte soudaine stupéfia Chuckie.

« Que se passe-t-il, Barney ? »

Le vieux continuait d'appeler son chien avec une impatience croissante. Chuckie remarqua qu'une voisine venait d'ouvrir sa porte et tentait discrètement d'appeler son propre clébard. Barney et la voisine lançaient des coups d'œil terrifiés vers l'étage de la maison des Lurgan.

« Barney ? »

Mais Barney venait de mettre la main sur son vieux chien ; il rentra d'un pas frémissant chez lui et claqua la porte derrière lui. Chuckie marcha vers l'autre voisine, mais elle aussi s'empara de son clebs et rentra chez elle en toute hâte.

Chuckie Lurgan se campa, immobile, au milieu d'Eureka Street. Tout était paisible. Il eut envie de rire. On aurait dit un mauvais western, quand tous les habitants apeurés foncent chez eux avant que les méchants n'arrivent en ville. Il restait là, ensorcelé dans ce silence plaisant, ses rares cheveux dressés sur son crâne à cause de la pluie. De l'Amérique à ça. Et debout là, au beau milieu de la rue, il ne put s'empêcher de se sentir bien. Une fine pluie fouettée par le vent piquetait la lueur des lampadaires. Dans la lumière des lampes au sodium, il aperçut les rangs serrés d'une averse plus drue qui arrivait au rythme des bourrasques. Ses pensées s'envolèrent.

Mais Chuckie revint soudain sur terre en entendant le bruit qui avait manifestement chassé chez eux tous les habitants de la rue. C'était un gémissement bas et spectral. Ce bruit lui glaça le sang. Après un bref silence, il reprit, plus fort, plus profond. C'était horrible, effrayant.

Chuckie mit un certain temps à comprendre que ce bruit venait de sa propre maison, il mit encore plus de temps à comprendre que sa mère en était indubitablement à l'origine, et encore un peu de temps à deviner ce qui la faisait hurler de la sorte.

Chuckie tomba à genoux au milieu de la chaussée détrempée d'Eureka Street. Ses mains montèrent vers son visage et son univers vira au noir.

Dix-sept

« Tu blagues, dis-je.

— Sans charre, répondit Deasely. Apparemment, il s'est évanoui dans la rue. Le laitier l'a trouvé là au petit matin.

— C'est forcément une arnaque.

— T'as raison. »

Luke Findlater m'a foudroyé du regard. Voilà dix minutes qu'il essayait de me faire décrocher du téléphone.

« Tu l'as vu ? repris-je.

— Non, fit Deasely. Et toi ?

— J'ai essayé. Il était au lit, il refusait d'ouvrir la porte. D'après Peggy, il n'est pas sorti de la maison depuis quinze jours. Il refuse de lui parler et quand j'appelle, il refuse de s'approcher du téléphone. »

Un autre téléphone sonna et Luke décrocha. J'ai fait semblant de ne rien voir.

« Tu crois qu'il viendra au Wigwam ce soir ? demanda Deasely.

— Max m'a dit qu'elle lui a juré de le plaquer s'il ne sortait pas de son trou. Apparemment, elle est convaincue qu'il viendra.

— Est-ce qu'on devrait éviter d'en parler ?

— Je crois que ce serait mieux, non ?

— Peut-être. »

De sa paume, Luke couvrit l'émetteur de son combiné et sifflota pour attirer mon attention.

« C'est John Evans, siffla-t-il *sotto voce*.

— Qui ça ? demandai-je.

— Le milliardaire yankee. Il veut te parler.

— Parle-lui, toi.

— Il ne veut pas me parler parce que je suis anglais. Il me prend pour une espèce de grouillot. Il croit que vous autres, les Irlandais, vous êtes les gros opérateurs. Il veut absolument savoir où est Chuckie.

— Dis-lui que je suis en ligne.

— Ce gars-là nous file des millions de dollars. Je ne peux pas faire ça.

— Il adore qu'on le maltraite un peu. Ça augmente son rythme cardiaque. »

Je suis retourné à ma conversation avec Deasely et j'ai fini de débiter mes potins.

J'ai mis longtemps. Il y avait tellement de rumeurs qui circulaient. Les événements s'étaient accélérés. Par exemple, Peggy Lurgan était désormais une lesbienne vivant avec Caroline Causton. C'était une nouvelle ahurissante. On avait organisé des conférences de presse. Peggy et Caroline étaient les femmes les plus protestantes et les plus prolétaires que je connaissais. Normalement, ce genre de femmes ne finissait pas par s'entre-dévorer de baisers, du moins tous les gens l'avaient-ils cru.

La nouvelle eut l'effet d'un séisme dans Eureka Street et Sandy Row. En fait, presque tous les prolétaires protestants de Belfast étaient sous le choc. Des hommes très simples considéraient leur épouse sous un jour nouveau, avec une peur inédite. Plusieurs administrèrent à leur épouse une raclée préventive, juste au cas où elle aurait envisagé de sortir du droit chemin en suivant cet exemple fort peu protestant.

L'effet de cette nouvelle sur Chuckie fut moins comparable à un séisme qu'à une cure de sommeil. Il avait entamé une hibernation prolongée. Personne, sauf Peggy et Max, ne l'avait vu depuis le soir de son retour des États-Unis et Peggy l'avait seulement aperçu lors des rares sorties de Chuckie en dehors de sa chambre pour manger ou pour soulager sa vessie ou ses intestins. Il était manifestement traumatisé. Le libéralisme de Chuckie m'avait souvent surpris. Pour un prolo proto, sa ligne politique était inattaquable, exceptionnelle ; ses relations, presque exclusivement catholiques, en témoignaient.

Mais cette permissivité n'incluait pas le fait que sa propre mère passe ses nuits avec une autre femme. Dès lors, mon souci était le suivant : comme Chuckie ne sortait plus de chez lui et que les maisons d'Eureka Street étaient célèbres pour leur exiguïté et la minceur de leurs murs, mon ami avait sans doute droit tous les soirs aux impressions auditives les plus détaillées qui soient. Dans cette maison, il pouvait entendre le bruissement de leurs poils pubiens.

Pour moi, la nouvelle de la conversion de Peggy a sonné comme un soulagement. Car elle signifiait que je ne devais plus m'inquiéter désormais de ses exhibitions en lingerie provocante. Tout ça était maintenant du passé.

À certains égards, l'impact sur Donal Deasely fut des plus surprenants. Encouragé par l'audace saphique inattendue de Peggy, Deasely sortit du placard. Il nous annonça qu'il était homo. Ce fut une sorte de choc pour certains de ses amis qui le connaissaient depuis plus de dix ans. Car personne n'avait rien vu venir. Ce qui prouvait notre haut degré de sensibilité et d'intuition. Nous avions bien remarqué qu'il avait eu très peu de petites amies, mais ç'avait sans conteste été des filles.

Lorsqu'il m'a annoncé la nouvelle, je me suis senti dans la peau d'un père libéral qui apprend l'homosexualité de son fils. J'ai été ravi de pouvoir manifester ma permissivité. J'étais, pour tout dire, un peu jaloux. Deasely menait donc une vie totalement affranchie des règles féminines. Mais à quoi pensais-je donc ? Je n'avais pas baisé depuis si longtemps que moi aussi je n'avais pas essuyé trop d'orages menstruels. Apparemment, Deasely comptait amener son copain du moment au Wigwam ce soir-là. Il s'appelait Pablo, semblait-il. Je mourais d'envie de le connaître.

Autre nouvelle. Roche avait disparu plus efficacement que Chuckie. Personne ne l'avait vu depuis le soir où je l'avais si peu cérémonieusement flanqué à la porte de mon appartement. Fidèle au souvenir, je le guettais au bureau et je l'ai cherché dans les parages d'Eureka Street. J'ai même été frapper à la porte de sa maison. Son papa gros-bras ne m'a pas ouvert et la femme brisée qui m'a parlé n'avait pas la moindre idée de l'endroit où il pouvait bien être, et elle s'en foutait.

Ah oui, il y avait aussi le cessez-le-feu. Il durait maintenant depuis deux semaines et il y en avait eu d'autres. L'UVF et tous les paramilitaires protestants avaient déposé les armes. À ma grande stupéfaction, ils s'étaient même excusés. L'INLA, l'IPLO avaient eux aussi adopté le cessez-le-feu. L'IJKL, le MNOP et le QRST (les deux membres de ce dernier mouvement arrivèrent à la conférence de presse en mini-taxi) firent de même. Depuis quinze jours de cessez-le-feu, cinq personnes seulement s'étaient fait descendre dans des circonstances glauques, et trente-huit gravement amocher à coups de battes de base-ball.

Durant la seconde absence de Chuckie, Luke et moi avons réussi à maintenir debout son invraisemblable empire industriel. Grâce aux apports financiers constants et spontanés de ce barjot complet de John Evans, nous avons réussi à payer plusieurs affaires déjà achetées par Chuckie et nous en avons mis sur pied quelques-unes de notre propre cru, mais parfaitement en accord avec le style Lurgan. Nous avons décidé d'exporter du Terreau Irlandais Qualité Supérieure vers les jardiniers américains — il s'agissait en fait de la terre meuble du gros remblai municipal jouxtant l'autoroute.

Les affaires étaient faciles. Quelques années plus tôt, j'avais rencontré un homme, propriétaire d'un garage à Fermanagh Ouest. Dès que ses affaires marchaient mal, il sortait au milieu de la nuit avec un pic à glace et il retirait une portion notable de la route à six ou sept cents mètres de son garage. Pendant les semaines suivantes, son commerce florissait de nouveau : pneus crevés, cardans brisés, châssis tordus. Il savait y faire.

Bien sûr, les talents de Chuckie étaient infiniment plus grandioses, mais le principe était essentiellement le même. Le jour où je bavardais avec Donal, Luke et moi faisions les comptes pour essayer de calculer les avoirs de Chuckie Incorporated. Nous avons travaillé dur, sans faiblir. À trois heures de l'après-midi, nous avons abouti à des chiffres qui nous ont flanqué une trouille bleue. Nous avons dégluti. Nous avons échangé quelques regards silencieux.

Nous nous sommes levés et avons mis nos manteaux respectifs. Nous sommes convenus de nous retrouver au Wigwam, décidant ainsi de nous offrir quelques heures de liberté. J'ai pris l'Épave pour aller voir Matt et Mamie en essayant de ne pas penser au capitaliste effrayant qu'était devenu Chuckie l'invisible.

Fort bien disposés à mon égard car toujours convaincus que j'hébergeais Roche, Matt et Mamie ont été ravis de me voir. Ils sont restés là, bras dessus bras dessous, à contempler la pure merveille philanthropique que j'étais devenu. Ils ont bavassé pendant dix minutes sur leur fierté nouvelle.

« Le gamin est parti, ai-je marmonné.

— Quoi ?

— Il est parti. Il s'est tiré il y a quinze jours. Il n'a passé qu'une nuit chez moi.

— Où est-il maintenant ? a demandé Mamie sur un ton sec.

— Je ne sais pas.

— Tu l'as cherché ? intervint Matt.

— Oui, je l'ai cherché ».

Ma voix avait perdu de son assurance. Mamie a tourné les talons pour rejoindre la cuisine.

« Elle va nous faire du café », a murmuré piteusement Matt.

J'ai suivi Mamie. J'ai essayé de lui expliquer les conseils que même Slat m'avait donnés. Mais aucun de ces deux vieillards généreux n'a pu vraiment comprendre pourquoi je risquais d'être soupçonné d'attentat à la pudeur en hébergeant un gamin de douze ans sans domicile. Cette idée les a révoltés, mais je les ai convaincus que les choses se passaient ainsi. J'ai préféré ne pas mentionner que

Roche était parti avec tout mon matériel hi-fi flambant neuf.

J'ai mis du temps à persuader Matt et Mamie de changer de sujet.

« Tu aurais pu nous l'envoyer, suggéra Mamie.

— Je croyais que tu avais dit qu'on vous avait mis à la retraite des bonnes œuvres.

— Certes, certes. Mais nous aurions pu nous occuper de lui officieusement pendant un certain temps.

— Désolé, Mamie. J'aurais dû y penser.

— Oui. Tu aurais dû. » Elle se tourna vers Matt. « Tu ferais bien de lui donner sa lettre. »

Matt s'est éclipsé, la queue entre les jambes.

Entre-temps, Mamie m'a révélé quelques secrets. Elle avait été malade. Je le savais. Matt m'avait déjà confié qu'il s'était inquiété pendant un moment, mais que les médecins avaient finalement déclaré qu'elle allait bien. Mamie m'a dit que, saisis d'angoisse, ils avaient envisagé la possibilité de sa mort. Matt avait apparemment craqué. Il se mit en colère et cassa des meubles (ça, j'aurais bien aimé le voir). Il dit à Mamie qu'il ne pouvait pas vivre sans elle et que, s'il croyait qu'elle allait mourir, alors il préférait se tuer d'abord. Même moi, j'ai compris que ce n'était pas une attitude très encourageante.

Mamie avait toujours été la plus forte des deux, mais elle m'a dit qu'en aucun cas elle ne le laisserait mourir en premier. La seule perspective d'un avenir sans Matt lui retirait tout courage, toute opiniâtreté. Elle voulait s'assurer qu'elle serait la première à partir. C'était peut-être lâche, reconnut-elle, mais il n'en serait pas autrement.

Matt est revenu. Je n'avais jamais envié personne comme j'enviais Matt et Mamie.

« Tiens. »

Matt m'a tendu l'enveloppe rouge en regardant Mamie d'un air soupçonneux. C'était bien dans le style de Sarah. Elle avait toujours aimé les enveloppes fantaisie. Alors que ma main la touchait, j'ai décidé que je n'étais pas forcément obligé de lire cette lettre sur-le-champ. J'étais d'ailleurs certain qu'il s'agissait d'une énième explication de ce qui clochait chez moi. Tellement de gens m'en avaient parlé récemment, que je n'avais nul besoin de la moindre confirmation écrite.

« Je suis désolé de ne pas te l'avoir donnée plus tôt, dit Matt. Sarah nous a demandé d'attendre.

— Je comprends », mentis-je.

J'ai passé une heure dans le centre-ville à faire des achats dont je n'avais pas besoin. Comme Belfast est une petite ville, je n'ai pas arrêté de rencontrer des gens de ma connaissance. J'ai longtemps bavardé à chaque rencontre fortuite. Je suis tombé sur Rajinder avec sa nouvelle petite amie, Rachel. Ça m'a fait plaisir de le voir, mais au bout de quelques minutes je me suis senti mal à l'aise. Je l'ai entraîné à part et j'ai chuchoté :

« Est-elle juive ?

— Oui, dit-il.

— N'es-tu pas musulman ?

— Oui, mais je suis sunnite. »

J'ai eu un sourire affectueux.

« Très bien, Rajinder, je n'ai rien à redire, mais tu es néanmoins musulman.

— Non, non. Je veux dire, je suis un musulman sunnite. Nous sommes plus modérés.

— Je le savais », marmonnai-je rapidement.

Il y avait eu deux ou trois cessez-le-feu et soudain

Belfast devenait la cité de l'amour. Musulmans et juifs y gambadaient comme des lapins. Les parents de Rachel et de Rajinder avaient encore à signer leurs propres cessez-le-feu, mais Rachel et Rajinder s'en fichaient comme de l'an quarante.

J'ai croisé une douzaine d'autres connaissances. Certaines que j'aimais presque autant que le jeune Rajinder. Je n'ai jamais été aussi heureux des rencontres de hasard dans la rue. J'ai toujours réagi favorablement à la gentillesse, mais ce soir-là je vous aurais léché la main pour un mot aimable.

En fait, je me sentais vraiment mal. Ce fut donc avec une certaine joie que, sur le chemin de ma voiture, j'ai vu quelqu'un s'en tirer encore moins bien que moi.

Entouré par ce qui ressemblait à une équipe de cinéma étrangère, près de l'Hôtel de Ville, j'ai repéré la silhouette reconnaissable entre toutes de Ripley Bogle, vagabond, va-nu-pieds, crétin patenté, qui répondait à quelques journalistes. J'ai traversé la rue pour voir ce qui se passait. Je me suis faufilé parmi les badauds et j'ai pu entendre Bogle déblatérer en français pour l'interviewer. Le cameraman s'est approché tout près de lui et j'ai vu mon ancien camarade d'école indigent arborer une expression matoise et balancer son ultime *bon mot* *.

Le réalisateur a fait un signe et l'équipe de tournage s'est dispersée. Bogle a serré la main du producteur et de l'interviewer avant de recevoir une enveloppe manifestement bourrée de billets. J'ai attendu que les Français se soient un peu éloignés, puis je me suis approché de ce bon vieux Ripley Bogle. Il m'a repéré et a eu un sourire surpris.

« Jake Jackson ?

— *Ça va ?** »

Il a éclaté de rire en me serrant la main.

« J'arrive à peine à y croire », dit-il.

Il avait une mine lamentable. Au beau milieu de ce début de soirée ensoleillé et de toute la verdure estivale des arbres environnants, Ripley Bogle évoquait l'hiver et les ruines. Lui qui avait toujours été séduisant, il était désormais aussi terne et fané qu'une vieille photographie, face de craie et lèvres exsangues. Soudain, j'ai ressenti le choc du chagrin, comme si quelqu'un venait de mourir.

« Bon dieu, mon vieux, t'as une tête terrible, dis-je avec mon tact habituel.

— Merci.

— Pardon. »

Il a glissé l'enveloppe dans sa poche et fait mine de partir.

J'ai changé de sujet.

« C'était quoi, ce truc avec la télé ?

— Les dividendes de la paix. Il y a plein d'équipes de télé étrangères et je suis le seul *clochard** polyglotte en ville. Grâce à mon honnêteté et à ma culture cinq étoiles, je gagne ainsi quelques dollars. Faut que j'y aille, j'ai rencard avec une équipe de la télé allemande dans cinq minutes. »

Il a essayé de partir. Mais d'une main posée à plat sur sa poitrine, je l'ai arrêté.

« Écoute, je me suis excusé pour ce que je t'ai dit.

— Ouais, laisse tomber. »

Je lui ai offert une cigarette. Il a accepté. Nous avons allumé nos clopes, virilement adossés à la rampe, puis nous avons reluqué toute une série de femmes bouleversantes qui passaient devant nous.

« Tu aimes ton mode de vie ? lui ai-je demandé.

— À ton avis ?

— Ça dure depuis combien de temps ?

— Des décennies.

— Pourquoi vis-tu comme ça si ça ne te plaît pas ?

— J'ai un problème.

— Lequel ?

— Je n'ai pas assez d'argent.

— Merde alors, toi qui es allé à Cambridge, tu trouverais un boulot les yeux fermés. »

Il a souri.

« Regarde-moi, reprit-il. Est-ce que tu me donnerais un boulot ?

— Faudrait pas grand-chose pour te rendre présentable.

— Faudrait plus que ce que j'ai. »

J'ai déchiré un morceau de mon paquet de cigarettes et j'ai griffonné un numéro de téléphone dessus. Puis je le lui ai tendu.

« C'est quoi ? a marmonné Bogle, perplexe.

— Tu connais cette histoire de compter sur la bonté des inconnus ?

— Pas que je sache. »

J'ai tapoté le bout de carton que je venais de lui donner.

« Appelle ces gens. Lui, c'est Matt. Elle, c'est Mamie. Tu possèdes une chose dont ils ont besoin. »

Il m'a regardé d'un air étrange.

« Je me souviens. Tes parents adoptifs, c'est ça ?

— Ta mémoire du passé lointain est restée intacte. »

J'ai essayé de m'éloigner, mais Bogle a posé sa main sur ma poitrine. Son visage était animé, presque rajeuni. Je me suis soudain rappelé à quoi il ressemblait, autrefois.

« Pourquoi fais-tu ça ? »

J'ai éclaté de rire.

« Tu es terrifiant, Bogle. Tu as fait des études ruineuses. Ça me tue de constater tout ce gâchis. Tu es un symptôme du malaise profond de notre société. » J'ai retiré sa main de ma poitrine. « Tu me flanques une trouille affreuse », ajoutai-je.

Il a ri d'un air complice. Il avait toujours de bonnes dents ; l'espace d'un instant, il m'a semblé plein de santé et presque beau.

« Tu es sûr que ce n'est pas parce que tu es un vieux couillon sentimental ? me demanda-t-il. À l'école déjà, tu étais un jeune couillon sentimental. »

Je lui ai tapoté la main pour lui signifier de l'enlever de là.

« Je suis dur, fis-je. Je suis un vrai dur. »

Puis je me suis éloigné, en proie à une gaieté absurde. Je ne savais absolument pas s'il contacterait Matt et Mamie. J'ai fini par juger cette hypothèse assez improbable. Je ne me disais pas que je venais de faire une grande chose pour sauver cette existence spectaculairement endommagée. Mais les arbres brillaient au soleil, les femmes étaient ravissantes et à moitié nues et ma jubilation refusait de me lâcher.

Alors que j'attendais au feu pour traverser Bedford Street, une jeune mère est passée devant moi avec un petit garçon de trois ans dans une poussette. La mère n'a pas prêté attention à mon coup d'œil machinal, mais le gamin m'a regardé droit dans les yeux.

« Vivent les espaces verts, dit-il avec entrain.

— T'as raison », répondis-je.

Parmi les rumeurs que je n'avais pas rapportées à Deasely figurait une information que je ne pouvais guère partager. Les gens que je connaissais s'étaient mis récemment à se confier à moi. L'aura d'échec et de célibat que je dégageais provoquait ou encourageait peut-être leurs confidences. Mais il y a de quoi s'inquiéter quand trop de gens vous apprécient. L'affection des masses n'est pas toujours bon signe.

Luke Findlater m'a révélé son grand secret. Il m'intriguait — et il intriguait tout le monde — depuis que je le connaissais. Sa présence dans notre secteur paraissait bizarre. Je trouvais incompréhensible qu'une vedette comme lui se cantonne ainsi à un rôle secondaire. Son travail pour Chuckie, bien qu'éreintant et crucial, ne constituait manifestement pas le rôle essentiel de son existence.

Que faisait-il en Irlande ? Il avait avancé plusieurs explications. La lassitude de Londres et de la foire d'empoigne internationale. L'amour de la campagne. L'amour des gens du cru, et ainsi de suite. Mais un après-midi, au bureau, il m'a pris à part et a craché le morceau.

Il était venu pour la première fois à Belfast un an plus tôt. Il devait négocier une vente de terrains à Derry et il prit un vol du soir, avant son rendez-vous du lendemain. Il descendit dans un hôtel de Waterside et constata avec gratitude qu'il y avait l'eau courante et l'électricité. Il appela l'avocat avec qui il devait traiter l'affaire et prit ses dispositions pour le lendemain. L'avocat l'invita à dîner. Luke refusa poliment, car il désirait jeter un coup d'œil à cette ville, nouvelle pour lui. À cet endroit fameux. Il prit une douche, s'habilla et partit dans les rues.

Erreur fatale. Sa vie lui avait paru tellement simple avant de poser son pied anglais sur le sol irlandais. Tandis qu'il foulait le pavé inégal de Shipquay Street, il remarqua qu'il se sentait bien, presque joyeux, mais il comprenait à peine tout ce qui venait de changer dans sa vie et à quel point ce premier pas était irrévocable.

Que lui arrivait-il donc ?

Certes, la soirée était couverte, les nuages hachuraient le ciel, l'air était tiède et le crépuscule enivrait ; certes, il se sentait bien dans son costume souple en tweed, sa chemise blanche au col déboutonné, avec ses beaux cheveux et son joli minois ; certes, à vingt-sept ans il était riche, privilégié, heureux et en bonne santé. Mais c'était autre chose.

La première chose qu'il vit fut un groupe de six hommes marchant ensemble vers lui. Une bande d'amis en virée, pas encore ivres, mais déjà imbibés. Tous portaient un jean, un blouson imitation cuir, des chaussures grises et des chaussettes blanches. Aucun ne dépassait un mètre soixante-cinq, tous étaient trop gros et en mauvaise santé, tous portaient la moustache.

La deuxième chose qu'il vit fut un groupe de quatre hommes miraculeusement identiques aux six premiers, mais en beaucoup plus laid.

La troisième chose qu'il vit fut un trio d'hommes de Derry. Il se surprit à penser qu'ils étaient tous frères.

Luke se mit à se prendre pour Hélène de Troie ou Rudolph Valentino. Il était d'une beauté stupide, d'une beauté criante parmi tous ces frustes homoncules hiberniens. Pendant l'heure que dura sa promenade en ville, il croisa un seul homme dont la taille approchait le mètre quatre-vingts et aucun dont on aurait pu dire qu'il fût beau. Les femmes qu'il voyait étaient normales. Elles ressemblaient aux femmes qu'il avait vues un peu partout ailleurs, belles pour la plupart, dignes d'être aimées pour la plupart. Elles portaient davantage de maquillage ici, leurs cheveux semblaient souvent raidis de pommade et de sprays, mais elles appartenaient manifestement à la même espèce que lui.

Cette disparité le rendait perplexe. Comme ces femmes devaient être malheureuses... Si tous les hommes de ce pays ressemblaient à ceux-là, alors il devait être facile de briller, facile de séduire sur cette île. En Irlande du Nord, un bel homme serait un dieu.

Parfois, le concept qui bouleverse la vie arrive sans crier gare. L'invention de la roue, la presse à imprimer, la théorie de la relativité. Il se glisse discrètement dans l'esprit d'un quidam et il s'y tapit un moment comme une bombe qui n'a pas encore explosé. Souvent, sa nature réelle n'est comprise qu'après un certain temps. Mais à la porte du bar Gweedore, Luke posa la main sur la grosse barre en cuivre et s'arrêta. Il prit une profonde inspiration et comprit son destin. Il sourit, entra dans le bar et entreprit de concrétiser ce destin.

Au bout d'une semaine, il avait eu Saoirse, Siobhan et Deirdre. Quinze jours après son arrivée, Sinead et Aoife avaient ajouté leurs contributions ; la troisième semaine vit l'arrivée d'Orla, d'Una et de Roisin.

Luke était fier. Ce n'était pas un homme arrogant. Jamais auparavant, il ne s'était livré à une telle promiscuité. Il essaya de ne pas triompher, mais c'était difficile. Toutes ces filles l'appréciaient tellement. Il n'avait pas l'habitude qu'on le trouve séduisant, mais il constatait ici un excès, une sorte de frénésie qui le troublait parfois. Chaque fois que cet engouement le perturbait trop, il sortait tout simplement dans les rues pour regarder de nouveau les chaussettes blanches des hommes, leurs moustaches et leurs coupe-vent. Il pouvait seulement admettre qu'il était différent. Qu'il y avait peut-être quelque chose d'aimable en lui.

Il alla à Belfast et y loua très vite un appartement. Il avait à peine travaillé depuis trois semaines, mais c'était le cadet de ses soucis. Il téléphona à deux ou trois personnes à Londres et à New York. Il leur annonça que l'Irlande possédait un énorme potentiel de développement et qu'il avait décidé de s'installer sur place. Mais il pourrait toujours s'occuper de contrats ailleurs. Il y avait des aéroports sur l'île. Quinze jours après, il retravaillait.

C'était un endroit qui lui convenait. C'était une existence pour laquelle il était fait. Il s'entichait des jeunes Irlandaises parce qu'elles-mêmes s'entichaient si facilement de lui. Avec charme et élégance, il était sorti avec vingt-quatre jeunes prolétaires irlandaises au cours de ses quatre premiers mois sur l'île. Il les aimait pour leur vigueur et leur vulgarité —, il aimait toute cette sublime atmosphère d'érotisme post-colonial. La plupart d'entre elles tombaient raides devant son apparence, son éloquence, sa sophistication et sa classe indiscutable. Les autres le trouvaient simplement splendide, super au pieu, et elles supportaient le reste.

Il savait que c'était mal. La condescendance était l'élément crucial. Elles devaient être à la fois surprises et honorées de ses attentions. Lorsqu'il faisait valoir son droit du sang parmi ces femmes, c'était sa nature d'homme accompli et raffiné qui se trouvait spécifiquement récompensée. Il se délectait aussi à développer jusqu'à l'outrance son propre rôle dans leur monde étriqué d'intérieurs minuscules, où il brillait comme un animal exotique au milieu de leurs parents hauts en couleurs (et parfois criminels) et de marmots mastiquant leur chewing-gum.

Au bout de cinq ou six mois, il commença à se sentir coupable. Il s'aperçut que ses rendez-vous avec de jeunes Irlandaises un peu niaises ne l'excitaient plus autant. Sa motivation était inversement proportionnelle à ses scrupules. Il envisagea brièvement d'aller en Afrique du Sud pour écumer les *townships* et tester son charme auprès de jeunes Noires surprises et reconnaissantes.

Mais il réussit à se frayer un chemin à travers les remords intermittents de sa conscience et il reprit bientôt son activité favorite. Belfast, Derry, Lurgan, Antrim, Ballymena, Enniskillen, Portadown. Ils lui donnèrent leurs propres filles. Il lui semblait qu'il n'exploitait personne et que personne ne l'exploitait. Tant qu'il leur donnait une petite partie de la joie et de la gratitude qu'elles lui offraient, alors ce n'était pas du vol.

Elles étaient rigolotes, ces Deirdre, ces Siobhan. Elles étaient marrantes, ces Aoife, ces Sinead. Elles lui donnaient tellement — plaisir et bonheur. Il y avait une grande beauté dans ces échanges, et davantage de tendresse qu'on aurait pu le supposer. Mais le cadeau le plus précieux qu'elles lui offraient, c'était leur propre version de lui-même. Pour elles, il était quelque chose de spécial, quelque chose d'unique. Il savait qu'à leurs yeux ce devait être vraiment formidable d'être lui.

Lorsqu'elles étaient là, ces Orla, ces Maura, ces Medbh,

elles avaient entièrement raison : c'était vraiment formidable d'être lui.

Slat Sloane m'avait récemment avoué une peccadille d'un autre genre. Slat était le seul socialiste que je connaissais. Slat était le seul socialiste que nous connaissions. Slat me dit qu'à cause d'un incident érotique survenu pendant les dernières élections avec une certaine Margaret, militante du *Democratic Unionist Party*, il ne pouvait plus maintenant coucher qu'avec des femmes de droite. C'était le seul truc qui marchait pour lui. Et plus elles défendaient des thèses nazies, mieux c'était. Les femmes du DUP étaient merveilleuses, bien sûr, mais il convoitait celles du *Free Presbyterian Party*.

Depuis deux ans, la vie sexuelle de Slat se réduisait à la chasse aux femmes de droite et d'un certain âge. Il se mit à fréquenter les réunions du DUP et de l'*Official Unionist* et même celles des conservateurs, dans l'espoir de sauter la trésorière dans les toilettes (ça marchait parfois). Passant une semaine de vacances à Houston, il descendit dans un hôtel où se tenait une convention républicaine et il se laissa quasiment violer par l'épouse d'un sénateur de l'Ohio à la xénophobie tonitruante, mais elle lui gâcha un peu son plaisir en récusant certaines des opinions les plus excessives de son mari.

Slat me dit qu'il couchait avec ces femmes pour plusieurs raisons. Ce n'était pas parce qu'elles étaient franchement de droite, ni parce qu'elles étaient franchement d'âge mûr. Non, il couchait surtout avec elles parce qu'elles le détestaient. C'était une sensation difficile à reproduire avec des filles non politisées.

Pour couronner le tout, Slat se sentit contraint de m'informer qu'il était fiancé depuis une semaine à une jeune personne portant le prénom consternant de Wincey. Lequel trahissait tout à la fois la droite, le camp protestant et l'âge mûr. Elle viendrait au Wigwam ce soir. Je mourais d'envie de la connaître.

Que mes amis et moi parlions rarement de politique, m'inquiétait souvent. Alors que nous vivions en Irlande du Nord, patrie des nationalismes calorifiques, de la christolâtrie et d'une population morcelable et décimable à merci. Mais nous n'en parlions jamais franchement. Il était réconfortant de constater que le contexte local ne nous échappait pas entièrement. Je me félicitais que la vie sexuelle de mes amis incorporât l'expérience sectaire et post-coloniale. Moyennant quoi je n'avais pas besoin moi-même d'y réfléchir.

Huit heures un quart. La table habituelle du Wigwam. Tout le monde était là. Slat était là, Donal était là, Luke était là. Même Chuckie était là. Il restait muet comme une carpe, certes, et Max semblait le maintenir assis de force, mais il était là. Aucun de nous ne l'avait vu depuis un mois. Septic avait répandu la rumeur qu'il se planquait parce qu'il avait claqué pour cent mille dollars de chirurgie esthétique en Californie. Max et Chuckie étaient arrivés assez tard et même les plus sceptiques d'entre nous s'attendaient à moitié à découvrir un nouveau Lurgăn, mince et svelte. Lorsque le même gros Chuckie aux cheveux clairsemés est entré, poussé par Max, nous nous sommes sentis soulagés.

Quand nous lui avons dit bonsoir, il a répondu par des grommellements. Avec son tact habituel, Max a récupéré la situation et nous a tous mis à l'aise. La grossesse lui allait bien. Elle était plus belle, plus sereine que jamais.

Tandis que nous bavardions et blaguions pour masquer le silence de Chuckie, elle nous a fait ressentir que nous rations quelque chose.

Donal était là avec son nouvel ami. Pablo ressemblait à un jeune homme assez aimable, malgré ses muscles superflus et sa beauté absurde. J'ai surpris le regard dégoûté de Septic dirigé vers la bosse superlative du pantalon de Pablo. Il n'était guère difficile de deviner ce qui intéressait Donal en ce moment.

Slat avait amené Wincey, qui semblait être la mère de tous les gens présents à cette table. Elle avait sans doute une cinquantaine d'années. Brune, bien maquillée, ronde mais svelte, c'était le genre de femme qui aurait plu à la mère de Chuckie. Mince, intelligent et sensible, Slat ressemblait au fils cadet de cette matrone. Mais de toute évidence, Slat était sous le charme. Ils n'arrêtaient pas de roucouler l'un près de l'autre comme deux adolescents amoureux. J'ai entendu Wincey lui demander combien d'entre nous étaient catholiques. Puis j'ai entendu l'intonation nettement érotique et colonialiste de son petit cri étonné quand Slat lui a répondu que nous étions presque tous catholiques.

Septic était accompagné, lui aussi. À mon immense stupéfaction, sa compagne était la jeune Aoirghe. J'ai essayé de ne pas penser à l'irritation que j'en concevais. Ils n'échangeaient pas exactement des mots doux et les mains de Septic ne s'aventuraient que rarement dans l'espace vital d'Aoirghe, mais ils étaient indubitablement ensemble et ça me rendait malade.

Ce n'était pas une séance traditionnelle au Wigwam. Tous les garçons étaient accompagnés, sauf Luke et moi. On se serait cru à Coupleville. On se serait cru dans la dernière scène d'une comédie de Shakespeare : tout le monde se mariait, sauf les personnages secondaires que nous étions. J'avais toujours détesté les comédies de Shakespeare.

D'abord, la conversation fut générale. Le temps qu'il faisait, Sharon Stone. Le mobilier de jardin. Jimi Hendrix. Jamais, aucun soir, nous n'avions éprouvé une telle gêne, un malaise aussi pesant. Il fallait s'y attendre. Nous ne détenions plus la majorité absolue. Le nombre de nos membres avait doublé. Nous avions été contraints de croître et de nous multiplier. L'ambiance était très bizarre : même le silence de Chuckie n'avait rien d'extraordinaire au milieu de toutes ces nouveautés. Aucun d'entre nous, les membres mâles fondateurs, ne semblait avoir pris la parole jusqu'ici.

« N'était-ce pas ce jeune Noir qui s'est suicidé il y a des années ? demanda Wincey.

— Exactement, répondit Pablo. Un type superbe.

— Ne prenait-il pas beaucoup de drogues ?

— Dès qu'il en avait l'occasion.

— Quelle horreur.

— Tout à fait. »

J'ai vu à la fois Donal et Slat frissonner de plaisir et d'émotion. Cet échange verbal était manifestement caractéristique de leurs chéris respectifs et ils en étaient, semblait-il, infiniment touchés.

« Jimi Hendrix était une victime », intervint Aoirghe. Septic a tiqué. Nous avons tous tiqué tandis qu'elle enfonçait le clou. « C'était un Noir dans un monde de Blancs. Sa vie ne pouvait pas finir autrement. »

J'ai éclaté de rire.

« C'était un défoncé dans un monde de Blancs. Sa

mort est davantage due à ce fait qu'à la couleur de sa peau, suggérai-je.

— Il a créé une musique merveilleuse, soupira Pablo.

— C'était la musique des opprimés », me lança Aoirghe d'un ton fielleux.

J'ai encore éclaté de rire et Slat a aussitôt embrayé sur le club de football de Chelsea. Comme c'était un fervent supporter d'Arsenal, il y avait de quoi s'étonner.

« S'ils n'achètent pas un défenseur de milieu de terrain en début de saison, ils vont descendre en deuxième division. »

Ses paroles sont tombées dans un silence de mort et tout le monde, sauf Wincey et moi, l'a foudroyé du regard.

« Oh, je suis désolée, dit Aoirghe d'un air théâtral. Je ne voudrais surtout pas gêner Jake par mes engagements. »

Comment pouvait-elle me tendre une perche aussi grossière ?

« Tu peux t'engager avec qui tu veux, ma chérie. Je m'en bats l'œil »

Slat et Donal m'ont gratifié d'un regard lourd de reproches, tandis que Septic plaquait presque la main sur la bouche d'Aoirghe pour l'empêcher de répliquer. Aucune violence n'a donc suivi cette passe d'armes à fleurets mouchetés.

« Vous savez que le type d'OTG a été arrêté ? lança Donal d'une voix pleine d'entrain.

— Quoi ? fis-je, soudain intéressé.

— J'ai entendu la nouvelle à la radio.

— Non, dit Slat. Les flics ont fait une descente après une fête d'étudiants. Plein de jeunes avaient pris une bonne dose de speed et foutaient la merde à Holy Land avec des bombes de couleurs. Rien à voir avec OTG.

— L'action de masse. C'est tellement années soixante », commenta Wincey.

Nous l'avons tous regardée en silence. J'ai essayé de lui sourire.

« Absolument », acquiesçai-je avec conviction.

J'aimais bien Wincey. Je me suis presque demandé de quoi elle avait l'air en slip échancré...

« Alors comme ça, le vrai tagger ne s'est pas fait prendre ? demanda Max.

— Comment savez-vous qu'il s'agit d'un seul type, ou même d'un type ? Ils sont peut-être plusieurs.

— Roche l'a vu, leur dis-je.

— Quand ?

— Deux fois. Et c'était le même type.

— On ne sait toujours pas ce que ça veut dire ? demanda Max.

— Non, dit Septic.

— Tristes conneries pacifistes », marmonna Aoirghe.

J'ai rigolé dans ma bière.

« Moi, j'ai une idée de ce que ça veut dire, annonça tranquillement Donal.

— Alors, c'est quoi ? fit Slat.

— Rien », répondit Donal.

Tout le monde s'est renfrogné.

« Sans blague, reprit Donal. Je crois que c'est un sigle choisi au hasard. Trois autres lettres de l'alphabet feraient aussi bien l'affaire. Peu importe ce qu'elles sont. Nous vivons dans la ville des sigles de trois lettres griffonnés sur les murs. Je crois que quelqu'un se paie notre tronche.

— Eh bien, ça marche, dit Pablo.

— En tout cas, c'est quelqu'un de têtu, grommela Septic.

— Il a sans doute eu envie de voir ce qui se passerait. Voir si d'autres gens allaient l'imiter — ce qui est le cas. Il a dû se demander s'il allait fonder un groupuscule terroriste, une secte religieuse ou un parti politique.

— Alors, en définitive ce serait absurde ? demandai-je.

— Pas du tout, la satire n'est jamais absurde. Elle nous ridiculise et puis c'est une excellente idée. »

Je me suis senti soudain déprimé. La même conviction s'était fait jour en moi. Mais je n'aimais pas la voir ainsi vérifiée. Je ne dirais pas que j'avais placé le moindre espoir, spirituel ou politique, sur cette épidémie d'OTG, mais j'étais content de voir le sigle proliférer. J'aimais bien la façon dont il avait pris tout le monde à contrepied.

La conversation battait plus ou moins de l'aile.

« C'est absurde maintenant que tout est terminé, dit Septic.

— Qu'est-ce qui est terminé ? lui demandai-je.

— Tu sais bien, les Événements, dit-il en lançant un bref coup d'œil à Aoirghe, la guerre.

— Cinq morts et trente blessés graves, citai-je. Ça n'a pas l'air tout à fait terminé pour ceux-là.

— Arrête ça, Jake », me dit gentiment Max.

Chuckie a levé les yeux quand elle a parlé.

« Ouais, c'est fini, heureusement », intervint Donal avec diplomatie. Il a levé son verre de bière. « À nous, qui sommes passés entre les balles et les bombes. »

Nous avons levé nos verres pour porter un toast à notre survie. Mais je n'étais guère étonné que nous ayons survécu. Nous nous étions tellement embourgeoisés. Nous n'avions jamais couru le moindre danger.

Après le toast, la conversation a pris un tour plus détendu. Je ne regardais surtout pas en direction d'Aoirghe et j'adressais des sourires cyniques à Septic Ted. Et nous voilà repartis, devisant, mangeant, buvant. Même Chuckie s'est mis à lever les yeux de son assiette. Il y a eu un moment difficile lorsque ma serveuse révolutionnaire, qui finissait manifestement son travail, s'est approchée de notre table pour me murmurer à l'oreille :

« J'ai tout pigé, tête de nœud. C'est pas mes opinions politiques qui t'emmerdent. Si tu m'apprécies pas, c'est simplement parce que je suis une prolétaire. »

Sur ce, elle a tourné les talons et tout le monde s'est mis à papoter pour essayer, par charité, de dissimuler mon humiliation. J'ai remarqué que Luke Findlater l'avait suivie jusqu'à la porte et discutait avec elle. Malgré la distance, j'ai remarqué l'excitation de sa voix tandis qu'il lui demandait :

« Alors comme ça, vous êtes une prolétaire ? Accepteriez-vous de m'en dire un peu plus ? »

Ils sont partis ensemble, parfaitement apariés, comme cul et chemise.

Désormais, chacun avait donc sa chacune. Chacun avait dans sa vie sa portion d'amour. Un peu plus tôt ce soir-là, j'avais même repéré ma copine du supermarché qui se baladait dans la rue, bras dessus bras dessous avec son collègue boutonneux et dur de la feuille. Je leur ai souhaité bien du plaisir, non sans être un peu vexé qu'elle se soit remise aussi vite de sa toquade pour moi.

J'ai mangé quelques brins de laitue en observant d'un œil lugubre mes amis qui discutaient autour de la table. Hormis Aoirghe et Septic, tous se rendaient coupables de divers attouchements, papouilles et autres léchouilles.

Leurs membres s'emmêlaient comme un lierre amoureux. J'avais l'impression d'être un moine ou un arbitre. Personne ne s'emmêlait avec moi.

Oui, ce soir-là Belfast ressemblait à la ville de l'amour. À la ville du sexe. Ça paraissait bizarre. Ça paraissait anormal. Ça paraissait légèrement illégal et il me semblait qu'on ne m'avait pas invité. J'ai bu quelques bières.

Deux ou trois soirs plus tôt, je m'étais surpris à écouter un disque de Muddy Waters quatre fois de suite. J'écoutais du blues sans arrêt depuis plus d'un mois. J'avais toujours aimé les chansons de ces vieux Noirs déprimés, assis sur une vieille chaise en bois au milieu de La Nouvelle-Orléans et qui parlaient de femmes, oui, qui les avaient quittés, oui, parce qu'elles en aimaient un autre, oui, et pourtant ça allait, oui. Sauf que ça n'allait pas du tout, ah ça non. C'était affreux, ah ça oui. Je m'installais dans cette solitude, dans cette absence d'amour. Je commençais même à m'y plaire.

Je m'en suis pris à Chuckie. Quelqu'un devait porter le chapeau pour mon malheur. J'ai levé les yeux vers mon gros copain silencieux.

« Hé, Chuckie, lançai-je d'une voix agressive. Hé, Lurgan. »

Silence général. Chuckie ne me regardait pas ; il avait les yeux rivés au-dessus de mon épaule, vers la porte, une expression d'horreur muette sur le visage. Je me suis retourné pour regarder dans la même direction.

« Merde », murmurai-je pour moi seul.

Peggy Lurgan et Caroline Causton venaient d'entrer d'un pas incertain dans le café. C'était pour elles un endroit nouveau et elles se retrouvaient au milieu de gens qui auraient pu être leurs enfants ; mais dès qu'elles ont vu notre table, elles se sont approchées d'un pas plus confiant.

« Bonsoir, tout le monde, a dit Peggy en souriant. Voici Caroline. »

Je voyais toujours Chuckie sur Shaftesbury Square et dans Great Victoria Street. Il a soudain pris à gauche dans Glengall Street et je me suis maudit de ne pas avoir d'abord sauté dans la voiture. Je n'avais pas la moindre idée de l'endroit vers lequel Chuckie courait si vite. Vautré sur sa chaise comme une grosse courge, on ne l'aurait jamais cru capable de dépasser le dix à l'heure en courant comme un dératé. N'empêche qu'il cavalait maintenant à cent mètres devant moi. Mes poumons étaient sur le point d'exploser et je frisais la crise cardiaque. Je fumais trop pour cavaler longtemps à ce rythme. Malgré tout, j'ai négocié le virage sur mes talons ferrés et j'ai redémarré dans Glengall Street sur les traces de ce gros con.

Il avait tout bonnement foncé hors du café quand sa mère y était entrée avec Caroline. Assiettes, bouteilles et serveuses firent le grand soleil dans son sillage. J'avais dit aux autres de rester où ils étaient et j'avais piqué un sprint derrière lui. À quoi servent donc les amis ? Sans doute à autre chose.

Nous étions maintenant sur les deux voies interdites aux piétons du Westlink et Chuckie avait ralenti pour adopter un petit trot allègre. Je voyais des morceaux de son anatomie tressauter sous l'effort. Malheureusement, j'étais tellement vidé que je pouvais seulement suivre son allure. Les automobilistes freinaient et donnaient de violents coups de volant. Les klaxons se déchaînaient, les conducteurs hurlaient. Chuckie s'est remis à courir et il m'a bien fallu le suivre malgré mes intestins glougloutants et mes artères affreusement dilatées.

Mais quand il a bifurqué vers le bas de Falls, je me suis arrêté et allongé par terre. Deux minutes plus tard, mes poumons se sont remis à fonctionner et j'ai pu de nouveau compter mes battements de cœur. J'ai alors levé la tête pour chercher des yeux mon ami. Une bouteille a percuté le sol avant de voler en éclats.

J'ai regardé autour de moi. La rue était pleine de gens qui couraient, criaient et se lançaient divers objets. Une Land-Rover blindée de la police venait de se garer à proximité et la bouteille qui venait de me manquer d'un cheveu lui était destinée.

« Enculés !

— Salauds !

— Cassez-vous ! »

Tiens donc, une émeute. Exactement ce dont j'avais besoin.

Aux deux extrémités de la rue obscure, seulement éclairée par de rares lampadaires, des groupes de gens chargeaient sur moi. D'un côté, j'avais les membres casqués et munis de boucliers du Royal Ulster Constabulary et, de l'autre, les partisans de la libération nationale. Et je restais assis comme un crétin dans l'œil du cyclone, tandis que bouteilles et pavés volaient autour de moi.

Les premières rafales de balles en plastique m'ont remis les idées en place. J'avais déjà vu ces armes en action. Les balles étaient peut-être en caoutchouc, mais elles faisaient des dégâts considérables. Je me suis remis sur pieds et j'ai foncé vers les émeutiers : eux, au moins, ne m'arrêteraient pas.

La foule s'est fendue pour me laisser passer et j'ai réussi

à me frayer un chemin vers les positions reculées des manifestants. J'ai constaté divers types de vandalisme sur toute la longueur de Lower Falls. Des bandes de gamins lançaient des pierres et brisaient des fenêtres sans raison apparente. J'ai cherché Chuckie du regard.

Mon observation du terrain fut interrompue quand les émeutiers, qui venaient de charger les forces de police et de rompre le contact, battirent en retraite et se mirent à courir en sens inverse, donc droit sur moi. Je me suis planqué dans Divis pour les éviter. J'ai vu les émeutiers et la police gravir la petite colline au pas de course avant de poursuivre plus loin. J'ai jeté un coup d'œil autour des immeubles pour voir si jamais Chuckie n'y était pas. Mais je n'ai pas traîné trop longtemps. J'entendais des cris et des bruits d'impact venant de plus haut. Je n'avais pas assisté à une émeute depuis quelques années, mais j'étais trop malin pour me laisser assommer par une poubelle balancée du quinzième étage. Certains étaient prêts à faire ce genre d'ânerie simplement pour satisfaire leur curiosité.

J'ai remonté Falls en contournant les endroits chauds, rasant les murs et évitant la lumière des lampadaires. L'armée avait désormais investi les lieux et je ne voulais surtout pas inquiéter le moindre troufion. Les soldats chassaient les émeutiers et les émeutiers chassaient les soldats. On lançait des bouteilles, on tapait sur des crânes. Quelques voitures brûlaient, près de la piscine, et des gamins au visage caché par un foulard venaient d'arrêter un bus et en faisaient descendre les passagers. Cette émeute était atterrante (il y avait un bail, finalement), mais les émeutes ressemblaient au vélo : on croit qu'on ne sait plus en faire, mais ça revient tout seul.

Il n'y avait pour l'instant que deux équipes télé sur le

terrain, mais l'émeute les suivait avec une constance admirable. Des bandes de gamins balançaient des briques avec application. Si on leur avait demandé de refaire tel ou tel plan, ils auraient accepté avec joie. On apercevait les silhouettes sinistres d'hommes plus âgés parmi ces gosses, qui leur disaient où aller et quoi faire. J'avais assisté cent fois à ce genre de spectacle. J'avais vu des émeutes sur cette route, où ces types refilaient ouvertement de l'argent aux jeunes lanceurs de pierres. J'avais vu des émeutes où cinq morveux lançaient quelques briques au milieu de vingt ou trente photographes qui avaient diffusé leurs images du chaos dans le monde entier. C'était franchement ennuyeux.

J'ai vu des gamins tenant des cocktails Molotov fabriqués avec des bouteilles de lait. Du trottoir, ils balançaient leurs bombes vers les Land-Rover des flics qui filaient dans la rue. Quand tous les véhicules furent passés, les gamins avaient encore un cocktail à lancer. Ils échangèrent des regards perplexes jusqu'à ce que le gamin qui tenait la bombe la jette sur un de ses copains. À mon avis, il fallait qu'il en fasse quelque chose. Tous éclatèrent de rire, mais au moins ils aidèrent le garçon au blouson en flammes à s'en débarrasser.

J'ai vu deux policiers costauds plaquer un jeune émeutier à terre en le tenant par les cheveux et le rouer de coups de pied au visage. Les flics perdaient sans arrêt l'équilibre, mais faisaient à chaque fois un petit saut rapide avant de se remettre au boulot. Le bruit des coups se détachait de la clameur générale, un horrible son mouillé et répétitif. J'ai traversé la foule pour les rejoindre, mais le temps d'arriver de l'autre côté de la rue, les flics et l'émeutier avaient disparu.

J'ai vu deux hommes masqués et armés de pistolets dévaliser la boutique d'alcools du quartier en passant complètement inaperçus au milieu du chaos. J'ai vu une vieille dame se faire agresser par un jeune skinhead rondouillard. Il l'a allongée d'un coup de poing et lui a arraché le sac des mains. J'ai vu un gros balèze, qui ressemblait à un nervi de *Just Us*, sauter sur le skinhead et l'allonger à son tour d'un coup de poing. Ensuite, le type a pris le sac et décampé.

J'ai vu le bras armé de l'autodétermination irlandaise du Nord.

J'ai moi-même été attaqué deux fois. J'ai réglé leur compte sans trop de problème à mes deux clients. Les émeutiers n'ont jamais été des pros de la vraie bagarre et j'étais maintenant de très mauvaise humeur. Je n'ai pas pété les plombs ni rien. Je les ai simplement allongés. Ç'a été des événements très neutres, plutôt de la gymnastique que du combat. Plus tard, j'ai retrouvé une dent plantée dans mon blouson, au niveau du coude, mais je n'y étais pour rien.

Pourquoi cette émeute ? Il devait bien y avoir une raison. J'étais en Terre Catholique. La guerre était finie. Ces gens étaient censés avoir gagné. Pourquoi donc avaient-ils la rage ?

J'ai ensuite appris que cette émeute s'expliquait par la libération anticipée d'un soldat britannique qui avait abattu deux jeunes voleurs de voiture quelques années plus tôt. Contrairement à l'usage, le bidasse avait été condamné pour meurtre, mais il n'avait passé que dix minutes à l'ombre. Cette décision manquait de tact, mais une telle réaction m'a surpris. Les membres de l'IRA abattaient souvent des jeunes qui volaient des voitures et ils réclamaient toujours avec vigueur la libération de tous leurs partisans emprisonnés pour avoir tué et blessé des gens. Ces temps-ci, tout le monde avait apparemment une conception très fluctuante de la jurisprudence. Je me suis demandé ce qu'aurait dit la vieille dame qui s'était fait taper sur la tête et voler son sac.

J'ai promené mon désespoir dans le secteur pendant que l'émeute déclinait. Je m'étais trompé sur les émeutes : elles ne ressemblaient pas vraiment au vélo. Ç'avait été une émeute assez crade. Tout le monde avait paru un peu gêné, vaguement existentiel. Plusieurs automobilistes s'étaient fait dérouiller par des gens désireux de masquer leur confusion et leur absence de certitudes.

J'ai eu beau me balader un peu partout, Chuckie demeurait introuvable. Sur le terrain vague de Leeson Street, quelques personnes réunies autour de deux voitures en flammes transformaient les événements de la nuit en une sorte de fête improvisée. J'ai demandé à plusieurs badauds s'ils avaient vu un gros protestant aux cheveux clairsemés. *Seulement en uniforme*, m'ont-ils répondu avec bonhomie. Toute passion semblait avoir quitté ces gens. Ils étaient redevenus des citoyens ordinaires, loin de tout atavisme.

J'en ai entendu quelques-uns parler d'un gosse qui s'était fait casser la figure à coups de battes de base-ball par les garçons du bout de Leeson Street. Au début de l'émeute, il avait fait sauter la serrure de la voiture d'un type de l'IRA. Il n'avait pas volé ce véhicule, se contentant d'uriner sur le siège du conducteur.

Je savais que ça ne pouvait être que Roche. C'était bien dans son style. J'ai pris les jambes à mon cou dans Leeson Street. Quand je suis arrivé, deux infirmiers transportaient déjà la victime vers l'arrière d'une ambulance. Je les ai arrêtés pour regarder le blessé. Un œil était complètement fermé, presque tout le haut du visage et la tête étaient couverts de sang coagulé, mais sans l'ombre d'un doute ce gamin était assez moche et rabougri pour être Roche.

Je suis longtemps resté en proie à un calme impressionnant. Dans l'ambulance, j'étais calme. Pendant tout le trajet jusqu'à l'hôpital, tandis que Roche reprenait conscience par intermittence, j'étais calme. Aux Urgences, je suis resté de marbre pendant que Roche attendait son tour d'être soigné. Au cours de l'émeute il y avait eu un ou deux blessés graves, dont un chauffeur de camionnette qu'on avait contraint à avaler du détergent tandis qu'on pillait son véhicule (que faisaient-ils avec du détergent ?). Je n'ai pas bronché quand l'une des infirmières m'a annoncé que Roche avait une jambe cassée, un bras cassé, des côtes brisées et une fracture du crâne. Mon visage est resté inexpressif tandis que j'attendais qu'on me permette de le voir. L'un dans l'autre, je restais serein, placide, paisible.

Mais alors j'ai vu arriver les équipes de la télé. Alors j'ai vu arriver le gars d'Amnesty International. Alors j'ai vu Aoirghe arriver. Alors, j'ai entendu que tous venaient voir un conseiller de *Just Us* qui avait été arrêté après l'incident avec le détergent et qui avait quatre points de suture à la tête. Alors j'ai appris que la voiture de ce type avait été saccagée et que la police avait pissé dessus. Alors j'ai entendu le gars d'Amnesty déblatérer sur les violations des droits de l'homme devant les caméras de la télé.

Alors, que croyez-vous que j'aie fait ? Mon truc habituel. J'ai flippé. Perdu les pédales.

Je me félicite de n'avoir frappé personne, mais une

infirmière m'a dit que les cris que j'ai adressés à tous ces gens n'incluaient pas la moindre forme reconnaissable de langage humain. J'ai hurlé. J'ai écumé et grincé des dents. Plusieurs personnes ont apparemment été tentées de rentrer chez elles.

J'ai saisi le gars d'Amnesty par les revers de son veston et je l'ai incendié en lui signifiant qu'il ferait mieux de s'occuper du droit qu'ont les gamins de douze ans de ne pas se faire battre à mort. Mais c'était absurde. Il n'a pas compris un traître mot de ce que je disais. Je n'ai pas compris un traître mot de ce que je disais.

Quand j'en ai eu fini, ma voix s'était muée en un croassement rauque. La sueur ruisselait de mon visage sur ma chemise. J'ai serré le dos d'une chaise toute proche pour ne pas tomber. Tout le monde me regardait dans un silence de mort. Puis les gens se sont éloignés en marmonnant pour aller rendre visite à leur héros politique blessé. Seule Aoirghe est restée. Elle m'a regardé droit dans les yeux. Son expression était différente — j'y voyais quelque chose que je ne parvenais pas à lui associer. Elle s'est approchée de moi et elle a posé la main sur mon bras. J'ai craqué.

« Que fais-tu ici ? » me demanda-t-elle.

Je n'avais aucune excuse. Je n'avais jamais fait une chose pareille, mais je l'ai saisie par le devant de sa chemise et je l'ai tirée vers le box où Roche était allongé, couvert de pansements et de tubes. Le gamin était effrayant, son visage tuméfié ressemblait à celui d'un mutant. Aoirghe a dû se dire qu'il était en train de mourir.

Cette fois-ci je n'ai pas crié. J'ai lâché les vannes d'un torrent d'insultes cataclysmiques en direction d'Aoirghe, mais j'ai essayé de contrôler le volume de ma voix. Je lui ai dit des choses horribles, impardonnables. J'avais une longue expérience des gens qui me disaient ce qui clochait chez moi. J'ai tenté de renverser les rôles.

Quand je me suis arrêté pour reprendre mon souffle et attendre le massage cardiaque, j'ai vu qu'elle pleurait. Je n'en ai pas cru mes yeux. Elle se fripait — sa chemise avait déjà été déchirée par la fureur de ma main. Certaines personnes sont jolies quand elles pleurent. Mais la plupart des gens ressemblent tout bonnement à des escargots visqueux. Aoirghe faisait partie de ceux à qui les larmes ne réussissent pas. Elle avait le nez qui coulait, les yeux rouges et le visage plissé comme une vieille pomme. Elle faisait pitié à voir. Alors mon cœur aurait pu me faire fondre, j'aurais pu arrêter de lui crier dessus.

Qu'ai-je fait ? J'ai fait ce que ma colère injuste m'a dicté de faire : je lui ai vraiment rivé pour de bon son putain de clou. J'ai mis toute la gomme.

Quelques minutes plus tard, elle sortait dans le couloir en courant et en sanglotant. Je l'ai suivie tout du long jusqu'au hall d'entrée en la couvrant d'insultes innommables. Elle s'est enfuie de l'hôpital. Quand les portes battantes se sont refermées derrière elle, j'ai cessé de hurler et j'ai essayé de me calmer. Je savais que j'aurais dû me sentir beaucoup mieux, mais ce n'était pas le cas. J'ai secoué la tête comme un chien. Ça ne m'a fait aucun bien.

J'ai attendu pendant des heures. Les flics étaient partis chercher les parents de Roche, mais le beau-père de Roche (ou quel que soit son lien de parenté avec le gamin) leur a dit d'aller se faire foutre, que le gosse ne les intéressait pas. Une assistante sociale devait passer dans la matinée pour essayer de lui trouver une famille d'adoption ou une solution de ce genre. Pendant ce temps-là, j'attendais.

Quand j'ai appelé Peggy, elle m'a annoncé que Chuckie était arrivé à la maison environ une heure plus tôt. Maintenant il parlait, apparemment. La consigne de silence semblait levée. Comme j'ai eu envie de lui voler dans les plumes pour m'avoir entraîné dans cette émeute, j'ai demandé à Peggy de me passer son fiston chéri. Elle m'a répondu qu'il valait mieux que j'attende qu'il se soit un peu calmé. Elle m'a dit qu'il était devenu complètement fou. Elle m'a dit de rappeler le lendemain. J'aurais juré qu'avant de raccrocher, elle m'a envoyé un baiser.

Je suis resté au chevet de Roche. J'ai vu le type de *Just Us* quitter l'hôpital avec un petit plâtre sur le front. Deux flics l'encadraient gentiment tandis qu'il se débattait et hurlait photogéniquement pour les caméras des infos télé. J'ai vu le type d'Amnesty faire une nouvelle brève déclaration sur les brutalités policières et le respect de la loi. J'ai eu envie de le faire attendre avec moi pour voir Roche, mais j'ai décidé, à juste titre, qu'il ne voulait pas savoir.

Je regrettais tellement mes injures à Aoirghe que je n'avais même pas le cœur de tomber amoureux d'une infirmière ou d'une femme médecin. Je me contentais de siroter le café des Urgences et de sortir tous les quarts d'heure pour fumer à l'air libre.

Vers quatre heures du matin, on m'a enfin autorisé à parler avec Roche. Je suis entré dans la chambre, plus ému que nécessaire. Au milieu des traces de coups, des bandages et des plaies, j'ai facilement discerné la présence palpable du moi conscient de Roche.

« Comment te sens-tu ? demandai-je gauchement.

— Super bien, dit le gamin.

— Tu es plus présentable que tout à l'heure. »

Il a regardé d'un œil noir mes lèvres qui tremblaient et la protubérance de mes yeux héroïquement secs.

« Te mets pas à pleurnicher, m'avertit-il. Toutes ces belles infirmières vont te prendre pour mon petit ami ou un truc comme ça. »

J'ai souri.

« Une assistante sociale doit venir te voir demain. Tu es au courant ?

— Voui, dit-il avant de rire doucement.

— Qu'est-ce que ça a de drôle ?

— Ils te prennent en photo pour montrer ta binette aux éventuels parents adoptifs. Je pensais juste à la merveilleuse mère adoptive que j'aurai s'ils me tirent le portrait demain. » Il a désigné son minuscule corps démoli. « Avec ma tronche, j'éveillerais l'instinct maternel de n'importe quelle greluche de la fin du vingtième siècle.

— Tu es dégueulasse.

— Hé, Jake.

— Quoi ?

— Tu passes me voir demain ? »

Et me revoilà ému comme jamais.

« Oui, bien sûr.

— Dis aux toubibs de me refiler un peu plus de ces médocs. Je plane, vieux. »

J'ai ri encore.

« Je crois que je te déteste », dis-je affectueusement.

Une infirmière est entrée et m'a demandé de partir. J'ai dit au revoir à Roche. Quand j'ai tapoté la seule partie de son anatomie qui me semblait intacte, il a néanmoins poussé un cri de douleur.

« Sacré numéro que t'as fait avec cette fille, dit-il alors que je m'éloignais de lui.

— Quoi ?

— Ta grande gueulante avec ta gonzesse au nom compliqué.

— Aoirghe ?

— Ouais.

— Je croyais que tu dormais, dis-je d'un air coupable.

— Ben non, je te tenais à l'œil. Tu l'as vraiment enfoncée.

— J'étais furieux.

— Elle paraissait désolée », dit Roche.

Je l'ai dévisagé. Même s'il l'avait voulu, Roche n'aurait pas pu faire pétiller son regard.

« Je ne crois pas, répondis-je. Elle n'est pas du genre désolé. »

Roche a changé de position dans son lit.

« Bon, peut-être que non. Jolis nénés, pourtant. »

Je suis parti.

Je devais retourner à pied vers le sud de la ville. J'avais laissé l'Épave garée près du Wigwam. J'étais épuisé et démoralisé après cette nuit mémorable. Je marchais lentement. Ma main droite me faisait mal, suite à un coup de poing que j'avais balancé pendant l'émeute. Je n'avais plus de cigarette depuis deux heures et pas un sou pour m'en acheter. Je me suis mis à fredonner quelques mesures de blues. Bien qu'appropriées, elles ne m'ont pas vraiment remonté le moral.

J'ai traversé l'autoroute et la zone industrielle en marchant en ligne droite vers la voie de chemin de fer proche de Poetry Street. J'ai piqué une clope à un poivrot allongé près de Park Centre. Je l'ai glissée dans ma poche et je suis reparti.

Il y avait de l'humidité dans l'air ainsi qu'au fond de

mes yeux. L'émeute m'avait déprimé et Roche possédait un talent incomparable pour me culpabiliser, mais je ne m'expliquais pas ma soudaine tristesse.

Là-bas, à l'hôpital, j'avais dépassé les bornes avec Aoirghe Jenkins. Elle méritait quelques remontrances et je l'avais submergée sous un raz-de-marée ordurier. Ses positions politiques étaient malsaines, mais elle n'avait dérouillé aucun gamin de douze ans. Mon moral a encore chuté quand je me suis rappelé ce que je lui avais dit.

Il était cinq heures passées quand j'ai traversé la voie de chemin de fer à Adelaide Halt. Je me suis arrêté sur la passerelle pour piétons. Je n'étais plus qu'à quelques centaines de mètres de Poetry Street, mais je me suis assis sur les marches de cette passerelle, face à la montagne. J'ai fouillé dans les poches de mon costume bousillé à la recherche de la cigarette volée. Je l'ai trouvée et mes doigts ont aussi touché la lettre de Sarah. J'ai souri et décidé de la lire. Le ciel pâlissait et le moment semblait bien choisi. J'ai allumé la cigarette et ouvert la lettre.

J'ai lu l'unique mot de la lettre de Sarah, puis je suis resté longtemps assis là, pour fumer et réfléchir. J'ai levé les yeux vers les collines. Elles baissaient les yeux vers moi. Les champs ondoyaient vers la ville comme un tissu qu'un tailleur déroule, couvert de carreaux réguliers. Des nuages d'un gris liquide s'accumulaient au-dessus de la ville comme un brouet de sorcière.

L'unique mot de la lettre de Sarah était *Pardonne.*

Il restait quelques minutes avant l'aube. Les oiseaux s'énervaient. Ils souffraient du trac qui précède le lever de rideau. L'araignée jaune d'une grue métallique émergea hors de l'obscurité, tandis que son fanal clignotait devant la montagne brouillée. Les pentes renaissaient peu à peu, tout comme les bâtiments épars qui gagnaient en netteté. Maisons, fermes, carrières, gares, écoles. Tous les éléments du paysage se mettaient en place et, au pied de la colline dont la pente diminuait peu à peu, le tissu urbain se densifiait.

J'ai pensé au pardon.

Pourtant, aucune lumière n'envahissait le ciel. L'atmosphère s'épaississait comme une sauce, tout semblait maculé. Un homme s'engagea sur la passerelle, un sac en plastique blanc soutenu par une main absente. Puis il tourna d'un pas lourd vers le sentier parallèle aux rails. Son dos cahotant se fondit dans la grisaille jusqu'à ressembler à une touche minuscule sur un tableau : cocu, ouvrier, citoyen.

J'ai pensé à Chuckie et Max. J'ai pensé à Peggy et Caroline. J'ai pensé à Donal et Pablo. J'ai pensé à Slat et Wincey. J'ai pensé à Luke Findlater et à la serveuse maoïste. J'ai même pensé au garçon et à la fille du supermarché.

Les montagnes commençaient maintenant à s'éclaircir, à se montrer, à retrouver forme et couleur. De part et d'autre de leurs larges versants, des glands décoratifs les encadraient : des arbres d'un côté et la cadence régulière d'une carrière pentue de l'autre. On aurait dit un canapé bon marché. On aurait dit un objet acheté par Chuckie. Elles étaient belles.

J'ai pensé à Aoirghe.

Je suis allé récupérer ma voiture. J'avais beaucoup de choses à faire.

Dix-huit

Dans sa jeunesse, la mère de Chuckie fut longtemps obsédée par la beauté de ses seins. Elle adorait leur fermeté, leur opulence, leur merveilleuse invraisemblance. Ses seins lui paraissaient magiques. Entre seize et vingt ans, elle rêva longuement de les exhiber au monde entier. De marcher dans les rues de Belfast avec sa robe ouverte jusqu'à la taille. Elle rêva de stupéfier et d'honorer l'un des sinistres garçons qui la courtisaient, en ouvrant son corsage sans un mot avant de laisser son soupirant savourer à pleine bouche leur plénitude élastique.

Inutile de le dire, Peggy Lurgan ne stupéfia ni n'honora personne. Ses seins se languirent dans leur gloire privée, uniquement contemplés par elle-même et, de temps à autre, par son amie Caroline. Lorsque le père de Chuckie finit par pénétrer les mystères dissimulés sous les vêtements de Peggy, cette magie avait disparu.

Mais Peggy devait toujours se rappeler la splendeur de sa poitrine. Mieux, alors qu'elle vieillissait, son souvenir de la première moitié des années soixante était indissolublement lié à l'image remémorée de ses extraordinaires roberts. L'assassinat de Kennedy. Les débuts hésitants des revendications civiques en Amérique et en Irlande du Nord. La mémoire de ces événements se réduisait à un ajout brumeux au fait historique de sa fierté privée.

Récemment, cette obsession revint en force. Elle ne prenait plus ni somnifères ni tranquillisants depuis si longtemps que de nombreux souvenirs tout aussi incongrus envahissaient désormais son cerveau désembrumé, mais sa vanité mammaire constituait le principal revenant. Elle était ravie de l'avoir autrefois ressentie, cette vanité, et non moins ravie de commencer à la ressentir de nouveau. Car ils étaient toujours très présentables. Pour une femme de cinquante ans, ils étaient même époustouflants.

Il y eut alors cette passe d'armes avec Jake Jackson, l'ami de Chuckie. Elle remarqua qu'il avait remarqué. Réussir à troubler ainsi un jeune homme séduisant enthousiasma Peggy. Elle eut l'impression de repartir de zéro.

Les souvenirs qui lui venaient à l'esprit lui donnaient des frissons de joie. Une nuit, elle vit l'image d'une femme qui se lavait les cheveux dans l'arrière-cuisine d'une maison pauvre, à côté du marché, tandis que son mari, costaud mais oisif, se récurait les membres dans la baignoire la plus chaude des bains de Templemore Avenue. C'étaient des souvenirs de son père et de sa mère.

Son enfance lui revint brusquement. Elle se rappela comment, le vendredi, tous les habitants de sa rue évitaient le type du crédit sur son vélo, sa moto ou dans sa vieille bagnole. Payez et bouclez-la. On ne déposait aucune branche de palme devant ses pieds. Elle se rappela être sortie en douce pour rejoindre le marché couvert quand les femmes d'Antrim arrivaient aux étals métalliques et déballaient leurs marchandises, jetant sur le sol la lumière mouchetée de leurs châles rouges dont elles faisaient un auvent. Elle se rappela leurs cris stridents :

« Deux sous ici !

— Aggie, où est le calicot ?

— Mon homme me quitte.

— Y a le tien près du tramway. »

Elle se rappela les douceurs et les secrets de l'enfance. Elle se rappela l'odeur des cigarettes et du cirage de son père. Elle se rappela le Belfast des années cinquante, collet-monté, presbytérien. Elle se rappela les matinées d'hiver, ses doigts glacés dans l'arrière-cuisine, qui perdaient toute la chaleur de la nuit tandis que sa mère allumait le feu.

Surtout, elle se rappela Caroline. Son amie figurait apparemment dans presque tous ses souvenirs. Elles habitaient la même rue. Elles étaient dans la même classe à l'école primaire. Leurs mères étaient amies. Elles jouaient même ensemble sur la balançoire en corde attachée au lampadaire du bout de la rue. Depuis quarante-cinq ans au moins Peggy et Caroline étaient ensemble.

Dans l'esprit de Peggy affranchi du nitrazepam, ces premières années étaient les plus vivaces. Les années qui suivirent leur enfance et leur adolescence étaient brouillées et indistinctes, en comparaison de cette première époque éclatante.

Elle n'aurait guère pu affirmer que les deux amies s'aimaient tendrement. Bien plutôt, le passé et l'avenir de chacune auraient été impensables sans ceux de l'autre. Lorsqu'elles devinrent des femmes, cette indivisibilité tacite s'accrut. Quelques jours après l'attentat de Fountain Street, Peggy passa toute une matinée à fouiller parmi de vieux papiers à la recherche d'une photographie où elles figuraient toutes les deux. Elle pleura pendant toute cette matinée en retrouvant des clichés de ses parents, des notices nécrologiques, des lettres de cousins qu'elle avait oubliés, de vieux bijoux clinquants.

Au bout de deux heures de recherche, elle retrouva la photographie, laquelle était plus ou moins fidèle à son souvenir. Au dos figurait cette légende, écrite d'un fin trait de crayon : Peggy et Caroline, mai 1962. Elle se remit à pleurer. En proie au chagrin, elle regarda cette image pendant une heure.

La photo, davantage laiteuse que pâlie par le temps, montrait les deux jeunes filles assises sur une balustrade, près de l'Hôtel de Ville. Elles portaient des robes imprimées dont les pans généreux dissimulaient leurs jambes. Elles arboraient de larges sourires en noir et blanc dans un monde lumineux en noir et blanc. Elles avaient dix-huit ans. Toutes deux étaient belles. Leurs cheveux et leur peau juvéniles, l'éclat de leurs yeux et leurs sourires étincelants donnèrent à Peggy un haut-le-cœur désespéré.

Elle se souvenait vaguement de cette journée. Par un samedi aussi ensoleillé que morne, elles s'étaient promenées en ville en faisant du lèche-vitrine avec deux garçons de Newtownards Road. L'un de ces deux garçons, Andy, celui qui avait pris cette photo, courtisait Caroline depuis des semaines. Caroline lui manifestait une joyeuse indifférence. Quelques semaines plus tard, Andy, exaspéré par leur solidarité, offrirait à Peggy un vieux pantalon de travail, en lui disant qu'elle pouvait aussi bien devenir l'amoureux de Caroline, puisqu'elles faisaient tout le reste ensemble.

Cette photographie fit naître chez Peggy des sentiments indescriptibles. Elle la rendit profondément triste tout en l'emplissant de joie. Cette photographie se situait à la croisée des chemins de leurs deux vies. Juste avant que Peggy ne rencontre Hughie et que Caroline ne rencontre Johnny. Leurs identités de 1960 étaient figées sur cette image en noir et blanc. Une époque où tout était différent. Quand Belfast elle-même était différente. Elle examina le gris tendre de la métropole floue en arrière-fond. Des bâtiments avaient disparu, d'autres les avaient remplacés ; la violence et les maris étaient arrivés, avec des effets tout aussi dévastateurs.

Mais cette image montrait deux belles jeunes filles de dix-huit ans pour qui tous les avenirs étaient possibles. Elle désignait le lieu d'une bifurcation. Elle pointait le commencement de la déconfiture. Et puis, mais oui, cette robe mettait magnifiquement en valeur sa poitrine.

Pendant des jours, une Peggy brutalement privée de tranquillisants était restée calmement dans sa chambre, pensive. Elle gardait cette photo près de son lit et se tournait constamment vers elle, à la recherche d'un indice ou d'une indication. Elle pensa à l'homme qui était arrivé peu de temps après que cette photo fut prise. Elle se rappela les mains maladroites de Hughie ivre qui la tripotaient sous ses vêtements. Elle se rappela combien il lui avait semblé vieux. Elle ne put se rappeler lui avoir dit oui. Elle ne put se rappeler qu'il lui ait demandé quoi que ce fût.

Peggy fut bientôt enceinte et Caroline épousa peut-être Johnny par dépit. Hughie n'épousa pas Peggy et Peggy s'installa à Eureka Street et mit au monde son gros bébé tout chauve. Plus personne ne se rappelait aujourd'hui le courage qu'elle avait eu à ce moment-là. Hughie ne vivait même pas avec elle. Il restait parfois auprès de Peggy, mais, ainsi qu'il le lui disait, il avait d'autres engagements.

Elle se rappela vaguement qu'elle l'avait épousé juste avant la mort de ses parents. Elle se rappela que cette cérémonie n'avait pas effacé leur honte. Elle ne réussit pas à se rappeler le départ de Hughie. Sa dernière absence se prolongea et devint permanente. Elle se rappela qu'on l'avait abandonnée avec son fils. Deux ans plus tard, Caroline et sa famille vinrent s'installer dans la maison située de l'autre côté de la rue. Sa vie adopta alors ce rythme sinistre qui ne devait pas se modifier pendant près de trois décennies.

Trente années de solitude. Vingt années de lente décrépitude. Dix années de divers tranquillisants, somnifères et antidépresseurs.

Puis Chuckie s'enrichit.

Puis elle se trouva par hasard dans Fountain Street et regarda tout le monde mourir.

Ce spectacle changea Peggy pour toujours. Les deux femmes, si violemment réunies de nouveau, découvrirent sans doute la vérité en même temps : ce qui avait ressemblé à une présence incessante avait été de l'amour.

Le déclic se produisit le soir où Chuckie avait téléphoné d'Amérique pour annoncer qu'il comptait revenir dans trois jours. Il allait se marier, avoir un enfant, elle n'avait plus besoin de s'inquiéter pour lui.

Toutes les deux avaient eu honte, toutes les deux avaient eu peur. Mais en fin de compte, ce fut assez facile. Elles se déshabillèrent et sourirent. Les deux femmes avaient pensé en leur for intérieur que ce geste engendrerait le dégoût, lorsque chacune contemplerait la vieille chair boursouflée de l'autre, mais ce ne fut pas le cas. Chacune ne découvrit que de la beauté dans ce qu'elle vit.

Caroline fut surprise de ne pas être surprise. Peggy fut surprise par cette chose entre ses jambes dont elle avait oublié la présence depuis si longtemps. Car Peggy ignorait presque tout de la sexualité : la mère de Chuckie n'avait couché qu'avec un seul homme, le père de Chuckie. Ils avaient seulement copulé une trentaine ou une quarantaine de fois. Ce double score érotique représentait le monde du sexe pour Peggy. Et c'était un monde mesquin, légèrement vicieux. Malgré la faible fréquence de leurs rapports amoureux, elle connut bien vite les habitudes de Hughie. Elle commença par extrapoler, en se fondant sur son expérience avec Hughie pour en déduire les comportements de tous les autres hommes. Elle en conclut que tous les hommes s'essuyaient le gland sur les cuisses de leur partenaire après l'amour, que tous avaient ce regard brutal au moment de jouir. Puis elle arrêta d'extrapoler, car elle trouvait injuste d'attribuer les faiblesses de Hughie au genre masculin tout entier. Finalement, à cause des confidences de Caroline, elle changea encore d'avis et extrapola à tout crin, convaincue qu'après tout connaître un homme c'était les connaître tous.

Le lendemain matin, les deux femmes bavardèrent comme des jeunes filles en prenant leur petit déjeuner. Le soleil inondait la cuisine et la maisonnette était transfigurée. Un pont venait de se matérialiser entre ce qu'elles étaient aujourd'hui et ce qu'elles avaient été sur la fameuse photographie. Pour la première fois de sa vie adulte, Peggy décida que c'était exactement ce qu'elle désirait.

Ce fut difficile, bien sûr. Sandy Row se scandalisa. Le mari de Caroline fut pris d'une folie non-violente et quitta Eureka Street avec leur dernier fils, âgé de dix-huit ans. Peggy et Caroline reçurent la visite d'ecclésiastiques et de missionnaires ; aucun habitant d'Eureka Street ne leur adressait plus la parole. Leurs deux noms faillirent apparaître dans les journaux. On aurait dit que Belfast la protestante n'accepterait jamais leur comportement consensuel mais si particulier.

Alors Chuckie revint à la maison et passa quinze jours dans la chambre donnant sur la rue, sans parler à aucune des deux femmes. Peggy fut d'abord bouleversée par la réaction de son fils. Le premier soir suivant son retour à Belfast, il s'évanouit dans la rue. L'intolérante Caroline suggéra l'explication du décalage horaire. Mais ensuite, le silence lugubre de Chuckie fut parfaitement éloquent. Ce n'était pas tant que le comportement de sa mère lui déplaisait. En fait, il abhorrait chaque microseconde du comportement de sa mère. Mais elle ne voulait rien changer pour Chuckie. Pour personne elle n'aurait renoncé à cette joie nouvelle, même si elle essaya de modifier quelques détails. Mais les murs étaient fins comme du papier à cigarette et son plaisir était incontrôlable.

Au bout des deux semaines pseudo-comateuses de Chuckie, Peggy et Caroline prirent le taureau par les cornes. Elles s'assurèrent l'aide de Max — la jeune Américaine coopérait avec elles depuis le début —, qui convainquit Chuckie de se rendre au Wigwam et d'y retrouver ses amis.

Ce soir-là, Peggy et Caroline poussèrent un soupir de soulagement. Quel plaisir d'être enfin débarrassées de la présence morose et désapprobatrice de Chuckie. Les deux femmes jouèrent des disques d'Eddie Cochrane et se roucoulèrent des mots d'amour. Mais au bout de deux heures, Peggy n'y tint plus. Chuckie lui manquait. C'était son grand secret. C'était ce qui avait rempli ses trente dernières années. Ce qui lui avait apporté un peu de lumière pendant sa décennie passée sous tranquillisants. Chuckie avait été un enfant miracle, une présence dont elle n'aurait jamais rêvé. Peggy aimait son fils comme elle ne pourrait jamais aimer personne. Pendant trente ans, Chuckie avait régné sur ses pensées comme un gouvernement de l'amour. Elle décida que le moment était venu de le lui dire.

Elle mit son manteau et demanda à Caroline de l'accompagner. Certes, Caroline manifesta quelques réticences, mais elles partirent ensemble au Wigwam à la recherche de Chuckie.

Peggy ne comprit pas pourquoi son fils s'enfuit en courant quand elles firent leur entrée.

Le matin qui suivit l'émeute de Falls Road, Chuckie se réveilla tard. Ses rideaux étaient ouverts, il avait mal à la tête après avoir dormi plusieurs heures en plein soleil et à cause du nitrazepam qu'il avait volé dans le flacon inutilisé de sa mère. Il secoua la tête comme un boxeur groggy, se mit debout d'un coup de reins, puis marcha d'un pas chancelant vers la salle de bains.

Il fouilla dans son pantalon de pyjama en essayant, d'une main ensommeillée, de trouver son membre.

« Ah, Chuckie. »

Il bondit légèrement en l'air et pivota sur ses talons pour découvrir les deux femmes nues, jusque-là invisibles, qui barbotaient dans la baignoire. Caroline et Peggy lui adressèrent un sourire silencieux.

« Merde », lâcha Chuckie.

Il descendit au rez-de-chaussée et urina dans l'évier de la cuisine.

Ensuite, il brancha la bouilloire électrique. Il rejoignit d'un pas peu assuré le bas du petit escalier. Et sa voix trembla légèrement quand il lança à la cantonnade :

« Hé, je prépare du thé. Vous en voulez ? »

Il y eut une hésitation. Puis il entendit des bruits d'éclaboussures et ce qu'il put seulement décrire comme des cris de joie déformés et pleins d'échos métalliques à cause de la minuscule salle de bains d'Eureka Street. Une porte s'ouvrit et Peggy se campa en haut de l'escalier, enveloppée dans une minuscule serviette. Caroline, de toute évidence encore nue, passa la tête au-dessus de la rampe et le regarda. Sa mère semblait heureuse. Le silence était rompu. Voilà à quoi Chuckie désirait que ressemble sa mère. Le fils et la mère échangèrent un regard silencieux et presque amoureux.

« Mais comment donc, Chuckie, dit Caroline. Avec du lait et deux sucres. »

Plus tard le même jour, Chuckie décida que ces délibérations élémentaires parmi un groupe de bas revenus et autour d'une tasse de thé étaient tout à la fois caractéristiques et très louables. Aucun rapprochement, aucune négociation ni aucun accord n'était envisageable d'une autre manière par les plus vieux habitants d'Eureka Street. Il décida que c'était un des aspects les plus agréables de la classe ouvrière.

Chuckie était assis dans le bureau sophistiqué de l'architecte incroyablement cher qu'il venait de trouver pour lui construire une maison et il décida qu'il se fichait comme de sa première chemise de ce que sa mère faisait de ses parties génitales. Il n'approuvait pas, mais ça ne le regardait pas. Son esprit était plein à ras bord et il n'avait pas le temps de réfléchir aux léchouilles vespérales de Peggy et Caroline.

« Qu'en pensez-vous ? » demanda l'architecte haut de gamme, bien sapé et bronzé. Il plaça un croquis sous les yeux absents de Lurgan. « Qu'en pensez-vous ? répéta-t-il.

— C'est bien, murmura machinalement Chuckie. C'est super. »

Il venait de comprendre à quel point sa mère l'aimait. Il n'avait jamais soupçonné l'étendue de cet amour. Cette découverte le sidérait littéralement.

« Et pour le prix ? » s'enquit l'architecte.

Chuckie restait silencieux.

L'architecte toucha d'un doigt nerveux ses lunettes Le Corbusier et griffonna un chiffre au bas du croquis.

« C'est un strict minimum », hasarda-t-il.

Chuckie promena son regard las jusqu'à la feuille de papier.

« Pas de problème, dit-il. Ça me va. »

L'architecte faillit s'étrangler de surprise. Il regretta amèrement de ne pas avoir gribouillé un chiffre plus élevé, puisque ce gros crétin venait de gober sans broncher son estimation initiale. Il reprit son crayon.

Chuckie avait mesuré pour la première fois toute la puissance tempétueuse de son amour pour sa mère lorsque Peggy avait été exposée aux horreurs de Fountain Street. Il apprit alors que les êtres fragiles et vulnérables avaient besoin d'amour. Mais ce fut seulement lorsqu'il gara son gros tas de graisse au beau milieu de l'émeute de la nuit précédente qu'il devina qu'elle ressentait probablement la même émotion incontrôlable pour lui.

« Naturellement, pérorait l'architecte, il peut très bien y

avoir des imprévus et des frais divers de toutes sortes. On arriverait donc à une somme de l'ordre de... »

Il poussa vers Chuckie la feuille de papier portant le nouveau montant.

« Mmmm », marmonna le gros.

Il venait de comprendre que sa mère et lui étaient tous les deux si petits et si frêles que chacun méritait plus d'amour qu'il n'en recevrait jamais. Il ne voulait pas passer trop de temps à y penser, mais il savait que Peggy et Caroline pouvaient bien se faire tout ce qu'elles voulaient, il n'avait pas à mettre son nez dans leurs affaires.

« Et s'il y a ensuite des problèmes de planning, eh bien nous arriverons sans doute à une somme de l'ordre de... »

L'architecte glissa sous les yeux de Chuckie une nouvelle estimation griffonnée. Chuckie se réveilla. Il prit le carnet des mains de l'architecte. Il vérifia tous les nombres, en écrivit un qui représentait presque la moitié de la première estimation du type et parla clairement pour la première fois.

« Si vous ne pouvez pas le faire pour ce montant, je trouverais un autre connard de yuppie pour construire ma maison. »

Puis Chuckie Lurgan sortit de l'immeuble, pensif.

Ce soir-là, dans l'appartement de Max, il regarda la télévision d'un air absent, une main serrée autour d'une boîte de bière, l'autre caressant rythmiquement le ventre étonnamment rebondi de Max. Aoirghe était rentrée chez elle à Fermanagh après une grosse bagarre avec Jake Jackson et ils avaient l'appartement pour eux tout seuls. Ils regardaient des programmes d'infos depuis des heures. Les cessez-le-feu faisaient toujours la une sur les chaînes télévisées d'Irlande du Nord. La situation avait évolué de manière très excentrique. L'IRA avait annoncé qu'elle renonçait à la violence, mais qu'elle allait garder ses armes (au cas où ?), l'UVF venait de se déclarer désolé d'avoir tué tous ces gens, le Département d'État américain affirmait que le cessez-le-feu résultait de ses propres efforts (une revendication contestée par plusieurs politiciens irlandais messianiques), les gouvernements irlandais et britannique avaient des discussions préliminaires en vue d'autres discussions préliminaires, et environ deux cents adolescents s'étaient fait casser la figure à coups de battes de base-ball et de démonte-pneus par une sélection extrêmement officieuse de policiers en treillis et blouson de cuir.

Quelques prisonniers avaient bénéficié d'une libération anticipée. Chuckie s'en inquiétait. C'étaient des hommes qui avaient tué des gens, parfois beaucoup de gens. C'était leur manière à eux d'exprimer leurs aspirations. Deux ou trois cents assassins étaient donc lâchés dans le creuset de Belfast. C'étaient des hommes qui ne savaient pas comment réagir aux frustrations de la vie quotidienne. Compte tenu de son inaptitude avouée à la conduite automobile, Chuckie n'avait pas la moindre envie de croiser l'un de ces loustics dans la circulation.

Shague Ghinthoss, le poète, avait été fait chevalier d'un ordre quelconque tout en recevant le titre de Héros de la Révolution, décerné pour la première fois par le parti *Just Us*. Cette coïncidence fâcheuse l'avait pas mal tracassé, jusqu'au jour où un jeune écervelé au visage de puceau lui demanda s'il comptait accepter les deux récompenses en une espèce de geste pan-œcuménique, une tentative pour bâtir un pont entre des traditions divergentes. Le regard de Ghinthoss s'illumina soudain.

« Mais oui, c'est ça, dit-il. Bravo d'y avoir pensé. »

Une émission spéciale de la télévision montra donc Ghinthoss, qui ressemblait au Père Noël de manière troublante, recevant les deux récompenses. Une fois fait chevalier, il parla du brouillage des nationalités, de la Nouvelle Europe et de l'effacement des frontières. Il eut un sourire étincelant lorsqu'un invité l'interrogea sur le poste soudain vacant de poète lauréat. Pas plus tard que le lendemain, au Dîner-Disco organisé en l'honneur du Héros de la Révolution, il déclara devant une foule électrisée qu'il avait toujours été irlandais et qu'il le resterait toujours. Personne ne releva la moindre contradiction. Un livre de cuisine Shague Ghinthoss et un nouveau recueil de ses *Poèmes refusés (1965-1995)* étaient déjà sous presse. Chuckie se maudit de ne pas avoir eu cette idée avant lui.

Tandis que Chuckie regardait la télévision, une idée se mit à prendre forme dans son esprit engourdi. Pendant son séjour en Amérique, sa ville natale lui avait manqué. L'Amérique lui avait semblé si vivante, si mélangée et chaotique. Il avait réfléchi avec émotion sur la pérennité de Belfast au cours des années trente, quarante, cinquante et soixante. Sa ville était malheureusement protestante, mais aussi merveilleusement provinciale. Les violences politiques avaient quelque peu troublé la discrétion indolente de la capitale, mais Chuckie sentait qu'au cœur de son lieu de naissance sommeillait un élément profondément quotidien.

Et maintenant, alors qu'il regardait la télévision auprès de sa future épouse (et de son futur fils), Chuckie écoutait une kyrielle de gens lui annoncer que les Troubles étaient terminés. La paix était enfin là. La guerre était finie.

Alors Chuckie réussit à exprimer ce qu'il essayait confusément de penser :

Quelle guerre ? Il ne connaissait personne qui ait combattu.

D'abord, il trouva son idée ridicule. Elle était tellement évidente. Elle était trop simple pour avoir la moindre signification. Mais, à mesure que les minutes passaient, scandées par ses caresses sur le ventre de sa voisine, l'énormité de cette intuition le frappa de plein fouet. D'une voix hachée, il essaya de résumer sa découverte à l'intention de Max, laquelle ne l'écouta que d'une oreille. (Pour Max, la violence en Irlande du Nord était nettement exagérée. Les Irlandais tenaient à leur traumatisme comme à la prunelle de leurs yeux. Ils auraient dû venir faire un tour à Manhattan, n'importe quel samedi soir.)

Ce jour-là, Chuckie retourna au bureau pour la première fois depuis quinze jours. Luke Findlater fut ravi de le voir, et légèrement inquiet. Ils avaient gagné beaucoup d'argent pendant ces deux semaines et, depuis le succès médiatique de Chuckie en Amérique, les chaînes de télévision d'Irlande du Nord essayaient désespérément de l'avoir. Son débat avec Jimmy Eve n'était pas passé inaperçu. Plusieurs diffuseurs autochtones faisaient la queue pour organiser une revanche locale.

Chuckie avait repoussé toutes ces propositions flatteuses et annoncé à Luke qu'il n'était pas intéressé. Mais, lorsqu'il écouta la télévision de Max lui dire des choses auxquelles il ne croyait pas, Chuckie changea d'avis. Il appela Luke et lui demanda d'accepter toutes les interviews qu'il avait refusées jusque-là. Luke maugréa et pesta, mais, comme toujours, Chuckie l'emporta.

« Hé, Chuck, dit Max, qu'est-ce que tu mijotes encore ? »

Chuckie embrassait le ventre de Max selon une trajectoire descendante.

« Che fiens d'afoir une itée chéniale », répondit-il.

Chuckie consacra presque toute la journée du lendemain à emprunter de l'argent. Grâce à ses nouveaux talents et à sa réputation grandissante, il s'aperçut que ça n'avait jamais été aussi facile. John Evans, à lui seul, lui promit quinze millions de dollars. À la fin de la journée, divers individus et organisations lui avaient garanti plus de vingt-cinq millions de livres. Chuckie était heureux.

Luke et lui commandèrent une pizza et dînèrent au bureau en parlant tactique. Enfin, Chuckie dîna et parla. Luke était tellement sidéré par le rassemblement de capitaux auquel il venait d'assister pendant la journée, qu'il était à peine capable de parler et parfaitement incapable de manger. Chuckie expliqua qu'il avait l'intention d'utiliser sa prestation télévisée de ce soir-là pour lancer une nouvelle initiative industrielle. Jimmy Eve devait apparaître avec lui, mais après sa dernière expérience Chuckie était convaincu de calmer l'ardeur révolutionnaire d'Eve en quelques minutes. Il pourrait ensuite consacrer le reste de son temps d'antenne à l'annonce de son nouveau projet. Des investissements massifs dans sa ville natale, rien de moins que la reconstruction industrielle de Belfast. Il dit à Luke que la récente émeute lui avait prouvé que les habitants de Belfast avaient des quantités d'énergie dont ils ne savaient que faire. Et Chuckie savait comment utiliser leur énergie.

Une chose avait frappé Chuckie : ce conflit politique, qui avait marqué toute sa vie adulte, se résumait à un mensonge. Il s'agissait en fait d'une guerre entre une armée qui disait qu'elle ne voulait pas se battre, et un groupe de révolutionnaires qui affirmaient qu'ils ne voulaient pas se battre non plus. Ça n'avait rien à voir avec l'impérialisme, l'autodétermination ni le socialisme révolutionnaire. Et puis ces armées ne s'entre-tuaient pas souvent. D'habitude, elles se contentaient de tuer les malheureux citoyens qui se trouvaient disponibles pour le massacre.

Chuckie était trop bête pour croire qu'il comprenait parfaitement quoi que ce soit, mais il comprenait très bien la politique de la majorité irlandaise du Nord. La politique de la majorité irlandaise du Nord n'avait rien de politique. Les citoyens étaient trop timides pour accorder le nom ronflant de « principe » à l'une quelconque de leurs croyances, mais il existait néanmoins des choses auxquelles ils croyaient. Et cette majorité paisible passait sa vie à garder un boulot ou à ne pas réussir à garder un boulot, à acheter des machines à laver, des maisons, des aspirateurs, des vacances et des couffins. Leur façon de faire tout cela avait changé le visage de la ville au cours des dix dernières années. Les quartiers protestants n'étaient plus protestants. Les quartiers ouvriers étaient devenus bourgeois. La ville grossissait comme une tache qui s'agrandit. Toutes les villes faisaient la même chose et voilà ce que Chuckie, à tort ou à raison, appelait la politique.

Il ne doutait pas que son annonce pragmatique de projet de massives créations d'emplois allait réduire au silence les consternantes péroraisons idéologiques de Jimmy Eve. L'idéologie était une couverture relativement épaisse, mais elle perdait tout son confort et sa chaleur quand on passait sur le terrain de l'emploi. Eve se débrouillait très bien pour poser une bombe par-ci par-là, mais c'était lui,

Chuckie Lurgan, qui redonnerait du travail aux citoyens de Belfast. Il deviendrait un héros.

Il appela sa mère avant de se rendre aux studios de télévision. Elle lui demanda comment il serait habillé. Son costume bleu et ses Doc Martens toutes neuves, répondit-il. Elle lui dit que ce serait sûrement très élégant. Chuckie fut vaguement troublé. Un mois plus tôt seulement, elle lui aurait vertement reproché les DM. Chuckie se demanda si la déviance sexuelle libérait les goûts de chacun en matière d'habillement.

« J'ai rencontré une femme au supermarché qui voulait ton autographe, dit Peggy. C'est la première femme de Sandy Row qui m'adresse la parole depuis quinze jours. Tu es vraiment célèbre, fils. »

L'admiration lurganienne qui perçait dans la voix de sa mère plut à Chuckie.

« Caroline t'adresse son amitié et te souhaite bonne chance », poursuivit Peggy.

Chuckie déglutit avec difficulté.

« Euh, remercie-la de ma part.

— D'accord.

— Faut que j'y aille, dit-il. Je ne veux pas être en retard.

— Hé, Chuckie, dit sa mère.

— Quoi ?

— Tu m'aimes, dit Peggy avec confiance.

— Bien sûr, répondit Chuckie. Pas de problème. »

L'entretien était commencé depuis environ un quart d'heure quand Chuckie sentit que les choses ne se passaient pas comme prévu. À son arrivée aux studios, on l'avait dirigé vers une salle d'attente séparée, manifestement à la demande de Jimmy Eve et des membres de *Just Us*. Il devait être le troisième invité et, tout en regardant l'émission sur le moniteur de son salon de maquillage, Chuckie remarqua avec plaisir la présence, dans le public, d'un petit groupe d'Américains en T-shirt G.C. (Gros Cinglé). Ils étaient venus des États-Unis dans l'espoir de le rencontrer.

Le premier invité était un universitaire sollicité pour donner ses lumières sur le cessez-le-feu et exposer sa théorie selon laquelle le mystérieux mouvement souterrain OTG constituait le chaînon manquant de la politique irlandaise. Cet homme était intimement convaincu que les initiales OTG signifiaient *Omagh Trotskyist Group*.

Eve était le deuxième invité. Chuckie remarqua avec plaisir qu'il avait nettement la tremblote.

Jimmy Eve tremblait en permanence depuis maintenant près de trois semaines. Depuis le débat télévisé avec Chuckie Lurgan, tout avait été de mal en pis pour l'idéologue d'Ardoyne. Lors des réunions de *Just Us*, sa gêne était évidente et remarquée. Le pire, néanmoins, c'était lorsqu'il devait faire une apparition publique. Il devenait irritable, intraitable. Il avait même consulté son médecin à ce sujet. Sa fille de dix ans avait mis de l'huile sur le feu malgré elle quand, après lui avoir demandé ce qu'était une irlandunie, elle était partie au beau milieu des explications paternelles. La rougeur de son visage était déjà fort fâcheuse, mais voilà maintenant que revenaient la vieille angoisse, le tremblement intérieur, la honte intime.

Jimmy Eve savait depuis quelques années que presque tout ce qu'il disait était mensonger. Il avait écarté cette évidence comme on chasse une mouche. Après une décennie de Margaret Thatcher, il avait appris à croire à ses propres mensonges de manière automatique, sans se poser de questions. La conscience de la duperie, il la réprimait aisément, il la fourrait dans un recoin sombre de son esprit inarticulé. Mais désormais la sensation d'être un menteur ne le lâchait plus. Elle troublait son équilibre, compromettait sa paix intérieure. Il commençait même à se demander avec culpabilité si d'autres membres éminents de *Just Us* savaient quels menteurs ils étaient. Ses propres mensonges relevaient du talisman, des mathématiques. Quand il déclarait qu'il désirait seulement le dialogue, il voulait dire qu'il voulait seulement la victoire totale. Quand il affirmait devant les journalistes qu'il respectait les droits de la communauté protestante, il voulait dire qu'elle n'en aurait bientôt plus aucun. Quand il réclamait publiquement la supervision internationale des droits de l'homme en Irlande du Nord, il n'avait certes pas l'intention de laisser quiconque mettre son nez dans les infâmies commises par ses copains de l'IRA.

Le seul mensonge auquel il croyait encore était le plus important, Dieu soit loué. Chaque fois qu'il disait que tout était de la faute du gouvernement britannique, il y croyait toujours dur comme fer. Ce mensonge tenait bon.

Le malaise d'Eve était suffisamment criant pour renforcer la confiance de Chuckie tandis qu'il regardait le moniteur du salon de maquillage. Mais un quart d'heure après son arrivée sur le plateau, tout partit en eau de boudin. Il avait d'abord été salué et acclamé par ses supporters G.C. et, alors qu'il s'approchait de Jimmy Eve pour lui serrer la main, celui-ci avait reculé comme pour éviter un coup. Chuckie avait donc serré la main du théoricien de l'*Omagh Trotskyist Group*, avant de se lancer joyeusement dans l'annonce de ses projets d'investissements.

Mais ce fut un pétard mouillé, un bide complet. Le public applaudit poliment, mais Eve l'attaqua bille en tête. Il critiqua l'entreprise privée de droite et l'exploitation pratiquée par des ploutocrates comme Chuckie. Il accusa les hommes d'affaires protestants de ne créer aucun lien avec le Sud pour aboutir à une communauté industrielle pan-irlandaise. Il interrompit plusieurs fois Chuckie pour lui dire, avec une confiance nouvelle, qu'il ne comprenait pas ce qu'il voulait dire, puis pour mettre en doute sur un ton sarcastique le montant des sommes soi-disant réunies par Chuckie. Dix minutes après l'entrée en scène de Chuckie, son adversaire ne tremblait plus et Chuckie sentait ses arguments partir à vau-l'eau. Il vit ses supporters américains échanger des murmures inquiets. Il ne comprenait pas pourquoi sa prestation était infiniment moins bonne que devant les caméras de la télévision américaine.

Puis il se rappela. La cocaïne. Tandis qu'Eve pérorait et dominait le débat, Chuckie se creusa le ciboulot. Puis il retint sa respiration.

Chuckie regardait Max dormir. Il était à peine minuit passé, mais elle dormait profondément. Il l'enviait. Elle frissonna et gémit. Il sourit. Curieusement, elle lui avait dit qu'elle rêvait toujours exclusivement de l'Amérique. Même chose ici, pensa Chuckie.

Il écoutait la radio depuis une vingtaine de minutes, en attendant qu'on y parle de lui, mais entre deux disques les animateurs ne parlaient que de pourcentages : trente pour cent de moins sur tous les tissus pour rideaux, dix pour cent de chômage, douze pour cent de baisse sur la livre sterling. Chuckie se tourna vers Max pour lui dire qu'elle avait cent pour cent de son amour, mais elle dormait déjà. Il lui dirait quand elle se réveillerait. Il espéra que cette nouvelle la rendrait heureuse. Lui l'était déjà.

Tant Max que Peggy lui avaient passé un savon après son apparition télévisée. Elles désapprouvaient les ultimes tentatives de Chuckie, lequel s'en moquait royalement. Il n'avait pas eu le choix.

Il avait retenu sa respiration pendant presque trois minutes et demie. À la fin de la deuxième minute, il remarqua que certains membres du public riaient ouvertement et que Jimmy Eve lui jetait des regards affolés. Il sentait la peau de son visage se tendre, virer au rubicond. Grâce au ciel, l'universitaire poursuivit son baratin pendant encore une minute et demie. Après le début de sa troisième minute d'apnée, le monde de Chuckie devint aqueux et noirâtre, il perdit temporairement la vue et il allait perdre conscience aussi bien lorsque l'interviewer se tourna vers lui pour lui poser, d'une voix nerveuse, une question qu'il n'entendit pas.

Chuckie inhala.

Le sang irrigua certaines parties de son corps dont il avait jusque-là ignoré l'existence. Le vacarme fut affreux. Chuckie fut certain que son visage venait de changer de couleur d'une manière grotesque, mais il se lança gaiement. Il souffrait de vertige, la douleur palpitait sous son crâne, son cou gonflait, son cœur cognait tel l'orchestre de fifres et de tambours des *Young Defenders* de Ligoniel. Ce n'était pas comme la cocaïne, mais le sang se ruait sans conteste dans ses veines.

Il se lança dans une diatribe échevelée contre Eve. Lequel Eve, sans doute suffisamment proche de Chuckie pour remarquer le mince filet de sang qui ruisselait de son oreille, flancha aussitôt. Chuckie hurla des insultes. Il dit qu'Eve lui rappelait Joseph Goebbels, qui avait déclaré que, si l'on voulait dire un mensonge, autant en dire un gros (Chuckie faillit pisser dans son froc, tant il était fier de se rappeler le moindre fait historique). Il enchaîna par une version à demi-consciente de sa pensée de la veille : quelle guerre ? Il ne connaissait personne qui y ait jamais participé. Il aboya et débita toute une variété de solides platitudes populaires, sous le nez d'un Eve pâlissant et ricanant. Le public commença de se réchauffer et il vit — dans le brouillard — ses supporters américains se trémousser de plaisir.

Mais Eve réussit à l'interrompre, car Chuckie dut prendre une deuxième et assez longue inspiration. Eve se moqua d'une démagogie aussi désinvolte, ajoutant que les personnalités extérieures à la politique comme Chuckie avaient beau jeu de railler le travail des vrais politiciens qui cherchaient à trouver des solutions concrètes aux difficultés politiques de l'Irlande du Nord. Il voulait maintenant savoir si Chuckie comptait faire des propositions constructives pour régler les problèmes dont il se plaignait.

Maintenant, tandis que Chuckie regardait Max dormir, il regretta que sa deuxième inspiration n'ait pas duré plus longtemps, pour le rendre incapable de répondre aux attaques de Jimmy Eve. Mais, en manque d'oxygène et le pouls erratique, le gros cinglé ainsi aiguillonné annonça son projet de création d'un nouveau parti politique, une troisième force efficace et non sectaire dans l'arène de l'Ulster. Cette annonce cloua le bec de Jimmy Eve, mais, malheureusement, elle cloua aussi celui de Chuckie. Il n'avait absolument pas la moindre idée de ce qu'il racontait. Le public, silencieux depuis un moment, l'applaudit à tout rompre. Lorsque l'interviewer interrogea Chuckie sur son nouveau parti, Chuckie se lança dans une somptueuse improvisation. Il tiendrait une conférence de presse à la fin de la semaine. Il avait confiance dans le succès de son projet. Dans le droit fil de son entreprise, il sentait qu'il pouvait apporter la prospérité, et autres conneries du même acabit. Il inclut même dans sa prestation télévisée une version blanche du discours *J'ai-fait-un-rêve* de Martin Luther King.

Jimmy Eve l'interrompit une dernière fois. Rassemblant tout le mépris dont il était capable, il demanda à Chuckie quel serait le nom de ce nouveau parti. Au bord de l'évanouissement, Chuckie lâcha dans un dernier souffle que son nouveau parti porterait sans doute le nom d'OTG, car il était en pourparlers avec ce groupe et tous les détails de la nouvelle organisation seraient divulgués lors de la conférence de presse.

Le public perdit la boule. Des jeunes femmes lancèrent leurs sous-vêtements vers leur idole et, tandis que le réalisateur procédait au compte à rebours des cinq dernières secondes, Chuckie s'évanouit à point nommé.

Ç'avait été de la folie, mais après l'émission il constata qu'Eve et les conseillers de *Just Us* étaient terrifiés. Chuckie ne comprit pas pourquoi. Alors qu'il repoussait les chasseurs d'autographes, il ne comprit pas que les membres de *Just Us* le considéraient comme le protestant charismatique de l'ancienne démonologie républicaine et qu'il incarnait le type même d'impondérable dans la politique de l'Ulster qu'ils tenaient à éviter à tout prix.

Mais ce qui le stupéfia surtout, ce fut que tout le monde paraissait ravi de penser qu'il avait eu des rencontres secrètes avec la mystérieuse organisation OTG. Chuckie savait évidemment qu'il évoluait dans un univers crédule et que cette crédulité était le seul élément qu'il pouvait manipuler, mais même lui fut impressionné par cette nouvelle preuve de jobardise.

Peggy avait téléphoné une heure plus tôt. Elle lui dit que les journalistes n'arrêtaient pas d'appeler à Eureka Street pour en savoir plus sur le nouveau parti et la conférence de presse. Chuckie savait qu'il était allé trop loin et qu'une fois de plus ses fantasmes privés prenaient des formes et des couleurs qu'il n'avaient pas prévues.

Il rejoignit la fenêtre de la chambre de Max et regarda au-dehors. La lune semblait accrochée dans le ciel comme une ampoule nue dans une chambre miteuse. La montagne se réduisait à un liséré de lumière, un vaste plateau. Chuckie n'avait jamais été très impressionné par l'horizon. À ses yeux, cette ligne s'était toujours résumée à une grande distance. Il concéda néanmoins que l'horizon avait belle allure ce soir-là, qu'il était vraiment épatant.

Dans sa panique, il avait filé droit vers Poetry Street pour voir s'il y trouverait Jake. Il resta longtemps assis sur les marches de son ami, quasiment en larmes. Jake n'était pas là. Il ne savait que faire. Jamais il ne pourrait trouver seul un sens aux lettres OTG. Il avait besoin de son ami.

Le chat de Jake sortit de sous une haie et miaula joyeusement en direction du pauvre Chuckie pendant quelques minutes. Le chat semblait affamé et abandonné, mais Chuckie savait que l'animal essayait tout le temps d'apitoyer son monde et il décida de l'emmener faire une promenade malgré tout. C'était le seul trait de caractère du chat qu'il supportait.

Ainsi donc, le chat et le Gros s'engagèrent dans Poetry Street, tous deux inquiets et troublés pour des raisons différentes.

Alors Chuckie vit l'homme OTG. Il était monté à mi-hauteur d'une échelle appuyée contre le mur de l'Institut Irlandais. Chuckie mit quelques secondes à comprendre qu'il ne s'agissait pas d'un ouvrier. Ce fut seulement lorsqu'il le vit peindre le mot L', puis OTG, puis le reste de la phrase, qu'il comprit qui c'était.

Il ressemblait parfaitement à la description que Jake avait faite de la description que Roche lui avait faite. L'âge et la taille de Jake, des vêtements en mauvais état, d'un noir sacerdotal. Chuckie le vit tracer quelques fioritures autour du sigle OTG, puis le Gros démarra dans la rue en direction de l'inconnu.

L'homme vit Chuckie arriver et paniqua. Il se laissa glisser le long de l'échelle comme un pompier et prit les jambes à son cou, pot de peinture et pinceau en main. Chuckie fonça sur lui.

Il courait très vite et, lorsque Chuckie arriva dans Lisburn Road, l'homme OTG avait déjà gagné quelques mètres. Chuckie le vit s'engager dans l'une des petites ruelles de l'autre côté de Lisburn Road. Le Gros accéléra encore et l'y suivit. Sa proie bifurqua dans une autre allée. Quelques secondes plus tard, Chuckie s'y engouffrait à son tour.

Imaginez la surprise de Chuckie lorsqu'il lut les mots LAISSE-MOI TRANQUILLE peints sur le mur de l'allée. La peinture était encore humide, mais les lettres parfaitement formées. Bon dieu, pensa-t-il, comment a-t-il pu faire ça ? Chuckie repartit en courant et, maintenant, en criant.

L'homme émergea de l'allée et prit une autre ruelle. Chuckie gagnait du terrain. Vif comme l'éclair, l'homme plongea dans la ruelle opposée et bifurqua encore. Quand Chuckie bifurqua à son tour, il découvrit d'autres mots qui venaient d'être peints de cette même écriture régulière et parfaitement reconnaissable : MERDE, JE NE PENSAIS PAS QUE TU COURAIS AUSSI VITE. Chuckie se mit à douter de sa santé mentale, mais ne ralentit pas.

Quand l'homme OTG atteignit la rue suivante, Chuckie était quasiment sur les talons de l'énigmatique salopard. Alors qu'il fonçait dans la dernière ruelle disponible, Chuckie se dit qu'il le tenait. L'homme sauta au-dessus d'une poubelle et tourna encore. Le cœur du gros Lurgan allait éclater lorsqu'il tourna à son tour, percuta le mur d'en face et s'effondra à terre. Il leva les yeux et, à travers la sueur qui lui brouillait la vue, il lut les mots : CE N'EST PLUS DRÔLE, parfaitement calligraphiés sur le mur au-dessus de lui. Il se redressa sur les coudes et regarda dans l'allée. L'homme OTG s'était arrêté et regardait Chuckie avec l'ombre d'un sourire. Chuckie aurait juré qu'un clin d'œil faisait frémir l'une de ses paupières.

« Merde », dit Chuckie.

L'homme OTG sourit encore, puis il s'éloigna en courant vers les voies de chemins de fer, vers la montagne, vers sa putain de destination inconnue.

Quand Chuckie eut repris son souffle, il retourna péniblement vers Poetry Street. Le chat de Jake était assis près du bas de l'échelle. Il y avait de la peinture par terre et le chat en avait sur les pattes. Chuckie marcha vers lui en souriant, dans l'espoir de pouvoir s'approcher suffisamment près pour lui flanquer un bon coup de pied, mais l'animal n'était pas né de la dernière pluie. Il s'éloigna avec dignité, laissant derrière lui sur le trottoir des traces de pattes à la peinture blanche.

Chuckie monta sur l'échelle et regarda le mur. Dans sa panique, le type avait par inadvertance donné un grand coup de pinceau sur le sigle OTG, qui se réduisait à une grosse tache de peinture humide.

Chuckie regarda longuement cette tache.

Puis il prit la peinture et le pinceau avant de remonter sur l'échelle.

OTG, écrivit Chuckie. OTG.

Chuckie se détourna de la fenêtre. Il avait eu de la chance de voir l'homme OTG, mais cette rencontre manquée ne résolvait aucun de ses problèmes. Il lui fallait toujours trouver un sens vraisemblable aux trois initiales d'OTG. Si seulement il pouvait trouver un mot catholique commençant par O et un autre mot typiquement protestant commençant par T, alors il serait heureux. Tout en réfléchissant, il se mit à croire que *Omagh Trotskyist Group* n'était pas vraiment une mauvaise idée.

Il regrettait que Jake n'ait pas été là quand il était passé chez lui. Il avait besoin des conseils de son ami catholique. Il pensait avec fierté à leur amitié. Cette fraternité banale entre protestant et catholique constituait l'ultime exemple de ce qu'il voulait dire en déclarant qu'il ne connaissait personne qui se soit battu. Jake et lui-même partageaient une amitié dont le reste du monde ne pouvait concevoir l'existence. Chuckie pensa avec horreur que c'était exactement ce genre de platitude qui allait le faire élire. Sans doute aurait-il des responsabilités politiques d'ici quelques mois. Ses fantasmes de richesses avaient été beaucoup plus improbables et il avait à peine eu à lever le petit doigt pour les concrétiser. Dans son cas, les choses semblaient tomber du ciel. Peut-être devenait-il une force de la nature.

Il regarda la forme endormie de Max. Tout était de la

faute de cette jeune Américaine. À cause d'elle, il avait sillonné les rues de sa ville, stupéfié par les mathématiques des gens. Et maintenant, il ne pouvait plus s'imaginer marcher dans une rue sans penser à elle comme à sa compagne et au mobile de tous ses actes. Car ce n'était pas de l'amour, c'était une punition.

Elle faisait vibrer la fibre musicale du cœur de Chuckie. Désormais, les beautés quotidiennes le frappaient au plexus solaire, tel un poids mouche dans une rixe de bar : autoroutes, cafés minables, fumée de cigarette dans l'air calme d'une pièce, mornes journées à l'air saturé de poussière, parkings.

Il existe des choses si belles qu'elles vous font oublier la vieillesse et la mort. Il existe des choses si belles que la vieillesse et la mort en deviennent de bonnes idées, sympathiques, généreuses. Pour Chuckie, Max faisait partie de ces choses si belles.

La poitrine de Chuckie se gonfla d'une grandeur peu seyante et il se dirigea vers le frigo pour y chercher une boisson apaisante, une boisson bien fraîche. Le frigo de Max était bourré d'eaux minérales pour yuppie, de bocaux d'épices ouverts et d'un malheureux paquet de margarine. Sur le couvercle du paquet de margarine, imprimé en grosses lettres jaunes, figurait ce conseil :

KEEP COOL

Oui, pensa Chuckie, voilà une bonne idée. Oui, je vais essayer.

Dix-neuf

Aujourd'hui, le ciel était une chose étonnante. Les nuages étaient des nuages citadins, épais, poussiéreux, substantiels. La lumière avait la couleur du thé, trop infusé. Vers midi, je suis sorti acheter des cigarettes. J'ai constaté avec surprise que les gens pouvaient marcher, conduire et arpenter ces rues avec moi.

Telle est mon humeur. Ce soir, ce monde si doux me donne envie de m'allonger et de me déshabiller. Dans une autre pièce, la radio est allumée et un homme lit la lettre d'une femme qui lui dit que son cœur est froid et brisé. Puis il écoute une chanson qui a beaucoup de sens pour elle. Et cette banalité me fait suffoquer de tendresse.

Hier, elle a simplement souri, elle a simplement écarté de son visage une mèche de cheveux, elle m'a simplement embrassé.

Et ce soir, le monde est immense, somptueux et merveilleux, comme l'histoire que personne ne vous a jamais racontée quand vous étiez petit. Ce soir, le ciel est une chose étonnante.

Je n'oublierai jamais cette matinée. Elle était retournée chez elle, à Fermanagh, chez ses parents. J'ai mis deux jours à trouver son adresse. Le lendemain matin, j'ai parcouru en voiture les cent cinquante kilomètres jusqu'à sa ville, avec l'impression d'entamer un chapitre premier. J'avais mis la radio, mais je n'avais pas besoin de musique. Sa petite ville était belle. Elle s'élevait sur les deux rives d'une étroite rivière. Des maisons endormies, trop d'églises, on aurait dit un lieu impossible, un dessin d'enfant. Elle m'a plu. De l'autre côté du pont, dans la petite agglomération, on m'a arrêté à un barrage. Un jeune policier s'est penché à ma fenêtre ouverte.

« Vous allez loin ? me demanda-t-il.

— Je l'espère, dis-je. Je l'espère vivement. »

J'ai mis cinq heures à rassembler mon courage pour aller frapper à leur porte. Je me suis promené dans cette petite ville, en espérant la rencontrer par hasard. À mesure que la journée passait, ma résolution augmentait et j'ai fini par m'y rendre à pied.

J'ai fait la connaissance de sa mère aux cheveux bruns. J'ai fait la connaissance de son père en chaise roulante. Mal à l'aise, ils m'ont regardé m'excuser auprès de leur fille pour une chose qu'ils ne comprenaient pas. Gênée par leur présence, elle ne pouvait qu'écouter, elle ne pouvait qu'accepter mes regrets.

Ses parents m'ont invité à rester dîner pendant que leur fille se renfrognait et fulminait intérieurement. La mère a suggéré qu'en attendant sa fille me fasse visiter la propriété. Elle s'est levée en silence et m'a fait signe de la suivre. La mère m'a souri d'un air approbateur alors que nous sortions.

Nous avons marché parmi toute cette verdure merdique pleine d'araignées. Pour la première fois depuis mon arrivée, nous étions seuls tous les deux. J'avais le visage brûlant, les lèvres paralysées. Elle aussi restait silencieuse, le visage détourné de moi. Je prévoyais déjà une promenade infructueuse.

Nous avons marché dans un silence presque absolu pendant près de vingt minutes. Le soleil baissait dans le ciel, les haies et les arbres ont soudain rougi. Les moutons bêlaient, les vaches meuglaient, les oiseaux gazouillaient, les autres bêtes vaquaient. Nous nous sommes arrêtés à une barrière constituée de cinq planches, au bout de leurs terres. Aoirghe s'est tournée vers moi pour la première fois.

« Jake », a-t-elle dit.

Je suis rentré à Belfast dans la soirée. Aoirghe m'y suivrait deux jours plus tard. J'ai appelé Chuckie pour voir si tout allait bien. Chuckie semblait en forme. Je lui ai dit que je ne viendrais pas travailler pendant deux jours. Il a continué de me dire qu'il était en pleine forme. J'ai raccroché au bout d'une vingtaine de minutes.

Et puis j'ai rendu visite à Roche. Il était toujours à l'hôpital, mais pour quelques jours seulement. Il m'a accueilli avec une salve de doléances si obscènes que l'une des infirmières est devenue verdâtre. Il avait fait la connaissance de ses parents adoptifs. Lesquels avaient du même coup fait sa connaissance. Malgré ce dernier fait, ils avaient accepté de le prendre chez eux dès sa sortie d'hôpital. Il m'a dit qu'ils habitaient une grande maison près de Dunmurry. Il était déçu que la femme soit un peu trop âgée pour lui (elle frisait la quarantaine), mais ils avaient apparemment toute une tapée de nièces de dix-sept ans. Émoustillé par avance, le petit salopiaud a essayé de se frotter les mains, mais il n'avait pas encore retrouvé l'usage de ses bras.

Il m'a demandé des nouvelles d'Aoirghe. Je l'ai mis au parfum. Il s'est mis à rire comme un malade.

Les futurs parents adoptifs sont arrivés. Ils formaient un gentil couple, d'un naturel aimable, avenant. Ils avaient parlé aux médecins. Roche pourrait sortir dans deux ou trois jours, mais il lui faudrait manquer au moins un mois d'école. Roche sembla perplexe, comme s'il ne comprenait pas en quoi cette décision allait modifier son existence. Les parents adoptifs ignoraient tout de son absentéisme forcené. Ils étaient très gentils, ces deux-là, mais ils avaient beaucoup à apprendre.

J'ai pris congé.

« Hé, Jake, dit Roche. Merci.

— Pour quoi ?

— Je sais pas. Merci quand même. »

J'ai attendu la suite. Silence général. Tous me regardaient.

« Quoi ? me suis-je étonné. Pas de réplique cinglante ? Pas d'obscénité ? »

Roche s'est installé confortablement parmi ses oreillers.

« Non, dit-il. Je suis trop malade, putain. »

Plus tard le même jour, après maintes tergiversations et suées improbables, j'ai appelé Sarah. Je n'avais jamais composé le numéro qu'elle m'avait laissé. Ça faisait près d'un an, maintenant. Mon cœur cognait pendant que je tapotais les touches du téléphone.

« Allô », fit une voix masculine.

La jalousie et la peur m'ont brûlé la poitrine.

« Pourrais-je parler à Sarah, s'il vous plaît ?

— Elle est absente, malheureusement. C'est Jake ?

— Comment le savez-vous ?

— L'accent.

— D'accord. »

Un ange passa.

« Pouvez-vous lui dire que j'ai eu sa lettre et que j'appelais simplement pour prendre de ses nouvelles ? » fis-je.

Bizarrement, le nouveau silence parut plus décontracté que le premier, plus généreux.

« Elle va bien et je m'appelle Peter, dit Peter. Tu ne m'as pas l'air d'être un sauvage.

— Tu devrais venir voir par toi-même. »

Voilà comment nous avons entamé une longue conversation, Peter et moi. Je me suis soudain pris d'une affection déconcertante pour Peter. Mais ça n'a pas été sans peine. Nous n'avons pas évoqué la taille de nos pénis respectifs ni rien de ce genre, mais ça restait un peu tendu, chacun campait sur ses positions. Il m'a alors demandé si j'avais quelqu'un dans ma vie. Quand je lui ai répondu que oui, Peter s'est montré nettement plus chaleureux. C'était vraiment charmant. Et très vite, nous nous sommes retrouvés à papoter comme deux vieilles pies chez le coiffeur.

Il me semblait vraiment bien, ce Peter. Le genre de gars que j'aurais aimé voir sortir avec mes filles. Du plomb dans la cervelle, rigolo, sensible. Une partie de moi-même s'est demandée pourquoi j'étais tellement content. Mais seulement une partie de moi-même.

« N'oublie pas de lui dire que j'ai appelé, ai-je conclu.

— J'oublierai pas », dit Peter.

J'ai fait plein d'autres choses. J'ai pris des nouvelles de mes amis. J'ai pris des nouvelles de tous les gens que je connaissais. J'ai même téléphoné à l'Europa pour dire bonjour à Ronnie Clay et à Rajinder. Je possédais apparemment des réserves de bienveillance qui se révélaient soudain inépuisables. Je me suis promené à travers la ville en saluant les citoyens.

Alors elle est revenue à Belfast. Ce soir-là elle est arrivée à Poetry Street avec une expression incertaine et les yeux d'une vedette de cinéma des années quarante.

« Bonsoir », lui dis-je.

Maintenant, elle dort à un mètre derrière moi et sa présence rend ma chambre magique. Un chat solitaire miaule, klaxon mélancolique. Je dois reconnaître qu'on dirait bien mon chat. Mais je ne bronche pas.

Mes rideaux sont ouverts et je regarde la nuit. Je viens de passer deux bonnes heures avec moi-même. Je ne me suis jamais senti moins seul. Il a plu et les gouttes d'eau sur les vitres brillent comme des perles de pacotille. Nous parlions des malheurs passés, nous parlions de la fin du monde.

J'ai allumé une cigarette. Je vais bientôt arrêter de fumer. La fenêtre commence à répandre un peu de lumière, une vague rumeur d'aube. Le processus s'accélère sous mes yeux. Les miroitements se multiplient. Immeubles et chaussées blêmissent et gagnent en définition, suspendus dans l'éclat faiblissant des lampadaires.

Elle remue dans le lit. La tache sombre de son visage s'immobilise sur mes oreillers. Je suis fatigué, mais je crois que je vais encore la regarder dormir. Je crois que je vais attendre qu'elle se réveille.

Chuckie m'a appelé il y a un moment pour me raconter tout un tas de trucs. Il m'a dit qu'il a vu l'homme OTG et qu'il va fonder un parti politique. Franchement, je m'inquiète. Chuckie va sans doute réussir. Quand Chuckie s'en mêle, la comédie n'est plus drôle. La comédie devient sérieuse.

Dire que cet homme OTG ne savait même pas qu'il allait servir à ça. Vous voulez savoir ce que signifie OTG ?

Presque tout.

Telle était la raison d'être de ce sigle. Toutes les autres lettres écrites sur nos murs renvoyaient à d'obscures minorités. La somptueuse et paresseuse majorité du monde ne se fera jamais couillonner à écrire quoi que ce soit nulle part et, de toute façon, elle ne saurait pas quoi écrire. Son esprit permissif, clément, hétérogène, changerait d'avis à mi-chemin.

Voilà pourquoi OTG s'écrivait pour elle. Ce sigle pouvait signifier tout ce qu'elle désirait. Et il a bel et bien signifié tout ce qu'elle désirait. Offrez Toute la Guinness. Les Octogénaires Trouvent la Gloire. Osons Toute la Gomme. Oiseaux Très Gras.

Je fais du café. Le percolateur gargouille et cliquette. Abasourdi, mon esprit nage dans la douce musique de l'euphorie. Je ne sais pas. Peut-être ne me fera-t-elle plus cet effet dans un an. Peut-être dans six mois. Peut-être qu'un jour je ne me souviendrai même plus de la vélocité de mon sang, ce soir. Peut-être qu'un jour une autre femme, une autre présence endormie me redonnera cette émotion et que je penserai ne l'avoir jamais vécue. Je ne sais pas et je m'en moque. Peut-être serons-nous tous morts dans six mois. Le monde est vaste et il y a place pour toutes sortes de fins et un nombre infini de commencements.

Je m'en moque parce que ceci me suffit.

Je sers le café et pose les tasses sur un plateau. Les

oiseaux bavardent bruyamment derrière la fenêtre de ma cuisine. Je regarde cette aube brouillée et vois mon chat lancer un coup de patte maladroit vers un moineau qui passe très bas. Il le rate, puis se met à lécher sa fourrure en faisant semblant de ne pas avoir essayé pour de bon. Je tapote à la fenêtre, il lève les yeux. Je veux simplement qu'il sache que je l'ai vu faire. Je crois que je vais trouver un nouveau chat.

Je retourne dans la chambre et pose le plateau sur la table de nuit. Doucement, j'écarte les cheveux de son front et elle remue un peu. Dans une minute elle sera réveillée. Il ne me reste que quelques instants de solitude.

La montagne est plate et majestueuse. Dans la grisaille, elle est d'un vert idiot. Ce matin, Belfast ressemble à n'importe quelle ville. C'est une chose tendre et fragile, un agrégat de maisons, de rues et de parkings. Où sont les gens ? Ils se réveillent ou ne réussissent pas à se réveiller. La tendresse est un mot bien pâle pour désigner ce que je ressens envers cette ville. Je pense au conglomérat des corps de ma ville. Une pleine Belfastée de colonnes vertébrales, de reins, de cœurs, de foies et de poumons. Parfois, ce fragile rassemblement d'organes me submerge et m'enivre de tendresse. Ils paraissent tellement peu assassinables et, parce que je pense à eux, ils m'appartiennent.

Belfast — un simple fouillis de rues et quelques grosses collines, un simple murmure de Dieu.

Oh, monde, pensé-je, n'es-tu pas beau ?

N'es-tu pas immense ?

Entendant un bruit, je pivote vers le lit. Elle s'est réveillée. Elle bouge doucement. Elle s'assoit et passe la main dans ses cheveux en désordre. Elle se tourne vers moi.

Elle sourit et me regarde de ses yeux limpides.

Cet ouvrage a été réalisé par la
SOCIÉTÉ NOUVELLE FIRMIN-DIDOT
Mesnil-sur-l'Estrée
pour le compte de France Loisirs
en novembre 1998

Composition : Graphic-Hainaut SA
à Vieux-Condé

Cet ouvrage est imprimé
sur du papier sans bois et sans acide.

Imprimé en France
Dépôt légal : novembre 1998
N° d'édition : 30567 – N° d'impression : 44604

Ambleside St
Avenue
Sports Ground
Hopewell Crescent
School
Parade
Agnes Street
Shankill Road
Leisure Centre
Peters Hill
Dover Pl
Percy Pl
Brown St
Beverley Street
West St
Boundary Street
Dover Street
Townsend Street
Swimming
Ross Road
Balkan St
Dunville St
Albert
Street
College Sq. N
College
RBAI
Stanley St
Durham
Grosvenor Road
Playing Field
Recreation Centre
Glengall St
Hope
Rowland Way
Wellwood St
Scott St
Primary School
School
Blythe Street
Eureka Drive
Gaffikin St
Roden Street
Lemberg
Milner
Clifton Street
Regent
Upper